Diogenes Taschenbuch 20262

ANTON ČECHOV wurde 1860 in Taganrog (Südrußland) geboren, wuchs in ärmlichen Verhältnissen auf und studierte dank eines Stipendiums in Moskau Medizin. Den Arztberuf übte Čechov nur kurze Zeit aus. Der Erfolg seiner Theaterstücke und Erzählungen machte ihn finanziell unabhängig. Seine Lungentuberkulose jedoch erzwang immer häufigere Aufenthalte in südlichem Klima, so daß Čechov auf die Krim übersiedelte. Er starb 1904 in Badenweiler.

Anton Čechov

Gespräch eines Betrunkenen mit einem nüchternen Teufel

Erzählungen 1886

*Aus dem Russichen von
Gerhard Dick, Wolf Düwel
und Ada Knipper
Herausgegeben und
mit Anmerkungen
von Peter Urban*

Diogenes

Die vorliegenden Erzählungen sind entnommen aus:
A. P. Tschechow, *Vom Regen in die Traufe. Kurzgeschichten*,
sowie A. P. Tschechow, *Das schwedische Zündholz.*
Kurzgeschichten und frühe Erzählungen
Die Übersetzungen erschienen erstmals 1964 und 1965
im Rahmen der Gesammelten Werke in Einzelbänden
bei Rütten & Loening, Berlin;
Rütten & Loening ist eine Marke
der Aufbau Verlag GmbH & Co. KG, Berlin
Copyright © 1964, 1965 Aufbau Verlag GmbH & Co. KG, Berlin
Die Übersetzernachweise befinden sich bei den Anmerkungen
am Schluß des Bandes (Seite 416 ff.)
Covermotiv: Illustration von Tomi Ungerer

Die Nutzung dieses Werks für Text und Data Mining
im Sinne von § 44b UrhG behalten wir uns explizit vor

Veröffentlicht als Diogenes Taschenbuch, 1976
Alle Rechte an dieser Ausgabe und den
Anmerkungen vorbehalten
Diogenes Verlag AG Zürich
info@diogenes.ch · www.diogenes.ch
In Fragen zur Produktsicherheit (GPSR):
truepages UG (haftungsbeschränkt)
Westermühlstraße 29, 80469 München
info@truepages.de
ASR/21/852/II
ISBN 978 3 257 20262 5

Inhalt

Pech 7
Die Nacht auf dem Friedhof 9
Debüt eines Rechtsanwalts 13
Kinder 19
Gram 25
Die Nacht vor der Verhandlung 30
Durcheinander 36
Gespräch eines Betrunkenen mit einem
    nüchternen Teufel 44
Die Seelenmesse 46
Anjuta 52
Ivan Matveič 56
Die Hexe 62
Ein Scherz 76
Agafja 80
Der Wolf 91
Der Alpdruck 99
Viel Papier 113
Griša 116
Liebe 120
Die Damen 126
Aufregende Erlebnisse 130
Ihr Bekannter 136
Der Glückspilz 139
Der Geheimrat 145
Rendezvous in der Sommerfrische 163
Zeitvertreib 169
Lebensüberdruß 175
Der Roman mit dem Kontrabaß 190
Ängste 196
Die Apothekersfrau 202
Die Choristin 208
Der Lehrer 214
Rara avis 222
Der Ehemann 222
Ein Unglück 228

Der Rosastrumpf 241
Der Reisende erster Klasse 245
Talent 253
Der erste Liebhaber 257
Im Finstern 263
Die Plappertasche 268
Kleiner Zwischenfall 271
Schwere Naturen 277
Im Gerichtssaal 286
Die Rache 293
Ein ungewöhnlicher Mensch 297
Im Sumpf 302
Der Mieter 322
Kalchas 327
Träume 332
Psst! 342
In der Mühle 345
Gute Menschen 351
Das Ereignis 362
Der Redner 368
Das Mißgeschick 371
Das Kunstwerk 376
Vanka 380
Unterwegs 384
Sie war's! 401

Anhang
Zu dieser Ausgabe 409
Zeitschriften 410
Abkürzungen 411
Zur Transkription 411
Namen und Anrede 411
Maße und Gewichte 412
Feiertage 412
Rangklassen 414
Nicht übersetzte Ausdrücke 415
Anmerkungen 416

Pech

Ilja Sergeevič Peplov und seine Frau Kleopatra Petrovna standen an der Tür und lauschten begierig. In dem kleinen Saal hinter der Tür wurde offenbar eine Liebeserklärung gemacht; es erklärten sich ihre Tochter Nataša und der Lehrer der Kreisschule Ščupkin.

»Er beißt an«, flüsterte Peplov, der vor Ungeduld zitterte und sich die Hände rieb. »Paß mal auf, Petrovna, sobald sie anfangen von Gefühlen zu sprechen, nimmst du das Heiligenbild von der Wand, und wir gehen sie segnen ... Wir werden sie überraschen ... Der Segen mit dem Heiligenbild ist heilig und bindend ... Er kann sich dann nicht mehr drücken, und wenn er zum Gericht laufen sollte.«

Hinter der Tür aber fand folgendes Gespräch statt:

»Hören Sie auf mit Ihrem Charakter!« sagte Ščupkin und entzündete ein Streichholz an seinen karierten Hosen. »Ich habe Ihnen überhaupt keine Briefe geschrieben!«

»Nun ja! Als ob ich Ihre Handschrift nicht kenne!« erwiderte das Mädchen, das affektiert kreischte und sich immer wieder im Spiegel betrachtete. »Ich habe sie sofort erkannt! Und wie sonderbar Sie sind! Ist Kalligraphielehrer und hat eine Handschrift wie ein Huhn! Wie lehren Sie denn das Schreiben, wenn Sie selbst so schlecht schreiben?«

»Hm ... ! Das hat nichts zu bedeuten. Beim Schönschreiben ist nicht die Handschrift die Hauptsache, sondern daß die Schüler sich nicht vergessen. Den einen schlägt man mit dem Lineal auf den Kopf, den anderen läßt man knien ... Was ist schon eine Handschrift! Eine nichtige Sache! Nekrasov war Schriftsteller, aber es ist eine Schande, wie er geschrieben hat. In seinen ›Gesammelten Werken‹ wird seine Handschrift gezeigt.«

»Das war Nekrasov, aber das hier sind Sie ...« (Ein Seufzer.) »Ich würde mit Vergnügen einen Schriftsteller heiraten. Er würde mir ständig zum Andenken Gedichte schreiben!«

»Ich kann für Sie auch Gedichte schreiben, wenn Sie es wünschen.«

»Worüber können Sie denn schreiben?«

»Über die Liebe ... von Gefühlen ... über Ihre Augen ...

Wenn Sie es lesen, wird Ihnen schwindlig ... Sie werden Tränen vergießen! Und wenn ich für Sie poetische Gedichte schreibe, reichen Sie mir dann Ihr Händchen zum Kuß?«

»Das ist doch nichts Besonderes ... Wenn Sie wollen, küssen Sie gleich!«

Ščupkin sprang auf, riß die Augen auf und beugte sich über das weiche, nach Eierseife duftende Händchen.

»Nimm das Heiligenbild runter«, sagte Peplov hastig und gab seiner Frau einen Stoß mit dem Ellbogen. Ganz blaß vor Aufregung, knöpfte er sich die Jacke zu. »Gehn wir! Los!«

Ohne einen Augenblick zu zögern, riß er die Tür auf.

»Kinder ...« murmelte er, wobei er die Hände hob und weinerlich mit den Augen blinzelte. »Der Herr segne euch, meine Kinder ... Lebt miteinander ... seid fruchtbar und mehret euch ...«

»Und ... und auch ich segne euch ...« sprach die Mama und weinte vor Glück. »Seid glücklich, meine Lieben! Oh, Sie nehmen mir meinen einzigen Schatz!« wandte sie sich an Ščupkin. »Haben Sie meine Tochter lieb und seien Sie gut zu ihr ...«

Ščupkin riß vor Staunen und Schreck den Mund auf. Der Angriff der Eltern war so unerwartet und kühn, daß er kein Wort hervorbrachte.

Bist reingefallen! Haben dich eingewickelt! dachte er und verging beinahe vor Schreck. Nun ist es aus mit dir, mein Lieber! Kommst nicht mehr davon!

Und er hielt gehorsam seinen Kopf hin, als wollte er sagen: Nehmt, ich bin besiegt!

»Ich se ... segne ... euch ...« fuhr der Vater fort und begann ebenfalls zu weinen. »Natašenka, meine Tochter ... stell dich neben ihn ... Petrovna, gib das Heiligenbild ...«

Aber da hörte der Vater plötzlich zu weinen auf, und sein Gesicht verzerrte sich vor Wut.

»Du Tolpatsch!« sagte er böse zu seiner Frau. »Was hast du bloß für einen dummen Schädel! Ist denn das das Heiligenbild?«

»Ach, du meine Güte!«

Was war geschehen? Der Kalligraphielehrer hob scheu den Blick und sah, er war gerettet: die Mutter hatte in der Eile statt des Heiligenbildes das Porträt des Schriftstellers Lažečnikov von der Wand genommen. Der alte Peplov und seine Gattin Kleopatra standen verlegen mit dem Porträt in der Hand da und wußten nicht, was sie tun und sagen sollten. Der Kalligraphielehrer aber machte sich die Verwirrung zunutze und floh.

Die Nacht auf dem Friedhof
Erzählung aus den zwölf Nächten

»Ivan Ivanyč, erzählen Sie was zum Fürchten!«

Ivan Ivanyč drehte an seinem Schnurrbart, räusperte sich, rückte etwas näher an die jungen Damen heran und begann:

»Meine Erzählung fängt an wie alle besseren russischen Geschichten; ich war, um es offen zu sagen, betrunken ... Ich hatte bei einem alten Freund Silvester gefeiert und mich volllaufen lassen wie fünfhundert Säue. Zu meiner Rechtfertigung muß ich sagen, daß ich mich keineswegs aus Freude betrunken hatte. Sich über einen solchen Quatsch wie das neue Jahr zu freuen ist meiner Meinung nach dumm und der menschlichen Vernunft unwürdig. Das neue Jahr ist genauso ein Dreck wie das alte, nur mit dem Unterschied: das alte Jahr war schlecht und das neue wird noch schlechter sein ... Meiner Meinung nach soll man sich zum Jahresbeginn nicht freuen, sondern leiden, weinen und Selbstmordversuche machen. Man darf nicht vergessen – je neuer das Land, desto näher der Tod, desto größer die Glatze, desto tiefer die Falten, desto älter die Frau, desto zahlreicher die Kinder, desto weniger Geld.

Nun, ich hatte mich aus Kummer betrunken ... Als ich aus dem Haus des Freundes trat, schlug die Uhr der Kathedrale gerade zwei. Draußen war ein abscheuliches Wetter ... Nicht mal der Teufel hätte gewußt, ob Winter oder Herbst war. Eine Finsternis, man konnte nicht die Hand vor den Augen sehen: man starrte und starrte und sah nichts, als säße man in einer Dose mit Schuhwichse. Der Regen peitschte ... Ein kalter, schneidender Wind gab fürchterliche Töne von sich; er heulte, schrie, stöhnte, winselte, als würde eine Hexe das Orchester der Natur dirigieren. Um meine Füße schwappte schluchzend der Schlamm; die Laternen schauten trübe drein wie verheulte Witwen ... Die arme Natur befand sich in einem Zustand, wo man nicht gern einen Hund vor die Tür gejagt hätte ... Kurz, es war ein Wetter, an dem Diebe und Räuber ihre Freude gehabt hätten, aber nicht ich, ein friedfertiger, betrunkener Bürger. Mich machte es ganz schwermütig ...

›Das Leben ist ein ewiges Einerlei ...‹ philosophierte ich, als ich schwankend durch den Schmutz schlurfte, ›ein leeres, farbloses Dahinvegetieren ... eine Fata Morgana ... Tag um Tag, Jahr um Jahr vergeht, du aber bleibst immer dasselbe Vieh, das du warst ... Es vergehen weitere Jahre, und noch immer bist du derselbe Ivan Ivanovič; der ißt, trinkt und schläft ... Und schließlich schaufelt man dir Holzkopf das Grab, ißt anschließend auf deine Kosten Beerdigungsplinsen und sagt: ‚War ein guter Mensch, schade, daß der Schurke so wenig Geld hinterlassen hat ...‘‹

Mein Weg führte von der Meščanskaja- nach der Presnja-Straße – für einen Betrunkenen eine beachtliche Entfernung ... Ich schwankte durch dunkle, enge Gassen, ohne einer Menschenseele zu begegnen, ohne einen einzigen menschlichen Laut zu vernehmen. Da ich fürchtete, meine Galoschen könnten naß werden, ging ich zunächst auf dem Trottoir, dann aber, als es trotz dieser Vorsichtsmaßregeln in meinen Galoschen kläglich zu schmatzen begann, ging ich auf die Straße: hier hatte ich weniger Chancen, gegen einen Pfosten zu rennen oder in den Rinnstein zu fallen ...

Mein Weg war eingehüllt in kalte, undurchdringliche Finsternis. Zunächst kam ich noch an trübe leuchtenden Laternen vorbei, dann aber, als ich zwei, drei Gassen hinter mir hatte, hörte auch diese Annehmlichkeit auf. Ich tastete mich mühsam vorwärts, starrte in die Dunkelheit, lauschte auf das klägliche Heulen des Windes und hastete weiter ... Allmählich packte meine Seele ein unerklärliches Grauen ... dieses Grauen verwandelte sich in Entsetzen, als ich gewahr wurde, daß ich den Weg verfehlt und mich verirrt hatte.

›Kutscher!‹ schrie ich.

Keine Antwort ... Da beschloß ich, einfach geradeaus zu gehen: immer der Nase nach, aufs Geratewohl, in der Hoffnung, früher oder später auf eine größere Straße zu stoßen, wo es Laternen und Droschken gab. Ich sah mich nicht um, ich fürchtete mich sogar, nach der Seite zu blicken, ich rannte nur immer weiter ... Der schneidende, kalte Wind blies mir entgegen, dicke Regentropfen klatschten mir in die Augen ... Bald lief ich auf dem Trottoir, bald auf der Straße ... Wie mein Schädel bei den zahlreichen Zusammenstößen mit Pfosten und Laternenpfählen heil bleiben konnte, ist mir heute noch unerklärlich.«

Ivan Ivanyč trank ein Glas Vodka, drehte an der anderen Hälfte seines Schnurrbarts und fuhr fort:

»Ich weiß nicht mehr, wie lange ich so gelaufen bin ... Ich entsinne mich nur, daß ich schließlich stolperte und schmerzhaft an einen merkwürdigen Gegenstand stieß ... Sehen konnte ich ihn nicht, aber als ich ihn abtastete, fühlte ich etwas Kaltes, Feuchtes, Glattgeschliffenes ... Ich setzte mich darauf, um auszuruhen ... Ich will Ihre Geduld nicht weiter auf die Probe stellen, ich sage nur, daß ich alsbald ein Streichholz anzündete, um mir eine Zigarette anzustecken – und da sah ich, daß ich auf einem Grabstein saß ...

Ich, der ich nichts wahrnahm als Finsternis, und keinen einzigen menschlichen Laut hörte, schloß beim Anblick dieses Grabsteins entsetzt die Augen und sprang auf ... Kaum aber hatte ich einen Schritt getan, da stieß ich gegen einen anderen Gegenstand ... Und stellen Sie sich mein Entsetzen vor! Es war ein hölzernes Kreuz ...

Mein Gott, ich bin auf einen Friedhof geraten, dachte ich, schlug die Hände vors Gesicht und ließ mich auf den Grabstein nieder. Anstatt nach der Presnja-Straße zu gehen, habe ich mich nach Vagankovo verlaufen.

Ich fürchte mich weder vor Friedhöfen noch vor Toten ... Ich bin frei von Vorurteilen und glaube schon lange nicht mehr an Ammenmärchen, aber als ich mich jetzt in stockfinsterer Nacht inmitten schweigender Gräber wiederfand, während der Wind stöhnte und mir Gedanken durch den Kopf schossen, einer immer düsterer als der andere, da merkte ich, wie sich mir die Haare sträubten, und vor Entsetzen lief es mir eiskalt den Rücken hinunter ...

›Das kann nicht sein‹, tröstete ich mich, ›das ist eine optische Täuschung, eine Halluzination ... Das alles kommt mir nur so vor, weil mir Deprec, Bauer und Arabaži im Schädel sitzen ... Feigling!‹

Im gleichen Augenblick, als ich mir so Mut zusprach, hörte ich leise Schritte ... Jemand kam langsam gegangen, aber ... das waren keine menschlichen Schritte ... für einen Menschen waren sie zu leise und zu behutsam ...

Ein Toter, fuhr es mir durch den Kopf.

Endlich war dieser geheimnisvolle Jemand bei mir angelangt, berührte meine Knie und seufzte ... Dann hörte ich ein Heulen ... Es war ein furchtbares Grabesgeheul, das mir die Seele zerriß ... Wenn es für Sie schon schrecklich ist, den Ammen zuzuhören, die von heulenden Toten erzählen, was heißt es da erst, dieses Heulen selbst zu hören! Vor Entsetzen war ich starr und wie versteinert ... Deprec, Bauer und Arabaži waren aus meinem Kopf verschwunden und mit ihnen meine ganze Trunkenheit. Mir schien, daß, wenn ich jetzt die Augen öffnete und es wagte, in die Dunkelheit zu blicken, ich einen blaßgelben Totenschädel und ein halbverwestes Leichengewand vor mir sehen würde ...

›Herrgott, laß bald morgen werden‹, betete ich.

Aber ehe noch der Morgen anbrach, mußte ich etwas unvorstellbar Entsetzliches erleben, das sich überhaupt nicht beschreiben läßt. Als ich so auf dem Grabstein saß und das Geheul des Grabesbewohners hörte, vernahm ich plötzlich wieder Schritte ... Schwer und gleichmäßig aufstampfend, kam jemand geradewegs auf mich zu ... Als dieser zweite dem Grab entstiegene Leichnam bei mir angelangt war, seufzte er, und gleich darauf legte sich eine schwere Knochenhand auf meine Schulter ... Ich verlor das Bewußtsein.«

Ivan Ivanyč trank ein Glas Vodka und ächzte.

»Ich erwachte in einem kleinen, quadratischen Raum ... Durch das einzige, vergitterte Fenster drang schwaches Morgenlicht. Nun, dachte ich, da haben mich die Toten also in ihr Grabgewölbe gezerrt ... Aber wie groß war meine Freude, als ich hinter der Wand menschliche Stimmen hörte.

›Wo hast du ihn aufgesammelt?‹ fragte ein Baß.

›Bei der Grabsteinhandlung Belobrysov, Euer Wohlgeboren‹, antwortete ein anderer Baß, ›wo die Grabmale und Kreuze ausgestellt sind. Ich sehe, er sitzt da und umarmt einen Grabstein, und neben ihm heult ein Hund ... War wohl betrunken ...‹

Als ich morgens erwachte, wurde ich entlassen.«

Debüt eines Rechtsanwalts
Erzählung

Der Rechtsanwalt Pjatërkin kehrte auf einem einfachen Bauernwagen aus der Kreisstadt N. zurück, wohin er gefahren war, um einen der Brandstiftung beschuldigten Krämer zu verteidigen. Ihm war scheußlich wie nie zumute. Er fühlte sich beleidigt, gescheitert, beschimpft. Es schien ihm, als habe der verflossene Tag, der Tag seines lang erwarteten und vielversprechenden Debüts, auf ewige Zeiten seine Karriere, seinen Glauben an die Menschen und seine Weltanschauung zerstört.

Erstens hatte ihn der Angeklagte unanständig und grausam hereingelegt. Vor der Verhandlung hatte der Krämer so aufrichtig dreingeschaut und so offenherzig seine Unschuld beteuert, daß alle gegen ihn vorliegenden Beweismittel in den Augen eines Psychologen und Physiognomen (wofür sich der junge Verteidiger hielt) das Aussehen von skrupelloser Rechtsbeugung, Schikanen und vorgefaßten Meinungen erhalten hatten. Vor Gericht aber erwies sich der Krämer als Spitzbube und Halunke, und die arme Psychologie ging zum Teufel.

Zweitens hatte er, Pjatërkin, so schien es ihm wenigstens, sich vor Gericht unmöglich benommen: er hatte gestottert, sich bei seinen Fragen verhaspelt, war vor den Zeugen aufgestanden und in dummer Weise rot geworden. Seine Zunge wollte ihm überhaupt nicht gehorchen, und er hatte sich bei einer einfachen Rede verheddert wie bei einem Zungenbrecher. Seine Rede hatte er kraftlos und wie benebelt gehalten, wobei er gleichsam durch die Köpfe der Beisitzer hindurchsah. Als er sprach, schien es ihm die ganze Zeit, als schauten ihn die Beisitzer spöttisch und verächtlich an.

Drittens hatten sich, und das war das Schlimmste, der Staatsanwalt und der Zivilkläger, ein alter, gewiegter Advokat, nicht kollegial benommen. Sie hatten sich, so schien es ihm jedenfalls, verabredet, den Verteidiger zu ignorieren, und wenn sie ihn eines Blickes würdigten, dann nur deshalb, um ihm ihre Gewandtheit zu demonstrieren, ihn zu verspotten und ihm wirkungsvoll die Zähne zu zeigen. In ihren Reden schwangen Ironie und ein herablassender Ton mit. Als sie sprachen, baten sie gleichsam um Entschuldigung, daß der Verteidiger ein solcher

Tölpel und Schafskopf sei. Pjatërkin hatte es schließlich nicht mehr ausgehalten. Während einer Pause war er an den Zivilkläger herangetreten und hatte ihm, am ganzen Körper zitternd, einen Haufen Frechheiten gesagt. Später, als die Sitzung beendet war, hatte er auf der Treppe den Staatsanwalt eingeholt und auch diesem eine bittere Pille zu schlucken gegeben.

Viertens ... Wenn man übrigens alles aufzählen wollte, was nun am Herzen meines Helden nagte und ihm Übelkeit verursachte, so würde man noch zu fünftens, sechstens ... zu einschließlich hundertstens kommen ...

Eine Schande ... Eine Gemeinheit! dachte er schmerzerfüllt, als er auf dem Wagen saß und sein Gesicht in den Mantelkragen vergrub. Also Schluß! Die Advokatur ist zum Teufel! Ich werde mich irgendwohin in eine öde Gegend in die Einsamkeit verziehen ... weit weg von diesen Herren ... weit weg von diesem Gezänk.

»Nun fahr schon, der Teufel soll dich holen!« fuhr er den Kutscher an. »Warum fährst du, als ob du einen Toten zur Hochzeit bringst? Fahr zu!«

»Fahr zu ... fahr zu ...« äffte ihn der Kutscher nach. »Siehst du denn nicht, was das für ein Weg ist? Da quält sich ja selbst der Teufel zu Tode. Das ist kein Wetter, sondern eine Strafe Gottes.«

Das Wetter war abscheulich. Es war scheinbar genauso empört wie Pjatërkin, es haßte und litt mit ihm. In der wie Ruß undurchdringlichen Luft wehte ein feuchter, kalter Wind und pfiff in allen Tonarten. Es regnete. Unter den Rädern schmatzte der Schnee, der sich mit dem zähen Schlamm vermischte. Überall Mulden, Wasserlöcher und weggeschwemmte Brücken, ohne Ende.

»Man sieht die Hand nicht vor den Augen«, fuhr der Kutscher fort. »Da kommen wir auch bis morgen früh nicht hin. Wir müssen über Nacht bei Luka bleiben.«

»Bei was für einem Luka?«

»Hier am Weg im Wald wohnt so ein Alter. Man hält ihn statt eines Försters. Da ist ja auch seine Hütte.«

Heiseres Hundegebell ertönte, und durch die kahlen Zweige schimmerte ein trübes Licht. Was man auch für ein Misanthrop sein mag – wenn man in einer regnerischen, stockfinsteren Nacht zu später Stunde im Wald ein Licht sieht, dann zieht es einen unwiderstehlich zu den Menschen. So erging es auch Pjatërkin. Als der Wagen vor der Hütte hielt, aus dessen einzigem Fensterchen schüchtern und einladend das Licht leuchtete, wurde ihm leichter zumute.

»Guten Tag, Alter«, sagte er freundlich zu Luka, der im Flur stand und sich mit beiden Händen den Bauch kratzte. »Kann man bei dir übernachten?«

»Ja ... jawohl ...« brummte Luka. »Sind schon zweie da ... Gehen Sie bitte ins Stübchen ...«

Pjatërkin bückte sich, trat ein und ... seine Misanthropie stellte sich wieder mit ganzer Kraft ein. An einem kleinen Tisch saßen im Schein der Talgkerze die beiden Männer, die seine Stimmung so stark beeinflußt hatten: der Staatsanwalt von Pach und der Zivilkläger Semečkin. Gleich Pjatërkin waren sie auf der Rückreise nach N. und waren ebenfalls zu Luka geraten. Als sie den eintretenden Verteidiger erblickten, waren beide angenehm überrascht und sprangen auf.

»Herr Kollege! Was für ein Zufall!« riefen sie aus. »Hat Sie auch das Unwetter hierher verschlagen? Seien Sie willkommen! Nehmen Sie Platz!«

Pjatërkin hatte gedacht, sie würden sich bei seinem Anblick abwenden, sich unbehaglich fühlen und schweigen, daher erschien ihm eine so freundliche Begrüßung zum mindesten als Aufdringlichkeit.

»Ich verstehe nicht ganz ...« murmelte er und zuckte würdevoll mit den Achseln. »Nach dem, was zwischen uns vorgefallen ist, bin ich ... bin ich sogar erstaunt!«

Von Pach blickte Pjatërkin verwundert an, zuckte mit den Achseln und setzte, wobei er sich zu Semečkin wandte, das unterbrochene Gespräch fort:

»Nun, ich lese also den Ermittlungsbericht ... und in dem Bericht, mein Lieber, gibt es Widersprüche über Widersprüche. Da schreibt beispielsweise der Kommissar, die verstorbene Bäuerin Ivanova sei, als sie die Gesellschaft verließ, sinnlos betrunken gewesen und gestorben, nachdem sie drei Verst zu Fuß zurückgelegt hatte. Wie konnte sie denn drei Verst zu Fuß gehen, wenn sie sinnlos betrunken war? Na, ist das etwa kein Widerspruch? Was?«

Während von Pach so schwafelte, setzte sich Pjatërkin auf eine Bank und nahm seine vorübergehende Behausung in Augenschein... Das Licht im Wald war nur aus der Ferne poetisch, von nahem jedoch jämmerliche Prosa... Hier beleuchtete es eine kleine graue Kammer mit krummen Wänden und einer verräucherten Decke. In der rechten Ecke hing ein dunkles Heiligenbild, aus der linken finsteren Höhle schaute ein plumper Ofen hervor. An der Decke unter den Balken befand sich eine lange Stange, an der einstmals eine Wiege geschaukelt hatte. Ein altersschwacher Tisch und zwei schmale, wacklige Bänke waren das ganze Mobiliar. Es war dunkel, dumpf und kalt. Es roch nach Fäulnis und verbranntem Talg.

Schweine... dachte Pjatërkin und schielte auf seine Feinde. Sie haben einen Menschen beleidigt und in den Schmutz gezogen, und jetzt reden sie, als wäre gar nichts gewesen.

»Hör mal«, wandte er sich an Luka, »hast du kein anderes Zimmer? Hier kann ich nicht bleiben.«

»Da ist noch der Flur, aber da ist es kalt.«

»Verteufelt kalt...« brummte Semečkin. »Hätte ich das gewußt, hätte ich Karten und was zu trinken mitgenommen. Man sollte Tee trinken, was? Setz mal den Samowar auf, Großväterchen.«

Nach einer halben Stunde brachte Luka einen schmutzigen Samowar, eine Teekanne mit abgebrochener Tülle und drei Tassen.

»Tee habe ich...« sagte von Pach. »Jetzt müßte man bloß noch Zucker auftreiben... Großvater, gib mal Zucker!«

»Ei, ei! Zucker...« meinte Luka grinsend im Flur. »Im Wald wollen sie Zucker! Wir sind doch nicht in der Stadt.«

»Was denn nun? Trinken wir eben ohne Zucker«, beschloß von Pach.

Semečkin hatte Tee aufgebrüht und goß ihn in die drei Tassen.

Auch für mich haben sie eingegossen... dachte Pjatërkin. Als wäre das nötig! Erst einem ins Gesicht spucken und dann mit Tee bewirten. Diese Menschen haben einfach kein Selbstbewußtsein. Ich werde von Luka noch eine Tasse Tee verlangen und bloß heißes Wasser trinken. Übrigens habe ich ja Zucker bei mir.

Eine vierte Tasse gab es bei Luka nicht. Pjatërkin goß den Tee aus der dritten Tasse aus, füllte heißes Wasser ein und trank schluckweise, wobei er auf den Zucker biß. Als seine Feinde das laute Knirschen hörten, sahen sie sich um und brachen in Lachen aus.

»Mein Gott, ist das aber reizend«, flüsterte von Pach. »Wir haben keinen Zucker, er hat keinen Tee ... Haha ... Lustig. Was ist das doch für ein Kind! Ein langer Laban, aber so zurückgeblieben, daß er schmollen kann wie ein Institutsfräulein ... Herr Kollege!« wandte er sich an Pjatërkin. »Sie verachten unseren Tee ohne Grund ... Er ist nicht der billigste ... Wenn Sie aber aus Ehrgefühl nicht trinken wollen, so können Sie uns den Tee mit Zucker bezahlen!«

Pjatërkin schwieg.

Diese Flegel ... dachte er. Haben mich beleidigt und angespuckt, und jetzt kriechen sie noch vor mir! Das sind Menschen! Also kratzen sie auch die Grobheiten nicht, die ich ihnen auf dem Gericht gesagt habe ... Ich werde sie einfach nicht mehr beachten ... Ich lege mich hin ...

Neben dem Ofen war auf dem Fußboden ein Bauernpelz ausgebreitet ... Am Kopfende lag ein längliches Kissen, das mit Stroh gestopft war ... Pjatërkin streckte sich auf dem Lager aus, legte seinen heißen Kopf auf das Kissen und deckte sich mit seinem Pelz zu.

»Ist das langweilig!« rief Semečkin gähnend. »Zum Lesen ist es zu kalt und zu dunkel, und schlafen kann man auch nirgends ... Brrr! Sagen Sie, Osip Osipyč, wenn beispielsweise Luka in einem Restaurant zu Mittag ißt und dafür nicht bezahlt, was ist das: Diebstahl oder Betrug?«

»Weder das eine noch das andere ... Das ist nur ein Grund für eine Zivilklage ...«

Es erhob sich ein Streit, der anderthalb Stunden dauerte. Pjatërkin hörte zu und zitterte vor Wut ... Fünfmal war er nahe daran, aufzuspringen und in den Streit einzugreifen.

Was für ein Blödsinn! dachte er beim Zuhören ärgerlich. Wie rückständig, wie unlogisch!

Der Streit endete damit, daß sich von Pach neben Pjatërkin legte, sich mit seinem Pelz zudeckte und sagte:

»Nun, genug! Wir lassen mit unserem Streit den Herrn Verteidiger nicht schlafen. Legen Sie sich auch hin ...«

»Er schläft schon, wie's scheint ...« meinte Semečkin, als er sich auf die andere Seite neben Pjatërkin legte. »Schlafen Sie, Herr Kollege?«

Werden aufdringlich, die Schweine ... dachte Pjatërkin.

»Er schweigt, also schläft er ...« brummte von Pach. »Er hat es doch fertiggebracht, in diesem Stall einzuschlafen ... Es heißt, die Juristen führen ein Stubenleben ... Kein Stuben-, sondern ein Hundeleben ... Man sehe nur, wohin diese Teufel uns verschleppt haben! Mir, wissen Sie, gefällt unser Nachbar ... wie heißt er doch? Šestërkin, nicht wahr? Er ist hitzig und voll Temperament ...«

»Hm ... So in fünf Jahren wird er ein guter Advokat sein ... Der Junge hat so eine Art ... Er ist noch nicht ganz trocken hinter den Ohren, aber er spricht schon mit Schnörkeln und gefällt sich darin, ein Feuerwerk loszulassen ... Er hat bloß ohne Grund Hamlet in seine Rede eingeflochten.«

Die enge Nachbarschaft mit seinen Feinden und ihr kaltblütiger, herablassender Ton bedrückten Pjatërkin. Er verging beinahe vor Wut und Scham.

»Und mit dem Zucker ist das auch so eine Geschichte ...« Von Pach schmunzelte. »Ein richtiges Institutsfräulein! Womit haben wir ihn denn beleidigt? Wissen Sie das?«

»Der Teufel soll das wissen ...«

Das hielt Pjatërkin nicht länger aus. Er sprang auf und öffnete den Mund, um etwas zu sagen, aber die Qualen des verflossenen Tages waren übermächtig: statt Worten entrang sich seiner Brust hysterisches Weinen.

»Was ist mit ihm?« fragte von Pach erschrocken. »Mein Lieber, was ist mit Ihnen?«

»Sind ... Sie ... krank?« rief Semečkin aufspringend. »Was ist mit Ihnen los? Haben Sie kein Geld? Was ist denn los?«

»Es ist niederträchtig ... gemein! Der ganze Tag ... der ganze Tag!«

»Mein Liebster, was ist denn niederträchtig und gemein? Osip Osipyč, geben Sie ihm Wasser! Was ist los, mein Teurer? Weshalb sind Sie heute so verärgert? Sie haben wahrscheinlich das erstemal verteidigt? Ja? Nun, dann ist es verständlich. Weinen Sie, mein Lieber ... Ich wollte mich seinerzeit aufhängen, aber weinen ist besser als aufhängen. Weinen Sie nur, dann wird's leichter!«

»Gemein ... abscheulich!«

»Da war doch gar nichts Gemeines dabei! Alles war so, wie es sein muß. Sie haben gut gesprochen, und man hat Ihnen gut zugehört. Sie sind zu argwöhnisch, mein Lieber! Ich entsinne mich noch, wie ich das erstemal zur Verteidigung ging. Fuchsrote

Beinkleider, den alten Frack hatte mir ein Musiker geliehen. Ich sitze da, und es kommt mir so vor, als ob das ganze Publikum über meine Hosen lacht. Und der Angeklagte hat mich, wie sich herausstellt, reingelegt, und der Staatsanwalt macht sich über mich lustig, und ich selbst benehme mich dumm. Wahrscheinlich haben Sie schon beschlossen, die Advokatur an den Nagel zu hängen? Das geht allen so! Sie sind nicht der erste und werden nicht der letzte sein. Das Debüt ist nicht billig, mein Lieber, das kostet immer was.«

»Und wer hat mich ausgelacht? Wer hat sich ... über mich lustig gemacht?«

»Niemand! Das kam Ihnen nur so vor! Den Debütanten geht das immer so. War es Ihnen nicht auch so, als ob die Beisitzer Ihnen verächtlich in die Augen sahen? Ja? Nun, so ist es eben. Trinken Sie, mein Bester. Decken Sie sich zu.«

Die Feinde deckten Pjatërkin mit ihren Pelzen zu und betreuten ihn wie ein Kind die ganze Nacht hindurch. Die Leiden des verflossenen Tages hatten sich als Hirngespinste erwiesen.

Kinder

Papa, Mama und Tante Nadja sind nicht zu Hause. Sie sind zu einer Taufe gefahren, zu dem alten Offizier, der das kleine graue Pferd reitet. In Erwartung ihrer Rückkehr sitzen Griša, Anja, Alëša, Sonja und der Sohn der Köchin, Andrej, am Eßtisch und spielen Lotto. Um ehrlich zu sein, es ist für sie bereits Schlafenszeit, aber kann man denn einschlafen, ohne von der Mama erfahren zu haben, was für ein Kindchen getauft wurde und was man zum Abendessen aufgetragen hat? Der von einer Hängelampe beleuchtete Tisch schimmert bunt von Zahlen, Nußschalen, Papierschnitzeln und Glasstückchen. Vor jedem Spieler liegen zwei Karten und ein Häufchen Glasstückchen zum Bedecken der Zahlen. In der Mitte des Tisches leuchtet eine weiße Untertasse mit fünf Kopeken. Neben der Untertasse liegen ein angebissener Apfel, eine Schere und ein Teller, auf den man die Nußschalen legen soll. Die Kinder spielen um Geld. Der Einsatz beträgt eine Kopeke. Die Bedingung lautet: Wer mogelt, fliegt sofort raus. Außer den Spielern ist niemand im Eßzimmer.

Die Kinderfrau Agafja Ivanovna sitzt unten in der Küche und bringt der Köchin das Zuschneiden bei; der älteste Bruder, Vasja, ein Schüler der fünften Gymnasialklasse, liegt im Salon auf dem Sofa und langweilt sich.

Man spielt mit großem Eifer. Die größte Begeisterung spiegelt sich auf Grišas Gesicht. Griša ist ein kleiner neunjähriger Junge mit kahlgeschorenem Kopf, runden Wangen und dicken Negerlippen. Er geht schon in die Vorbereitungsklasse, deshalb wird er als erwachsen und als der Klügste angesehen. Spielen tut er ausschließlich des Geldes wegen. Wenn auf der Untertasse keine Kopeken wären, würde er schon längst schlafen. Seine braunen Äuglein laufen unruhig und eifersüchtig über die Karten der Mitspieler. Die Angst, er könnte nicht gewinnen, der Neid und die finanziellen Überlegungen, die seinen geschorenen Kopf erfüllen, lassen ihn nicht still sitzen und sich konzentrieren. Er sitzt wie auf Nadeln. Wenn er gewonnen hat, greift er gierig nach dem Geld und steckt es sofort in die Tasche. Seine Schwester Anja, ein Mädchen von etwa acht Jahren mit einem spitzen Kinn und klugen, glänzenden Augen, befürchtet ebenfalls, jemand anderes könnte gewinnen. Sie wird bald rot, bald blaß und beobachtet scharf die Spieler. Die Kopeken interessieren sie nicht. Glück im Spiel ist für sie eine Frage des Ehrgefühls. Die andere Schwester, Sonja, ein Mädchen von etwa sechs Jahren mit einem Lockenköpfchen und einer Gesichtsfarbe, die man nur bei sehr gesunden Kindern, teuren Puppen und auf Bonbonnieren findet, spielt Lotto um des Spieles willen. Sie strahlt vor Rührung. Wer auch immer gewinnt, sie lacht und klatscht in die Hände. Alëša, ein dicker, kugelrunder Knirps, pustet, schnauft und starrt auf die Karten. Er kennt weder Gewinnsucht noch Eigenliebe. Man jagt ihn nicht vom Tisch weg, er wird nicht schlafen geschickt – dafür ist er schon dankbar. Dem Aussehen nach ist er ein Phlegmatiker, aber im Herzen ein ziemlicher Racker. Er hat sich nicht so sehr des Lottospieles wegen hingesetzt als um der Mißverständnisse willen, die bei einem Spiel unvermeidlich sind. Es ist äußerst angenehm, wenn einer den anderen schlägt oder beschimpft. Er müßte schon längst einmal wohin laufen, aber er verläßt den Tisch nicht für eine Minute, aus Angst, man könnte ihm seine Glasstückchen und Kopeken wegnehmen. Da er nur die Einer und die Zahlen kennt, die auf Null enden, bedeckt Anja für ihn die Ziffern. Der fünfte Mitspieler, der Sohn der Köchin, Andrej, ein kränklicher brünetter Junge im Kattunhemd und mit einem kupfernen Kreuzchen auf der Brust, steht regungslos da und blickt verträumt auf die Zahlen. Dem Gewinn und fremden Erfolgen gegenüber verhält er sich gleichgültig, denn er ist ganz in die Arithmetik des Spieles vertieft, in ihre unkomplizierte Philosophie: Wieviel verschiedene Ziffern gibt es auf dieser Welt, und wie ist es möglich, daß sie nicht durcheinandergeraten!

Alle rufen der Reihe nach die Zahlen aus, außer Sonja und Alëša. Weil die Zahlen so eintönig sind, hat die Spielpraxis viele Fachausdrücke und spaßhafte Beinamen geschaffen. So heißt die Sieben bei den Spielern – Feuerhaken, die Elf – Stöckchen, die Sechsundzwanzig – Hexenschwanz, die Neunzig – Großvater und so weiter. Es wird lebhaft gespielt.

»Zweiunddreißig!« ruft Griša, während er aus des Vaters Mütze die zylinderförmigen gelben Lottonummern herauszieht. »Siebzehn! Feuerhaken! Achtundzwanzig – morgen tanz ich!«

Anja sieht, daß Andrej die Achtundzwanzig verpaßt hat. Zu anderer Zeit hätte sie ihn darauf hingewiesen, jetzt aber, wo auf der Untertasse zusammen mit der Kopeke ihr Ehrgefühl liegt, triumphiert sie.

»Dreiundzwanzig!« fährt Griša fort. »Hexenschwanz! Neun!«

»Eine Schabe, eine Schabe!« kreischt Sonja und zeigt auf eine Küchenschabe, die über den Tisch läuft. »Au!«

»Mach sie nicht tot«, sagt Alëša mit tiefer Stimme. »Vielleicht hat sie Kinder ...«

Sonja begleitet die Schabe mit den Augen und denkt an ihre Kinder: was müssen das für kleine Schäbchen sein!

»Dreiundvierzig! Eins!« fährt Griša fort und leidet bei dem Gedanken, daß Anja schon zwei Vierergewinne hat. »Sechs!«

»Gewonnen! Ich habe gewonnen!« ruft Sonja, verdreht kokett die Augen und lacht.

Die Mitspieler machen lange Gesichter.

»Nachprüfen!« sagt Griša und sieht Sonja haßerfüllt an.

Nach dem Recht des Größten und Klügsten hat Griša die entscheidende Stimme an sich gerissen. Was er will, das wird gemacht. Sonja wird lange und sorgfältig überprüft, und zum größten Bedauern der Mitspieler stellt sich heraus, daß sie nicht gemogelt hat. Die nächste Partie beginnt.

»Was ich aber gestern gesehen habe!« sagt Anja wie zu sich selbst. »Filipp Filippyč hat seine Lider umgestülpt und bekam so rote furchtbare Augen wie ein böser Geist.«

»Ich habe es auch gesehen«, sagt Griša. »Acht! Aber bei uns kann ein Schüler mit den Ohren wackeln. Siebenundzwanzig!«

Andrej richtet den Blick auf Griša, denkt nach und sagt:

»Ich kann auch mit den Ohren wackeln...«

»Na los, wackle mal!«

Andrej bewegt Augen, Lippen und Finger, und es scheint ihm, als bewegten sich auch seine Ohren. Allgemeines Gelächter.

»Dieser Filipp Filippyč ist kein guter Mensch«, sagt Sonja und seufzt. »Gestern kommt er zu uns ins Kinderzimmer, und ich bin nur im Hemd... Und mir wurde so unanständig zumute!«

»Gewonnen!« schreit Griša plötzlich und schnappt sich das Geld von der Untertasse. »Ich habe gewonnen! Prüft nach, wenn ihr wollt!«

Der Sohn der Köchin hebt den Blick und wird blaß.

»Also darf ich nicht mehr mitspielen«, flüstert er.

»Warum?«

»Weil... weil ich kein Geld mehr habe.«

»Ohne Geld geht's nicht!« sagt Griša.

Andrej wühlt auf alle Fälle noch einmal in den Taschen. Da er darin außer Krümeln und einem zerbissenen kleinen Bleistift nichts findet, verzieht er den Mund und blinzelt kläglich mit den Augen. Gleich wird er zu weinen anfangen...

»Ich setze für dich!« sagt Sonja, weil sie seinen Märtyrerblick nicht ertragen kann. »Aber sieh zu, daß du es mir dann zurückgibst.«

Das Geld wird eingezahlt, und das Spiel geht weiter.

»Es scheint, irgendwo wird geläutet«, sagt Anja und reißt dabei die Augen auf.

Alle hören auf zu spielen und schauen mit offenem Mund auf das dunkle Fenster. In der dunklen Scheibe spiegelt sich schimmernd die Lampe.

»Das hat sich nur so angehört.«

»Nachts läutet man nur auf dem Friedhof...« sagt Andrej.

»Aber warum wird da geläutet?«

»Damit sich die Räuber nicht in die Kirche schleichen. Sie haben Angst vorm Läuten.«

»Aber wozu sollen sich Räuber in die Kirche schleichen?« fragt Sonja.
»Ist doch klar, wozu: um die Wächter totzumachen!«
Eine Minute vergeht in Schweigen. Alle sehen sich an, schrekken zusammen, dann spielen sie weiter. Diesmal gewinnt Andrej.
»Er hat geschummelt!« sagt Alëša ohne jeden Grund mit seiner Baßstimme.
»Du lügst, ich habe nicht geschummelt!«
Andrej wird blaß, verzieht den Mund und – klatsch, kriegt Alëša eins auf den Kopf! Alëšas Augen funkeln böse, er springt auf, kniet sich mit einem Knie auf den Tisch und – klatsch, kriegt Andrej eins auf die Backe. Beide verabfolgen sich noch je eine Ohrfeige und heulen. Sonja, die solche schrecklichen Sachen nicht ertragen kann, beginnt auch zu weinen, und im Eßzimmer ertönt vielstimmiges Geheul. Aber man glaube nicht, daß damit das Spiel beendet ist. Es vergehen keine fünf Minuten, und die Kinder lachen wieder und unterhalten sich friedlich. Die Gesichter sind verweint, aber das hindert sie nicht, zu lächeln. Alëša ist sogar glücklich: es war ein Mißverständnis!
Das Eßzimmer betritt Vasja, der Schüler der fünften Gymnasialklasse. Er sieht verschlafen und blasiert aus.
Das ist doch empörend! denkt er, als er sieht, wie Griša seine Tasche betastet, in der die Kopeken klimpern. Darf man denn Kindern Geld geben? Und darf man ihnen Glücksspiele erlauben? Eine schöne Pädagogik, das muß man schon sagen! Einfach empörend!
Aber die Kinder spielen so reizend, daß er selbst Lust bekommt, mitzumachen und sein Glück zu versuchen.
»Wartet mal, ich spiele mit«, sagt er.
»Setz eine Kopeke!«
»Gleich«, sagt er und wühlt in seinen Taschen. »Ich habe keine Kopeke bei mir, aber da ist ein Rubel. Ich setze einen Rubel.«
»Nein, nein, nein ... setze eine Kopeke!«
»Seid ihr aber Dummköpfe. Ein Rubel ist doch auf alle Fälle mehr wert als eine Kopeke«, erklärt der Gymnasiast. »Wer gewinnt, gibt mir den Rest raus.«
»Nein, bitte! Geh weg!«
Der Schüler der fünften Klasse zuckt mit den Achseln und geht in die Küche, um bei dem Dienstmädchen Kleingeld zu holen. In der Küche ist jedoch keine Kopeke aufzutreiben.

»In diesem Fall wechsle mir«, drängt er Griša, als er wieder aus der Küche kommt. »Ich bezahl dir das Wechseln. Willst nicht? Nun, so verkauf mir für den Rubel zehn Kopeken.«

Griša schielt mißtrauisch nach Vasja: Ist das nicht irgendeine Falle, vielleicht eine Betrügerei?

»Ich will nicht«, sagt er und hält seine Tasche zu.

Vasja gerät außer sich, schimpft und nennt die Spieler Strohköpfe und Dickschädel.

»Vasja, ich setze für dich«, sagt Sonja. »Setz dich hin.«

Der Gymnasiast setzt sich und legt zwei Karten vor sich hin. Anja beginnt die Zahlen auszurufen.

»Ich habe eine Kopeke fallen lassen«, erklärt Griša plötzlich mit aufgeregter Stimme. »Wartet mal!«

Man nimmt die Lampe und kriecht unter den Tisch, die Kopeke zu suchen. Man faßt in Spucke und Nußschalen, man stößt mit den Köpfen zusammen, aber die Kopeke ist nicht zu finden. Man beginnt von neuem und sucht so lange, bis Vasja schließlich Griša die Lampe aus der Hand reißt und sie auf ihren Platz stellt. Griša sucht im Dunklen weiter.

Aber endlich haben sie die Kopeke. Die Spieler setzen sich an den Tisch und wollen das Spiel fortsetzen.

»Sonja schläft«, verkündet Alëša.

Sonja hat ihren Lockenkopf auf die Arme gelegt und schläft süß, ruhig und fest, als schlafe sie schon seit einer Stunde. Sie ist unerwartet eingeschlafen, während die anderen die Kopeke suchten.

»Leg dich auf Mamas Bett«, sagt Anja und führt sie aus dem Eßzimmer. »Komm!«

Die ganze Schar geht mit, und nach etwa fünf Minuten bietet Mamas Bett einen interessanten Anblick. Sonja schläft. Neben ihr schnarcht Alëša. Mit dem Kopf auf Sonjas Beinen schlafen Griša und Anja. Auch Andrej, der Sohn der Köchin, hat sich gleich dazugesellt. Neben ihnen liegen Kopeken herum, die bis zum nächsten Spiel ihre Anziehungskraft verloren haben. Gute Nacht!

Gram

Wem klage ich meinen Schmerz ...?

Abenddämmerung. Große nasse Schneeflocken wirbeln träge um die eben angezündeten Laternen und legen sich als dünne, weiche Schicht auf Dächer, Pferderücken, Schultern und Mützen. Der Kutscher Iona Potapov ist ganz weiß, wie ein Gespenst. Zusammengekrümmt – mehr kann sich ein menschlicher Körper nicht zusammenkrümmen – kauert er auf dem Kutschbock und regt sich nicht ... Selbst wenn ein ganzer Berg von Schnee auf ihn herunterfallen sollte, er würde es wohl auch dann nicht für nötig halten, ihn abzuschütteln ... Sein Pferdchen ist ebenfalls ganz weiß und rührt sich nicht. In seiner Regungslosigkeit, mit den eckigen Formen und den stockähnlichen Beinen gleicht es sogar von nahem einem Lebkuchenpferdchen für eine Kopeke. Augenscheinlich ist es tief in Gedanken versunken. Wer vom Pflug, von den gewohnten einförmigen Bildern weggerissen und in diesen Strudel unheimlichen Lichts, unablässigen Lärms und rennender Menschen hineingeworfen wird, dem bleibt nichts übrig als nachzudenken ...

Schon seit langem haben Iona und sein Pferdchen sich nicht von der Stelle gerührt. Sie sind schon vor Mittag vom Hof gefahren, und noch immer haben sie nichts eingenommen. Aber nun senkt sich nächtliches Dunkel auf die Stadt. An die Stelle des blassen Laternenlichts treten lebhafte Farben, und der Trubel auf den Straßen wird lauter.

»Kutscher, nach der Vyborger Seite!« hört Iona jemand rufen. »Kutscher!«

Iona zuckt zusammen und sieht durch die schneeverklebten Wimpern einen Offizier in Mantel und Kapuze.

»Nach der Vyborger Seite!« wiederholt der Offizier. »Schläfst wohl, was? Nach der Vyborger!«

Zum Zeichen des Einverständnisses zieht Iona an den Zügeln, dabei fallen vom Rücken des Pferdes und von seinen Schultern ganze Schichten von Schnee. Der Offizier steigt in den Schlitten. Der Kutscher schnalzt mit den Lippen, reckt den Hals wie ein Schwan, richtet sich ein wenig auf und schwingt die Peitsche – weil er es einmal so gewohnt ist, keineswegs, weil es nötig wäre.

Das Pferdchen reckt ebenfalls den Hals, krümmt seine stockähnlichen Beine und setzt sich unentschlossen in Bewegung ...

»Wo fährst du denn, du Idiot«, ruft es gleich zu Anfang aus der dunklen, hin und her wogenden Menge. »Bist du verrückt? Rrrechts fahren.«

»Kannst du nicht fahren! Halt dich rechts!« sagt wütend der Offizier.

Von einer Equipage herunter schimpft ein Kutscher; ein Fußgänger, der über die Straße läuft und mit der Schulter gegen die Schnauze des Pferdchens stößt, schaut sich böse um und schüttelt Schnee vom Ärmel. Iona rutscht auf dem Bock hin und her, als säße er auf Nadeln, er spreizt die Ellenbogen, seine Augen irren wie abwesend umher, als verstünde er nicht, wo und wozu er hier fährt.

»Was für Schurken!« witzelt der Offizier. »Legen es darauf an, mit dir zusammenzustoßen oder unters Pferd zu kommen ... Haben sich wohl verabredet.«

Iona sieht sich nach dem Fahrgast um, seine Lippen bewegen sich. Offenbar will er etwas sagen, doch aus seiner Kehle dringt nur ein Röcheln.

»Wie?« fragt der Offizier.

Iona verzieht den Mund zu einem Lächeln, strengt seine Kehle an und sagt heiser:

»Und mir, Herr, ist nämlich ... die Woche der Sohn gestorben.«

»Hm ...! Woran ist er denn gestorben?«

Iona dreht sich mit dem ganzen Körper zu dem Fahrgast um und sagt:

»Wer kann das wissen! Sicher am Fieber ... Hat drei Tage im Krankenhaus gelegen und ist gestorben ... Gottes Wille.«

»Weich aus, du Teufel«, ruft es aus der Dunkelheit. »Bist wohl nicht ganz bei Trost, alter Hund? Sperr die Augen auf!«

»Los, los, fahr weiter«, sagt der Fahrgast. »Sonst sind wir morgen noch nicht da. Leg mal ein bißchen zu!«

Der Kutscher reckt wieder den Hals, richtet sich etwas auf und schwingt mit ungelenker Grazie die Peitsche. Er schaut sich noch mehrere Male nach dem Fahrgast um, der aber hat die Augen geschlossen und ist offenbar nicht geneigt zuzuhören. Nachdem Iona den Fahrgast auf der Vyborger Seite abgesetzt hat, macht er vor einer Kneipe halt, kauert sich zusammengekrümmt auf den Bock und rührt sich nicht mehr ... Der nasse

Schnee hüllt ihn und das Pferdchen wieder in Weiß. Es vergeht eine Stunde, eine zweite...

Auf dem Bürgersteig tauchen, laut mit den Galoschen aufstampfend und schimpfend, drei junge Männer auf: Zwei sind groß und schlank, der dritte ist klein und bucklig.

»Kutscher, zur Polizei-Brücke!« ruft der Bucklige mit knarrender Stimme. »Drei Personen... zwanzig Kopeken!«

Iona zieht an den Zügeln und schnalzt. Zwanzig Kopeken sind kein angemessener Preis, aber ihm geht es jetzt nicht ums Geld... Ein Rubel oder fünf Kopeken – ihm ist das ganz egal, wenn er nur Fahrgäste hat... Die jungen Leute treten, einander stoßend und wüst fluchend, an den Schlitten und zwängen sich alle drei gleichzeitig hinein. Sie beginnen zu verhandeln, wer die beiden Sitzplätze einnehmen und wer stehen soll. Nach langem Gefluche, vielem Hin und Her und gegenseitigen Vorwürfen beschließen sie, daß der Bucklige als Kleinster stehen muß.

»Na, denn!« knarrt der Bucklige, der sich auf seinen Stehplatz stellt und Iona in den Nacken pustet. »Saus ab! Eine Mütze hast du da auf, Bruder! Eine schlechtere gibt's in ganz Petersburg nicht.«

»Hoho... hoho«, lacht Iona, »ist mal so.«

»Na, du Ist-mal-so, fahr zu! Willst wohl den ganzen Weg so trödeln? Was? Kriegst gleich eine geschmiert...«

»Mir brummt der Schädel«, sagt einer von den beiden Langen. »Gestern bei Dukmasovs haben Vaska und ich zu zweit vier Flaschen Kognak ausgesoffen.«

»Ich versteh nicht, warum du so lügst!« ereifert sich der andere Lange. »Lügt wie ein Schwein.«

»Gott strafe mich, aber es ist wahr.«

»Ist ebenso wahr, wie es wahr ist, daß Läuse husten.«

»Hehe!« kichert Iona. »Luuustige Herrschaften!«

»Tfu, hol dich der Teufel!« Der Bucklige wird böse. »Willst du nun fahren, alte Pest, oder nicht? Wer fährt denn so? Zieh ihm eins mit der Peitsche über! Na, zum Teufel! Los! Gib's ihm!«

Iona spürt hinter seinem Rücken den zappelnden Körper und die knarrende Stimme des Buckligen. Er hört, wie auf ihn geflucht wird, er sieht Menschen, und allmählich weicht aus seiner Brust das Gefühl der Einsamkeit. Der Bucklige schimpft, bis er sich schließlich bei einem ganz saftigen, sechsstöckigen Fluch verschluckt und krampfhaft husten muß. Die beiden Langen reden von irgendeiner Nadežda Petrovna. Iona sieht sich nach ihnen um. Er wartet eine kurze Gesprächspause ab, dreht sich noch einmal um und murmelt:

»Mir ist diese Woche ... nämlich ... der Sohn gestorben.«

»Wir müssen alle mal sterben«, seufzt der Bucklige und wischt sich nach dem Husten die Lippen ab.

»Los, fahr schneller, schneller! Herrschaften, ich bin absolut außerstande, so weiterzufahren! Wann werden wir da ankommen?«

»Mach mal ein bißchen Dampf dahinter ... gib ihm eins ins Genick!«

»Hast du verstanden, alte Pest? Ich hau dir die Hucke voll ...! Wenn man bei euresgleichen lange fackelt, kann man auch gleich zu Fuß laufen! Hast du verstanden, alter Drachen? Oder pfeifst du auf unsere Worte?«

Und Iona hört, wie auf seinen Nacken ein Schlag klatscht, er fühlt ihn aber gar nicht richtig.

»Hoho ...« lacht er, »lustige Herrschaften. Gott gebe ihnen Gesundheit!«

»Kutscher, bist du verheiratet?« fragt der eine Lange.

»Ich? Hoho ... lustige Herrschaften. Jetzt hab ich nur eine Frau – die feuchte Erde ... Hihoho ... Das Grab nämlich! Mein Sohn ist nämlich tot, und ich lebe ... Seltsame Geschichte, der Tod hat die Tür verwechselt ... Statt zu mir zu kommen, ist er zum Sohn ...«

Und Iona dreht sich um und will erzählen, wie sein Sohn gestorben ist, aber da seufzt der Bucklige erleichtert auf und erklärt, sie seien Gott sei Dank endlich angelangt. Iona erhält seine zwanzig Kopeken, und er schaut lange den Herrschaften nach, die in einer dunklen Toreinfahrt verschwinden. Wieder ist er ganz allein, und wieder wird es um ihn ganz still ... Der Gram, der kurze Zeit nachgelassen hatte, kommt wieder und zerreißt ihm die Brust mit noch größerer Gewalt. Ionas Augen wandern ruhelos und gequält über die Menge, die auf beiden Seiten der Straße hin und her wogt. Wird sich unter diesen Tausenden nicht wenigstens einer finden, der ihn anhört? Aber die Menschen eilen in Massen vorbei und achten weder auf ihn noch auf seinen Gram ... Übermächtig ist dieser Gram und ohne Grenzen. Würde Ionas Brust zerspringen und der Gram aus ihr herausströmen – er würde die ganze Welt überfluten, und doch kann ihn niemand sehen. Verborgen in seiner winzigen Schale, wäre er selbst bei Tage mit einer Laterne nicht zu entdecken.

Iona sieht einen Hausknecht mit einem Sack und beschließt, ihn anzusprechen.

»Lieber, wie spät mag es sein?« fragt er.

»Es geht auf zehn... Was stehst du hier herum? Fahr weiter!«

Iona fährt ein paar Schritte weiter, krümmt sich zusammen und gibt sich seinem Gram hin... Sich an die Menschen zu wenden, hält er bereits für zwecklos. Aber es vergehen keine fünf Minuten, da richtet er sich auf, schüttelt den Kopf, als spüre er einen stechenden Schmerz, und zieht an den Zügeln... Er hält es nicht mehr aus.

Nach Hause, denkt er, nur nach Hause.

Und das Pferdchen, als hätte es seinen Gedanken erraten, setzt sich in Trab. Nach anderthalb Stunden sitzt Iona schon neben dem großen, schmutzigen Ofen. Auf dem Ofen, auf dem Fußboden, auf den Bänken schnarchen Leute. Die Luft ist verraucht und stickig... Iona schaut auf die Schlafenden, kratzt sich den Kopf und bereut, daß er so früh zurückgekommen ist.

Nicht mal genug für Hafer hab ich heute zusammengebracht, denkt er. Daher auch der Gram. Ein Mensch, der seine Sache versteht... der selbst satt wird und sein Pferd nicht hungern läßt, ist immer zufrieden...

In einer Ecke richtet sich ein junger Kutscher auf, ächzt verschlafen und langt nach dem Wassereimer.

»Hast wohl Durst?« fragt Iona.

»Na ja, hab Durst!«

»So... Wohl bekomm's... Aber mir, Bruder, ist der Sohn gestorben. Hast du's gehört? Diese Woche im Krankenhaus... So eine Geschichte!«

Iona schaut, welche Wirkung seine Worte hervorrufen, aber er sieht nichts. Der junge Kutscher hat die Decke wieder über den Kopf gezogen und schläft weiter. Der Alte seufzt und kratzt sich... So, wie es den Burschen danach verlangte zu trinken, so verlangt es ihn danach zu reden. Seit dem Tod des Sohnes ist bald eine Woche vergangen, und er hat sich noch mit niemand so recht aussprechen können... Darüber muß man doch in aller Ausführlichkeit und vernünftig reden... Man müßte erzählen, wie der Sohn erkrankt ist, wie er sich gequält hat, welches seine

letzten Worte vor dem Tod waren und wie er gestorben ist ...
Man müßte die Beerdigung schildern und die Fahrt nach dem
Krankenhaus, wo er die Kleidung des Verstorbenen abholte. Im
Dorf ist ihm das Töchterchen Anisa geblieben ... Auch von ihr
müßte man sprechen ... Und was hätte er jetzt nicht alles zu
erzählen! Der Zuhörer müßte stöhnen, seufzen und wehklagen
... Noch besser wäre es, er würde alles den Weibern erzählen.
Die sind zwar dumm, aber sie heulen schon beim zweiten Wort.

Werd mal nach dem Pferd sehn, denkt Iona, zum Schlafen ist
noch Zeit genug ... Werd mich schon noch ausschlafen.

Er zieht sich an und geht in den Stall, wo sein Pferd steht. Er
denkt an den Hafer, ans Heu, ans Wetter ... An den Sohn darf
er, wenn er allein ist, nicht denken ... Mit jemand darüber sprechen – das geht; aber für sich allein daran denken und sich das
Bild des Sohnes vorstellen – das ist unerträglich, das ist grauenhaft ...

»Kaust du?« fragt Iona sein Pferd und schaut ihm in die glänzenden Augen. »Na kau nur, kau nur ... Wenn es heute den
Hafer nicht eingebracht hat, dann fressen wir eben Heu. Ja ...
Bin zum Fahren zu alt ... Der Sohn sollte fahren, aber nicht ich
... Das war ein richtiger Kutscher. Nur leben müßte er ...«
Iona schweigt eine Weile und fährt dann fort: »Stutchen, so ist
es nun, Bruder ... Kuzma Ionyč ist weg ... Hat uns Lebewohl
gesagt ... Ist krank geworden und gestorben, ganz umsonst ...
Sagen wir mal, du hast jetzt ein Fohlen und bist von dem Fohlen die leibliche Mutter ... Und plötzlich, sagen wir mal, sagt
dieses selbe Fohlen dir Lebewohl ... Das tut doch weh?«

Das Pferdchen kaut, hört zu und schnauft seinem Herrn auf
die Hände ...

Iona kommt ins Reden und erzählt ihm alles ...

Die Nacht vor der Verhandlung
Erzählung eines Angeklagten

»Es gibt ein Unglück, Herr!« sagte der Postkutscher, während er
sich zu mir umdrehte und mit der Peitsche auf einen Hasen zeigte, der uns über den Weg lief.

Ich wußte auch ohne den Hasen, daß meine Zukunft zum

Verzweifeln war. Ich fuhr zum Kreisgericht von S., wo ich mich wegen Bigamie auf die Anklagebank setzen mußte. Das Wetter war furchtbar. Als ich in der Nacht die Poststation erreichte, sah ich wie ein Mensch aus, den man mit Schnee beworfen, mit Wasser begossen und dann heftig verprügelt hat – so war ich durchgefroren, durchnäßt und von dem eintönigen Rütteln des Wagens benommen. Auf der Station empfing mich der Posthalter, ein hochgewachsener Mann in blaugestreiften Unterhosen; er war kahlköpfig, verschlafen und hatte einen Schnurrbart, der aus seinen Nasenlöchern zu wachsen und ihn beim Riechen zu hindern schien.

Und man muß sagen, hier gab es was zu riechen. Als der Posthalter brummend, schnaufend und sich am Kragen kratzend die Tür zu den Stations›gemächern‹ öffnete und mir schweigend mit dem Ellenbogen meinen Ruheplatz anwies, schlug mir der schwere Geruch von Saurem, Siegellack und zerdrückten Wanzen entgegen, so daß ich beinahe erstickt wäre. Ein Blechlämpchen, das auf dem Tisch stand und die ungestrichenen Holzwände beleuchtete, qualmte wie ein Kienspan.

»Ein schöner Gestank hier bei Ihnen, Signore«, sagte ich beim Eintreten und legte den Koffer auf den Tisch.

Der Posthalter schnupperte und schüttelte ungläubig den Kopf.

»Riecht wie gewöhnlich«, sagte er und kratzte sich. »Das kommt Ihnen nur so vor, weil Sie aus der klaren Frostluft kommen. Die Postkutscher schlafen bei den Pferden, und die Herrschaften riechen nicht.«

Ich schickte den Posthalter weg und musterte meine provisorische Behausung. Das Sofa, auf dem ich schlafen sollte, war breit wie ein Doppelbett, mit Wachstuch bezogen und kalt wie Eis. Außer dem Sofa standen in dem Zimmer noch ein großer gußeiserner Ofen, ein Tisch mit dem bereits erwähnten Lämpchen, ein Paar Filzstiefel, ein Handreisesack und ein Wandschirm, der eine Zimmerecke abteilte. Hinter dem Wandschirm schlief jemand friedlich. Nachdem ich mich umgeschaut hatte, machte ich mir auf dem Sofa das Bett zurecht und zog mich aus. Meine Nase gewöhnte sich bald an den Gestank. Als ich Gehrock, Hosen und Stiefel abgelegt hatte, reckte ich mich eine Weile und begann dann lächelnd und fröstelnd um den gußeisernen Ofen zu hüpfen, wobei ich meine bloßen Beine hochwarf ... Diese

Sprünge erwärmten mich. Ich brauchte mich danach nur auf dem Sofa auszustrecken und einzuschlafen, doch da ereignete sich ein kleiner Zwischenfall. Mein Blick fiel zufällig auf den Wandschirm und ... stellen Sie sich meinen Schreck vor! Hinter dem Wandschirm schaute ein Frauenköpfchen mit offenen Haaren und schwarzen Äuglein hervor. Sie zeigte die Zähnchen, die schwarzen Augenbrauen zuckten, auf den Wangen glänzten hübsche Grübchen – das heißt, sie lachte. Ich wurde verlegen. Als das Köpfchen merkte, daß ich es gesehen hatte, wurde es auch verlegen und verschwand. Wie schuldbewußt und mit gesenktem Blick begab ich mich still zum Sofa, legte mich hin und deckte mich mit dem Pelz zu.

So was Dummes! dachte ich. Sie hat also gesehen, wie ich gehüpft bin! Wie unangenehm ...

Und in der Erinnerung an die hübschen Gesichtszüge fing ich unwillkürlich an zu träumen. Allerlei Bilder, das eine immer schöner und verführerischer als das andere, drängten sich in meine Phantasie, und ... wie zur Strafe für meine sündhaften Gedanken fühlte ich plötzlich auf meiner rechten Wange einen heftigen, brennenden Schmerz. Ich griff nach der Wange, fing jedoch nichts, aber ich erriet, worum es sich handelte: es roch nach einer zerdrückten Wanze.

»Weiß der Teufel, was das ist!« hörte ich im gleichen Augenblick eine Frauenstimme. »Diese verflixten Wanzen wollen mich wahrscheinlich auffressen.«

Hm ... Ich erinnerte mich an meine gute Gewohnheit, auf die Reise immer Insektenpulver mitzunehmen. Und auch diesmal war ich meiner Gewohnheit treu geblieben. Die Blechbüchse mit dem Pulver war im Nu aus dem Koffer geholt. Ich brauchte jetzt nur noch dem hübschen Köpfchen das Mittel anzubieten – und die Bekanntschaft war gemacht. Aber wie sollte ich es anstellen?«

»Es ist furchtbar!«

»Gnädige Frau«, sagte ich mit möglichst süßer Stimme. »Soweit ich Ihren letzten Ausruf verstanden habe, werden Sie von Wanzen gebissen. Ich habe Insektenpulver bei mir. Wenn es Ihnen recht ist, so ...«

»Ach, bitte!«

»In diesem Fall werde ich gleich ... ich ziehe mir nur meinen Pelz an und bringe es Ihnen ...« sagte ich erfreut.

»Nein, nein ... Reichen Sie es mir über den Wandschirm, aber kommen Sie nicht hierher!«

»Ich weiß selbst, daß ich es über den Wandschirm reichen muß. Haben Sie keine Angst, ich bin doch kein Baschi Bosuk ...«

»Kann man es wissen? Sie sind ein Durchreisender.«

»Hm ... Und wenn ich auch hinter den Wandschirm käme ... Was ist schon dabei ... um so weniger, da ich Arzt bin«, log ich, »und Ärzte, Polizeivorsteher und Damenfriseure haben das Recht, in das Privatleben einzudringen.«

»Sagen Sie die Wahrheit: Sie sind Arzt? Im Ernst?«

»Ehrenwort. So erlauben Sie mir, Ihnen das Pulver zu bringen?«

»Nun, wenn Sie Arzt sind, dann meinetwegen ... Aber warum wollen Sie sich bemühen? Ich kann meinen Mann zu Ihnen rüberschicken ... Fedja!« sagte die Brünette mit gesenkter Stimme. »Fedja! Wach doch auf, du Bär! Steh auf und geh hinter den Wandschirm. Der Doktor ist so liebenswürdig und bietet uns Insektenpulver an.«

Die Anwesenheit eines Fedja hinter dem Wandschirm war für mich eine niederschmetternde Neuigkeit. Ich war wie vor den Kopf gestoßen ... Meine Seele erfüllte ein Gefühl, wie es aller Wahrscheinlichkeit nach ein Flintenhahn empfindet, wenn er versagt, es war peinlich, ärgerlich und bedauerlich ... Meine Stimmung wurde so schlecht, und dieser Fedja erschien mir als ein solcher Schurke, als er hinter dem Wandschirm hervorkam, daß ich beinahe um Hilfe gerufen hätte. Fedja war ein hochgewachsener, sehniger Mann von etwa fünfzig Jahren mit braunem Backenbart, zusammengepreßten Beamtenlippen und blauen Äderchen, die unregelmäßig über Nase und Schläfen liefen. Er trug Schlafrock und Pantoffeln.

»Sie sind sehr liebenswürdig, Herr Doktor ...« sagte er, während er von mir das Insektenpulver nahm und wieder hinter den Wandschirm zurückkehrte. »Merci ... Hat Sie auch der Schneesturm überrascht?«

»Ja«, brummte ich, legte mich auf das Sofa und deckte mich wütend mit dem Pelz zu. »Ja!«

»Soso ... Zinočka, auf deinem Näschen krabbelt eine kleine Wanze! Erlaube mir, sie zu entfernen!«

»Du darfst.« Zinočka lachte. »Hast sie nicht gefangen! Ein

Staatsrat, alle fürchten dich, aber mit einer Wanze kannst du nicht fertig werden!«

»Zinočka, vor einem fremden Menschen ...« (Ein Seufzer) »Immer bist du so ... Bei Gott ...«

»Diese Halunken, lassen einen nicht schlafen!« brummte ich und war sehr ärgerlich, ohne zu wissen warum.

Aber die Eheleute beruhigten sich bald. Ich schloß die Augen und dachte an nichts weiter, um einzuschlafen. Aber es verging eine halbe Stunde, eine ganze ... und ich schlief noch nicht. Zu guter Letzt begannen meine Nachbarn sich auch wieder zu regen und im Flüsterton zu schimpfen.

»Merkwürdig, sogar das Insektenpulver hilft nicht!« brummte Fedja vor sich hin. »So viele Wanzen! Herr Doktor! Zinočka bittet mich, Sie zu fragen, warum die Wanzen so abscheulich riechen?«

Wir kamen ins Gespräch. Wir sprachen über die Wanzen, das Wetter, den russischen Winter, die Medizin, in der ich genausowenig bewandert bin wie in der Astronomie; wir sprachen über Edison ...

»Geniere dich doch nicht, Zinočka ... Er ist doch Arzt!« hörte ich nach dem Gespräch über Edison flüstern. »Mach keine Umstände und frage ... Brauchst keine Angst zu haben. Šervecov hat dir nicht geholfen, vielleicht kann der hier helfen.«

»Herr Doktor«, wandte sich Fedja an mich, »weshalb hat meine Frau so eine Beklemmung auf der Brust? Der Husten, wissen Sie ... bedrückt sie so, als ob, wissen Sie, etwas geronnen ist ...«

»Das bedürfte einer langen Unterhaltung, das ist nicht so einfach zu sagen ...« Ich versuchte auszuweichen.

»Nun, das macht nichts, wenn es lange dauert. Wir haben Zeit ... Schlafen können wir sowieso nicht ... Untersuchen Sie, mein Lieber! Ich muß bemerken, daß sie von Šervecov behandelt wird ... Er ist ein guter Mensch, aber ... wer weiß? Ich glaube ihm nicht! Ich nicht! Ich sehe, Sie wollen nicht, aber seien Sie so gut. Untersuchen Sie sie, ich gehe inzwischen zum Posthalter und lasse den Samovar aufstellen.«

Fedja schlurfte mit den Pantoffeln hinaus. Ich trat hinter den Wandschirm. Zinočka saß auf einem breiten Sofa, umgeben von einer Menge Kissen, und hielt ihren Spitzenkragen zu.

»Zeigen Sie die Zunge!« begann ich, während ich mich neben sie setzte und die Stirn runzelte.

Sie zeigte die Zunge und lachte. Die Zunge war ganz normal und rot. Ich suchte den Puls.

»Hm...« brummte ich, als ich den Puls nicht fand.

Ich habe vergessen, was für Fragen ich ihr noch stellte, als ich ihr lachendes Gesichtchen betrachtete, ich erinnere mich nur noch, daß ich am Schluß meiner Diagnose schon ein solcher Trottel und Idiot war, daß mir wirklich nicht mehr nach Fragen zumute war.

Schließlich saß ich in Gesellschaft von Fedja und Zinočka beim Samovar; ich mußte noch ein Rezept ausschreiben und verfaßte es nach allen Regeln der ärztlichen Wissenschaft:

Rp	Sic transit	0,05
	Gloria mundi	1,0
	Aqua destillata	0,1
Alle zwei Stunden einen Eßlöffel		
Für Frau Sjelova		
		Dr. Zajcev

Am anderen Morgen, als ich, schon zur Abreise bereit, mich mit dem Koffer in der Hand auf immer von meinen neuen Bekannten verabschieden wollte, hielt mich Fedja am Knopf fest, reichte mir einen Zehnrubelschein und redete mir zu:

»Nein, Sie sind verpflichtet, ihn anzunehmen! Ich bin gewohnt, jede ehrliche Arbeit zu bezahlen! Sie haben studiert, gearbeitet! Ihre Kenntnisse haben Sie viel Schweiß gekostet! Ich verstehe das!«

Es war nichts zu machen, ich mußte den Zehnrubelschein nehmen.

So verbrachte ich die Nacht vor der Gerichtsverhandlung. Ich möchte nicht die Empfindungen beschreiben, die ich hatte, als sich vor mir die Tür öffnete und der Gerichtsdiener mir die Anklagebank zeigte. Ich sage nur, daß ich blaß und verlegen wurde, als ich, mich umschauend, Tausende von Augen auf mich gerichtet sah; und ich las mir selbst ein Sterbegebet, als ich die ernsten, feierlichen und würdevollen Gesichter der Geschworenen erblickte.

Aber ich kann es nicht beschreiben, und Sie können sich mein Entsetzen nicht vorstellen, als ich meine Augen auf den mit rotem Tuch bedeckten Tisch richtete und auf den Platz des Staatsanwalts – was meinen Sie? – Fedja erblickte! Er saß da und schrieb etwas. Als ich ihn ansah, fielen mir die Wanzen,

Zinočka und meine Diagnose ein, und kein kalter Schauer, sondern ein ganzes Eismeer lief mir über den Rücken ... Als er mit Schreiben fertig war, sah er mich an. Zuerst erkannte er mich nicht, aber dann weiteten sich seine Pupillen, der Unterkiefer klappte kraftlos herunter ... seine Hand zitterte. Er erhob sich langsam und heftete seinen bleiernen Blick auf mich. Ich erhob mich gleichfalls, ich weiß selbst nicht weshalb, und verschlang ihn mit den Augen ...

»Angeklagter, nennen Sie dem Gericht Ihren Namen und so weiter«, begann der Vorsitzende.

Der Staatsanwalt setzte sich und trank ein Glas Wasser. Kalter Schweiß trat ihm auf die Stirn.

Nun, die werden mir tüchtig den Kopf waschen! dachte ich.

Allen Anzeichen nach war der Staatsanwalt entschlossen, mich einzulochen. Die ganze Zeit über war er gereizt und launisch, er stöberte in den Zeugenaussagen herum und brummte ...

Aber es ist Zeit, zum Schluß zu kommen. Ich schreibe das hier im Gerichtsgebäude während der Mittagspause ... Gleich wird der Staatsanwalt eine Rede halten.

Was wird wohl werden?

Durcheinander

Als Mašenka Pavleckaja, eine junge Institutsschülerin, die gerade erst ihr Studium beendet hatte, von einem Spaziergang in das Haus der Kuškins zurückkehrte, wo sie als Gouvernante angestellt war, fand sie ein ungewöhnliches Durcheinander vor. Der Portier Michajlo, der ihr die Tür öffnete, war aufgeregt und rot wie ein Krebs.

Von oben ertönte Lärm.

Wahrscheinlich hat die Hausfrau einen Anfall ... dachte Mašenka, oder sie hat sich mit ihrem Mann gestritten ...

Im Vorzimmer und im Korridor traf sie die Dienstmädchen. Das eine Dienstmädchen weinte. Dann sah Mašenka, wie aus der Tür ihres Zimmers der Hausherr Nikolaj Sergeič gelaufen kam, ein kleiner, noch nicht alter Mann mit einem welken Gesicht und einer großen Glatze. Er war rot und machte krampfhafte Bewegungen ... Ohne die Gouvernante zu bemerken, lief er an ihr vorbei, hob die Hände und rief: »Oh, wie furchtbar! Wie taktlos! Wie dumm und brutal! Abscheulich!«

Mašenka betrat ihr Zimmer, und hier mußte sie zum erstenmal in ihrem Leben in ganzer Schärfe ein Gefühl verspüren, das abhängigen und gedemütigten Menschen, die bei Reichen und Vornehmen ihr Brot erhalten, so bekannt ist. Ihr Zimmer war durchsucht worden. Die Hausfrau Fedosja Vasiljevna, eine korpulente, breitschultrige Dame mit dichten schwarzen Augenbrauen, barhäuptig und plump, mit einem kaum bemerkbaren Schnurrbärtchen und roten Händen, im Gesicht und in den Manieren einer einfachen Köchin ähnlich, stand an ihrem Tisch und legte Wollknäuel, kleine Flicken und Zettel in ihre Arbeitstasche zurück. Das Erscheinen der Gouvernante kam für sie augenscheinlich unerwartet, denn als sie sich umsah und deren blasses, erstauntes Gesicht erblickte, wurde sie leicht verlegen und murmelte: »Pardon, ich ... ich habe es aus Versehen verstreut ... ich blieb mit dem Ärmel hängen ...«

Und nachdem sie noch etwas gesagt hatte, ging Madame Kuškina, mit ihrer Schleppe rauschend, hinaus. Mašenka überflog mit einem erstaunten Blick ihr Zimmer, und da sie nichts begriff und nicht wußte, was sie denken sollte, zuckte sie mit den Achseln und fröstelte vor Angst. Was hatte Fedosja Vasiljevna in ihrer Tasche gesucht? Wenn sie tatsächlich, wie sie sagte, aus Versehen mit dem Ärmel hängengeblieben war und alles verstreut hatte, warum war dann Nikolaj Sergeič so rot und aufgeregt aus ihrem Zimmer gekommen? Warum war die eine Schublade des Tisches leicht herausgezogen? Die Sparbüchse, in der die Gouvernante Zehnkopekenstücke und alte Briefmarken versteckte, war geöffnet. Es war jedoch nicht gelungen, sie wieder zu schließen, obwohl man das ganze Schloß zerkratzt hatte. Das Bücherregal, die Tischplatte, das Bett – alles trug die frischen Spuren einer Durchsuchung. Mit dem Wäschekorb war es das gleiche. Die Wäsche war sorgfältig zusammengelegt, aber nicht so geordnet, wie sie Mašenka hinterlassen hatte, als sie aus dem Hause gegangen war. Es handelte sich also um eine regelrechte Durchsuchung, aber wozu und warum? Was war geschehen? Mašenka erinnerte sich an die Erregung des Portiers, das Durcheinander, das noch immer andauerte, an das verweinte Dienstmädchen; sollte das alles mit der eben bei ihr vorgenommenen Durchsuchung zusammenhängen? Ob sie vielleicht in eine furchtbare Sache verwickelt war? Mašenka wurde bleich, und ganz starr ließ sie sich auf dem Wäschekorb nieder.

In das Zimmer trat eines der Dienstmädchen.

»Liza, wissen Sie nicht, warum man bei mir alles ... durchsucht hat?« fragte die Gouvernante.

»Bei der gnädigen Frau ist eine Brosche für zweitausend Rubel verschwunden ...« sagte Liza.

»Ja, aber weshalb hat man meine Sachen durchsucht?«

»Alle hat man durchsucht, Fräulein. Auch bei mir hat man alles durchsucht. Man hat uns alle splitternackt ausgezogen und durchsucht ... Und ich spreche wie vor Gott, Fräulein ... Nicht nur, daß ich nicht die Brosche habe, ich bin nicht einmal in die Nähe ihres Toilettentisches gekommen. Auch auf der Polizei werde ich das sagen.«

»Aber ... weshalb hat man denn meine Sachen durchsucht?« fuhr die Gouvernante zweifelnd und verständnislos fort.

»Ich sage ja, die Brosche ist gestohlen ... Die gnädige Frau hat alles eigenhändig durchwühlt. Sogar den Portier Michajlo hat sie durchsucht. Die reinste Schande! Nikolaj Sergeič sieht nur zu und gackert wie ein Huhn. Aber Sie, Fräulein, zittern unnötig. Bei Ihnen hat man doch nichts gefunden! Wenn Sie die Brosche nicht genommen haben, brauchen Sie sich auch nicht zu fürchten.«

»Aber Liza, das ist doch niederträchtig ... verletzend!« rief Mašenka keuchend vor Empörung. »Das ist doch eine Gemeinheit, eine Niedertracht! Was für ein Recht hat sie, mich zu verdächtigen und in meinen Sachen herumzuwühlen?«

»Sie wohnen bei fremden Leuten, Fräulein.« Liza seufzte. »Wenn Sie auch ein Fräulein sind, aber so ... wie ein Dienstmädchen ... Das ist nicht so, wie wenn man bei Vater und Mutter wohnt ...«

Mašenka warf sich auf das Bett und fing bitterlich an zu weinen. Noch niemals hatte man gegen sie solche Gewalt angewendet, noch niemals hatte man sie so tief gekränkt wie jetzt ... Sie, ein wohlerzogenes, empfindsames Mädchen, die Tochter eines Lehrers, hatte man des Diebstahls verdächtigt, man hatte sie durchsucht wie ein Straßenmädchen! Eine größere Beleidigung als diese konnte man sich kaum ausdenken. Und zu diesem Gefühl der Kränkung gesellte sich noch eine große Angst: was würde jetzt kommen?! Allerlei widersinnige Gedanken gingen ihr durch den Kopf. Wenn man imstande war, sie des Diebstahls zu verdächtigen, konnte man sie also jetzt auch verhaften, splitternackt ausziehen und durchsuchen, dann unter Bewachung durch die Straßen führen und zu Mäusen und Asseln in eine dunkle, kalte Zelle sperren, gar in so eine, in der die Fürstin Tarakanova gesessen hat. Wer würde sich für sie einsetzen? Ihre Eltern wohnten weit weg in der Provinz; zu ihr zu kommen, hatten sie kein Geld. In der Hauptstadt war sie allein wie in einer Wüste, ohne Verwandte und Bekannte. Man konnte mit ihr machen, was man wollte.

Ich werde zu allen Richtern und Verteidigern laufen ... dachte Mašenka zitternd. Ich werde es erklären und beschwören ... Sie werden mir glauben, daß ich keine Diebin sein kann!

Mašenka fiel ein, daß in ihrem Korb unter den Bettüchern Süßigkeiten lagen, die sie nach alter Institutsgewohnheit während des Mittagessens in die Tasche gesteckt und auf ihr Zimmer gebracht hatte. Bei dem Gedanken, daß dieses kleine Geheimnis den Herrschaften nun bekannt war, überlief es sie heiß, und sie schämte sich; und von alledem – von der Furcht, der Scham und der Kränkung – bekam sie heftiges Herzklopfen, das sie bis in die Schläfen, die Hände und tief in den Leib verspürte.

»Bitte zu Tisch!« wurde Mašenka gerufen.

Soll ich gehen oder nicht?

Mašenka ordnete ihre Frisur, trocknete sich an dem feuchten Handtuch ab und ging in das Eßzimmer. Dort hatte man bereits mit dem Mittagessen begonnen ... An dem einen Ende des Tisches saß Fedosja Vasiljevna hochmütig und mit einem stumpfsinnigen, ernsten Gesicht, an dem anderen Nikolaj Sergeič. An den Seiten saßen die Gäste und die Kinder. Zwei Diener im Frack und mit weißen Handschuhen servierten. Jeder wußte, daß im Haus alles kopfstand, daß die Hausfrau Kummer hatte, und schwieg daher. Man hörte nur das Kauen und das Geräusch der Löffel, die an die Teller stießen.

Zu sprechen begann die Hausfrau selbst.

»Was gibt es bei uns als dritten Gang?« fragte sie einen Diener mit matter, leidender Stimme.

»Esturschong a la rüss!« antwortete der Diener.

»Das habe ich bestellt, Fenja«, beeilte sich Nikolaj Sergeič zu sagen. »Ich hatte Appetit auf Fisch. Wenn es dir nicht gefällt, ma chère, braucht man es nicht aufzutragen. Ich habe das nur so ... unter anderem ...«

Fedosja Vasiljevna aß nicht gerne Speisen, die sie nicht selbst bestellt hatte, und nun füllten sich ihre Augen mit Tränen.

»Nun, hören wir auf, uns zu erregen«, sagte mit süßlicher Stimme Mamikov, ihr Hausarzt, während er sanft ihre Hände berührte und ebenso süßlich lächelte. »Wir sind schon ohnehin nervös genug. Wollen wir die Brosche vergessen! Die Gesundheit ist mehr wert als zweitausend!«

»Die zweitausend tun mir nicht leid«, antwortete die Hausfrau, und eine große Träne rollte über ihre Wange. »Mich empört die Tatsache selbst! Ich dulde in meinem Haus keine Diebe. Es tut mir nicht leid, aber bei mir zu stehlen, das ist so eine Undankbarkeit! So belohnt man meine Güte ...«

Alle blickten auf ihre Teller, aber Mašenka schien es, als hätten nach den Worten der Hausfrau alle auf sie geschaut. Ein Kloß würgte plötzlich in ihrem Hals, sie fing an zu weinen und preßte ihr Gesicht in das Taschentuch.

»Pardon«, murmelte sie. »Ich kann nicht. Ich habe Kopfschmerzen. Ich gehe.« Sie stand vom Tisch auf, polterte ungeschickt mit dem Stuhl, wurde noch verlegener und ging schnell hinaus.

»Weiß Gott!« sagte Nikolaj Sergeič stirnrunzelnd. »War das nötig, bei ihr alles zu durchsuchen! Das war wirklich ... unangebracht.«

»Ich sage ja nicht, daß sie die Brosche genommen hat«, antwortete Fedosja Vasiljevna, »aber kannst du denn für sie bürgen? Offen gesagt, ich traue diesen studierten armen Teufeln nicht.«

»Wirklich, Fenja, es war unangebracht ... Entschuldige, Fenja, aber dem Gesetz nach hast du kein Recht, Durchsuchungen vorzunehmen.«

»Ich kenne eure Gesetze nicht. Ich weiß nur, daß meine Brosche verschwunden ist, das genügt. Und ich werde diese Brosche finden!« Sie klopfte mit der Gabel an ihren Teller, und ihre Augen funkelten zornig. »Und Sie sollen essen und sich nicht in meine Angelegenheiten mischen!«

Nikolaj Sergeič senkte sanft die Augen und seufzte.

Als Mašenka in ihr Zimmer kam, ließ sie sich auf das Bett fallen. Sie verspürte keine Angst und Scham mehr, es quälte sie nur das heftige Verlangen, zu dieser gefühllosen, dieser arroganten, dummen, glücklichen Frau hinzugehen und ihr eine Ohrfeige zu geben.

Während sie so dalag, preßte sie das Gesicht in die Kissen und träumte davon, wie schön es wäre, jetzt die teuerste Brosche zu kaufen und sie diesem borniertem Frauenzimmer ins Gesicht zu werfen. Wenn doch Gott gäbe, daß Fedosja Vasiljevna ruiniert wäre, an den Bettelstab käme und das ganze Grauen der Armut und einer unfreien Lage empfinden würde, und wenn dann die gekränkte Mašenka ihr ein Almosen geben könnte! Oh, wenn sie eine große Erbschaft machte, dann würde sie sich eine Kalesche kaufen und lärmend an ihren Fenstern vorbeifahren, damit sie neidisch würde.

Aber das waren Träume, in der Wirklichkeit gab es nur eins – so schnell wie möglich von hier wegzugehen, keine Stunde länger hierzubleiben. Natürlich war es furchtbar, die Stelle zu verlieren und wieder zu den Eltern zu fahren, die nichts hatten, aber was sollte sie machen? Mašenka konnte die Hausfrau und dieses kleine Zimmer nicht mehr sehen, bedrückend und unheimlich war es ihr hier zumute. Fedosja Vasiljevna, verrückt von ihren Krankheiten und ihrem eingebildeten Aristokratismus, war ihr so widerlich geworden, daß ihr alles auf der Welt grob und unansehnlich schien, weil diese Frau existierte. Mašenka sprang vom Bett auf und begann zu packen.

»Darf ich eintreten?« fragte hinter der Tür Nikolaj Sergeič; er war lautlos an die Tür getreten und sprach mit leiser, weicher Stimme. »Darf ich?«

»Treten Sie ein.«

Er kam herein und blieb an der Tür stehen. Seine Augen blickten trübe, und seine rote Nase glänzte. Nach dem Mittagessen hatte er Bier getrunken, das merkte man an seinem Gang und seinen schwachen, kraftlosen Händen.

»Was ist denn das?« fragte er und zeigte auf den bereitstehenden Korb.

»Ich packe. Verzeihen Sie, Nikolaj Sergeič, aber ich kann nicht länger in Ihrem Hause bleiben. Diese Durchsuchung hat mich tief gekränkt!«

»Ich verstehe... Aber das ist doch unnötig... Wozu? Man hat Ihre Sachen durchsucht, und Sie... was macht das schon? Sie büßen doch nichts ein dabei.«

Mašenka schwieg und packte weiter. Nikolaj Sergeič zupfte an seinem Schnurrbart, als überlege er, was er noch sagen sollte, und fuhr mit schmeichelnder Stimme fort:

»Ich verstehe Sie natürlich, aber man muß nachsichtig sein. Wissen Sie, meine Frau ist nervös und unberechenbar, man darf nicht zu streng urteilen...«

Mašenka schwieg.

»Wenn Sie schon so gekränkt sind«, fuhr Nikolaj Sergeič fort, »dann bitte, ich bin bereit, mich bei Ihnen zu entschuldigen. Entschuldigen Sie.«

Mašenka gab keine Antwort, sie beugte sich nur noch tiefer über ihren Koffer. Dieser abgezehrte, unentschlossene Mensch bedeutete im Haus absolut nichts. Er spielte die klägliche Rolle eines Gnadenbrotempfängers und überflüssigen Menschen, sogar bei den Dienstboten; seine Entschuldigung hatte keine Bedeutung.

»Hm... Sie schweigen? Genügt Ihnen das nicht? In diesem Fall entschuldige ich mich auch für meine Frau. Im Namen meiner Frau... Sie handelte taktlos, ich als Edelmann sehe das ein...«

Nikolaj Sergeič ging hin und her, seufzte und fuhr fort:

»Sie wünschen also noch, daß ich hier unter dem Herzen ein bohrendes Gefühl haben soll? Sie wünschen, daß mich mein Gewissen quält...«

»Ich weiß, Nikolaj Sergeič, Sie haben keine Schuld«, sagte Mašenka und schaute ihn mit ihren großen, verweinten Augen an. »Warum quälen Sie sich?«

»Natürlich... Aber Sie sollten trotzdem... nicht wegfahren ... ich bitte Sie darum.«

Mašenka schüttelte verneinend den Kopf.

Nikolaj Sergeič blieb am Fenster stehen und trommelte an die Scheibe.

»Für mich sind solche Mißverständnisse eine reine Folter«, sagte er. »Soll ich mich etwa vor Ihnen auf die Knie werfen? Man hat Ihren Stolz verletzt, da haben Sie geweint und machen sich reisefertig, aber ich habe doch auch meinen Stolz, und Sie schonen ihn nicht. Oder wollen Sie, daß ich Ihnen etwas sage, was ich auch bei der Beichte nicht sagen würde? Wollen Sie das? Hören Sie zu, wollen Sie, daß ich Ihnen etwas gestehe, was ich sogar kurz vor dem Tod nicht gestehen werde?«

Mašenka schwieg.

»Ich habe die Brosche meiner Frau genommen!« sagte Nikolaj Sergeič schnell. »Sind Sie jetzt zufrieden? Zufriedengestellt? Ja, ich ... habe sie genommen. Selbstverständlich hoffe ich auf Ihre Diskretion ... Um Gottes willen, zu niemandem weder ein Wort noch die Spur einer Andeutung!«

Mašenka, erstaunt und erschrocken, packte weiter; sie packte ihre Sachen, zerknüllte sie und steckte sie unordentlich in den Korb und den Koffer. Jetzt, nach dem aufrichtigen Geständnis von Nikolaj Sergeič konnte sie erst recht keine Minute länger bleiben, und sie verstand nicht mehr, wie sie früher in diesem Haus hatte leben können.

»Aber Sie brauchen sich gar nicht zu wundern ...« fuhr Nikolaj Sergeič nach kurzem Schweigen fort. »Eine ganz gewöhnliche Geschichte! Ich brauche Geld, aber sie ... gibt mir keins. Dieses Haus und das alles hat doch mein Vater erworben, Marja Andreizvna! Das gehört doch mir, und die Brosche gehörte meiner Mutter, und ... alles gehört mir! Aber sie hat alles an sich gerafft und von allem Besitz ergriffen. Ich kann doch mit ihr nicht prozessieren, das sehen Sie doch ein ... Ich bitte Sie dringend, verzeihen Sie und ... und bleiben Sie. Tout comprendre, tout pardonner. Sie bleiben doch?«

»Nein«, sagte Mašenka entschlossen und begann zu zittern. »Lassen Sie mich, ich flehe Sie an.«

»Nun, Gott mit Ihnen.« Nikolaj Sergeič seufzte und setzte sich auf einen Schemel neben den Koffer. »Ich liebe, offen gestanden, diejenigen, die es noch fertigbringen, beleidigt zu sein, zu verachten und anderes mehr. Ewig könnte ich so sitzen und Ihr entrüstetes Gesicht ansehen ... Sie bleiben also nicht? Ich verstehe ... Anders könnte es auch nicht sein ... Ja, natürlich ... Sie haben es gut, aber für mich ist es so – brrr ...! Keinen Schritt aus diesem Keller! Ich könnte auf ein Gut von uns fahren, aber da sitzen überall die Halunken meiner Frau – Verwalter, Agronomen, der Teufel soll sie holen. Sie versetzen und verpfänden alles ... Man darf nicht angeln, nicht auf das Gras treten, nichts von den Bäumen abbrechen.«

»Nikolaj Sergeič!« ertönte aus dem Saal Fedosja Vasiljevnas Stimme. »Agnija, rufe den gnädigen Herrn!«

»Sie bleiben also nicht?« fragte Nikolaj Sergeič, der sich schnell erhob und zur Tür ging. »Bleiben Sie doch, bei Gott.

Abends würde ich Sie besuchen ... wir würden miteinander plaudern. Ja? Bleiben Sie? Wenn Sie fortgehen, bleibt in dem ganzen Haus kein menschliches Antlitz zurück. Das ist doch furchtbar!«

Das blasse, abgezehrte Gesicht Nikolaj Sergeičs blickte flehentlich, aber Mašenka schüttelte verneinend den Kopf. Da winkte er resigniert ab und ging hinaus.

Eine halbe Stunde später war sie bereits unterwegs.

Gespräch eines Betrunkenen mit einem nüchternen Teufel

Ein ehemaliger Beamter der Intendanturverwaltung, der Kollegiensekretär a. D. Lachmatov, saß daheim am Tisch beim sechzehnten Glas Vodka und dachte an die Freiheit, Gleichheit und Brüderlichkeit. Plötzlich schaute hinter der Lampe ein Teufel hervor ... Erschrecken Sie nicht, liebe Leserin. Sie wissen, was ein Teufel ist? Das ist ein junger Mann von angenehmem Äußeren, mit einer pechschwarzen Visage und roten, ausdrucksvollen Augen. Auf dem Kopf trägt er, obwohl er gar nicht verehelicht ist, Hörner ... Die Frisur à la Capoul. Sein Körper ist mit grüner Wolle bedeckt, und er stinkt nach Ziegenbock. An seinem Steiß baumelt ein Schwanz, der mit einer Quaste endet ... Statt der Finger hat er Klauen, statt der Füße Pferdehufe. Lachmatov war, als er den Teufel erblickte, etwas verwirrt, aber dann fiel ihm ein, daß grüne Teufel die dumme Angewohnheit haben, allen Angetrunkenen zu erscheinen, und so beruhigte er sich schnell.

»Mit wem habe ich die Ehre?« wandte er sich an den ungebetenen Gast.

Der Teufel wurde verlegen und schlug die Augen nieder.

»Genieren Sie sich nicht«, fuhr Lachmatov fort. »Treten Sie ruhig näher ... Ich bin ein Mensch ohne Vorurteile, und Sie können offen mit mir reden ... von Mann zu Mann ... Wer sind Sie?«

Der Teufel trat unschlüssig an Lachmatov heran, klemmte den Schwanz zwischen die Beine und verbeugte sich höflich.

»Ich bin ein Teufel«, stellte er sich vor. »Bekleide den Posten eines Beamten zu besonderer Verfügung bei seiner Exzellenz,

dem Direktor der Höllenkanzlei des Herrn Satan, persönlich!«
»Hab davon gehört, hab davon gehört ... Sehr angenehm. Setzen Sie sich! Möchten Sie einen Vodka? Freut mich sehr ... Und womit beschäftigen Sie sich?«

Der Teufel wurde noch verlegener.

»Genaugenommen habe ich keine bestimmte Beschäftigung«, antwortete er, hustete verwirrt und schneuzte sich in den ›Rebus‹. »Früher hatten wir tatsächlich zu tun ... Wir führten die Menschen in Versuchung ... wir brachten sie ab vom Weg des Guten ... Jetzt aber ist diese Tätigkeit, entre nous soit dit, keinen Pfifferling wert ... Den Weg des Guten gibt es nicht mehr, wovon also soll man die Menschen abbringen? Zudem sind sie schlauer geworden als wir ... Geruhen Sie mal jemanden in Versuchung zu führen, wenn er an der Universität alle Wissenschaften absolviert und durch Feuer, Wasser und eiserne Röhren gegangen ist! Wie soll ich Sie lehren, einen Rubel zu stehlen, wenn Sie schon ohne meine Hilfe Tausende geklaut haben?«

»So ist es ... Aber Sie müssen sich doch mit irgend etwas beschäftigen?«

»Ja ... Unsere ehemaligen Pflichten existieren jetzt vielleicht nur noch dem Namen nach, aber Arbeit haben wir trotzdem. Wir führen Lehrerinnen an Mädchengymnasien in Versuchung, verleiten junge Männer dazu, Verse zu schreiben, lassen besoffene Kaufleute Spiegel zerschlagen ... In die Politik, die Literatur und die Wissenschaft mischen wir uns schon seit langem nicht mehr ein. Davon verstehen wir nicht die Bohne. Viele von uns arbeiten am ›Rebus‹ mit, es gibt sogar welche, die die Hölle verlassen haben und unter die Menschen gegangen sind ... Sie sind Teufel a. D., sind Menschen geworden, haben reiche Kaufmannsfrauen geheiratet und leben jetzt vortrefflich. Manche von ihnen arbeiten als Rechtsanwälte, andere geben Zeitungen heraus, überhaupt sind das sehr fähige und geachtete Leute!«

»Entschuldigen Sie die zudringliche Frage: wie ist für Ihren Unterhalt gesorgt?«

»Unsere Situation ist die gleiche geblieben ...« antwortete der Teufel. »Das Budget hat sich in keiner Weise geändert ... Der Staat zahlt wie früher Wohnung, Beleuchtung und Heizung ... Gehalt bekommen wir nicht, weil wir alle außerplanmäßig geführt werden und weil jeder Teufel ehrenamtlich arbeitet ...

Überhaupt, wir leben, offen gestanden, schlecht, man könnte betteln gehn ... Den Menschen ist es zu danken, daß wir gelernt haben, Schmiergelder zu nehmen, sonst wären wir schon in Massen krepiert ... Wir erhalten uns nur von dergleichen Einnahmen ... Man verlangt von den Sündern eben Provision, na, und ... steckt sie ein ... Der Satan ist alt geworden, er fährt immer weg, um sich die Zucchi anzusehen, auf genaue Abrechnung kommt es ihm jetzt nicht mehr an ...«

Lachmatov schenkte dem Teufel noch ein Glas Vodka ein. Der trank es aus und erzählte weiter. Er gab alle Geheimnisse der Hölle zum besten, schüttete sein Herz aus, weinte und gefiel Lachmatov so gut, daß er ihn sogar bei sich übernachten ließ. Der Teufel schlief im Ofen und phantasierte die ganze Nacht. Am Morgen war er verschwunden.

Die Seelenmesse

In der Kirche der Muttergottes Hodigitria im Dorf Verchnie Zaprudy ist gerade der Mittagsgottesdienst beendet. Das Volk strömt aus der Kirche. Nur der Händler Andrej Andreič, seit langem in Verchnie Zaprudy ansässig und zur Intelligenz gehörig, rührt sich nicht von der Stelle. Er hat sich mit dem Ellbogen auf das Geländer rechts vor dem Ikonostas gestützt und wartet. Sein glattrasiertes, fettes und von einem abgeheilten Ausschlag mit Narben bedecktes Gesicht drückt zwei einander entgegengesetzte Gefühle aus: Demut vor dem Unerforschlichen und stumpfen grenzenlosen Hochmut gegenüber den langschößigen Männerröcken und bunten Tüchern, die an ihm vorübergehen. Aus Anlaß des Sonntags hat er sich wie ein Stutzer gekleidet. Er trägt einen Tuchmantel mit gelben Elfenbeinknöpfen, lange blaue Hosen und solide Halbstiefel, jene Art von mächtigen plumpen Halbstiefeln, die man nur bei einem Mann mit Verstand, festen Grundsätzen und religiöser Überzeugung findet.

Seine verschwommenen, trägen Augen sind auf den Ikonostas gerichtet. Er blickt auf die altbekannten Heiligenbilder, auf den Kirchenbeschließer Matvej, der mit aufgeblasenen Backen die Kerzen auspustet, auf die erloschenen Kerzenständer, den abgewetzten Teppich und auf den Küster Lopuchov, der aus dem Altarraum gelaufen kommt, um dem Kirchenältesten Weihbrot zu bringen ... Alles das hat er unzählige Male gesehen, und er kennt es wie seine fünf Finger ... Eines allerdings ist ein wenig seltsam und ungewöhnlich: an der nördlichen Altarpforte steht, noch im Meßgewand, Vater Grigorij und gibt jemandem ein Zeichen, indem er zornig seine dichten Augenbrauen bewegt.

Wen meint er nur, Gott gebe ihm Gesundheit? denkt der Händler. Ah, jetzt winkt er sogar mit dem Finger! und stampft mit dem Fuß auf, sag bloß ... Was ist passiert, heilige Muttergottes? Wen meint er? Andrej Andreič schaut sich um und sieht, daß die Kirche schon fast leer ist. Am Portal drängen sich noch etwa zehn Menschen, aber sie drehen dem Altar den Rücken zu.

»Komm schon her, wenn man dich ruft! Was stehst du da wie eine Bildsäule!« Vater Grigorijs Stimme klingt zornig. »Dich meine ich!«

Der Händler blickt auf das rote, erzürnte Gesicht von Vater Grigorij, und erst jetzt kommt ihm der Gedanke, daß das Zucken der Brauen und das Winken mit dem Finger auch ihm gelten könnte. Er fährt zusammen, tritt vom Geländer zurück und geht unentschlossen, mit seinen soliden Stiefeln laut aufstampfend, zum Altar.

»Andrej Andreič, hast du dies beim Offertorium hingereicht, für die ewige Ruhe Marijas?« fragt der geistliche Vater und richtet seinen zürnenden Blick auf das fette, schweißglänzende Gesicht des Händlers.

»Das habe ich.«

»Dann hast also du das hier geschrieben? Du?«

Und Vater Grigorij hält ihm wütend einen Zettel vor die Nase. Auf diesem Zettel, den Andrej Andreič zusammen mit dem Weihbrot beim Offertorium hingereicht hat, steht mit großen, gleichsam taumelnden Buchstaben geschrieben: »Für die ewige Ruhe der Buhlerin Marija, der Dienerin Gottes.«

»Jawohl ... das habe ich geschrieben ...« antwortete der Händler.

»Wie konntest du es wagen?« flüstert der geistliche Vater, jedes Wort in die Länge ziehend. Aus seinem heiseren Geflüster klingt zorniges Erschrecken.

Der Händler blickt ihn mit stumpfem, fassungslosem Staunen an und erschrickt jetzt selber: noch nie hat Vater Grigorij in diesem Ton mit einem Vertreter der Intelligenz von Verchnie Zaprudy gesprochen! Beide schweigen einen Moment und sehen einander in die Augen. Der Händler ist so fassungslos, daß sein fettes Gesicht nach allen Seiten auseinanderfließt, wie ausgeschütteter Teig.

»Wie konntest du es wagen?« wiederholt der Geistliche.

»Wa... Was denn?« fragt Andrej Andreič verständnislos.

»Du verstehst noch immer nicht?« flüstert Vater Grigorij, der vor Verwunderung einen Schritt zurücktritt und die Hände zusammenschlägt. »Was trägst du auf deinen Schultern: einen Kopf oder irgendeinen anderen Gegenstand? Reichst zum Offertorium einen Zettel hin, auf dem ein Wort geschrieben steht, das ein anständiger Mensch nicht einmal auf der Straße sagt! Was reißt du die Augen auf? Weißt du denn nicht, was das Wort bedeutet?«

»Sie meinen das Wort Buhlerin?« murmelt der Händler, der rot wird und mit den Augen blinzelt. »Aber der Herr in seiner Gnade hat doch, wie sagt man gleich... dieser da... er hat doch der Buhlerin verziehen... hat ihr einen Platz unter den Heiligen gegeben, und nach dem Leben der ehrwürdigen Maria von Ägypten zu urteilen, kann man sehn, in welchem Sinne dieses selbe Wort, entschuldigen Sie...«

Der Händler möchte zu seiner Rechtfertigung noch ein Argument vorbringen, aber er verliert den Faden und wischt sich mit dem Ärmel über die Lippen.

»Sieh mal einer an, was du dir so denkst!« sagt Vater Grigorij und schlägt die Hände zusammen. »Aber Gott hat doch verziehen – verstehst du? – verziehen, aber du verurteilst, beschimpfst, schmähst mit einem unanständigen Wort, und noch dazu wen? Das eigene Kind, die dahingeschiedene Tochter! Eine solche Sünde wird man in der Heiligen Schrift und selbst in den weltlichen Büchern vergebens suchen! Ich sage dir noch einmal, Andrej: Laß das Philosophieren! Jawohl, laß das Philosophieren, Bruder! Wenn Gott dir einen forschenden Geist gegeben hat, du ihn jedoch nicht zu zügeln weißt, dann laß dich besser nicht darauf ein... Laß dich nicht darauf ein und schweig!«

»Aber sie war doch, wie heißt es doch... entschuldigen Sie, Schauspielerin war sie!« entgegnet der verblüffte Andrej Andreič.

»Schauspielerin! Was immer sie gewesen ist, all das mußt du

nach ihrem Tode vergessen und darfst es nicht auf den Zettel schreiben.«

»Das ist wahr...« pflichtet der Krämer bei.

»Eine Buße sollte man dir auferlegen«, läßt sich aus dem Altarraum die Baßstimme des Diakons vernehmen, der verächtlich auf das verwirrte Gesicht von Andrej Andreič blickt. »Dann würdest du endlich aufhören zu philosophieren! Deine Tochter war eine bekannte Schauspielerin. Sogar die Zeitungen haben über ihr Ende geschrieben... Du Philosoph!«

»Es ist allerdings ... gewiß ...« murmelt der Händler, »nicht das passende Wort, aber ich habe das nicht, um zu verurteilen, Vater Grigorij, sondern für den Gottesdienst ... daß Sie sehen, für wen Sie beten sollen. Im Verzeichnis der Verstorbenen fügt man dem Namen noch verschiedene Bezeichnungen bei, wie der Säugling Ioann, die ertrunkene Pelageja, Egor der Soldat, der getötete Pavel und verschiedenes andere ... In dieser Art wollte ich eben auch schreiben.«

»Das war unklug, Andrej! Gott wird dir vergeben, aber nächstes Mal hüte dich. Vor allem, philosophiere nicht, sondern denke wie die anderen. Als Buße verbeugst du dich zehnmal bis zur Erde, und nun geh.«

»Zu Diensten«, sagt der Händler, erfreut, daß die Zurechtweisung schon beendet ist, und sein Gesicht nimmt wieder den Ausdruck von Würde und Korrektheit an. »Zehn Verbeugungen? Sehr gut, ich verstehe. Jetzt aber, mein Vater, gestatten Sie eine Bitte ... weil ich trotzdem immerhin ihr Vater bin ... Sie wissen ja selbst, und weil sie, was für eine sie auch gewesen sein mag, immerhin meine Tochter ist, so will ich ... entschuldigen Sie, will ich bitten, heute eine Seelenmesse zu lesen. Auch an Sie, Vater Diakon, wende ich mich mit dieser Bitte.«

»Das ist recht getan!« sagt Vater Grigorij, während er das Meßgewand ablegt. »Das lobe ich mir, das kann man gutheißen ... Nun geh! Wir kommen gleich.«

Andrej Andreič begibt sich gemessenen Schrittes von der Altarpforte zur Mitte der Kirche. Sein gerötetes Gesicht hat für die Seelenmesse einen feierlichen Ausdruck angenommen. Der Kirchenbeschließer stellt das Tischchen mit der Totenspeise vor ihm auf, und alsbald nimmt die Seelenmesse ihren Anfang.

In der Kirche ist es still. Man hört nur das metallische Klirren des Weihrauchfäßchens und den schleppenden Gesang... Neben

Andrej Andreič stehen der Kirchenbeschließer Matvej, die Hebamme Markarjevna und ihr einarmiges Söhnchen Mitka. Sonst ist niemand anwesend. Der Küster singt schlecht, mit einer unangenehmen, dumpfen Baßstimme, aber die Melodie und die Worte sind so traurig, daß das Gesicht des Händlers allmählich das würdevolle Aussehen verliert und Schwermut sich seiner bemächtigt. Er denkt an seine Mašutka ... Er erinnert sich, wie sie damals zur Welt kam, als er noch Lakai bei der Herrschaft von Verchnie Zaprudy war. In der Unruhe des Lakaienlebens bemerkte er gar nicht, wie die Kleine heranwuchs. Ohne daß er es recht gewahr wurde, ging jene Zeit vorüber, in der sie sich zu einem graziösen Geschöpf entwickelte, mit blondem Lockenköpfchen und nachdenklichen Augen, groß wie zwei Kopekenstücke. Sie erhielt, wie es bei den Kindern bevorzugter Lakaien üblich war, zusammen mit den Töchtern der Herrschaft eine gute Erziehung. Die Herren lehrten sie aus Langeweile lesen, schreiben und tanzen, während er sich um die Erziehung nicht kümmerte. Nur manchmal, wenn er ihr an der Haustür oder auf dem Treppenabsatz begegnete, erinnerte er sich, daß es seine Tochter war, und er begann, soweit seine Zeit es erlaubte, ihr Gebete beizubringen und sie in biblischer Geschichte zu unterweisen. Oh, damals galt er noch als Kenner der Kirchenregeln und der Heiligen Schrift! Die Kleine hörte ihm gern zu, mochte der Vater auch noch so mürrisch und streng dreinblicken. Die Gebete sprach sie teilnahmslos nach, wenn er aber, nach Worten ringend und bemüht, sich möglichst bildhaft auszudrücken, zu erzählen begann, war sie ganz Ohr. Bleich und mit weit geöffneten blauen Augen lauschte sie den Geschichten vom Linsengericht des Esau, von der Vertilgung Sodoms und von den Leiden des kleinen Joseph.

Später, als er den Lakaiendienst aufgegeben und für sein gespartes Geld den Kramladen im Dorf gekauft hatte, siedelte Maša mit der Herrschaft nach Moskau über ...

Drei Jahre vor ihrem Tod kam sie noch einmal zu ihrem Vater. Er erkannte sie beinahe nicht wieder. Sie war eine schöne junge Frau geworden, ging vornehm gekleidet und hatte die Manieren einer Dame. Sie sprach gewählt, als nähme sie ihre Worte aus einem Buch, rauchte und schlief bis zum Mittag. Als Andrej Andreič sie fragte, was für einen Beruf sie habe, sah sie ihm fest und kühn in die Augen und sagte: »Ich bin Schauspielerin!« Diese Offenherzigkeit erschien dem ehemaligen Lakaien als der Gipfel des Zynismus. Mašutka begann mit ihren Erfolgen und ihrem Leben als Schauspielerin zu prahlen, als sie aber sah, daß der Vater dunkelrot wurde und fassungslos die Arme ausbreitete, verstummte sie. Und so lebten sie etwa zwei Wochen schweigend nebeneinander her, ohne sich anzublicken, bis unmittelbar vor ihrer Abreise. Kurz vor der Abreise bat sie den Vater inständig, mit ihr einen Spaziergang am Ufer zu machen. Und so peinlich es ihm auch war, am hellichten Tag vor den Augen aller anständigen Leute mit seiner Tochter, einer Schauspielerin, spazierenzugehen, er gab ihrer Bitte nach...

»Was für wunderschöne Fleckchen es bei euch gibt!« sagte sie während des Spaziergangs begeistert. »Diese Schluchten! Diese Wiesenmoore! Mein Gott, wie schön ist meine Heimat!«

Und sie begann zu weinen.

Diese Fleckchen nehmen nur Platz weg ... dachte Andrej Andreič, der mit stumpfem Blick auf die Schluchten schaute und die Begeisterung seiner Tochter nicht verstand. Nutzen hat man von ihnen so wenig wie Milch von einem Ziegenbock.

Sie weinte und weinte und sog in vollen Zügen die reine Luft ein, als spürte sie, daß sie nicht mehr lange atmen würde...

Andrej Andreič schüttelte den Kopf wie ein Pferd, das von einer Bremse gestochen worden ist, und bekreuzigte sich hastig, um die schweren Erinnerungen zu verscheuchen...

»Gedenke, o Herr«, murmelte er, »der Buhlerin Marija, deiner hingeschiedenen Dienerin, und vergib ihr, was sie wissentlich und unwissentlich gesündigt...«

Wieder entschlüpft ihm das ungehörige Wort, aber er merkt es gar nicht: was im Bewußtsein einmal Wurzeln geschlagen hat, das wird wohl durch keine Belehrungen des Vaters Grigorij und nicht einmal mit einem Nagel wieder herauszureißen sein! Die Markarevna seufzt und flüstert vor sich hin. Der einarmige Mitka atmet tief und denkt über irgend etwas nach.

»... wo keine Krankheit, keine Leiden, keine Seufzer sind«, singt mit dumpfer Stimme der Küster, der seine rechte Wange mit der Hand bedeckt hat.

Dem Weihrauchfäßchen entströmt bläulicher Rauch und verschmilzt mit den breiten, schrägen Lichtstrahlen, die in die düstere, leblose Leere der Kirche fallen. Und es scheint, als schwebe im Rauch die Seele der Verstorbenen durch den Raum. Die

Rauchsträhnen, die aussehen wie die Locken eines Kindes, drehen sich im Kreise, steigen empor zum Fenster, und es ist, als erhöben sie sich über den Schmerz und die Trauer, die die arme Seele erfüllen.

Anjuta

In einem der billigsten möblierten Zimmer der Pension ›Lissabon‹ ging Stepan Kločkov, Medizinstudent des dritten Studienjahres, aus einer Ecke in die andere und paukte Medizin. Vom unablässigen, angespannten Pauken war ihm der Mund ganz trocken geworden und Schweiß auf die Stirn getreten.

Vor dem Fenster, dessen Ränder Eisblumen bedeckten, saß auf einem Hocker seine Zimmergenossin Anjuta, eine kleine, schmale Brünette von etwa fünfundzwanzig Jahren; sie war sehr blaß und hatte sanfte graue Augen. Den Rücken gebeugt, bestickte sie mit rotem Garn den Kragen einer Herrenbluse. Die Arbeit eilte... Die Uhr auf dem Korridor schlug zwei Uhr mittags, und noch immer war das Zimmer nicht aufgeräumt. Die zerknüllte Bettdecke, die verstreuten Kopfkissen, die Bücher, die Kleidungsstücke, das große, schmutzige, mit Seifenwasser gefüllte Waschbecken, in dem Zigarettenstummel herumschwammen, der Schmutz auf dem Fußboden – das alles schien auf einen Haufen geworfen, absichtlich durcheinandergewürfelt und zerknüllt zu sein...

»Der rechte Lungenflügel besteht aus drei Teilen...« paukte Kločkov. »Begrenzungen! Der obere Teil an der vorderen Brustwand reicht bis zur vierten und fünften Rippe, an der Seitenwand bis zur vierten Rippe... hinten bis zur spina scapulae...«

Kločkov, der Mühe hatte, sich das eben Gelesene einzuprägen, hob die Augen zur Decke. Da er keine klare Vorstellung gewann, fühlte er durch die Weste nach seinen oberen Rippen.

»Die Rippen sind wie die Klaviertasten«, sagte er. »Will man sich nicht irren, muß man sie in den Fingerspitzen haben. Man muß sie am Skelett oder am lebenden Körper studieren... Na los, Anjuta, mach schon, ich will mich orientieren.«

Anjuta legte ihre Stickarbeit weg, zog die Bluse aus und richtete sich auf. Kločkov setzte sich ihr gegenüber, runzelte die Stirn und begann ihre Rippen zu zählen.

»Hm... Die erste Rippe kann man nicht fühlen... Sie liegt hinter dem Schlüsselbein... Das hier wird die zweite sein... So... Das ist die dritte... Das hier die vierte... Hm... So... Was krümmst du dich so zusammen?«

»Sie haben kalte Finger!«

»Nun, nun... wirst schon nicht gleich sterben, zapple nicht so. Das also ist die dritte Rippe und das die vierte... Ganz mager siehst du aus, die Rippen aber kann man kaum fühlen. Das ist die zweite... das die dritte... Nein, so bringt man es durcheinander und bekommt keine klare Vorstellung... Man muß es aufzeichnen... Wo ist meine Kohle?«

Kločkov nahm ein Stückchen Kohle und zog damit auf Anjutas Brust mehrere parallel laufende Linien, die den Rippen entsprachen.

»Ausgezeichnet. Alles wie auf dem Präsentierteller... Nun, und jetzt kann man auch abklopfen. Steh mal auf!«

Anjuta stand auf und hob das Kinn. Kločkov begann sie abzuklopfen und versenkte sich so in diese Beschäftigung, daß er nicht merkte, wie Anjutas Lippen, Nase und Finger vor Kälte blau anliefen. Anjuta zitterte und fürchtete, der Mediziner könne das Zittern bemerken und aufhören, sie mit Kohle zu bemalen und abzuklopfen, und dann würde er vielleicht sein Examen schlecht bestehen.

»Nun ist alles klar«, sagte Kločkov und hörte auf zu klopfen. »Bleib so sitzen und wisch die Kohle nicht ab, ich pauke erst noch ein bißchen.«

Und wieder begann der Mediziner auf und ab zu wandern und zu pauken. Anjuta, die mit den schwarzen Streifen auf der Brust wie tätowiert aussah, krümmte sich vor Kälte zusammen, saß da und dachte nach. Sie redete überhaupt sehr wenig, war stets schweigsam und dachte nur immer nach...

Während der sechs, sieben Jahre ihrer Wanderschaft durch möblierte Zimmer hatte sie bereits fünf Männer von der Art Kločkovs kennengelernt. Diese hatten ihr Studium alle schon beendet, waren etwas geworden und hatten sie als anständige Menschen natürlich längst vergessen. Einer von ihnen lebt in Paris, zwei sind Doktoren, der vierte ist Künstler, der fünfte soll es angeblich sogar schon zum Professor gebracht haben.

Kločkov ist der sechste ... Bald wird auch er sein Studium beenden und es zu etwas bringen. Zweifellos winkt ihm eine schöne Zukunft, er wird wahrscheinlich ein großer Mann werden, aber gegenwärtig geht es ihm ganz schlecht: Er hat keinen Tabak und keinen Tee mehr, übriggeblieben sind gerade noch vier Stückchen Zucker. Darum muß sie so schnell wie möglich die Stickerei fertigstellen, zur Auftraggeberin bringen und dann für die ausgezahlten fünfundzwanzig Kopeken Tee und Tabak kaufen.

»Darf man eintreten?« fragte hinter der Tür eine Stimme. Anjuta warf sich hastig ein Wolltuch über die Schultern. In der Tür erschien der Künstler Fetisov.

»Ich komme mit einer Bitte zu Ihnen«, begann er, zu Kločkov gewandt, und schaute wie ein Tier unter den in die Stirn hängenden Haaren hervor. »Tun Sie mir den Gefallen und leihen Sie mir für etwa zwei Stündchen Ihr schönes Mädchen! Sehen Sie, ich male ein Bild, und ohne Aktmodell geht es einfach nicht.«

»Ach, mit Vergnügen«, stimmte Kločkov zu. »Mach dich fertig, Anjuta!«

»Was hab ich denn da zu suchen«, sagte Anjuta leise.

»Nun hör aber auf! Der Mann bittet dich um der Kunst willen und nicht wegen irgendwelcher Kleinigkeiten. Warum willst du ihm nicht helfen, wenn du es kannst?«

Anjuta begann sich anzukleiden.

»Und was malen Sie?« fragte Kločkov.

»Die Psyche. Ein schönes Sujet, aber es will irgendwie nicht gelingen; ich muß immerzu nach verschiedenen Modellen malen. Gestern hatte ich eine mit blauen Beinen. ›Warum‹, frage ich sie, ›sind deine Beine so blau?‹ – ›Meine Strümpfe färben ab‹, sagt sie. Sie pauken also immerzu! Sie Glücklicher, haben Sie eine Geduld.«

»Das ist nun mal so mit der Medizin, ohne Pauken kommt man da nicht weiter.«

»Hm ... Entschuldigen Sie, Kločkov, aber Sie hausen wie ein Schwein! Weiß der Teufel, wie Sie so wohnen können!«

»Wie ich das kann? Es geht eben nicht anders. Vom alten Herrn bekomme ich zwölf Rubel im Monat; davon anständig zu wohnen ist verdammt schwer.«

»Das stimmt«, sagte der Künstler, der angewidert die Stirn runzelte, »aber man kann trotzdem anständiger wohnen ... Ein gebildeter Mensch muß unbedingt Ästhet sein. Hab ich recht? Aber bei Ihnen ist weiß der Teufel was los! Das Bett nicht gemacht, schmutziges Waschwasser, Dreck ... auf dem Teller noch die Grütze von gestern ... Pfui Teufel!«

»Das ist schon wahr«, sagte der Mediziner und wurde verlegen, »aber Anjuta hatte heute keine Zeit aufzuräumen. Sie war immerzu beschäftigt.«

Als der Künstler und Anjuta fortgegangen waren, legte sich Kločkov aufs Sofa und paukte im Liegen weiter. Plötzlich übermannte ihn der Schlaf. Als er nach einer Stunde erwachte, stützte er den Kopf auf die Fäuste und begann mit finsterer Miene nachzudenken. Ihm fielen die Worte des Künstlers ein, daß ein gebildeter Mensch unbedingt Ästhet sein müsse, und jetzt erschien ihm seine Umgebung tatsächlich widerwärtig und abstoßend. Gleichsam als würde er mit dem geistigen Auge in seine Zukunft schauen, sah er sich im Arbeitszimmer seine Patienten empfangen; er sah, wie er im geräumigen Speisezimmer in Gesellschaft seiner Gattin, einer anständigen Frau, Tee trank – und jetzt kam ihm diese Waschschüssel mit dem schmutzigen Wasser, in dem Zigarettenstummel schwammen, unvorstellbar eklig vor! Auch Anjuta erschien ihm häßlich, schlampig und jämmerlich ... Und er beschloß, sich unverzüglich von ihr zu trennen, koste es, was es wolle.

Als sie von dem Künstler zurückkam und ihren Pelz auszog, stand er auf und sagte ernst: »Also, meine Liebe ... Setz dich hin und hör mir zu. Wir müssen uns trennen! Mit einem Wort, ich möchte nicht länger mit dir zusammenleben.«

Anjuta war ganz mitgenommen und erschöpft von dem Künstler zurückgekehrt. Ihr Gesicht war vom langen Modellstehen eingefallen und schmal geworden, das Kinn trat spitz hervor. Sie antwortete auf die Worte des Mediziners nichts, nur ihre Lippen bebten.

»Du wirst zugeben, daß wir uns früher oder später ohnehin trennen müssen«, sagte der Mediziner. »Du bist lieb und nett und nicht dumm, du wirst das schon verstehen.«

Anjuta zog den Pelz wieder an, packte schweigend ihre Stickerei in ein Stück Papier, suchte das Garn und die Nadeln zusammen; auf dem Fensterbrett fand sie das Päckchen mit vier Stücken Zucker; sie legte es auf den Tisch neben die Bücher.

»Das gehört Ihnen ... der Zucker«, sagte sie und wandte sich ab, um ihre Tränen zu verbergen.

»Na, was weinst du denn?« fragte Kločkov. Er ging verwirrt im Zimmer auf und ab und sagte: »Wirklich, du bist komisch ... Weißt doch selbst, daß wir uns trennen müssen. Wir können doch nicht bis in alle Ewigkeit zusammenbleiben.«

Sie hatte bereits ihre Bündel genommen und sich zu ihm umgewandt, um Abschied zu nehmen – da tat sie ihm plötzlich leid.

Vielleicht sollte ich sie doch noch eine Woche dabehalten? dachte er. Meinetwegen, soll sie noch bleiben. In einer Woche sage ich ihr dann, daß sie gehen muß.

Und ärgerlich über seine Wankelmütigkeit fuhr er sie barsch an: »Na, was stehst du hier herum. Willst du gehen, dann geh. Willst du nicht, dann zieh den Pelz aus und bleib da! Bleib da!«

Anjuta zog schweigend und ganz leise den Pelz aus, dann schneuzte sie sich, ebenfalls leise, seufzte und begab sich lautlos zu ihrem ständigen Platz, dem Hocker am Fenster.

Der Student griff nach dem Lehrbuch und wanderte wieder aus einer Ecke in die andere.

»Der rechte Lungenflügel besteht aus drei Teilen«, paukte er. »Der obere Teil an der vorderen Brustwand reicht bis zur vierten oder fünften Rippe ...«

Im Korridor schrie jemand aus vollem Halse:

»Grigorij, den Samovar!«

Ivan Matveič

Es geht auf sechs Uhr abends. Einer der hinlänglich bekannten russischen Gelehrten – wir werden ihn einfach den Gelehrten nennen – sitzt in seinem Arbeitszimmer und kaut nervös an seinen Fingernägeln.

»Das ist einfach empörend!« sagt er und schaut immer wieder auf die Uhr. »Das ist der Gipfel der Nichtachtung gegenüber der Zeit und der Arbeit eines anderen. In England würde so ein Subjekt keinen Groschen verdienen und müßte Hungers sterben. Na, warte nur, wenn du kommst ...«

Und da er das Bedürfnis verspürt, an irgend etwas seinen

Zorn und seine Ungeduld auszulassen, geht der Gelehrte zu der Tür, die in das Zimmer seiner Frau führt, und klopft.

»Hör mal, Katja«, sagt er mit entrüsteter Stimme. »Wenn du Pëtr Danilyč siehst, so bestelle ihm, daß anständige Menschen so etwas nicht tun! Das ist doch abscheulich! Er empfiehlt einen Schreiber und weiß nicht, wen er empfiehlt! Der Bengel verspätet sich akkurat jeden Tag um zwei, drei Stunden. Nun, ist denn das ein Schreiber? Für mich sind diese zwei, drei Stunden teurer als für einen anderen zwei, drei Jahre! Wenn er kommt, werde ich ihn ausschimpfen wie einen Hund, ich werde ihm kein Geld zahlen und ihn rausschmeißen! Mit solchen Leuten darf man nicht viele Umstände machen.«

»Das sagst du jeden Tag, aber er kommt immer wieder.«

»Aber heute habe ich mich entschieden. Es reicht, was ich seinetwegen eingebüßt habe. Entschuldige, aber ich werde mit ihm schimpfen, wie ein Droschkenkutscher werde ich schimpfen!«

Endlich hört man es klingeln. Der Gelehrte macht ein ernstes Gesicht, richtet sich auf, wirft den Kopf zurück und geht in das Vorzimmer. Dort steht schon neben dem Kleiderständer sein Schreiber Ivan Matveič, ein junger Mann von etwa achtzehn Jahren mit einem ovalen bartlosen Gesicht; er trägt einen abgenutzten, schäbigen Mantel und hat keine Galoschen an. Er ist ganz außer Atem und tritt sorgfältig seine großen plumpen Stiefel an dem Fußabstreicher ab, wobei er sich bemüht, vor dem Dienstmädchen das große Loch in dem einen Stiefel zu verbergen, aus dem ein weißer Strumpf herausschaut. Als er den Gelehrten bemerkt, lächelt er etwas dümmlich über beide Backen, so wie es nur Kinder und sehr treuherzige Menschen tun.

»Ach, guten Tag«, sagt er und streckt seine große, feuchte Hand aus. »Ist Ihnen etwas in die Kehle geraten?«

»Ivan Matveič!« sagt der Gelehrte mit zitternder Stimme, während er zurücktritt und die Hände zusammenlegt. »Ivan Matveič!«

Hierauf eilt er auf den Schreiber zu, packt ihn an der Schulter und schüttelt ihn leicht.

»Was machen Sie mit mir?« sagt er voller Verzweiflung. »Sie sind ein schrecklicher, garstiger Mensch, was machen Sie mit mir! Sie lachen über mich, machen sich lustig? Ja?«

Nach dem Lächeln zu urteilen, das noch nicht von Ivan Matveičs Gesicht verschwunden ist, hat dieser einen anderen Empfang erwartet, deshalb zieht er, als er die empörte Physiognomie des Gelehrten erblickt, sein ovales Gesicht noch mehr in die Länge und öffnet erstaunt den Mund.

»Was ... was ist los?« fragt er.

»Das fragen Sie noch«, antwortet der Gelehrte und schlägt die Hände zusammen. »Sie wissen, wie kostbar meine Zeit ist, und Sie verspäten sich so! Sie haben sich um zwei Stunden verspätet! ... Sie kennen keine Gottesfurcht!«

»Ich komme doch jetzt nicht von zu Hause«, murmelt Ivan Matveič und bindet sich unschlüssig den Schal ab. »Ich war bei meiner Tante zum Namenstag, und die Tante wohnt etwa sechs Verst von hier ... Wenn ich direkt von zu Hause gekommen wäre, nun, dann wäre es besser gewesen.«

»Nun, überlegen Sie, Ivan Matveič, ist denn eine Logik in Ihren Handlungen? Hier gibt es etwas zu tun, die Sache ist dringend, aber Sie treiben sich auf Namenstagen und bei Tanten herum! Ach, so binden Sie doch Ihren furchtbaren Schal schon schneller ab! Das ist ja unerträglich!«

Der Gelehrte eilt wieder auf den Schreiber zu und hilft ihm den Schal abwickeln.

»Was für ein Weib Sie sind ... Nun, gehen Sie ...! Schnell, bitte!«

Ivan Matveič schneuzt sich in ein schmutziges, zerknülltes Taschentüchlein, zieht seinen grauen Rock zurecht und geht durch den Saal und den Salon in das Arbeitszimmer. Hier sind für ihn schon längst sein Platz und Papier vorbereitet, sogar Zigaretten liegen da.

»Setzen Sie sich, setzen Sie sich«, drängt der Gelehrte und reibt sich ungeduldig die Hände. »Ein unerträglicher Mensch sind Sie ... Sie wissen, daß die Arbeit eilig ist, und verspäten sich so. Unwillkürlich muß man schimpfen. Nun, schreiben Sie ... Wo sind wir stehengeblieben?«

Ivan Matveič streicht seine borstigen, ungleichmäßig geschorenen Haare glatt und nimmt die Feder zur Hand. Der Gelehrte geht aus einer Ecke in die andere, konzentriert sich und diktiert: »Der Kern der Sache ist ... Komma ... daß einige sogenannte Grundformen ... haben Sie geschrieben? ... Grundformen allein durch das Wesen jener Prinzipien bedingt sind ... Komma ... die in ihnen ihren Ausdruck finden und sich nur in ihnen verkörpern ... Neue Zeile ... Dort natürlich Punkt ... Die größte Selbständigkeit zeigen ... zeigen ... jene Erscheinungen ... Komma ... die in ihrer Uniformität ... sozialen Charakter tragen...«

»Die Gymnasiasten haben jetzt noch eine andere Uniform ... eine graue ...« sagt Ivan Matveič. »Als ich zur Schule ging, hatte ich es besser: da trug man eine einheitliche Uniform...«

»Ach, schreiben Sie doch, bitte!« Der Gelehrte ärgerte sich. »... Charakter tragen ... haben Sie geschrieben? Wenn man aber über die Umgestaltungen spricht, die zur Organisation der staatlichen Funktionen gehören und nicht zur Regelung der Lebensweise des Volkes ... Komma ... so kann man nicht sagen, daß sie sich durch die nationale Eigenart ihrer Formen – die letzten vier Worte in Anführungsstrichen – unterscheiden ... Äh ... also ... Was wollten Sie vom Gymnasium sagen?«

»Daß man zu meiner Zeit eine andere Uniform getragen hat.«

»Aha ... so ... Haben Sie schon lange das Gymnasium verlassen?«

»Das habe ich Ihnen doch gestern erzählt! Es ist schon an die drei Jahre her, daß ich nicht mehr lerne. Ich bin aus der vierten Gymnasialklasse abgegangen.«

»Aber warum haben Sie denn das Gymnasium verlassen?« fragt der Gelehrte und wirft einen Blick auf das von Ivan Matveič Geschriebene.

»Eben so, wegen häuslicher Umstände.«

»Wieder muß ich es Ihnen sagen, Ivan Matveič! Wann endlich gewöhnen Sie sich ab, so breit zu schreiben? Die Zeile darf nicht weniger als vierzig Buchstaben haben!«

»Denken Sie denn, ich mache das absichtlich?« sagt Ivan Matveič gekränkt. »Dafür haben andere Zeilen mehr als vierzig Buchstaben ... Zählen Sie nach. Aber wenn Sie meinen, ich schreibe zu breit, können Sie mir den Lohn kürzen.«

»Ach, darum handelt es sich doch gar nicht! Wie taktlos Sie sind, wirklich ... Kaum sagt man was, da reden Sie gleich vom Geld. Die Hauptsache ist peinliche Genauigkeit, Ivan Matveič, Genauigkeit ist die Hauptsache! Sie müssen sich an Genauigkeit gewöhnen.«

Das Dienstmädchen bringt auf einem Tablett zwei Gläser Tee und ein Körbchen mit Zwieback in das Arbeitszimmer ... Ivan Matveič nimmt ungeschickt das Glas in beide Hände und beginnt sofort zu trinken. Der Tee ist zu heiß. Um sich nicht die Lippen zu verbrennen, bemüht sich Ivan Matveič, in kleinen Schlucken zu trinken. Er ißt einen Zwieback, dann einen zweiten, dritten, und während er verlegen auf den Gelehrten schielt, langt er zaghaft nach dem vierten ... Sein lautes Schlucken, das genüßliche Schmatzen und der Ausdruck hungriger Gier in den leicht hochgezogenen Augenbrauen reizen den Gelehrten.

»Machen Sie bald Schluß ... Die Zeit ist kostbar.«

»Diktieren Sie. Ich kann gleichzeitig trinken und schreiben ... Ich bin, offen gesagt, hungrig.«

»Freilich, Sie gehen ja immer zu Fuß.«

»Ja ... Und was für schlechtes Wetter ist! In unserer Gegend riecht es um diese Zeit schon nach Frühling ... Überall sind Pfützen, der Schnee taut.«

»Sie sind, wie es scheint, aus dem Süden?«

»Aus dem Dongebiet ... Und im März ist bei uns schon richtiger Frühling. Hier ist noch Frost, alle laufen in Pelzen herum, aber dort wächst schon das Gras ... Überall ist es trocken, und man kann sogar schon Taranteln fangen.«

»Aber wozu fängt man Taranteln?«

»Nur so, zum Zeitvertreib ...« sagt Ivan Matveič und seufzt. »Es macht Spaß, sie zu fangen. Man befestigt an einem Faden ein Stückchen Harz, läßt es in die Höhle hinunter und klopft mit dem Harz die Tarantel auf den Rücken, und sie, die Verfluchte, wird dann wütend, klammert sich mit den Beinen an das Harz und bleibt kleben ... Und was haben wir alles mit ihnen gemacht! Es kam vor, daß wir ein ganzes Schüsselchen mit ihnen füllten und dann eine Bichorka hineinließen.«

»Was für eine Bichorka?«

»Das ist so eine Spinne in der Art wie die Tarantel. Wenn sie kämpfen, kann eine allein hundert Taranteln töten.«

»Nun, ja ... Aber schreiben wir weiter ... Wo sind wir stehengeblieben?«

Der Gelehrte diktiert noch an die zwanzig Zeilen, dann setzt er sich und versinkt in tiefes Nachdenken.

Ivan Matveič sitzt und wartet, bis der Gelehrte sich etwas überlegt hat, er reckt den Hals und versucht seinen Hemdkragen in Ordnung zu bringen. Die Krawatte sitzt nicht fest, die Kragenknöpfe sind aufgegangen, und der Kragen öffnet sich immer wieder.

»Nun ja ...« meint der Gelehrte. »So ist das. Haben Sie noch keine Stellung gefunden, Ivan Matveič?«

»Nein, wo soll ich eine finden? Wissen Sie, ich habe schon gedacht, mich als Freiwilliger zu melden. Aber der Vater rät mir, in einer Apotheke anzufangen.«

»Nun ja ... Aber es wäre besser, wenn Sie auf die Universität gingen. Das Examen ist schwer, aber mit Geduld und beharrlicher Arbeit kann man es bestehen. Studieren Sie ... lesen Sie mehr. Lesen Sie viel?«

»Offen gestanden, wenig ...« sagt Ivan Matveič und fängt an zu rauchen.

»Haben Sie Turgenev gelesen?«

»Nnein ...«

»Und Gogol?«

»Gogol? Hm ... Gogol ... Nein, habe ich nicht gelesen.«

»Ivan Matveič! Und Sie schämen sich nicht? Ei, ei! Sind so ein braver Bursche, so viel Originelles steckt in Ihnen, und auf einmal ... Nicht mal Gogol haben Sie gelesen! Bitte, lesen Sie ihn! Ich werde Ihnen etwas von ihm geben. Lesen Sie es unbedingt! Sonst verzanken wir uns!«

Wieder tritt Schweigen ein. Der Gelehrte liegt halb auf dem weichen Schlafsofa und denkt nach, und Ivan Matveič läßt seinen Kragen in Ruhe und wendet seine ganze Aufmerksamkeit den Stiefeln zu. Er hat erst jetzt bemerkt, daß sich unter seinen Füßen von dem tauenden Schnee zwei große Pfützen gebildet haben. Das ist ihm peinlich ...

»Es klappt heute einfach nicht ...« murmelt der Gelehrte. »Ivan Matveič, Sie fangen wohl auch gerne Vögel?«

»Das ist im Herbst ... Hier fange ich keine, aber dort, zu Hause, habe ich immer welche gefangen.«

»So ist es ... gut. Aber schreiben müssen wir trotzdem.«

Der Gelehrte steht entschlossen auf und beginnt zu diktieren, aber nach zehn Zeilen setzt er sich wieder auf das Sofa.

»Nein, wir müssen es wahrscheinlich auf morgen früh verschieben«, sagt er. »Kommen Sie morgen früh, aber etwas eher, so um neun Uhr. Gott verhüte, daß Sie sich verspäten.«

Ivan Matveič legt die Feder hin, steht vom Tisch auf und setzt sich auf einen anderen Stuhl. Es vergehen fünf Minuten in Schweigen, und er spürt, daß es für ihn Zeit ist zu gehen, daß er überflüssig ist, aber im Arbeitszimmer des Gelehrten ist es so gemütlich, hell und warm, und der Eindruck der Milchzwiebäcke und des süßen Tees ist noch zu frisch, daß es ihm allein schon von dem Gedanken an zu Hause schier das Herz abdrückt. Zu Hause erwarten ihn Armut, Hunger, Kälte, der brummige Vater, Vorwürfe, und hier ist es so ruhig und still, und man interessiert sich sogar für seine Taranteln und Vögel.

Der Gelehrte schaut auf die Uhr und greift nach einem Buch.

»Werden Sie mir dann den Gogol geben?« fragt Ivan Matveič und erhebt sich.

»Ja, ja. Aber wohin denn so eilig, mein Lieber? Bleiben Sie doch noch sitzen, erzählen Sie etwas...«

Ivan Matveič setzt sich und lächelt breit. Fast jeden Abend sitzt er in diesem Arbeitszimmer, und jedesmal spürt er in der Stimme und dem Blick des Gelehrten etwas ungewöhnlich Weiches, Anziehendes, Vertrautes. Es gibt sogar Minuten, in denen es ihm scheint, als sei ihm der Gelehrte zugetan, als habe er sich an ihn gewöhnt, und wenn er ihn für die Verspätung tadelt, so nur deshalb, weil er sich danach sehnt, mit ihm über Taranteln zu schwatzen und darüber, wie man am Don Stieglitze fängt.

Die Hexe

Es ging auf die Nacht zu. Der Küster Gykin lag in seinem Wächterhaus bei der Kirche auf dem mächtigen Bett und schlief nicht, obwohl er die Gewohnheit hatte, mit den Hühnern schlafen zu gehen. An dem einen Ende der speckigen, aus bunten Kattunfetzen zusammengestückten Bettdecke schauten seine roten, strähnigen Haare hervor, an dem anderen seine großen, schon lange nicht mehr gewaschenen Füße. Er horchte... Sein Wächterhaus war in die Kirchhofmauer hineingebaut, das einzige Fenster sah aufs Feld hinaus. Auf dem Feld war die reinste Schlacht im Gange. Es war schwer zu fassen, wer da draußen hinter wem herjagte und zu wessen Verderben man in der Natur diesen Höllenspektakel angestiftet hatte, aber nach dem unaufhörlichen, unheilvollen Brausen zu urteilen, wurde dort jemandem sehr übel mitgespielt. Eine übermächtige Kraft jagte auf dem Feld hinter irgendwem her, tobte durch den Wald und übers Kirchendach, trommelte mit den Fäusten gegen das Fenster, zerrte und riß, und irgendwer, der Unterliegende, heulte und jammerte ... Das klägliche Jammern ertönte bald vor dem Fenster, bald auf dem Dach, bald im Ofen. Es klang nicht wie Hilferufe, sondern wie Schmerzgeheul, als wäre diesem Jemand bewußt, daß jede Rettung zu spät kam. Die Schneewehen waren mit einer dünnen Eisschicht überzogen; auf ihnen und an den Bäumen zitterten Tränen, über die Straßen und Wege ergoß sich eine dunkle Brühe von Schmutz und getautem Schnee. Mit einem Wort, auf Erden hatte das Tauwetter begonnen, der Himmel aber sah das nicht, weil die Nacht dunkel war, und so schüttete er aus aller Kraft neuen Schnee auf die tauende Erde. Der Wind grölte wie ein Betrunkener ... Er ließ den Schnee nicht zur Erde gelangen, sondern wirbelte ihn durch das Dunkel, wie es ihm gerade einfiel.

Gykin horchte auf diese Musik und machte ein finsteres Gesicht. Die Sache war die: er wußte oder ahnte zumindest, worauf dieser ganze Lärm vor dem Fenster hinauswollte und wer da die Hand im Spiel hatte.

»Ich weiiiß!« murmelte er und drohte unter der Bettdecke jemandem mit dem Finger. »Ich weiß alles!«

Am Fenster, auf einem Hocker, saß die Küstersfrau Raisa Nilovna. Die auf einem zweiten Hocker stehende Petroleumlampe sandte, gleichsam schüchtern und der eigenen Kraft nicht trauend, ein spärliches, flimmerndes Licht auf ihre kräftigen Schultern, die schönen, einladenden Formen ihres Körpers und den dicken Zopf, der bis zur Erde reichte. Die Küstersfrau nähte aus grober Leinwand Säcke. Ihre Hände bewegten sich flink, der ganze Körper aber, die Augen, die Brauen, die glänzenden Lippen und der weiße Hals waren erstarrt und schienen zu schlafen, so sehr war sie in die eintönige, mechanische Arbeit versunken. Nur ab und zu hob die Küstersfrau den Kopf, um ihren ermüdeten Hals auszuruhen, sie schaute flüchtig zum Fenster, vor dem der Schneesturm tobte, und beugte sich dann wieder über die Leinwand. Ihr schönes Gesicht mit dem aufgestülpten Näschen und den Grübchen in den Wangen drückte nichts aus – weder Wünsche noch Schmerz noch Freude. Ebenso ausdruckslos sieht ein schöner Springbrunnen aus, wenn er nicht sprudelt.

Nun aber hatte sie einen Sack fertig genäht, warf ihn beiseite, reckte sich genußvoll und richtete den trüben, unbeweglichen Blick aufs Fenster ... Tränen rannen über die Scheiben, an denen weiße, schnell tauende Schneeflocken klebten. Klatschte eine Flocke gegen die Scheibe, so brauchte sie nur auf die Küstersfrau zu schauen, um sogleich dahinzuschmelzen.

»Komm, leg dich hin«, knurrte der Küster.

Die Frau schwieg. Plötzlich aber bewegten sich ihre Wimpern, und ihr Blick verriet Aufmerksamkeit. Savelij, der die ganze Zeit unter der Bettdecke hervor ihren Gesichtsausdruck beobachtet hatte, steckte seinen Kopf heraus und fragte: »Was ist los?«

»Nichts ... Draußen scheint wer zu fahren ...« antwortete die Küstersfrau leise.

Der Küster schleuderte mit Händen und Füßen die Bettdecke beiseite, erhob sich im Bett auf die Knie und schaute seine Frau stumpf an. Das spärliche Licht erhellte sein bärtiges, rauhes Gesicht und glitt über die zerzausten, strähnigen Haare.

»Hörst du's?« fragte die Frau.

In dem eintönigen Heulen des Schneesturms unterschied er ein kaum wahrnehmbares, feines, singendes Stöhnen. Es glich dem Summen einer Mücke, die sich auf die Wange setzen will und böse ist, daß sie dabei gestört wird.

»Das ist der Postwagen ...« sagte Savelij und hockte sich auf die Fersen.

Drei Verst von der Kirche entfernt führte der Postweg vorüber. Wenn starker Wind war und von der Straße nach der Kirche wehte, konnten die Bewohner des Wächterhauses das Läuten hören.

»Herrgott, wer hat wohl Lust, bei solchem Wetter zu fahren!« sagte die Küstersfrau seufzend.

»Dienst ist Dienst. Ob es einem paßt oder nicht, man muß fahren ...«

Das Stöhnen schwebte noch eine Zeitlang in der Luft und erstarb.

»Ist vorbeigefahren«, sagte Savelij und legte sich wieder hin.

Aber er hatte noch nicht die Bettdecke über den Kopf gezogen, da drang ganz deutlich das Läuten eines Glöckchens an sein Ohr. Der Küster sah seine Frau beunruhigt an, sprang aus dem Bett und ging schwankend am Ofen entlang. Das Glöckchen läutete eine Weile und verstummte wieder, wie abgerissen.

»Nichts zu hören ...« murmelte der Küster, blieb stehen und schaute mit zusammengekniffenen Augen auf seine Frau.

Aber in diesem Augenblick polterte der Wind gegen das Fen-

ster und trug wieder das feine, singende Stöhnen herüber ...
Savelij erbleichte, ächzte und schlurfte wieder mit den bloßen
Füßen über den Fußboden.

»Der Postwagen fährt in die Irre«, krächzte er und schielte
böse auf seine Frau. »Hörst du's? In die Irre ...! Ich ... ich
weiß! Meinst wohl ... ich verstehe nicht?« murmelte er. »Alles
weiß ich, hol dich der Kuckuck!«

»Was weißt du?« fragte leise die Küstersfrau, ohne den Blick
vom Fenster zu wenden.

»Das weiß ich, ist alles dein Werk, du Teufelin! Dein Werk –
hol dich der Kuckuck! Dieser Schneesturm und daß die Post in
die Irre fährt ... das alles hast du angerichtet! Du!«

»Bist wohl übergeschnappt, alter Dummkopf ...« erwiderte
die Küstersfrau ruhig.

»Ich hab dir das schon lange angemerkt! Als ich heiratete,
gleich am ersten Tag hab ich gemerkt, daß du Hundeblut in dir
hast.«

»Tfu!« sagte Raisa erstaunt, zuckte die Schultern und bekreuzigte sich. »Solltest dich bekreuzigen, blöder Kerl!«

»Eine Hexe, eine richtige Hexe«, fuhr Savelij mit dumpfer,
weinerlicher Stimme fort und schneuzte sich hastig in den
Hemdsaum. »Wenn du auch meine Frau bist, wenn du auch
geistlichen Standes bist, aber sogar bei der Beichte werd ich
erzählen, was du für eine bist ... Was bist du? Herr, hilf und
erbarme dich! Voriges Jahr, als es auf den Tag des Propheten
Daniel und der Drei Könige zuging, war Schneesturm, und was
geschah? Ein Handwerksmeister kommt gefahren und will sich
aufwärmen. Dann, am Tag des Gottesmenschen Aleksej, kam
Eisgang, und da treibt es einen Wachtmeister her ... Die ganze
Nacht hat der Verfluchte mit dir geschwatzt, und als er frühmorgens weggeht, da schau ich ihn an: Ringe hat er unter den
Augen, und die Wangen sind ganz eingefallen! Was? Als die
Erlöserfasten waren, gab es zweimal Gewitter, und beide Male
kommt ein Jäger übernachten. Alles hab ich gesehn, verrecken
soll er! Alles! Oh, bist ja rot geworden wie ein Krebs! Aha!«

»Nichts hast du gesehen ...«

»Jawohl! Und diesen Winter vor Weihnachten, am Tag der
zehn Märtyrer von Kreta, als Tag und Nacht der Schneesturm
tobte ... weißt du das noch? Gerät da doch der Schreiber des
Kreismarschalls vom Wege ab und kommt hierher, der Hund ...

Was hat dich denn da gereizt! Pfui, ein Schreiber! Seinetwegen das Wetter Gottes verderben! Ein Teufelsbraten, eine Rotznase, winzig klein, die Fresse voll Pickel und einen schiefen Hals ... Wär er noch hübsch gewesen, aber so – pfui! – ein Satan!«

Der Küster holte Atem, wischte sich die Lippen ab und horchte. Von dem Glöckchen war nichts mehr zu hören, aber der Wind toste über das Dach, und in der Dunkelheit vor dem Fenster klirrte wieder etwas.

»Und jetzt ist es auch so«, fuhr Savelij fort. »Nicht von selbst fährt die Post im Kreise! Kannst mir ins Gesicht spucken, wenn der Postwagen nicht gerade dich sucht! Ja, der Teufel versteht sein Geschäft, ein feiner Helfer! Treibt ihn im Kreis herum, immer im Kreis herum, und am Ende bringt er ihn hierher. Ich weiiiß! Ich seeehe! Verbirgst es nicht, Teufelsangehänge, gottlose Wollust! Gleich als der Schneesturm anfing, hab ich gemerkt, was du vorhast.«

»Was für ein dummer Kerl!« sagte lächelnd die Küstersfrau. »Bildest du Narr dir wirklich ein, daß ich das schlechte Wetter mache?«

»Hm ... Lächle nur! Ob du's machst oder nicht – ich merk jedenfalls das eine: Sobald in dir das Blut zu wallen beginnt, wird Schlechtwetter, und kaum ist Schlechtwetter, dann treibt es auch schon einen Tollkopf hierher. Jedesmal ist das so! Also bist du's doch!«

Um seine Worte überzeugender zu machen, legte der Küster den Finger an die Stirn, kniff das linke Auge zu und sprach nun mit singender Stimme weiter: »O Torheit! O Judasfluch! Wärest du wahrhaft ein Mensch und keine Hexe, würdest du dir in deinem Kopf überlegen: Was aber, wenn es nicht ein Handwerksmeister, nicht ein Jäger, nicht ein Schreiber, sondern der Teufel in ihrer Gestalt war! Wie? Daran solltest du denken!«

»Ach, bist du dumm, Savelij!« seufzte die Küstersfrau und schaute ihren Mann mitleidig an. »Als Väterchen noch lebte und hier wohnte, da kam vielerlei Volk zu ihm, um sich vom Zittern kurieren zu lassen: aus dem Dorf, von den Siedlergehöften, von den armenischen Meiereien. Wohl jeden Tag waren sie da, und niemand hat sie Teufel geschimpft. Wenn aber einmal im Jahr bei Unwetter jemand hier bei uns einen warmen Unterschlupf sucht, dann ist das für dich Dummkopf schon das reine Wunder, und gleich machst du dir so verschiedene Gedanken.«

Die Logik der Frau beeindruckte Savelij. Er stellte sich mit seinen bloßen Füßen breitbeinig hin und dachte nach. Noch war er fest von der Richtigkeit seiner Vermutungen überzeugt; jedoch der aufrichtige, gleichmütige Ton seiner Frau brachte ihn ganz aus dem Konzept; nachdem er aber ein wenig nachgedacht hatte, schüttelte er den Kopf und sagte: »Es sind doch keine alten Leute oder irgendwelche Tölpel, sondern immer junge Männer, die um Nachtlager bitten ... Warum ist das so? Und wenn sie sich nur wärmen wollten – aber sie kommen, um dem Teufel den Gefallen zu tun. Nein, Weib, hinterlistiger als ihr Weiber kann auf dieser Welt kein Geschöpf sein. Wirklichen Verstand – du lieber Gott –, davon habt ihr weniger als ein Sperling, dafür aber teuflische Hinterlist – uhuhu! – steh uns bei, himmlische Königin! Da, der Postwagen läutet! Kaum daß der Schneesturm begann, da wußte ich schon, was du im Sinn hast! Hast sie behext, du Spinne!«

»Was willst du von mir, Verfluchter?« Der Küstersfrau riß die Geduld. »Was willst du von mir, du alte Klette?«

»Das will ich von dir, wenn heute nacht – verhüt es Gott – etwas passiert ... hör mir gut zu ...! Wenn etwas passiert, dann geh ich morgen in aller Herrgottsfrüh zum Vater Nikodim und kläre alles auf. ›So und so‹, werde ich sagen, ›Vater Nikodim, verzeihen Sie großmütig, aber sie ist eine Hexe. Wieso? Hm ... Sie wünschen zu erfahren, wieso? Erlauben Sie ... So und so.‹ Und wehe dir, Weib! Nicht nur beim Jüngsten Gericht, sondern auch im irdischen Leben wirst du deine Strafe bekommen! Nicht umsonst sind für euresgleichen im Ritual Gebete vorgeschrieben.«

Plötzlich pochte es so laut und ungewöhnlich an das Fenster, daß Savelij erbleichte und sich vor Schreck hinsetzte. Die Küstersfrau sprang auf und erbleichte ebenfalls.

»Um Himmels willen, lassen Sie uns rein, wir wollen uns wärmen!« ertönte ein zitternder, voller Baß. »Wer ist da drinnen! Erweisen Sie uns die Güte! Wir sind vom Weg abgekommen.«

»Und wer sind Sie?« fragte die Küstersfrau, die sich fürchtete, zum Fenster zu blicken.

»Die Post«, antwortete eine andere Stimme.

»Hast nicht umsonst gehext«, Savelij machte eine wegwerfende Handbewegung. »Da hast du's! Hab recht behalten ... Nun paß du bloß auf!«

Der Küster war mit zwei Sprüngen beim Bett, wälzte sich aufs Kissen und drehte wutschnaubend das Gesicht zur Wand. Gleich darauf wehte ihm Kälte in den Rücken. Die Tür quietschte, und auf der Stelle erschien eine große Gestalt, die vom Kopf bis zu den Füßen mit Schnee bedeckt war. Dahinter folgte eine zweite, genauso weiß...

»Die Postsäcke auch reinbringen?« fragte der zweite mit heiserem Baß.

»Können sie doch nicht draußen lassen!«

Nach diesen Worten begann der erste seine Kapuze aufzuknoten. Ohne jedoch abzuwarten, bis er damit fertig war, riß er sie zusammen mit der Schirmmütze vom Kopf und schleuderte sie zornig vor den Ofen. Dann zerrte er den Mantel herunter, warf ihn ebenfalls hin und ging, ohne ein Grußwort zu sagen, in dem Wächterhaus auf und ab.

Es war ein junger, hellblonder Postbote in abgewetztem Uniformröckchen und fuchsroten, schmutzigen Stiefeln. Als er sich bei dem Hinundhergehen erwärmt hatte, nahm er am Tisch Platz und streckte die schmutzigen Füße zu den Säcken hin und stützte den Kopf in die Faust. Sein bleiches, rotfleckiges Gesicht trug noch die Spuren der eben erlebten Schrecken und Qualen. Trotz der von Zorn verzerrten Züge und der frischen Spuren der überstandenen physischen und seelischen Leiden war das Gesicht schön, mit dem tauenden Schnee in den Brauen, im Schnurrbart und in dem runden Bärtchen.

»Ein Hundeleben!« knurrte der Postbote und ließ seine Blicke über die Wände gleiten, als glaube er noch nicht, daß er im Warmen war. »Wäre fast krepiert! Hätten wir nicht Ihr Licht gesehen, wer weiß, was geworden wäre... Die Pest mag wissen, wann das jemals aufhört! Niemals nimmt dies Hundeleben ein Ende! Wohin sind wir geraten?« fragte er, indem er die Stimme senkte und die Augen auf die Küstersfrau richtete.

»Auf die Guljaev-Höhe, hier ist das Besitztum des Generals Kalinovskij«, antwortete die Küstersfrau, die zusammenfuhr und rot wurde.

»Hörst du, Stepan?« rief der Postbote und wandte sich nach dem Kutscher um, der mit einem dicken ledernen Postsack auf dem Rücken in der Tür steckengeblieben war. »Wir sind auf die Guljaev-Höhe geraten.«

»Ja... ganz schön weit!«

Nachdem der Kutscher diese Worte, die wie ein heiseres, abgehacktes Seufzen klangen, hervorgestoßen hatte, ging er wieder hinaus und schleppte gleich darauf einen zweiten, etwas kleineren Sack herein. Dann ging er nochmals nach draußen und brachte den an einem breiten Riemen hängenden Säbel des Postboten, der in seiner Form jenem breiten, flachen Schwert glich, mit dem auf volkstümlichen Holzschnitten Judith im Lager des Holofernes dargestellt ist. Als er die Postsäcke nebeneinander an die Wand gestellt hatte, ging er in den Vorraum, setzte sich hin und zündete seine Pfeife an.

»Möchten Sie nach der Fahrt vielleicht etwas Tee?« fragte die Küstersfrau.

»Wann sollen wir wohl Tee trinken!« sagte der Postbote finster. »Wir müssen uns schnell aufwärmen und gleich weiter, sonst kommen wir nicht rechtzeitig zum Postzug. Wir werden zehn Minuten hier sitzen, und dann fahren wir los. Nur seien Sie so gut und zeigen Sie uns den Weg...«

»Ein Wetter... die reine Strafe Gottes«, seufzte die Küstersfrau.

»Hm, ja... Aber Sie selbst, wer sind Sie?«

»Wir? Wir sind von hier, gehören zur Kirche... Sind vom geistlichen Stand... Dort liegt mein Mann! Savelij, steh doch auf und begrüß die Leute! Hier war früher eine Pfarrstelle, die ist vor anderthalb Jahren aufgelöst worden. Natürlich, als hier noch die Herrschaft lebte, kamen auch Leute, da lohnte sich die Pfarre, aber jetzt, ohne Herrschaft, urteilen Sie selbst, von was soll denn die Geistlichkeit leben, wo das nächste Dorf hier Markovka ist, und bis dahin sind es fünf Verst! Savelij hat jetzt keine Stelle... er ist hier nur als Wächter. Er soll nach der Kirche sehen.«

Der Postbote erfuhr auch gleich, daß man Savelij, wenn er zur Generalin führe und sie um ein Brieflein an Hochwürden bäte, eine gute Stelle geben würde; er gehe aber nicht zur Generalin, weil er zu bequem und zu menschenscheu sei.

»Trotzdem sind wir vom geistlichen Stand...« fügte die Küstersfrau hinzu.

»Und wovon leben Sie?« fragte der Postbote.

»Zur Kirche gehören Heuschläge und Gemüsegärten. Aber das bringt wenig ein...« sagte die Küstersfrau seufzend. »Vater Nikodim aus Djadkino, der so einen neidischen Blick hat, hält hier die Messe zum Nikolatag im Sommer und zum Nikolatag im Winter, und dafür nimmt er sich fast alles. Für uns tritt keiner ein!«

»Du lügst«, knurrte Savelij heiser. »Vater Nikodim ist eine heilige Seele, eine Leuchte der Kirche, er nimmt, was ihm zusteht, ganz nach der Vorschrift!«

»Hast du aber einen grimmigen Mann«, spöttelte der Postbote. »Bist du schon lange verheiratet?«

»Am Versöhnungssonntag waren es vier Jahre. Mein Väterchen haben hier früher als Küster gedient, und als dann die Zeit zum Sterben kam, sind das Väterchen, damit die Stelle hier für mich blieb, zum Konsistorium gefahren und haben gebeten, mir einen unverheirateten Küster als Freier zu schicken. So hab ich dann geheiratet.«

»Aha, hast also gleich zwei Fliegen mit einer Klappe geschlagen«, sagte der Postbote und richtete seinen Blick auf Savelijs Rücken. »Hast die Stelle bekommen und die Frau dazu.«

Savelij zuckte ungeduldig mit dem Fuß und rückte noch dichter an die Wand. Der Postbote kam hinter dem Tisch hervor, reckte sich und setzte sich auf einen Postsack. Nachdem er einen Augenblick überlegt hatte, drückte er mit den Händen die Säcke zurecht, legte den Säbel an eine andere Stelle und streckte sich aus, wobei er das eine Bein auf den Boden herunterhängen ließ.

»Ein Hundeleben ...« murmelte er, während er die Hände unter dem Kopf verschränkte und die Augen schloß. »Nicht einmal dem schlimmsten Tataren wünsche ich so ein Leben.«

Bald herrschte Stille. Man hörte nur, wie Savelij schnaufte und wie der eingeschlafene Postbote, der ruhig und gleichmäßig atmete, bei jedem Ausatmen ein kräftiges, gedehntes ›Kchchch‹ von sich gab. Ab und zu schnarrte in seiner Kehle ein Rädchen, und wenn sein Bein zuckte, raschelte der Postsack.

Savelij drehte sich unter der Bettdecke auf die andere Seite und sah sich langsam um. Die Küstersfrau saß auf einem Hocker, preßte ihre Hände an die Wangen und schaute dem Postboten ins Gesicht. Ihr Blick war starr wie der eines Menschen, den etwas überrascht und erschreckt hat.

»Na, was glotzt du ihn so an?« flüsterte Savelij böse.

»Was schert dich das? Bleib liegen!« antwortete die Küstersfrau, ohne die Augen von dem blonden Kopf zu wenden.

Savelij stieß wütend die Luft aus und drehte sich heftig zur

Wand. Nach etwa drei Minuten wandte er sich wieder unruhig um, erhob sich im Bett auf die Knie und schielte, die Hände aufs Kopfkissen gestemmt, zu seiner Frau hinüber. Sie saß noch immer regungslos da und schaute den Gast an. Ihre Wangen waren bleich geworden, in ihren Augen glimmte ein seltsames Feuer. Der Küster gab einen ächzenden Laut von sich, kroch auf dem Bauch aus dem Bett, trat an den Postboten heran und bedeckte dessen Gesicht mit einem Tuch.

»Was soll das?« fragte die Küstersfrau.

»Damit ihm das Licht nicht in die Augen fällt.«

»Dann mach das Licht ganz aus.«

Savelij blickte mißtrauisch auf seine Frau und streckte schon die Lippen zu dem Lämpchen hin, doch plötzlich besann er sich und schlug die Hände zusammen.

»Ist das nicht teuflische Schlauheit?« rief er. »Was? Gibt es wohl ein Geschöpf, das schlauer ist als ihr Weiber?«

»Ach, du Satan, du langschößiger!« zischte die Küstersfrau, deren Gesicht sich vor Ärger verfinsterte. »Warte nur!«

Sie setzte sich etwas bequemer hin und richtete von neuem ihren Blick auf den Postboten.

Ihr machte es nichts aus, daß das Gesicht bedeckt war, denn es interessierte sie nicht so sehr das Gesicht, als vielmehr das allgemeine Aussehen, das Besondere dieses Menschen. Er hatte eine mächtige, breite Brust, schöne, feine Hände, und seine schlanken, muskulösen Beine sahen viel männlicher und schöner aus als Savelijs Stelzen. Es war unmöglich, überhaupt einen Vergleich zu ziehen.

»Gut, dann bin ich eben ein langschößiger böser Geist«, sagte Savelij, der eine Zeitlang ratlos dagestanden hatte, »aber hier dürfen sie nicht schlafen ... Jawohl ... Sie sind im Dienst, und wir müssen nachher dafür geradestehen, daß wir sie aufgehalten haben. Wenn du Post zu fahren hast, so fahre, da hast du nicht zu schlafen ... Du!« rief Savelij in den Vorraum. »Du, Kutscher ... wie heißt du? Soll ich euch führen, na, was soll ich? Steh auf, mit der Post habt ihr nicht zu schlafen.«

Savelij geriet in Bewegung. Er stürzte zu dem Postboten und zupfte ihn am Ärmel.

»He, Euer Wohlgeboren! Wenn man fahren muß, muß man fahren. Und wenn man nicht fahren muß, dann ist das so auch nicht richtig ... Schlafen gehört sich nicht.«

Der Postbote fuhr hoch, setzte sich, ließ seinen trüben Blick durch das Wächterhaus wandern und legte sich wieder hin.

»Und wann fahrt ihr?« meckerte Savelij und zog ihn am Ärmel. »Dafür ist es doch die Post, daß sie zur rechten Zeit hinkommt, hörst du? Ich führe euch.«

Der Postbote öffnete die Augen. Warm geworden und erschlafft vom ersten süßen Schlaf, aus dem er noch nicht ganz erwacht war, sah er wie durch einen Nebel den weißen Hals und den unbeweglichen, schmachtenden Blick der Küstersfrau. Er schloß die Augen wieder und lächelte, als wäre das alles nur ein Traum.

»Na, wohin sollen sie denn bei so einem Wetter fahren?« vernahm er eine weiche Frauenstimme. »Sollen sie doch schlafen, sollen sie etwas für die Gesundheit tun.«

»Und die Post?« brauste Savelij auf. »Wer fährt denn die Post? Willst du sie etwa fahren? Du?«

Der Postbote öffnete wieder die Augen. Er sah die weichen Grübchen im Gesicht der Küstersfrau, besann sich, wo er war, und verstand nun auch, was Savelij von ihm wollte. Bei dem Gedanken an die bevorstehende Fahrt durch die kalte Dunkelheit lief es ihm kalt den Rücken hinunter, und er krümmte sich zusammen.

»Fünf Minütchen könnte man noch schlafen...« sagte er gähnend. »Zu spät kommen wir sowieso...«

»Vielleicht kommen wir aber auch noch zur Zeit!« ließ sich eine Stimme aus dem Vorraum vernehmen. »Wirst sehn, plötzlich haben wir doch Glück, und der Zug hat Verspätung.«

Der Postbote stand auf, reckte sich wohlig und begann seinen Mantel anzuziehen.

Als Savelij sah, daß die Gäste aufbrechen wollten, wieherte er geradezu vor Vergnügen.

»Hilf mir mal!« rief der Kutscher, der einen Postsack aufhob.

Der Küster sprang hinzu und schleppte mit ihm die Postladung nach draußen. Der Postbote versuchte indessen den Knoten an seiner Kapuze aufzuknüpfen. Die Küstersfrau schaute ihm in die Augen, als wolle sie ihm ganz tief ins Herz blicken.

»Sie sollten noch Tee trinken...« sagte sie.

»Wenn's nach mir ginge... aber die laden ja schon auf«, entgegnete er zustimmend. »Zu spät kommen wir sowieso.«

»Bleiben Sie doch!« flüsterte sie, schlug die Augen nieder und tastete nach seinem Ärmel.

Der Postbote hatte endlich den Knoten gelöst und legte unentschlossen die Kapuze über den Arm. Ihm wurde heiß, als er so neben der Küstersfrau stand.

»Was für einen Hals du hast...«

Er berührte ihren Hals mit zwei Fingern. Da er sah, daß sie sich nicht wehrte, streichelte er ihr mit der Hand den Hals und die Schultern.

»Sieh mal an, so eine...«

»Sie sollten bleiben... Hören Sie doch, wie der Sturm heult!«

»Wo packst du ihn denn hin, du? Lauter Grütze mit Sirup«, hörte man von draußen die Stimme des Kutschers. »Leg ihn quer.«

»Sie sollten bleiben... Hören Sie doch, wie der Sturm heult!«

Und plötzlich bemächtigte sich des Postboten, der noch gar nicht ganz erwacht war und noch nicht den Zauber des ersten, qualvoll süßen Schlafes abgeschüttelt hatte, jenes Verlangen, für das man Postsäcke, Postzüge und... alles auf der Welt vergißt. Ängstlich, als wolle er gleich fortlaufen oder sich verstecken, blickte er zur Tür, faßte die Küstersfrau um die Taille und beugte sich bereits über das Lämpchen, um das Licht zu löschen, als Stiefel im Vorraum trampelten und auf der Schwelle der Kutscher erschien... Hinter seinem Rücken schaute Savelij hervor. Schnell ließ der Postbote die Hände sinken und blieb stehen, als überlege er etwas.

»Alles fertig!« sagte der Kutscher.

Der Postbote stand noch einen Augenblick da. Er war nun endgültig erwacht, schüttelte heftig den Kopf und folgte dem Kutscher nach draußen. Die Küstersfrau blieb allein zurück.

»Na, was ist, setz dich rein, zeig uns den Weg!« vernahm sie von draußen.

Träge ertönte zuerst ein Glöckchen, dann ein zweites, und diese klingenden Töne zogen sich in einer langen feinen Kette vom Wächterhaus bis in die Ferne. Als sie nach und nach verhallten, riß sich die Küstersfrau mit einer jähen Bewegung aus ihrer Erstarrung los und begann nervös aus einer Ecke in die andere zu gehen. Anfangs war sie blaß, dann wurde sie dunkelrot. Ihr Gesicht verzerrte sich vor Haß, ihr Atem flog, die Augen funkelten in wilder, furchtbarer Wut, und als sie so hin und her lief wie in einem Käfig, glich sie einer Tigerin, die man mit einem glühenden Eisen in Schach hält. Einen Augenblick blieb sie stehen und betrachtete ihre Wohnung. Fast die Hälfte des Raumes nahm das Bett ein, das sich an der ganzen Wand hinzog und aus einem schmutzigen Pfühl, grauen, harten Kopfkissen, einer Bettdecke und allerlei armseligen Lumpen bestand. Dieses Bett bildete ein einziges unförmiges, häßliches Knäuel und sah beinahe aus wie jenes Knäuel, das immer auf Savelijs Kopf prangte, wenn er einmal Lust bekam, sich das Haar einzufetten. Vom Bett bis zu der in den kalten Vorraum führenden Tür erstreckte sich der dunkle Ofen mit den Töpfen darauf und den herabhängenden Lappen. Alles, einschließlich des vor kurzem hinausgegangenen Savelij, war so unvorstellbar dreckig, schmierig und verrußt, daß es merkwürdig anmutete, inmitten dieser ganzen Wirtschaft den weißen Hals und die feine, zarte Haut einer Frau zu erblicken. Die Küstersfrau lief zum Bett und streckte die Hände aus, als wollte sie das alles fortschleudern, zertrampeln und kurz und klein reißen, doch sofort sprang sie, gleichsam vor der bloßen Berührung mit diesem Schmutz erschreckend, zurück und begann wieder hin und her zu gehen...

Als Savelij nach zwei Stunden, erschöpft und über und über mit Schnee bedeckt, zurückkehrte, hatte sie sich bereits entkleidet und zu Bett gelegt. Ihre Augen waren geschlossen, aber an dem leisen Zucken, das über ihr Gesicht lief, erriet er, daß sie noch nicht eingeschlafen war. Auf dem Heimweg hatte er sich fest vorgenommen, bis zum morgigen Tag zu schweigen und sie in Ruhe zu lassen, aber jetzt hielt er es nicht mehr aus, er mußte sticheln.

»Hast umsonst gehext: weg ist er!« sagte er mit schadenfrohem Grinsen.

Die Küstersfrau schwieg, nur ihr Kinn zitterte. Savelij zog sich gemächlich aus, kletterte über seine Frau hinweg und legte sich an die Wand.

»Und morgen werd ich dem Vater Nikodim melden, was für eine Frau du bist«, murmelte er, während er sich zu einem Kringel zusammenrollte.

Die Küstersfrau drehte ihm hastig das Gesicht zu und funkelte ihn mit den Augen an.

»Hast an der Stelle wohl grad genug«, sagte sie, »eine Frau

aber kannst du dir im Wald suchen! Deine Frau soll ich sein? Platzen sollst du! Einen richtigen Klotz, einen Faulpelz hab ich mir aufgeladen, Gott verzeih mir!«

»Na, na, na ... Schlaf schon!«

»Ich Unglückliche«, schluchzte die Küstersfrau. »Wärest du nicht, dann hätte ich vielleicht einen Kaufmann oder einen Adligen bekommen! Wärest du nicht, dann hätte ich jetzt einen Mann, den ich liebe! Warum hat dich der Schneesturm nicht behalten, warum bist du nicht auf der Straße erfroren, du Schurke!«

Lange weinte die Küstersfrau. Schließlich seufzte sie noch einmal tief auf und verstummte. Vor dem Fenster tobte noch immer der Schneesturm. Im Ofen, im Schornstein und hinter allen vier Wänden weinte und klagte etwas, und Savelij kam es vor, als weinte und klagte es in seinem Innern und in seinen Ohren. Der heutige Abend hatte ihn endgültig davon überzeugt, daß seine Vermutungen hinsichtlich der Frau stimmten. Er zweifelte nicht länger daran, daß seine Frau mit Hilfe der dunklen Mächte die Winde und die Postkutschen regierte. Doch zu seinem größten Kummer verlieh dieses Geheimnisvolle, diese übernatürliche und furchtbare Kraft der neben ihm liegenden Frau einen besonderen unbegreiflichen Reiz, den er früher niemals bemerkt hatte. Weil er sie in seiner Dummheit, ohne es selbst gewahr zu werden, poetisiert hatte, erschien sie ihm jetzt heller, schöner und unerreichbarer als je zuvor ...

»Hexe!« knurrte er. »Pfui, du Abscheuliche!«

Als er nun gewartet hatte, bis sie verstummt war und gleichmäßig zu atmen begann, tastete er mit den Fingern nach ihrem Nacken ... faßte mit der Hand ihren dicken Zopf. Sie bemerkte es nicht ... Da wurde er kühner und streichelte ihren Hals.

»Geh weg!« schrie sie und stieß ihn mit dem Ellenbogen so heftig gegen das Nasenbein, daß ihm Sterne vor den Augen tanzten.

Der Schmerz in der Nase ging bald vorüber, die Qual aber nahm und nahm kein Ende.

Ein Scherz

Ein klarer Wintertag so um die Mittagszeit... Es herrscht grimmiger, klirrender Frost, und bei Nadenka, die meinen Arm genommen hat, sind die Locken an den Schläfen und der Flaum auf der Oberlippe mit silbernem Reif bedeckt. Wir stehen auf einem hohen Berg. Vor unseren Füßen zieht sich zur ebenen Erde eine abschüssige Fläche hin, in der sich die Sonne wie in einem Spiegel betrachtet. Neben uns steht ein kleiner Schlitten, mit grellrotem Tuch bespannt.

»Rodeln wir hinunter, Nadežda Petrovna!« bitte ich. »Nur einmal! Ich versichere Ihnen, wir bleiben heil und unversehrt!«

Aber Nadenka hat Angst. Alles, was sich von ihren kleinen Galoschen bis zum Fuße des vereisten Berges erstreckt, scheint ihr ein schrecklicher, unermeßlich tiefer Abgrund zu sein. Als ich ihr anbiete, sich in den Schlitten zu setzen, schaut sie nach unten, und es verschlägt ihr den Atem; aber was wird geschehen, wenn sie es riskiert, in den Abgrund hinunterzufliegen! Sie wird sterben oder verrückt werden!

»Ich flehe Sie an!« sage ich. »Sie brauchen keine Angst zu haben! Begreifen Sie doch, das ist Kleinmut, Feigheit!«

Nadenka gibt endlich nach, und ich sehe an ihrem Gesicht, daß sie Todesängste aussteht. Ich setze das blasse und zitternde Mädchen auf den Schlitten, umfasse sie mit einer Hand und stürze mit ihr hinunter in den Abgrund.

Der Schlitten saust wie eine Kugel dahin. Ein schneidender Wind schlägt uns ins Gesicht, er heult, pfeift in den Ohren, reißt und kneift uns schmerzhaft und böse und will einem schier den Kopf abreißen. Der Druck des Windes läßt uns kaum noch atmen. Es scheint, als halte der Teufel selbst uns mit seinen Klauen umfaßt und schleppe uns mit Geheul in diese Hölle. Die Gegenstände der Umgebung verschmelzen zu einem langen, rasendschnell vorbeieilenden Streifen... Es scheint, wir gehen im nächsten Augenblick zugrunde!

»Ich liebe Sie, Nadja«, sage ich halblaut.

Der Schlitten fährt allmählich immer langsamer, das Heulen des Windes und das Surren der Kufen sind nicht mehr so schrecklich, es verschlägt einem nicht länger den Atem, und wir sind endlich unten. Nadenka ist halb tot. Sie ist blaß und atmet kaum... Ich helfe ihr beim Aufstehen.

»Auf keinen Fall fahre ich noch einmal«, sagt sie und schaut mich mit großen Augen entsetzt an. »Um nichts in der Welt! Ich bin fast gestorben!«

Kurze Zeit darauf kommt sie wieder zu sich und schaut mir fragend in die Augen: Habe ich diese vier Worte zu ihr gesagt, oder war es nur das Heulen des Windes? Und ich stehe neben ihr, rauche und betrachte aufmerksam meinen Handschuh.

Sie nimmt meinen Arm, und wir gehen lange an dem Berg spazieren. Das Rätsel läßt ihr offensichtlich keine Ruhe. Wurden diese Worte gesagt oder nicht? Ja oder nein? Ja oder nein? Das ist eine Frage der Eigenliebe, der Ehre, des Lebens, des Glücks, eine sehr wichtige Frage, die wichtigste auf der Welt. Nadenka schaut mich ungeduldig, traurig und mit einem durchdringenden Blick an, sie gibt verkehrte Antworten und wartet, ob ich nicht zu reden anfange. Oh, was für ein Mienenspiel bewegt dieses liebe Gesicht, was für ein Mienenspiel! Ich sehe, wie sie mit sich kämpft, sie muß etwas sagen, etwas fragen, aber sie findet keine Worte, es ist ihr peinlich, sie hat Angst, die Freude hindert sie...

»Wissen Sie was?« sagt sie, ohne mich anzusehen.

»Was?« frage ich.

»Lassen Sie uns noch einmal... rodeln.«

Wir steigen die Treppe hinauf auf den Berg. Wieder setze ich die blasse, zitternde Nadenka auf den Schlitten, wieder fliegen wir in den schrecklichen Abgrund, wieder heult der Wind und surren die Kufen, und wieder sage ich an der Stelle, da der Schlitten am schnellsten und geräuschvollsten dahinfliegt, mit halblauter Stimme: »Ich liebe Sie, Nadenka!«

Als der Schlitten stehenbleibt, wirft Nadenka einen Blick auf den Berg, den wir eben so schnell hinuntergerodelt sind, dann schaut sie aufmerksam in mein Gesicht, lauscht meiner gleichgültigen und leidenschaftslosen Stimme, und alles an ihr, sogar der Muff, ihre Kapuze, ja ihr ganzes Figürchen drücken äußerstes Erstaunen aus. Und auf ihrem Gesicht kann man lesen: Was ist denn los? Wer hat jene Worte gesprochen? War *er* es, oder kam mir das nur so vor?

Diese Ungewißheit beunruhigt sie, bringt sie aus der Fassung. Das arme Mädchen antwortet nicht auf meine Fragen, sie verzieht ihr Gesicht und ist nahe daran, loszuweinen.

»Wollen wir nicht nach Hause gehen?« frage ich.
»Aber mir ... mir gefällt das Rodeln«, sagt sie errötend.
»Wollen wir nicht noch einmal herunterfahren?«
Ihr ›gefällt‹ dieses Rodeln, aber dabei ist sie, als sie sich auf den Schlitten setzt, so blaß wie das erstemal, sie atmet kaum und zittert vor Angst.

Wir fahren zum drittenmal hinunter, und ich sehe, wie sie mich anschaut und meine Lippen beobachtet. Aber ich halte mein Taschentuch an die Lippen, huste und kann, als wir die Mitte des Berges erreicht haben, gerade noch sagen:

»Ich liebe Sie, Nadenka!«

Und das Rätsel bleibt ein Rätsel! Nadenka schweigt und überlegt ... Ich begleite sie von der Rodelbahn nach Hause, sie bemüht sich, ruhiger zu gehen, verlangsamt ihre Schritte und wartet, ob ich nicht noch jene Worte sagen werde. Und ich sehe, wie sie leidet, wie sie sich zusammennimmt, damit sie nicht sagt: Das kann unmöglich der Wind gesprochen haben! Und ich will auch nicht, daß es der Wind gesprochen hat!

Am nächsten Morgen bekomme ich einen Zettel: »Wenn Sie heute rodeln gehen, holen Sie mich ab! N.« Und von diesem Tag an gehe ich täglich mit Nadenka rodeln, und wenn wir auf dem Schlitten den Berg hinuntersausen, sage ich jedesmal halblaut immer dieselben Worte: »Ich liebe Sie, Nadenka!«

Bald hat sich Nadenka an diesen Satz gewöhnt wie an Wein oder Morphium. Sie kann ohne ihn nicht mehr leben. Allerdings hat sie nach wie vor Angst, den Berg hinunterzusausen, aber die Angst und die Gefahr verleihen den Liebesworten, den Worten, die noch immer ein Rätsel sind und die Seele quälen, einen besonderen Zauber. Es werden immer dieselben zwei verdächtigt: Der Wind und ich ... Wer von den beiden ihr die Liebeserklärung macht, weiß sie nicht, aber ihr ist es anscheinend schon ganz gleich; aus welchem Gefäß man auch trinkt, es ist egal – wenn man nur trunken wird.

An einem Mittag bin ich allein rodeln gegangen, und als ich mich unter die Menge mische, sehe ich, wie sich Nadenka dem Berg nähert und mich mit den Augen sucht ... Dann steigt sie zaghaft die Treppe hinauf ... Es ist schrecklich, allein zu fahren, oh, schrecklich! Sie ist weiß wie der Schnee, sie zittert und geht wie zur Hinrichtung, aber sie geht, geht, ohne sich umzusehen, fest entschlossen. Offenbar hat sie endlich beschlossen, auszuprobieren, ob sie diese wundervollen süßen Worte auch hört, wenn ich nicht dabei bin. Ich sehe, wie sie sich blaß, mit vor Grauen geöffnetem Mund auf den Schlitten setzt, die Augen schließt, sich von der Erde für ewig verabschiedet und sich abstößt ... Sssss ... surren die Kufen. Ob Nadenka jene Worte hört, weiß ich nicht ... Ich sehe nur, wie sie erschöpft und schwach vom Schlitten aufsteht. Und an ihrem Gesicht sieht man, daß sie selbst nicht weiß, ob sie etwas gehört hat oder nicht. Die Angst während der Fahrt hat ihr die Fähigkeit genommen, die Laute zu unterscheiden und zu verstehen ...

Aber da kommt der Frühlingsmonat März ... Die Sonne wird zärtlicher. Unser vereister Berg wird dunkler und verliert seinen Glanz, und endlich taut er ab. Mit dem Rodeln ist es vorbei. Nirgends mehr kann die arme Nadenka jene Worte hören, keiner mehr kann sie sagen, weil der Wind nicht mehr zu hören ist, und ich beabsichtige, nach Petersburg zu reisen – auf lange Zeit, wahrscheinlich für immer.

Etwa zwei Tage vor meiner Abreise sitze ich in der Dämmerung im Vorgarten, der durch einen hohen Zaun von dem Hof, in dem Nadenka wohnt, abgetrennt ist ... Es ist noch ziemlich kalt, unter dem Mist liegt noch Schnee, die Bäume sind noch tot, aber es riecht schon nach Frühling, und die Saatkrähen, die ihren Schlafbaum aufsuchen, schreien laut. Ich gehe zum Zaun und schaue lange durch eine Ritze. Ich sehe, wie Nadenka auf die Veranda tritt und einen traurigen, wehmütigen Blick auf den Himmel richtet. Der Frühlingswind bläst ihr direkt in das blasse, verzagte Gesicht ... Er erinnert sie an den Wind, der damals auf dem Berg geheult hat, als sie jene vier Worte vernahm, und ihr Gesicht wird ganz traurig, über ihre Wangen rinnt eine Träne ... Und das arme Mädchen streckt beide Hände aus, als bitte sie den Wind, er möchte ihr noch einmal jene Worte zutragen. Und ich warte einen Windstoß ab und flüstere halblaut:

»Ich liebe Sie, Nadenka!«

Mein Gott, was ist mit Nadenka geschehen! Sie schreit auf, sie lächelt über das ganze Gesicht, sie streckt dem Wind ihre Arme entgegen, fröhlich, glücklich und so schön.

Und ich gehe und packe meine Sachen ...

Das ist schon lange her. Jetzt ist Nadenka verheiratet: Ob man sie verheiratet hat oder ob sie selbst gewählt hat, ist gleich, sie ist die Frau des Sekretärs am Vormundschaftsgericht und hat bereits drei Kinder. Die Zeit, da wir gemeinsam rodeln gingen und der Wind ihr die Worte zutrug: »Ich liebe Sie, Nadenka«, ist nicht vergessen, für sie ist das das glücklichste, die rührendste und die schönste Erinnerung ihres Lebens.

Mir selbst aber ist es jetzt, da ich älter geworden bin, schon unverständlich, warum ich jene Worte sagte, weshalb ich scherzte...

Agafja

Als ich seinerzeit im Kreis S. lebte, führte mein Weg mich oft nach den Dubovsker Gemüsegärten zu dem Gärtner Savva Stukač oder Savka, wie ich ihn einfach nannte. Diese Gemüsegärten waren mein Lieblingsplatz für das sogenannte Generalangeln, zu dem man aufbricht, ohne Tag und Stunde der Rückkehr zu wissen, und sämtliche Angelgeräte sowie einen gehörigen Proviant mitnimmt. Mir ging es, offen gesagt, weniger um das Angeln als vielmehr um das sorglose Herumstreifen, die ungeregelten Mahlzeiten, die Unterhaltungen mit Savka und um die langen stummen Zwiegespräche mit den stillen Sommernächten. Savka war ein junger Bursche von etwa fünfundzwanzig Jahren, groß, hübsch und gesund wie ein Kieselstein. Er galt als ein besonnener und verständiger Mensch, konnte lesen und schreiben, trank selten Vodka, aber bei der Arbeit war dieser junge, kräftige Mann nicht einen Groschen wert. In seinen Muskeln, die fest wie Stricke waren, steckte außer Kraft eine schwere, unbezwingbare Trägheit. Er wohnte wie alle andern im Dorf in der eigenen Hütte, hatte ein Stück Land in Nutzung, aber er pflügte nicht, säte nicht und befaßte sich auch mit keinerlei Handwerk. Seine alte Mutter ging vor den Fenstern betteln, während er selbst wie ein Vogel unter dem Himmel dahinlebte. Morgens wußte er nicht, was er mittags essen würde. Nicht, daß es ihm an Willen, Energie oder an Mitleid mit der Mutter gefehlt hätte, er verspürte einfach keine Lust zur Arbeit und sah auch deren Nutzen nicht ein... Seine ganze Gestalt verriet Sorglosigkeit und eine angeborene, nahezu künstlerische Leidenschaft, in den Tag hineinzuleben, ohne sich die Ärmel aufzukrempeln. Erwachte jedoch in diesem jungen, gesunden Körper das physiologische Bedürfnis nach Betätigung der Muskeln, dann widmete sich Savka für kurze Zeit einer freien, aber törichten Beschäftigung: Er spitzte Stöcke an, die niemand gebrauchen konnte, oder er rannte mit den Weibern um die Wette. Am liebsten befand er sich im Zustand konzentrierter Regungslosigkeit. Er brachte es fertig, ganze Stunden, ohne sich zu rühren, an einem Fleck zu stehen und auf einen Punkt zu starren. Er bewegte sich nur, wenn er an etwas Gefallen fand, und auch das nur, wenn sich die Gelegenheit zu einer schnellen, jähen Bewegung bot – etwa einen laufenden Hund am Schwanz zu fassen, einer Frau das Tuch herunterzureißen oder über ein breites Erdloch zu springen. Selbstverständlich war Savka, der so sehr mit jeder Bewegung geizte, arm wie ein Falk und lebte schlechter als jeder Tagelöhner. Mit der Zeit mußten sich die Abgabeschulden häufen, und darum gab ihm die Dorfgemeinde, obwohl er jung und gesund war, eine Altersstellung als Wächter und Vogelscheuche in den Gemeindegärten. Sosehr er auch wegen dieses vorzeitigen Alters verspottet wurde, er machte sich nichts daraus. Dieser ruhige, zu regloser Betrachtung wie geschaffene Posten war gerade das, was er brauchte.

An einem schönen Maiabend war ich nun wieder bei diesem Savka. Ich entsinne mich, ich lag auf einer zerrissenen, abgenutzten Pferdedecke unmittelbar vor der kleinen Laubhütte, aus der ein kräftiger, wohlriechender Duft von trockenem Gras zu mir drang. Ich hatte die Arme unter dem Kopf verschränkt und schaute vor mich hin. Zu meinen Füßen lagen hölzerne Heugabeln. Dahinter zeichnete sich im Blickfeld als schwarzer Fleck Savkas Hündchen Kutka ab, und keine zwei Sažen von Kutka entfernt begann der steile Abhang, der hinunter zum Flußufer führte. Den Fluß konnte ich im Liegen nicht sehen. Ich sah nur die Wipfel der dichtgedrängten Weiden am Ufer sowie ein gekerbtes, gleichsam abgenagtes Stück des gegenüberliegenden Ufers. Weit vom Ufer entfernt, auf einem dunklen Hügel, drängten sich die Hütten des Dorfes wie erschreckte junge Rebhühner aneinander. Hinter dem Hügel erlosch die Abendröte. Nur ein blasser Purpurstreif war geblieben, und auch der überzog sich mit kleinen Wölkchen wie verglühende Kohlen mit Asche.

Rechts von dem Gemüsegarten hob sich, leise raunend und bisweilen unter einem plötzlich erwachenden Windstoß zitternd, ein dunkles Erlengehölz ab, links erstreckten sich unübersehbare Felder. Dort, wo das Auge in der Dämmerung Feld und Himmel schon nicht mehr unterscheiden konnte, schimmerte ein helles Lichtpünktchen. Unweit von mir saß Savka. Er hatte auf Türkenart die Beine untergeschlagen, hielt den Kopf gesenkt und schaute nachdenklich auf Kutka. Unsere Angeln mit dem Köder waren längst ausgeworfen, und so blieb uns nichts zu tun, als der Ruhe zu pflegen, die der niemals ermüdende und ewig ausruhende Savka so sehr liebte. Das Abendrot war noch nicht erloschen, schon aber umfing die Sommernacht die Natur mit ihrer sanften, einschläfernden Zärtlichkeit.

Alles erstarb im ersten tiefen Schlaf, nur ein mir unbekannter Nachtvogel ließ im Gehölz träge und gedehnt seinen langen, deutlichen Ruf ertönen, der so klang wie: ›Hast du Ni-ki-ta gesehen?‹ Und sogleich antwortete er sich selbst: ›Hab ich! Hab ich! Hab ich!‹

»Warum singen jetzt die Nachtigallen nicht?« fragte ich Savka.

Er wandte sich langsam zu mir um. Seine Gesichtszüge waren grob, aber klar, ausdrucksvoll und weich wie bei einer Frau. Dann schaute er mit seinen sanften, nachdenklichen Augen auf das Erlengehölz und auf die Weiden, zog ein Pfeifchen aus der Tasche, setzte es an den Mund und trillerte wie ein Nachtigallenweibchen. Und sogleich, als wäre es die Antwort, begann am gegenüberliegenden Ufer ein Wachtelkönig zu schnarren.

»Da hören Sie die Nachtigall ...« sagte Savka spöttisch. »Schnarr – schnarr! Schnarr – schnarr! Wie wenn ein Ast knarrt, denkt wohl auch, er kann singen.«

»Mir gefällt dieser Vogel ...« sagte ich. »Kennst du ihn? Beim Vogelzug fliegt der Wachtelkönig nicht, sondern läuft auf der Erde. Nur über Flüsse und Meere fliegt er, sonst legt er die ganze Strecke zu Fuß zurück.«

»Ach, du Teufelsbiest ...« murmelte Savka und blickte ehrfürchtig in die Richtung, in welcher der Wachtelkönig schnarrte.

Da ich wußte, wie gern Savka zuhörte, erzählte ich ihm alles, was ich über den Wachtelkönig aus den Jagdbüchern wußte. Vom Wachtelkönig ging ich unmerklich zum Vogelzug über. Savka hörte mir aufmerksam zu, ohne mit der Wimper zu zucken, und lächelte die ganze Zeit vor Vergnügen.

»Und in welchem Land fühlen sich die Vögel mehr zu Hause?« fragte er. »Bei uns oder dort?«

»Natürlich bei uns. Hier kommt der Vogel ja zur Welt, hier

zieht er seine Jungen auf, hier ist seine Heimat, und nach dort fliegt er nur, um nicht zu erfrieren.«

»Interessant!« Savka reckte sich. »Kannst erzählen, was du willst, alles ist interessant. Ob es jetzt dieser Vogel, ob es ein Mensch ist ... ob man das Steinchen da nimmt – alles hat seinen Verstand ...! Ach, wenn ich gewußt hätte, Herr, daß Sie kommen, hätte ich das Weib heut nicht bestellt ... Es hat nämlich eine gebeten, ob sie heute kommen darf ...«

»Aber ich bitte dich, ich werde nicht stören«, sagte ich. »Ich lege mich auch ins Gehölz.«

»Das fehlte gerade! Sie wird nicht sterben, wenn sie morgen wiederkommt ... Würde sie sich wenigstens hinsetzen und zuhören, aber sie will doch bloß schmusen. Wenn sie da ist, kann man kein vernünftiges Wort reden.«

»Erwartest du Darja?« fragte ich nach kurzem Schweigen.

»Nein ... Heute hat eine neue gebeten ... Agafja, die Frau vom Weichenwärter.«

Savka sagte das mit seiner gewöhnlichen, leidenschaftslosen, ein wenig dunklen Stimme, als spräche er von Tabak oder Grütze, ich aber richtete mich vor Überraschung jäh auf. Die Frau des Weichenwärters kannte ich ... Sie war ein ganz junges Weib, etwa neunzehn, zwanzig Jahre alt, und hatte vor nicht ganz einem Jahr den Weichenwärter von der Eisenbahn geheiratet, einen jungen, braven Burschen. Sie wohnte im Dorf, und ihr Mann kam jede Nacht von der Strecke und übernachtete bei ihr.

»Mit deinen Weibergeschichten wird's noch mal ein böses Ende nehmen, Bruder«, sagte ich seufzend.

»Na, und wenn schon ...« Savka dachte ein wenig nach und setzte hinzu: »Ich sag es den Weibern, aber die Dummen hören nicht ... Machen sich nichts draus!«

Es trat Schweigen ein ... Unterdessen verdichtete sich die Dunkelheit immer mehr, und die Gegenstände verloren ihre Konturen. Der Purpurstreifen hinter dem Hügel war schon ganz erloschen, die Sterne wurden immer heller und strahlender ... Das eintönig-melancholische Zirpen der Grillen, das Schnarren des Wachtelkönigs und der Ruf der Wachtel störten die nächtliche Stille keineswegs, sondern machten sie im Gegenteil noch monotoner. Es schien, als wären es gar nicht die Vögel und Insekten, die mit leisen Klängen das Ohr bezauberten, sondern die vom Himmel auf uns herabschauenden Sterne ...

Als erster brach Savka das Schweigen. Langsam wandte er seinen Blick von dem schwarzen Kutka zu mir und sagte:
»Ich sehe, Herr, Ihnen ist langweilig. Wollen wir nicht Abendbrot essen?«
Und ohne meine Zustimmung abzuwarten, kroch er auf dem Bauch in die Laubhütte und kramte dort herum, wobei das kleine Bauwerk ins Schwanken geriet, als wäre es ein einziges Blatt; dann kam er wieder herausgekrochen und stellte meinen Vodka und eine Tonschale vor mich hin. In der Schale lagen hartgesottene Eier, in Talg gebackene Roggenpfannkuchen, Schwarzbrotstücke und noch einiges mehr... Wir tranken aus einem schiefen Gläschen, das nicht stehen wollte, und machten uns ans Essen... Das Salz war grobkörnig und grau, die Pfannkuchen schmutzig und talgig, die Eier elastisch wie Gummi – aber wie gut schmeckte das alles!
»Du lebst als Tagelöhner, besitzt aber doch so allerlei«, sagte ich und wies auf die Schüssel. »Woher nimmst du das?«
»Die Weiber bringen es...« brummte Savka.
»Warum bringen sie es dir?«
»So... aus Mitleid...«
Nicht nur die Mahlzeit, auch Savkas Kleidung trug die Spuren weiblichen ›Mitleids‹. So bemerkte ich an diesem Abend an ihm ein neues Gürtelchen aus Kammgarn und um seinen schmutzigen Hals ein grellrotes Bändchen, an dem ein kleines Kupferkreuz hing. Ich kannte die Schwäche des schönen Geschlechts für Savka und wußte, wie ungern er darüber sprach; deshalb führte ich mein Verhör nicht weiter. Zudem war zum Sprechen auch keine Zeit mehr... Kutka, der um uns herumstrich und geduldig wartete, daß ihm etwas zugeworfen würde, spitzte die Ohren und knurrte. Man hörte von ferne hin und wieder Wasser plätschern.
»Jemand kommt durch die Furt...« sagte Savka.
Nach etwa drei Minuten knurrte Kutka wieder und gab einen hustenähnlichen Laut von sich.
»Bist du still!« rief sein Herr ihm zu.
Scheue Schritte tappten dumpf durch die Dunkelheit, und dann erschien aus dem Gehölz die Silhouette einer Frau. Ich erkannte sie, obwohl es bereits finster war – es war Agafja, die Frau des Weichenwärters. Zögernd kam sie auf uns zu, blieb stehen und holte tief Luft. Nicht das Gehen hatte sie so sehr außer

Atem gebracht, sondern wohl mehr die Angst und das unangenehme Gefühl, das jedermann befällt, wenn er nachts durch eine Furt watet. Als sie vor der Reisighütte statt eines Menschen zwei erblickte, entfuhr ihr ein leiser Schrei, und sie trat einen Schritt zurück.

»Ah ... du bist's«, sagte Savka und stopfte sich einen Pfannkuchen in den Mund.

»Ich ... ich bin's«, murmelte sie, während sie ihr gefülltes Bündel zur Erde gleiten ließ und mir einen schiefen Blick zuwarf. »Jakov läßt grüßen und hat mir aufgetragen, Ihnen ... das hier ... zu überbringen ...«

»Na, was schwindelst du: Jakov!« sagte Savka spöttisch. »Brauchst nicht zu schwindeln, der Herr weiß, warum du gekommen bist! Setz dich, sei unser Gast.«

Agafja schielte zu mir herüber und setzte sich zögernd.

»Und ich glaubte schon, du würdest heute nicht mehr kommen ...« sagte Savka nach längerem Schweigen. »Was sitzt du so da? Iß! Oder soll ich dir ein Gläschen Vodka einschenken?«

»Was du dir denkst!« entgegnete Agafja. »Glaubst wohl, du hast eine Säuferin vor dir ...«

»Na, trink schon ... Wärmt das Herz ... Na!«

Savka reichte Agafja das schiefe Gläschen. Sie trank den Vodka langsam aus, aß aber nichts dazu, sondern pustete nur laut die Luft von sich.

»Hast was mitgebracht ...« fuhr Savka fort, der das Bündel aufknotete und dabei seiner Stimme einen herablassend scherzhaften Ton verlieh. »Bei den Weibern geht das nicht anders: müssen immer was mitbringen. Ah, eine Pirogge und Kartoffeln ... Gut lebt ihr!« seufzte er und drehte mir sein Gesicht zu. »Im ganzen Dorf haben nur sie allein noch Kartoffeln vom Winter!«

Im Dunkeln konnte ich Agafjas Gesicht nicht erkennen, aber aus den Bewegungen ihrer Schultern und ihres Kopfes entnahm ich, daß sie kein Auge von Savkas Gesicht wandte. Um beim Stelldichein nicht der störende Dritte zu sein, beschloß ich spazierenzugehen und stand auf. Doch in diesem Augenblick stimmte plötzlich im Gehölz eine Nachtigall die ersten beiden tiefen Alttöne an. Nach einer halben Minute sang sie einen hohen, feinen Triller, und nachdem sie so ihre Stimme erprobt hatte, begann sie zu flöten. Savka sprang auf und horchte.

»Das ist dieselbe wie gestern!« sagte er. »Na warte ...!«

Schon war er weg und lief lautlos auf das Gehölz zu.

»Wo willst du denn hin?« rief ich ihm nach. »Laß sie doch!«

Savka winkte ab – schreien Sie nicht, sollte das heißen – und verschwand in der Dunkelheit. Wenn Savka wollte, war er ein vortrefflicher Jäger und Angler, aber auch hier vergeudete er sein Talent genauso sinnlos, wie er seine Kraft vergeudete. Zu träge, sich an das Übliche zu halten, verwandte er seine ganze Jagdleidenschaft auf leere Mätzchen. Nachtigallen fing er unbedingt mit der Hand, Hechte schoß er mit Schnepfenschrot, oder er stand stundenlang am Fluß und bemühte sich aus aller Kraft, mit einem mächtigen Haken einen kleinen Fisch zu angeln.

Agafja, die bei mir geblieben war, räusperte sich und fuhr sich mehrmals mit der Hand über die Stirn ... Der Vodka, den sie getrunken hatte, begann schon zu wirken.

»Wie geht es dir, Agafja?« fragte ich nach längerem Schweigen, als dieses Schweigen bereits peinlich wurde.

»Gut geht es ... Erzählen Sie niemand davon, Herr«, fügte sie plötzlich flüsternd hinzu.

»Ist schon gut«, beruhigte ich sie. »Daß du aber gar keine Angst hast, Agaša ... Und wenn Jakov davon erfährt?«

»Er erfährt es nicht ...«

»Na, und plötzlich doch!«

»Nein ... Ich bin ja früher zu Hause als er. Jetzt ist er an der Strecke, er kommt erst zurück, wenn der Postzug durch ist. Man hört von hier, wenn der Zug kommt ...«

Agafja fuhr sich noch einmal mit der Hand über die Stirn und blickte in die Richtung, in der Savka verschwunden war. Die Nachtigall sang. Dicht über der Erde flatterte ein Nachtvogel vorbei, erschrak, als er uns bemerkte, und flog mit rauschendem Flügelschlag zur anderen Flußseite hinüber.

Bald verstummte die Nachtigall, doch Savka kam immer noch nicht zurück. Agafja stand auf, machte unruhig einige Schritte und setzte sich wieder.

»Ja, wo bleibt er denn?« Sie hielt es nicht mehr aus. »Der Zug kommt doch nicht erst morgen! Ich muß gleich weg!«

»Savka!« rief ich. »Savka!«

Nicht einmal ein Echo antwortete mir. Agafja rutschte unruhig hin und her und stand wieder auf.

»Ich muß jetzt gehn«, sagte sie mit erregter Stimme. »Gleich kommt der Zug! Ich weiß, wann die Züge fahren!«

Das arme Frauenzimmer hatte sich nicht geirrt. Es verging keine Viertelstunde, da hörte man ein fernes Brausen.

Agafja richtete einen langen Blick auf das Gehölz, ihre Hände bewegten sich unruhig.

»Wo steckt er nur?« fragte sie mit nervösem Lachen. »Weiß der Kuckuck, wo er geblieben ist. Ich muß gehn! Bei Gott, Herr, ich muß gehn!«

Das Brausen war inzwischen immer deutlicher geworden. Man konnte bereits das Rattern der Räder von dem schweren Schnaufen der Lokomotive unterscheiden. Ein Pfiff ertönte, und dumpf polterte der Zug über die Brücke ... Noch eine Minute, und alles wurde wieder still.

»Ich warte noch ein Weilchen ...« seufzte Agafja und setzte sich entschlossen hin. »Also gut, ich warte noch.«

Endlich tauchte Savka aus der Dunkelheit auf. Er schritt mit den nackten Füßen geräuschlos über die lockere Gartenerde und summte leise etwas vor sich hin.

»Schönes Glück, kann man wohl sagen!« Er lachte spöttisch. »Also, wie ich eben an den Busch herankomme und die Hand nach ihr ausstrecke, da hört sie auf. So ein verflixtes Biest! Ich warte und warte, daß sie wieder zu singen anfängt, und schließlich hab ich drauf gepfiffen ...«

Savka ließ sich schwerfällig neben Agafja zu Boden fallen und umfaßte, um nicht das Gleichgewicht zu verlieren, mit beiden Händen ihre Taille.

»Was guckst du so verdrießlich, als hätt dich deine Tante zur Welt gebracht?« fragte er.

Trotz all seiner Offenherzigkeit und Gutmütigkeit verachtete Savka die Frauen. Er behandelte sie nachlässig, von oben herab, und er ging sogar so weit, über die ihm entgegengebrachten Gefühle zu spotten. Weiß der Herrgott, vielleicht war gerade diese nachlässige, verächtliche Behandlung einer der Gründe für die starke, unbezwingliche Anziehungskraft, die er auf die ländlichen Dulcineen ausübte. Er war hübsch und schlank, stets leuchtete aus seinen Augen eine stille Zärtlichkeit, sogar wenn er die von ihm verachteten Frauen anschaute, doch mit äußeren Eigenschaften allein läßt sich solch eine Anziehungskraft nicht erklären. Außer seinem glücklichen Äußeren und der eigentümlichen Art des Umgangs wirkte auf die Frauen, wie man annehmen darf, wohl auch noch seine rührende Lage, galt er doch bei allen als ausgemachter Pechvogel und als Verbannter, den man aus der eigenen Hütte in die Gemüsegärten gejagt hatte.

»Erzähl dem Herrn mal, weswegen du hergekommen bist«, fuhr Savka fort, der Agafja noch immer um die Taille gefaßt hielt. »Na los, du verheiratete Frau, erzähl! Hoho ... Wie wär's, Bruder, Agaša, wollen wir nicht noch ein Gläschen trinken?«

Ich stand auf und ging zwischen den Beeten entlang durch den Gemüsegarten. Die dunklen Beete sahen aus wie plattgedrückte Grabhügel. Sie strömten den Geruch umgegrabener Erde und den feuchten Dunst vom ersten Tau benetzter Pflanzen aus ... Linker Hand leuchtete noch immer das Lichtpünktchen. Es flimmerte freundlich und schien zu lächeln.

Ich hörte glückliches Lachen. Das war Agafja.

Und der Zug? dachte ich. Der Zug ist schon längst gekommen.

Nachdem ich ein wenig gewartet hatte, kehrte ich zur Laubhütte zurück. Savka saß unbeweglich, wie ein Türke, und summte leise, kaum hörbar, ein Lied, das aus lauter einsilbigen Worten bestand. Es war etwas wie »Ach, du, na du ... ich und du ...« Agafja lag, trunken vom Vodka, von Savkas verächtlichen Liebkosungen und von der nächtlichen Schwüle, neben ihm auf der Erde und schmiegte krampfhaft ihr Gesicht an sein Knie. Sie gab sich so besinnungslos ihrem Gefühl hin, daß sie nicht einmal meine Rückkehr bemerkte.

»Agaša, der Zug ist doch längst gekommen«, sagte ich.

»Es ist Zeit für dich«, griff Savka meinen Gedanken auf und schüttelte den Kopf. »Was liegst du hier herum? Du Schamlose!«

Agafja fuhr zusammen, hob den Kopf von seinem Knie, schaute mich an und sank dann wieder zu ihm nieder.

»Es ist höchste Zeit!« sagte ich.

Agafja drehte sich um und erhob sich auf ein Knie ... Ich sah, wie sie litt ... Eine halbe Minute lang drückte ihre Gestalt, soviel ich in der Dunkelheit erkennen konnte, inneres Ringen und Schwanken aus. Es gab einen Augenblick, da sie, gleichsam erwachend, ihren Leib aufrichtete, um ganz aufzustehen, aber eine unbezwingliche und unerbittliche Kraft zog ihren Körper wieder zu Boden, und sie sank neben Savka hin.

»Hol ihn der Teufel«, sagte sie mit wildem, tief aus der Brust kommendem Lachen. Aus diesem Lachen sprachen besinnungslose Entschlossenheit, Machtlosigkeit und Schmerz.

Ich ging leise zum Gehölz und von dort zum Fluß hinunter, wo wir unsere Angeln ausgelegt hatten. Der Fluß schlief. Eine weiche, gefiederte Blüte auf hohem Stiel streifte zärtlich meine Wange wie ein Kind, das zu verstehen geben will, daß es noch nicht schläft. Da ich nichts anzufangen wußte, tastete ich nach einer Angelschnur und zog daran. Sie spannte sich etwas und erschlaffte – es hatte kein Fisch angebissen ... Vom anderen Ufer und vom Dorf war nichts zu sehen. In einer Hütte leuchtete Licht auf, das aber bald wieder erlosch. Ich sah mich ein wenig am Ufer um, entdeckte die Vertiefung, die ich schon bei Tage bemerkt hatte, und ließ mich darin nieder wie in einem Lehnstuhl. Lange saß ich so ... Ich sah, wie die Sterne trüber wurden und ihren Glanz verloren, wie mit leichtem Seufzen ein kühler Luftzug über den Boden wehte und die Blätter der erwachenden Weiden berührte ...

»Aagaafja ...!« hallte vom Dorf eine dumpfe Stimme herüber. »Agafja!«

Der heimgekehrte, aufgeregte Mann suchte im Dorf seine Frau. Von den Gemüsegärten her ertönte zur gleichen Zeit unbändiges Lachen: die Frau hatte alle Hemmungen abgelegt, sie war betrunken und suchte sich durch das Glück einiger Stunden für die Qualen, die sie morgen erwarteten, schadlos zu halten.

Ich schlief ein.

Als ich erwachte, saß Savka neben mir und rüttelte mich behutsam an der Schulter. Der Fluß, das Gehölz, die grünen, taufrischen Ufer, die Bäume und die Felder – alles war übergossen von hellem Morgenlicht. Durch die dünnen Stämme der Bäume fielen die Strahlen der eben aufgegangenen Sonne auf meinen Rücken.

»Sie fangen wohl Fische?« spöttelte Savka. »Na, stehen Sie schon auf!«

Ich erhob mich, reckte mich wohlig, und meine erwachte Brust sog die feuchte, wohlriechende Luft ein.

»Ist Agaša fort?« fragte ich.

»Da geht sie.« Savka zeigte auf die Furt.

Ich sah hinüber und erblickte Agafja. Das Kleid hochgehoben, zerzaust, mit heruntergerutschtem Kopftuch watete sie durch den Fluß. Das Gehen machte ihr Mühe ...

»Die Katze weiß, wessen Fleisch sie gefressen hat«, murmelte Savka und schaute ihr mit zusammengekniffenen Augen nach.

»Da geht sie und hat den Schwanz eingezogen ... Übermütig sind diese Weiber wie die Katzen und feige wie die Hasen ... Als wir's ihr gestern sagten, ist sie nicht gegangen, die dumme Person! Jetzt kann sie sich auf was gefaßt machen, und ich mich beim Amtsbezirk auch ... Ich werd wieder wegen der Weiber Prügel beziehen ...«

Agafja war ans andere Ufer gekommen und ging nun übers Feld auf das Dorf zu. Anfangs schritt sie noch ziemlich verwegen aus, bald jedoch gewannen Erregung und Angst die Oberhand: sie wandte sich furchtsam um, blieb stehen und holte Atem.

»Soso, jetzt hat sie Angst«, spöttelte Savka schwermütig und schaute auf den hellgrünen Streifen, der sich hinter Agafja her durch das taufeuchte Gras zog. »Will nicht weitergehn. Der Mann steht schon eine ganze Stunde da und wartet ... Sehen Sie ihn?«

Savka sagte diese letzten Worte mit einem Lächeln, mir aber stieg eine eisige Kälte ans Herz. Auf der Dorfstraße, vor der letzten Hütte, stand Jakov und starrte seiner zurückkehrenden Frau entgegen. Er rührte sich nicht und stand unbeweglich wie eine Säule. Was dachte er, während er auf sie schaute? Welche Worte hielt er für den Empfang bereit? Agafja blieb ein wenig stehen, wandte sich noch einmal um, als erwartete sie von uns Hilfe, und ging weiter. Ich habe weder Betrunkene noch Nüchterne jemals so gehen sehen. Agafja duckte sich gleichsam unter dem Blick ihres Mannes. Bald ging sie im Zickzack, bald trat sie auf der Stelle, wobei ihr die Knie einknickten und sie unschlüssig die Arme ausbreitete, bald wieder schwankte sie zurück. Als sie etwa hundert Schritte gegangen war, schaute sie sich ein letztes Mal um und setzte sich hin.

»Solltest dich wenigstens hinter dem Busch verstecken ...« sagte ich zu Savka. »Sonst sieht dich vielleicht der Mann ...«

»Der weiß auch so, von wem Agafja kommt ... In die Gemüsegärten gehen die Weiber nachts doch nicht, um Kohl zu holen – das wissen alle!«

Ich blickte Savka ins Gesicht. Es war bleich und von jenem widerwilligen Mitleid verzerrt wie bei Menschen, die beim Quälen von Tieren zuschauen.

»Wenn die Katze lacht, weinen die Mäuse ...« sagte er seufzend.

Agafja sprang plötzlich auf, schüttelte den Kopf und ging auf ihren Mann zu. Man sah, daß sie alle Kraft zusammennahm und einen Entschluß gefaßt hatte.

Der Wolf

Der Gutsbesitzer Nilov, ein vierschrötiger, stämmiger Mann, der wegen seiner ungewöhnlichen physischen Stärke im ganzen Gouvernement bekannt war, und der Untersuchungsrichter Kuprijanov kehrten, als sie eines Abends von der Jagd zurückkamen, in der Mühle bei dem alten Maksim ein. Bis zu Nilovs Gut hatten die Jäger nur noch zwei Verst, aber sie waren so erschöpft, daß sie nicht mehr weitergehen wollten und beschlossen hatten, in der Mühle eine ausgedehnte Rast zu machen. Dieser Entschluß war um so sinnvoller, weil man bei Maksim stets Tee und Zucker vorfand und die Jäger selbst einen gehörigen Vorrat an Vodka, Kognak und allerlei häuslicher Verpflegung mithatten.

Nach dem Imbiß tranken sie Tee und begannen zu plaudern.

»Was gibt's Neues, Großvater?« wandte sich Nilov an Maksim.

»Was es Neues gibt?« Über das Gesicht des Alten glitt ein Schmunzeln. »Das ist was Neues, ich habe vor, Euer Gnaden um eine Flinte zu bitten.«

»Was willst du mit einer Flinte?«

»Was ich damit will? Ist wohl auch nicht nötig. Ich frage nur so, um was zu sagen... Schießen werd ich doch nicht. Weiß der Kuckuck, wo der tollwütige Wolf herkommt. Streicht hier schon den zweiten Tag rum... Gestern abend hat er beim Dorf ein Füllen und zwei Hunde gerissen, und als ich heute in aller Herrgottsfrühe rausgehe, da sitzt der Verfluchte unter der Weide und schlägt sich mit der Pfote an die Schnauze. Ich ruf: ›Tju‹, er aber schaut mich an wie der Leibhaftige... Ich werf einen Stein, er aber fletscht die Zähne, seine Augen glühen wie zwei Kerzen, und dann verschwindet er in den Erlen. Hab mich zu Tode erschrocken.«

»Weiß der Teufel, was das ist...« murmelte der Untersuchungsrichter. »Ein tollwütiger Wolf in der Gegend, und wir wandern hier herum...«

»Na, was heißt das schon? Wir haben doch Flinten.«

»Sie werden doch nicht mit Schrot einen Wolf schießen...«

»Warum schießen? Man erschlägt ihn einfach mit dem Kolben.«

Und Nilov begann zu beweisen, daß nichts leichter sei, als einen Wolf mit dem Gewehrkolben zu töten. Er erzählte, wie er einmal einen tollen Hund, der ihn anfallen wollte, mit einem einzigen Hieb seines Spazierstocks auf der Stelle niedergestreckt hatte.

»Sie haben gut reden!« seufzte der Untersuchungsrichter und schaute neidisch auf Nilovs breite Schultern. »Kräfte haben Sie, die reichen, Gott sei Dank, für zehn. Wieso Spazierstock? Mit dem kleinen Finger strecken Sie den Hund nieder. Ehe nämlich ein gewöhnlicher Sterblicher den Stock hebt und die Stelle findet, auf die er schlagen muß, ehe er soweit ist, hat der Hund ihn schon fünfmal gebissen. Eine unangenehme Geschichte... Es gibt keine qualvollere und gräßlichere Krankheit als die Tollwut. Als ich das erste Mal einen tollwütigen Menschen gesehen habe, bin ich danach fünf Tage wie ein Verrückter herumgelaufen. Ich haßte damals alle Hundehalter und alle Hunde der Welt. Ersterís ist es schrecklich, wie diese Krankheit einen überrascht, wie sie plötzlich einfach da ist... Ein gesunder Mensch geht ruhig seines Wegs, denkt an nichts Böses, und plötzlich, wie aus heiterem Himmel – zapp – hat ihn ein tollwütiger Hund gebissen! Schon im gleichen Augenblick bemächtigt sich des Menschen der furchtbare Gedanke, daß er rettungslos verloren ist, daß es für ihn keinerlei Hoffnung gibt... Nun können Sie sich das qualvolle, niederdrückende Warten auf die Krankheit, das den Gebissenen keinen einzigen Augenblick mehr losläßt, einmal ausmalen. Auf das Warten folgt dann die Krankheit selbst... Das allerschrecklichste aber ist, daß diese Krankheit sich nicht heilen läßt. Wer davon befallen wird, dessen letztes Stündlein hat geschlagen. Soviel ich weiß, spricht man in der Medizin nicht einmal andeutungsweise von der Möglichkeit einer Heilung.«

»Bei uns im Dorf wird das kuriert, Herr«, warf Maksim ein. »Da kann kommen, wer will – Miron kuriert ihn.«

»Unsinn...« seufzte Nilov, »ihr mit eurem Miron – das alles bloß Gerede. Vorigen Sommer hat im Dorf den Stěpka ein Hund gebissen, da konnte kein Miron mehr helfen... Alles mögliche Zeug hat man ihm eingeflößt, und trotzdem ist er toll geworden. Nein, Großväterchen, da ist gar nichts zu machen. Würde mir es passieren, daß mich ein tollwütiger Hund beißt – ich würde mir eine Kugel in den Kopf jagen.«

Die furchtbaren Geschichten von der Tollwut verfehlten nicht ihre Wirkung. Die Jäger wurden immer einsilbiger und tranken schließlich ihren Tee schweigend. Unwillkürlich kam jedem der Gedanke, wie schicksalhaft menschliches Leben und Glück von offenbar nichtigen Zufällen und Kleinigkeiten abhängt, die, wie man sagt, nicht des Hinsehens wert sind. Alle wurden trübsinnig und mißmutig.

Nach dem Tee reckte sich Nilov und stand auf ... Er wollte ins Freie. Er ging ein wenig vor den Mehlkästen auf und ab, öffnete dann die kleine Pforte und trat hinaus. Draußen war die Dämmerung längst vorbei und die Nacht angebrochen. Vom Fluß her wehte ihm die Stille totenähnlichen Schlafes entgegen.

Auf dem Mühlenwehr, das von Mondlicht übergossen dalag, gab es nicht eine Spur von Schatten; in der Mitte glänzte wie ein Stern der Hals einer zerbrochenen Flasche. Die beiden Mühlenräder, die sich zur Hälfte im Schatten einer weitausladenden Weide verbargen, schauten böse und verdrießlich drein ...

Nilov seufzte tief und blickte auf den Fluß ... Nichts regte sich. Das Wasser und die Ufer schliefen, nicht einmal das Plätschern eines Fisches war zu hören ... Aber plötzlich schien es Nilov, als rolle auf dem anderen Ufer, oberhalb des Weidengebüsches, gleich einem Schatten eine schwarze Kugel vorbei. Er kniff die Augen zusammen. Der Schatten war verschwunden. Bald aber tauchte er wieder auf und rollte im Zickzack zum Wehr.

»Der Wolf!« fuhr es Nilov durch den Kopf.

Ehe er jedoch den Gedanken, daß er zur Mühle zurücklaufen müsse, auch nur fassen konnte, rollte die schwarze Kugel schon über das Wehr, aber nicht geradeswegs auf ihn zu, sondern im Zickzack.

Wenn ich weglaufe, fällt er mich von hinten an, überlegte Nilov, der spürte, wie die Haut unter seinen Haaren erstarrte. Mein Gott, nicht mal einen Stock habe ich bei mir! Nun gut, ich bleibe stehen und ... und erwürge ihn!

Nilov begann aufmerksam die Bewegungen des Wolfes und die Umrisse seiner Figur zu beobachten. Der Wolf lief am Rande des Wehres entlang und war bereits auf gleicher Höhe mit ihm ...

Er läuft vorbei, dachte Nilov, der den Wolf nicht aus den Augen ließ.

Aber in diesem Moment gab der Wolf, ohne ihn anzublicken, gleichsam unwillkürlich, einen wehleidigen, knarrenden Laut von sich, wandte ihm die Schnauze zu und blieb stehn. Er schien zu überlegen: anfallen oder nicht beachten?

Mit der Faust auf den Schädel ... dachte Nilov. Das Biest betäuben ...

Nilov war so verwirrt, daß er nicht wahrnahm, wer den Kampf als erster begann: er oder der Wolf. Er begriff nur, daß ein besonders schrecklicher, kritischer Augenblick eintrat, als er alle seine Kraft in der rechten Hand konzentrieren und den Hals des Wolfes in der Nackengegend fassen mußte. Nun geschah etwas Ungewöhnliches, kaum Glaubhaftes, das selbst Nilov wie ein Traum vorkam. Als der Wolf den harten Griff spürte, heulte er kläglich auf und versuchte sich mit solcher Kraft loszureißen, daß das kalte und feuchte Stück Haut, das Nilov mit seiner Hand zusammenpreßte, ihm beinahe zwischen den Fingern wegrutschte. Der Wolf, der seinen Nacken freibekommen wollte, erhob sich auf die Hinterläufe. Da packte Nilov ihn mit der linken Hand am rechten Vorderlauf und preßte diesen an der Achselhöhle zusammen, sodann ließ er mit der rechten Hand blitzschnell den Nacken des Wolfes los, packte die linke Achselhöhle und hob den Wolf hoch. Alles das war Sache eines Augenblicks. Damit ihn der Wolf nicht in die Arme beißen und den Kopf nicht wenden konnte, bohrte Nilov ihm beide Daumen in der Schlüsselbeingegend wie Sporen in den Hals ... Der Wolf stemmte sich mit den Vorderläufen gegen seine Schultern, fand dadurch Halt und zappelte mit furchtbarer Kraft. In die Unterarme konnte er Nilov nicht beißen, seine Schnauze zum Gesicht und den Schultern Nilovs vorstrecken konnte er auch nicht, weil ihn die Daumen daran hinderten, die seinen Hals würgten und ihm starken Schmerz zufügten ...

Scheußlich! dachte Nilov, der seinen Kopf so weit wie möglich zurückbog. Sein Speichel ist auf meine Lippe getropft. Folglich bin ich so oder so verloren, selbst wenn ich durch ein Wunder von ihm freikomme.

»Kommt her!« schrie er. »Maksim! Kommt her!«

Beide, Nilov und der Wolf, deren Köpfe sich in gleicher Höhe befanden, blickten einander in die Augen ... Der Wolf fletschte die Zähne, gab knarrende Laute von sich und geiferte ... Seine Hinterläufe, mit denen er Halt suchte, rutschten über Nilovs Knie. In seinen Augen spiegelte sich der Mond, aber sie zeigten keine Bosheit; sie weinten und glichen menschlichen Augen.

»Kommt her!« schrie Nilov noch einmal. »Maksim!«

Aber die beiden in der Mühle hörten ihn nicht. Er fühlte instinktiv, daß durch das laute Schreien seine Kraft nachlassen könne, und schrie deswegen nicht mehr so laut.

Ich gehe rückwärts ... beschloß er. Wenn ich mit dem Rücken an der Tür bin, schreie ich.

Er begann rückwärts zu gehen, war aber noch keine zwei Aršin weit gekommen, als er merkte, daß sein rechter Arm erlahmte und einschlief. Kurz darauf war der Augenblick da, in dem er seinen eigenen markdurchdringenden Schrei hörte und an der rechten Schulter einen stechenden Schmerz und eine feuchte Wärme spürte, die sich sofort über den ganzen Arm und die Brust ausbreitete. Dann hörte er Maksims Stimme und nahm im Gesicht des herbeigeeilten Untersuchungsrichters den Ausdruck des Entsetzens wahr ...

Er ließ seinen Feind erst los, als man ihm die Finger mit Gewalt aufbog und ihn überzeugte, daß der Wolf tot war. Verwirrt von den starken Empfindungen und weil er das Blut schon an den Hüften und im rechten Stiefel fühlte, kehrte er, einer Ohnmacht nahe, in die Mühle zurück. Das Licht sowie der Anblick des Samovars und der Flaschen brachten ihn zu sich und erinnerten ihn an die eben durchlebten Schrecknisse und an die Gefahr, die für ihn gerade erst begonnen hatte. Bleich, mit geweiteten Pupillen und feuchtem Haar, setzte er sich auf die Säcke und ließ kraftlos die Hände sinken. Der Untersuchungsrichter und Maksim entkleideten ihn und machten sich an der Wunde zu schaffen. Sie war erheblich. Der Wolf hatte von der ganzen Schulter die Haut abgerissen und sogar die Muskeln beschädigt.

»Warum haben Sie ihn nicht in den Fluß geworfen?« fragte der bleiche Untersuchungsrichter, der das Blut stillte, erregt. »Warum haben Sie ihn nicht hineingeworfen?«

»Darauf bin ich nicht gekommen! Mein Gott, darauf bin ich nicht gekommen!«

Der Untersuchungsrichter wollte zunächst Nilov trösten und ihm Hoffnung machen, aber nachdem er vorher die Tollwut so ausgiebig und in den schwärzesten Farben geschildert hatte, wäre nun jeglicher Zuspruch fehl am Platze gewesen, und so zog er es vor zu schweigen. Als er die Wunde verbunden hatte, schickte er Maksim nach dem Gut, damit er ein Pferdegespann hole, aber Nilov wartete die Equipage gar nicht erst ab, sondern ging zu Fuß nach Hause.

Morgens um sechs Uhr fuhr er, bleich, ungekämmt, von den Schmerzen und der schlaflosen Nacht abgemagert, nach der Mühle.

»Großvater«, wandte er sich an Maksim, »bring mich zu Miron! Jetzt gleich! Los, setz dich in den Kutschwagen!«

Maksim, der ebenfalls bleich aussah und die ganze Nacht nicht geschlafen hatte, war verlegen, er schaute sich einige Male um und sagte dann im Flüsterton:

»Herr, zu Miron brauchen Sie nicht zu fahren ... Ich, verzeihen Sie, verstehe auch was vom Heilen.«

»Gut, nur schnell, bitte!«

Und Nilov stampfte ungeduldig mit den Füßen. Der Alte stellte ihn mit dem Gesicht nach Osten, flüsterte etwas und ließ ihn aus einem Krug eine widerliche warme Flüssigkeit trinken, die nach Wermut schmeckte.

»Aber Stëpka ist gestorben ...« murmelte Nilov. »Zugegeben, das Volk hat Heilmittel, aber ... aber warum ist Stëpka gestorben? Bring mich trotzdem zu Miron!«

Von Miron, dem er auch nicht traute, fuhr er ins Krankenhaus zu Ovčinnikov. Nachdem er hier Belladonnapillen und den Ratschlag bekommen hatte, sich ins Bett zu legen, wechselte er die Pferde und fuhr, ungeachtet der furchtbaren Schmerzen im Arm, in die Stadt, um die dortigen Ärzte aufzusuchen.

Nach vier Tagen stürmte er spät abends zu Ovčinnikov herein und warf sich aufs Sofa.

»Doktor!« begann er, nach Luft ringend und sich den Schweiß von dem bleichen, eingefallenen Gesicht wischend. »Grigorij Ivanyč! Machen Sie mit mir, was Sie wollen, aber länger halte ich es so nicht mehr aus! Entweder machen Sie mich gesund, oder Sie geben mir Gift, aber so kann das nicht weitergehen. Um Gottes willen! Ich verliere den Verstand!«

»Sie müssen sich zu Bett legen«, sagte Ovčinnikov.

»Ach, gehen Sie mir weg mit Ihrem Bett! Ich frage Sie als vernünftiger Mensch, klar und deutlich: Was soll ich tun? Sie sind Arzt und müssen mir helfen! Ich leide! Jeden Augenblick kommt es mir vor, als beginne die Tollwut. Ich schlafe nicht, ich esse nicht, alles, was ich anfange, fällt mir aus den Händen! Hier in der Tasche habe ich einen Revolver. Ich hole ihn alle Augenblicke heraus, um mir eine Kugel in den Kopf zu jagen! Grigorij Ivanyč, um Gottes willen, machen Sie doch schon etwas mit mir! Was soll ich tun? Soll ich vielleicht zu den Professoren fahren?«

»Das ist ganz egal. Fahren Sie hin, wenn Sie wollen.«

»Hören Sie zu, wenn ich, sagen wir mal, einen Wettbewerb ausschreibe: Wer mich heilt, bekommt fünfzigtausend? Wie denken Sie darüber? Übrigens, bevor das gedruckt ist, bevor ... da kann ich schon zehnmal die Tollwut haben. Ich bin jetzt bereit, mein ganzes Vermögen zu opfern! Machen Sie mich gesund, und ich gebe Ihnen fünfzigtausend! Behandeln Sie mich, um Gottes willen! Ihre empörende Gleichgültigkeit begreife ich nicht! Verstehen Sie, ich beneide jetzt jede Fliege ... ich bin unglücklich! Meine Familie ist unglücklich!«

Nilovs Schultern begannen zu zucken, und er fing an zu weinen.

»Hören Sie«, begann Ovčinnikov ihm zuzureden, »ich kann Ihren erregten Zustand gar nicht recht verstehen. Weshalb weinen Sie? Und warum übertreiben Sie die Gefahr so maßlos? Sehen Sie, Sie haben erheblich mehr Chancen, nicht krank zu werden, als krank zu werden. Erstens erkranken von hundert Gebissenen nur dreißig. Weiter, was sehr wichtig ist, der Wolf hat Sie durch die Kleidung gebissen, also ist das Gift darin hängengeblieben. Sollte aber in die Wunde doch Gift gekommen sein, so ist es durch das Blut herausgespült worden, denn Sie haben stark geblutet. Was die Tollwut betrifft, da bin ich ganz ruhig. Wenn mich etwas beunruhigt, so ist es nur die Wunde. Bei Ihrer Unachtsamkeit kann leicht der Brand oder etwas Ähnliches hinzukommen.«

»Glauben Sie? Wollen Sie mich trösten, oder ist es Ihr Ernst?«

»Ehrenwort, ich meine es ernst. Nehmen Sie mal das hier und lesen Sie!«

Ovčinnikov holte ein Buch aus dem Regal und begann Nilov

unter Auslassung der schrecklichen Stellen das Kapitel über die Tollwut vorzulesen.

»Also, Sie regen sich umsonst auf«, schloß er seine Lesung. »Nehmen Sie bei alledem noch an, daß Sie und ich gar nicht wissen, ob der Wolf überhaupt tollwütig oder gesund war.«

»Hm, ja ...« stimmte Nilov zu und lächelte. »Jetzt verstehe ich natürlich. Demnach ist das alles Unsinn gewesen?«

»Selbstverständlich war es Unsinn.«

»Na, ich danke Ihnen, mein Lieber ...« sagte Nilov lachend und rieb sich die Hände. »Sie sind ein kluger Kerl, jetzt bin ich ganz beruhigt ... Ich bin zufrieden und sogar glücklich, bei Gott ... Nein, Ehrenwort, sogar ...«

Nilov umarmte Ovčinnikov und küßte ihn dreimal. Dann überkam ihn jene jungenhafte Ausgelassenheit, zu der gutmütige, physisch starke Menschen so sehr neigen. Er nahm ein Hufeisen vom Tisch und versuchte, es zu biegen, da aber die Freude und der Schmerz in der Schulter ihn geschwächt hatten, wollte es nicht gelingen. So begnügte er sich damit, den Doktor mit dem linken Arm unterhalb der Taille zu umfassen, ihn hochzuheben und auf der Schulter aus dem Arbeits- ins Speisezimmer zu tragen. Als er Ovčinnikov verließ, war er aufgeräumt und lustig; sogar die kleinen Tränen, die in seinem breiten, schwarzen Bart glitzerten, schienen sich mit ihm zu freuen. Auf der Außentreppe fing er mit tiefem Baß an zu lachen und rüttelte so heftig am Geländer, daß eine der Geländersäulen heraussprang und die ganze Treppe unter Ovčinnikovs Füßen zitterte.

Was für ein Riese! dachte Ovčinnikov und sah voll Rührung auf Nilovs mächtigen Rücken. Was für ein Prachtkerl!

Als Nilov sich in den Kutschwagen gesetzt hatte, begann er noch einmal von Anfang an und bis in alle Einzelheiten zu erzählen, wie er auf dem Wehr mit dem Wolf gekämpft hatte.

»Ein Kinderspiel war das!« schloß er mit fröhlichem Lachen. »Im Alter wird man daran zurückdenken. Fahr los, Triška!«

Der Alpdruck

Das ständige Mitglied der Zemstvo-Vertretung für Bauernangelegenheiten Kunin, ein junger Mann von etwa dreißig Jahren, war aus Petersburg nach seinem Borisovo zurückgekehrt und ließ als erstes durch einen berittenen Boten, den er nach Sinkovo schickte, den dortigen Geistlichen, Vater Jakov Smirnov, zu sich bestellen.

Nach etwa fünf Stunden erschien Vater Jakov.

»Sehr erfreut, Sie kennenzulernen«, begrüßte ihn Kunin im Vorzimmer. »Schon seit einem Jahr lebe ich hier und versehe meinen Dienst, es wird Zeit, daß wir uns miteinander bekannt machen. Seien Sie willkommen! Aber nein... wie jung Sie noch sind!« Kunin war überrascht. »Wie alt sind Sie?«

»Achtundzwanzig...« sagte Vater Jakov, der schlaff die hingestreckte Hand drückte und aus irgendeinem unerfindlichen Grund errötete.

Kunin führte den Gast in sein Arbeitszimmer, wo er ihn aufmerksam betrachtete. Was für ein grobes Weibergesicht, dachte er.

In Vater Jakovs Gesicht gab es tatsächlich sehr viel Weibliches: eine Stupsnase, leuchtend rote Wangen und große graublaue Augen mit dünnen, kaum wahrnehmbaren Brauen. Seine rötlichen Haare, die trocken und glatt waren, fielen in langen Strähnen auf die Schultern herab. Auf der Oberlippe sprossen die ersten Ansätze eines echten Männerschnurrbarts, während das Kinnbärtchen zu jener Sorte völlig untauglicher Bärte gehörte, die bei den Seminaristen aus irgendeinem Grund Kitzelbart heißen: es war dünn und sehr schütter; solche Bärte lassen sich weder glätten noch kämmen, man kann sie nur zurechtzupfen... Diese spärliche Vegetation war dazu noch ungleichmäßig verteilt, in kleinen Büscheln, es sah aus, als habe sich Vater Jakov als Geistlicher maskieren wollen und als habe er beim Ankleben des Bartes mitten in der Arbeit aufhören müssen. Er trug einen langen Priesterrock, der die Farbe von dünnem Zichorienkaffee hatte und an beiden Ellbogen geflickt war.

Ein merkwürdiges Subjekt... dachte Kunin, der auf den schmutzbespritzten Saum des Priesterrocks blickte. Kommt zum erstenmal ins Haus und kann sich nicht einmal anständig anziehen.

»Setzen Sie sich, mein Bester«, begann er in mehr elegantem als freundlichem Ton und rückte einen Sessel an den Tisch. »Setzen Sie sich doch bitte!«

Vater Jakov räusperte sich in die vorgehaltene Faust, ließ sich ungeschickt auf die Kante des Sessels nieder und legte die Hände auf seine Knie. Der kleine, engbrüstige Priester mit dem schweißbedeckten, geröteten Gesicht machte auf Kunin einen äußerst unangenehmen Eindruck. Kunin hatte sich früher niemals vorstellen können, daß es in Rußland solche ungepflegten und jämmerlich aussehenden Geistlichen gab; die ganze Haltung von Vater Jakov, wie er die Hände auf die Knie gelegt hatte und auf der Sesselkante hockte – das alles erschien Kunin als ein Zeichen von mangelnder Würde und sogar Speichelleckerei.

»Ich habe Sie wegen einer dienstlichen Sache hergebeten, Verehrtester...« begann Kunin und lehnte sich bequem in den Sessel zurück. »Mir ist die angenehme Pflicht zugefallen, Ihnen bei einer Ihrer nützlichen Unternehmungen zu helfen... Die Sache ist die, daß ich bei meiner Rückkehr aus Petersburg auf meinem Schreibtisch einen Brief des Adelsmarschalls vorfand. Egor Dmitrievič schlägt mir vor, die Pfarrschule, die bei Ihnen in Sinkovo eröffnet wird, unter meine Obhut zu nehmen. Ich bin sehr froh darüber, mein Bester, von ganzem Herzen froh... Mehr noch: ich nehme diesen Vorschlag mit Begeisterung an!«

Kunin stand auf und schritt durch das Arbeitszimmer.

»Natürlich ist sowohl Egor Dmitrievič als auch wahrscheinlich Ihnen bekannt, daß ich nicht über größere Mittel verfüge. Mein Gut ist gepfändet, und ich lebe ausschließlich von meinen Einkünften als ständiges Mitglied. Auf eine große Hilfe dürfen Sie also nicht rechnen. Aber was in meinen Kräften steht, werde ich tun... Wann gedenken Sie die Schule zu eröffnen, mein Bester?«

»Wenn genug Geld da ist...« antwortete Vater Jakov.

»Stehen Ihnen denn jetzt irgendwelche Mittel zur Verfügung?«

»Fast keine... Die Bauern haben auf der Versammlung festgelegt, es sollen für jede männliche Seele jährlich dreißig Kopeken gezahlt werden, aber das sind doch leere Versprechungen! Für die erste Ausstattung werden mindestens zweihundert Rubel gebraucht...«

»Hm, ja... Leider habe ich diese Summe jetzt nicht zur Hand...« Kunin seufzte. »Ich habe mich auf der Reise gänzlich verausgabt und ... sogar Schulden gemacht. Lassen Sie uns also einmal mit vereinten Kräften nachdenken, was man da tun könnte.«

Kunin begann laut nachzudenken. Während er seine Überlegungen anstellte, beobachtete er, ob sich auf Vater Jakovs Gesicht Anzeichen beifälliger Zustimmung oder wenigstens des Einverständnisses zeigten. Aber dies Gesicht blieb leidenschaftslos und unbeweglich, es drückte nichts als verlegene Schüchternheit und Unruhe aus. Sah man es so an, konnte man meinen, Kunin spräche über die kompliziertesten Dinge, von denen Vater Jakov nichts verstand und die er sich nur aus Taktgefühl anhörte, ständig besorgt, er könne des mangelnden Verständnisses überführt werden.

Gehört nicht zu den Klügsten ... dachte Kunin. Ist ungewöhnlich schüchtern und einfältig.

Erst als der Diener ins Arbeitszimmer trat und auf einem Tablett zwei Gläser mit Tee und eine Schale mit Kringeln hereintrug, wurde Vater Jakov ein wenig lebhafter und lächelte sogar. Er nahm ein Glas und begann sofort zu trinken.

»Sollten wir nicht an Hochwürden schreiben?« überlegte Kunin laut weiter. »Genaugenommen haben doch nicht wir, das Zemstvo, die Frage der Pfarrschulen aufgeworfen, sondern die oberen Kirchenleitungen. Sie müssen doch eigentlich auch sagen, welche Mittel zur Verfügung stehen. Wenn ich mich recht entsinne, wurde in dieser Sache schon eine bestimmte Summe angewiesen. Ist Ihnen davon nichts bekannt?«

Vater Jakov war so in das Teetrinken versunken, daß er die Frage nicht sofort beantwortete. Er hob seine graublauen Augen zu Kunin auf, dachte ein wenig nach, und als wäre ihm die Frage erst wieder eingefallen, schüttelte er verneinend den Kopf. Über sein unschönes Gesicht ergoß sich, von einem Ohr bis zum andern, ein Ausdruck von Wohlbehagen und gewöhnlichem, prosaischem Appetit. Genießerisch schlürfte er Schluck für Schluck. Als er endlich alles bis auf den letzten Tropfen ausgetrunken hatte, stellte er sein Glas auf den Tisch, nahm es jedoch noch einmal zur Hand, schaute prüfend auf den Grund und stellte es wieder hin. Der Ausdruck des Wohlbehagens in seinem Gesicht verlor sich ... Weiter sah Kunin, wie sein Gast einen Kringel aus dem Korb nahm, eine Ecke davon abbiß, ihn hin und her drehte und dann hastig in die Tasche steckte.

Na, das ist aber schon ganz unpriesterlich! dachte Kunin und zuckte angewidert die Achseln. Was ist das nun – Gier eines Popen oder Kinderei?

Nachdem er dem Gast noch ein Glas Tee gegeben und ihn dann ins Vorzimmer geleitet hatte, legte er sich aufs Sofa und gab sich ganz dem unangenehmen Gefühl hin, das der Besuch von Vater Jakov in ihm wachgerufen hatte.

Was für ein merkwürdiger, unkultivierter Mensch! dachte er. Schmutzig, schlampig, grob, dumm und wahrscheinlich auch noch ein Trinker... Mein Gott, und so was ist Priester, geistlicher Vater! So was soll Lehrer des Volkes sein! Ich kann mir vorstellen, wieviel Ironie jedesmal in der Stimme des Diakons liegen muß, wenn er ihm vor der Messe zuruft: »Segne uns, Gebieter!« Ein schöner Gebieter! Ein Gebieter, der keine Spur von Würde hat, der so unerzogen ist, daß er wie ein Schüler einen Kringel in der Tasche verschwinden läßt... Pfui! Herrgott, wo hatte denn eigentlich der Bischof seine Augen, als er diesen Menschen zum Priester weihte? Wofür hält man das Volk, wenn man ihm solche Lehrer gibt? Hier werden Menschen gebraucht, die...

Und Kunin begann darüber nachzudenken, wie ein vorbildlicher russischer Geistlicher sein sollte...

Wäre ich zum Beispiel Pope... Ein gebildeter Pope, der sein Amt liebt, kann sehr viel tun... Ich hätte schon längst eine Schule eröffnet. Und das Predigen? Ja, wenn der Pope aufrichtig ist und von seiner Sache begeistert, was für wunderbare, zündende Predigten kann er dann halten!

Kunin schloß die Augen und legte sich in Gedanken eine Predigt zurecht. Kurze Zeit später saß er am Schreibtisch und schrieb schnell etwas auf.

Ich werde das dem Rotschopf geben, soll er es in der Kirche vorlesen... dachte er.

Am nächsten Sonntag fuhr er morgens nach Sinkovo, um die Schulfrage zu regeln und sich bei dieser Gelegenheit die Kirche anzusehen, zu deren Gemeinde er gehörte. Abgesehen von den schlammigen Wegen, war der Morgen herrlich. Die Sonne leuchtete hell, ihre Strahlen fielen wärmend auf die hier und da zurückgebliebenen, weißschimmernden Schneereste. Der Schnee, der von der Erde Abschied nahm, funkelte wie ungezählte Diamanten, so daß einem vom Hinsehen die Augen schmerzten. Daneben aber schossen bereits die grünen Halme des jungen

Wintergetreides auf. Schwerfällig flogen Saatkrähen über die Felder. Ließ sich eine dieser Krähen in vollem Flug auf die Erde nieder, so hüpfte sie erst noch ein paarmal, ehe sie sicher auf dem Boden stand.

Die Holzkirche, zu der Kunin fuhr, war alt und unansehnlich; von den einstmals weißgestrichenen Säulen am Eingang war die Farbe abgeblättert, so daß sie nun wie zwei häßliche Deichselstangen dastanden. Das Heiligenbild über der Tür blickte als gleichmäßig schwarzer Fleck herab. Kunin jedoch versetzte diese Ärmlichkeit in eine gerührte, weiche Stimmung. Mit ehrfürchtig gesenktem Blick betrat er die Kirche und blieb neben der Tür stehen. Der Gottesdienst hatte soeben begonnen. Der alte, tiefgebeugte Küster trug mit dumpfer, kaum verständlicher Tenorstimme die Stundengebete vor. Vater Jakov, der die Messe ohne Diakon zelebrierte, ging in der Kirche auf und ab und schwenkte das Weihrauchfaß. Wäre Kunin, als er die Kirche betrat, nicht von Ehrfurcht ergriffen worden, er hätte bestimmt gelächelt. Der kleine Priester trug ein zerknittertes, unglaublich langes Meßgewand aus abgeschabtem gelbem Stoff. Der Saum des Meßgewandes schleppte auf der Erde.

Die Kirche war nicht voll. Als Kunin die anwesenden Gemeindemitglieder betrachtete, überraschte ihn anfangs ein merkwürdiger Umstand: er sah nur alte Leute und Kinder. Wo waren die arbeitsfähigen Gemeindemitglieder? Wo war die Jugend, wo waren die Männer? Als er jedoch eine Weile so gestanden und die greisenhaften Gesichter näher betrachtet hatte, merkte er, daß er die jungen Leute für Greise gehalten hatte. Übrigens maß er dieser kleinen optischen Täuschung keine besondere Bedeutung bei.

Innen war die Kirche ebenso überaltert und unansehnlich wie außen. Auf dem Ikonostas und an den dunkelbraunen Wänden sah man keine einzige Stelle, die nicht durch die Jahre geschwärzt oder zerkratzt gewesen wäre. Es gab zahlreiche Fenster, aber sie hatten allesamt eine graue Färbung, so daß in der Kirche ein dämmriges Halbdunkel herrschte.

Wessen Seele rein ist, der findet hier die rechte Andacht zum Beten ... dachte Kunin. Wie man in Rom von der Größe der Peterskirche überwältigt wird, so wird man hier von der demütigen Bescheidenheit und Einfachheit ergriffen.

Doch Kunins Gebetsstimmung verflog, als Vater Jakov den

Altarraum betrat und die Messe begann. Wegen seiner Jugend, und weil er gerade erst gekommen war, hatte Vater Jakov es noch nicht fertiggebracht, sich einen bestimmten Stil des Zelebrierens anzueignen. Wenn er vortrug, schien er unschlüssig zu sein, ob er die hohe Tenorlage wählen oder besser mit dünner, schwächlicher Baßstimme singen sollte; er verbeugte sich ungelenk, sein Gang war zu schnell, das Königstor öffnete und schloß er überhastet... Der alte Küster, der offensichtlich krank und taub war, hörte Vater Jakovs Schlußworte schlecht, deshalb ging es nicht ohne kleine Mißverständnisse ab. Das eine Mal hatte Vater Jakov seinen Vortrag noch nicht beendet, als bereits der Küster einsetzte, das andere Mal war Vater Jakov längst fertig, während der Küster noch mit vorgestrecktem Ohr zum Altarraum hinhorchte und schwieg, bis ihn jemand am Rock zupfte. Die Stimme des Alten klang dumpf, kränklich und, da er an Kurzatmigkeit litt, lispelnd und zittrig... Diesen unschönen Eindruck vervollständigte ein winzig kleiner Knabe, der den Küster beim Singen begleitete und dessen Kopf kaum über das Geländer vor dem Ikonostas reichte. Dieser Knabe sang mit hoher, winselnder Diskantstimme und schien immer bemüht zu sein, den falschen Ton zu treffen. Kunin blieb noch ein wenig stehen und hörte zu, ging dann aber nach draußen, um zu rauchen. Er war enttäuscht und betrachtete die unansehnliche Kirche jetzt beinahe mit feindseligen Augen.

Man klagt darüber, daß es beim Volk mit dem religiösen Gefühl bergab geht... dachte er seufzend. Was nicht noch! Sie brauchten nur noch mehr solche Popen einzusetzen!

Dreimal ging er danach wieder in die Kirche hinein, und jedesmal zog es ihn unwiderstehlich hinaus an die frische Luft. Als die Messe endlich beendet war, begab er sich zu Vater Jakov. Das Haus des Priesters unterschied sich äußerlich in keiner Weise von den Bauernhütten, nur das Stroh auf dem Dach war gleichmäßiger gelegt, und vor den Fenstern hingen kurze weiße Gardinen. Vater Jakov führte Kunin in ein kleines, helles Zimmer mit Lehmfußboden. An den Wänden klebten billige Tapeten. Obwohl man das Bemühen spürte, dem Raum durch die gerahmten Photographien und die Uhr, an deren Gewicht eine Schere hing, eine gewisse Wohnlichkeit zu verleihen, überraschte die Ärmlichkeit der Zimmereinrichtung. Betrachtete man die Möbelstücke, konnte man glauben, Vater Jakov sei in die

Gehöfte gegangen und habe sich seine Möbel einzeln zusammengeholt: Im ersten Gehöft hatte er einen dreibeinigen runden Tisch bekommen, im zweiten einen Hocker, im dritten einen Stuhl mit weit zurückgebogener Lehne, im vierten einen Stuhl mit gerader Lehne und eingedrücktem Sitz, im fünften aber war man freigebig gewesen und hatte ihm ein sofaähnliches Gebilde mit niedriger Lehne und einer Sitzfläche aus Rohrgeflecht spendiert. Dieses Gebilde war dunkelrot angestrichen und roch stark nach Farbe. Kunin wollte sich zunächst auf einen der Stühle setzen, besann sich jedoch und nahm auf dem Hocker Platz.

»Sie waren das erstemal in unserem Gotteshaus?« fragte Vater Jakov, der seinen Hut an einen großen, häßlichen Nagel hängte.

»Ja, das erstemal. So ist es, mein Bester... Doch bevor wir zur Sache kommen, geben Sie mir bitte Tee, sogar meine Seele ist ganz ausgetrocknet.«

Vater Jakov zwinkerte mit den Augen, räusperte sich und ging hinter die Zwischenwand. Man hörte leises Flüstern...

Sicher die Frau des Popen... dachte Kunin. Es wäre interessant zu sehen, was für eine Frau dieser Rotschopf hat...

Nach einer Weile kam Vater Jakov zurück. Sein Gesicht war gerötet, er schwitzte und bemühte sich zu lächeln. Er setzte sich Kunin gegenüber auf die Sofakante.

»Der Samovar wird gleich aufgestellt«, sagte er, ohne seinen Gast anzusehen.

Mein Gott, sie haben den Samovar noch nicht aufgestellt, dachte Kunin erschrocken. Jetzt kannst du aber warten!

»Ich habe Ihnen den Entwurf eines Briefes an den Bischof mitgebracht«, sagte er. »Ich lese ihn nach dem Tee vor... Vielleicht haben Sie etwas zu ergänzen...«

»Gut.«

Es trat Schweigen ein. Vater Jakov schaute ängstlich auf die Zwischenwand, glättete sein Haar und schneuzte sich.

»Schönes Wetter heute«, meinte er.

»Ja. Übrigens habe ich gestern abend etwas Interessantes gelesen... Das Volsker Zemstvo hat beschlossen, alle seine Schulen der Geistlichkeit zu übergeben. Das ist charakteristisch.«

Kunin erhob sich, schritt auf dem Lehmfußboden auf und ab und begann seine Überlegungen mitzuteilen.

»Das ist gar nicht so schlecht«, sagte er, »wenn nur die Geistlichkeit auf der Höhe ihrer Berufung stünde und sich ihrer Aufgaben klar bewußt wäre. Unglücklicherweise kenne ich Geistliche von so geringer Bildung und so unzulänglichen moralischen Qualitäten, daß sie sich nicht einmal als Militärschreiber, geschweige denn als Geistliche eignen. Sie werden mir doch zustimmen: ein schlechter Lehrer bringt der Schule viel weniger Schaden als ein schlechter Geistlicher.«

Kunin schaute Vater Jakov an. Dieser saß zusammengekrümmt da, dachte angestrengt nach und hörte seinem Gast offensichtlich gar nicht zu.

»Jaša, komm doch mal her!« ließ sich eine weibliche Stimme hinter der Zwischenwand vernehmen.

Vater Jakov fuhr hoch und ging hinter die Wand. Wieder begann das Geflüster.

Nein, ich warte hier nicht auf den Tee, dachte Kunin und sah auf die Uhr. Es scheint, ich bin hier kein allzugern gesehener Gast. Der Hausherr hat sich nicht einmal herabgelassen, mit mir ein einziges Wort zu wechseln, er sitzt bloß da und blinzelt mit den Augen.

Kunin nahm seinen Hut, wartete, bis Vater Jakov zurückkam, und verabschiedete sich.

Der ganze Vormittag vertan! erboste er sich, während er zurückfuhr. So ein gefühlloser Klotz! Für die Schule interessiert er sich genausowenig wie ich mich für den Schnee vom vergangenen Jahr. Nein, mit dem läßt sich nichts anstellen! Dabei kommt nichts heraus! Wüßte der Adelsmarschall, was das hier für ein Pope ist, er hätte es mit der Schule nicht so eilig gehabt. Erst einmal muß man sich um einen guten Popen bemühen und danach um die Schule.

Kunin hatte jetzt beinahe einen Haß auf Vater Jakov. Dieser Mensch, diese klägliche Karikatur in dem langen zerknitterten Meßgewand und mit dem Weibergesicht, dieser Stil des Zelebrierens, diese Lebensweise, diese bürokratenhafte, schüchterne Ehrerbietigkeit – das alles beleidigte den letzten Rest religiösen Gefühls, der noch in Kunins Brust wohnte und dort neben anderen Ammenmärchen leise glimmte. Die Kälte aber und die Gleichgültigkeit, mit der Vater Jakov Kunins aufrichtige, warmherzige Anteilnahme an der ureigensten Sache erwidert hatte, trafen seine Eigenliebe aufs empfindlichste ...

Am Abend ging Kunin lange in seinen Gemächern auf und ab

und dachte nach. Dann setzte er sich kurz entschlossen an den Schreibtisch und schrieb einen Brief an den Bischof. Er bat zunächst um Geld für die Schule sowie um den Segen und legte dann unter anderem, als gehorsamer Sohn vor dem geistlichen Vater, seine Meinung über den Priester von Sinkovo dar. »Er ist jung«, schrieb er, »unzureichend gebildet, scheint kein enthaltsames Leben zu führen und entspricht überhaupt nicht den Forderungen, die sich in Jahrhunderten beim russischen Volk gegenüber seinen geistlichen Hirten herausgebildet haben.« Als Kunin diesen Brief geschrieben hatte, stieß er einen leichten Seufzer aus und legte sich mit dem Bewußtsein schlafen, ein gutes Werk getan zu haben.

Am Montagmorgen, er lag noch im Bett, wurde ihm gemeldet, Vater Jakov sei gekommen. Aufstehen wollte er nicht, und so befahl er, dem Priester zu sagen, er sei nicht zu Hause. Am Dienstag fuhr er zur Zemstvo-Versammlung. Als er am Sonnabend zurückkehrte, erfuhr er von seinem Diener, daß während seiner Abwesenheit Vater Jakov jeden Tag vorgesprochen habe.

Meine Kringel müssen ihm aber sehr zugesagt haben, dachte Kunin. Am Sonntag, gegen Abend, kam Vater Jakov. Diesmal war nicht nur sein Rocksaum, sondern sogar sein Hut mit Schmutz bespritzt. Wie beim erstenmal war er rot im Gesicht und schwitzte, und genau wie damals setzte er sich auf die Sesselkante. Kunin beschloß, nicht von der Schule anzufangen. Er wollte nicht Perlen vor die Säue werfen.

»Ich hab Ihnen, Pavel Michajlovič, ein Verzeichnis der Lehrmittel mitgebracht«, begann Vater Jakov.

»Danke sehr.«

Aber es war nur zu offenkundig, daß nicht dieses Verzeichnis Vater Jakov hergeführt hatte. Sein ganzes Auftreten ließ starke Verwirrung erkennen, gleichzeitig aber lag in seinem Gesichtsausdruck eine Entschlossenheit, wie sie Menschen eigen ist, denen eine Erleuchtung gekommen ist. Es trieb ihn geradezu, etwas Wichtiges, etwas äußerst Notwendiges zu sagen, und er versuchte jetzt seine Schüchternheit niederzukämpfen.

Was schweigt er nur? erboste sich Kunin. Druckst hier herum? Ich habe wirklich keine Zeit, mich weiter mit ihm abzugeben.

Um wenigstens irgendwie das peinliche Schweigen zu überbrücken und den in ihm tobenden Kampf zu verbergen, lächelte der Geistliche gezwungen. Vor diesem anhaltenden Lächeln, das gequält auf dem verschwitzten, geröteten Gesicht lag und so gar nicht zu dem starren Blick der graublauen Augen paßte, wandte Kunin sich ab. Es ekelte ihn an.

»Entschuldigen Sie, Verehrtester, ich muß jetzt wegfahren...« sagte er.

Vater Jakov fuhr zusammen wie ein schlaftrunkener Mensch, dem man einen Hieb versetzt hat, und er begann, nach wie vor lächelnd, aus lauter Verwirrung immer von neuem, die Schöße seines Priesterrocks übereinanderzuschlagen. Trotz aller Abscheu gegen diesen Menschen empfand Kunin plötzlich Mitleid mit ihm, und er wollte nun seine Schroffheit mildern.

»Bitte kommen Sie ein andermal, mein Bester...« sagte er, »zum Abschied aber habe ich eine Bitte an Sie... Ich bin da nämlich in Begeisterung geraten, wissen Sie, und habe zwei Predigten geschrieben... Ich gebe sie Ihnen zur Durchsicht... Wenn sie etwas taugen, können Sie sie verlesen.«

»Gut«, sagte Vater Jakov und bedeckte die auf dem Tisch liegenden Predigten Kunins mit der Hand, »ich nehme sie mit...«

Nachdem er eine Weile unschlüssig dagesessen und immer wieder seine Rockschöße übereinandergeschlagen hatte, hörte er plötzlich auf, gezwungen zu lächeln, und hob entschlossen den Kopf.

»Pavel Michajlovič«, sagte er, offensichtlich bemüht, laut und deutlich zu sprechen.

»Sie wünschen?«

»Ich hörte, Sie belieben, nämlich... Ihren Schreiber zu entlassen, und... und Sie suchen jetzt einen neuen.«

»Ja... Sie können jemand empfehlen?«

»Ich, sehen Sie, ich... Können Sie diese Stellung nicht... mir geben?«

»Wollen Sie denn etwa aus dem geistlichen Beruf ausscheiden?« fragte Kunin verwundert.

»Nein, nein«, entgegnete hastig Vater Jakov, der aus irgendeinem Grund erbleichte und am ganzen Körper zitterte. »Gott soll mich bewahren! Wenn Sie Zweifel haben, braucht es nicht sein, es braucht nicht sein. Ich möchte das nur sozusagen zwischendurch... um meine Dividenden zu erhöhen... Es braucht nicht zu sein, beunruhigen Sie sich nicht.«

»Hm... Ihre Dividenden... Aber ich zahle dem Schreiber doch nur zwanzig Rubel pro Monat.«

»Gott im Himmel, ich würde auch zehn nehmen!« flüsterte Vater Jakov und schaute sich um. »Auch zehn sind genug! Sie ... Sie wundern sich, und alle wundern sich. Der gierige Pope, der Unersättliche, was macht er mit all dem Geld? Ich fühle auch selbst, daß es gierig ist ... und ich strafe mich, ich verurteile mich ... ich schäme mich, den Leuten in die Augen zu sehen ... Ihnen, Pavel Michajlovič, nach bestem Wissen und Gewissen ... der wahrhaftige Gott soll mein Zeuge sein ...« Vater Jakov schöpfte Atem und fuhr fort: »Eine ganze Beichte habe ich unterwegs für Sie vorbereitet, aber ... nun habe ich alles vergessen, ich finde jetzt die Worte nicht. Ich bekomme von der Gemeinde im Jahr hundertfünfzig Rubel, und alle ... wundern sich, was ich mit dem Geld mache ... Aber ich will Ihnen alles nach bestem Wissen und Gewissen erklären ... Vierzig Rubel im Jahr entrichte ich für den Bruder Pëtr an die geistliche Schule. Er hat dort alles frei, aber Papier und Federn kriegt er von mir ...«

»Ach, ich glaub's schon, ich glaub's schon! Was soll das alles?« Kunin machte eine abwehrende Handbewegung. Ihm wurde diese Offenherzigkeit des Gastes furchtbar lästig. Er wußte auch nicht, wohin er blicken sollte, um nicht den feuchten Glanz in Vater Jakovs Augen zu sehen.

»Ferner habe ich dem Konsistorium für meine Stelle noch nicht alles gezahlt. Für die Stelle sind mir zweihundert Rubel auferlegt, und ich soll monatlich zehn Rubel abzahlen ... Und dann muß ich doch außerdem Vater Avraamij wenigstens drei Rubel im Monat geben!«

»Was für einem Vater Avraamij?«

»Dem Vater Avraamij, der vor mir in Sinkovo Geistlicher war. Ihm wurde die Stelle genommen, weil er ... schon schwächlich war, aber er lebt doch noch immer in Sinkovo! Wo soll er denn hin? Wer wird ihn ernähren? Wenn er auch alt ist, aber er braucht doch einen Winkel und Brot und Kleidung! Ich kann nicht zulassen, daß er bei seinem Rang betteln geht! Es ist eine Sünde für mich, wenn so was geschieht! Eine Sünde! Er hat bei allen Schulden, und es ist doch eine Sünde für mich, wenn ich für ihn nicht zahle.«

Vater Jakov sprang von seinem Platz auf und schritt, den Blick wie ein Wahnsinniger auf den Fußboden gerichtet, aus einer Ecke in die andere.

»Mein Gott, mein Gott«, murmelte er und hob dabei immer

wieder die Hände und ließ sie sinken. »Rette uns, o Herr, und erbarme dich! Warum mußtest du auch erst dieses Amt auf dich nehmen, wenn du kleingläubig bist und dir die Kraft fehlt? Ohne Ende ist meine Verzweiflung! Rette uns, Himmelskönigin!«

»Beruhigen Sie sich, mein Bester!« sagte Kunin.

»Der Hunger quält so, Pavel Michajlovič!« fuhr Vater Jakov fort. »Verzeihen Sie großmütig, aber ich habe keine Kraft mehr ... Ich weiß ja, wenn ich bitte, wenn ich mich verneige ... ein jeder wird helfen, aber ... ich kann nicht! Ich schäme mich! Wie soll ich denn die Bauern bitten? Sie sind hier im Amt und sehen doch selbst ... Wer wird seine Hand ausstrecken und bei einem Bettelarmen um etwas bitten? Bei denen bitten, die mehr haben, bei den Gutsherren, das kann ich nicht! Der Stolz! Das ist mir peinlich!« Vater Jakov machte eine abwehrende Handbewegung und fuhr sich dann mit beiden Händen durchs Haar. »Peinlich! Mein Gott, wie peinlich! Bin zu stolz, kann's nicht ertragen, daß die Menschen meine Armut sehen. Als Sie mich besuchten, war gar kein Tee da, Pavel Michajlovič! Nicht ein Stäubchen war da, aber der Stolz ließ es nicht zu, daß ich's Ihnen eingestand! Ich schäme mich meiner Kleidung, dieser Lumpen hier ... Ich schäme mich des Meßgewandes, ich schäme mich des Hungers ... Aber gehört sich Stolz für einen Geistlichen?«

Vater Jakov blieb mitten im Zimmer stehn, und als nehme er die Anwesenheit Kunins schon nicht mehr wahr, begann er mit sich selbst zu sprechen.

»Nun, angenommen, Hunger und Schande machen mir nichts aus, aber mein Gott, da ist doch noch meine Frau! Ich habe sie doch aus gutem Hause geholt! Sie ist zart und kennt keine schwere Arbeit – nur Tee, weiße Brötchen und feines Linnen ist sie gewöhnt ... Im Elternhaus hat sie Klavier gespielt ... Jung ist sie, keine zwanzig Jahre ... Schöne Kleider möchte sie tragen, lustig sein, Besuche machen ... Und bei mir ... da hat sie es schwerer als eine Köchin, vor Scham mag sie nicht mehr auf die Straße gehn. Mein Gott, mein Gott! Ihr einziges Vergnügen ist, daß ich von meinen Besuchen Äpfelchen oder einen Kringel mitbringe ...«

Vater Jakov fuhr sich wieder mit beiden Händen über den Kopf.

»Von Liebe ist nichts mehr geblieben, nur Mitleid ... Ich kann sie nicht ansehn, ohne daß es mir weh tut! Herr mein Gott, was geschehen für Dinge auf Erden! Dinge geschehen, keiner würde es glauben, wenn man es in der Zeitung schriebe ... Und wann wird das alles ein Ende nehmen!«

»Genug, mein Bester!« Dem erschreckten Kunin entfuhr es fast wie ein Schrei. »Warum sich so finstere Gedanken über das Leben machen?«

»Verzeihen Sie gütigst, Pavel Michajlovič ...« murmelte Vater Jakov wie trunken. »Verzeihen Sie, das alles ... ist ohne Bedeutung, beachten Sie es nicht ... Nur mir selber gebe ich die Schuld und werde mir immer die Schuld geben ... Immer!«

Vater Jakov schaute sich um und begann zu flüstern: »Einmal am frühen Morgen ging ich von Sinkovo nach Lučkovo; da sehe ich am Ufer eine Frau bei der Arbeit. Ich komme näher und traue meinen Augen nicht ... Furchtbar! Sitzt da doch die Frau des Doktors Ivan Sergeič und spült Wäsche. Die Frau des Doktors, sie hat ein Institut besucht! Damit es niemand sieht, hat sie nicht die Mühe gescheut, ganz zeitig aufzustehen und eine Verst hinters Dorf zu gehen ... Ihr Stolz erlaubt es nicht anders! Als sie nun sah, wie ich in der Nähe stand und ihre Armut bemerkte, wurde sie blutrot ... Ich war ganz bestürzt und verlegen, lief zu ihr hin, wollte helfen, sie aber versteckte die Wäsche, weil sie Angst hatte, ich könnte die zerrissenen Hemden sehn ...«

»Das alles ist irgendwie unwahrscheinlich ...« sagte Kunin, der sich setzte und fast erschrocken in Vater Jakovs bleiches Gesicht blickte.

»Eben, es ist unwahrscheinlich! Das hat es noch nie gegeben, Pavel Michajlovič, daß die Frau eines Doktors am Fluß Wäsche spült! In keinem Land gibt es das! Ich als Priester, als geistlicher Hirte dürfte das gar nicht zulassen, aber was soll ich machen? Was? Ich muß doch selber zusehn, daß ihr Mann mich kostenlos behandelt! Sie geruhten ganz richtig festzustellen, daß das alles unwahrscheinlich ist! Man traut seinen Augen nicht! Wissen Sie, wenn man während der Messe aus dem Altarraum herausschaut und die Menschen vor sich sieht, den hungrigen Avraamij und die eigene Frau, und wenn man an die Frau des Doktors und ihre vom Wasser blaugefrorenen Hände denkt, glauben Sie mir, dann vergißt man alles und steht fassungslos da, wie ein Narr, bis der Kirchendiener ruft ... Schrecklich!«

Vater Jakov begann wieder auf und ab zu gehen.

»Herr Jesus Christ!« rief er, mit den Armen gestikulierend.

»Bei allen Heiligen! Sogar die Messe kann ich nicht mehr richtig lesen ... Sie haben eben von der Schule gesprochen, ich aber stehe da wie ein Ölgötze und verstehe kein Wort, weil ich nur ans Essen denke ... Sogar vor dem Altar ... Doch was rede ich da?« Vater Jakov faßte sich. »Sie müssen ja fort. Verzeihen Sie, ich habe das nur so ... entschuldigen Sie ...«

Kunin drückte Vater Jakov schweigend die Hand und begleitete ihn ins Vorzimmer. Dann kehrte er in sein Arbeitszimmer zurück und stellte sich ans Fenster. Er sah, wie Vater Jakov aus dem Haus trat, seinen schmutzigbraunen, breitrandigen Hut auf den Kopf stülpte und still, mit gesenktem Kopf, als schämte er sich seiner Offenherzigkeit, fortging.

Man sieht ja sein Pferd gar nicht, dachte Kunin.

Er scheute sich, daran zu denken, daß der Geistliche an all diesen Tagen zu Fuß gekommen war: Sinkovo lag sieben bis acht Verst entfernt, und der Schlamm machte den Weg nahezu unpassierbar. Weiter sah Kunin, wie der Kutscher Andrej und der Knabe Paramon auf Vater Jakov zuliefen, um sich segnen zu lassen. Sie sprangen über die Pfützen und bespritzten ihn dabei mit Schlamm.

Vater Jakov nahm seinen Hut ab und segnete langsam erst den Kutscher und dann den Knaben, dem er noch den Kopf streichelte.

Kunin fuhr sich mit der Hand über die Augen, und ihm kam es vor, als würde die Hand feucht. Er wandte sich vom Fenster ab und schaute sich mit trüben Augen im Zimmer um. Noch immer meinte er die furchtsame, erstickte Stimme zu hören ... Sein Blick fiel auf den Tisch. Zum Glück hatte Vater Jakov in der Eile vergessen, die Predigten mitzunehmen ... Kunin stürzte zum Tisch, riß sie in Fetzen und schleuderte sie angewidert zu Boden.

»Und ich habe nichts davon gewußt!« stöhnte er und warf sich aufs Sofa. »Ich, der ich hier schon über ein Jahr als ständiges Mitglied, als ehrenamtlicher Friedensrichter und Mitglied des Schulbeirats tätig bin! Ich blindes Huhn! Ich Rindvieh! So schnell wie möglich muß ich helfen! So schnell wie möglich!«

Er wandte sich gequält bald hierhin, bald dorthin, preßte die Hände gegen die Schläfen und dachte angestrengt nach.

Am zwanzigsten bekomme ich meine zweihundert Rubel Gehalt ... Ich werde ihm und der Frau des Doktors unter einem geeigneten Vorwand etwas zustecken ... Bei ihm werde ich ein Bittgebet bestellen und beim Doktor wird eine fiktive Erkrankung genügen ... Ihren Stolz verletze ich auf diese Weise nicht. Auch Avraamij muß ich helfen ...

Er rechnete an den Fingern die Summen nach und vermied es dabei, sich einzugestehen, daß diese zweihundert Rubel kaum ausreichen würden, um den Verwalter, die Dienerschaft und den Bauern, der immer das Fleisch brachte, zu bezahlen ... Unwillkürlich mußte er daran denken, wie er in nicht allzu ferner Vergangenheit das väterliche Eigentum sinnlos vergeudet hatte, wie er als zwanzigjähriger Milchbart den Prostituierten teure Fächer gekauft, dem Kutscher Andrej täglich zehn Rubel bezahlt und den Schauspielerinnen aus purer Eitelkeit Geschenke gemacht hatte. Ach, wie gut könnte er jetzt all diese sinnlos verschleuderten Ein-, Drei- und Zehnrubelscheine gebrauchen!

Nur drei Rubel kostet im Monat das Essen für Vater Avraamij, dachte er. Für einen Rubel könnte sich die Frau des Popen ein Hemd nähen und die Frau des Doktors sich eine Wäscherin nehmen. Aber helfen werde ich trotzdem! Unbedingt werde ich helfen!

Da fiel Kunin plötzlich die Denunziation ein, die er über Vater Jakov an den Bischof geschickt hatte, und er fuhr zusammen wie unter einem eiskalten Guß. Ein Gefühl unerträglicher Scham vor sich selbst und vor der unsichtbaren Wahrheit erfüllte sein Inneres ...

So begann und vollzog sich die aufrichtige Wandlung, die Hinwendung zu nützlicher Tätigkeit bei einem unserer wohlgesinnten, aber allzu satten und gedankenlosen Menschen.

Viel Papier
Bei der Durchsicht eines Archivs

»Ich habe die Ehre, ergebenst zu melden eine am 8. November beobachtete Krankheit bei zwei Knaben, welche Kinder gekommen sind und erklärt haben, daß in der Schule auch die übrigen Kinder an Halsschmerzen leiden mit Fieber und am ganzen Körper Ausschlag haben, sie gehen in die Žarovsker Landschule. 19. November 1885. Der Dorfälteste Efim Kirilov.«

»M. d. I., Zemstvo von N. An den Zemstvo-Arzt G. Radušnyj. Zufolge einer Meldung des Dorfältesten von Kurnosovo vom 19. November ersuche ich Sie, sehr geehrter Herr, sich nach Kurnosovo zu begeben und sich nach den Regeln der Wissenschaft um die schnellste Beendigung der Epidemie zu bemühen, die allem Anschein nach Scharlach ist. Aus der genannten Meldung geht hervor, daß die Erkrankungen in der Žarovsker Schule begonnen haben, der ich Ihre Aufmerksamkeit zuzuwenden bitte. 4. Dezember 1885. Für den Vorsitzenden: S. Parkin.«

»An den Herrn Polizeikommissar des zweiten Amtsbezirks des Kreises N. Auf Grund des Schreibens des Zemstvo unter Nummer 102 vom 4. Dezember, das ich beifüge, bitte ich Sie, Anordnungen zur Schließung der Schule des Dorfes Žarovo bis zur Beendigung der Scharlachepidemie zu treffen. 13. Dezember 1885. Der Zemstvo-Arzt Radušnyj.«

»M. d. J., Polizeikommissariat des zweiten Amtsbezirks des Kreises N. Nummer 1011. An die Landschule zu Žarovo. Der Zemstvo-Arzt G. Radušnyj hat mir unter dem 13. Dezember d. J. mitgeteilt, daß er in dem Dorfe Žarovo bei den Kindern eine Scharlachepidemie (oder, wie es im Volksmund heißt, Dyphtheritis) beobachtet hat. Zur Vermeidung des Auftretens ernsterer Folgen der erwähnten Krankheit, die sich progressiv vergrößert, und in Beachtung der Notwendigkeit der gesetzlich vorgesehenen Maßnahmen zur Verhütung und Beseitigung der aufgetretenen Krankheitsfälle, bin ich meinerseits in die Notwendigkeit versetzt, Sie ergebenst zu bitten: Halten Sie es nicht für angezeigt, die Schüler der Landschule zu Žarovo für die Zeit der gegenwärtig wütenden Krankheit zu beurlauben und von letzterem mich zur weiteren Veranlassung zu benachrichtigen. 2. Januar 1886. Der Landkommissar Podprunin.«

»An die Direktion der Volksschulen im Gouvernement X. An den Herrn Inspektor der Volksschulen. Meldung des Lehrers der Schule von Žarovo, Fortjanskij. Ich habe die Ehre, Euer Hochwohlgeboren zur Kenntnis zu bringen, daß zufolge des Schreibens des Herrn Polizeikommissars des zweiten Amtsbezirks unter Nummer 1011 vom 2. Januar im Dorf Žarovo eine Scharlachepidemie ausgebrochen ist, wovon Ihnen Mitteilung zu machen ich die Ehre habe. 12. Januar 1886. Der Lehrer Fortjanskij.«

»An den Herrn Polizeikommissar des zweiten Amtsbezirks

des Kreises N. In Anbetracht dessen, daß die Scharlachepidemie schon seit einem Monat beendet ist, liegen zur Wiedereröffnung der vorübergehend geschlossenen Schule des Dorfes Žarovo meinerseits keine Bedenken vor, worüber ich bereits zweimal an die Verwaltung geschrieben habe und Ihnen jetzt schreibe mit der ergebensten Bitte, sich fürderhin mit Ihren Schriftstücken an den Kreisarzt zu wenden, denn ich selbst habe genügend mit dem Zemstvo zu tun. Ich bin von morgens bis abends beschäftigt und habe keine Zeit, auf alle Ihre Kanzleigespinste zu antworten. 26. Januar. Der Zemstvo-Arzt Radušnyj.«

»M. d. I. Seiner Hochwohlgeboren, dem Herrn Chef der Polizei des Kreises N. vom Polizeikommissariat des zweiten Amtsbezirks. Meldung. Ich habe die Ehre, anbei ein Schreiben des Zemstvo-Arztes Radušnyj vom 26. Januar unter Nummer 31 Euer Hochwohlgeboren betreffs Durchsicht zu überreichen, um den Arzt Radušnyj wegen seiner unangebrachten und in höchstem Maße beleidigenden, von ihm in einem amtlichen Schriftstück gebrauchten Äußerungen wie ›Kanzleigespinst‹ dem Gericht zu übergeben. 8. Februar 1886. Der Landkommissar Podprunin.«

Aus einem Privatbrief des Herrn Polizeichefs an den Polizeikommissar des zweiten Amtsbezirks: »Aleksej Manuilovič, ich sende Ihnen Ihre Meldung zurück. Stellen Sie bitte Ihre ständigen Unfreundlichkeiten gegen den Doktor Radušnyj ein. Ein solcher Antagonismus ist zum mindesten in der Stellung eines Polizeibeamten unpassend, der verpflichtet ist, in seinen Beziehungen vor allem Takt und Mäßigung zu beachten. Was das Schreiben Radušnyj betrifft, so finde ich daran nichts Besonderes. Von dem Scharlach im Dorfe Žarovo habe ich schon gehört, und ich werde auf der nächsten Schulberatung über die unrichtige Handlungsweise des Lehrers Fortjanskij berichten, den ich für den Hauptschuldigen an diesem ganzen unerfreulichen Briefwechsel halte.«

»M. f. V. Der Inspektor der Volksschulen im Gouvernement X, Nummer 810. An den Herrn Lehrer der Schule in Žarovo. Auf Ihre Vorlage vom 12. Januar dieses Jahres bringe ich Ihnen zur Kenntnis, daß der Unterricht in der Ihnen anvertrauten Schule unverzüglich einzustellen und die Schüler zwecks Verhütung einer weiteren Ausbreitung des Scharlachs zu beurlauben sind. 22. Februar 1886. Der Inspektor der Volksschulen I. Žiletkin.«

Nach der Lektüre aller Dokumente, die sich auf die Epidemie im Dorfe Žarovo beziehen (und davon gibt es außer den hier abgedruckten noch weitere achtundzwanzig), wird dem Leser vieles aus der folgenden Schilderung verständlich, die in Nummer 36 der Gouvernementsnachrichten von X enthalten ist:

»... Von der außergewöhnlich hohen Kindersterblichkeit gehen wir nun zu erfreulicheren Dingen über. Gestern fand in der Michaeliskirche die feierliche Eheschließung der Tochter des bekannten Papierfabrikanten M. mit dem erblichen Ehrenbürger K. statt. Die Trauung nahm der Oberpriester Kliopa Gvozdev unter Mitwirkung der übrigen Domgeistlichkeit vor. Es sang der Chor von Krasnoperov. Die Neuvermählten strahlten vor Schönheit und Jugend. Es heißt, daß Herr K. als Mitgift etwa eine Million erhält und außerdem noch das Gut Blagodušnoe mit einem Gestüt und Orangerien, in denen Ananaspflanzen und blühende Palmen gedeihen, die unsere Phantasie weit nach Süden entführen. Die jungen Eheleute sind sofort nach der Hochzeit ins Ausland abgereist.«

Wie angenehm ist es doch, Papierfabrikant zu sein!

Griša

Griša, ein kleiner, kugelrunder Junge, vor zwei Jahren und acht Monaten geboren, geht mit der Kinderfrau auf dem Boulevard spazieren. Er trägt ein langes, wattiertes Mäntelchen, einen Schal, eine große Mütze mit einem flauschigen Knopf und warme Galoschen. Ihm ist schwül und heiß, und dazu scheint ihm noch die wärmende Aprilsonne direkt ins Gesicht und kitzelt an den Augenlidern.

Seine ganze unbeholfene, schüchtern und unsicher schreitende Gestalt drückt äußerstes Erstaunen aus.

Bis jetzt kannte Griša nur eine viereckige Welt, wo in der einen Ecke sein Bett steht, in der anderen die Truhe der Kinderfrau, in der dritten ein Stuhl und in der vierten das Ikonenlämpchen brennt. Wenn man unter das Bett schaut, erblickt man dort eine Puppe mit einem abgebrochenen Arm und eine Trommel, hinter der Truhe der Kinderfrau dagegen liegen viele verschiedenartige Dinge: Garnspulen, Papierfetzen, eine Schachtel ohne Deckel und ein beschädigter Hampelmann. In dieser Welt sind außer der Kinderfrau und Griša oft auch Mama und die Katze. Mama hat Ähnlichkeit mit einer Puppe, die Katze mit Papas Pelz, nur hat der Pelz keine Augen und keinen Schwanz. Aus der Welt, die sich Kinderzimmer nennt, führt die Tür in einen Raum, in dem man zu Mittag ißt und Tee trinkt. Hier steht auf hohen Beinchen Grišas Stuhl, und hier hängt eine Uhr, die nur dazu da ist, um mit dem Pendel zu schwingen und zu schlagen. Aus dem Eßzimmer kann man in ein Zimmer gehen, in dem rote Sessel stehen. Dort zeichnet sich auf dem Teppich dunkel ein Fleck ab, für den man Griša jetzt noch mit dem Finger droht. Hinter diesem Zimmer gibt es noch eins, in das man ihn nicht hineinläßt und in dem manchmal Papa auftaucht – eine in höchstem Grade geheimnisvolle Persönlichkeit! Die Kinderfrau und Mama sind zu verstehen. Sie ziehen Griša an, füttern ihn und bringen ihn zu Bett, aber wozu Papa da ist, das ist unbegreiflich. Es gibt noch eine geheimnisvolle Persönlichkeit – das ist die Tante, die Griša die Trommel geschenkt hat. Mal erscheint sie, dann verschwindet sie wieder. Wohin verschwindet sie? Griša hat mehrmals unter dem Bett nachgesehen, hinter der Truhe und unter dem Sofa, aber dort war sie nicht ...

In dieser neuen Welt aber, wo die Sonne in die Augen sticht, gibt es so viele Papas, Mamas und Tanten, daß man gar nicht weiß, zu wem man hinlaufen soll. Aber am seltsamsten und sinnlosesten sind die Pferde. Griša schaut auf ihre sich bewegenden Beine und kann nichts verstehen. Er sieht die Kinderfrau an, damit sie seine Zweifel beseitigt, aber sie schweigt.

Plötzlich hört er ein schreckliches Stampfen ... Auf dem Boulevard nähert sich ihm im Gleichschritt ein Haufen Soldaten mit roten Gesichtern und mit Baderuten unter dem Arm. Griša wird es kalt vor Schreck, und er schaut fragend auf die Kinderfrau – ist das nicht gefährlich? Aber die Kinderfrau läuft nicht weg und weint auch nicht, also ist es nicht gefährlich. Griša begleitet die Soldaten mit den Augen und beginnt selbst mit ihnen im Takt zu marschieren.

Über den Boulevard laufen zwei große Katzen mit langen Schnauzen, heraushängenden Zungen und erhobenen Schwänzen. Griša denkt, er müsse auch laufen, und er läuft hinter den Katzen her.

»Halt!« ruft ihm die Kinderfrau zu und packt ihn grob an

den Schultern. »Wohin willst du? Darfst du denn so unartig sein?«

Da sitzt irgendeine andere Kinderfrau und hält einen kleinen Trog mit Apfelsinen. Griša geht an ihr vorbei und nimmt sich schweigend eine Apfelsine.

»Was machst du da?« schreit seine Begleiterin, klopft ihm auf die Hand und entreißt ihm die Apfelsine. »Du Dummer!«

Jetzt hätte Griša mit Vergnügen ein Stückchen Glas aufgehoben, das zu seinen Füßen liegt und wie das Ikonenlämpchen leuchtet, aber er hat Angst, daß man ihm wieder auf die Hand schlägt.

»Meine Verehrung«, hört Griša dicht über seinem Ohr plötzlich eine laute, tiefe Stimme, und er sieht einen hochgewachsenen Menschen mit blanken Knöpfen.

Zu seinem großen Vergnügen gibt dieser Mann der Kinderfrau die Hand, bleibt vor ihr stehen und unterhält sich mit ihr. Der Glanz der Sonne, der Lärm der Wagen, die Pferde, die blanken Knöpfe – alles das ist so überraschend neu und gar nicht schrecklich, daß Grišas Seele sich mit einem Gefühl der Wonne füllt, und er lacht.

»Gehen! Gehen!« schreit er dem Mann mit den blanken Knöpfen zu und zieht ihn am Rockschoß.

»Wohin sollen wir gehen?« fragt der Mann.

»Gehen!« beharrt Griša.

Er möchte gern sagen, daß es nicht schlecht wäre, auch Papa, Mama und die Katze mitzunehmen, aber die Zunge spricht ganz etwas anderes aus, als er sagen will.

Kurze Zeit später biegt die Kinderfrau von dem Boulevard ab und führt Griša in einen großen Hof, in dem noch Schnee liegt. Und der Mann mit den blanken Knöpfen geht hinter ihnen her. Sie weichen vorsichtig den Schneehaufen und den Pfützen aus, und dann steigen sie eine schmutzige, dunkle Treppe hinauf und treten in ein Zimmer. Hier ist viel Rauch, es riecht nach Braten, und eine Frau steht am Ofen und brät Klopse. Die Köchin und die Kinderfrau küssen sich, setzen sich zusammen mit dem Mann auf die Bank und beginnen leise miteinander zu sprechen. Dem eingemummelten Griša wird es unerträglich heiß und schwül.

Woher kommt denn das? denkt er und schaut sich um.

Er sieht die dunkle Zimmerdecke, eine Ofengabel mit zwei

Hörnern und den Ofen, der wie eine große schwarze Hölle aussieht...

»Maama!« klagt er langgezogen.

»Na, na, na!« ruft die Kinderfrau. »Warte nur ab!«

Die Köchin stellt eine Flasche, zwei Schnapsgläser und eine Pastete auf den Tisch. Die beiden Frauen und der Mann mit den blanken Knöpfen stoßen an und trinken etliche Male, und der Mann umarmt mal die Kinderfrau, mal die Köchin. Dann fangen alle drei leise zu singen an.

Griša langt nach der Pastete, man gibt ihm ein Stückchen. Er ißt und guckt zu, wie die Kinderfrau trinkt. Er möchte auch trinken.

»Gib! Njanja, gib!« bettelt er.

Die Köchin läßt ihn an ihrem Schnapsglas nippen. Er reißt die Augen auf und verzieht das Gesicht, hustet und fuchtelt noch lange mit den Händen, die Köchin aber schaut ihn an und lacht.

Als Griša nach Hause kommt, beginnt er der Mama, den Wänden und dem Bett zu erzählen, wo er war und was er gesehen hat. Er spricht nicht so sehr mit dem Mund als mit Gesicht und Händen. Er zeigt, wie die Sonne glänzt, wie die Pferde laufen, wie der schreckliche Ofen aussieht und wie die Köchin trinkt...

Abends kann er nicht einschlafen. Soldaten mit Ruten, große Katzen, Pferde, das Stückchen Glas, der Trog mit den Apfelsinen, die blanken Knöpfe – das alles hat sich zu einem Haufen zusammengeballt und drückt auf sein Gehirn. Er wirft sich von einer Seite auf die andere, und schließlich, als er seine Erregung nicht mehr ertragen kann, fängt er an zu weinen.

»Du hast ja Fieber!« sagt die Mama, als sie mit der Hand seine Stirn berührt. »Woher könnte das kommen?«

»Der Ofen!« weint Griša. »Geh weg, Ofen!«

»Wahrscheinlich hat er zuviel gegessen...« meint Mama.

Und Griša, der unter der Fülle von Eindrücken des neuen, eben geschauten Lebens leidet, bekommt von Mama einen Löffel Rizinusöl.

Liebe

»Drei Uhr nachts. In mein Fenster blickt die ruhige Aprilnacht und winkt mir zärtlich mit ihren Sternen zu. Ich kann nicht schlafen. Mir ist so wohl!

Vom Kopf bis zu den Füßen erfüllt mich ein seltsames, unbegreifliches Gefühl. Ich vermag dieses Gefühl nicht zu analysieren, ich habe dafür keine Zeit und bin auch zu faul – lassen wir diese Analyse Analyse sein! Wird denn ein Mensch, der kopfüber von einem Glockenturm stürzt oder der erfährt, daß er zweihunderttausend gewonnen hat, in seinen Empfindungen einen Sinn suchen? Wird ihm danach zumute sein?«

Ungefähr so begann der Liebesbrief an Saša, das neunzehnjährige Mädchen, in das ich mich verliebt hatte. Fünfmal hatte ich ihn angefangen, und ebenso viele Male hatte ich mich entschlossen, ihn zu zerreißen oder ganze Seiten durchzustreichen, und ich schrieb sie immer wieder um. Ich plagte mich mit dem Brief wie mit einem bestellten Roman, und das nicht etwa deshalb, damit der Brief länger, verschnörkelter und gefühlvoller würde, sondern weil ich gern den Prozeß des Schreibens bis ins Unendliche verlängern wollte, die Zeit, die man in der Stille seines Arbeitszimmers sitzt, in das die Frühlingsnacht hereinschaut, und da man sich mit seinen eigenen Traumgebilden unterhält. Zwischen den Zeilen sah ich das teure Bild, und mir schien, am selben Tisch mit mir säßen Geister, ebenso naiv-glücklich wie ich, dumm und selig lächelnd und ebenso kritzelnd. Ich schrieb und sah immerzu auf meine Hand, die sich nach dem kürzlich erfahrenen Händedruck sehnte, und wandte ich meine Augen zur Seite, erblickte ich das Gitter einer grünen Pforte. Durch dieses Gitter hatte mir Saša nachgesehen, als ich mich von ihr verabschiedete. Immer wenn ich mich von ihr trennte, dachte ich an gar nichts und bewunderte nur ihre Figur, wie jeder ordentliche Mann eine hübsche Frau bewundert. Als ich aber durch das Gitter zwei große Augen sah, da begriff ich auf einmal gleichsam instinktiv, daß ich verliebt war, daß zwischen uns bereits alles beschlossen und entschieden war und daß mir nur noch übrigblieb, einige Formalitäten zu erledigen.

Ein angenehmes Gefühl ist auch, einen Liebesbrief zu versiegeln, sich langsam anzuziehen, verstohlen aus dem Haus zu schleichen und diesen Schatz zum Briefkasten zu bringen. Am Himmel sind keine Sterne mehr; statt dessen schimmert im Osten, über den Dächern der düsteren Häuser, ein länglicher, von Wolken unterbrochener heller Streifen; von diesem Streifen aus ergießt sich bleiches Licht über den ganzen Himmel. Die Stadt schläft, aber schon sind die Wasserfahrer unterwegs, und irgendwo in einer Fabrik weckt eine Sirene die Arbeiter. Neben dem leicht mit Tau überzogenen Briefkasten erblickt man bestimmt einen unbeholfenen Hausknecht in einem glockenförmigen Bauernpelz und mit einem Stock in der Hand. Er befindet sich in einem Zustand der Katalepsie, er schläft nicht, er wacht nicht, sondern tut etwas Dazwischenliegendes ...

Wenn die Briefkästen wüßten, wie oft sich die Menschen bei der Entscheidung ihres Schicksales an sie wenden, sie würden nicht mehr ein so demütiges Aussehen haben. Ich wenigstens hätte beinahe meinen Briefkasten abgeküßt, und wenn ich ihn sah, fiel mir ein, daß die Post die größte Wohltat ist!

Denjenigen, der irgendwann einmal verliebt war, bitte ich, sich zu erinnern, wie man, ist der Brief in den Kasten geworfen, gewöhnlich nach Hause eilt, sich schnell ins Bett legt und sich in der festen Überzeugung zudeckt, man wird am anderen Morgen, kaum erwacht, bereits von der Erinnerung an das Gestrige übermannt und verzückt zum Fenster schauen, wo durch die Falten der Vorhänge gierig das Tageslicht schimmert ...

Aber zur Sache ... Am nächsten Tag zur Mittagsstunde brachte mir Sašas Stubenmädchen folgende Antwort: »Ich freue mich sehr kommen Sie bitte heute unbedinkt zu uns ich werde auf Sie warten. Ihre S.« Es war kein einziges Komma darin. Das Fehlen der Satzzeichen, das ›k‹ im Wort ›unbedingt‹, der ganze Brief und sogar das lange schmale Kuvert, in dem er steckte, erfüllten meine Seele mit Rührung. In der schwungvollen, aber wenig kühnen Handschrift erkannte ich Sašas Gang, ihre Art, die Brauen hochzuziehen, wenn sie lachte, und die Bewegung ihrer Lippen ... Aber der Inhalt des Briefes befriedigte mich nicht ... Erstens antwortet man nicht so auf poetische Briefe, und zweitens – warum sollte ich zu Saša gehen und dort warten, bis die dicke Mama, die Brüder und die übrigen Hausgenossen darauf kommen, uns allein zu lassen? Außerdem können sie auch nicht darauf kommen, und nichts ist widerlicher, als seine Begeisterung nur deshalb zügeln zu müssen, weil sich neben

Ihnen irgendwo ein beseeltes Nichts in Gestalt einer fast tauben Alten oder eines Mädchens herumdrückt, das sich einem mit ihren Fragen aufdrängt. Ich gab dem Stubenmädchen eine Antwort mit, in der ich Saša vorschlug, als Ort für das Rendezvous einen Garten oder Boulevard zu wählen. Mein Vorschlag wurde gern angenommen. Ich hatte damit, wie man so sagt, ins Schwarze getroffen.

In der fünften Nachmittagsstunde begab ich mich in die entfernteste und abgelegenste Ecke des Stadtparks. Es war keine Menschenseele dort, und das Stelldichein hätte ruhig irgendwo mehr in der Nähe stattfinden können, in einer der Alleen oder Lauben, aber die Frauen lieben bei Romanen keine Halbheiten: wenn Honig, dann auch einen Löffel, wenn ein Stelldichein, dann komm in das abgelegenste und unzugänglichste Dickicht, wo du riskierst, auf einen Dieb oder einen torkelnden Kleinbürger zu stoßen.

Als ich mich Saša näherte, stand sie mit dem Rücken zu mir, und in diesem Rücken las ich verteufelt viel Geheimnisvolles. Es schien, als sprächen der Rücken, der Nacken und die schwarzen Tupfen auf dem Kleid: pssst! Das Mädchen war in einem ganz einfachen Kattunkleidchen, über dem sie einen leichten Überwurf trug. Zur Verstärkung des Geheimnisvollen verbarg sie ihr Gesicht hinter einem weißen Schleier. Ich mußte, um die Harmonie nicht zu zerstören, auf Zehenspitzen zu ihr treten und sie halb flüsternd ansprechen.

Soviel ich jetzt verstehe, war ich bei diesem Rendezvous nicht das Wesentliche, sondern nur ein Detail. Saša beschäftigte nicht so sehr *er* als vielmehr die Romantik des Stelldicheins, das Geheimnisvolle, die Küsse, das Schweigen der finsteren Bäume, meine Schwüre ... Nicht eine Minute vergaß sie sich oder schmolz dahin, nicht eine Minute fiel von ihrem Gesicht der Ausdruck des Geheimnisvollen, und wirklich, wäre statt meiner irgendein Ivan Sidoryč oder Sidor Ivanyč dagewesen, sie hätte sich ebenso wohl gefühlt. Wie soll man denn unter diesen Umständen herauskriegen, ob man geliebt wird oder nicht? Wenn ja, richtig oder nicht?

Aus dem Park führte ich Saša zu mir. Die Anwesenheit der geliebten Frau in der Junggesellenwohnung wirkt wie Musik und Wein. In der Regel beginnt man von der Zukunft zu sprechen, wobei Selbstbewußtsein und Selbstgefälligkeit keine Grenzen kennen. Man entwirft Projekte und Pläne, redet mit Eifer vom Generalsrang, wenn man noch nicht einmal Fähnrich ist, und faselt alles in allem solchen schönrednerischen Unsinn, daß die Zuhörerin viel Liebe und Lebensunkenntnis aufbringen muß, um dem zuzustimmen. Zum Glück für die Männer sind liebende Frauen immer vor Liebe blind und kennen niemals das Leben. Nicht genug, daß sie zustimmen, sie erblassen sogar noch von dem heiligen Schauer, sie lauschen andächtig und fangen begierig jedes Wort des Wahnbesessenen in sich auf. Saša hörte mir aufmerksam zu, bald aber las ich Zerstreutheit auf ihrem Gesicht: sie verstand mich nicht. Von der Zukunft, über die ich sprach, beschäftigte sie nur die äußerliche Seite, und vergebens entwickelte ich vor ihr meine Projekte und Pläne. Sie interessierte vielmehr die Frage, wo ihr Zimmer sein würde, welche Tapeten dieses Zimmer haben sollte, weshalb ich ein Klavier hätte und nicht einen Flügel und so fort. Sie betrachtete aufmerksam die Gegenstände auf meinem Tisch, die Photographien, beschnupperte die Fläschchen und löste von den Kuverts die alten Briefmarken, die sie für irgendeinen Zweck brauchte.

»Bitte, sammle für mich die alten Marken!« sagte sie und machte ein ernstes Gesicht. »Bitte!«

Dann fand sie irgendwo am Fenster eine Nuß, die sie laut zerbiß und verspeiste.

»Weshalb klebst du keine Etiketts auf deine Bücher?« fragte sie, als sie einen Blick auf den Bücherschrank warf.

»Wozu das?«

»Damit jedes Buch seine Nummer hat ... Und wo werde ich meine Bücher hinstellen? Ich habe doch auch Bücher.«

»Und was für Bücher hast du?« fragte ich.

Saša zog die Augenbrauen hoch, überlegte und sagte:

»Verschiedene ...«

Und wenn ich auf den Einfall gekommen wäre, sie zu fragen, was für Gedanken, Überzeugungen, Ziele sie habe, sie hätte wahrscheinlich genauso die Brauen hochgezogen, überlegt und gesagt: »Verschiedene ...«

Daraufhin brachte ich Saša nach Hause und verließ sie als der echteste patentierte Bräutigam, für den man mich hielt, solange wir noch nicht getraut waren. Wenn der Leser mir gestattet, allein nach meiner persönlichen Erfahrung zu urteilen, so versichere ich, daß es sehr langweilig ist, Bräutigam zu sein, bedeutend langweiliger, als Ehemann oder gar nichts zu sein. Ein Bräutigam ist nicht Fisch und nicht Fleisch: er hat das eine Ufer verlassen, das andere aber noch nicht erreicht; nicht verheiratet zu sein, aber nicht mehr sagen zu können, daß man Junggeselle ist, ist dem Zustand des Hausknechtes vergleichbar, den ich weiter oben erwähnte.

Jeden Tag paßte ich eine freie Minute ab und eilte zu meiner Braut. Gewöhnlich trug ich, wenn ich zu ihr ging, eine Menge von Hoffnungen, Wünschen, Absichten, Vorschlägen und Redensarten mit mir. Jedesmal schien es mir, daß ich, dem drückend und eng zumute war, bis an den Hals in einen erfrischenden Glückszustand versinken würde, sobald das Stubenmädchen mir die Tür öffnete. In Wirklichkeit aber ging es ganz anders vor sich. Jedesmal wenn ich meine Braut besuchte, traf ich ihre ganze Familie und die Hausgenossen beim Nähen der dummen Aussteuer. (Apropos: sie nähten zwei Monate lang und brachten dabei weniger als für hundert Rubel zustande.) Es roch nach Bügeleisen, Stearin und Kohlengas. Unter den Füßen knirschten Glasperlen. In den beiden größten Zimmern lagen Wogen von Leinwand, Kaliko und Musselin, und aus den Wogen schaute Sašas Köpfchen hervor mit einem Fädchen zwischen den Zähnen. Alle Näherinnen begrüßten mich mit einem fröhlichen Aufschrei, sogleich aber komplimentierten sie mich ins Eßzimmer hinaus, wo ich nicht stören und nicht das sehen konnte, was nur Ehemännern zu sehen erlaubt ist. Schweren Herzens mußte ich im Eßzimmer sitzen und mich mit der alten Pimenovna unterhalten, die hier ihr Gnadenbrot aß. Saša lief geschäftig und aufgeregt immerzu mit einem Fingerhut, einem Knäuel Wolle oder einem anderen langweiligen Gegenstand an mir vorbei.

»Warte noch, warte ... Ich komme gleich!« sagte sie immer, wenn ich sie bittend ansah. »Stell dir vor, die niederträchtige Stepanida hat an dem Barègekleid das ganze Mieder verdorben!«

Aber ich wurde böse und ging fort, ohne abzuwarten, bis sie sich gnädig erwies, und schlenderte in Gesellschaft meines Bräutigamstockes die Trottoire entlang. Manchmal war es auch so: ich kam zu meiner Braut, um mit ihr auszugehen oder spazierenzufahren, und sie stand schon, fertig angezogen, mit ihrem Mamachen in der Diele und spielte mit dem Sonnenschirm.

»Wir gehen zur Passage«, sagte sie. »Wir müssen noch Kaschmir zukaufen und einen Hut umtauschen.«

Aus war es mit dem Spaziergang! Ich schloß mich den Damen an und ging mit ihnen in die Passage. Es ist empörend langweilig, zuzuhören, wie Frauen einkaufen, handeln und sich bemühen, den gerissensten Krämer zu überlisten. Mir war es peinlich, wenn Saša, nachdem sie in einer Unmenge Stoff herumgewühlt und den Preis auf ein Minimum heruntergedrückt hatte, aus dem Laden ging, ohne etwas gekauft zu haben, oder sich höchstens für vierzig oder fünfzig Kopeken abschneiden ließ. Wenn sie den Laden verließen, sprachen Saša und ihre Mama mit besorgten, erschreckten Gesichtern noch lange davon, daß sie sich geirrt und nicht das gekauft hatten, was sie hatten kaufen wollen, daß auf dem Kattun die Blümchen zu dunkel seien oder ähnliches mehr.

Nein, es ist langweilig, Bräutigam zu sein! Ich habe die Nase voll!

Jetzt bin ich verheiratet. Es ist Abend. Ich sitze in meinem Arbeitszimmer und lese. Hinter mir auf dem Sofa sitzt Saša und kaut hörbar. Ich möchte gern Bier trinken.

»Such doch mal den Korkenzieher, Saša...« sage ich. »Er muß sich hier irgendwo herumtreiben.«

Saša springt auf, wühlt träge in zwei, drei Papierstößen, läßt die Streichhölzer fallen und setzt sich schweigend wieder hin, ohne den Korkenzieher gefunden zu haben. Es vergehen fünf oder zehn Minuten...

Mich beginnen Hunger, Durst und Ärger zu quälen...

»Saša, such doch den Korkenzieher!« sage ich.

Saša springt wieder auf und wühlt neben mir in den Papieren. Ihr Kauen und das Rascheln des Papiers wirken auf mich wie das Geräusch von Messern, die man aneinander wetzt... Ich stehe auf und suche den Korkenzieher selbst. Endlich ist er gefunden, und die Bierflasche wird entkorkt.

Saša bleibt neben dem Tisch stehen und erzählt mir ausführlich irgend etwas.

»Du solltest was lesen, Saša...« sage ich.

Sie nimmt ein Buch, setzt sich mir gegenüber und bewegt die Lippen. Ich schaue mir ihre kleine Stirn und die sich bewegenden Lippen an und werde nachdenklich.

Sie wird zwanzig... denke ich. Wenn man einen intelligenten Burschen im gleichen Alter nimmt und mit ihr vergleicht – welch ein Unterschied! Ein Bursche hat Kenntnisse, Überzeugungen und einen wenn auch unreifen Verstand.

Aber ich verzeihe ihr diesen Unterschied, wie ich ihr auch die schmale Stirn und die sich bewegenden Lippen verzeihe ... In den Tagen meines Junggesellenlebens verließ ich, wie ich mich entsinne, die Frauen wegen eines Flecks auf dem Strumpf, wegen eines einzigen dummen Wortes oder wegen ungeputzter Zähne, aber hier verzeihe ich alles: das Kauen, das Theater mit dem Korkenzieher, die Unordentlichkeit und das lange Gerede über ungelegte Eier.

Ich verzeihe das alles beinahe unbewußt, ohne mich zwingen zu müssen, gleichsam als seien Sašas Fehler die meinigen, und vieles, woran ich vordem Anstoß nahm, ruft jetzt bei mir Rührung oder gar Entzücken hervor. Die Motive einer solchen allgemeinen Verzeihung sind in meiner Liebe zu Saša, aber wo die Motive der Liebe selbst sind – ich weiß es wirklich nicht.

Die Damen

Fëdor Petrovič, Direktor der Volkshochschulen im Gouvernement N., der sich für einen gerechten und großmütigen Menschen hielt, empfing eines Tages in seiner Kanzlei den Lehrer Vremenskij.

»Nein, Herr Vremenskij«, sagte er, »Ihre Entlassung ist unvermeidlich. Mit einer Stimme wie der Ihrigen kann man den Lehrerberuf nicht fortsetzen. Wie ist sie Ihnen denn verlorengegangen?«

»Ich habe, als ich in Schweiß geraten war, kaltes Bier getrunken...« zischte der Lehrer.

»Welch ein Jammer! Da war ein Mensch vierzehn Jahre im Dienst, und plötzlich so ein Mißgeschick! Weiß der Teufel, wegen welch einer Lappalie man gezwungen sein kann, die Karriere abzubrechen. Was beabsichtigen Sie jetzt zu tun?«

Der Lehrer gab keine Antwort.

»Haben Sie Familie?« fragte der Direktor.

»Eine Frau und zwei Kinder, Euer Exzellenz...« zischte der Lehrer.

Es trat Schweigen ein. Der Direktor stand vom Tisch auf und ging erregt von einer Ecke in die andere.

»Ich habe keine Ahnung, was ich mit Ihnen machen soll!« sagte er. »Lehrer können Sie nicht bleiben, das Rentenalter haben Sie noch nicht erreicht ... Ihnen jedoch den Laufpaß zu geben und Sie Ihrem Schicksal zu überlassen wäre nicht gerade schön. Sie sind unser Mann, Sie haben vierzehn Jahre im Schuldienst gestanden, also ist es unsere Sache, Ihnen zu helfen ... Aber wie soll man helfen? Was kann ich für Sie tun? Versetzen Sie sich in meine Lage: Was kann ich für Sie tun?«

Schweigen trat ein; der Direktor ging auf und ab und überlegte unentwegt, und Vremenskij saß, von seinem Kummer ganz niedergedrückt, auf der Stuhlkante und überlegte ebenfalls. Plötzlich strahlte der Direktor und schnippte sogar mit den Fingern.

»Ich wundere mich, daß ich nicht früher daran gedacht habe«, sagte er hastig. »Hören Sie mal, ich kann Ihnen folgendes anbieten ... Nächste Woche tritt der Schriftführer unseres Waisenhauses in den Ruhestand. Wenn Sie wollen, können Sie seine Stelle erhalten! Das wäre etwas für Sie!«

Vremenskij, der eine solche Gnade nicht erwartet hatte, strahlte ebenfalls.

»Ausgezeichnet«, sagte der Direktor. »Reichen Sie noch heute ein Gesuch ein...«

Nachdem er Vremenskij entlassen hatte, fühlte Fëdor Petrovič Erleichterung, ja sogar Vergnügen: er hatte nicht mehr die gebeugte Gestalt des zischenden Pädagogen vor Augen, und es war sehr angenehm, sich bewußt zu sein, daß er gerecht und nach bestem Gewissen wie ein guter und durch und durch anständiger Mensch gehandelt hatte, als er Vremenskij die freie Stelle anbot. Aber diese gute Stimmung hielt nicht lange vor. Als er nach Hause kam und sich an den Mittagstisch setzte, erinnerte sich plötzlich seine Frau Nastasja Ivanovna an etwas und sagte:

»Ach ja, beinahe hätte ich es vergessen! Gestern kam Nina Sergeevna bei mir vorbei und legte ein Wort für einen jungen Mann ein. Man sagt, bei uns im Waisenhaus wird eine Stelle frei...«

»Ja, aber diese Stelle habe ich schon einem anderen versprochen«, entgegnete der Direktor und runzelte die Stirn. »Und du kennst meinen Grundsatz: Ich vergebe niemals eine Stelle aus Protektion.«

»Ich weiß, aber bei Nina Sergeevna, meine ich, kann man eine Ausnahme machen. Sie liebt uns wie Verwandte, und wir haben ihr bis jetzt noch nichts Gutes erwiesen. Denke nicht daran, Fedja, es abzuschlagen! Mit deinen Launen wirst du sie und mich beleidigen.«

»Und wen empfiehlt sie?«

»Polzuchin.«

»Welchen Polzuchin? Ist das der, der zu Neujahr im Gesellschaftshaus den Čackij gespielt hat? Diesen Gentleman? Auf keinen Fall!«

Der Direktor hörte auf zu essen.

»Auf keinen Fall!« wiederholte er. »Gott bewahre!«

»Aber warum denn?«

»Versteh mich, meine Liebe, wenn ein junger Mann nicht den geraden Weg geht, sondern den über Frauen, so heißt das, er ist ein Dreckskerl! Warum kommt er nicht selber zu mir?«

Nach dem Mittagessen legte sich der Direktor in seinem Arbeitszimmer auf das Sofa und las die eingegangenen Zeitungen und Briefe.

»Lieber Fëdor Petrovič!« schrieb ihm die Frau des Bürgermeisters. »Sie haben mir einmal gesagt, ich sei eine Kennerin der Seelen und der Menschen. Jetzt bekommen Sie Gelegenheit, das in der Wirklichkeit zu überprüfen. Dieser Tage wird wegen der Stelle des Schriftführers in unserem Waisenhaus ein gewisser K. N. Polzuchin zu Ihnen kommen, den ich als einen vortrefflichen jungen Mann kenne. Der junge Mann ist sehr sympathisch. Wenn Sie sich seiner annehmen, werden Sie sich selbst davon überzeugen...« und so weiter.

»Auf keinen Fall!« stieß der Direktor hervor. »Gott bewahre!«

Danach verging kein Tag, an dem der Direktor nicht Briefe bekam, in denen Polzuchin empfohlen wurde. Eines schönen Morgens erschien auch Polzuchin selbst, ein beleibter junger Mann mit einem rasierten Jockeigesicht, gekleidet in einen neuen schwarzen Anzug...

»In dienstlichen Angelegenheiten empfange ich nicht hier, sondern in der Kanzlei«, sagte der Direktor kalt, nachdem er dessen Bitte gehört hatte.

»Entschuldigen Sie, Euer Exzellenz, aber unsere gemeinsamen Bekannten haben mir geraten, mich hierher zu wenden.«

»Hm ...« brummte der Direktor und schaute voller Haß auf die spitzen Schuhe des Besuchers. »Soviel ich weiß«, sagte er, »ist Ihr Vater vermögend, und Sie leiden keine Not; wozu haben Sie es nötig, sich um diese Stelle zu bewerben? Das Gehalt ist doch ganz gering!«

»Es ist nicht wegen des Gehaltes, sondern nur so ... und immerhin, es ist Staatsdienst ...«

»So ... Mir scheint aber, nach einem Monat wird Ihnen der Dienst zuviel werden, und Sie werden ihn aufgeben, indessen aber haben wir Kandidaten, für die diese Stelle eine Karriere für das ganze Leben bedeutet ... Es gibt Arme, für die ...«

»Es wird mir nicht zuviel werden, Euer Exzellenz«, unterbrach ihn Polzuchin. »Ehrenwort, ich werde mir Mühe geben!«

Der Direktor war empört.

»Hören Sie mal«, sagte er und lächelte verächtlich, »warum haben Sie sich nicht gleich an mich gewandt, sondern es für notwendig gehalten, erst die Damen zu belästigen?«

»Ich wußte nicht, daß Ihnen das unangenehm sein würde«, antwortete Polzuchin und wurde verlegen. »Aber, Euer Exzellenz, wenn Sie den Empfehlungsbriefen keine Bedeutung beimessen, so kann ich Ihnen Bescheinigungen vorlegen ...«

Er holte ein Papier aus der Tasche und reichte es dem Direktor. Unter der im Kanzleistil abgefaßten und handgeschriebenen Bescheinigung stand die Unterschrift des Gouverneurs. Aus allem war zu ersehen, daß der Gouverneur unterschrieben hatte, ohne sie zu lesen, nur um irgendeine aufdringliche Dame loszuwerden.

»Da ist nichts zu machen, ich beuge mich ... gehorche ...« sagte der Direktor, als er die Bescheinigung durchgelesen hatte und seufzte. »Reichen Sie morgen ein Gesuch ein ... Da ist nichts zu machen ...«

Und als Polzuchin gegangen war, überließ sich der Direktor ganz dem Gefühl des Abscheus.

»Dreckskerl!« zischte er und schritt von einer Ecke in die andere. »Hat er auf diese Weise nun doch sein Ziel erreicht, der nichtswürdige Geck, der Weiberknecht! Das Scheusal! Das Luder!«

Der Direktor spuckte laut auf die Tür, hinter der Polzuchin

verschwunden war, und wurde plötzlich verlegen, weil gerade in diesem Augenblick eine Dame eintrat, die Frau des Leiters der Finanzkammer...

»Ich komme nur für einen Augenblick...« begann die Dame. »Setzen Sie sich doch, Gevatter, und hören Sie mir aufmerksam zu. Nun, man sagt, bei Ihnen sei eine Stelle frei. Heute oder morgen wird ein junger Mann zu Ihnen kommen, ein gewisser Polzuchin...«

Die Dame zwitscherte, und der Direktor blickte sie mit trüben, stumpfen Augen an wie ein Mensch, der jeden Augenblick in Ohnmacht fallen kann, er blickte sie an und lächelte höflich.

Doch als er am nächsten Tag in seiner Kanzlei Vremenskij empfing, konnte sich der Direktor lange nicht entschließen, ihm die Wahrheit zu sagen. Er wollte nicht mit der Sprache heraus, geriet aus dem Konzept und wußte nicht, wo er anfangen und was er sagen sollte. Er wollte sich bei dem Lehrer entschuldigen, ihm die reine Wahrheit sagen, aber die Zunge wurde ihm schwer wie einem Betrunkenen, seine Ohren brannten, und es war ihm plötzlich peinlich und ärgerlich, eine so elende Rolle spielen zu müssen – in seiner eigenen Kanzlei und vor seinem Untergebenen. Plötzlich schlug er auf den Tisch, sprang auf und schrie zornig:

»Ich habe für Sie keine Stellung! Nein und abermals nein! Lassen Sie mich in Ruhe! Quälen Sie mich nicht! Lassen Sie mich endlich in Frieden, tun Sie mir den Gefallen!«

Und verließ die Kanzlei.

Aufregende Erlebnisse

Die Sache trug sich vor kurzem im Moskauer Bezirksgericht zu. Die Geschworenen, die über Nacht im Gericht blieben, unterhielten sich vor dem Schlafengehen über aufregende Erlebnisse. Auf diesen Gedanken brachten sie die Erinnerungen an einen Zeugen, der nach seinen Worten durch einen einzigen fürchterlichen Augenblick zum Stotterer und grau geworden war. Die Geschworenen beschlossen, jeder von ihnen sollte vor dem Einschlafen in seinen Erinnerungen kramen und etwas erzählen. Das Menschenleben ist kurz, aber es gibt doch keinen Menschen, der damit prahlen könnte, er habe in der Vergangenheit keine schrecklichen Augenblicke durchlebt.

Einer der Geschworenen erzählte, wie er beinahe ertrunken wäre; ein zweiter berichtete, wie er einst in einer Ortschaft, wo es weder Ärzte noch Apotheker gab, sein eigenes Kind vergiftet hatte, indem er ihm aus Versehen statt Natron Zinkvitriol gab. Das Kind war nicht gestorben, aber der Vater hatte fast den Verstand verloren. Der dritte, ein junger, kränklicher Mensch, beschrieb seine beiden Selbstmordversuche: das eine Mal wollte er sich erschießen, das andere Mal hatte er sich vor einen Zug geworfen.

Der vierte, ein kleiner, stutzerhaft gekleideter dicker Mann, erzählte folgendes:

»Ich war zweiundzwanzig oder dreiundzwanzig Jahre alt, nicht älter, als ich mich bis über beide Ohren in meine jetzige Frau verliebte und ihr einen Heiratsantrag machte ... Heute könnte ich mich dafür ohrfeigen, daß ich so zeitig geheiratet habe, aber damals wußte ich nicht, was aus mir geworden wäre, wenn Nataša mich abgewiesen hätte. Es war wirklich die große Liebe, wie man sie in Romanen beschreibt: toll, leidenschaftlich und noch mehr. Das Glück raubte mir fast den Atem, ich wußte nicht, wohin ich davor fliehen sollte, und ich langweilte meinen Vater, meine Freunde und die Dienstboten, wenn ich ihnen immer wieder erzählte, wie heiß ich liebte. Glückliche Menschen sind die aufdringlichsten und die langweiligsten. Ich drängte mich allen furchtbar auf, das ist mir jetzt noch peinlich.

Unter meinen Freunden war damals ein angehender Rechtsanwalt. Jetzt ist dieser Rechtsanwalt in ganz Rußland bekannt, aber damals stand er am Anfang seiner Laufbahn und war noch nicht so reich und berühmt, um das Recht zu haben, bei einer Begegnung einen alten Freund nicht zu erkennen und den Hut nicht zu ziehen. Ich war gewöhnlich ein- oder zweimal in der Woche bei ihm. Wenn ich zu ihm kam, streckten wir uns beide auf dem Sofa aus und begannen zu philosophieren.

Einmal lag ich so bei ihm auf dem Sofa und sprach davon, daß es keinen undankbareren Beruf gäbe als den eines Rechtsanwalts. Ich wollte gern beweisen, daß das Gericht, nachdem die Zeugenvernehmung beendet sei, bequem ohne Staatsanwalt und ohne Verteidiger auskommen könne, denn beide würden nicht gebraucht und störten nur. Wenn ein erwachsener, an Leib und Seele gesunder Geschworener überzeugt sei, die Decke sei weiß und Ivanov schuldig, so sei kein Demosthenes imstande, gegen diese Überzeugung anzukämpfen und sie zu überwinden. Wer kann mich überzeugen, daß ich einen fuchsroten Schnurrbart habe, wenn ich weiß, er ist schwarz? Wenn ich einem Redner zuhöre, kann ich vielleicht gerührt werden und weinen, aber meine grundlegende Überzeugung, die überwiegend auf dem Augenschein und auf Tatsachen gegründet ist, wird sich nicht im geringsten ändern. Mein Rechtsanwalt jedoch wollte mir nachweisen, ich sei noch zu jung und zu dumm und redete knabenhaften Unsinn. Seiner Meinung nach werde eine offenkundige Tatsache, wenn sie von gewissenhaften, erfahrenen Menschen erläutert wird, noch offenkundiger – das zum ersten; zweitens sei ein Talent eine Elementarkraft, ein Orkan, der imstande sei, selbst Steine in Staub zu verwandeln und nicht nur solche Lappalien wie die Überzeugungen von Kleinbürgern und Kaufleuten der zweiten Gilde. Für die menschliche Schwäche sei es genauso schwer, mit einem Talent zu kämpfen wie in die Sonne zu schauen, ohne zu blinzeln, oder den Wind aufzuhalten. Ein einfacher Sterblicher könne durch die Kraft seines Wortes Tausende von überzeugten Wilden zum Christentum bekehren; Odysseus sei der überzeugteste Mensch auf der Welt gewesen, aber er kapitulierte vor den Sirenen, und anderes mehr. Die ganze Geschichte bestehe aus solchen Beispielen, im Leben begegne man ihnen auf Schritt und Tritt, und so müsse es auch sein, sonst hätte ein kluger und talentierter Mensch keinerlei Vorteil gegenüber den dummen und talentlosen.

Ich bestand auf meiner Ansicht und fuhr fort zu beweisen, daß eine Überzeugung stärker sei als jegliches Talent, obwohl ich, offen gesagt, selbst nicht genau definieren konnte, was eigentlich eine Überzeugung und was ein Talent ist. Wahrscheinlich redete ich nur um des Redens willen.

›Nehmen wir doch nur dich...‹ sagte der Rechtsanwalt. ›Du bist jetzt überzeugt, daß deine Braut ein Engel ist und daß es in der ganzen Stadt keinen Menschen gibt, der glücklicher ist als du. Ich aber sage dir: mir genügen zehn bis zwanzig Minuten, damit du dich an diesen selben Tisch setzt und deiner Braut einen Abschiedsbrief schreibst.‹

Ich lachte.

›Lache nicht, ich spreche im Ernst‹, sagte mein Freund.

›Wenn ich will, wirst du nach zwanzig Minuten glücklich sein bei dem Gedanken, daß du nicht zu heiraten brauchst. Ich habe weiß Gott kein großes Talent, aber du bist auch nicht der Stärkste.‹

›Nun, versuch's mal!‹ sagte ich.

›Nein, wozu denn? Ich sage das nur so. Du bist ein guter Kerl, und es wäre grausam, mit dir ein solches Experiment durchzuführen. Und außerdem bin ich heute nicht in Stimmung.‹

Wir setzten uns an den Abendbrottisch. Der Wein, der Gedanke an Nataša und meine Liebe erfüllte mich mit dem Bewußtsein meiner Jugend und des Glücks. Mein Glück war so grenzenlos, daß mir der gegenübersitzende Rechtsanwalt mit seinen grünen Augen ganz klein und unbedeutend vorkam...

›Versuch's mal!‹ drängte ich ihn. ›Los, ich bitte dich darum!‹

Der Rechtsanwalt schüttelte den Kopf und runzelte die Brauen. Ich begann ihm offenbar schon lästig zu werden.

›Ich weiß‹, sagte er, ›nach meinem Experiment wirst du mir dankbar sein und wirst mich deinen Retter nennen, aber man muß doch auch an deine Braut denken. Sie liebt dich, deine Absage würde ihr Kummer bereiten. Und wie reizend ist sie doch! Ich beneide dich.‹

Der Rechtsanwalt seufzte, trank ein Glas Wein und begann davon zu sprechen, wie reizend meine Nataša sei. Er hatte eine ungewöhnliche Gabe, etwas zu beschreiben. Über Frauenwimpern oder über den kleinen Finger konnte er einen ganzen Berg Worte zusammenreden. Ich hörte ihm mit Wonne zu.

›Ich habe in meinem Leben viele Frauen gesehen‹, sagte er, ›aber ich gebe dir mein Ehrenwort, ich sage dir als meinem Freund, deine Natalja Andreevna ist eine Perle, sie ist ein seltenes Mädchen. Natürlich hat sie auch Mängel, sogar viele, wenn du willst, aber dennoch ist sie ganz reizend.‹

Und der Rechtsanwalt sprach von den Mängeln meiner Braut. Jetzt verstehe ich sehr gut, daß er von den Frauen im allgemeinen sprach, von ihren schwachen Seiten überhaupt, mir aber schien es damals, er rede nur von Nataša. Er war begeistert von ihrer Stupsnase, ihrem Aufschreien, ihrem kreischenden Lachen, ihrer Ziererei, gerade von alledem, was mir an ihr so mißfiel. Das alles war seiner Meinung nach äußerst reizend, anmutig und weiblich. Aber bald, unmerklich für mich, ging er von dem begeisterten zu einem väterlich belehrenden Ton über und dann zu einem leichten, verächtlichen... Der Vorsitzende des Gerichts war nicht bei uns, und es war niemand da, der den in Fahrt gekommenen Rechtsanwalt hätte bremsen können. Ich kam nicht dazu, den Mund aufzumachen, und was hätte ich auch entgegnen sollen? Mein Freund sagte mir nichts Neues, nichts, was nicht schon längst jedem bekannt war, und das ganze Gift steckte nicht in dem, was er sagte, sondern in der verwünschten Form. Weiß der Teufel, was für eine Form das war! Als ich ihn damals hörte, konnte ich mich überzeugen, daß ein und dasselbe Wort tausend Bedeutungen und Schattierungen hat, je nachdem wie es ausgesprochen wird, je nach der Form, die der ganze Satz enthält. Natürlich kann ich Ihnen weder diesen Ton noch diese Form wiedergeben, ich sage nur, als ich dem Freund zuhörte und aus einer Ecke in die andere schritt, war ich erzürnt, empört und verachtete zusammen mit ihm alles. Ich habe ihm sogar geglaubt, als er mir mit Tränen in den Augen erklärte, ich sei ein großer Mann und verdiente ein besseres Los, mir stehe bevor, künftig etwas Besonderes zu vollbringen, wobei mir eine Heirat nur hinderlich sein könne.

›Mein Freund!‹ rief er aus und drückte mir fest die Hand. ›Ich flehe dich an, und ich beschwöre dich, halt ein, solange es noch nicht zu spät ist. Halt ein! Der Himmel bewahre dich vor diesem absonderlichen, grausamen Fehler! Mein Freund, richte deine Jugend nicht zugrunde!‹

Sie mögen mir glauben oder nicht – aber zu guter Letzt saß ich am Tisch und schrieb meiner Braut einen Abschiedsbrief. Ich schrieb und freute mich, daß es noch nicht zu spät war, meinen Fehler zu korrigieren. Nachdem ich den Brief versiegelt hatte, eilte ich auf die Straße, um ihn in den Briefkasten zu werfen. Der Rechtsanwalt begleitete mich.

›Ausgezeichnet! Wunderbar!‹ lobte er mich, als mein Brief an Nataša im Dunkel des Briefkastens verschwunden war. ›Ich gratuliere dir von Herzen. Ich freue mich für dich!‹

Als wir an die zehn Schritte gegangen waren, fuhr der Rechtsanwalt fort: ›Natürlich hat die Ehe auch ihre guten Seiten. Ich zum Beispiel gehöre zu den Menschen, für die Ehe und Familienleben alles sind.‹

Und schon war er dabei, sein Leben zu beschreiben, und mir stand die ganze Häßlichkeit eines einsamen Junggesellenlebens vor Augen.

Er sprach mit Begeisterung von seiner zukünftigen Frau, von den Wonnen des normalen Familienlebens, und er war so hell und aufrichtig begeistert, daß ich schon verzweifelt war, als wir seine Haustür erreichten.

›Was machst du mit mir, du schrecklicher Mensch?‹ sagte ich, dem Ersticken nahe. ›Du hast mich zugrunde gerichtet! Warum hast du mich gezwungen, den verfluchten Brief zu schreiben? Ich liebe sie doch, ich liebe sie!‹

Und ich schwor meine Liebe und war entsetzt über mein Verhalten, das mir jetzt ungezügelt und sinnlos vorkam. Eine heftigere Gemütsbewegung, als ich damals durchlebte, kann man sich nicht vorstellen, meine Herren. Oh, was habe ich damals durchgemacht, was habe ich alles empfunden! Hätte mir damals irgendein guter Mensch einen Revolver zugesteckt, ich hätte mir mit Vergnügen eine Kugel in den Kopf gejagt.

›Nun aber genug ...‹ sagte der Rechtsanwalt, klopfte mir auf die Schulter und fing an zu lachen. ›Hör auf zu weinen. Der Brief wird deine Braut nicht erreichen. Die Adresse auf dem Umschlag hast nicht du geschrieben, sondern ich, und ich habe sie so verdreht, daß keiner auf der Post daraus klug wird. Das alles soll dir eine Lehre sein: streite nicht über Dinge, die du nicht verstehst.‹

Jetzt, meine Herren, schlage ich vor, daß der nächste erzählt.«

Der fünfte Geschworene setzte sich bequem hin und öffnete schon den Mund, um mit seiner Erzählung zu beginnen, da schlug auf dem Spasskij-Turm die Uhr.

»Zwölf ...« zählte einer der Geschworenen. »Meine Herren, zu welcher Kategorie wollen Sie die Empfindungen rechnen, die jetzt unser Angeklagter durchlebt? Dieser Mörder übernachtet hier im Gericht in der Arrestantenzelle, er liegt oder sitzt da, schläft natürlich nicht, und während der ganzen schlaflosen Nacht lauscht er auf diese Klänge. Woran denkt er? Was für Träume suchen ihn heim?«

Und die Geschworenen vergaßen mit einemmall alle die aufregenden Erlebnisse; was ihr Kollege erlebt hatte, der einst an seine Nataša einen Brief schrieb, schien unwichtig, nicht einmal mehr komisch zu sein; niemand erzählte noch etwas, sie wurden still und legten sich schweigend zur Ruhe ...

Ihr Bekannter

Die allerliebste Vanda oder, wie sie im Paß genannt wurde, die Ehrenbürgerin Nastasja Kanavkina, befand sich nach ihrer Entlassung aus dem Krankenhaus in einer Lage, die sie früher nie gekannt hatte: sie war ohne Obdach und ohne eine Kopeke. Was nun?

Zuallererst begab sie sich ins Leihhaus und versetzte dort ihren Türkisring – ihr einziges Wertstück. Man gab ihr für den Ring einen Rubel, aber ... was kann man schon für einen Rubel kaufen? Für dieses Geld bekommt man weder eine kurze moderne Jacke noch einen hohen Hut, noch bronzefarbene Pumps, und ohne diese Sachen fühlte sie sich so gut wie nackt. Ihr schien, daß nicht nur die Menschen, sondern sogar die Pferde und die Hunde sie anschauten und über ihr einfaches Kleid lachten. Sie dachte nur an ihre Kleidung, die Frage, was sie essen und wo sie übernachten sollte, beunruhigte sie nicht im geringsten.

Wenn ich doch einen Bekannten träfe ... dachte sie. Ich würde mir Geld borgen ... Mir wird es keiner abschlagen, weil ...

Aber sie traf keinen Bekannten. Sie konnte sie leicht abends im ›Renaissance‹ treffen, aber in diesem einfachen Kleid und ohne Hut würde man sie dort nicht hineinlassen. Was nun? Nach langem Hin und Her, als sie schon des Gehens, Sitzens und Überlegens überdrüssig war, beschloß Vanda, zu dem letzten Mittel zu greifen; zu irgendeinem Bekannten in die Wohnung zu gehen und um Geld zu bitten.

Zu wem könnte ich gehen? überlegte sie. Zu Miša ist unmöglich – er hat Familie ... Der rothaarige Alte ist jetzt im Dienst ...

Da fiel Vanda der Zahnarzt Finkel ein, ein getaufter Jude, der ihr vor etwa drei Monaten ein Armband geschenkt hatte und dem sie einmal während eines Abendessens ein Glas Bier über den Kopf gegossen hatte. Als sie sich an diesen Finkel erinnerte, freute sie sich ungemein.

Er gibt mir bestimmt was, wenn ich ihn nur zu Hause antreffe ... dachte sie, als sie zu ihm ging.

Gibt er mir aber nichts, dann schlage ich ihm alle Lampen kurz und klein.

Als sie sich der Haustür des Zahnarztes näherte, hatte sie sich schon einen Plan zurechtgelegt: sie würde lachend die Treppe hinauflaufen, in das Sprechzimmer des Arztes eilen und fünfundzwanzig Rubel fordern ... Als sie aber nach der Klingel faßte, war dieser Plan wie von selbst aus ihrem Kopf entschwunden. Vanda bekam auf einmal Angst und wurde aufgeregt, was bei ihr früher niemals geschehen war. Dreist und frech war sie nur in Gesellschaft von Betrunkenen, jetzt aber, in ihrem einfachen Kleid und in der Rolle einer gewöhnlichen Bittstellerin, die man nicht zu empfangen braucht, fühlte sie sich eingeschüchtert und gedemütigt. Sie schämte sich, und ihr war angst.

Vielleicht hat er mich schon vergessen ... dachte sie, und sie traute sich nicht, die Klingel zu ziehen. Und wie kann ich denn in solch einem Kleid bei ihm erscheinen. Wie eine Bettlerin oder irgendeine Kleinbürgerin ....

Und sie läutete zögernd.

Hinter der Tür ertönten Schritte; es war der Portier.

»Ist der Doktor zu Hause?« fragte sie.

Jetzt wäre es ihr angenehmer gewesen, wenn der Portier »nein« gesagt hätte, aber er ließ sie statt einer Antwort in das Vorzimmer ein und nahm ihr den Mantel ab. Die Treppe kam ihr luxuriös und prächtig vor, aber von dem ganzen Luxus fiel ihr ein großer Spiegel auf, in dem sie eine zerlumpte Gestalt ohne hohen Hut, ohne moderne Jacke und ohne bronzefarbene Pumps erblickte. Und Vanda erschien es sonderbar, daß jetzt, wo sie ärmlich gekleidet war und einer Näherin oder Wäscherin ähnelte, Schamgefühl in ihr hochstieg.

Ihre Frechheit und Dreistigkeit waren verschwunden, und in Gedanken nannte sie sich nicht mehr Vanda, sondern wie früher Nastasja Kanavkina ...

»Bitte!« sagte das Dienstmädchen und begleitete sie in das Sprechzimmer. »Der Herr Doktor kommt gleich ... Setzen Sie sich.«

Vanda ließ sich in einem weichen Sessel nieder.

So werde ich zu ihm sagen: Geben Sie mir ein Darlehen! dachte sie. So gehört sich das, weil er doch mit mir bekannt ist. Aber wenn nur das Mädchen weggehen wollte. In ihrer Gegenwart ist es mir peinlich ... Und warum steht sie hier?

Nach etwa fünf Minuten öffnete sich die Tür, und Finkel trat ein, ein hochgewachsener, brünetter Mann mit feisten Backen und vorstehenden Augen. Die Backen, die Augen, der Bauch, die dicken Schenkel – alles an ihm war wohlgenährt, abstoßend und grob. Im ›Renaissance‹ und im Deutschen Klub war er gewöhnlich angeheitert, dort gab er viel Geld für die Frauen aus und ertrug geduldig ihre Scherze. Als Vanda ihm zum Beispiel das Bier über den Kopf gegossen hatte, lächelte er nur und drohte mit dem Finger; jetzt aber sah er finster und verschlafen aus, schaute wichtigtuerisch und kalt wie ein Vorgesetzter drein und kaute etwas.

»Was wünschen Sie?« fragte er, ohne Vanda anzusehen.

Vanda blickte in das ernste Gesicht des Dienstmädchens und auf die wohlgenährte Gestalt Finkels, der sie anscheinend nicht erkannt hatte, und errötete...

»Was wünschen Sie?« wiederholte der Zahnarzt, schon gereizt.

»Die Zäh... Zähne tun mir weh...« flüsterte Vanda.

»Aha... Welche Zähne? Wo?«

Vanda erinnerte sich, daß einer ihrer Zähne ein Loch hatte.

»Unten rechts...« sagte sie.

»Hm...! Machen Sie den Mund auf.«

Finkel runzelte die Stirn, hielt den Atem an und begann den kranken Zahn zu untersuchen.

»Tut's weh?« fragte er, während er mit etwas Eisernem in dem Zahn herumstocherte.

»Ja...« log Vanda. Wenn ich ihn daran erinnerte, dachte sie, würde er mich bestimmt erkennen... Aber... das Dienstmädchen! Warum steht sie bloß hier?

Finkel schnaufte ihr plötzlich wie eine Lokomotive direkt in den Mund und sagte:

»Ich rate Ihnen nicht, ihn plombieren zu lassen... Von diesem Zahn haben Sie sowieso keinen Nutzen, egal!«

Nachdem er noch etwas in dem Zahn herumgestochert und Vandas Lippen und Zahnfleisch mit seinen Tabakfingern beschmutzt hatte, hielt er wieder den Atem an und fuhr mit etwas Kaltem in den Mund... Vanda spürte plötzlich einen furchtbaren Schmerz, sie schrie auf und packte Finkels Hand.

»Schon gut, schon gut...« brummte er. »Haben Sie keine Angst... Von diesem Zahn hatten Sie sowieso nichts Gescheites zu erwarten. Man muß tapfer sein.«

Und die blutigen Tabakfinger hielten ihr den ausgerissenen

Zahn vor die Augen, das Dienstmädchen aber trat hinzu und hielt eine Schale an ihren Mund.

»Zu Hause spülen Sie den Mund mit kaltem Wasser...« sagte Finkel, »dann hört es auf zu bluten...«

Er stand vor ihr in der Pose eines Menschen, der darauf wartet, daß man endlich fortgeht und ihn in Ruhe läßt...

»Leben Sie wohl...« sagte sie und wandte sich zur Tür.

»Hm...! Und wer bezahlt mir die Arbeit?« fragte Finkel mit lachender Stimme.

»Ach ja...« Vanda erinnerte sich, wurde rot und reichte dem Zahnarzt den Rubel – den Erlös aus ihrem Türkisring.

Als sie auf die Straße trat, schämte sie sich noch mehr als vorher, aber jetzt schämte sie sich kaum noch wegen ihrer Armut. Sie merkte nicht mehr, daß sie keinen hohen Hut und keine moderne Jacke trug. Sie ging die Straße entlang, spuckte Blut, und jeder rote Blutfleck sprach zu ihr von ihrem unguten, schweren Leben, von all den Kränkungen, die sie schon ertragen hatte und noch würde ertragen müssen, morgen, in einer Woche, in einem Jahr – ihr ganzes Leben lang, bis zum Tode...

»Oh, wie furchtbar ist das!« flüsterte sie. »Mein Gott, wie grauenhaft!«

Übrigens war sie am nächsten Tage schon wieder im ›Renaissance‹ und tanzte. Sie trug einen neuen riesengroßen roten Hut, eine moderne Jacke und bronzefarbene Pumps. Und das Abendessen spendierte ihr ein junger Kaufmann, der gerade aus Kazan gekommen war.

Der Glückspilz

Auf der Station Bologoe der Nikolaj-Eisenbahn setzt sich der Personenzug in Bewegung. In einem Raucherabteil der zweiten Klasse dösen, eingehüllt von der im Wagen herrschenden Dämmerung, fünf Fahrgäste vor sich hin. Sie haben soeben einen Imbiß eingenommen, lehnen sich nun an die Rückenpolster der Sitze und versuchen einzuschlafen. Alles ist still.

Da öffnet sich die Tür, und das Abteil betritt eine junge, spindeldürre Gestalt in einem stutzerhaften Mantel und einem fuchsroten Hut; sie erinnert stark an die Zeitungskorrespondenten in den Operetten oder aus den Romanen von Jules Verne.

Die Gestalt bleibt mitten im Abteil stehen, schnauft und blinzelt lange zu den Polstern hin.

»Nein, das ist er auch nicht!« murmelt sie. »Weiß der Teufel, was das soll! Das ist einfach empörend! Nein, das ist nicht der richtige!«

Einer der Fahrgäste betrachtet die Gestalt genauer und stößt einen Freudenschrei aus.

»Ivan Alekseevič! Wie kommen Sie hierher? Sind Sie das wirklich?«

Der spindeldürre Ivan Alekseevič zuckt zusammen, schaut den Fahrgast stumpfsinnig an und schlägt, als er ihn erkennt, erfreut die Hände zusammen.

»Ha! Pëtr Petrovič!« sagt er. »Wie viele Jahre haben wir uns nicht gesehen! Und ich wußte nicht, daß Sie mit diesem Zug fahren.«

»Wie geht's, sind Sie gesund?«

»Ganz gut, mein Lieber, nur habe ich meinen Wagen verlassen und kann ihn einfach nicht wiederfinden, so ein Idiot bin ich! Ich verdiene Prügel!«

Der spindeldürre Ivan Alekseevič schwankt leicht und kichert.

»Es passieren schon Sachen«, fährt er fort. »Nach dem zweiten Glockenzeichen gehe ich hinaus, um einen Kognak zu trinken. Natürlich habe ich einen getrunken. Nun, denke ich, weil es bis zur nächsten Station noch weit ist, sollte ich ruhig ein zweites Gläschen trinken. Während ich so denke und trinke, kommt das dritte Glockenzeichen... Ich laufe wie ein Verrückter und springe in den ersten besten Wagen. Nun, bin ich nicht ein Idiot, ein Trottel?«

»Man merkt, Sie sind gut gelaunt«, sagt Pëtr Petrovič.

»Setzen Sie sich doch! Es ist mir eine Ehre!«

»Auf keinen Fall... Ich gehe und suche meinen Wagen! Leben Sie wohl!«

»Im Dunkeln werden Sie zu guter Letzt noch von der Plattform stürzen. Setzen Sie sich, und wenn wir zur nächsten Station kommen, werden Sie schon Ihren Wagen finden. Setzen Sie sich!«

Ivan Alekseevič seufzt und setzt sich unentschlossen Pëtr Petrovič gegenüber. Er ist, wie es scheint, sehr aufgeregt und sitzt wie auf Nadeln.

»Wohin reisen Sie?« fragt Pëtr Petrovič.
»Ich? Ins Blaue. Bei mir im Kopf ist solch ein Durcheinander, daß ich selbst nicht recht begreife, wohin ich fahre. Das Schicksal fährt mich, und da fahre ich mit. Haha... Mein Lieber, haben Sie jemals glückliche Dummköpfe gesehen? Nein? Nun, dann schauen Sie her! Vor Ihnen sitzt der Glücklichste unter den Sterblichen! Ja! Merkt man es nicht an meinem Gesicht?«
»Man merkt, daß... Sie sozusagen... ein klein wenig...«
»Ich mache jetzt wahrscheinlich ein furchtbar dummes Gesicht! Ach, wie schade, es ist kein Spiegel da, sonst würde ich mir meine Visage ansehen. Ich fühle, mein Lieber, daß ich zu einem Idioten werde. Ehrenwort! Haha... Können Sie sich vorstellen, ich bin auf der Hochzeitsreise. Nun, bin ich nicht ein Dummkopf?«
»Sie? Haben Sie denn geheiratet?«
»Heute, mein Liebster! Wir wurden getraut, und dann ging's gleich zum Zug.«
Es folgten Glückwünsche und die in solchen Fällen üblichen Fragen.
»Sieh mal einer an...« sagte Pëtr Petrovič lachend. »Deshalb haben Sie sich so herausgeputzt.«
»Ja... um die Illusion vollkommen zu machen, habe ich mich sogar mit Parfüm besprützt. Ich stecke bis über die Ohren in der Eitelkeit der Welt! Weder Sorgen noch Gedanken, sondern nur das Gefühl von so etwas wie... weiß der Teufel, wie man das nennen soll... Glückseligkeit vielleicht? Nie im Leben habe ich mich so wunderbar gefühlt!«
Ivan Alekseevič schließt die Augen und verdreht den Kopf.
»Aufreizend glücklich!« sagt er. »Urteilen Sie selbst. Ich gehe gleich in meinen Wagen. Dort sitzt auf dem Polsterplatz am Fenster ein Geschöpf, das mir sozusagen mit seinem ganzen Wesen ergeben ist. So eine kleine Blondine mit einem Näschen... mit Fingerchen... Mein Schätzchen...! Du, mein Engel! Mein kleines Pickelchen! Du Läuschen meiner Seele! Und erst das Füßchen! O Gott! Das Füßchen ist nicht so wie unsere Quanten, sondern etwas ganz Winziges, Zauberhaftes... Allegorisches! Ich könnte das Füßchen einfach nehmen und aufessen! Ach, Sie verstehen nichts davon! Sie sind doch ein Materialist, Sie machen immer gleich eine Analyse und so! Trockene Junggesellen, weiter nichts! Wenn Sie mal heiraten, denken Sie daran!

Wo ist denn jetzt, werden Sie dann sagen, Ivan Alekseevič? Ja, also ich gehe gleich in meinen Wagen. Dort werde ich schon mit Ungeduld erwartet... Man genießt schon im voraus mein Erscheinen. Man lächelt mir entgegen. Ich setze mich daneben und fasse so mit zwei Fingerchen unter das kleine Kinn...«

Ivan Alekseevič dreht den Kopf und bricht in ein glückliches Lachen aus.

»Dann legt man seinen Schädel auf ihr Schulterchen und umfängt mit dem Arm ihre Taille. Ringsum, wissen Sie, ist alles still... so ein poetisches Halbdunkel. Ich könnte in diesen Minuten die ganze Welt umarmen, Pëtr Petrovič, erlauben Sie mir, Sie zu umarmen!«

»Aber bitte sehr!«

Die Freunde umarmen sich unter dem einmütigen Gelächter der Fahrgäste, und der glückliche junge Ehemann fährt fort:

»Und um die Illusion noch vollkommener zu machen, geht man ans Büfett und kippt zwei, drei Gläschen hinunter. Da geht dann im Kopf und in der Brust etwas vor, was man nicht einmal in den Märchen lesen kann. Ich bin ein kleiner Mensch, ein unbedeutender, aber mir scheint, als gäbe es für mich keine Grenzen mehr... Die ganze Welt kann ich umfassen!«

Die Fahrgäste schauen den angeheiterten, glücklichen Neuvermählten an, sie werden von seiner guten Laune angesteckt und spüren keine Schläfrigkeit mehr. Statt des einen Zuhörers hat Ivan Alekseevič bald fünf. Er rutscht hin und her, als säße er auf Nadeln, versprüht Speichel, fuchtelt mit den Händen und schwatzt ohne Ende. Er lacht, und alle lachen mit.

»Die Hauptsache ist, meine Herrschaften, möglichst wenig denken! Zum Teufel mit all den Analysen... Willst du trinken, nun so trinke, und brauchst nicht zu philosophieren, ob das schädlich ist oder nützlich... Zum Teufel mit dieser ganzen Philosophie und Psychologie!«

Durch den Wagen geht der Schaffner. »Guter Mann«, wendet sich der junge Ehemann an ihn, »wenn Sie durch den Wagen zweihundertneun kommen, suchen Sie dort eine Dame im grauen Hut mit weißem Vogel und sagen Sie ihr, ich sei hier!«

»Sehr wohl. In diesem Zug gibt es aber keine Nummer zweihundertneun. Es gibt zweihundertneunzehn!«

»Nun, dann zweihundertneunzehn! Ganz gleich! Sagen Sie dieser Dame auch, ihr Mann sei gesund und munter!«

Ivan Alekseevič faßt sich plötzlich an den Kopf und stöhnt.
»Mann ... Dame ... Ist das schon lange so? Ehemann ...
Haha ... Man müßte dich prügeln, und du bist ein Ehemann!
Ach du Idiot! Aber sie. Gestern war sie noch ein Mädchen ...
ein Käferchen ... Es ist kaum zu glauben.«
»In unserer Zeit kommt es einem irgendwie seltsam vor,
einen glücklichen Menschen zu sehen«, sagte einer der Fahrgäste.
»Eher sieht man einen weißen Elefanten.«
»Ja, aber wer ist daran schuld?« sagt Ivan Alekseevič und
streckt seine langen Beine mit den spitzen Schuhen aus. »Wenn
Sie kein Glück kennen, sind Sie selber schuld. Ja, was haben Sie
gedacht? Jeder Mensch ist seines Glückes Schmied. Wenn Sie
wollen, können Sie auch glücklich sein, aber Sie wollen ja nicht.
Sie weichen dem Glück hartnäckig aus.«
»Sieh mal an! Wie denn das?«
»Sehr einfach ...! Die Natur hat es so eingerichtet, daß der
Mensch in einer gewissen Periode seines Lebens lieben soll. Ist
diese Zeit gekommen, nun, so liebe mit ganzer Kraft – aber Sie
gehorchen der Natur nicht und warteten immer noch auf etwas.
Weiter ... Im Gesetz steht geschrieben, daß ein normales Individuum heiraten soll ... Ohne Heirat gibt es kein Glück. Kommt
eine günstige Zeit, so heirate, es hat keinen Zweck, das auf die
lange Bank zu schieben ... Aber Sie heiraten doch nicht, immer
warten Sie noch auf etwas! Dann steht in der Heiligen Schrift,
daß der Wein des Menschen Herz erfreut ... Wenn es dir gut
geht und du möchtest, daß es dir noch besser gehe, dann begib
dich ans Büfett und trinke. Die Hauptsache ist, nicht klug daherschwatzen, sondern schnell nach der üblichen Schablone handeln!
Die Schablone ist eine großartige Sache!«
»Sie sagen, jeder Mensch sei seines Glückes Schmied. Was zum
Teufel ist er für ein Schmied, wenn ein kranker Zahn oder eine
böse Schwiegermutter genügen, damit sein Glück in die Binsen
geht? Alles hängt vom Zufall ab. Wenn jetzt ein Eisenbahnunglück passierte, würden Sie anders reden ...«
»Unsinn!« protestiert der junge Ehemann.
»Katastrophen ereignen sich nur einmal im Jahr. Ich habe
keine Angst vor Zufällen, weil es keinen Grund für Zufälle gibt.
Zufälle sind selten! Zum Teufel mit ihnen! Ich will auch gar
nicht davon reden. Aber wir nähern uns anscheinend einer
Station.«

»Wohin fahren Sie jetzt?« fragte Pëtr Petrovič. »Nach Moskau oder noch weiter südlich?«

»Prost Mahlzeit! Wie kann ich denn, wenn ich nach Norden fahre, weiter südlich wollen?«

»Aber Moskau liegt doch nicht im Norden.«

»Ich weiß. Wir fahren doch jetzt auch nach Petersburg«, sagt Ivan Alekseevič.

»Nach Moskau fahren wir, ich bitte Sie!«

»Aber wie denn nach Moskau?« fragt der junge Ehemann erstaunt.

»Seltsam. Wohin haben Sie Ihre Fahrkarte gelöst?«

»Nach Petersburg.«

»In diesem Fall gratuliere ich Ihnen. Sie sind in den falschen Zug gestiegen.«

Ein Augenblick vergeht in Schweigen. Der junge Ehemann erhebt sich und überfliegt mit einem stumpfen Blick die Mitreisenden.

»Ja, ja«, erklärt Pëtr Petrovič. »Sie sind in Bologoe auf einen anderen Zug gesprungen... Nach dem Kognak haben Sie das Pech gehabt, in den Gegenzug zu steigen.«

Ivan Alekseevič erbleicht, faßt sich an den Kopf und beginnt hastig durch das Abteil zu laufen.

»Ach, ich Idiot!« schreit er empört. »Ach, ich Halunke, die Teufel sollen mich fressen! Nun, was mache ich jetzt? In dem anderen Zug ist doch meine Frau! Sie ist dort ganz allein, sie wartet und schmachtet! Ach, ich Hanswurst!«

Der junge Ehemann läßt sich auf den Polstersitz fallen und krümmt sich, als sei ihm jemand auf sein Hühnerauge getreten.

»Ich unglücklicher Mensch!« stöhnt er. »Was mache ich denn nun? Was denn nur?«

»Nun, nun...« trösten ihn die Fahrgäste. »Kleinigkeit... Telegraphieren Sie Ihrer Frau, und Sie selbst versuchen unterwegs in den Schnellzug zu steigen. Auf diese Weise werden Sie sie einholen!«

»Schnellzug!« Der junge Ehemann, der ›Schmied seines Glückes‹, weint. »Und wo nehme ich das Geld für den Schnellzug her? Mein ganzes Geld ist bei meiner Frau!«

Nachdem die lachenden Fahrgäste miteinander getuschelt haben, legen sie zusammen und versehen den Glückspilz mit dem nötigen Geld.

Der Geheimrat

Anfang April des Jahres 1870 erhielt meine Mama, Klavdija Archipovna, die Witwe eines Leutnants, aus Petersburg von ihrem Bruder Ivan, einem Geheimrat, einen Brief, in dem es unter anderem hieß: »Eine Erkrankung der Leber zwingt mich, den Sommer über im Ausland zu leben, da ich aber gegenwärtig für eine Reise nach Marienbad nicht genügend Geld flüssig habe, ist es durchaus möglich, daß ich diesen Sommer bei Dir, in Deinem Kočuevka verbringe, liebe Schwester . . .«

Als meine Mama den Brief gelesen hatte, wurde sie blaß und zitterte am ganzen Leib; dann zeigte sich auf ihrem Gesicht eine Mischung von Lachen und Weinen. Sie brach in Tränen aus, und gleichzeitig lachte sie. Dieser Kampf zwischen Weinen und Lachen erinnert mich stets an das Flimmern und Knistern einer hell brennenden Kerze, die man mit Wasser bespritzt. Nachdem sie den Brief noch einmal gelesen hatte, rief meine Mama das ganze Hausgesinde zusammen und legte uns mit vor Aufregung versagender Stimme dar, daß es insgesamt vier Brüder Gundasov gegeben habe: der eine Gundasov sei schon als kleines Kind gestorben, der zweite habe die Militärlaufbahn eingeschlagen und sei auch gestorben, der dritte – sie wolle ihn ja nicht kränken – sei Schauspieler, der vierte aber . . .

»Der vierte steht hoch über uns allen.« Meine Mama schluchzte laut. »Mein leiblicher Bruder ist er, zusammen sind wir aufgewachsen, aber ich zittere und bebe am ganzen Leib . . . Er ist ja Geheimrat, General! Wie soll ich ihn empfangen, meinen lieben Engel? Worüber soll ich ungebildete Person mit ihm sprechen? Fünfzehn Jahre habe ich ihn nicht gesehen! Andrjuška«, sagte sie zu mir gewandt, »freu dich, du Dummerchen! Gott schickt ihn, damit du dein Glück machst!«

Nachdem wir die Geschichte der Gundasovs bis in die kleinsten Einzelheiten vernommen hatten, begann auf dem Gut ein Laufen und Rennen, wie ich es sonst nur in der Zeit vor Weihnachten gewöhnt war. Nur das Himmelsgewölbe und das Wasser im Fluß blieben verschont, alles übrige aber wurde gewaschen, geputzt und neu angestrichen. Wäre der Himmel niedriger und kleiner gewesen und der Fluß nicht so schnell geflossen, so hätte man auch sie mit einem Ziegelstein abgescheuert und mit einem

Bastwisch blankgerieben. Die Wände waren weiß wie Schnee, aber sie wurden getüncht; die Fußböden leuchteten und glänzten, aber sie wurden jeden Tag gescheuert. Der Kater Stummel (als ich noch klein war, hatte ich ihm mit dem Messer, mit dem der Zucker zerkleinert wird, ein gutes Viertel des Schwanzes abgehackt, weswegen er den Spitznamen Stummel erhielt), der Kater Stummel also wurde aus dem Gutshaus in die Küche geschafft und unter die Oberhoheit von Anisa gestellt; Fedka wurde gesagt: Gott werde ihn strafen, falls die Hunde zu dicht an die Treppe herankämen. Aber niemand mußte soviel über sich ergehen lassen wie die armen Sofas, Sessel und Teppiche. Zu keiner anderen Zeit waren sie so mit Stöcken mißhandelt worden wie jetzt, da man den Gast erwartete. Meine Tauben gerieten, als sie die Stockhiebe hörten, in hellsten Aufruhr und flatterten fortwährend zum Himmel empor.

Aus Novostroevka kam der Schneider Spiridon, der einzige Schneider des ganzen Bezirks, der sich für die Herrschaften zu nähen getraute. Er war ein enthaltsamer, arbeitsamer, begabter Mensch, dem es an Phantasie und Sinn für plastische Formen nicht fehlte, nichtsdestoweniger aber schneiderte er scheußlich. Es waren die Zweifel, die seine ganze Arbeit verdarben ... Der Gedanke, er werde nicht genügend der Mode gerecht, brachte ihn dahin, daß er jedes Stück fünfmal umarbeitete, sich mehrmals zu Fuß in die Stadt begab, zu dem einzigen speziellen Zweck, die Kleidung der Stutzer zu studieren, und daß er uns endlich in Anzüge hüllte, die selbst ein Karikaturist als outriert und grotesk bezeichnet hätte. Wir stolzierten einher in unglaublich engen Hosen und so kurzen Röcken, daß wir uns in Gegenwart junger Damen immer genierten.

Dieser Spiridon nahm lange bei mir Maß. Alles an mir wurde gemessen, längs und quer, als sollten Reifen um mich gelegt werden. Mit einem dicken Bleistift schrieb Spiridon sich umständlich die Maße auf einen Zettel und versah sie mit dreieckigen Zeichen. Als er fertig war, kam mein Lehrer Egor Alekseevič Pobedimskij an die Reihe. Mein unvergeßlicher Lehrer befand sich damals in jener Lebensphase, in der die Menschen das Wachsen ihres Schnurrbarts verfolgen und zur Kleidung kritisch eingestellt sind, und so können Sie sich den heiligen Schrecken vorstellen, mit dem Spiridon sich bei ihm ans Werk machte! Egor Alekseevič mußte den Kopf in den Nacken legen, die Beine in Form

eines umgekehrten V spreizen und seine Arme bald heben, bald senken. Spiridon nahm bei ihm mehrere Male Maß, wobei er um ihn herumging wie ein verliebter Tauber um sein Täubchen, sich auf ein Knie niederließ und sich zu einem Häkchen krümmte...
Meine Mama, die von den Rennereien schon matt geworden und entkräftet war und vom Dunst der Bügeleisen einen schweren Kopf hatte, schaute der Prozedur zu und sagte: »Gib acht, Spiridon, Gott wird dich strafen, wenn du den Stoff falsch zuschneidest! Kein Glück wirst du mehr haben, wenn es nicht gut sitzt!«

Die Worte meiner Mutter brachten Spiridon in Hitze und dann in Schweiß, denn er war überzeugt, es würde nicht gut sitzen. Für das Nähen meines Anzuges nahm er einen Rubel zwanzig Kopeken, für den Anzug Pobedimskijs zwei Rubel, wobei Stoff, Futter und Knöpfe wir gegeben hatten. Das erscheint nicht zu teuer, wenn man bedenkt, daß Novostroevka neun Verst von uns entfernt liegt und der Schneider viermal zur Anprobe kam. Jedesmal, wenn wir die engen Hosen und die noch bunt mit Heftfäden durchzogenen Röcke anprobierten, runzelte meine Mama unwillig die Stirn und sagte verwundert:

»Gott mag wissen, was für eine Mode das heutzutage ist! Man kann gar nicht hinsehn. Wäre mein lieber Bruder nicht aus der Hauptstadt, wirklich, ich würde nicht zulassen, daß für euch nach der Mode geschneidert wird.«

Spiridon freute sich, daß man nicht auf ihn, sondern auf die Mode schimpfte; er zuckte die Achseln und seufzte, als wollte er sagen: Da ist nichts zu machen: der Geist der Zeit!

Die Erregung, mit der wir der Ankunft des Gastes entgegensahen, läßt sich nur mit der Spannung vergleichen, in der sich Spiritisten befinden, wenn sie von Minute zu Minute das Erscheinen des Geistes erwarten. Meine Mama lief mit Migräne herum und weinte alle Augenblicke. Ich verlor den Appetit, schlief schlecht und lernte nicht mehr für die Stunden. Bis in die Träume hinein verfolgte mich der Wunsch, nur bald den General zu sehen, diesen Mann mit den Epauletten, dem gestickten, bis an die Ohren reichenden Kragen und dem gezückten Säbel in der Hand – genauso einen General, wie er in unserem großen Zimmer über dem Sofa hing, von wo er mit seinen schrecklichen schwarzen Augen jeden anstarrte, der es wagte, zu ihm aufzublicken. Einzig Pobedimskij war noch ganz der alte. Er fürchtete sich nicht und freute sich nicht; nur manchmal, wenn er von meiner Mutter die Geschichte der Gundasovs vernahm, sagte er: »Ja, es wird angenehm sein, einmal mit einem neu zugereisten Menschen zu sprechen.«

Mein Lehrer galt bei uns auf dem Gut als eine ganz außergewöhnliche Natur. Er war ein junger Mann von etwa zwanzig Jahren, mit pickligem Gesicht, zottigem Haar, niedriger Stirn und einer außerordentlich langen Nase. Diese Nase war so groß, daß er, wenn er sich etwas anschaute, den Kopf wie ein Vogel schiefhalten mußte. Nach unserer Auffassung gab es im ganzen Gouvernement keinen klügeren, gebildeteren und galanteren Menschen als ihn. Er hatte am Gymnasium sechs Klassen absolviert und war danach ans Veterinärinstitut gegangen, aus dem er aber, ehe er noch ein halbes Jahr studiert hatte, wieder ausgeschlossen wurde. Den Grund des Ausschlusses hielt er sorgfältig geheim, was je nach Wunsch jedem die Möglichkeit bot, in meinem Lehrer einen Mann zu sehen, der gelitten hatte und bis zu einem gewissen Grad von Geheimnissen umwittert war. Er sprach wenig und nur über vernünftige Dinge, in der Fastenzeit aß er Fleisch, auf das ihn umgebende Leben blickte er nie anders als von oben herab und mit Verachtung, was ihn im übrigen nicht hinderte, von meiner Mama Geschenke in Gestalt von Anzügen entgegenzunehmen und auf meinen Drachen dumme Fratzen mit roten Zähnen zu malen. Meine Mama konnte ihn wegen seines ›Stolzes‹ nicht leiden, beugte sich aber der Kraft seines Geistes.

Der Gast ließ nicht lange auf sich warten. In den ersten Maitagen trafen von der Bahnstation zwei mit großen Koffern beladene Wagen ein. Die Koffer sahen so imposant aus, daß die Kutscher beim Abladen automatisch die Mützen zogen.

In diesen Koffern, dachte ich, sind sicher die Uniformen und das Pulver.

Wieso Pulver? Wahrscheinlich verband sich in meinem Kopf die Vorstellung von einem General eng mit der Vorstellung von Kanonen und Schießpulver.

Als ich am Morgen des zehnten Mai erwachte, eröffnete mir meine Amme flüsternd, das Onkelchen sei angekommen. Ich zog mich hastig an und stürzte, ohne mich gründlich gewaschen und das Morgengebet gesprochen zu haben, aus dem Schlafzimmer. Im Hausflur stieß ich auf einen hochgewachsenen, kräftig gebauten Herrn mit sehr elegantem Backenbart und in modischem

Mantel. Ich erstarrte in heiliger Ehrfurcht und ging auf ihn zu, machte, eingedenk des von meiner Mama festgesetzten Zeremoniells, einen Kratzfuß und eine tiefe Verbeugung und näherte mein Gesicht seiner Hand, aber der Herr ließ es nicht zum Handkuß kommen, er erklärte, er sei nicht der Onkel, sondern sein Kammerdiener Pëtr. Das Äußere dieses Pëtr, der viel vornehmer gekleidet war als ich und Pobedimskij, versetzte mich in höchstes Erstaunen, das ich, offen gesagt, noch heute empfinde: können denn solche soliden, ehrfurchtgebietenden Herren mit einem so klugen und strengen Gesicht wirklich Lakaien sein? Und weshalb?

Pëtr sagte mir, der Onkel sei mit meiner Mama in den Garten gegangen. Ich stürzte hinaus.

Die Natur, die von der Geschichte des Geschlechts der Gundasovs und dem Rang meines Onkels nichts wußte, fühlte sich viel ungebundener und freier als ich. Im Garten war ein Trubel wie sonst nur auf Jahrmärkten. Ungezählte Stare schwirrten durch die Luft, trippelten durch die Alleen und jagten mit Lärm und Geschrei nach Maikäfern. In den Fliederbüschen, die mir ihre zarten, duftenden Blüten vors Gesicht hielten, tummelten sich die Spatzen. Wohin man sich auch wandte – von allen Seiten ertönte das Rufen des Pirols, das Schreien des Wiedehopfs und des Falken. Zu einer anderen Zeit hätte ich jetzt Libellen gejagt oder mit Steinen nach dem Raben geworfen, der unter einer Espe auf einem niedrigen Heuhaufen saß und seinen stumpfen Schnabel nach allen Seiten drehte, jetzt aber war mir nicht nach Streichen zumute. Mein Herz klopfte, ein Kältegefühl kroch mir in die Magengegend: gleich sollte ich den Mann mit den Epauletten, dem gezückten Säbel und den grimmigen Augen sehen.

Aber stellen Sie sich meine Enttäuschung vor! Neben meiner Mama spazierte ein kleiner, dünner, geschniegelter Herr in weißem Seidenanzug und mit weißer Schirmmütze durch den Garten. Die Hände in den Taschen, den Kopf zurückgeworfen und fortwährend meiner Mama vorauseilend, kam er mir vor wie ein ganz junger Mann. Seine Gestalt zeigte so viel Bewegung und Leben, daß ich das tückische Alter erst wahrnahm, als ich von hinten näher kam und auf den Mützenrand blickte, unter dem silbern die kurzgeschnittenen Haare schimmerten. Anstelle der Gesetztheit und gravitätischen Würde eines Generals bemerkte ich eine fast knabenhafte Beweglichkeit, anstelle des bis an die Ohren reichenden Stehkragens eine gewöhnliche blaue Halsbinde. Meine Mama und der Onkel spazierten durch die Allee und unterhielten sich. Ich kam von hinten leise näher und wartete darauf, daß sich einer von ihnen umdrehen würde.

»Was für eine Pracht das hier bei dir ist, Kladja!« sagte der Onkel. »Wie nett und hübsch! Hätte ich früher gewußt, wie entzückend du es hier hast, so wäre ich in diesen Jahren unter gar keinen Umständen ins Ausland gereist.«

Der Onkel bückte sich behende und roch an einer Tulpe. Wohin er auch blickte, alles begeisterte ihn und erregte seine Wißbegierde, als hätte er noch nie in seinem Leben einen Garten gesehen und einen sonnigen Tag erlebt. Der Gang dieses seltsamen Mannes war federnd, und er redete ununterbrochen, so daß meine Mama gar nicht zu Wort kam. Plötzlich trat in der Biegung der Allee, hinter einem Holunderstrauch Pobedimskij hervor. Das geschah so unerwartet, daß der Onkel zusammenfuhr und einen Schritt rückwärts ging. Mein Lehrer hatte sich diesmal seinen feinen Havelock angezogen, in dem er starke Ähnlichkeit mit einer Windmühle hatte, besonders von hinten. Sein Aussehen war imposant und feierlich. Er drückte seinen Hut nach spanischer Sitte an die Brust, trat einen Schritt auf meinen Onkel zu und vollführte eine Verbeugung wie ein Marquis in einem Melodrama – erst nach vorn und dann etwas zur Seite.

»Es ist mir eine Ehre, mich Eurer hohen Exzellenz vorzustellen«, sagte er laut. »Pobedimskij, adliger Abstammung, Pädagoge, Lehrer Ihres Neffen, ehemals Hörer am Veterinärinstitut.«

Die Höflichkeit des Lehrers gefiel meiner Mama sehr. Sie lächelte und verging vor süßer Erwartung, er möchte noch etwas Kluges sagen, aber mein Lehrer, der damit gerechnet hatte, daß man seine imposante Anrede imposant erwidern, das heißt im Generalston »hm« sagen und ihm zwei Finger hinstrecken würde, geriet in große Verwirrung und verlor jeden Mut, als mein Onkel freundlich lachte und ihm kräftig die Hand drückte. Er murmelte noch etwas Ungereimtes, begann zu husten und ging fort.

»Na, ist er nicht entzückend?« sagte der Onkel lachend. »Sieh dir das an: hat sich einen Schwenkmantel umgehängt und glaubt, nun ein sehr kluger Mann zu sein! So wahr Gott lebt, das gefällt mir ...! Wieviel jugendlicher Aplomb, wieviel Leben steckt doch darin, in diesem blödsinnigen Mantel! Und was ist das für ein Knabe?« fragte er, als er sich plötzlich umwandte und mich erblickte.

»Das ist mein Andrjušenka!« Meine Mama stellte mich dem Onkel vor und errötete. »Mein einziger Trost...«

Ich machte auf dem Sand einen Kratzfuß und verneigte mich tief.

»Ein prächtiger Junge ... ein prächtiger Junge ...« murmelte der Onkel, der seine Hand von meinen Lippen wegzog und mir über den Kopf strich. »Andrjuša heißt du? Soso ... hm ja ... so wahr Gott lebt ... Lernst du fleißig?«

Nun beschrieb meine Mutter mit Übertreibungen und Schwindeleien, wie alle Mütter es machen, meine Erfolge und mein vorzügliches Betragen, während ich an der Seite des Onkels ging und nach dem festgesetzten Zeremoniell weiter tiefe Verbeugungen vollführte. Als meine Mama gerade dabei war, eine Angel in der Richtung auszuwerfen, daß es bei meinen bedeutenden Fähigkeiten für mich kein Schade wäre, wenn ich auf Staatskosten ins Kadettenkorps aufgenommen würde, und als ich nach dem festgesetzten Zeremoniell in Tränen ausbrechen und den lieben Onkel um Protektion bitten sollte, da blieb der Onkel plötzlich stehen und breitete vor Verwunderung beide Arme aus.

»Himmel noch mal! Was ist denn das?« fragte er.

In der Allee kam uns Tatjana Ivanovna entgegen, die Frau von unserem Verwalter Fëdor Petrovič. Sie hatte einen gestärkten Rock und ein langes Plättbrett im Arm. Als sie an uns vorbeiging, schaute sie schüchtern, unter halb gesenkten Wimpern den Gast an und errötete.

»Man hat es nicht leicht...« stieß der Onkel hervor. »Auf Schritt und Tritt gibt es bei dir neue Überraschungen, Schwester ... so wahr Gott lebt.«

»Da haben wir eine Schönheit ...« sagte meine Mama. »Die Brautwerber haben sie für Fëdor aus der Vorstadt geholt ... hundert Verst von hier ...«

Nicht jeder hätte Tatjana Ivanovna eine Schönheit genannt. Sie war eine kleine, füllige Frau von etwa zwanzig Jahren, gut gebaut, mit schwarzen Brauen, immer rosig und kokett, aber in ihrem Gesicht und an ihrer ganzen Gestalt gab es nicht einen einzigen kräftigen Zug, nicht eine einzige kühne Linie, auf der das Auge hätte verweilen können, gleichsam als hätte es der Natur bei der Erschaffung von Tatjana Ivanovna an Begeisterung und Überzeugung gefehlt. Sie war sittsam, verschämt, schüchtern, hatte einen leisen, leichten Gang, sprach wenig, lachte selten, und ihr ganzes Leben war so gleichförmig und glatt wie ihr Gesicht und die eng am Kopf anliegenden Haare. Der Onkel schaute ihr mit zusammengekniffenen Augen nach und lächelte. Meine Mama beobachtete mit durchdringendem Blick sein lächelndes Gesicht und wurde ernst.

»Und Sie haben noch immer nicht geheiratet, lieber Bruder!« sagte sie seufzend.

»Habe ich nicht...«

»Warum nicht?« fragte meine Mama leise.

»Wie soll ich dir das sagen, das Leben hat es so gefügt. Von früher Jugend an Arbeit und nochmals Arbeit, keine Zeit, richtig zu leben, und als ich anfangen wollte, richtig zu leben, da schaute ich mich um und hatte schon fünfzig Jahre hinter mir. Ich bin eben nicht dazu gekommen! Im übrigen... es langweilt mich, davon zu reden.«

Meine Mama und der Onkel seufzten beide auf und gingen weiter, ich aber lief fort, um meinen Lehrer zu suchen und mit ihm Eindrücke auszutauschen. Pobedimskij stand im Hof und schaute mit majestätischem Gesicht zum Himmel.

»Ein hochgebildeter Mensch, das merkt man«, sagte er und drehte dabei den Kopf hin und her. »Ich hoffe, wir werden mit ihm übereinstimmen.«

Nach einer Stunde kam meine Mama zu uns.

»Ich habe Sorgen, meine Lieben«, sagte sie atemlos. »Mein Bruder hat doch seinen Lakaien mitgebracht, und das ist so ein Lakai – Gott mit ihm –, den man weder in der Küche noch im Hausflur einquartieren kann. Er braucht ein eigenes Zimmer. Ich zerbreche mir den Kopf, was ich machen soll! Wie wäre es, Kinderchen, könntet ihr nicht fürs erste ins Seitengebäude zu Fëdor ziehen und euer Zimmer dem Lakaien abtreten?«

Wir willigten sofort ein, denn im Seitengebäude hatten wir ein viel freieres Leben als im Gutshaus unter den Augen meiner Mama.

»Sorgen über Sorgen!« fuhr meine Mama fort. »Mein Bruder sagt, daß er nicht zur Mittagszeit, sondern um sieben Uhr abends speisen will, wie es in der Hauptstadt üblich ist. Mir schwirrt vor lauter Sorgen der Kopf! Bis sieben Uhr verkocht mir doch das ganze Essen im Ofen. Wirklich, von der Hauswirtschaft verstehen die Männer rein gar nichts, obwohl sie sonst viel Verstand haben. Nun muß ich zweimal kochen – so ein Ärger! Ihr werdet wie bisher mittags essen, Kinderchen, ich alte Frau aber muß mich des lieben Bruders wegen bis sieben Uhr gedulden.«

Danach seufzte meine Mutter tief, trug mir nochmals auf, dem Onkel, den Gott geschickt habe, damit ich mein Glück mache, gefällig zu sein, und eilte in die Küche. Am gleichen Tag siedelten Pobedimskij und ich ins Seitengebäude über. Wir wurden im Durchgangszimmer zwischen dem Hausflur und dem Schlafzimmer des Verwalters untergebracht.

Trotz der Ankunft des Onkels und trotz unseres Umzugs verlief das Leben wider Erwarten ebenso träge und eintönig wie zuvor. Von den Unterrichtsstunden waren wir ›aus Anlaß des Besuchs‹ befreit. Pobedimskij, der nie ein Buch las und keinerlei Beschäftigung hatte, saß meist auf dem Bett, steckte seine lange Nase in die Luft und grübelte. Von Zeit zu Zeit stand er auf, probierte den neuen Anzug an und setzte sich wieder, um weiter zu schweigen und zu grübeln. Er hatte nur eine Sorge – die Fliegen, die er erbarmungslos mit der flachen Hand totschlug. Nach dem Mittagessen pflegte er ›zu ruhen‹, wobei sein Schnarchen beklemmend über den ganzen Gutshof hallte. Ich lief vom Morgen bis zum Abend im Garten herum oder saß in unserem Zimmer im Seitengebäude und klebte mir Drachen. Den Onkel sahen wir in den ersten zwei, drei Wochen nur selten. Trotz der Fliegen und der Hitze saß er ganze Tage in seinem Zimmer und arbeitete. Seine ungewöhnliche Fähigkeit, dazusitzen und mit dem Schreibtisch zu verwachsen, machte auf uns den Eindruck eines unerklärbaren Zauberkunststückes. Für uns Faulpelze, die wir von systematischer Arbeit keine Ahnung hatten, war sein Arbeitseifer einfach ein Phänomen. Er erwachte gegen neun Uhr, setzte sich an den Tisch und stand bis zur Hauptmahlzeit nicht wieder auf; nach dem Essen machte er sich wieder an die Arbeit, die bis in die späte Nacht hinein dauerte. Wenn ich durchs Schlüsselloch guckte, sah ich immer ein und dasselbe Bild: der Onkel saß am Schreibtisch und arbeitete. Die Arbeit bestand darin, daß er mit der einen Hand schrieb, mit der anderen in einem Buch blätterte und dabei, so seltsam das scheinen mag, immer in Bewegung war: er ließ ein Bein wie ein Perpendikel hin und her pendeln, pfiff etwas vor sich hin und nickte dazu im

Takt. Er machte einen äußerst übermütigen und leichtsinnigen Eindruck, als säße er nicht bei der Arbeit, sondern beim Kartenspiel. Er trug jedesmal einen stutzerhaft kurzen Rock und eine verwegen geknüpfte Halsbinde, und jedesmal umschwebte ihn ein sogar bis durchs Schlüsselloch dringender Duft von feinem Damenparfüm. Das Zimmer verließ er nur zur Hauptmahlzeit, aber er aß sehr wenig.

»Ich verstehe meinen Bruder nicht!« beklagte sich meine Mama. »Alle Tage schlachten wir eine Pute und Tauben, nur für ihn; eigenhändig koche ich das Kompott, er aber ißt nur ein Tellerchen Bouillon und ein fingerdickes Stückchen Fleisch und steht auf. Ich flehe ihn an, er soll noch etwas essen, er kommt zurück an den Tisch und trinkt Milch. Was ist das schon – Milch? Reines Spülwasser! Sterben kann man bei so einem Essen... Man redet und redet, er aber lacht nur und macht Witze... Nein, unser Essen schmeckt meinem Bruder nicht!«

Abends ging es bei uns immer viel lustiger zu als am Tage. Wenn die Sonne unterging und die Schatten im Hof länger wurden, saßen wir, das heißt Tatjana Ivanovna, Pobedimskij und ich, gewöhnlich schon auf dem Treppchen des Seitengebäudes. Bis zum Einbruch der Dunkelheit schwiegen wir. Worüber soll man auch reden, wenn alles schon gesagt ist? Etwas Neues gab es zwar: die Ankunft des Onkels, aber auch dieses Thema war bald durchgehechelt. Mein Lehrer wandte die ganze Zeit kein Auge von Tatjana Ivanovna und seufzte tief. Damals verstand ich diese Seufzer nicht und versuchte auch nicht, ihre Bedeutung zu ergründen, heute aber ist mir sehr vieles klargeworden.

Wenn die Schatten auf der Erde zu einem einzigen Schatten verschmolzen, kam der Verwalter Fëdor vom Feld oder von der Jagd zurück. Dieser Fëdor machte auf mich den Eindruck eines wilden, wenn nicht gar schrecklichen Menschen. Er war der Sohn eines russifizierten Zigeuners aus Izjum, hatte eine dunkle Hautfarbe, große schwarze Augen, lockiges Haar und einen wild zerzausten Bart. Von unseren Bauern in Kočuevka wurde er nur das Teufelchen genannt. Und er hatte auch, abgesehen von seinem Äußeren, viel Zigeunerhaftes an sich. Er konnte nie ruhig zu Hause sitzen. Ganze Tage steckte er auf den Feldern oder war auf der Jagd. Er war grimmig, jähzornig und schweigsam, fürchtete sich vor niemand und erkannte niemandes Macht über sich an. Mit meiner Mama sprach er in grobem Ton, mich redete er mit du an, für die Gelehrsamkeit Pobedimskijs hatte er nichts als Verachtung übrig. Alles das verziehen wir ihm, da wir in ihm einen krankhaften und reizbaren Menschen sahen. Meine Mama hatte ihn gern, weil er trotz seiner Zigeunernatur ein Muster an Ehrlichkeit und Arbeitseifer war. Er liebte seine Tatjana Ivanovna leidenschaftlich, wie ein richtiger Zigeuner, aber diese Liebe war bei ihm irgendwie düster, als hätte er um sie viel gelitten. Niemals wurde er in unserer Gegenwart zärtlich zu seiner Frau, sondern er starrte sie nur böse und mit verzerrtem Mund an.

Wenn er vom Feld zurückkehrte, stellte er grimmig polternd sein Gewehr im Seitengebäude ab, kam zu uns auf die Treppe heraus und setzte sich neben seine Frau. Nachdem er verschnauft hatte, richtete er an seine Frau einige Fragen wegen der Hauswirtschaft und versank in Schweigen.

»Wollen wir nicht singen?« schlug ich dann vor.

Der Lehrer stimmte die Gitarre und begann in tiefem Baß wie ein Vorsänger in der Kirche: »Im stillen Tal...« Alle fielen ein, Fëdor mit seiner kaum hörbaren dünnen Tenorstimme und ich nebst Tatjana Ivanovna im Diskant.

Wenn der ganze Himmel mit Sternen übersät war und die Frösche verstummten, brachte man uns aus der Küche das Abendbrot. Wir gingen ins Seitengebäude und ließen es uns schmecken. Mein Lehrer und der Zigeuner aßen gierig und geräuschvoll, so daß man kaum unterscheiden konnte, ob die zerbissenen Knochen oder ihre Kiefer knackten. Tatjana Ivanovna und ich hatten Mühe, die uns zustehende Portion zu verzehren. Nach dem Abendbrot fiel das ganze Seitengebäude in tiefen Schlaf.

Einmal, es war Ende Mai, saßen wir auf der Treppe und warteten auf das Abendbrot. Plötzlich tauchte ein Schatten auf, und wie aus dem Boden gewachsen, stand Gundasov vor uns. Er hörte uns lange zu, klatschte dann in die Hände und begann fröhlich zu lachen.

»Ein Idyll!« sagte er. »Sie singen und schauen verträumt auf den Mond. Zauberhaft, so wahr Gott lebt! Darf ich mich zu Ihnen setzen und mit Ihnen träumen?«

Wir schwiegen und sahen einander an. Der Onkel nahm auf der untersten Treppenstufe Platz, gähnte und schaute zum Himmel empor. Es trat Schweigen ein. Pobedimskij, der sich schon längst vorgenommen hatte, mit dem neu zugereisten Menschen ins Gespräch zu kommen, ergriff die Gelegenheit erfreut beim Schopfe und brach als erster das Schweigen. Er verfügte nur über ein einziges vernünftiges Gesprächsthema – die Tierseuchen. Es kann vorkommen, daß man in eine tausendköpfige Menge gerät und sich von sämtlichen tausend Gesichtern nur ein einziges für lange Zeit einprägt. So hatte auch Pobedimskij von allem, was er im Veterinärinstitut gehört hatte, nur einen einzigen Satz behalten: »Die Tierseuchen fügen der Volkswirtschaft gewaltigen Schaden zu. Gesellschaft und Regierung müssen bei ihrer Bekämpfung Hand in Hand gehen.«

Dies sagte mein Lehrer zu Gundasov, nachdem er zuvor dreimal einen ächzenden Ton von sich gegeben und wiederholt die Schöße seines Havelocks übereinandergeschlagen hatte. Der Onkel sah Pobedimskij durchdringend an und schnaufte amüsiert. »Bei Gott, das ist reizend...«, murmelte er und betrachtete uns von oben bis unten wie Schaufensterpuppen. »Das ist das wirkliche Leben... Genauso und nicht anders muß sie sein, die Wirklichkeit. Pelageja Ivanovna, was schweigen Sie?« sagte er, sich an Tatjana Ivanovna wendend.

Sie wurde verlegen und hüstelte.

»Sagen Sie doch etwas, meine Herren, singen Sie... spielen Sie! Sie haben keine Zeit zu verlieren. Die gottverdammte Zeit rennt davon, sie wartet nicht. Ehe Sie sich recht besinnen, ist das Alter da... so wahr Gott lebt. Dann ist es zu spät, sein Leben zu genießen. So ist es, Pelageja Ivanovna... Wer wird denn so regungslos dasitzen und schweigen...«

In diesem Augenblick wurde aus der Küche das Abendbrot gebracht. Der Onkel folgte uns ins Seitengebäude und aß zur Gesellschaft fünf Quarkkuchen und einen Entenflügel mit. Er kaute, schaute uns an, er war gerührt und begeistert von uns allen. Welchen Unsinn auch mein unvergeßlicher Lehrer zum besten gab und was auch immer Tatjana Ivanovna machte – alles fand er reizend und entzückend. Als sich Tatjana Ivanovna nach dem Essen still in eine Ecke setzte und zu stricken begann, wandte er kein Auge von ihren kleinen Fingern und redete unaufhörlich.

»Sie dürfen keine Zeit verstreichen lassen, meine Freunde. Genießen Sie Ihr Leben!« sagte er. »Gott bewahre Sie davor, die Gegenwart der Zukunft zu opfern. Die Gegenwart – das ist

Jugend, Gesundheit, Leidenschaft; die Zukunft ist nichts als Lug und Trug! Wenn Sie Ihre zwanzig Jahre voll haben, dann hinein ins Leben!«

Tatjana Ivanovna fiel eine Stricknadel herunter. Mein Onkel war mit einem Satz bei ihr, hob die Nadel auf und überreichte sie Tatjana Ivanovna mit einer artigen Verbeugung. Zum erstenmal wurde ich gewahr, daß es auf der Welt Menschen gab, die noch feiner waren als Pobedimskij.

»Ja ...« fuhr er fort. »Liebet einander, heiratet ... macht Dummheiten. In einer einzigen Dummheit liegt mehr Leben als in all unseren ernsten Bestrebungen und unserer Jagd nach einem sinnvollen Dasein.«

Der Onkel sprach viel und lange, so lange, daß es uns schließlich übel wurde. Ich setzte mich etwas abseits auf eine Truhe, hörte zu, wie er redete, und döste. Es bedrückte mich, daß er mir nicht ein einziges Mal seine Aufmerksamkeit zuwandte. Erst nachts um zwei, als ich schon, von Müdigkeit übermannt, fest eingeschlafen war, verließ er das Seitengebäude.

Von nun an kam er Abend für Abend zu uns. Er sang mit uns, aß bei uns Abendbrot und blieb, ununterbrochen über ein und dasselbe redend, bis zwei Uhr nachts. Seine abendliche und nächtliche Arbeit stellte der Geheimrat ein, und gegen Ende Juni, als ihm endlich die Puten und Kompotte meiner Mama zu schmecken begannen, hörte er auch am Tage auf zu arbeiten. Er kehrte dem Schreibtisch den Rücken und stürzte sich ins ›Leben‹. Tagsüber schritt er durch den Garten, pfiff vor sich hin und störte die Arbeiter, von denen er verlangte, sie sollten ihm allerlei Geschichten erzählen. Wenn er Tatjana Ivanovna erspähte, eilte er zu ihr, und falls sie etwas trug, bot er ihr seine Hilfe an, was sie schrecklich in Verlegenheit brachte.

Je weiter der Sommer fortschritt, um so leichtsinniger, unruhiger und zerstreuter wurde mein Onkel. Pobedimskij war von ihm jetzt gänzlich enttäuscht.

»Ein allzu einseitiger Mensch ...« sagte er. »Daß er auf den höchsten Stufen der Hierarchie steht, davon ist nicht die Spur zu merken. Auch mit der Sprache weiß er nicht Bescheid. Nach jedem Wort – ›so wahr Gott lebt‹. Nein, er gefällt mir nicht.«

Seitdem der Onkel seine Besuche im Seitengebäude begonnen hatte, war mit Fëdor und mit meinem Lehrer eine merkliche Veränderung vorgegangen. Fëdor begab sich nicht mehr auf die

Jagd, kehrte frühzeitig heim, wurde noch schweigsamer und warf seiner Frau besonders böse Blicke zu. Der Lehrer sprach in Gegenwart des Onkels nicht mehr von Tierseuchen, machte ein finsteres Gesicht und lächelte sogar spöttisch.

»Da kommt unser alter Schürzenjäger«, brummte er einmal, als er den Onkel auf das Seitengebäude zugehen sah.

Die Veränderung der beiden erklärte ich mir damit, daß sie sich gekränkt fühlten. Der zerstreute Onkel brachte ihre Namen durcheinander, er kannte sich bis zu seiner Abreise nicht aus, wer von ihnen der Lehrer und wer der Mann von Tatjana Ivanovna war. Tatjana Ivanovna selbst redete er bald mit Nastasja, bald mit Pelageja, bald mit Evdokija an. Gerührt und begeistert lachte er uns an und behandelte uns wie kleine Kinder ... Alles das war natürlich geeignet, junge Leute zu verletzen. Aber in Wirklichkeit ging es gar nicht darum, daß sich jemand gekränkt fühlte, sondern, wie mir jetzt klar geworden ist, um feinere Empfindungen.

Ich entsinne mich, wie ich eines Tages auf der Truhe saß und mit meiner Müdigkeit kämpfte. Die Augenlider waren schwer wie Blei, und mein erschöpfter Körper – ich war den ganzen Tag im Garten herumgelaufen – neigte sich zur Seite. Aber ich kämpfte gegen den Schlaf an und versuchte, die Augen offenzuhalten. Es war um Mitternacht. Tatjana Ivanovna, wie immer rosig und bescheiden, saß am Tischchen und nähte ein Hemd für ihren Mann. Aus der einen Zimmerecke starrte Fëdor, der ein mürrisches und finsteres Gesicht machte, zu ihr hinüber, in der anderen Ecke saß Pobedimskij, dessen Hals in dem hohen Hemdkragen versank und der böse schnaufte. Der Onkel ging im Zimmer hin und her und dachte nach. Es herrschte Schweigen. Man hörte nur, wie in Tatjana Ivanovnas Händen das Leinen raschelte. Plötzlich blieb der Onkel vor Tatjana Ivanovna stehen und sagte: »Sie alle sind so jung, so frisch, so nett, Sie leben hier so ungestört in der Stille, daß ich Sie direkt beneide. Mir ist dieses Ihr Leben sehr lieb geworden; es gibt mir einen Stich ins Herz, wenn ich daran denke, daß ich wieder abreisen muß ... Glauben Sie mir, ich meine das aufrichtig!«

Mir fielen vor Schläfrigkeit die Augen zu, und ich nahm nichts mehr wahr. Als ich von einem Poltern auffuhr, stand mein Onkel vor Tatjana Ivanovna und schaute sie voll Rührung an. Seine Wangen glühten.

»Mein Leben ist dahin«, sagte er. »Ich habe nicht gelebt! Ihr junges Gesicht erinnert mich an meine verlorene Jugend, ich könnte bis zu meinem Tode hier sitzen und Sie anschauen. Es wäre eine Freude für mich, Sie mitzunehmen nach Petersburg.«

»Wozu?« fragte Fëdor mit heiserer Stimme.

»Ich würde Sie auf meinen Schreibtisch unter eine Glasglocke setzen, Sie immer anschauen und Sie den anderen zeigen. Wissen Sie, Pelageja Ivanovna, solche Frauen wie Sie gibt es bei uns dort nicht. Bei uns gibt es Reichtum, Ansehen, manchmal auch Schönheit, aber nicht diese Wahrheit des Lebens ... nicht diese gesunde Ruhe ...«

Der Onkel setzte sich vor Tatjana Ivanovna hin und nahm ihre Hand.

»Sie wollen also nicht mit mir nach Petersburg kommen?« fragte er lachend. »Dann geben Sie mir wenigstens Ihr Händchen mit ... Was für ein entzückendes Händchen! Sie geben es mir nicht? Sind Sie aber hartherzig, dann erlauben Sie mir wenigstens, es zu küssen ...«

In diesem Augenblick hörte man einen Stuhl krachen. Fëdor war aufgesprungen und trat mit gleichmäßigen, schweren Schritten auf seine Frau zu. Sein Gesicht war aschfahl und zuckte. Er schlug aus voller Kraft mit der Faust auf das Tischchen und sagte mit dumpfer Stimme: »Das erlaube ich nicht!«

Zugleich war auch Pobedimskij von seinem Stuhl aufgesprungen. Auch er trat bleich und zornig auf Tatjana Ivanovna zu und schlug ebenfalls mit der Faust auf den Tisch ...

»Das ... das erlaube ich nicht!« sagte er.

»Was denn? Was ist los?« fragte der Onkel sehr erstaunt.

»Das erlaube ich nicht!« wiederholte Fëdor und haute krachend auf den Tisch.

Jetzt sprang auch mein Onkel auf; er zwinkerte furchtsam mit den Augen. Er wollte etwas sagen, brachte aber vor Staunen und Schrecken kein Wort heraus und flüchtete mit greisenhaften Trippelschritten aus dem Seitengebäude, wo er uns seinen Hut zurückließ. Als kurz darauf meine Mama in heller Aufregung angelaufen kam, schlugen Fëdor und Pobedimskij immer noch, wie zwei Schmiede mit ihren Hämmern, mit der Faust auf den Tisch und sagten: »Das erlaube ich nicht!«

»Was ist hier vorgefallen?« fragte meine Mama. »Warum behandelt ihr meinen Bruder schlecht? Was ist los?«

Als meine Mama das bleiche, verängstigte Gesicht von Tatjana Ivanovna und deren zornbebendem Mann sah, erriet sie wahrscheinlich, worum es ging. Sie seufzte und schüttelte den Kopf.

»Nun aber genug, Schluß mit dem Getrommel!« sagte sie. »Hör jetzt auf, Fëdor! Und weswegen hauen Sie auf den Tisch, Egor Alekseevič? Was geht Sie das an?«

Pobedimskij kam zu sich und wurde verlegen. Fëdor musterte erst ihn und dann seine Frau und schritt im Zimmer auf und ab. Kaum hatte meine Mama das Seitengebäude wieder verlassen, da sah ich etwas, was ich noch lange Zeit für einen Traum gehalten habe. Ich sah, wie Fëdor meinen Lehrer packte, hochhob und zur Tür hinauswarf.

Als ich am nächsten Morgen erwachte, war das Bett meines Lehrers leer. Auf meine Frage, wo er geblieben sei, flüsterte mir meine Amme zu, man habe ihn in der Frühe mit gebrochenem Arm ins Krankenhaus gebracht. Diese Nachricht machte mich traurig, ich dachte an den Skandal in der Nacht und ging hinaus auf den Hof. Das Wetter war trübe. Der Himmel hatte sich bezogen, und über die Erde fegte der Wind, der Staub, Papierfetzen und Federn aufwirbelte. Man spürte, es würde bald regnen. Menschen und Tiere sahen bedrückt aus. Als ich ins Gutshaus trat, wurde ich gebeten, nicht so laut zu gehen, meine Mama habe Migräne und liege im Bett. Was sollte ich tun? Ich ging vor das Hoftor, setzte mich auf eine kleine Bank und grübelte darüber, was die Vorgänge, die ich in der Nacht gehört und gesehen hatte, bedeuten sollten. Von unserer Toreinfahrt führte der Weg an der Schmiede und an einer nie austrocknenden Wasserlache vorbei geradewegs auf die Poststraße ... Ich sah auf die Telegrafenpfähle, um die Staubwolken wirbelten, auf die Vögel, die schläfrig auf den Telegrafendrähten hockten, und plötzlich wurde mir so schwer zumute, daß ich weinen mußte.

Auf der Straße fuhr eine große, staubige Kutsche vorüber, die bis auf den letzten Platz mit Leuten aus der Stadt besetzt war; sie fuhren wahrscheinlich zum Gottesdienst. Ehe noch die Kutsche außer Sicht gekommen war, tauchte eine zweispännige Droschke auf. In ihr stand der Landhauptmann Akim Nikitič und hielt sich am Gürtel des Kutschers fest. Zu meiner größten Verwunderung bog die Kutsche in unseren Weg ein und jagte an mir vorbei durch die Toreinfahrt. Während ich noch rätselte, weswegen wohl der Landhauptmann zu uns kam, hörte ich wieder Pferdegetrappel, und auf der Straße erschien ein Dreigespann. In der Trojka stand der Kreispolizeichef und wies dem Kutscher den Weg zu unserem Tor.

Was hat das zu bedeuten? dachte ich und sah den Kreispolizeichef an, der ganz mit Staub bedeckt war. Höchstwahrscheinlich hat Pobedimskij sich über Fëdor beschwert, und nun kommen sie und werfen ihn ins Gefängnis.

Aber so einfach erwies sich die Lösung des Rätsels nicht. Der Landhauptmann und der Kreispolizeichef waren nur die Vorboten, denn es vergingen keine fünf Minuten, da brauste eine große geschlossene Kutsche unseren Torweg entlang. Sie fuhr so schnell vorüber, daß ich nur einen flüchtigen Blick durch das Fenster in ihr Inneres werfen konnte, wo ich einen roten Bart sah.

Rätsel über Rätsel. Schlimmes ahnend, lief ich zum Gutshaus. Im Vorraum erblickte ich zunächst meine Mutter. Sie war blaß und sah ängstlich auf die Tür, hinter der man männliche Stimmen hörte. Der Besuch war für sie gänzlich überraschend gekommen und hatte sie in der schlimmsten Migräne angetroffen.

»Wer ist da gekommen, Mama?« fragte ich.

»Schwester!« ertönte von nebenan die Stimme des Onkels. »Laß mal für den Gouverneur und mich einen Imbiß bringen!«

»Leicht gesagt: einen Imbiß!« flüsterte meine Mama, die vor Angst verging. »Was soll ich jetzt so schnell zubereiten? So eine Schande auf meine alten Tage!«

Meine Mama griff sich an den Kopf und rannte in die Küche. Die plötzliche Ankunft des Gouverneurs brachte das ganze Gut in Aufruhr und Verwirrung. Es begann ein wildes Abschlachten von Geflügel. Etwa zehn Hühner, fünf Puten und acht Enten mußten daran glauben, und in der Hast wurde auch dem alten Gänserich, dem Ahnherrn unserer Gänseherde und Liebling meiner Mama, der Kopf abgesäbelt. Die Kutscher und Köche hatten förmlich den Verstand verloren und metzelten alles nieder, ohne Rücksicht auf Alter und Rasse. Wegen irgendeiner Soße mußte mein kostbares Tümmlerpaar, das mir ebenso teuer war wie meiner Mama der Gänserich, den Tod erleiden. Diesen Tod habe ich dem Gouverneur lange nicht verzeihen können.

Als der Gouverneur und sein Gefolge am Abend nach reichlichem Mahl in ihre Equipagen stiegen und abfuhren, ging ich ins Haus, um mir die Überreste des Festessens anzusehen. Ich schaute aus dem Vorraum in den Saal und erblickte dort den Onkel und meine Mama. Der Onkel hatte die Hände auf den Rücken gelegt, ging nervös an den Wänden entlang und zuckte mit den Schultern. Meine Mama saß völlig entkräftet, mit eingefallenem Gesicht auf dem Sofa und verfolgte mit leidendem Blick die Bewegungen ihres Bruders.

»Du mußt schon entschuldigen, Schwester, aber so geht es nicht...« brummte der Onkel mit finsterer Miene. »Ich stelle dir den Gouverneur vor, und du gibst ihm nicht einmal die Hand! Du hast den armen Mann ganz verlegen gemacht! Nein, das ist nicht in Ordnung... Einfachheit ist eine gute Sache, aber sie muß auch ihre Grenzen haben... so wahr Gott lebt... Und dann das Essen! Kann man denn so ein Essen anbieten? Was war das zum Beispiel für ein zäher Bastwisch, der als vierter Gang serviert wurde?«

»Das war Ente in süßer Soße...« antwortete leise meine Mama.

»Ente... Verzeih, Schwester, aber... aber ich habe Sodbrennen! Ich bin krank!« Der Onkel zog ein saures, weinerliches Gesicht und fuhr fort: »Muß der Teufel doch ausgerechnet den Gouverneur hierherbringen! Auf diesen Besuch hatte ich gerade gewartet! Pfff... dieses Sodbrennen! Ich kann weder schlafen noch arbeiten... Bin völlig durcheinander... Und das eine verstehe ich nicht: wie haltet ihr es ohne Arbeit bei diesem... Stumpfsinn überhaupt aus? Ich kriege schon Bauchschmerzen davon!«

Der Onkel wurde noch finsterer und ging noch eiliger auf und ab.

»Bruder«, fragte meine Mama leise, »was kostet die Reise ins Ausland?«

»Mindestens dreitausend...« antwortete der Onkel mit weinerlicher Stimme. »Ich würde ja reisen, aber woher soll ich das Geld nehmen? Ich habe keine Kopeke! Pfff... das Sodbrennen!«

Der Onkel blieb stehen und sah mißmutig auf das trübe Grau hinter dem Fenster. Dann ging er wieder im Zimmer auf und ab.

Es trat Schweigen ein... Meine Mama schaute lange die Ikone an und dachte nach. Dann begann sie zu weinen und sagte: »Ich gebe dir die dreitausend, Bruder...«

Drei Tage später wurden die imposanten Koffer zur Bahn gefahren, und der Geheimrat folgte alsbald nach. Als er sich von meiner Mama verabschiedete, weinte er und wollte gar nicht aufhören, ihr die Hand zu küssen. Als er jedoch in die Equipage stieg, leuchtete sein Gesicht in kindlicher Freude auf... Strahlend vor Glück machte er sich's bequem, warf meiner weinenden Mama zum Abschied noch eine Kußhand zu, und plötzlich fiel sein Blick auf mich. Auf seinem Gesicht malte sich größte Überraschung.

»Und was ist das für ein Knabe?« fragte er.

Meine Mama, die beteuert hatte, Gott habe den Onkel gesandt, damit ich mein Glück mache, war durch diese Frage sichtlich gekränkt. Mir jedoch waren jetzt alle Fragen gleichgültig. Ich sah das selige Gesicht des Onkels an, und irgendwie tat er mir schrecklich leid. Ich konnte mich nicht länger beherrschen, sprang in die Equipage und umarmte ihn, der wie alle Menschen leichtsinnig und schwach war, stürmisch. Ich schaute ihm in die Augen, und in dem Wunsch, ihm etwas Freundliches zu sagen, fragte ich: »Onkel, waren Sie wenigstens einmal im Krieg?«

»Ach, lieber Junge...« erwiderte der Onkel lachend und küßte mich, »lieber Junge, so wahr Gott lebt. Wieviel Leben, wieviel Natürlichkeit... so wahr Gott lebt.«

Die Equipage ruckte an... Ich blickte ihr nach und hörte noch lange die Abschiedsworte: »So wahr Gott lebt.«

Rendezvous in der Sommerfrische

»Ich liebe Sie, Sie sind mein Leben, mein Glück – alles! Verzeihen Sie mir dieses Geständnis, aber es geht über meine Kraft, zu leiden und zu schweigen. Ich bitte Sie nicht, mein Gefühl zu erwidern, sondern ich bitte Sie um Ihr Mitgefühl. Seien Sie heute um acht Uhr abends in der alten Laube... Ich halte es für überflüssig, mit meinem Namen zu unterschreiben, aber Sie brauchen keine Angst vor der anonymen Absenderin zu haben. Ich bin jung und sehe gut aus... was brauchen Sie mehr?«

Nachdem der Sommerfrischler Pavel Ivanyč Vychodcev, ein

solider Familienvater, diesen Brief gelesen hatte, zuckte er mit den Achseln und kratzte sich verwundert die Stirn.

Was ist denn das wieder für eine Teufelei? dachte er. Ich bin ein verheirateter Mann, und plötzlich so ein sonderbarer... dummer Brief! Wer mag das nur geschrieben haben?

Pavel Ivanyč drehte den Brief vor seinen Augen hin und her, las ihn noch einmal und spuckte aus.

»Ich liebe Sie...« äffte er nach. »Da hat sie den richtigen Burschen erwischt! Ich werde gleich zu dir in die Laube laufen! Diese Romanzen und Liebeleien habe ich mir, meine Verehrteste, schon längst abgewöhnt... Hm! Wahrscheinlich ist das irgend so ein zügelloses Frauenzimmer, so ein lockerer Vogel... Nun, die Frauen sind mir schon ein Volk! Was muß man für ein leichtsinniges Weibsstück sein, Gott verzeih mir, um solch einen Brief an einen unbekannten und dazu noch verheirateten Mann zu schreiben? Eine wahre Demoralisierung!«

In den ganzen acht Jahren seines Ehelebens hatte sich Pavel Ivanyč der zarten Gefühle entwöhnt, er erhielt außer Gratulationen keine Briefe, und sosehr er sich auch bemühte, vor sich selbst großzutun, der oben zitierte Brief verblüffte und erregte ihn sehr.

Eine Stunde nachdem er den Brief erhalten hatte, lag er auf dem Sofa und überlegte: ich bin natürlich kein junger Bursche, der zu diesem dummen Rendezvous rennt, aber interessant wäre es doch, zu erfahren, wer das geschrieben hat. Hm... Die Handschrift ist zweifellos von einer Frau. Der Brief ist aufrichtig geschrieben, mit Herz, daher kann es kaum ein Scherz sein... Vermutlich ist das irgendeine Psychopathin oder eine Witwe... Witwen sind überhaupt leichtsinnig und exzentrisch. Hm... Wer könnte das sein?

Diese Frage war um so schwieriger zu lösen, als Pavel Ivanyč in der ganzen Villenkolonie außer seiner Gattin keine einzige Frau kannte.

Sonderbar... Er staunte. Ich liebe Sie... Wann hat sie denn Gelegenheit gehabt, sich in mich zu verlieben? Eine merkwürdige Frau! Hat sich so holterdiepolter verliebt, ohne mich kennengelernt zu haben und ohne zu wissen, was ich für ein Mensch bin... Wahrscheinlich ist sie noch sehr jung und romantisch, wenn sie fähig ist, sich nach zwei, drei Blicken zu verlieben... Aber... wer mag sie sein?

Plötzlich fiel Pavel Ivanyč ein, daß ihm gestern und vorgestern, als er auf der Ringpromenade spazierenging, einige Male eine junge stupsnäsige Blondine in einem hellblauen Kleid begegnet war. Die Blondine hatte ihn immer wieder angesehen und, als er sich auf die Bank setzte, neben ihm Platz genommen...

Ob sie das ist? dachte Vychodcev. Das kann nicht sein! Kann sich denn ein so zartes, ephemerisches Geschöpf in einen alten heruntergekommenen Kerl wie mich verlieben? Nein, das ist unmöglich!

Während des Mittagessens blickte Pavel Ivanyč stumpf seine Frau an und überlegte: Sie schreibt, sie sei jung und sehe gut aus ... Also ist sie keine Alte ... Hm ... Offen gesagt, um ehrlich zu sein, ich bin noch nicht so alt und so übel, daß man sich nicht in mich verlieben könnte ... Meine Frau liebt mich doch auch. Zudem macht bekanntlich Liebe blind.

»Worüber denkst du nach?« fragte ihn seine Frau.

»Nur so ... Ich habe ein wenig Kopfschmerzen ...« log Pavel Ivanyč.

Er kam zu dem Schluß, daß es dumm sei, solch einer Bagatelle wie diesem Liebesbrief Aufmerksamkeit zu schenken, er lachte über ihn und seine Verfasserin, aber – o weh! – des Menschen Feind ist mächtig. Nach dem Mittagessen lag Pavel Ivanyč auf seinem Bett, und anstatt zu schlafen, überlegte er: Aber sie hofft doch wohl, daß ich komme! So eine Dumme! Ich kann mir sehr gut vorstellen, wie nervös sie ist und wie sie mit ihrer Turnüre wackelt, wenn sie mich in der Laube nicht vorfindet ...! Und ich gehe nicht hin ... Hol sie der Kuckuck!

Aber, ich wiederhole, des Menschen Feind ist mächtig.

Übrigens könnte man vielleicht mal so aus Neugier hingehen ... dachte der Sommerfrischler eine halbe Stunde später. Hingehen und von weitem sehen, was das für eine ist ... Interessant wäre es! Nur um zu lachen! Wirklich, warum soll man nicht mal lachen, wenn sich eine passende Gelegenheit bietet?

Pavel Ivanyč stand vom Bett auf und kleidete sich an.

»Wozu putzt du dich denn so heraus?« fragte ihn seine Frau, als sie bemerkte, daß er ein sauberes Hemd anzog und eine modische Krawatte umband.

»Nur so ... ich will einen Spaziergang machen ... Ich habe ein wenig Kopfschmerzen ... Hm ...«

Pavel Ivanyč machte sich fein, wartete, bis es auf acht ging, und verließ das Haus. Als vor seinen Augen auf dem hellgrünen, vom Licht der untergehenden Sonne überfluteten Hintergrund die aufgeputzten Gestalten der Sommerfrischler beiderlei Geschlechts leuchteten, klopfte ihm das Herz.

Welche ist es? dachte er und schielte schüchtern auf die Gesichter der Sommerfrischlerinnen. Aber eine Blondine sehe ich nicht ... Hm ... Wenn sie das geschrieben hat, sitzt sie sicher schon in der Laube ...

Vychodcev betrat die Allee, an deren Ende hinter dem jungen Laub der hohen Linden die ›alte Laube‹ hervorlugte. Leise schlich er zu ihr hin ...

Ich werde nur von weitem gucken ... dachte er, während er unschlüssig vorwärts schritt. Nun, warum bin ich so zaghaft? Ich gehe doch nicht zu dem Rendezvous! So ein ... Dummkopf! Nur Mut, vorwärts! Aber was wäre, wenn ich doch in die Laube ginge? Nun, nun ... das hat keinen Sinn!

Pavel Ivanyč klopfte das Herz noch stärker ... Unwillkürlich, ohne es selbst zu wollen, stellte er sich auf einmal das Halbdunkel der Laube vor ... In seiner Phantasie erschien die schlanke, stupsnäsige Blondine im hellblauen Kleid ... Er stellte sich vor, wie sie, sich ihrer Liebe schämend und am ganzen Körper zitternd, zaghaft an ihn herantreten, heiß atmen und ... ihn plötzlich fest in ihre Arme schließen würde.

Wenn ich nicht verheiratet wäre, würde keiner was dabei finden ... dachte er und verjagte die sündigen Gedanken aus seinem Kopf. Im übrigen wäre es gut, einmal im Leben so was zu versuchen, sonst stirbt man, ohne zu erfahren, was dran ist ... Und meine Frau ... nun, was geschieht mit ihr? Gott sei Dank, acht Jahre lang bin ich keinen Schritt von ihrer Seite gewichen ... Acht Jahre makelloser Dienst! Reicht für sie ... Ist sogar bedauerlich ... Da werde ich eben ihr zum Trotz untreu werden!

Am ganzen Körper zitternd und mit angehaltenem Atem näherte sich Pavel Ivanyč der Laube, die von Efeu und wildem Wein umrankt war, und schaute hinein ... Ein Geruch von Feuchtigkeit und Schimmel schlug ihm entgegen ...

Scheint niemand dazusein ... dachte er, als er die Laube betrat, aber da erblickte er in der Ecke eine menschliche Silhouette.

Die Silhouette war ein Mann ... Als er ihn genauer betrachtete, erkannte Pavel Ivanyč in ihm den Bruder seiner Frau, den Studenten Mitja, der bei ihm im Landhaus wohnte.

»Ach, du bist das?« murmelte er mit unzufriedener Stimme, während er den Hut abnahm und sich setzte.

»Ja, ich ...« antwortete Mitja.

Etwa zwei Minuten vergingen in Schweigen ...

»Entschuldigen Sie, Pavel Ivanyč«, begann Mitja, »aber ich möchte Sie bitten, mich allein zu lassen ... Ich denke über meine Kandidatenarbeit nach, und ... es stört mich, wenn jemand dabei ist ...«

»Aber so geh doch irgendwohin in eine dunkle Allee ...« bemerkte Pavel Ivanyč sanft. »An der frischen Luft denkt es sich leichter, und ich ... möchte ... nämlich ... auf der Bank hier etwas schlafen ... Hier ist es nicht so heiß ...«

»Sie wollen schlafen, und ich muß meine Arbeit überdenken. Die Arbeit ist wichtiger ...«

Wieder trat Schweigen ein ... Pavel Ivanyč, der seiner Phantasie schon freien Lauf ließ und immer wieder Schritte hörte, sprang plötzlich auf und sprach mit weinerlicher Stimme: »Nun, ich bitte dich, Mitja! Du bist jünger als ich und mußt auf mich Rücksicht nehmen ... Ich bin krank und ... möchte schlafen ... Geh jetzt!«

»Das ist Egoismus ... Warum wollen Sie unbedingt hierbleiben, und ich soll gehen? Aus Prinzip gehe ich nicht ...«

»Nun, ich bitte dich! Mag ich ein Egoist, ein Despot, ein Dummkopf sein ... aber ich bitte dich! Einmal im Leben bitte ich dich! Nimm Rücksicht!«

Mitja drehte den Kopf hin und her ...

Was für ein Rindvieh ... dachte Pavel Ivanyč. Das Rendezvous wird doch nicht in seinem Beisein stattfinden! Wenn er dabei ist, geht es nicht!

»Hör mal, Mitja«, sagte er, »ich bitte dich zum letztenmal ... Beweise, daß du ein kluger, humaner und gebildeter Mensch bist!«

»Ich verstehe nicht, warum Sie so aufdringlich sind ...?« sagte Mitja achselzuckend. »Ich habe gesagt: ich gehe nicht, nun, da gehe ich nicht. Aus Prinzip bleibe ich hier ...«

Gerade in diesem Augenblick schaute ein Frauengesicht mit einem Stupsnäschen in die Laube. Als es Mitja und Pavel Ivanyč erblickte, verfinsterte es sich und verschwand ...

Weg ist sie! dachte Pavel Ivanyč und schaute Mitja böse an. Sie hat diesen Schuft gesehen und ist weggegangen! Alles ist aus!

Nachdem Vychodcev noch etwas gewartet hatte, stand er auf, setzte den Hut auf und sagte: »Ein Rindvieh bist du, ein Schuft, ein Schurke! Ja, ein Rindvieh! Das ist gemein und ... und dumm! Wir sind geschiedene Leute!«

»Freut mich sehr!« brummte Mitja, der ebenfalls aufstand und seinen Hut aufsetzte. »Sie müssen wissen, daß Sie mir eben durch Ihre Anwesenheit eine Gemeinheit angetan haben, die ich Ihnen bis zum Tode nicht verzeihen werde!«

Pavel Ivanyč verließ die Laube und schritt, außer sich vor Wut, eilig zu seinem Landhaus ... Auch der Anblick des Tisches, der schon für das Abendessen gedeckt war, konnte ihn nicht besänftigen.

Einmal im Leben hat sich eine Gelegenheit geboten, sagte er sich erregt, und da wird man gestört! Jetzt ist sie gekränkt ... verzweifelt!

Während des Abendessens schauten Pavel Ivanyč und Mitja auf ihre Teller und schwiegen mürrisch ... Beide haßten einander aus tiefstem Herzen.

»Warum lächelst du?« fuhr Pavel Ivanyč seine Frau an. »Nur Dummköpfe lachen ohne Grund!«

Die Gattin schaute in das böse Gesicht ihres Mannes und platzte heraus:

»Was für einen Brief hast du heute früh bekommen?«

»Ich ...? Gar keinen ...« antwortete Pavel Ivanyč verwirrt. »Das bildest du dir nur ein ... alles Einbildung ...«

»Ja, ja, erzähle nur! Gib zu, du hast einen bekommen! Diesen Brief habe ich dir selbst geschickt! Ehrenwort, ich! Haha!«

Pavel Ivanyč wurde flammendrot und beugte sich über seinen Teller.

»Dumme Späße!« brummte er.

»Aber was soll man machen! Urteile selbst ... Wir mußten heute die Fußböden scheuern, und wie soll man euch aus dem Haus vertreiben? Nur auf diese Weise kann man euch hinausbekommen ... Aber sei nicht böse, mein Dummer ... Damit es dir in der Laube nicht langweilig werden sollte, habe ich doch auch an Mitja solch einen Brief geschickt! Mitja, warst du in der Laube?«

Mitja grinste und hörte auf, seinen Nebenbuhler haßerfüllt anzuschauen.

Zeitvertreib
Roman aus der Sommerfrische

Der Notar Nikolaj Andreevič Kapitonov speiste zu Mittag, rauchte eine Zigarre und begab sich zur Mittagsruhe in sein Schlafzimmer. Er legte sich hin, deckte ein Gazetuch gegen die Mücken über das Gesicht und schloß die Augen, aber einschlafen konnte er nicht. Die Zwiebeln von der Kvassuppe verursachten ihm solches Sodbrennen, daß an Schlaf nicht zu denken war.

»Nein, ich kann heute nicht einschlafen«, stellte er fest, nachdem er sich etwa fünfmal von einer Seite auf die andere gedreht hatte. »Ich werde Zeitung lesen.«

Nikolaj Andreevič stieg aus dem Bett, warf den Schlafrock über und ging ohne Pantoffeln, nur auf Strümpfen in sein Arbeitszimmer, um Zeitungen zu holen. Er ahnte nicht, daß ihn im Arbeitszimmer ein Schauspiel erwartete, das weitaus interessanter war als Sodbrennen und Zeitungen!

Als er über die Schwelle des Zimmers trat, bot sich seinen Augen folgendes Bild: Auf der Samtcouchette ruhte in halb liegender Stellung, die Füße auf einen Schemel gestreckt, seine Frau, Anna Semënovna, eine Dame von dreiunddreißig Jahren; ihre lässige schmachtende Pose erinnerte an die Pose, in der gewöhnlich die ägyptische Kleopatra dargestellt ist, wie sie sich von den Schlangen töten läßt. Ihr zu Häupten kniete der Repetitor der Kapitonovs, Vanja Ščulpacev, Technikstudent im ersten Studienjahr, ein rosiger, bartloser junger Mann von etwa neunzehn, zwanzig Jahren.

Der Sinn des ›lebenden‹ Bildes war mühelos zu erraten: Unmittelbar vor dem Eintreten des Notars hatten sich die Lippen der Dame und des Jünglings zu einem langen, qualvoll brennenden Kuß vereinigt.

Nikolaj Andreevič blieb wie angewurzelt stehen und harrte mit angehaltenem Atem der Dinge, die da kommen sollten, aber er hielt es nicht aus und hustete. Der Techniker fuhr auf das Geräusch hin herum. Als er den Notar erblickte, erstarrte er für einen Augenblick, dann schoß ihm das Blut in die Wangen, er sprang auf und rannte aus dem Zimmer. Anna Semënovna war verwirrt.

»Herrlich! Nett!« begann der Ehemann, indem er sich verbeugte und die Arme ausbreitete. »Ich gratuliere! Nett und großartig!«

»Von Ihnen finde ich es auch nett ... zu horchen«, murmelte Anna Semënovna, die bemüht war, ihre Frisur zu ordnen.

»Merci! Wundervoll!« fuhr der Notar mit breitem Lächeln fort. »Das alles, Mamachen, ist so schön, daß ich hundert Rubel dafür geben würde, könnte ich noch einmal zusehen.«

»Es ist überhaupt nichts gewesen ... Das kommt Ihnen alles nur so vor ... Es ist sogar dumm ...«

»Nun ja, und wer hat sich geküßt?«

»Geküßt schon, aber sonst ... ich verstehe gar nicht, wie du auf so etwas kommst.«

Nikolaj Andreevič blickte spöttisch in das verstörte Gesicht seiner Frau und schüttelte den Kopf.

»Auf die alten Tage Sehnsucht nach jungem Gemüse!« sagte er in singendem Tonfall. »Das Hausenfleisch hat sie satt, nun ziehen sie die Sardinen an. Ach du Schamlose! Übrigens, was soll man machen? Das ›Balzac-Alter‹! Da läßt sich gar nichts machen! Ich verstehe! Ich verstehe und fühle mit!«

Nikolaj Andreevič setzte sich ans Fenster und trommelte mit den Fingern auf das Fensterbrett.

»Machen Sie nur so weiter ...« sagte er gähnend.

»Dummes Zeug!« erwiderte Anna Semënovna.

»Weiß der Teufel, was für eine Hitze das ist! Hättest du bloß Limonade besorgen lassen! So also ist das, meine Dame. Ich verstehe und fühle mit. Alle diese Küsse, diese Achs und Seufzer – pfui, das Sodbrennen! –, das alles ist schön, ist großartig, aber dem jungen Mann solltest du nicht den Kopf verdrehen, Mamachen. Jawohl. Ein feiner, guter Kerl ... ein heller Kopf, hat ein besseres Schicksal verdient. Ihn hätte man verschonen müssen.«

»Sie verstehen gar nichts. Der Junge ist bis über beide Ohren in mich verliebt, ich habe ihm eine Freude gemacht ... ich erlaubte ihm, mich zu küssen.«

»In mich verliebt ...« äffte Nikolaj Andreevič sie nach. »Bevor er sich in dich verliebte, hast du ihm wahrscheinlich hundert Schlingen und Fallen gestellt?«

Der Notar gähnte und reckte sich.

»Ein erstaunlicher Fall!« brummte er, aus dem Fenster blickend. »Würde ich so harmlos, wie du jetzt eben, ein Mädchen küssen, bräche weiß der Teufel was über mich herein: Schurke!

Verführer! Wüstling! Aber euch Damen im ›Balzac-Alter‹ geht alles glatt von der Hand. Nächstes Mal sollen keine Zwiebeln an die Kvassuppe getan werden, man krepiert ja noch vor Sodbrennen ... Pfui! Da, schau mal, dein objet! Läuft die Allee entlang, das arme Früchtchen, ohne sich auch nur umzusehen, wie ein begossener Pudel. Bildet sich vermutlich ein, ich schieße mich mit ihm wegen eines solchen Schatzes, wie du es bist. Übermütig wie eine Katze, feige wie ein Hase. Warte nur, Früchtchen, du bekommst dein Teil schon ab! Du läufst mir nicht noch einmal in die Quere!«

»Nein, bitte, sag ihm nichts!« warf Anna Semënovna ein. »Schilt ihn nicht aus, er hat überhaupt keine Schuld ...«

»Ich werde nicht schelten, sondern nur so ... spaßeshalber.«

Der Notar gähnte, nahm seine Zeitungen und latschte, die Schöße des Hausrocks anhebend, ins Schlafzimmer. Nachdem er sich anderthalb Stunden ausgeruht und Zeitungen gelesen hatte, kleidete er sich an und brach zu einem Spaziergang auf. Er streifte durch den Garten und schwenkte fröhlich seinen Spazierstock; als er jedoch von weitem des Technikers Sčulpacev ansichtig wurde, kreuzte er die Arme über der Brust, runzelte die Brauen und schritt einher wie ein Provinztragöde, der darauf gefaßt ist, seinem Nebenbuhler zu begegnen. Sčulpacev saß unter einer Esche auf der Bank und bereitete sich bleich und zitternd auf die schwierige Erklärung vor. Er tat mutig, machte ein ernstes Gesicht, aber er war, wie man sagt, völlig geknickt. Als er den Notar erblickte, wurde er noch bleicher, rang mühsam nach Atem und schob ergeben die Füße unter den Sitz. Nikolaj Andreevič trat von der Seite zu ihm heran, verharrte schweigend und begann dann, ohne ihn anzusehen:

»Sie begreifen natürlich, geehrter Herr, worüber ich mit Ihnen sprechen will. Nach dem, was ich gesehen habe, können unsere guten Beziehungen nicht weiter andauern. Jawohl, Herr! Mir stockt vor Erregung die Stimme, aber ... Sie werden auch ohne Worte begreifen, daß ich und Sie nicht länger unter einem Dach leben können. Ich oder Sie!«

»Ich verstehe Sie«, murmelte der Techniker, schwer atmend.

»Dieses Landhaus gehört meiner Frau, und deswegen werden Sie hierbleiben, ich aber ... ich reise ab. Ich bin nicht gekommen, Ihnen Vorwürfe zu machen, nein! Mit Vorwürfen und Tränen holt man nicht zurück, was unwiederbringlich dahin ist. Ich bin gekommen, um Sie nach Ihren Absichten zu fragen ...« (Pause) »Natürlich ist es nicht meine Sache, mich in Ihre Angelegenheiten einzumischen, aber Sie werden zugeben, daß in dem Wunsche, über das fernere Schicksal des heißgeliebten Weibes zu erfahren, nichts von dem liegt, was Ihnen als Einmischung erscheinen könnte. Sie beabsichtigen mit meiner Frau zu leben?«

»Das heißt, wie meinen Sie?« sagte völlig fassungslos der Techniker und schob die Füße noch tiefer unter die Bank. »Ich ... ich weiß nicht. Alles das ist irgendwie seltsam.«

»Ich sehe, Sie weichen einer direkten Antwort aus«, knurrte der Notar düster. »Somit sage ich Ihnen geradeheraus: Entweder nehmen Sie die von Ihnen verführte Frau als die Ihre und verschaffen ihr die Mittel zum Lebensunterhalt, oder wir schießen uns. Die Liebe erlegt gewisse Verpflichtungen auf, geehrter Herr, und Sie als ehrenhafter Mann müssen das begreifen! In einer Woche reise ich ab, und Anna mitsamt Familie kommt dann unter Ihre Fuchtel. Für die Kinder werde ich eine bestimmte Summe aussetzen.«

»Wenn es Anna Semënovna recht ist«, murmelte der Jüngling, »dann werde ich ... ich als ehrenhafter Mensch es übernehmen... aber ich bin doch arm! Obwohl ...«

»Sie sind ein edler Mensch!« krächzte der Notar und schüttelte dem Techniker die Hand. »Ich danke Ihnen! Für alle Fälle gebe ich Ihnen eine Woche Bedenkzeit! Überlegen Sie sich's!«

Der Notar setzte sich neben den Techniker und bedeckte das Gesicht mit den Händen.

»Aber was haben Sie mit mir gemacht!« stöhnte er. »Sie haben mein Leben zerstört ... Sie haben mir die Frau genommen, die ich mehr als mein Leben geliebt habe. Nein, diesen Schlag werde ich nicht verwinden!«

Der Jüngling sah ihn gramvoll an und kratzte sich die Stirn. Ihm war übel.

»Sie sind selbst schuld, Nikolaj Andreevič!« seufzte er. »Ist der Kopf ab, dann weint man nicht mehr den Haaren nach. Denken Sie daran, daß Sie Anna nur des Geldes wegen geheiratet haben ... Ferner haben Sie sie das ganze Leben niemals verstanden, Sie haben sie tyrannisiert ... Sie gingen achtlos an den reinsten, edelsten Regungen ihres Herzens vorüber.«

»Hat sie Ihnen das gesagt?« fragte Nikolaj Andreevič, der plötzlich die Hände vom Gesicht nahm.

»Ja, das hat sie gesagt. Ich kenne ihr ganzes Leben, und ... und glauben Sie, ich liebe in ihr nicht so sehr die Frau als vielmehr die Dulderin.«

»Sie sind ein edler Mensch ...« Der Notar seufzte und erhob sich. »Leben Sie wohl und werden Sie glücklich. Ich hoffe, daß alles, was hier gesagt wurde, unter uns bleibt.«

Nikolaj Andreevič seufzte nochmals und schritt heimwärts.

Auf halbem Wege begegnete ihm Anna Semënovna.

»Du suchst dein Früchtchen, was?« fragte er. »Geh mal hin und schau dir an, wie ich ihn in Schweiß gebracht habe ...! Du hast es also schon fertiggebracht, ihm zu beichten! Eine Art habt ihr Balzacschen Damen, bei Gott! Schönheit und Frische bringen euch keine Eroberungen mehr ein, da schleicht ihr euch mit einer Beichte, mit Klagen heran! Das Blaue vom Himmel hast du heruntergelogen! Wegen des Geldes habe ich geheiratet, nicht verstanden habe ich dich, tyrannisiert habe ich und Hölle und Teufel ...«

»Nichts habe ich ihm gesagt!« brauste Anna Semënovna auf.

»Nun, nun ... ich verstehe doch, ich versetze mich ja in deine Lage. Keine Angst, ich werfe dir nichts vor. Nur um den Jungen tut's mir leid. So ein guter, ehrlicher, aufrichtiger Kerl.«

Als der Abend anbrach und die ganze Erde in Dunkel hüllte, unternahm der Notar noch einen Spaziergang. Der Abend war herrlich. Die Bäume schliefen, und es schien, als könnte sie aus diesem jungen Frühlingsschlaf kein Sturm jemals erwecken. Vom Himmel blickten, mit ihrer Schläfrigkeit kämpfend, die Sterne herab. Irgendwo hinter dem Garten quakten träge die Frösche und schrie eine Eule. Man hörte in der Ferne das kurze, immer wieder abbrechende Schlagen einer Nachtigall.

Als Nikolaj Andreevič durch das Dunkel unter einer breiten Linde ging, stieß er unerwartet auf Ščulpacev.

»Was machen Sie hier?« fragte er.

»Nikolaj Andreevič«, begann Ščulpacev mit vor Erregung zitternder Stimme. »Ich bin mit allen Ihren Bedingungen einverstanden, aber ... alles das ist irgendwie seltsam. – Unversehens und plötzlich sind Sie unglücklich ... Sie leiden und sagen, Ihr Leben sei zerstört.«

»Na und?«

»Wenn Sie beleidigt sind, dann ... dann, obwohl ich das Duell nicht anerkenne, kann ich Ihnen Satisfaktion geben. Wenn ein Duell Sie nur ein wenig erleichtert, dann, gestatten Sie, bin ich bereit... meinetwegen zu hundert Duellen.«

Der Notar lachte auf und faßte den Techniker um die Taille.

»Na, na... schon gut! Ich habe doch nur Spaß gemacht, mein Bester!« sagte er. »Alles das ist Unsinn und nicht der Rede wert. Dieses elende und nichtswürdige Weib verdient es gar nicht, daß Sie ihretwegen gute Worte verlieren und sich aufregen. Schluß damit, junger Mann! Gehen wir spazieren.«

»Ich... ich verstehe Sie nicht...«

»Da gibt es auch nichts zu verstehen. Ein elendes, abscheuliches Weibsbild – weiter nichts...! Sie haben keinen Geschmack, mein Bester. Was bleiben Sie stehen? Wundert es Sie, daß ich in solchen Worten von meiner Frau spreche? Natürlich, ich sollte das vor Ihnen nicht tun, da Sie aber in gewisser Weise mitbeteiligt sind, so brauchen wir voreinander nichts zu verheimlichen. Ich sage Ihnen offen: Pfeifen Sie darauf! Das Spiel ist der Mühe nicht wert. Alles, was sie Ihnen erzählt hat, war Lüge. Als ›Dulderin‹ ist sie keinen Groschen wert. Eine Dame im ›Balzac-Alter‹, Psychopathin. Dumm und verlogen. Ehrenwort, mein Bester! Ich scherze nicht...«

»Aber sie ist doch Ihre Frau«, entgegnete der Techniker verwundert.

»Na wennschon! Ich war genauso einer, wie Sie jetzt, und habe geheiratet, jetzt aber würde ich mich mit Freuden von dieser Ehe befreien, jawohl – brr... Pfeifen Sie darauf, mein Guter! Von Liebe ist bei ihr keine Spur, nichts als Mutwille und Langeweile. Wenn Sie Abwechslung suchen – da geht Nastja... He, Nastja, wo willst du hin?«

»Kvas holen, Herr!« ertönte eine weibliche Stimme.

»Das verstehe ich«, fuhr der Notar fort. »Aber alle diese Psychopathinnen, diese Dulderinnen... die lassen Sie lieber laufen! Nastja ist eine dumme Person, aber sie hat wenigstens keine Prätentionen... Kommen Sie mit?«

Der Notar und der Techniker verließen den Garten, schauten sich noch einmal um, seufzten beide zugleich auf und gingen dann aufs freie Feld hinaus.

Lebensüberdruß

Nach den Beobachtungen erfahrener Menschen fällt auch *Greisen* die Trennung vom diesseitigen Leben nicht leicht; dabei offenbaren sie nicht selten die Eigentümlichkeiten des Alters – Geiz und Habsucht sowie Argwohn, Kleinmut, Störrigkeit, Unzufriedenheit und so weiter.
»Praktische Anleitung für Kirchendiener«

P. Nečaev

Der Frau Oberst Anna Michajlovna Lebedeva war die einzige Tochter gestorben, ein bereits erwachsenes Mädchen. Dieser Tod zog einen zweiten Tod nach sich: Niedergeschmettert durch die Heimsuchung Gottes, fühlte die Alte, daß ihr ganzes vergangenes Leben unwiederbringlich dahin war und daß jetzt ein anderes Leben für sie begann, das mit dem ersten sehr wenig gemein hatte...

Eine fahrige Geschäftigkeit überkam sie. Als erstes schickte sie dem Athos-Kloster tausend Rubel, und die Hälfte des häuslichen Silbers opferte sie für die Friedhofskapelle. Bald darauf stellte sie das Rauchen ein und legte ein Gelübde ab, kein Fleisch mehr zu essen. Doch von alledem wurde ihr keineswegs leichter, im Gegenteil, das Gefühl des Alters und der Todesnähe erfaßte sie immer stärker und heftiger. Da verkaufte Anna Michajlovna für ein Spottgeld ihr Haus in der Stadt und eilte, ohne ein bestimmtes Ziel zu haben, auf ihr Landgut.

Wenn erst einmal im Bewußtsein des Menschen, in welcher Form auch immer, sich die Frage nach dem Sinn des Daseins erhebt und sich ein lebendiges Bedürfnis einstellt, den Blick auf die jenseitigen Gefilde zu richten, dann findet der Mensch weder im Opfer noch im Fasten, noch im Pilgern von Ort zu Ort Ruhe. Zum Glück aber ließ das Schicksal Anna Michajlovna gleich nach ihrer Ankunft in Ženino ein Ereignis erleben, über das sie für lange Zeit Alter und Todesnähe vergaß. Der Zufall wollte es, daß sich just am Tage ihrer Ankunft der Koch Martyn beide Beine mit siedendem Wasser verbrühte. Man jagte sofort ein Fuhrwerk zum Landarzt; der aber war nicht zu Hause. Da wusch Anna Michajlovna, die empfindliche, sich stets ekelnde Anna Michajlovna, mit eigener Hand die Wunden des Martyn, bestrich sie mit Salbe und legte an beiden Beinen einen Verband an. Die ganze Nacht wachte sie am Bett des Koches. Als Martyn dank ihren Bemühungen zu stöhnen aufhörte und einschlummerte, wurde ihre Seele, wie sie später berichtete, von etwas ›erleuchtet‹. Ihr schien plötzlich, als träte das Ziel ihres Lebens in voller Klarheit vor sie hin ... Bleich und mit feuchten Augen küßte sie andächtig die Stirn des schlafenden Martyn und begann zu beten.

Von nun an widmete sich die Lebedeva der Heilkunst. In den Tagen ihres sündhaften, unsauberen Vorlebens, dessen sie sich jetzt nie anders als mit Abscheu erinnerte, hatte sie sich oft aus Langeweile ärztlich behandeln lassen.

Außerdem hatten zu ihren Geliebten auch Doktoren gehört, denen sie dies und jenes abgesehen hatte. Das eine wie das andere kam ihr jetzt überaus zustatten. Sie bestellte sich eine Hausapotheke, einige Bücher, die Zeitschrift ›Vrač‹ und machte sich kühn ans Kurieren.

Anfänglich ließen sich nur die Einwohner von Ženino behandeln, dann aber kamen nach und nach Patienten aus allen umliegenden Dörfern.

»Stellen Sie sich vor, meine Liebe«, rühmte sie sich etwa drei Monate nach ihrer Ankunft vor der Frau des Popen, »gestern hatte ich sechzehn Patienten, heute aber ganze zwanzig! Ich habe mich so mit ihnen abgemüht, daß ich kaum noch auf den Beinen stehe. Mein ganzes Opium ist verbraucht, stellen Sie sich das vor! In Gurjino grassiert die Ruhr.«

Jeden Morgen beim Erwachen dachte sie daran, daß die Kranken sie erwarteten, und ein angenehmes Erschauern durchfuhr ihr Herz. Nachdem sie sich angekleidet und hastig ihren Tee getrunken hatte, eröffnete sie die Sprechstunde. Die Annahmeprozedur bereitete ihr unsagbaren Genuß. Zunächst schrieb sie langsam, als wolle sie den Genuß hinausziehen, die Patienten in ihr Heft ein, dann rief sie sie der Reihe nach zu sich herein. Je schwerer das Leiden eines Kranken, je schmutziger und abstoßender seine Krankheit war, desto süßer schien ihr die Arbeit. Nichts machte ihr größeres Vergnügen als der Gedanke, daß sie ihren Widerwillen bezwang und sich nicht schonte, und sie bemühte sich absichtlich, möglichst lange in den eiternden Wunden zu wühlen. Es gab Minuten, da sie, wie berauscht von der Häßlichkeit und dem Gestank dieser Wunden, in einen begeisterten Zynismus verfiel. Dann regte sich in ihr der übermächtige Wunsch, die eigene Natur zu vergewaltigen, und in solchen

Minuten kam es ihr vor, als stünde sie auf dem Gipfel ihrer Berufung. Sie vergötterte ihre Patienten. Das Gefühl sagte ihr, daß es ihre Retter waren, und ihr Verstand wollte in ihnen nicht Einzelpersonen, nicht einfach Bauern sehen, sondern etwas Abstraktes – das Volk! Deshalb war sie ihnen gegenüber auch so ungewöhnlich weich und schüchtern. Sie errötete wegen ihrer Fehler und hatte in den Sprechstunden stets das Aussehen einer Schuldnerin.

Jedesmal nach der Sprechstunde stürzte sie sich, noch rot vor Anstrengung, erschöpft und leidend, auf die Lektüre. Sie las medizinische Bücher und diejenigen russischen Autoren, die ihrer Stimmung am meisten entsprachen.

Seit Anna Michajlovna dieses neue Leben begonnen hatte, fühlte sie sich erfrischt, zufrieden und beinahe glücklich. Ein erfüllteres Leben wollte sie gar nicht. Nun aber fügten sich, gleichsam zur Vollendung des Glücks, sozusagen anstelle eines Desserts, die Umstände so, daß sie sich mit ihrem Mann versöhnte, demgegenüber sie sich in tiefer Schuld fühlte. Vor siebzehn Jahren, kurz nach der Geburt ihrer Tochter, hatte sie ihren Gatten, Arkadij Petrovič, betrogen und sich von ihm trennen müssen. Sie hatte ihn seit dieser Zeit nicht mehr gesehen. Er diente irgendwo im Süden als Batteriekommandeur bei der Artillerie und hatte seiner Tochter hin und wieder, etwa zweimal jährlich, einen Brief geschickt, den diese sorgsam vor der Mutter versteckte. Nach dem Tod der Tochter erhielt Anna Michajlovna überraschend einen langen Brief von ihm. In altersmüder, schwächlicher Schrift schrieb er ihr, er habe mit der Tochter das letzte verloren, das ihn noch ans Leben gebunden habe; er sei alt und krank und sehne den Tod herbei, den er jedoch gleichzeitig fürchte. Er klagte darüber, daß ihm alles lästig und widerwärtig geworden sei, daß er mit den Menschen nicht mehr zurechtkomme und nichts so sehr herbeiwünsche wie den Zeitpunkt, da er seine Batterie abgeben und fern von dem ganzen Gezänk leben könne. Zum Schluß bat er seine Frau um Christi willen, für ihn zu beten, auf ihr eigenes Wohlergehen bedacht zu sein und nicht den Mut sinken zu lassen. Zwischen den beiden Alten entspann sich eine lebhafte Korrespondenz. Wie aus den folgenden Briefen zu entnehmen war, die alle gleich kläglich und düster klangen, erging es dem Oberst nicht nur wegen seiner Krankheiten und des Verlustes der Tochter schlecht: er steckte tief in Schulden, hatte sich mit den Vorgesetzten und seinen Offizieren überworfen, hatte seine Batterie so vernachlässigt, daß er sie nicht einmal abgeben konnte, und so weiter. Der Briefwechsel zwischen den Ehegatten dauerte rund zwei Jahre und endete damit, daß der Alte seinen Abschied nahm und nach Ženino übersiedelte.

Als er an einem Februartag um die Mittagsstunde eintraf, lagen die Gebäude von Ženino hinter hohen Schneewehen verborgen, es herrschte strenger, klirrender Frost, und in der blauen, durchsichtigen Luft lag Totenstille.

Anna Michajlovna, die durchs Fenster zuschaute, wie er aus dem Schlitten stieg, erkannte ihren Mann nicht wieder. Sie sah einen kleinen, gebeugten, schon ganz hinfälligen und gebrechlichen Greis vor sich. Vor allem fielen ihr die greisenhaften Falten an seinem langen Hals und die dürren Beinchen mit den krummen Knien auf, die wie Prothesen aussahen. Als er mit dem Kutscher abrechnete, redete er lange auf diesen ein und spuckte schließlich böse aus.

»Es ist sogar widerlich, mit Ihnen zu sprechen«, hörte Anna Michajlovna ihn mit greisenhafter Stimme knurren. »Sieh endlich ein, daß es unmoralisch ist, Trinkgeld zu verlangen! Jeder hat nur das zu bekommen, was er verdient hat, jawohl!«

Als er ins Vorzimmer trat, sah Anna Michajlovna sein gelbes, nicht einmal vom Frost gerötetes Gesicht mit den vorstehenden Krebsaugen und dem dürftigen Bärtchen, in dem sich graue Haare mit fuchsroten vermischten. Arkadij Petrovič umfaßte seine Frau mit einem Arm und küßte sie auf die Stirn. Während die beiden Alten einander anschauten, schienen sie zu erschrecken und wurden furchtbar verlegen, als schämten sie sich ihres Alters.

»Du kommst gerade zur rechten Zeit«, sagte Anna Michajlovna hastig. »Diesen Augenblick ist zum Essen gerufen worden! Du wirst nach der Reise vorzüglich speisen!«

Sie setzten sich an den Mittagstisch. Den ersten Gang verzehrten sie schweigend. Arkadij Petrovič zog aus seinem Rock eine dicke Brieftasche und sah irgendwelche Zettel durch, während seine Frau den Salat zubereitete. Bei beiden häufte sich der Gesprächsstoff zu Bergen, aber weder der eine noch der andere rührte diese Berge an. Beide spürten, daß die Erinnerung an die Tochter einen stechenden Schmerz und Tränen hervorrufen wür-

de, aus der Vergangenheit aber stiegen ihnen wie aus einem tiefen Essigfaß stickiger Geruch und Finsternis entgegen...
»Du ißt ja gar kein Fleisch«, bemerkte Arkadij Petrovič.
»Ja, ich habe ein Gelübde abgelegt, keinerlei Fleischgerichte mehr zu essen...« antwortete seine Frau leise.
»Wirklich? Der Gesundheit schadet das nicht... chemisch gesehen bestehen Fisch und überhaupt alle Fastenspeisen aus den gleichen Elementen wie Fleisch. In Wirklichkeit gibt es überhaupt keine Fastenspeisen...« (Wozu sage ich das eigentlich? dachte der Alte.) »Diese Gurke zum Beispiel ist genausowenig Fastennahrung wie ein Hähnchen...«
»Nein... wenn ich eine Gurke esse, so weiß ich, daß man ihr nicht das Leben genommen, daß man kein Blut vergossen hat...«
»Das, meine Liebe, ist optische Täuschung. Mit der Gurke verspeist du sehr viele Infusorien, und hat die Gurke selbst etwa nicht gelebt? Pflanzen sind doch auch Organismen! Und die Fische?«
Wozu sage ich diesen Blödsinn? dachte Arkadij Petrovič noch einmal und begann im gleichen Augenblick eilig von den Fortschritten zu erzählen, die die Chemie jetzt macht.
»Das reinste Wunder!« sagte er, während er mühsam das Brot zerkaute. »Bald wird man Milch chemisch herstellen, und vielleicht wird eines Tages sogar das Fleisch so erzeugt! Jawohl! In tausend Jahren wird sich in jedem Haus statt der Küche ein chemisches Laboratorium befinden, wo man aus wertlosen Gasen und ähnlichem Zeug alles herstellt, was man braucht!«
Anna Michajlovna blickte auf seine unruhig hin und her rollenden Krebsaugen und hörte zu. Sie fühlte, daß der Alte von der Chemie nur deswegen sprach, weil er über etwas anderes nicht reden wollte, aber nichtsdestoweniger interessierte sie seine Theorie von den Fastenspeisen und der Fleischnahrung.
»Bist du als General in den Ruhestand getreten?« fragte sie, als er plötzlich verstummte und sich schneuzte.
»Ja, als General... Exzellenz...«
Der General sprach während des ganzen Mittagessens ohne Unterbrechung. Er offenbarte auf diese Weise eine übermäßige Redseligkeit, die Anna Michajlovna in den Zeiten der Jugend bei ihm nicht gekannt hatte. Von seinem Geschwätz begann der alten Frau der Kopf zu schmerzen.

Nach dem Essen begab er sich zur Mittagsruhe auf sein Zimmer, aber er konnte trotz seiner Erschöpfung nicht einschlafen. Als die Alte vor dem Abendtee bei ihm eintrat, lag er zusammengekrümmt unter der Bettdecke, starrte die Zimmerdecke an und gab stoßweise Seufzer von sich.

»Was hast du, Arkadij?« fragte Anna Michailovna erschrocken und schaute sein fahl gewordenes, in die Länge gezogenes Gesicht an.

»Ni... nichts...« sagte er. »Rheumatismus.«

»Warum sagst du mir das nicht? Vielleicht kann ich dir helfen!«

»Da kann keiner helfen.«

»Wenn es Rheumatismus ist, muß man Jod aufstreichen... und Salicylnatron einnehmen...«

»Das ist alles Blödsinn... Acht Jahre hat man mich behandelt... Trampel nicht so mit den Füßen!« schrie der General plötzlich die alte Dienerin an und starrte sie mit hervorquellenden Augen wütend an. »Trampelt wie ein Pferd!«

Anna Michajlovna und die Dienerin, die einen solchen Ton schon lange nicht mehr gewöhnt waren, wechselten einen Blick und erröteten. Der General bemerkte ihre Verwirrung, runzelte die Stirn und drehte sich zur Wand.

»Ich muß dir gleich sagen, Anjuta...« stöhnte er. »Ich habe einen ganz unleidlichen Charakter. Auf meine alten Tage bin ich mürrisch geworden...«

»Man muß sich überwinden...« entgegnete Anna Michajlovna seufzend.

»Leicht gesagt: ›muß!‹ Auch die Schmerzen müßten nicht sein, aber siehst du, die Natur hört nicht auf unser: ›muß!‹ Au! Geh raus, Anjuta... wenn ich Schmerzen habe, stört mich die Anwesenheit von Menschen. Es fällt mir schwer zu sprechen...«

So vergingen Tage, Wochen, Monate. Allmählich wurde Arkadij Petrovič am neuen Ort heimisch; er gewöhnte sich ein, und man gewöhnte sich an ihn. Die erste Zeit blieb er ständig zu Hause, ohne jemals auszugehen, aber die Vergreisung und Schwere seines Charakters waren in ganz Ženino zu spüren. Er wachte gewöhnlich sehr zeitig auf, gegen vier Uhr morgens, und begann den Tag mit einem schallenden Gehuste, so daß Anna Michajlovna und die ganze Dienerschaft geweckt wurden. Um die lange Zeit vom frühen Morgen bis zum Mittag irgendwie totzuschlagen, wanderte er, wenn nicht das Rheuma ihm die Beine lähmte, durch alle Zimmer und bemäkelte die Unordnung, die er überall wahrzunehmen meinte. Ihn regte alles auf: die Faulheit der Diener, laute Schritte, das Krähen der Hähne, der Rauch aus der Küche, das Läuten der Kirchenglocken... Er murrte, schalt, hetzte die Diener, aber nach jedem Schimpfwort griff er sich an den Kopf und sagte mit weinerlicher Stimme: »Gott, was hab ich für einen Charakter! Einen unausstehlichen Charakter!«

Zu Mittag aß er reichlich und schwatzte ununterbrochen. Er redete über den Sozialismus, über die neuen Militärreformen, über Hygiene; Anna Michajlovna aber hörte zu und fühlte, daß er das alles nur sagte, um nicht über die Tochter und die Vergangenheit zu sprechen. Wenn sie beide zusammen waren, wurden sie immer noch verlegen, und sie schienen sich wegen irgend etwas zu schämen. Nur abends, wenn die Zimmer im Dämmerlicht lagen und hinter dem Ofen das Heimchen zirpte, schwand diese Verlegenheit. Dann saßen sie nebeneinander, schwiegen, und es flüsterte sozusagen ihre Seele von dem, was auszusprechen sie beide sich nicht entschließen konnten. In diesen Stunden übertrugen sich die ihnen noch verbliebenen Reste an Lebenswärme von einem auf den anderen, und jeder verstand ausgezeichnet, was der andere dachte. Kaum aber hatte die Dienerin die Lampe gebracht, da fing der Alte schon wieder an zu schwatzen oder die Unordnung zu bemäkeln. Zu tun hatte er überhaupt nichts. Anna Michajlovna wollte ihn anfangs zu ihrer Heilpraxis hinzuziehen, aber schon in der ersten Sprechstunde gähnte er und wurde mißmutig. Ihn zum Lesen zu bringen gelang ebenfalls nicht. Lange lesen konnte er nicht, da er vom Militär gewohnt war, nur in dienstfreien Stunden zu lesen. Fünf, sechs Seiten genügten, und schon wurde er müde und setzte seine Brille ab.

Aber es kam der Frühling, und plötzlich änderte der General seine Lebensweise vollkommen. Als sich vom Gutshof hinaus auf die grünenden Felder und nach dem Dorf hin frisch ausgetretene Pfade zogen und in den Bäumen vor den Fenstern die Vögel sich tummelten, begann der General zu Anna Michajlovnas Überraschung in die Kirche zu gehen. Er tat das nicht nur an den Feiertagen, sondern auch alltags. Angefangen hatte dieser religiöse Eifer, als der Alte ohne Wissen seiner Frau eine Seelenmesse für die Tochter hatte lesen lassen. Während der Seelenmesse lag er auf den Knien, verneigte sich bis zur Erde, weinte, und ihm schien, er bete inbrünstig. Aber das war kein Gebet. Völlig versunken in sein väterliches Gefühl, malte er sich in der Erinnerung die Züge der geliebten Tochter aus, schaute auf die Ikonen und flüsterte:

»Šuročka! Mein geliebtes Kind! Mein Engel!«

Es war ein Anfall von Altersschwermut, aber der Greis glaubte, in ihm vollzöge sich eine Reaktion, ein Umschwung. Am darauffolgenden Tag zog es ihn wieder in die Kirche, am dritten ebenfalls ... Von der Kirche kehrte er frisch und strahlend heim, mit einem Lächeln auf dem Gesicht. Beim Mittagessen wurden nun die Religion und theologische Fragen zum Thema seines ununterbrochenen Geschwätzes. Mehrmals fand ihn Anna Michajlovna, wenn sie in sein Zimmer trat, beim Blättern im Evangelium. Doch leider dauerte diese religiöse Begeisterung nicht lange. Nach einem besonders schweren Rheumaanfall, der eine ganze Woche anhielt, suchte er die Kirche nicht mehr auf: irgendwie war es ihm entfallen, daß er zur Messe gehen mußte.

Nun suchte er plötzlich Geselligkeit.

»Ich verstehe nicht, wie man ohne jede Gesellschaft leben kann«, brummte er. »Ich muß unseren Nachbarn eine Visite machen! Das mag zwar dumm und unnütz sein, aber solange ich lebe, muß ich mich den Regeln der guten Gesellschaft fügen.«

Anna Michajlovna stellte ihm ein Gespann zur Verfügung. Er stattete den Nachbarn Visiten ab, aber ein zweites Mal fuhr er schon nicht mehr hin. Sein Bedürfnis nach Gesellschaft befriedigte er damit, daß er im Dorf herumschwadronierte und die Bauern belästigte.

Eines Morgens saß er im Speisezimmer am offenen Fenster und trank Tee. Vor dem Fenster, im Gärtchen, bei den Flieder- und Stachelbeersträuchern saßen auf den Bänkchen die Bauern herum, die zu Anna Michajlovna zur Behandlung gekommen waren. Der Alte sah sie lange mit zusammengekniffenen Augen an; dann begann er zu murren: »Ces moujiks ... Objekte des gesellschaftlichen Kummers ... Statt eure Krankheiten kurieren zu lassen, tätet ihr besser, euch dorthin zu begeben, wo eure Gemeinheiten und Schändlichkeiten kuriert werden.«

Anna Michajlovna, die ihre Patienten vergötterte, hielt mit dem Ausschenken des Tees inne und blickte mit stummer Verwunderung auf den Alten. Die Patienten, die im Lebedevschen Haus nichts als Freundlichkeit und warme Anteilnahme kennengelernt hatten, staunten auch und erhoben sich.

»Ja, meine Herren Bäuerlein ... ces moujiks ...« fuhr der General fort. »Ich wundere mich über euch. Wundere mich sehr! Na, sind sie nicht das reine Vieh?« sagte der Alte zu Anna Michajlovna. »Das Bezirkszemstvo hat ihnen Hafer für die Aussaat geliehen, sie aber haben den ganzen Hafer vertrunken! Nicht nur einer hat das getan, nicht zwei – nein, alle! Die Kneipenwirte wußten schon nicht mehr, wo sie den Hafer hinschütten sollten ... Ist das gut?« Der General wandte sich den Bauern zu. »He? Ist das gut?«

»Hör auf, Arkadij!« flüsterte Anna Michajlovna.

»Ihr glaubt wohl, das Zemstvo hat den Hafer umsonst herbeigeschafft? Was für Bürger seid ihr eigentlich, wenn ihr weder das eigene noch das fremde, noch staatliches Eigentum achtet? Den Hafer also habt ihr vertrunken ... den Wald habt ihr abgeholzt und auch vertrunken ... alles und überall stehlt ihr ... Meine Frau kuriert euch, ihr aber stehlt ihr die Planken vom Zaun ... Ist das gut?«

»Genug!« stöhnte die Generalin.

»Höchste Zeit, vernünftig zu werden ...« murrte der General weiter. »Man schämt sich ja, euch anzusehen! Du da, mit dem Rotschopf, du bist also zur Behandlung hergekommen – dein Bein tut dir weh? –, aber dir zu Hause die Beine zu waschen, daran hast du nicht gedacht ... Dreck, fingerdick! Erwartest wohl, daß man sie dir hier wäscht, du Dummkopf? Haben sich in den Kopf gesetzt, sie wären ces moujiks, bilden sich ein, sie könnten anderen auf dem Rücken herumtanzen. Da vollzieht der Pope bei irgendeinem Fëdor, dem Tischler von hier, die Trauung. Der Tischler zahlt keine Kopeke. ›Die Armut!‹ sagt er. ›Kann nicht!‹ Na schön. Nun bestellt aber der Pope bei dem Fëdor ein Brettchen für Bücher ... Und was meinst du? Fünfmal erscheint er beim Popen wegen der Bezahlung! Äh! Sind sie nicht das reine Vieh? Selbst hat er dem Popen nichts bezahlt, aber ...«

»Der Pope hat auch so Geld genug ...« sagte mit verdrossener Baßstimme einer der Patienten.

»Woher weißt du das?« Der General geriet in Wut. Er sprang auf und lehnte sich aus dem Fenster. »Hast du dem Popen etwa in die Tasche gesehen? Soll er doch Millionär sein, trotzdem darfst du seine Arbeit nicht umsonst beanspruchen! Du gibst nichts umsonst, also nimm auch nichts umsonst! Du kannst dir nicht vorstellen, was bei ihnen für Abscheulichkeiten vorkommen«, sagte der General zu Anna Michajlovna. »Du solltest mal ihre Gerichtstage und ihre Versammlungen erleben! Räuber sind das!« Der General hörte selbst nach Beginn der Sprechstunde nicht auf zu schimpfen. Er belästigte jeden Patienten, äffte alle nach, bezeichnete sämtliche Krankheiten als Folge von Trunksucht und Hurerei.

»Bist du aber mager!« sagte er zu einem Kranken und stieß ihm mit dem Finger gegen die Brust. »Und wie kommt das? Nichts zu essen! Alles vertrunken! Du hast doch den Hafer vom Zemstvo vertrunken?«

»Wozu lange reden«, seufzte der Kranke, »früher, unter den Herren war es besser...«

»Das lügst du! Du schwindelst!« Der General brauste auf. »Das sagst du doch nicht ehrlich, sondern nur, um zu schmeicheln.«

Am nächsten Tag saß der General wieder am Fenster und belästigte die Patienten. Diese Beschäftigung sagte ihm zu, und von nun an saß er alle Tage am Fenster. Als Anna Michajlovna sah, daß er keine Ruhe gab, begann sie die Kranken in einer Scheune zu behandeln, aber auch dorthin kam der General. Die alte Frau trug diese ›Prüfung‹ mit stiller Ergebenheit und brachte ihren Protest nur dadurch zum Ausdruck, daß sie errötete und den beschimpften Patienten Geld zusteckte; als aber die Kranken, denen der General ganz und gar nicht behagte, immer seltener kamen, hielt sie es nicht länger aus. Einmal beim Mittagessen, als der General wieder über die Patienten herzog, starrte sie ihn plötzlich mit blutunterlaufenen Augen an, und ein krampfhaftes Zucken lief über ihr Gesicht.

»Ich habe dich ersucht, meine Patienten in Ruhe zu lassen...« sagte sie streng. »Wenn du das Bedürfnis hast, deinen Charakter an jemandem auszulassen, so schilt mich, aber sie laß in Frieden ... Deinetwegen kommen sie nicht mehr zur Behandlung.«

»Ah, sie kommen nicht mehr!« entgegnete schmunzelnd der General. »Sie sind beleidigt! Du zürnst, Jupiter, also bist du im Unrecht. Hoho... Das ist gut, Anjuta, daß sie nicht mehr kommen. Ich bin sehr froh darüber... Mit deiner Behandlung richtest du ja nichts als Schaden an! Statt sich im Zemstvo-Krankenhaus vom Arzt nach den Regeln der Wissenschaft behandeln zu lassen, kommen sie zu dir und kriegen gegen alle Krankheiten Natron und Rizinus. Großen Schaden richtest du an!«

Anna Michajlovna blickte den Alten durchdringend an, überlegte, und plötzlich wurde sie bleich.

»Natürlich«, schwatzte der General weiter. »In der Medizin sind vor allem Kenntnisse vonnöten und dann erst Philanthropie, ohne Kenntnisse ist es Scharlatanerie ... Und nach dem Gesetz hast du gar nicht das Recht zu praktizieren. Meiner Meinung nach erweist du den Kranken einen viel besseren Dienst, wenn du sie wegjagst, sie zum Arzt jagst, statt selbst zu praktizieren.«

Der General schwieg eine Weile und fuhr dann fort:

»Wenn es dir nicht gefällt, wie ich mit ihnen umgehe, dann bitte sehr, ich stelle die Gespräche ein ... obwohl im übrigen ... wenn man es gewissenhaft bedenkt, Offenheit ihnen gegenüber weitaus besser ist als Schweigen und Ehrerbietung. Alexander von Mazedonien ist ein großer Mann, aber darum gehört es sich noch lange nicht, Stühle zu zerschlagen; so ist auch das russische Volk ein großes Volk, aber daraus folgt noch nicht, daß man ihm nicht die Wahrheit ins Gesicht sagen darf. Man darf aus dem Volk kein Schoßhündchen machen. Diese ces moujiks sind genau solche Menschen wie du und ich, mit genau solchen Mängeln, deshalb soll man nicht für sie beten, sie nicht bemuttern, sondern muß sie belehren, bessern ... ihnen etwas beibringen ...«

»Es ist nicht an uns, sie zu belehren ...« murmelte die Generalin. »Wir können vielmehr von ihnen lernen.«

»Was denn?«

»So manches ... Und wenn es nur ... die Liebe zur Arbeit ist ...«

»Liebe zur Arbeit? Wie bitte? Sagtest du: Liebe zur Arbeit?«

Der General verschluckte sich und begann zu husten. Er sprang auf und schritt durchs Zimmer.

»Habe ich etwa nicht gearbeitet?« stieß er wütend hervor. »Im übrigen ... ich bin Intellektueller und kein moujik, wo soll ich denn arbeiten? Ich ... ich bin Intellektueller.«

Der Alte war jetzt ernstlich beleidigt, sein Gesicht nahm einen knabenhaft eigensinnigen Ausdruck an.

»Tausende von Soldaten sind durch meine Hände gegangen, ich habe im Krieg jede Kälte ertragen, habe mir fürs ganze Leben Rheumatismus geholt, und ... und ich soll nicht gearbeitet haben! Oder du sagst, ich soll bei deinem Volk lernen, wie man leidet? Natürlich, ich habe ja in meinem Leben niemals gelitten! Ich habe die leibliche Tochter verloren ... das einzige, was einen in diesem verfluchten Alter noch ans Leben bindet! Ich habe niemals gelitten!«

Bei der unerwarteten Erwähnung der Tochter brachen die beiden Alten plötzlich in Tränen aus, die sie sich mit der Serviette abwischten.

»Als ob wir nicht auch leiden!« schluchzte der General, der seinen Tränen freien Lauf ließ. »Sie haben im Leben ein Ziel ... einen Glauben, aber wir haben nur Fragen und Furcht! Als ob wir nicht leiden!«

In den beiden Alten erwachte das Gefühl des Mitleids füreinander. Sie setzten sich, schmiegten sich aneinander und weinten zusammen etwa zwei Stunden lang. Danach schauten sie sich mutig in die Augen und sprachen mutig von der Tochter, von der Vergangenheit, von der drohenden Zukunft.

Abends gingen beide im selben Zimmer schlafen. Der Alte redete ununterbrochen, so daß seine Frau keinen Schlaf fand.

»Mein Gott, habe ich einen Charakter!« sagte er. »Wozu habe ich dir das alles gesagt? Das waren doch deine Illusionen, und für den Menschen, besonders den alten Menschen, ist es etwas Natürliches, mit Illusionen zu leben. Mit meinem Gerede nahm ich dir den letzten Trost. Du hättest gewußt, wozu du da bist, hättest bis zu deinem Tode die Bauern kuriert, hättest kein Fleisch gegessen; nun ist alles weg, der Teufel hat mich geritten! Ohne Illusionen kommt niemand aus ... Manchmal leben ganze Staaten von Illusionen ... Die berühmten Schriftsteller bringen wohl kluge Dinge zuwege, aber auch sie können das nicht ohne Illusionen. Dein Lieblingsschriftsteller hat ja sieben Bände über das ›Volk‹ geschrieben!«

Eine Stunde später drehte sich der Alte herum und sagte: »Und wie kommt es, daß gerade im Alter der Mensch seine Empfindungen beobachtet und sein Verhalten kritisch beurteilt? Warum tut er das nicht in der Jugend? Das Alter ist ohnehin nicht zu ertragen ... Ja ... In der Jugend geht das ganze Leben spurlos an einem vorüber, ohne sich ins Bewußtsein einzugraben, im Alter aber bohrt sich selbst die kleinste Empfindung wie ein Nagel in den Kopf und ruft eine Unzahl von Fragen hervor...«

Die beiden Alten schliefen spät ein, standen jedoch schon früh wieder auf. Überhaupt schliefen sie, seitdem Anna Michajlovna die Heilpraxis aufgegeben hatte, wenig und schlecht, wodurch ihnen das Leben doppelt lang vorkam... Die Nächte verkürzten sie sich durch Gespräche, am Tag aber schlenderten sie müßig durch die Zimmer oder den Garten und schauten einander fragend in die Augen.

Gegen Ende des Sommers sandte ihnen das Schicksal eine weitere ›Illusion‹. Einmal, als Anna Michajlovna ins Zimmer ihres Mannes trat, fand sie ihn bei einer interessanten Beschäftigung: Er saß am Tisch und aß gierig geschabten Rettich mit Leinöl. Alle Muskeln in seinem Gesicht vibrierten, und von seinen Mundwinkeln troff der Speichel.

»Iß mal, Anjuta!« schlug er ihr vor. »Einfach herrlich!«

Anna Michajlovna kostete von dem Rettich und begann zu essen. Bald zeigte sich auch in ihrem Gesicht der Ausdruck von Gier...

»Weißt du, schön wäre...« sagte der General noch am selben Tag beim Schlafengehen. »Schön wäre, so wie die Juden es machen – einem Hecht den Bauch aufschlitzen, den Rogen herausnehmen, und weißt du, dann mit Schnittlauch... ganz frisch...«

»Na und? Einen Hecht fangen ist nicht schwer!«

Schon ausgekleidet, auf bloßen Füßen begab sich der General in die Küche, weckte den Koch und befahl ihm, einen Hecht zu fangen. Am nächsten Morgen hatte Anna Michajlovna plötzlich Verlangen nach gedörrtem Stör; und Martyn mußte in die Stadt galoppieren, um Stör zu holen.

»Ach«, sagte die Alte erschrocken, »ich habe vergessen, ihm aufzutragen, daß er auch gleich Pfefferkuchen kauft! Ich möchte etwas Süßes.«

Die Alten gaben sich den kulinarischen Genüssen hin. Beide saßen unentwegt in der Küche und erfanden um die Wette neue Gerichte. Der General strengte sein Gehirn an, er dachte zurück an das Junggesellendasein im Lager, als er sich selbst der Kochkunst widmen mußte, und er erfand alles mögliche... Von den Gerichten, die er erfunden hatte, gefiel beiden am besten das eine, das aus Reis, geriebenem Käse, Eiern und Saft von kurzgebratenem Fleisch zubereitet wurde. An das Essen kam viel Pfeffer und Lorbeerblatt.

Mit diesem pikanten Gericht fand die letzte ›Illusion‹ ihr Ende. Es sollte im Leben der beiden die letzte Erquickung sein.

»Wahrscheinlich kommt Regen«, sagte in einer Septembernacht der General, bei dem ein Anfall begann. »Ich hätte heute nicht soviel Reis essen sollen ... Es drückt.«

Die Generalin hatte sich auf dem Bett ausgestreckt und atmete schwer. Ihr war heiß. Ebenso wie der General verspürte auch sie ein Ziehen unterhalb des Herzens.

»Und dann jucken noch die Beine, der Teufel soll sie holen«, brummte der General. »Es kribbelt von den Fersen bis hinauf zu den Knien ... Es schmerzt und juckt ... Nicht auszuhalten, hol's der Teufel! Ach so, ich lasse dich nicht schlafen ... Verzeih ...«

Über eine Stunde herrschte Schweigen ... Anna Michajlovna gewöhnte sich allmählich an den Druck unter dem Herzen und schlummerte ein. Der Alte richtete sich im Bett auf, legte den Kopf auf die Knie und blieb lange in dieser Stellung sitzen. Dann begann er sich die Schienbeine zu kratzen. Je eifriger seine Fingernägel arbeiteten, desto schlimmer wurde das Jucken.

Kurze Zeit später stieg der unglückliche Alte aus dem Bett und humpelte durchs Zimmer. Er schaute aus dem Fenster ...

Draußen im hellen Mondlicht schlug die herbstliche Kälte die erstorbene Natur mehr und mehr in ihren Bann. Man sah, wie ein kalter grauer Nebel über das fahle Gras hinzog und wie im froststarren Wald, der noch nicht schlief, das letzte Laub an den Bäumen zitterte.

Der General setzte sich auf den Fußboden, umfaßte seine Knie und legte den Kopf darauf.

»Anjuta!« rief er.

Die Alte, die gut hörte, drehte sich um und schlug die Augen auf.

»Weißt du, was ich denke, Anjuta«, begann der Alte. »Schläfst du auch nicht? Ich denke, daß im Alter der natürlichste Lebensinhalt die Kinder sein müssen. Was meinst du? Aber wo nun einmal keine Kinder da sind, muß sich der Mensch mit etwas anderem beschäftigen ... Wenn man alt wird, ist es schön, Schriftsteller zu sein ... Künstler ... Gelehrter ... Es heißt,

Gladstone studiere, wenn er nichts zu tun hat, die Klassiker des Altertums und – gehe ganz in diesen Studien auf. Selbst wenn man ihn absetzt, wird er doch etwas haben, was sein Leben ausfüllt. Schön wäre es auch, sich dem Mystizismus zu ergeben oder ... oder ...«

Der Alte kratzte sich die Beine und fuhr fort:

»Es kommt aber auch vor, daß alte Leute wieder wie Kinder werden, weißt du, wenn sie Bäumchen pflanzen möchten, Orden tragen ... sich mit Spiritismus befassen.«

Es ertönte ein leises Schnarchen der Alten. Der General stand auf und schaute wieder aus dem Fenster. Die strenge Kälte wollte jetzt schon ins Zimmer herein, der Nebel war bis zum Wald gezogen und hüllte die Baumstämme ein.

Wieviel Monate sind es noch bis zum Frühling? dachte der Alte, während er seine Stirn an die kalte Fensterscheibe legte. Oktober ... November ... Dezember ... Sechs Monate!

Und irgendwie kamen ihm diese sechs Monate endlos, endlos lang vor. Er humpelte durchs Zimmer und setzte sich aufs Bett.

»Anjuta!« rief er.

»Was?«

»Ist deine Apotheke abgeschlossen?«

»Nein, weswegen?«

»Nichts ... Ich will mir die Beine mit Jod einreiben.«

Wieder trat Schweigen ein.

»Anjuta!« Noch einmal weckte der Alte seine Frau.

»Was denn?«

»Sind Schilder auf den Fläschchen?«

»Ja, natürlich.«

Der General zündete langsam eine Kerze an und ging aus dem Zimmer.

Noch lange hörte Anna Michajlovna im Halbschlaf das Schlurfen seiner nackten Füße und das Klirren der Medizinfläschchen. Schließlich kehrte er zurück, ächzte und legte sich schlafen.

Morgens wachte er nicht mehr auf. War er nun einfach so gestorben, oder war es von dem Gang zur Hausapotheke gekommen – Anna Michajlovna wußte es nicht. Ihr war auch nicht danach zumute, die Ursache dieses Todes zu erforschen ...

Wieder überkam sie eine fahrige, krampfhafte Geschäftigkeit,

Wieder begannen Opfer, Fasten, Gelübde, Vorbereitungen für eine Pilgerfahrt.

»Ins Kloster!« flüsterte sie und drückte sich angstvoll an die alte Dienerin. »Ins Kloster!«

Der Roman mit dem Kontrabaß

Der Musiker Smyčkov ging aus der Stadt zu der Sommervilla des Fürsten Bibulov, wo anläßlich einer Verlobung eine Abendveranstaltung mit Musik und Tanz stattfinden sollte. Auf seinem Rücken ruhte ein riesiger Kontrabaß in einem Lederfutteral. Smyčkov ging am Ufer eines Flusses entlang, dessen kühle Wellen, wenn auch nicht majestätisch, so doch ganz poetisch dahinflossen. Vielleicht sollte ich baden? dachte er.

Ohne lange zu überlegen, zog er sich aus und tauchte seinen Körper in die kühlen Fluten. Der Abend war prächtig. Die poetische Seele Smyčkovs stellte sich auf die Harmonie der Umgebung ein. Aber welch süßes Gefühl ergriff seine Seele, als er hundert Schritt geschwommen war und ein schönes junges Mädchen erblickte, das am Steilufer saß und angelte. Er hielt den Atem an und erstarrte unter dem Ansturm der verschiedenartigsten Gefühle: Erinnerungen an seine Kindheit, Trauer über das Vergangene, erwachende Liebe ... Gott, und er hatte gemeint, er sei nicht mehr imstande zu lieben! Nachdem er seinen Glauben an die Menschen verloren hatte (seine heißgeliebte Frau war mit seinem Freund, dem Fagottisten Sobakin, durchgebrannt), war in seine Brust ein Gefühl der Leere eingezogen, und er war zum Misanthropen geworden.

Was ist das Leben? – diese Frage hatte er sich oft vorgelegt. – Wozu leben wir? Das Leben ist ein Mythos, ein Traum ... ein Hokuspokus ...

Als er aber vor der schlafenden Schönen stand (es war unschwer zu bemerken, daß sie schlief), fühlte er mit einem Male und gegen seinen Willen in der Brust so etwas wie Liebe. Lange stand er vor ihr und verschlang sie mit den Augen.

Nun aber genug ... dachte er und stieß einen tiefen Seufzer aus. Leb wohl, wunderbare Erscheinung! Für mich ist es an der Zeit, zum Ball Seiner Erlaucht zu gehen ...

Und nachdem er die Schöne noch einmal angeschaut hatte, wollte er schon zurückschwimmen, als in seinem Kopf ein Gedanke aufblitzte.

Ich müßte etwas hinterlassen, daß sie sich meiner erinnert, dachte er. Ich werde ihr etwas an die Angel hängen. Das wird eine Überraschung von einem Unbekannten sein.

Smyčkov schwamm leise ans Ufer, pflückte einen großen Strauß von Feld- und Wasserblumen, band ihn mit einem Stengel zusammen und befestigte ihn an der Angel.

Der Blumenstrauß sank auf den Grund und zog den hübschen Schwimmkorken hinter sich her.

Die Einsicht, die Naturgesetze und die soziale Lage meines Helden fordern, daß der Roman an dieser Stelle zu Ende ist, aber – o weh! – das Schicksal des Autors ist unerbittlich: Aus Umständen, die nicht vom Autor abhängen, ist der Roman mit dem Blumenstrauß nicht zu Ende. Entgegen dem gesunden Menschenverstand und der Natur der Dinge sollte der arme und unbedeutende Kontrabassist in dem Leben der vornehmen und reichen Schönen noch eine wichtige Rolle spielen.

Wieder ans Ufer zurückgekehrt, erlebte Smyčkov eine Überraschung: er fand seine Kleider nicht mehr. Man hatte sie gestohlen... Unbekannte Bösewichter hatten sie entwendet, während er die Schöne betrachtete, und nur Kontrabaß und Zylinder zurückgelassen.

»Verflixt!« rief Smyčkov aus. »O Menschen, ihr Otterngezücht! Mich regt nicht so sehr der Verlust der Kleider auf (die Kleidung ist vergänglich) als der Gedanke, daß ich splitternackt herumlaufen und damit gegen die öffentliche Sittlichkeit verstoßen muß.«

Er setzte sich auf das Futteral mit dem Kontrabaß und suchte nach einem Ausweg aus seiner schrecklichen Lage.

Nackt kann ich keinesfalls zu dem Fürsten Bibulov gehen! dachte er. Es werden Damen da sein. Außerdem haben die Diebe auch noch zusammen mit meinen Hosen das darin befindliche Kolophonium gestohlen!

Er überlegte lange und angestrengt, so daß ihm schon die Schläfen schmerzten. Pah! dachte er endlich. Unweit von diesem Uferplatz gibt es im Gesträuch eine kleine Brücke... Bis es dunkel wird, kann ich mich unter dieser Brücke verbergen, und am Abend schleiche ich mich dann bis zum ersten Bauernhaus...

Bei diesem Gedanken setzte Smyčkov seinen Zylinder auf, lud sich den Kontrabaß auf den Rücken und schlich sich zu dem Gebüsch. Nackt und mit einem Musikinstrument auf dem Rücken, erinnerte er an einen gewissen Halbgott aus der antiken Mythologie.

Nunmehr, lieber Leser, während mein Held unter der Brücke sitzt und Trübsal bläst, verlassen wir ihn auf einige Zeit und wenden uns dem angelnden Mädchen zu. Was ist aus ihr geworden? Als die Schöne erwachte und auf dem Wasser den Schwimmer nicht mehr sah, beeilte sie sich, an der Angelschnur zu ziehen. Die Schnur spannte sich, aber weder Haken noch Schwimmer zeigten sich auf der Oberfläche. Augenscheinlich war Smyčkovs Strauß im Wasser aufgequollen und zu schwer geworden.

Entweder hat ein großer Fisch angebissen, dachte das Mädchen, oder die Angel hat sich festgehakt.

Nachdem sie noch ein wenig an der Schnur gezogen hatte, war das Mädchen überzeugt, daß sich der Angelhaken festgehakt hatte.

Wie schade! dachte sie. Und abends beißen sie so gut an! Was tun?

Und ohne lange zu überlegen, warf das exzentrische Mädchen ihre ätherische Hülle ab und tauchte ihren schönen Körper bis zu den marmorgleichen Schultern in die Fluten. Es war nicht leicht, den Angelhaken von dem Blumenstrauß loszumachen, in dem sich die Schnur verheddert hatte, aber Geduld und Mühe wurden belohnt. Nach etwa einer Viertelstunde stieg die Schöne strahlend und glücklich aus dem Wasser, den Angelhaken in der Hand.

Aber es erwartete sie ein böses Geschick. Die Unholde, die Smyčkovs Kleider stahlen, hatten auch ihr Kleid geraubt und ihr nur die Büchse mit den Würmern zurückgelassen.

»Was soll ich nun machen?« rief sie weinend. »Kann ich denn so, wie ich bin, herumlaufen? Nein, niemals! Lieber sterbe ich! Ich warte, bis es dunkel wird, dann gehe ich im Dunkeln zur Tante Agafja und schicke sie zu uns nach einem Kleid ... Solange werde ich mich unter der Brücke verstecken.«

Meine Heldin eilte im Schutz des hohen Grases gebückt zu der kleinen Brücke. Unter der Brücke angelangt, erblickte sie einen nackten Mann mit einer Musikermähne und einer behaarten Brust; sie schrie auf und verlor die Besinnung.

Smyčkov erschrak ebenfalls. Zuerst hatte er das Mädchen für eine Najade gehalten.

Vielleicht ist sie eine Flußsirene, die gekommen ist, um mich zu verführen? dachte er, und diese Vermutung schmeichelte ihm, weil er von seinem Äußeren immer eine hohe Meinung gehabt hatte. Ist sie jedoch keine Sirene, sondern ein Mensch, wie kann man dann diese seltsame Verwandlung erklären? Weshalb ist sie hier unter der Brücke? Und was ist mit ihr?

Während er noch versuchte, diese Frage zu lösen, kam die Schöne wieder zu sich.

»Töten Sie mich nicht!« flüsterte sie. »Ich bin die Fürstin Bibulova. Ich flehe Sie an! Man wird Ihnen viel Geld geben! Als ich den Angelhaken im Wasser losmachte, haben mir Diebe mein neues Kleid, die Schuhe und alles gestohlen!«

»Gnädiges Fräulein!« sagte Smyčkov mit flehender Stimme. »Mir hat man ebenfalls die Kleider gestohlen. Dazu hat man mir zusammen mit den Hosen das darin befindliche Kolophonium entwendet!«

Leute, die Kontrabaß spielen und Posaune blasen, sind gewöhnlich wenig erfinderisch; Smyčkov jedoch war eine angenehme Ausnahme.

»Gnädiges Fräulein!« sagte er etwas später. »Wie ich sehe, macht Sie mein Anblick verlegen. Aber Sie werden einsehen, ich kann von hier nicht weggehen, aus den gleichen Gründen wie Sie auch. Ich habe mir folgendes ausgedacht: Wäre es Ihnen recht, sich in das Futteral meines Kontrabasses zu legen und den Deckel zuzumachen? Das entzieht mich Ihren Blicken...«

Nachdem er das gesagt hatte, holte Smyčkov den Kontrabaß aus dem Futteral. Einige Augenblicke schien es ihm, daß er seine heilige Kunst entweihe, wenn er das Futteral zur Verfügung stelle, aber er schwankte nicht lange. Die Schöne legte sich in das Futteral und rollte sich wie ein Kringel zusammen, er aber band die Riemen zu und freute sich, daß die Natur ihm einen solchen Verstand verliehen hatte.

»Jetzt sehen Sie mich nicht mehr, gnädiges Fräulein«, sagte er. »Bleiben Sie liegen und seien Sie ruhig. Wenn es dunkel wird, bringe ich Sie in das Haus Ihrer Eltern. Den Kontrabaß kann ich danach von hier abholen.«

Beim Einbruch der Dunkelheit schulterte Smyčkov das Futteral mit der Schönen und machte sich auf den Weg zu Bibulovs

Landhaus. Sein Plan war der: Er wollte zunächst das erste Bauernhaus erreichen und sich Kleidung verschaffen und dann den Weg fortsetzen...

Alles Schlechte hat auch sein Gutes... dachte er, während er sich unter der Last beugte und mit seinen bloßen Füßen den Staub aufwirbelte. Für die warme Anteilnahme, die ich an dem Geschick der Fürstin genommen habe, wird mich Bibulov sicherlich großzügig belohnen.

»Ist es Ihnen so angenehm, gnädiges Fräulein?« fragte er im Tone eines cavalier galant, der zur Quadrille auffordert. »Seien Sie so nett, genieren Sie sich nicht und richten Sie sich in meinem Futteral ein wie bei sich zu Hause.«

Plötzlich schien es dem galanten Smyčkov, als gingen, von der Dunkelheit eingehüllt, zwei menschliche Gestalten vor ihnen her. Als er aufmerksamer hinsah, überzeugte er sich, daß es keine optische Täuschung war: da gingen tatsächlich zwei Gestalten, sie trugen sogar irgendwelche Bündel in der Hand...

Ob das nicht die Diebe sind? schoß es ihm durch den Kopf. Sie tragen etwas. Wahrscheinlich sind das unsere Kleider.

Smyčkov stellte das Futteral am Wegrand ab und rannte hinter den Gestalten her. »Halt!« schrie er. »Halt! Fangt sie!«

Die Gestalten sahen sich um und nahmen Reißaus, als sie merkten, daß sie verfolgt wurden... Die Fürstin hörte noch lange die eiligen Schritte und die Haltrufe. Dann war alles still.

Smyčkov war von der Verfolgung ganz hingerissen, und die Schöne hätte wahrscheinlich noch lange auf dem Feld am Wegrand liegenbleiben müssen, wenn nicht ein glücklicher Zufall im Spiele gewesen wäre. Zur gleichen Zeit und auf dem gleichen Weg wanderten zwei Kollegen Smyčkovs, der Flötist Žučkov und der Klarinettist Razmachajkin, zu Bibulovs Landhaus. Sie stolperten über das Futteral, sahen sich beide erstaunt an und breiteten die Arme aus.

»Ein Kontrabaß!« sagte Žučkov. »Nanu, das ist doch der Kontrabaß unseres Smyčkov! Wie ist denn der hierhergeraten?«

»Wahrscheinlich ist etwas mit Smyčkov passiert«, meinte Razmachajkin. »Entweder hat er zuviel getrunken, oder man hat ihn beraubt... Auf jeden Fall dürfen wir den Kontrabaß nicht hier liegenlassen. Nehmen wir ihn mit.«

Žučkov lud sich das Futteral auf den Rücken, und die Musiker setzten ihren Weg fort.

»Weiß der Teufel, wie schwer das Ding ist«, brummte der Flötist den ganzen Weg über. »Um nichts auf der Welt würde ich mich darauf einlassen, auf einem solchen Untier zu spielen ... Uff!«

Im Landhaus des Fürsten Bibulov angekommen, legten die Musiker das Futteral auf den für das Orchester bestimmten Platz und gingen zum Büfett.

Zu diesem Zeitpunkt wurden in der Villa bereits die Kronleuchter und Wandlampen angezündet. Der Bräutigam, Hofrat Lakeič, ein schöner und sympathischer Beamter aus dem Verkehrsministerium, stand mitten im Saal und unterhielt sich, die Hände in den Rocktaschen, mit dem Grafen Škalikov. Sie sprachen über Musik.

»In Neapel, Graf«, sagte Lakeič, »war ich mit einem Geiger bekannt, der buchstäblich Wunder vollbrachte. Sie werden es nicht glauben! Einem Kontrabaß, einem ganz gewöhnlichen Kontrabaß entlockte er solche Teufelstriller, daß es einfach schrecklich war! Straußwalzer hat er gespielt!«

»Hören Sie auf, das ist doch nicht möglich ...« entgegnete der Graf zweifelnd.

»Ich versichere Ihnen, sogar eine Rhapsodie von Liszt hat er gespielt! Ich wohnte mit ihm in einem Zimmer und habe sogar aus Langeweile bei ihm eine Rhapsodie von Liszt auf dem Kontrabaß spielen gelernt.«

»Eine Rhapsodie von Liszt ... Hm ...! Sie scherzen ...«

»Sie glauben es nicht?« Lakeič lachte. »Dann werde ich es Ihnen gleich beweisen! Gehen wir zum Orchester!«

Der Bräutigam und der Graf begaben sich zum Orchester. Bei dem Kontrabaß angekommen, lösten sie eilig die Riemen ... und – o Schreck!

Aber während hier der Leser seiner Phantasie freien Lauf läßt und sich den Ausgang des musikalischen Streites ausmalt, wollen wir uns nun Smyčkov zuwenden ... Der arme Musiker, der die Diebe nicht hatte einholen können und an den Platz zurückgekehrt war, an dem er das Futteral gelassen hatte, konnte seine wertvolle Last nicht wiederfinden. Sich in Vermutungen verlierend, lief er einige Male den Weg auf und ab und kam, da er das Futteral nicht fand, zu dem Schluß, er habe einen falschen Weg eingeschlagen ...

Das ist ja furchtbar! dachte er, raufte sich die Haare und

erstarrte vor Schreck. Sie wird in dem Futteral ersticken! Ich bin ein Mörder!

Bis Mitternacht lief Smyčkov die Wege auf und ab und suchte das Futteral, doch schließlich verkroch er sich ganz erschöpft unter die Brücke.

»Ich werde im Morgengrauen weitersuchen«, beschloß er.

Die Nachforschungen in der Morgendämmerung erbrachten jedoch das gleiche Resultat, und Smyčkov entschloß sich, unter der Brücke die Nacht zu erwarten...

»Ich werde sie finden!« murmelte er, nahm den Zylinder ab und raufte sich die Haare. »Und wenn ich ein Jahr lang suchen müßte, ich finde sie!«

Und noch heute erzählen die Bauern, die in der besagten Gegend wohnen, daß man nachts bei der Brücke einen nackten Mann sehen kann, ganz behaart und mit einem Zylinder auf dem Kopf. Bisweilen hört man von der Brücke her das heisere Röcheln eines Kontrabasses.

Ängste

In der ganzen Zeit, die ich auf dieser Welt lebe, habe ich nur dreimal Angst gehabt.

Die erste richtiggehende Angst, bei der sich meine Haare sträubten und mir ein Schauer über den Rücken lief, hatte ihre Ursache in einer ganz unbedeutenden, aber seltsamen Erscheinung. Ich fuhr einmal aus Langeweile an einem Juliabend zur Poststation nach Zeitungen. Der Abend war ruhig, warm und beinahe schwül wie alle jene Juliabende, die, wenn sie einmal begonnen haben, sich als regelrechte, ununterbrochene Kette vielleicht ein oder zwei Wochen hinziehen, manchmal auch länger, und plötzlich durch ein heftiges Gewitter und einen herrlichen, erfrischenden Regenguß beendet werden.

Die Sonne war schon längst untergegangen, über der Erde lagen dichte graue Schatten. In der unbeweglichen, stehenden Luft konzentrierten sich die honigsüßen Düfte der Gräser und Blumen.

Ich fuhr mit einem einfachen Lastfuhrwerk. Hinter meinem

Rücken, den Kopf an einen Hafersack gelehnt, schnarchte friedlich der Gärtnerssohn Paška, ein Junge von etwa acht Jahren, den ich für den Fall mitgenommen hatte, daß es nötig werden sollte, auf das Pferd aufzupassen. Wir fuhren einen schmalen, aber schnurgeraden Feldweg entlang, der wie eine endlose Schlange im hohen, dichten Roggen verschwand.

Blaß verglühte das Abendrot; sein heller Streifen wurde von einer schmalen, ungefügen Wolke durchschnitten, die bald einem Boot, bald einem Menschen ähnelte, der in eine Decke gehüllt war ...

Ich war zwei oder drei Verst gefahren, als vor dem blassen Hintergrund der Abendröte nacheinander schlanke, hochgewachsene Pappeln auftauchten; hinter ihnen schimmerte der Fluß, und vor mir breitete sich plötzlich wie durch Zauberei ein prächtiges Bild aus. Ich mußte das Pferd anhalten, weil unser schnurgerader Weg plötzlich abbrach und nun einen steilen, mit Gestrüpp bewachsenen Abhang hinunterführte. Wir standen an einem Abhang, und unter uns war eine große Grube, erfüllt von Dämmerlicht, bizarren Formen und weiten Flächen. Auf dem Grund der Grube lag inmitten der weiten Ebene, bewacht von Pappeln und liebkost vom Glanz des Flusses, ein Dorf. Es schlief bereits ... Die Bauernhäuser, die Kirche mit dem Glockenturm und die Bäume zeichneten sich in der grauen Dämmerung ab, und auf der glatten Oberfläche des Flusses schimmerten dunkel ihre Spiegelbilder.

Ich weckte Paška, damit er nicht vom Wagen fiel, und begann vorsichtig den Abstieg.

»Sind wir in Lukovo?« fragte Paška und hob träge den Kopf.

»Da sind wir. Halte die Zügel!«

Ich führte das Pferd den Abhang hinunter und schaute auf das Dorf. Vom ersten Augenblick an fesselte mich ein seltsamer Umstand: Unter der Kuppel des Glockenturmes schimmerte aus einem winzigen Fenster zwischen den Glocken hindurch ein Lichtschein. Dieses Flämmchen, dem Licht eines erlöschenden Ikonenlämpchens ähnlich, erstarb bald für einen Augenblick, bald loderte es hell auf. Woher mochte es kommen? Sein Ursprung war mir unerklärlich. Hinter dem Fenster konnte es nicht brennen, weil es auf dem Glockenstuhl weder Heiligenbilder noch Ikonenlämpchen gab; dort waren, wie ich wußte, lediglich Balken, Staub und Spinngewebe; außerdem war es schwierig, auf den Glockenstuhl zu gelangen, weil der Zugang zu ihm vernagelt war.

Dieses Flämmchen konnte noch am ehesten der Widerschein eines äußeren Lichtes sein, aber sosehr ich auch mein Auge anstrengte, in dem großen Raum, der vor mir lag, konnte ich außer diesem Flämmchen keinen einzigen leuchtenden Punkt entdecken. Der Mond war nicht zu sehen. Der bleiche, fast völlig dunkel gewordene Streifen des Abendrots konnte sich nicht widerspiegeln, weil das Fenster mit dem Flämmchen nicht nach Westen, sondern nach Osten schaute. Diese und andere Überlegungen gingen die ganze Zeit, während der ich mit dem Pferd nach unten stieg, durch meinen Kopf. Unten setzte ich mich wieder auf den Wagen und blickte noch einmal nach dem Lichtschein. Er schimmerte und flammte auf wie vordem.

Seltsam, dachte ich und erging mich in Mutmaßungen. Sehr seltsam!

Und allmählich überkam mich ein unangenehmes Gefühl. Anfangs dachte ich, es sei der Ärger, daß ich nicht imstande war, eine einfache Erscheinung zu deuten, aber dann, als ich mich plötzlich erschreckt von dem Lichtschein abwandte und mit der einen Hand nach Paška griff, wurde mir klar, daß mich die Angst übermannt hatte ... mich beschlich ein Gefühl der Einsamkeit, der Schwermut und des Entsetzens, als habe man mich gegen meinen Willen in diese große, halbdunkle Grube geworfen, in der ich ganz allein dem Glockenturm gegenüberstand, der mich mit seinem roten Auge anblickte.

»Paša!« rief ich und schloß vor Entsetzen die Augen.

»Ja?«

»Paša, was leuchtet dort im Glockenturm?«

Paška schaute über meine Schulter nach dem Glockenturm und gähnte.

»Wer kann das wissen?«

Dieses kurze Gespräch mit dem Jungen beruhigte mich ein wenig, aber nicht lange. Paška, der meine Unruhe bemerkt hatte, heftete seine großen Augen auf den Lichtschein und sah noch einmal mich, dann wieder den Lichtschein an ...

»Ich habe Angst!« flüsterte er.

Da umfaßte ich, von Furcht gepackt, mit einer Hand den Jungen, schmiegte mich an ihn und hieb mit der anderen heftig auf das Pferd ein.

»Wie dumm!« sagte ich zu mir selbst. »Diese Erscheinung ist nur deshalb so furchterregend, weil sie unverständlich ist ... Alles Unverständliche ist geheimnisvoll und flößt daher Angst ein.«

Ich redete mir zu, gleichzeitig aber hörte ich nicht auf, das Pferd mit der Peitsche anzutreiben. Als ich die Poststation erreicht hatte, schwatzte ich absichtlich eine ganze Stunde mit dem Posthalter, ich las zwei oder drei Zeitungen, aber die Unruhe wollte mich noch immer nicht verlassen. Auf dem Rückweg war der Lichtschein nicht mehr da, dafür aber kamen mir die Silhouetten der Häuser, der Pappeln und des Abhanges, den ich hinauffahren mußte, beseelt vor. Woher jenes Flämmchen aber rührte, weiß ich bis heute nicht.

Der zweite Angstzustand, den ich durchlebte, wurde durch einen nicht weniger unbedeutenden Sachverhalt hervorgerufen ... Ich war auf dem Heimweg von einem Stelldichein. Es war ein Uhr nachts – eine Zeit, zu der die Natur, wie immer kurz vor dem morgendlichen Erwachen, in den tiefsten und süßesten Schlummer versunken ist. Diesmal jedoch schlief die Natur nicht, und man konnte nicht sagen, daß die Nacht still war. Es schnarrten die Wiesenrallen, es schlugen die Wachteln und Nachtigallen, es quakten die Schnepfen, es zirpten die Heimchen und Feldgrillen. Über dem Gras stand ein leichter Nebel, und am Himmel eilten, ohne sich umzusehen, die Wolken am Mond vorbei. Die Natur schlief nicht, als fürchte sie, die besten Augenblicke ihres Lebens zu verschlafen.

Ich ging einen schmalen Pfad dicht an einem Bahndamm entlang. Das Mondlicht glitt über die Schienen, auf denen schon der Tau lag. Große Wolkenschatten flogen immer wieder über den Bahndamm. Weit vorn brannte still ein trübes grünes Licht.

Das bedeutet, daß alles in Ordnung ist, dachte ich, als ich es sah.

In meinem Herzen war Frieden und Glück. Ich kam von einem Stelldichein, zu beeilen brauchte ich mich nicht, schlafen mochte ich nicht, in jedem meiner Atemzüge war Gesundheit und Jugend zu spüren, ebenso in jedem meiner Schritte, die das eintönige Geräusch der Nacht unterbrachen. Ich weiß nicht mehr, was ich damals empfand, aber ich entsinne mich, daß mir sehr, sehr wohl zumute war!

Ich war nicht mehr als eine Verst gegangen, als ich auf einmal hinter mir ein monotones Brausen vernahm, ähnlich dem Rauschen eines großen Baches. Mit jeder Sekunde wurde es lauter und lauter und kam immer näher. Ich sah mich um: Hundert Schritt von mir entfernt stand das dunkle Wäldchen, aus dem ich gerade gekommen war. Dort wandte sich der Bahndamm in einem schönen Halbkreis nach rechts und verschwand zwischen den Bäumen. Erstaunt blieb ich stehen und wartete. Im gleichen Augenblick zeigte sich in der Kurve ein großer schwarzer Körper, der geräuschvoll auf mich zuraste und mit der Schnelligkeit eines Vogels auf den Schienen an mir vorüberflog. Es verging kaum eine halbe Minute, und die Erscheinung verschwand wieder, das Brausen vermischte sich mit dem Geräusch der Nacht.

Es war ein gewöhnlicher Güterwagen. An und für sich stellte er nichts Besonderes dar, aber das Auftauchen eines einzigen solchen Waggons ohne Lokomotive, noch dazu nachts, machte mich stutzig. Woher mochte er kommen und welche Kräfte jagten ihn mit so beängstigender Geschwindigkeit über die Gleise? Woher und wohin ging die schnelle Fahrt?

Wäre ich in Vorurteilen befangen, so hätte ich geglaubt, hier seien Teufel und Hexen zum Hexensabbat gerollt, und ich wäre weitergegangen, aber so war diese Erscheinung für mich völlig unerklärlich. Ich glaubte meinen Augen nicht zu trauen und verstrickte mich in Mutmaßungen wie eine Fliege im Spinnennetz ... Ich empfand plötzlich, daß ich allein war, mutterseelenallein in dem gewaltigen Raum, daß die Nacht, die ich eigentlich für menschenscheu hielt, mir ins Gesicht spähte und meine Schritte überwachte. Alle Laute, die Schreie der Vögel und das Rauschen der Bäume, kamen mir bereits unheilverkündend vor, sie schienen nur deshalb zu existieren, um meine Phantasie zu schrecken.

Wie besessen stürzte ich los und rannte vorwärts, ohne mir Rechenschaft abzulegen, bestrebt, immer schneller und schneller zu laufen. Zugleich hörte ich etwas, was ich vorher nicht beachtet hatte, nämlich das klagende Stöhnen der Telegrafendrähte.

»Weiß der Teufel!« redete ich mir ins Gewissen. »Dieser Kleinmut, wie dumm ...!«

Aber Kleinmut ist stärker als der gesunde Menschenverstand. Ich verlangsamte meine Schritte erst, als ich das grüne Licht erreicht hatte, bei dem ich ein dunkles Bahnwärterhäuschen erblickte und daneben auf dem Bahndamm eine menschliche Gestalt, wahrscheinlich den Bahnwärter.

»Hast du gesehen?« fragte ich, atemlos vom Laufen.
»Wen? Was meinst du?«
»Hier ist ein Waggon vorbeigerollt!«
»Hab's gesehen ...« versetzte der Mann widerwillig. »Hat sich vom Güterzug losgerissen. Am Verstpfahl hunderteinundzwanzig ist eine Steigung ... da schleppt sich der Zug auf einen Berg. Die Ketten am letzten Waggon haben's nicht ausgehalten, und da hat er sich losgemacht und ist zurückgerollt ... Jetzt hol ihn mal ein ...!«
Die seltsame Erscheinung war aufgeklärt und das Phantastische daran verschwunden. Die Angst verging, und ich konnte meinen Weg fortsetzen.

Die dritte richtige Angst machte ich durch, als ich einmal im zeitigen Frühjahr vom Schnepfenstrich heimkehrte. Es war in der Abenddämmerung. Der Waldweg war von dem eben niedergegangenen Regen mit Pfützen bedeckt, und der Boden gluckste unter den Füßen. Das Abendrot schimmerte purpurn durch den Wald und färbte die weißen Stämme der Birken und das junge Laub. Ich war erschöpft und kam kaum vorwärts.

Etwa fünf, sechs Verst von meinem Haus entfernt, begegnete mir auf dem Waldweg unerwartet ein großer schwarzer Hund, ein Neufundländer. Als er an mir vorbeilief, sah er mich unverwandt an.

Ein schöner Hund ... dachte ich, wem mag er gehören?
Ich blickte mich um. Der Hund stand in zehn Schritt Entfernung und wandte kein Auge von mir. Eine Minute musterten wir uns schweigend, dann kam der Hund, wahrscheinlich von meiner Aufmerksamkeit angelockt, langsam zu mir und wedelte mit dem Schwanz ...

Ich ging weiter, der Hund mir nach.
Wessen Hund ist das? fragte ich mich. Woher kommt er?
Im Umkreis von dreißig, vierzig Verst kannte ich alle Gutsbesitzer und auch ihre Hunde. Keiner besaß so einen Neufundländer. Wie sollte er aber hierherkommen, in den dichten Wald, auf einen Weg, den nie jemand entlangfuhr und auf dem nur Holz transportiert wurde? Von einem Durchreisenden konnte er kaum zurückgeblieben sein, weil die Gutsherren diesen Weg niemals benutzten.

Ich setzte mich auf einen Baumstumpf, um zu verschnaufen, und betrachtete meinen Weggefährten. Er setzte sich gleichfalls, hob den Kopf und heftete auf mich seinen durchdringenden Blick ... Er schaute mich an, ohne zu blinzeln. Mir wurde unter dem hartnäckigen Blick dieser gewöhnlichen Hundeaugen plötzlich unheimlich zumute, ich weiß nicht, ob es der Einfluß der Stille, die Schatten und die Geräusche des Waldes waren oder meine Erschöpfung. Mir kam Faust und sein Pudel in den Sinn und auch die Tatsache, daß nervöse Menschen, wenn sie erschöpft sind, manchmal Halluzinationen erliegen. Das bewirkte, daß ich mich schnell erhob und schnell weiterging. Der Neufundländer folgte mir ...

»Scher dich weg!« schrie ich.

Dem Hund gefiel offenbar meine Stimme, denn er sprang fröhlich hoch und lief vor mir her.

»Scher dich weg!« schrie ich noch einmal.

Der Hund sah sich um, schaute mich durchdringend an und wedelte fröhlich mit dem Schwanz. Augenscheinlich bereitete ihm mein drohender Ton Vergnügen. Ich hätte ihn streicheln müssen, aber Fausts Pudel ging mir nicht aus dem Kopf, und das Gefühl der Angst wurde immer stärker ... Die Dunkelheit brach herein und verwirrte mich endgültig, und ich schloß jedesmal, wenn der Hund zu mir gelaufen kam und mich mit seinem Schwanz berührte, kleinmütig die Augen. Es wiederholte sich die gleiche Geschichte, wie ich sie mit dem Lichtschein auf dem Glockenturm und dem Eisenbahnwaggon erlebt hatte: Ich konnte es nicht aushalten und begann zu laufen ...

Bei mir zu Hause fand ich einen Gast vor, einen alten Freund, der nach der Begrüßung darüber klagte, daß er sich auf der Fahrt zu mir im Wald verirrt habe, wobei sein guter, teurer Hund zurückgeblieben sei.

Die Apothekersfrau

Das Städtchen B., das nur aus zwei, drei winkligen Straßen besteht, liegt in tiefer Ruhe. Kein Lüftchen regt sich, alles ist still. Nur in der Ferne, wohl außerhalb der Stadt, hört man mit dünner, heiserer Tenorstimme einen Hund bellen.

Alles ist längst eingeschlafen. Nur die junge Frau des Provisors Černomordik, des Inhabers der Apotheke in B., schläft noch nicht. Schon dreimal hat sie sich hingelegt, aber der Schlaf will und will nicht kommen – und sie weiß nicht, warum das so ist. Sie sitzt, nur mit dem Nachthemd bekleidet, am offenen Fenster und schaut auf die Straße. Ihr ist heiß, sie langweilt und ärgert sich – sie ärgert sich so sehr, daß sie am liebsten weinen möchte, warum aber – das weiß sie auch nicht. Ein Klumpen sitzt ihr in der Brust und rutscht dauernd hoch in die Kehle ... Ein paar Schritte hinter der Apothekersfrau schnarcht selig, zur Wand hin zusammengerollt, Černomordik. Ein gieriger Floh hat sich an seiner Nasenwurzel festgesogen, aber Černomordik merkt das nicht und lächelt sogar, denn ihm träumt, daß alle Leute in der Stadt Husten haben und bei ihm ununterbrochen die Tropfen des dänischen Königs kaufen. Ihn würde man jetzt weder mit Nadelstichen noch mit Kanonen noch mit Liebkosungen wecken.

Die Apotheke befindet sich am Ende der Stadt, so daß die Apothekersfrau weit auf die Felder hinausblicken kann ... Sie sieht, wie nach und nach der östliche Rand des Himmels fahler wird und sich dann wie von einer großen Feuersbrunst rötet. Mit einem Mal kommt hinter dem fernen Buschwerk der große, breitgesichtige Mond hoch. Er ist rot (wenn der Mond hinter den Büschen hochkommt, ist er immer irgendwie verlegen).

Plötzlich ertönen in der nächtlichen Stille Schritte und das Klirren von Sporen. Man hört Stimmen.

Da kommen Offiziere vom Kreispolizeichef und gehen zum Lager, denkt die Apothekersfrau.

Bald darauf erscheinen zwei Gestalten in weißen Offiziersjacken: die eine groß und dick, die andere kleiner und schlanker ... Sie schlendern träge, Schritt für Schritt, am Zaun entlang und unterhalten sich laut über irgend etwas. Bei der Apotheke angelangt, gehen die beiden Gestalten noch langsamer und schauen auf die Fenster.

»Es riecht nach Apotheke ...« sagt der Schlanke. »Das ist ja auch die Apotheke! Ach, ich entsinne mich ... Vorige Woche war ich hier, habe Rizinus gekauft. Hier ist doch dieser Apotheker mit dem säuerlichen Gesicht und dem Eselskinnbacken. Ein Kinnbacken sage ich Ihnen, Verehrtester! Mit so einem hat Simson die Philister erschlagen.«

»Hm, ja ...« sagt mit Baßstimme der Dicke. »Die Pharmazie schläft. Die Frau des Apothekers schläft auch. Hier gibt es eine hübsche Apothekersfrau, Obtesov.«

»Hab ich gesehn. Hat mir sehr gefallen ... Sagen Sie nur, Doktor, ist sie wirklich imstande, diesen Eselskinnbacken zu lieben? Wirklich?«

»Nein, wahrscheinlich liebt sie ihn nicht«, sagt der Doktor seufzend und in einem Ton, als täte ihm die Apothekersfrau leid. »Jetzt schläft das Frauchen hinterm Fensterlein! Was, Obtesov? Hat sich wegen der Hitze entblößt ... das Mündchen halb geöffnet ... das Füßchen hängt aus dem Bett heraus. Vermutlich hat der Klotz von Apotheker gar keinen Sinn für diese Köstlichkeit ... Ob Frau, ob Karbolflasche – das ist ihm ganz egal!«

»Wissen Sie was, Doktor?« sagt der Offizier und bleibt stehen. »Gehen wir doch hinein und kaufen wir irgendwas! Vielleicht kriegen wir die Apothekersfrau zu sehen.«

»Was fällt dir ein – bei Nacht!«

»Na und? Sie sind auch nachts verpflichtet zu bedienen. Kommen Sie, mein Bester, gehen wir hinein!«

»Meinetwegen ...«

Die Frau des Apothekers, die sich hinter der Gardine versteckt hat, hört ein heiseres Läuten. Sie schaut sich nach ihrem Mann um, der selig weiterschnarcht und lächelt, sie wirft ein Kleid über, fährt mit den nackten Füßen in die Hausschuhe und läuft in die Apotheke.

Hinter der Glastür sieht sie zwei Schatten ... Die Apothekersfrau zündet die Lampe an und eilt zur Tür, um aufzuriegeln, und sie langweilt und ärgert sich schon nicht mehr und möchte auch nicht mehr weinen, nur ihr Herz pocht heftig. Herein treten der dicke Doktor und der schlanke Obtesov. Jetzt kann man sie bereits richtig anschauen. Der Doktor mit seinem dicken Bauch ist brünett, trägt einen Bart und geht schwerfällig. Bei der kleinsten Bewegung kracht seine Jacke in allen Nähten, und auf sein Gesicht treten Schweißtropfen. Der Offizier aber hat ein rosiges, bartloses Frauengesicht und ist biegsam wie eine englische Reitgerte.

»Was wünschen Sie?« fragt die Apothekersfrau, die über der Brust das Kleid zusammenhält.

»Bitte ... äh, äh, äh, für fünfzehn Kopeken Pfefferminztabletten!«

Die Frau des Apothekers nimmt ohne Eile eine Dose aus dem Regal und beginnt abzuwiegen. Die beiden Käufer schauen unverwandt auf ihren Rücken; der Doktor blinzelt wie ein satter Kater, der Leutnant ist sehr ernst.

»Ich erlebe es zum erstenmal, daß in der Apotheke eine Dame bedient«, sagt der Doktor.

»Daran ist nichts Besonderes ...« entgegnet die Apothekersfrau und wirft von der Seite einen Blick auf das rosige Gesicht Obtesovs. »Mein Mann hat keinen Gehilfen, und da helfe ich immer mit.«

»Soso ... Sie haben aber eine nette Apotheke! Diese vielen verschiedenen ... Dosen! Und Sie haben gar keine Angst, mit diesen Giften zu hantieren! Brr!«

Die Apothekersfrau klebt die Tüte zu und reicht sie dem Doktor. Obtesov gibt ihr fünf Dreikopekenstücke.

Für eine halbe Minute tritt Schweigen ein ... Die Herren blicken sich an, machen einen Schritt zur Tür und blicken sich noch einmal an.

»Geben Sie mir noch für zehn Kopeken Natron!« sagt der Doktor.

Wieder langt die Frau des Apothekers träge und schlaff ins Regal.

»Gibt es hier in der Apotheke nicht so etwas ...« murmelt Obtesov, dessen Finger sich unruhig bewegen, »so etwas, wissen Sie, Allegorisches, so ein erfrischendes Naß ... Selterwasser, nicht wahr? Haben Sie Selterwasser?«

»Haben wir«, sagt die Apothekersfrau.

»Bravo! Sie sind keine Frau, Sie sind eine wahre Fee. Besorgen Sie uns mal so drei Flaschen!«

Die Frau des Apothekers klebt hastig die Natrontüte zu und verschwindet im Dunkel hinter der Tür.

»Eine edle Frucht!« sagt der Doktor augenzwinkernd. »So eine Ananas finden Sie nicht einmal auf der Insel Madeira, Obtesov. Was? Wie denken Sie? Aber ... hören Sie das Schnarchen? Der Herr Apotheker in Person geruhen zu schlummern.«

Nach einer Minute kehrt die Apothekersfrau zurück und stellt fünf Flaschen auf den Ladentisch. Vom Gang in den Keller ist sie rot geworden und etwas aufgeregt.

»Pst ... leise«, sagt Obtesov, als ihr beim Öffnen der Flasche der Korkenzieher aus der Hand fällt. »Machen Sie keinen Lärm, sonst wecken Sie Ihren Mann auf.«

»Na, und was ist, wenn ich ihn aufwecke?«

»Er schläft so süß ... er sieht Sie im Traum vor sich ... Auf Ihre Gesundheit!«

»Und außerdem«, sagt mit Baßstimme der Doktor, der von dem Selterwasser aufstoßen muß, »außerdem sind die Ehemänner ein so langweiliges Kapitel, daß sie gut daran täten, immer zu schlafen. Ach, zu diesem Wässerchen fehlte ein rotes Weinchen.«

»Was Ihnen so alles einfällt!« Die Apothekersfrau lacht.

»Das wäre wundervoll! Schade, daß in der Apotheke keine Spirituosen verkauft werden! Übrigens ... Sie müssen doch Wein als Medizin verkaufen. Haben Sie vinum gallicum rubrum?«

»Ja.«

»Na also! Geben Sie uns welchen! Hol's der Teufel, schaffen Sie ihn her!«

»Wieviel möchten Sie?«

»Quantum satis ...! Zuerst schenken Sie uns je eine Unze ins Selterwasser, und dann werden wir sehn ... Was, Obtesov? Zuerst mit Wasser und dann per se ...«

Der Doktor und Obtesov setzen sich an den Ladentisch, nehmen die Uniformmütze ab und beginnen Rotwein zu trinken.

»Offen gestanden, der Wein ist abscheulich! Vinum plochissimum. Im übrigen, in Gegenwart ... äh, äh, äh, ... da schmeckt er wie Nektar. Sie sind bezaubernd, gnädige Frau! Ich küsse Ihnen im Geist das Händchen.«

»Ich würde viel dafür geben, wenn ich es nicht nur im Geiste tun könnte!« sagt Obtesov. »Ehrenwort! Ich würde mein Leben dafür hingeben!«

»Hören Sie auf ...« sagt Frau Černomordik, die feuerrot geworden ist und ein ernstes Gesicht macht.

»Sind Sie aber kokett!« Der Doktor lacht leise und schaut sie mit gekrauster Stirn schelmisch an. »Die Blicke schießen nur so aus den Augen! Piff! Paff! Ich gratuliere: Sie haben gesiegt. Wir geben uns geschlagen.«

Die Frau des Apothekers schaut auf die geröteten Gesichter der beiden, hört zu, wie sie plaudern, und bald wird sie selber lebhaft. Oh, sie ist jetzt schon richtig vergnügt! Sie geht auf das Gespräch ein, lacht, kokettiert, und nach vielen Bitten der Käufer trinkt sie selbst zwei Unzen Rotwein.

»Die Herren Offiziere sollten öfter aus dem Lager in die

Stadt kommen«, sagt sie, »hier ist es doch entsetzlich langweilig. Einfach zum Sterben.«

»Aber, aber, aber!« ruft der Doktor erschrocken. »Eine solche Ananas ... ein Wunder der Natur und – in der Einöde! Griboedov hat das vortrefflich ausgedrückt: ›In die Einöde! Nach Saratov.‹ Doch für uns wird es Zeit. Sehr angenehm, Sie kennengelernt zu haben ... äußerst angenehm! Was haben wir zu bezahlen?«

Die Apothekersfrau hebt die Augen zur Decke und bewegt lange die Lippen. »Zwölf Rubel achtundvierzig Kopeken«, sagt sie.

Obtesov zieht eine dicke Brieftasche aus der Jacke, fingert lange in einem Geldpacken herum und zahlt.

»Ihr Mann schläft so selig ... er muß schöne Träume haben ...« murmelt er und drückt der Apothekersfrau zum Abschied die Hand.

»Ich liebe es nicht, mir Dummheiten anzuhören ...«

»Wieso Dummheiten? Im Gegenteil ... das sind doch gar keine Dummheiten ... Sogar Shakespeare hat gesagt: ›Glücklich, wer in seiner Jugend jung war!‹«

»Lassen Sie meine Hand los!«

Endlich, nach langem Reden, küssen die beiden Käufer der Apothekersfrau das Händchen und verlassen unentschlossen, als dächten sie nach, ob sie nicht irgend etwas vergessen hätten, die Apotheke.

Die Frau des Apothekers läuft flink ins Schlafzimmer und setzt sich wieder an dasselbe Fenster. Sie sieht, wie der Doktor und der Leutnant, nachdem sie die Apotheke verlassen haben, träge etwa zwanzig Schritte weit gehen, dann stehenbleiben und miteinander zu flüstern beginnen. Was flüstern sie? Ihr Herz pocht, in den Schläfen pocht es auch, warum aber – das weiß sie selber nicht ... Das Herz klopft so stark, als würde, während die beiden flüstern, ihr Schicksal entschieden.

Nach etwa fünf Minuten löst sich die Gestalt des Doktors von Obtesov und geht weiter, während Obtesov zurückkehrt. Er geht an der Apotheke vorüber – einmal, zweimal ... Er bleibt vor der Tür stehen, dann macht er wieder einige Schritte ... Endlich läutet er vorsichtig.

»Was? Wer ist da?« hört die Frau des Apothekers ihren Mann rufen. »Es läutet, und du hörst es nicht!« sagt der Apotheker. »Zustände sind das!«

Er steht auf, zieht den Schlafrock an und geht, schlaftrunken taumelnd und mit den Pantoffeln schlurfend, in die Apotheke.

»Sie wünschen...?« fragt er Obtesov.

»Bitte... bitte für fünfzehn Kopeken Pfefferminztabletten.«

Endlos schnaufend, gähnend, im Gehen wieder einnickend und mit den Knien gegen die Ladentische stoßend, hantiert der Apotheker im Regal herum und holt die Dose herunter...

Zwei Minuten später sieht die Apothekersfrau, wie Obtesov aus der Apotheke tritt und nach wenigen Schritten die Pfefferminztabletten auf die staubige Straße wirft. Von der Straßenecke kommt ihm der Doktor entgegen... Zusammen verschwinden sie, mit den Händen gestikulierend, im Morgennebel.

»Wie unglücklich ich bin!« sagt die Apothekersfrau und schaut böse auf ihren Mann, der sich eilig entkleidet, um sich wieder schlafen zu legen. »Oh, wie unglücklich ich bin!« wiederholt sie und beginnt plötzlich bitterlich zu weinen. »Und niemand, niemand weiß das...«

»Ich habe die fünfzehn Kopeken auf dem Ladentisch liegenlassen«, murmelt der Apotheker, während er unter die Bettdecke kriecht. »Verwahr sie bitte im Schreibpult...«

Und dann schläft er sofort ein.

Die Choristin

Einmal, als sie noch jünger und schöner war und eine bessere Stimme hatte, saß bei ihr im Zwischengeschoß des Landhauses Nikolaj Petrovič Kolpakov, ihr Verehrer. Es war unerträglich heiß und drückend. Kolpakov, der gerade zu Mittag gegessen und eine ganze Flasche schlechten Süßwein getrunken hatte, war mißmutig und fühlte sich krank. Beide langweilten sich und warteten, daß die Hitze nachließ, damit sie spazierengehen konnten.

Plötzlich und unerwartet ertönte im Vorzimmer die Glocke. Kolpakov, der ohne Rock und in Pantoffeln dasaß, sprang auf und richtete einen fragenden Blick auf Paša.

»Sicher der Postbote oder eine Freundin«, sagte die Sängerin.

Kolpakov genierte sich weder vor dem Postboten noch vor den Freundinnen, aber er nahm für alle Fälle seine Kleidungsstücke über den Arm und ging ins Nebenzimmer, während Paša zur Tür lief, um zu öffnen. Zu ihrer nicht geringen Überraschung stand auf der Schwelle weder der Postbote noch eine Freundin, sondern eine unbekannte Dame – jung, schön, vornehm gekleidet und ganz offensichtlich aus gutem Hause.

Die Unbekannte war bleich und atmete schwer, als wäre sie eine hohe Treppe hinaufgestiegen.

»Bitte, was wünschen Sie?« fragte Paša.

Die Dame antwortete nicht sofort. Sie machte einen Schritt vorwärts, schaute sich langsam im Zimmer um und setzte sich mit einer Miene, als könne sie vor Müdigkeit und Schwäche nicht länger stehen; dann bewegte sie, nach Worten ringend, lange ihre bleichen Lippen.

»Ist mein Mann bei Ihnen?« fragte sie endlich und hob ihre großen Augen mit den vom Weinen geröteten Lidern zu Paša.

»Was für ein Mann?« flüsterte Paša und bekam plötzlich so einen Schreck, daß ihr Hände und Füße kalt wurden. »Was für ein Mann?« wiederholte sie und begann zu zittern.

»Mein Mann... Nikolaj Petrovič Kolpakov.«

»Nei... nein, gnädige Frau... Ich... ich weiß von keinem Mann.«

Für eine Minute trat Schweigen ein. Die Unbekannte fuhr sich mehrmals mit dem Taschentuch über die bleichen Lippen und hielt den Atem an, um ihr inneres Beben zu bezwingen; Paša aber stand unbeweglich, wie angewurzelt vor ihr und schaute sie unentschlossen und angstvoll an.

»Er ist also nicht hier, sagen Sie?« fragte die Dame nun bereits mit fester Stimme und mit einem seltsamen Lächeln.

»Ich... ich weiß nicht, von wem Sie sprechen.«

»Sie widerliche, scheußliche, gemeine Person...« murmelte die Unbekannte, die Paša voll Haß und Abscheu musterte. »Ja, ja... widerlich sind Sie. Ich bin sehr, sehr froh, daß ich Ihnen das endlich sagen kann!«

Paša fühlte, daß sie bei dieser schwarzgekleideten Dame mit den zornigen Augen und den dünnen weißen Fingern tatsächlich den Eindruck von Scheußlichkeit und Häßlichkeit hervorrief, und sie schämte sich ihrer vollen roten Wangen, ihrer Sommersprossen auf der Nase und des Haarschopfes, der ihr in die Stirn hing und sich auf keine Weise hochkämmen lassen wollte. Wäre sie mager und nicht gepudert und hätte sie nicht diesen Haarschopf, dann – so schien ihr – könnte sie ihre Liederlichkeit verbergen, und dann wäre es nicht so schrecklich und beschämend, vor dieser geheimnisvollen, unbekannten Dame zu stehen.

»Wo ist mein Mann?« fuhr die Dame fort. »Übrigens ist es mir ganz gleich, ob er hier ist oder nicht, aber ich muß Ihnen sagen, daß eine Unterschlagung aufgedeckt ist, Nikolaj Petrovič wird gesucht ... Man will ihn verhaften. Da sehen Sie, was Sie angerichtet haben!«

Die Dame stand auf und ging in großer Erregung im Zimmer auf und ab. Paša schaute sie an, vor lauter Angst verstand sie überhaupt nichts.

»Noch heute wird man ihn finden und einsperren«, sagte die Dame und schluchzte, und dieser Laut verriet Kränkung und Zorn. »Ich weiß, wer ihn soweit gebracht hat, wer schuld ist an diesem entsetzlichen Unglück! Sie widerliche, gemeine Person! Sie abscheuliche, käufliche Kreatur!« (Die Lippen der Dame verzogen sich, und ihre Nase kräuselte sich vor Abscheu.) »Ich bin machtlos ... hören Sie zu, Sie niedriges Weib ...! Ich bin machtlos, Sie sind stärker als ich, aber es gibt jemanden, der für mich und meine Kinder eintritt! Gott sieht alles! Er ist gerecht! Er wird für jede meiner Tränen, für alle meine schlaflosen Nächte Rechenschaft von Ihnen fordern! Die Zeit wird kommen, und dann werden Sie an mich denken!«

Wieder trat Schweigen ein. Die Dame ging im Zimmer auf und ab und rang die Hände, Paša aber sah sie immer noch stumpf und verständnislos an, sie begriff nichts und fühlte, daß etwas Furchtbares sie erwartete.

»Ich weiß von überhaupt nichts, gnädige Frau!« sagte sie und begann plötzlich zu weinen.

»Sie lügen!« schrie die Dame und funkelte sie mit bösen Augen an. »Ich weiß alles. Ich kenne Sie schon lange! Ich weiß, daß er den letzten Monat tagtäglich bei Ihnen herumgesessen hat!«

»Ja. Und wozu sagen Sie das? Was folgt daraus? Ich habe viele Gäste, aber ich zwinge niemanden. Jeder hat die Freiheit, zu tun und zu lassen, was er will.«

»Ich sage Ihnen: eine Unterschlagung ist aufgedeckt! Er hat im Dienst fremdes Geld veruntreut! Wegen so einer ... wie Sie, Ihretwegen hat er ein Verbrechen begangen. Hören Sie zu«, sagte die Dame in entschiedenem Ton und blieb vor Paša stehen.

»Prinzipien kann es bei Ihnen gar keine geben, Sie leben nur, um Böses zu tun, das ist Ihr Ziel, aber man kann doch nicht annehmen, daß Sie so tief gesunken sind, daß in Ihnen nicht eine Spur menschlichen Gefühls geblieben ist. Er hat eine Frau und hat Kinder ... Wenn man ihn verurteilt und in die Verbannung schickt, dann müssen die Kinder und ich verhungern ... Begreifen Sie das! Es gibt indessen ein Mittel, ihn und uns vor Armut und Schande zu retten. Wenn ich noch heute die neunhundert Rubel hinterlege, wird man ihn in Ruhe lassen. Nur neunhundert Rubel!«

»Was für neunhundert Rubel?« fragte Paša leise. »Ich ... ich weiß von nichts ... Ich habe sie nicht weggenommen ...«

»Ich bitte Sie nicht um die neunhundert Rubel ... Sie haben kein Geld, und ich will auch keins von Ihnen haben. Ich bitte um etwas anderes ... Solchen Frauen wie Sie schenken die Männer in der Regel Wertgegenstände. Geben Sie mir nur das zurück, was mein Mann Ihnen geschenkt hat!«

»Gnädige Frau, er hat mir nichts geschenkt!« rief Paša mit schriller Stimme. Sie begann zu begreifen.

»Wo aber ist das Geld? Er hat mein Geld, das seine und selbst fremdes verschleudert ... Wo ist das alles geblieben? Hören Sie, ich bitte Sie! Ich war erregt und habe Ihnen viel Unangenehmes gesagt, aber ich entschuldige mich. Sie müssen mich hassen, ich weiß, aber wenn Sie fähig sind, Mitleid zu empfinden, so versetzen Sie sich einmal in meine Lage! Ich flehe Sie an. Geben Sie mir die Sachen heraus!«

»Hm ...« sagte Paša achselzuckend. »Ich täte es mit Vergnügen, aber, bei Gott, er hat mir nichts gegeben. Bei meinem Gewissen, glauben Sie mir das. Übrigens, Sie haben recht.« Die Sängerin wurde verwirrt. »Er hat mir einmal zwei kleine Sächelchen mitgebracht. Bitte, ich gebe sie Ihnen, wenn Sie wünschen ...«

Paša zog eine kleine Toilettenschublade auf und nahm ein innen hohles Armband aus Gold und einen schmalen Rubinring.

»Bitte!« sagte sie und gab die Sachen der Besucherin.

Die Dame wurde feuerrot, ihr Gesicht zuckte. Sie war beleidigt.

»Was geben Sie mir da?« sagte sie. »Ich bitte nicht um Almosen, sondern um das, was Ihnen nicht gehört ... was Sie, Ihre Situation ausnutzend, von meinem Mann ... von diesem schwachen, unglücklichen Menschen ... erpreßt haben. Am Donnerstag, als ich Sie mit meinem Mann an der Anlegestelle sah, trugen Sie kostbare Broschen und Armbänder. Sie brauchen also vor mir nicht das unschuldige Lämmchen zu spielen! Ich frage Sie zum letztenmal: Geben Sie mir die Sachen oder nicht?«

»Mein Gott, was seid Ihr für Menschen ...« sagte Paša, die nun ernstlich gekränkt war. »Ich versichere Ihnen, daß ich von Ihrem Nikolaj Petrovič nichts bekommen habe als dieses Armband und den kleinen Ring. Er hat mir nur Kuchen gebracht.«

»Kuchen ...« Die Unbekannte lachte auf. »Zu Hause haben die Kinder nichts zu essen, und hier gibt es Kuchen. Sie weigern sich also entschieden, die Sachen zurückzugeben?«

Da keine Antwort erfolgte, setzte sich die Dame und starrte in Gedanken vor sich hin.

»Was soll ich denn jetzt machen?« sagte sie. »Wenn ich die neunhundert Rubel nicht herbeischaffe, ist er verloren, und die Kinder und ich sind auch verloren. Soll ich diese gemeine Person totschlagen, oder soll ich vor ihr auf die Knie fallen, was?«

Die Dame preßte ihr Taschentuch vors Gesicht und begann zu heulen.

»Ich bitte Sie!« rief sie laut schluchzend. »Sie haben doch meinen Mann ruiniert, ins Unglück gebracht, retten Sie ihn ... Und wenn Sie mit ihm schon kein Mitleid haben, aber die Kinder ... die Kinder ... Welche Schuld haben sie?«

Paša stellte sich die kleinen Kinder vor, wie sie auf der Straße stehen und vor Hunger weinen, und sie heulte nun selbst los.

»Was kann ich denn tun, gnädige Frau?« sagte sie. »Sie sagen, ich sei eine gemeine Person und hätte Nikolaj Petrovič ins Unglück gestürzt, aber beim allmächtigen Gott ... ich versichere Ihnen, ich habe von ihm keine Vorteile gehabt ... In unserem Chor hat nur Motja einen reichen Verehrer, wir aber fristen unser Leben alle mit Brot und Kvas. Nikolaj Petrovič ist ein gebildeter und feiner Herr, nun, und ich habe von ihm etwas angenommen. Was bleibt uns denn anderes übrig.«

»Ich bitte Sie um die Sachen! Geben Sie mir die Sachen! Ich weine ... demütige mich ... Bitte, ich werde vor Ihnen niederknien! Bitte!«

Paša schrie vor Schreck auf und wehrte heftig mit den Händen ab. Sie fühlte, daß diese bleiche, schöne Dame, die sich so vornehm ausdrückte wie im Theater, tatsächlich imstande war, vor ihr auf die Knie zu fallen, und zwar aus Stolz, aus Vornehmheit, um sich zu erhöhen und sie, die Choristin, zu erniedrigen.

»Gut, ich gebe Ihnen die Sachen!« Paša raffte sich auf und wischte die Tränen ab. »Bitte. Aber von Nikolaj Petrovič sind sie nicht ... Ich habe sie von anderen Gästen bekommen. Wie Sie wünschen ...«

Paša zog die obere Kommodenschublade auf und holte eine Brillantbrosche, eine Korallenkette, einige Ringe und Armbänder heraus und gab das alles der Dame.

»Nehmen Sie es, wenn Sie wünschen, aber von Ihrem Mann habe ich keinerlei Vorteile gehabt. Nehmen Sie's, bereichern Sie sich!« fuhr Paša, beleidigt durch die Androhung des Kniefalls, fort. »Wenn Sie aber eine vornehme ... wenn Sie seine rechtmäßige Gattin sind, dann sollten Sie auf ihn aufpassen. Also! Ich habe ihn nicht zu mir gebeten, er ist selbst gekommen ...«

Die Dame blickte unter Tränen die ihr übergebenen Sachen an und sagte: »Das ist nicht alles ... Das werden nicht einmal fünfhundert Rubel.«

Paša griff in die Kommode und schleuderte noch eine goldene Uhr, ein Zigarettenetui und Spangen hin. Dann sagte sie, die Arme ausbreitend: »Mehr ist nicht da ... Suchen Sie doch nach!«

Die Besucherin seufzte, packte mit zitternden Händen die Sachen ein und ging, ohne ein Wort zu sagen, ja ohne überhaupt mit dem Kopf zu nicken, aus dem Zimmer.

Die Tür zum Nebenzimmer öffnete sich, und Kolpakov trat herein. Er war bleich und zuckte nervös mit dem Kopf, als hätte er etwas sehr Bitteres zu sich genommen; in seinen Augen blinkten Tränen.

»Was für Sachen haben Sie mir gebracht?« warf Paša ihm entgegen. »Und wann? Wollen Sie mir das mal sagen?«

»Die Sachen ... Belanglos sind sie ... diese Sachen«, sagte Kolpakov und bewegte nervös den Kopf. »O Gott! Sie hat vor dir geweint, hat sich erniedrigt ...«

»Ich frage Sie: Was für Sachen haben Sie mir gebracht?« schrie Paša.

»O Gott, sie, eine anständige, stolze Frau ... sogar niederknien wollte sie vor ... vor dieser Dirne! Und ich habe sie so weit gebracht! Ich habe das zugelassen!« Er faßte sich an den Kopf und fuhr stöhnend fort: »Nein, das werde ich dir nie und

nimmer verzeihen! Das verzeihe ich dir nicht! Weg von mir ...
du Drecksmensch!« schrie er voller Abscheu, indem er rückwärts
ging und abwehrend seine zitternden Hände gegen Paša hob.
»Sie wollte niederknien und ... vor wem? Vor wem? O mein
Gott!«

Er kleidete sich hastig an, wandte sich, angeekelt vor Paša
ausweichend, zur Tür und ging hinaus.

Paša warf sich aufs Bett und begann laut zu weinen. Ihr tat es
jetzt schon um die Sachen leid, die sie in der Hitze weggegeben
hatte – bitter leid. Ihr fiel ein, wie vor drei Jahren ein Kaufmann sie für nichts und wieder nichts geprügelt hatte, und sie
weinte noch lauter.

Der Lehrer

Fëdor Lukič Sysoev, Lehrer an der auf Kosten der ›Manufaktur Kulikin & Söhne‹ unterhaltenen Fabrikschule, kleidete sich
um zum Festessen. Alljährlich nach dem Examen gab die
Fabrikdirektion ein Essen, an dem teilnahmen: der Inspektor
der Volksschulen, alle am Examen beteiligten Personen und die
Fabrikverwaltung. Trotz ihres offiziellen Charakters dehnten
sich diese Essen stets lange aus, es ging fröhlich zu, man frönte
kulinarischen Genüssen; vergessen war alle Subordination, von
ihrer redlichen Arbeit überzeugt, aßen die Lehrer sich satt,
betranken sich einmütig und redeten, bis sie heiser wurden.
Wenn sie dann spät abends auseinandergingen, hallten ihr
Gesang und ihre Küsse durch die ganze Fabriksiedlung. Essen
dieser Art hatte Sysoev, entsprechend der Anzahl seiner in der
Fabrikschule abgedienten Jahre, schon dreizehn miterlebt.

Jetzt, da er sich zum vierzehnten Essen fertigmachte, bemühte
er sich, seinem Äußeren eine festliche, würdige Note zu verleihen. Eine volle Stunde bürstete er mit einem Reisigquast seinen
neuen schwarzen Anzug ab; fast ebensolange stand er beim
Anziehen des modischen Oberhemds vor dem Spiegel; als die
Manschettenknöpfe nicht durch die Knopflöcher wollten, mußte
die Gattin einen wahren Sturm von Klagen, Drohungen und
Vorwürfen über sich ergehen lassen. Die arme Frau, die unentwegt hin und her rannte, war schon ganz von Kräften. Und

auch er konnte schließlich nicht mehr. Als man ihm aus der Küche die frischgeputzten Stiefeletten brachte, war er nicht mehr fähig, sie anzuziehen. Er mußte sich hinlegen und Wasser trinken.

»Wie geschwächt du bist!« seufzte seine Frau. »Du solltest überhaupt nicht zu dem Essen gehn.«

»Spar dir bitte deine Ratschläge!« fiel ihr der Lehrer heftig ins Wort.

Er hatte äußerst schlechte Laune, denn er war mit dem letzten Examen sehr unzufrieden. Die Ergebnisse des Examens waren glänzend; alle Knaben der älteren Gruppe hatten Urkunden und Auszeichnungen erhalten, die Vorgesetzten in der Fabrik und von der Schulbehörde waren von den Erfolgen beeindruckt, aber das genügte dem Lehrer nicht. Er ärgerte sich, daß der Schüler Babkin, dem sonst in der Rechtschreibung nie ein Fehler unterlief, im Examensdiktat drei Fehler gemacht hatte; der Schüler Sergeev war vor Aufregung nicht imstande gewesen, 17 mit 13 zu multiplizieren; der Inspektor, ein junger, unerfahrener Mann, hatte für das Diktat einen schwierigen Text ausgewählt, und Ljapunov, der Lehrer von der Nachbarschule, den der Inspektor gebeten hatte zu diktieren, hatte sich ›unkollegial‹ verhalten: er hatte beim Diktat die Wörter nicht so gesprochen, wie sie geschrieben werden, sondern genuschelt.

Nachdem der Lehrer mit Hilfe seiner Frau die Stiefeletten angezogen und sich noch einmal im Spiegel betrachtet hatte, nahm er seinen Knotenstock und machte sich auf den Weg zum Essen. Unmittelbar vor der Haustür des Fabrikdirektors, in dessen Wohnung die Festlichkeit stattfand, ereignete sich etwas Unangenehmes. Er fing plötzlich an zu husten ... Der Hustenanfall war so stark, daß ihm die Mütze vom Kopf flog und der Stock aus der Hand fiel. Als die Lehrer und der Schulinspektor, die das Husten gehört hatten, aus der Wohnung des Direktors gelaufen kamen, saß er schweißüberströmt auf der untersten Treppenstufe.

»Fëdor Lukič, Sie?« fragte der Inspektor erstaunt. »Sie ... sind gekommen?«

»Na und?«

»Sie täten besser daran, daheimzubleiben. Ihr Befinden ist heute gar nicht gut...«

»Mein Befinden ist heute genauso wie gestern. Wenn Ihnen

aber meine Anwesenheit unangenehm ist, so kann ich ja wieder gehn.«

»Aber, aber, Fëdor Lukič, wozu solche Worte? Wozu sagen Sie das? Seien Sie willkommen. Eigentlich sind doch nicht wir, sondern Sie der Schuldige an dem Festessen. Es ist uns sogar sehr angenehm, bedenken Sie doch...!«

In der Wohnung des Fabrikdirektors war bereits alles für die Festlichkeit hergerichtet. Im großen Speisezimmer, an dessen Wänden deutsche Öldrucke hingen und das nach Geranien und Firnis roch, standen zwei Tische: ein großer für das Essen und ein etwas kleinerer für den Imbiß. Durch die heruntergelassenen Stores drang nur matt die strahlende Mittagshelle... Das Dämmerlicht in dem Raum, die Schweizer Landschaften auf den Stores, die Geranien, die dünnen Wurstscheiben auf den Tellern – alles das machte einen naiven, mädchenhaft sentimentalen Eindruck und hatte Ähnlichkeit mit dem Hausherrn selbst, einem kleinen gutmütigen Deutschen mit kugelrundem Bäuchlein und sanften, schmachtenden Augen. Adolf Andreič Bruni (so hieß der Hausherr) hantierte am Imbißtisch mit einer Geschäftigkeit, als wäre ein Feuer zu löschen, er schenkte Schnapsgläser voll, füllte die Teller und war unablässig bemüht, sich sozusagen dienlich zu zeigen, Stimmung zu machen und seine Leutseligkeit zu beweisen. Er klopfte den Gästen auf die Schulter, schaute ihnen in die Augen, kicherte, rieb sich die Hände – mit einem Wort, er scharwenzelte wie ein gutmütiger Hund.

»Fëdor Lukič, wen sehe ich!« Seine Stimme überschlug sich, als er Sysoev erblickte. »Wie angenehm! Trotz Ihrer Krankheit sind Sie gekommen...! Meine Herren, gestatten Sie mir, Ihnen eine Freude zu machen: Fëdor Lukič ist gekommen!«

Die Pädagogen drängten sich schon um den Imbißtisch und aßen. Sysoevs Gesicht wurde finster, es gefiel ihm nicht, daß seine Kollegen mit dem Essen und Trinken begonnen hatten, ohne auf ihn zu warten. Als er unter ihnen Ljapunov gewahrte, ebenjenen Ljapunov, der beim Examen diktiert hatte, trat er auf ihn zu und sagte: »Das war unkollegial! Jawohl! Anständige Menschen diktieren nicht so!«

»Herrgott noch mal, immerzu dasselbe«, entgegnete Ljapunov stirnrunzelnd. »Bekommen Sie das denn nicht selber satt?«

»Jawohl, immerzu dasselbe. Bei mir hat Babkin niemals Fehler gemacht! Ich weiß auch, warum Sie so diktiert haben. Sie wollten einfach, daß meine Schüler durchfallen und daß Ihre Schule besser dasteht als meine. Mir ist alles klar ...!«

»Was belästigen Sie mich eigentlich?« gab Ljapunov bissig zurück. »Was zum Teufel, lassen Sie mich nicht in Ruhe?«

»Aber, meine Herren, meine Herren«, mischte sich der Inspektor mit weinerlichem Gesicht ein. »Wozu sich wegen solcher Belanglosigkeiten ereifern! Drei Fehler ... kein Fehler ... ist das denn nicht ganz egal?«

»Nein, es ist nicht egal. Bei mir hat Babkin niemals einen Fehler gemacht.«

»Er hört nicht auf!« fuhr Ljapunov böse schnaufend fort. »Nutzt seine Lage als Kranker aus, um einem auf die Nerven zu fallen. Nun, Verehrtester, ich übersehe es, da Sie krank sind!«

»Lassen Sie meine Krankheit in Ruhe!« rief Sysoev heftig. »Was geht das Sie an? Sie wissen immer nur das eine zu sagen: Krankheit! Krankheit! Krankheit ...! Ich habe Ihre Teilnahme gerade nötig! Und wie kommen Sie überhaupt darauf, daß ich krank bin? Vor den Examina war ich krank, das stimmt, jetzt aber ich bin ganz wiederhergestellt, nur eine kleine Schwäche ist noch geblieben.«

»Ganz wiederhergestellt, na Gott sei Dank«, sagte der Religionslehrer, Vater Nikolaj, ein junger Geistlicher in elegantem, braunem Priesterrock und langen Hosen. »Da muß man sich doch freuen. Sie aber regen sich auf und dergleichen mehr.«

»Sie sind auch so einer«, unterbrach ihn Sysoev. »Fragen muß man direkt und klar stellen, Sie aber haben den Schülern die ganze Zeit Rätsel aufgegeben. Das geht nicht!«

Mit vereinten Kräften brachte man ihn irgendwie zur Ruhe und ließ ihn am Imbißtisch Platz nehmen. Er überlegte lange, was er trinken sollte, und trank schließlich mit saurer Miene ein halbes Glas grünen Likör, dann zog er sich ein Stück Pastete heran und stocherte aus der Füllung sorgsam das Ei und die Zwiebeln heraus. Beim ersten Biß erschien ihm die Pastete zu nüchtern. Er streute Salz darauf, schob sie dann aber mit einer heftigen Bewegung beiseite, denn sie war nun versalzen.

Beim Mittagessen teilte man ihm den Platz zwischen dem Inspektor und Bruni zu. Nach dem ersten Gang begannen nach althergebrachter Sitte die Trinksprüche.

»Es ist mir eine angenehme Pflicht«, fing der Inspektor an, »den Dank an die hier nicht anwesenden Schirmherren der

Schule abzustatten, an Daniil Petrovič und ... und ... und ...«
»Und Ivan Petrovič ...« ergänzte Bruni.
»Und Ivan Petrovič Kulikin, die für die Schule keine Ausgabe gescheut haben, ich schlage vor, auf ihre Gesundheit zu trinken ...«
»Und ich«, sagte Bruni, der aufsprang, als hätte man ihm einen Stich versetzt, »schlage meinerseits einen Toast auf die Gesundheit des verehrten Inspektors der Volksschulen, Pavel Gennadievič Nadarov, vor.«
Die Stühle wurden gerückt, auf die Gesichter trat ein Lächeln, und es begann das übliche Anstoßen. Der dritte Trinkspruch stand jetzt Sysoev zu. Auch dieses Mal erhob er sich und hielt eine Rede. Er setzte eine ernste Miene auf, hustete und erklärte zunächst, es sei ihm nicht gegeben, schöne Worte zu machen, und er habe sich auch nicht vorbereitet. Weiter sagte er, er habe in seinen vierzehn Dienstjahren viele Intrigen, Ränke und sogar Denunziationen erlebt und er kenne seine Feinde und Verleumder sehr wohl, wünsche sie aber nicht zu nennen, weil er »fürchte, es könne jemandem den Appetit verderben«; trotz der Intrigen stehe jedoch die Kulikinische Schule im ganzen Gouvernement an erster Stelle, »nicht nur in geistiger, sondern auch in materieller Hinsicht.«
»Überall«, sagte er, »bekommen die Lehrer zweihundert und dreihundert Rubel, während ich fünfhundert bekomme, und obendrein ist meine Wohnung renoviert und sogar auf Kosten der Fabrik mit Möbeln ausgestattet worden. Und in diesem Jahr hat man alle Wände neu tapeziert ...«
Weiter verbreitete der Lehrer sich darüber, wie großzügig im Vergleich zu den Zemstvo- und Staatsschulen die Schüler mit Schreibutensilien versorgt würden. Und alles das verdanke die Schule seiner Meinung nach nicht den Fabrikbesitzern, die im Ausland lebten und von der Existenz der Schule wohl kaum etwas wüßten, sondern dem Manne, der trotz seiner deutschen Herkunft und seines lutherischen Glaubens eine echt russische Seele habe. Sysoev sprach lange, mit Kunstpausen und mit der Prätention auf Beredsamkeit; seine Ansprache machte einen schwerfälligen, unangenehmen Eindruck. Mehrere Male erwähnte er irgendwelche Feinde, die er habe, er bemühte sich, in Andeutungen zu sprechen, wiederholte sich, hustete und bewegte unschön die Finger. Am Ende verließen ihn die Kräfte, er

begann zu schwitzen und sprach nur noch leise, mit gesenkter Stimme, gleichsam zu sich selbst. Der Schluß seiner Rede war nicht ganz klar:

»Also, ich schlage vor, auf Bruni zu trinken, das heißt auf Adolf Andreič, der hier, unter uns ... überhaupt ... Sie verstehen.«

Am Ende der Rede seufzten alle erleichtert auf, als hätte jemand kaltes Wasser in die Luft gespritzt und eine stickige Schwüle beseitigt. Einzig und allein Bruni hatte offenbar nichts Unangenehmes empfunden. Strahlend und seine sentimentalen Augen verdrehend, schüttelte er Sysoev bewegt die Hand und scharwenzelte wieder wie ein Hund.

»Oh, ich danke Ihnen!« sagte er, wobei er das Oh besonders betonte und seine linke Hand ans Herz drückte. »Ich bin sehr glücklich, daß Sie mich verstehn! Von ganzem Herzen wünsche ich Ihnen alles Gute! Nur muß ich bemerken, daß Sie meine Bedeutung zu hoch bewerten. Die Schule verdankt ihr Aufblühen nur Ihnen, mein verehrtester Freund Fëdor Lukič! Ohne Sie würde sie sich in nichts von anderen Schulen unterscheiden! Sie denken: der Deutsche macht ein Kompliment, der Deutsche redet delikat. Haha! Nein, Fëdor Lukič, mein Herz, ich bin ein ehrlicher Mensch und mache niemals Komplimente. Wenn wir Ihnen fünfhundert Rubel im Jahr zahlen, so heißt das, Sie sind uns das wert. Stimmt es etwa nicht? Meine Herren, sage ich etwa nicht die Wahrheit? Einem anderen würden wir nicht so viel zahlen ... Bedenken Sie doch, eine gute Schule – das ist für die Fabrik eine Ehre!«

»Ich muß ehrlich zugeben, Ihre Schule ist wirklich ungewöhnlich«, sagte der Inspektor. »Glauben Sie nicht, daß ich Sie beweihräuchere. Mir jedenfalls ist in meinem ganzen Leben keine zweite solche Schule begegnet. Ich war bei Ihrem Examen zugegen und habe die ganze Zeit nur gestaunt ... Was für prächtige Kinder! Sie wissen viel, geben gescheite Antworten und sind dabei irgendwie besonders, nicht eingeschüchtert, offenherzig ... Man merkt, daß die Kinder Sie auch gern haben, Fëdor Lukič. Sie sind eben durch und durch Pädagoge, Sie müssen wohl schon als Lehrer zur Welt gekommen sein. Bei Ihnen finden sich alle Voraussetzungen: das angeborene Talent, die langjährige Erfahrung und die Liebe zur Sache ... Einfach erstaunlich, wieviel Energie Sie bei Ihrer geschwächten Gesundheit aufbringen, wieviel Sachkundigkeit, wieviel ... verstehen

Sie, Ausdauer und Überzeugung. Im Schulbeirat hat jemand sehr richtig gesagt, Sie wären in Ihrer Arbeit ein Poet ... Genauso ist es: ein Poet!«

Die ganze Tafelrunde begann jetzt einmütig, wie aus einem Munde über die außergewöhnliche Begabung Sysoevs zu sprechen. Es war, als wäre ein Damm gebrochen: Von allen Seiten sprudelten ehrlich begeisterte Worte, wie sie ein Mensch, den vorsichtige, nüchterne Berechnung zurückhält, nicht zu sagen vermöchte. Vergessen war auch Sysoevs Rede, vergessen sein unleidlicher Charakter und der böse, unfreundliche Ausdruck in seinem Gesicht. Alle wurden gesprächig, sogar die schüchternen und schweigsamen neuernannten Lehrer, diese unscheinbaren, furchtsamen Jünglinge, die den Inspektor nie anders als mit »Euer Hochwohlgeboren« anredeten. Man sah, Sysoev galt in seinem Kreis als bedeutende Persönlichkeit.

Da er sich in seinen vierzehn Dienstjahren an Erfolge und Lob gewöhnt hatte, hörte er den lärmenden Reden seiner Verehrer gleichmütig zu.

Statt seiner berauschte sich Bruni an den Lobeserhebungen. Der Deutsche fing jedes Wort auf, strahlte, klatschte in die Hände und errötete verlegen, als gälten die Lobreden nicht dem Lehrer, sondern ihm selbst.

»Bravo! Bravo!« rief er. »Richtig! Sie haben meinen Gedanken erraten ...! Ausgezeichnet...!«

Er blickte dem Lehrer in die Augen, als wollte er ihn an seiner Glückseligkeit teilhaben lassen. Schließlich hielt er es nicht länger aus, sprang auf und rief, alle anderen Stimmen mit seinem piepsigen Tenor übertönend:

»Meine Herren! Gestatten Sie, daß ich rede! Pst! Zu allen Ihren Worten kann ich nur das eine sagen: Die Fabrikverwaltung wird Fëdor Lukič nichts schuldig bleiben ...!«

Alle verstummten. Sysoev hob seine Augen zu dem rosigen Gesicht des Deutschen.

»Wir wissen es zu schätzen«, fuhr Bruni mit ernstem Gesicht und gedämpfter Stimme fort. »Zu all Ihren Worten muß ich Ihnen sagen, daß ... für die Familie von Fëdor Lukič gesorgt ist und daß dieserhalb schon vor einem Monat ein Kapital auf der Bank hinterlegt wurde.«

Sysoev schaute erst den Deutschen und dann seine Kollegen fragend an, als hätte er nicht richtig verstanden: Wieso ist für seine Familie gesorgt? Wieso nicht für ihn selbst? Und er las in allen Gesichtern, in all den unbeweglich auf ihn gerichteten Blicken nicht jenes Mitgefühl oder Mitleid, das ihm so zuwider war, sondern etwas anderes, Sanftes und Weiches und zugleich in höchstem Maße Unheilverkündendes, etwas, was einer furchtbaren Wahrheit glich, was im Nu seinen ganzen Körper mit Eiseskälte durchdrang und seine Seele mit unbeschreiblicher Verzweiflung erfüllte. Mit bleichem, verzerrtem Gesicht sprang er plötzlich auf und griff sich mit den Händen an den Kopf. Eine Viertelminute stand er so da und starrte entsetzt auf einen Punkt, als sähe er vor sich diesen nahen Tod, von dem Bruni gesprochen hatte, dann setzte er sich wieder und fing an zu weinen.

»Aber nicht doch ...! Was ist mit Ihnen ...?« Er hörte erregtes Stimmengewirr. »Wasser! Trinken Sie Wasser!«

Nach einer Weile beruhigte sich der Lehrer, aber an der Tafel war es vorbei mit der fröhlichen Stimmung. Das Essen endete unter dumpfem Schweigen und viel früher als in den vorangegangenen Jahren.

Als Sysoev heimkehrte, schaute er zuallererst in den Spiegel.

Natürlich, ich habe dort ganz umsonst losgeheult! dachte er, als er seine Augen mit den dunklen Ringen und die eingefallenen Wangen betrachtete. Heute ist meine Gesichtsfarbe viel besser als gestern. Es ist Blutarmut und ein Magenkatarrh, und der Husten kommt vom Magen.

Nachdem er sich so beruhigt hatte, zog er sich aus und säuberte lange mit dem Reisigquast seinen schwarzen Anzug, den er dann sorgfältig zusammenlegte und in die Kommode einschloß.

Danach trat er an den Tisch, wo ein Stapel Schülerhefte lag. Er suchte das Heft von Babkin heraus, setzte sich hin und versenkte sich in die Betrachtung der schönen Kinderhandschrift.

Zur gleichen Zeit, als er sich das Diktat seiner Schüler anschaute, saß im Nebenzimmer der Zemstvo-Arzt und flüsterte seiner Frau zu, es sei nicht richtig gewesen, einen Menschen, der höchstens noch eine Woche zu leben habe, zu dem Essen gehen zu lassen.

Rara avis

Ein Verfasser von Kriminalromanen unterhält sich mit einem Polizeispitzel:
»Haben Sie doch die Güte und führen Sie mich in eine richtige Spelunke für Spitzbuben und Strolche.«
»Mit Vergnügen.«
»Vermitteln Sie mir die Bekanntschaft von zwei, drei Mördertypen.«
»Läßt sich machen.«
»Ich muß unbedingt auch die geheimen Höhlen des Lasters sehen.«
Weiter bittet der Verfasser, ihn mit Falschmünzern, Erpressern, Falschspielern, leichten Damen und Achtgroschenjungen bekannt zu machen, und auf alles antwortet der Spitzel:
»Läßt sich machen ... Soviel Sie wollen!«
»Noch eine letzte Bitte«, sagt schließlich der Verfasser. »Da ich in meinem Roman wegen des Kontrastes auch zwei, drei lichte Gestalten einbauen muß, so haben Sie doch die Güte, mir auch noch zwei, drei ideal ehrliche Menschen zu zeigen.«
Der Spitzel hebt den Blick zur Decke und denkt nach.
»Hm ...« brummt er. »Gut, wir werden sie suchen!«

Der Ehemann

Das Kavallerieregiment von N. bezog während des Manövers für eine Nacht Quartier im Provinzstädtchen K. Ein Ereignis wie die Einquartierung der Herren Offiziere wirkt auf die Bewohner einer Kleinstadt stets äußerst anregend und inspirierend. Die Krämer, die vom Absatz ihrer durch langes Lagern schimmlig gewordenen Wurst und ihrer seit zehn Jahren im Regal stehenden »erstklassigen« Sardinen träumen, sowie die Kneipenbesitzer und sonstigen Gewerbetreibenden halten ihre Etablissements die ganze Nacht geöffnet; der Ortskommandant, sein Schriftführer und die Garnisonsbesatzung ziehen die Galauniform an; die Polizeibeamten rennen herum wie Wahnsinnige; was aber mit den Damen vorgeht, das mag der Teufel wissen.

Kaum hörten die Damen von K., das Regiment rücke an, da stellten sie schnell ihre heißen Kupferkessel mit dem Varenje beiseite und liefen auf die Straße. Sie vergaßen, daß sie ungekämmt und im Negligé waren; schwer atmend, mit stockendem Herzen eilten sie dem Regiment entgegen, gierig lauschten sie auf die Klänge der Marschmusik. Blickte man auf ihre bleichen, verzückten Gesichter, so konnte man meinen, diese Klänge entströmten nicht den Trompeten der Soldaten, sondern kämen geradewegs vom Himmel herab.

»Ein Regiment!« sagten sie freudestrahlend. »Ein Regiment kommt!«

Wozu brauchten sie dieses unbekannte, zufällig nach hier geratene Regiment, das schon im Morgengrauen wieder abrücken würde? Als etwas später die Herren Offiziere auf dem Markt standen und, die Hände auf den Rücken gelegt, die Quartierfrage klärten, saßen die Damen allesamt bei der Frau des Untersuchungsrichters in der Wohnung und bekrittelten das Regiment um die Wette. Sie wußten bereits – unerfindlich, woher –, daß der Kommandeur verheiratet war, aber nicht mit seiner Frau zusammenlebte, daß bei dem rangältesten Offizier Jahr für Jahr tote Kinder geboren wurden, daß der Adjutant hoffnungslos in eine Gräfin verliebt war und bereits einen Selbstmordversuch verübt hatte. Ihnen war alles bekannt. Als unten ein pockennarbiger Soldat in rotem Hemd vorbeiflitzte, wußten sie genau, der Bursche des Fähnrichs Rymzov lief durch die Stadt, um für seinen Herrn auf Pump englischen Whisky zu beschaffen. Sie hatten die Offiziere nur flüchtig von hinten gesehen, aber für sie stand bereits fest, daß kein einziger hübscher und interessanter Mann darunter war ... Als sie genug geredet hatten, ließen sie den Ortskommandanten und den Vorsteher des Klubs holen und befahlen ihnen, koste es, was es wolle, einen Tanzabend zu arrangieren.

Ihr Wunsch wurde erfüllt. Am Abend zwischen acht und neun dröhnte auf der Straße vor dem Klub die Musik der Militärkapelle, und im Klub selbst tanzten die Herren Offiziere mit den Damen von K. Die Damen fühlten sich wie im Himmel. Berauscht vom Tanz, von der Musik und vom Klirren der Sporen, gaben sie sich mit innerster Anteilnahme den flüchtigen Bekanntschaften hin und hatten ihre Zivilisten völlig vergessen. Die Väter und Ehemänner, die ganz in den Hintergrund getreten waren, drängten sich um das dürftige Büfett im Vorzimmer. Alle diese kraftlosen, plumpen, an Hämorrhoiden leidenden Zahlmeister, Sekretäre und Inspektoren waren sich ihrer Kümmerlichkeit wohl bewußt und wagten sich nicht in den Saal, sondern schauten von weitem zu, wie ihre Frauen und Töchter mit den ranken und schlanken Leutnants tanzten.

Unter den Ehemännern befand sich der Steuereinnehmer Kirill Petrovič Šalikov, eine stets betrunkene, borniertre und bösartige Kreatur mit mächtigem, kahlgeschorenem Schädel und dicken Hängelippen. Einstmals hatte er die Universität besucht, hatte Pisarev und Dobroljubov gelesen, Studentenlieder gesungen, jetzt aber sagte er von sich, er sei Kollegienassessor und sonst nichts. Er stand an den Türpfosten gelehnt und wandte von seiner Frau kein Auge. Seine Frau Anna Pavlovna – klein, brünett, etwa dreißigjährig, mit langer Nase, spitzem Kinn, gepudert und geschnürt – tanzte ohne Unterbrechung, bis zum Umfallen. Das Tanzen hatte sie schon müde gemacht, aber erschöpft war nur ihr Leib, nicht ihre Seele. Aus ihrer ganzen Gestalt sprach Seligkeit, Begeisterung. Ihr Busen wogte, auf ihren Wangen brannten rote Flecke, ihre Bewegungen hatten etwas Weiches, Schmachtendes. Man sah, sie dachte beim Tanzen an ihre Vergangenheit, an jene ferne Vergangenheit, als sie im Pensionat getanzt und von einem reichen, fröhlichen Leben geträumt hatte und überzeugt gewesen war, daß bestimmt ein Baron oder ein Fürst sie heiraten würde.

Der Steuereinnehmer schaute zu ihr hinüber und runzelte wütend die Stirn. Eifersüchtig war er nicht, aber erstens störte ihn, daß man des Tanzes wegen nirgends Karten spielen konnte, zweitens konnte er Blasmusik nicht ausstehen; drittens schien ihm, die Herren Offiziere behandelten die Zivilisten zu nachlässig und von oben herab; am allermeisten aber empörte und erzürnte ihn viertens der selige Gesichtsausdruck seiner Frau.

»Widerlich!« murmelte er. »Bald vierzig Jahre alt, grau und faltig – aber gepudert, Locken gebrannt und ein Korsett umgeschnürt hat sie sich auch! Benimmt sich kokett und geziert und bildet sich ein, ihr stehe das gut... Ach nein, sagen Sie bloß, Sie sind ja eine Schönheit!«

Anna Pavlovna tanzte mit solcher Hingabe, daß sie nicht ein einziges Mal zu ihrem Mann hinüberschaute.

»Natürlich, uns Bauern braucht man nicht«, knurrte der

Steuereinnehmer höhnisch. »Wir gehören jetzt nicht zum Etat... Wir sind Plumpsäcke, Provinzbären! Sie aber ist die Königin des Balles; hat sich doch noch so gehalten, daß selbst die Offiziere sich für sie interessieren. Wird sich vielleicht gar noch verlieben.«

Während der Mazurka wurde das Gesicht des Steuereinnehmers vor Wut ganz schief. Ein dunkelhaariger Offizier mit vorstehenden Augen und breiten tatarischen Backenknochen hatte Anna Pavlovna aufgefordert. Er schwenkte das Tanzbein mit Ernst und Gefühl, zog eine strenge Miene, und seine Knie stieß er so schwungvoll in die Höhe, daß er wie ein Hampelmann aussah, den man an der Schnur zieht. Anna Pavlovna war blaß und zitterte vor Erregung, sie lag hingegossen im Arm des Tänzers und verdrehte die Augen. Ihr schien es, als berührten ihre Füße kaum noch den Boden, und offenbar bildete sie sich wohl selber ein, nicht mehr auf Erden in einem Provinzklub zu tanzen, sondern hoch, hoch oben – in den Wolken! Nicht nur ihr Gesichtsausdruck, sondern auch alle ihre Bewegungen sprachen von höchster Seligkeit... Der Steuereinnehmer hielt es nicht mehr aus; er wollte diese Seligkeit lächerlich machen, er wollte Anna Pavlovna spüren lassen, daß sie sich vergaß, daß das Leben keineswegs so schön war, wie es ihr jetzt im Rausch des Tanzes vorkam.

»Warte nur, dich werd ich lehren, selig zu lächeln!« murmelte er. »Du bist nicht mehr ein kleines Mädchen im Pensionat! Wirst schon begreifen, daß du eine alte Vogelscheuche bist!«

Wie Mäuse huschten kleinliche Gefühle durch sein Inneres – Neid, Ärger, gekränkte Eigenliebe, primitiver provinzieller Menschenhaß, dieser Menschenhaß, der sich bei den kleinen Beamten durch Vodkagenuß und die sitzende Lebensweise herausbildet... Der Steuerbeamte wartete ab, bis die Mazurka zu Ende war, dann ging er in den Saal zu seiner Frau. Anna Pavlovna saß neben ihrem Kavalier, fächelte sich Kühlung zu, blinzelte kokett mit den Augen und erzählte, wie sie früher in Petersburg getanzt hatte. (Sie legte dabei ihre Lippen herzförmig aufeinander und sprach es so aus: »Bei uns in Pjutjurburg.«)

»Anjuta, laß uns nach Hause gehn!« sagte der Steuereinnehmer mit heiserer Stimme.

Als Anna Pavlovna ihren Mann vor sich sah, fuhr sie zusammen, als wäre ihr erst wieder eingefallen, daß sie einen Mann hatte. Dann wurde sie feuerrot. Sie schämte sich, daß dieser Mann so läppisch, so unwirsch und so ordinär war ...

»Laß uns nach Hause gehn!« wiederholte der Steuereinnehmer.

»Warum? Es ist doch noch früh!«

»Ich bitte dich, komm jetzt nach Hause!« sagte mit Nachdruck der Steuereinnehmer, der ein böses Gesicht machte.

»Warum? Ist etwas passiert?« fragte Anna Pavlovna beunruhigt.

»Nichts ist passiert, aber ich wünsche, daß du auf der Stelle mitkommst ... Ich wünsche es, das ist alles, und bitte ohne viel Worte.«

Anna Pavlovna hatte zwar keine Angst vor ihrem Mann, aber sie schämte sich vor ihrem Kavalier, der den Steuereinnehmer spöttisch und erstaunt anschaute. Sie stand auf und trat mit ihrem Mann zur Seite.

»Was fällt dir ein?« begann sie. »Warum muß ich nach Hause? Es ist noch nicht elf Uhr!«

»Ich wünsche es, und damit basta! Komm jetzt bitte, und Schluß!«

»Verschone mich mit deinen dummen Ideen! Geh allein, wenn du willst.«

»Gut, dann mache ich dir jetzt einen Skandal.«

Der Steuereinnehmer sah, wie nach und nach der selige Ausdruck vom Gesicht seiner Frau verschwand, wie sie sich schämte und wie sie litt – und ihm wurde irgendwie leichter ums Herz.

»Was willst du eigentlich von mir?« fragte sie.

»Nichts will ich von dir, aber ich wünsche, daß du mit nach Hause kommst. Ich wünsche es, das ist alles.«

Anna Pavlovna wollte erst kein Wort davon hören, dann bat sie ihren Mann flehentlich, sie doch wenigstens noch eine halbe Stunde hierzulassen, dann fing sie an – warum, wußte sie selber nicht – sich zu entschuldigen und Versicherungen abzugeben, und das alles im Flüsterton, mit lächelndem Gesicht, damit ja niemand merkte, daß sie Meinungsverschiedenheiten mit ihrem Mann hatte. Sie versicherte ihm, sie würde nur noch ganz kurze Zeit bleiben, nur zehn Minuten, nein, fünf Minuten, aber der Steuereinnehmer war unerbittlich.

»Wie du willst, bleib hier. Aber ich mache dir einen Skandal.«

Während dieser Unterredung mit ihrem Mann sank Anna

Pavlovna in sich zusammen, sie wirkte jetzt schmaler und älter. Mit blassem Gesicht, sich auf die Lippen beißend und dem Weinen nahe, ging sie ins Vorzimmer und zog sich an ...

»Wollen Sie schon weg?« fragten die Damen von K. erstaunt. »Anna Pavlovna, Liebste, wollen Sie schon weg?«

»Sie hat Kopfschmerzen«, antwortete statt ihrer der Steuereinnehmer.

Den Weg vom Klub bis zu ihrem Haus legten die Ehegatten schweigend zurück. Der Steuereinnehmer ging hinter seiner Frau und schaute auf ihre kleine zusammengekrümmte Gestalt, die von der Demütigung und vor Schmerz wie erstarrt war. Er erinnerte sich des seligen Gesichtsausdrucks, der ihn im Klub so gereizt hatte, und das Bewußtsein, daß nicht eine Spur davon übriggeblieben war, ließ ihn innerlich triumphieren. Er war froh und zufrieden, und dennoch fehlte etwas, und er wäre jetzt gern in den Klub zurückgegangen, um dafür zu sorgen, daß alle sich langweilten und ärgerten und alle fühlten, wie nichtswürdig und banal dieses Leben war, wenn man so durch die Straßen ging und nur hörte, wie der Schlamm unter den Füßen schmatzte, und wenn man wußte, morgen früh beim Erwachen würde wieder alles dasselbe sein – nichts als Vodka, nichts als Kartenspiel! Oh, das war schrecklich!

Anna Pavlovna konnte kaum gehen ... Sie war noch ganz benommen von den Eindrücken – vom Tanz, von der Musik, den Gesprächen, dem Glanz und dem lärmenden Treiben. Jetzt, auf dem Heimweg, fragte sie sich, warum Gott sie so gestraft hatte. Erbittert, gekränkt und vor Haß fast erstickend, horchte sie auf die schweren Schritte ihres Mannes. Sie schwieg und suchte nach einem ganz gemeinen, verletzenden, giftigen Schimpfwort, das sie ihm ins Gesicht schleudern konnte. Und gleichzeitig war sie sich bewußt, daß man dem Steuereinnehmer mit Worten nichts anhaben konnte. Was galten ihm Worte? Eine hilflosere Lage hätte sich ihr schlimmster Feind nicht für sie ausdenken können.

Währenddessen dröhnte die Musik, und durch die Dunkelheit hallten die feurigsten Tanzrhythmen.

Ein Unglück

Sofja Petrovna, die Gattin des Notars Lubjancev, eine junge, schöne Frau von etwa fünfundzwanzig Jahren, ging mit ihrem Landhausnachbarn, dem Rechtsanwalt Iljin, gemächlich die Schneise entlang. Es war am späten Nachmittag so gegen fünf Uhr. Über der Schneise ballten sich bauschige weiße Wolken, zwischen denen hier und da ein Stückchen hellblauer Himmel hervorsah. Die Wolken standen unbeweglich, als wären sie an den Wipfeln der hohen Kiefern befestigt. Es war still und schwül.

In der Ferne wurde die Schneise von einem halbhohen Bahndamm durchschnitten, auf dem diesmal aus irgendwelchen Gründen ein Wachtposten mit einem Gewehr auf und ab schritt. Gleich hinter dem Bahndamm schimmerte weiß eine große Kirche mit sechs Kuppeln und einem verrosteten Dach...

»Ich hatte nicht erwartet, Sie hier zu treffen«, sagte Sofja Petrovna, die zur Erde blickte und mit der Spitze ihres Schirms das Laub vom vergangenen Jahr berührte, »und ich bin jetzt froh, Sie hier getroffen zu haben. Ich muß mit Ihnen sprechen, ernsthaft und endgültig. Wenn Sie mich wirklich lieben und achten, Ivan Michajlovič, dann bitte ich Sie: Hören Sie auf, mich zu verfolgen! Sie folgen mir wie ein Schatten, schauen mich ständig mit unguten Blicken an, machen mir Liebeserklärungen, schreiben mir seltsame Briefe, und ... und ich weiß wirklich nicht, wann das alles einmal ein Ende nimmt! Was soll bloß daraus werden, Herr du mein Gott?«

Iljin schwieg. Sofja Petrovna ging einige Schritte weiter und fuhr fort:

»Und dieser jähe Umschwung ist bei Ihnen vor zwei, drei Wochen eingetreten, nachdem wir nun schon fünf Jahre miteinander bekannt sind. Ich kenne Sie nicht wieder, Ivan Michajlovič!«

Sofja Petrovna warf von der Seite her einen Blick auf ihren Begleiter. Er schaute aufmerksam, mit zusammengekniffenen Augen auf die bauschigen Wolken. Der Ausdruck seines Gesichts war böse, eigensinnig und abwesend, wie bei einem Menschen, der leidet und gleichzeitig zuhören muß, wie jemand Unsinn redet.

»Ich wundere mich, daß Sie das nicht selbst einsehen!« fuhr

die Lubjanceva fort. »Begreifen Sie doch, Sie spielen kein sehr schönes Spiel. Ich bin verheiratet, ich liebe und achte meinen Mann ... ich habe eine Tochter ... Ist das alles für Sie etwa belanglos? Außerdem wissen Sie als mein langjähriger Freund, welche Ansichten ich über die Familie habe ... über die Grundlagen der Familie im allgemeinen.«

Iljin stieß einen ärgerlichen Laut aus und seufzte.

»Grundlagen der Familie ...« murmelte er. »O Gott!«

»Jaja ... Ich liebe meinen Mann, ich achte ihn, und mir jedenfalls liegt daran, daß meine Familie ihre Ruhe hat. Eher lasse ich mich totschlagen, als daß durch mich Andrej und seine Tochter unglücklich werden ... Und ich bitte Sie, Ivan Michajlovič, lassen Sie mich um Gottes willen in Frieden. Wir wollen wie bisher gute Freunde sein, aber hören Sie auf mit diesem Ächzen und Seufzen, das so gar nicht zu Ihnen paßt. Ein für allemal! Kein Wort mehr davon. Reden wir von etwas anderem.«

Sofja Petrovna blickte wieder von der Seite her auf Iljins Gesicht. Iljin schaute nach oben, er war bleich und biß sich ärgerlich auf die bebenden Lippen. Die Lubjanceva verstand nicht, worüber er so böse war und was ihn so aufregte, aber seine Blässe rührte sie.

»Ärgern Sie sich doch nicht so, wir bleiben doch Freunde ...« sagte sie herzlich. »Sind Sie einverstanden? Hier haben Sie meine Hand.«

Iljin faßte ihre kleine, weiche Hand mit beiden Händen, drückte sie und führte sie an seine Lippen.

»Ich bin kein Gymnasiast«, murmelte er. »Freundschaft mit der Frau, die man liebt – das hat für mich keinen Reiz.«

»Schluß damit, Schluß! Ein für allemal! Da ist auch die Bank, setzen wir uns ...«

In Sofja Petrovnas Seele zog ein süßes Gefühl der Entspannung ein: das Schwierigste und Heikelste war gesagt, die quälende Frage ein für allemal entschieden. Jetzt durfte sie aufatmen und Iljin gerade in die Augen sehen. Sie schaute ihn an, und das egoistische Gefühl der Überlegenheit der geliebten Frau über den Liebhaber bereitete ihr einen außergewöhnlichen Genuß. Es gefiel ihr, wie dieser mächtige, starke Mann mit dem bösen Gesicht und dem schwarzen Bart, dieser kluge, gebildete und – wie man sagte – hochbegabte Mensch, sich gehorsam neben ihr hinsetzte und den Kopf hängen ließ. Etwa zwei, drei Minuten lang saßen sie so da und schwiegen.

»Nichts ist ein für allemal entschieden...« begann Iljin. »Sie zitieren wie nach Vorschrift: ›Ich liebe und achte meinen Mann ... Grundlagen der Familie...‹ All das weiß ich auch so, und ich kann Ihnen noch mehr sagen. Ich sage Ihnen offen und ehrlich: Ich betrachte mein Verhalten als unmoralisch und verbrecherisch. Genügt Ihnen das? Aber wozu von dem reden, was allgemein bekannt ist? Statt den Durstigen mit leeren Worten abzuspeisen, sollten Sie mir lieber sagen, was ich tun soll.«

»Ich habe Ihnen doch schon gesagt: Reisen Sie ab!«

»Sie wissen ganz genau, daß ich schon fünfmal abgereist und jedesmal auf halbem Wege wieder umgekehrt bin! Ich kann Ihnen die Fahrkarten zeigen – sie sind alle noch da. Ich besitze nicht die Kraft, vor Ihnen zu fliehen! Ich ringe schrecklich mit mir, aber was zum Teufel noch mal kann ich machen, wenn es mir an Standhaftigkeit fehlt, wenn ich schwach und kleinmütig bin! Ich komme gegen meine Natur nicht an! Verstehen Sie das? Ich bringe es nicht fertig! Ich laufe fort, meine Natur aber hält mich am Rockzipfel zurück. Diese gemeine, widerliche Schwachheit!«

Iljin errötete, stand auf und ging vor der Bank auf und ab.

»Ich wüte gegen mich selber wie ein Hund!« stieß er hervor und ballte die Fäuste. »Ich hasse und verachte mich! Mein Gott, ich laufe einer fremden Frau nach wie ein Schürzenjäger, ich schreibe idiotische Briefe, erniedrige mich – ach!«

Iljin griff sich an den Kopf, ächzte und setzte sich hin.

»Und dann noch Ihre Unaufrichtigkeit!« fuhr er bitter fort. »Wenn Ihnen mein wenig schönes Spiel nicht paßt, warum sind Sie dann hierhergekommen? Was hat Sie hergetrieben? In meinen Briefen bitte ich Sie um nichts weiter als um eine klare, kategorische Antwort: ja oder nein. Statt mir diese Antwort zu geben, richten Sie es so ein, daß Sie jeden Tag unverhofft mit mir zusammentreffen, und traktieren mich vorschriftsmäßig mit Zitaten!«

Die Lubjanceva erschrak und wurde über und über rot. Sie hatte plötzlich jenes Gefühl der Hilflosigkeit, das anständige Frauen empfinden, wenn sie unbekleidet überrascht werden.

»Sie scheinen anzunehmen, ich spiele mit Ihnen...« murmelte sie. »Ich habe Ihnen stets eine klare Antwort gegeben, und... und heute habe ich Sie um etwas gebeten!«

»Ach, was sollen Bitten! Wenn Sie von Anfang an gesagt hätten: Gehen Sie weg! – dann wäre ich nicht mehr hier, aber das haben Sie nicht zu mir gesagt. Nicht ein einziges Mal haben Sie mir eine klare Antwort gegeben. Eine seltsame Unentschlossenheit! Bei Gott, entweder spielen Sie mit mir, oder aber . . .«
Iljin sprach nicht weiter und stützte seinen Kopf in die Fäuste. Sofja Petrovna rief sich ihr Verhalten von Anfang bis Ende in Erinnerung. Sie dachte daran, daß sie sich nicht nur nach außen hin, sondern sogar in ihren geheimsten Gedanken gegen Iljins Nachstellungen gewehrt hatte, aber gleichzeitig fühlte sie: die Worte des Advokaten enthielten ein Stück Wahrheit. Und da sie nicht wußte, was für eine Wahrheit das war, fand sie trotz angestrengten Nachdenkens nicht die Worte, um auf Iljins Vorwurf zu antworten. Schweigen mochte sie aber auch nicht, und so entgegnete sie achselzuckend:
»Jetzt bin auch ich noch schuld an allem.«
»Eine Schuld sehe ich in Ihrer Unaufrichtigkeit nicht«, entgegnete Iljin seufzend. »Ich habe das nur so hingesagt . . . Ihre Unaufrichtigkeit ist ganz normal und natürlich. Wenn alle Menschen sich verabredeten und mit einem Schlag aufrichtig wären, ginge alles zum Teufel.«
Sofja Petrovna war nicht nach philosophischen Erörterungen zumute, aber sie freute sich, daß sie das Thema wechseln konnte, und fragte:
»Wieso denn das?«
»Weil nur die Wilden und die Tiere aufrichtig sind. Hat erst einmal die Zivilisation das Leben um Annehmlichkeiten wie zum Beispiel die weibliche Tugend bereichert, ist Aufrichtigkeit fehl am Platze . . .«
Iljin stocherte wütend mit seinem Spazierstock im Sand. Die Lubjanceva hörte ihm zu; ihr blieb vieles unverständlich, aber das Gespräch gefiel ihr. Vor allem gefiel ihr, daß ein begabter Mensch mit ihr, einer durchschnittlichen Frau, über ›hochgeistige‹ Dinge sprach, außerdem bereitete es ihr großes Vergnügen, die Bewegungen seines bleichen, sehr lebendigen und immer noch zornigen jungen Gesichtes zu beobachten. Vieles war ihr unbegreiflich, aber sie verstand die schöne Kühnheit, mit der er als Mensch der Gegenwart, ohne lange zu überlegen und ohne auch nur im geringsten zu zweifeln, große Probleme löste und klare Schlußfolgerungen zog.

Plötzlich ertappte sie sich dabei, wie sie immer mehr Gefallen an ihm fand, und sie erschrak.

»Verzeihen Sie«, sagte sie hastig, »aber ich verstehe nicht, wieso Sie von Unaufrichtigkeit sprechen. Ich wiederhole meine Bitte nochmals: Seien Sie mir ein lieber, guter Freund, aber lassen Sie mich in Ruhe! Ich bitte Sie aufrichtig darum!«

»Gut, ich werde weiter gegen mich ankämpfen!« entgegnete Iljin. »Ich will mir alle Mühe geben ... Nur wird bei diesem Kampf kaum etwas herauskommen. Entweder jage ich mir eine Kugel in den Kopf, oder ... ich beginne sinnlos zu trinken. Das nimmt ein böses Ende! Alles hat seine Grenzen, auch der Kampf gegen die eigene Natur. Können Sie mir sagen, wie man gegen Wahnsinn kämpft? Haben Sie einmal Wein getrunken und dann versucht, Ihre Erregung niederzuzwingen? Was soll ich machen, wenn Ihr Bild in meinem Herzen ist und mir Tag und Nacht unabweisbar vor Augen steht wie diese Kiefer hier? Lehren Sie mich doch, wie ich die Heldentat vollbringe und mich aus diesem unglücklichen, widernatürlichen Zustand befreie, in dem all meine Gedanken, Wünsche und Träume nicht mehr mir gehören, sondern einem Dämon, der von mir Besitz ergriffen hat? Ich liebe Sie, liebe Sie so sehr, daß ich nicht mehr ich selbst bin, die mir nahestehenden Menschen im Stich gelassen und meinen Herrgott vergessen habe! Noch nie in meinem Leben habe ich so geliebt!«

Sofja Petrovna, die diese Wendung des Gesprächs nicht erwartet hatte, fuhr zurück und sah Iljin entsetzt an. In seinen Augen standen Tränen, seine Lippen bebten, und in seinem Gesicht lag ein flehender, liebeshungriger Ausdruck.

»Ich liebe Sie!« murmelte er und näherte seine Augen den ihren, die ihn groß und angstvoll anblickten. »Sie sind so schön! Jetzt muß ich mich quälen, aber ich schwöre Ihnen, mein ganzes Leben könnte ich so vor Ihnen sitzen, mich quälen und Ihnen in die Augen sehen. Doch ... nein, schweigen Sie, ich flehe Sie an!«

Sofja Petrovna war sozusagen vollkommen überrumpelt, sie rang fieberhaft nach Worten, um Iljin Einhalt zu gebieten. Weg von hier! dachte sie, aber sie war noch nicht dazu gekommen, auch nur ein Glied zu rühren, da kniete Iljin schon vor ihr nieder ... Er umfing ihre Knie, schaute ihr in die Augen und sprach schöne, leidenschaftliche, begeisterte Worte. Vor Schreck völlig abwesend, hörte sie nicht, was er sagte. In diesem gefährlichen Augenblick, da ihre Knie wie von einem heißen Bad schauderten, fragte sie sich mit selbstquälerischer Bosheit, was ihre Empfindungen bedeuteten. Sie war böse auf sich, weil anstelle protestierender Tugend Kraftlosigkeit, Mattheit und Leere ihr Inneres beherrschten wie bei einem Betrunkenen, dem schon alles egal ist; nur irgendwo in der Tiefe ihres Herzens saß etwas und bohrte schadenfroh: Warum gehst du nicht weg? Also soll es so sein? Ja?

Sie versuchte mit sich ins reine zu kommen und verstand nicht, warum sie eigentlich nicht ihre Hand, an der sich Iljin wie ein Blutegel festgesogen hatte, wegriß und weshalb sie ebenso wie Iljin hastig nach links und rechts sah, ob nicht irgendwer zuschaute. Die Wolken und die Kiefern standen unbeweglich und blickten ernst, wie alte Diener, die Zeuge eines bösen Streiches werden, sich jedoch für Geld verpflichtet haben, den Mund zu halten. Auf dem Bahndamm stand regungslos der Wachtposten und schien nach der Bank zu schauen.

Soll er doch! dachte Sofja Petrowna.

»Aber ... aber hören Sie!« sagte sie schließlich, und aus ihrer Stimme klang Verzweiflung. »Wohin soll das führen? Und was kommt danach?«

Man hörte das heisere, schrille Pfeifen einer Lokomotive. Dieser fremde, kalte Ton des prosaischen Alltags schreckte die Lubjanceva auf.

»Ich habe keine Zeit mehr ... es ist spät!« sagte sie und erhob sich hastig. »Das ist der Zug ... Andrej kommt! Er muß essen.«

Sofja Petrowna wandte ihr glühendes Gesicht dem Bahndamm zu. Zuerst kroch langsam die Lokomotive vorüber, dann folgten die Wagen. Es war nicht der Personenzug für die Sommerfrischler, wie die Lubjanceva angenommen hatte, sondern ein Güterzug. In langer Kette rollten vor dem hellen Hintergrund der Kirche die Wagen vorbei, einer nach dem anderen, wie die Tage eines menschlichen Lebens, und sie schienen kein Ende zu nehmen.

Aber schließlich kam das Ende des Zuges, und der letzte Wagen mit den Schlußlichtern verschwand hinter dem Grün der Bäume. Sofja Petrowna machte heftig kehrt und ging, ohne weiter auf Iljin zu achten, die Schneise zurück. Sie hatte die Selbstbeherrschung wiedergewonnen. Rot vor Scham, beleidigt, nicht etwa durch Iljin, nein, durch ihren eigenen Kleinmut, durch die Schamlosigkeit, mit der sie als saubere, anständige Frau einem

Fremden erlaubt hatte, ihre Knie zu umfassen, dachte sie jetzt nur daran, so schnell wie möglich nach Hause, zur Familie zu kommen. Der Advokat hatte Mühe, ihr zu folgen. Als sie von der Schneise in einen schmalen Waldweg einbog, blickte sie sich noch einmal zu ihm um, so flüchtig, daß sie nur den Sand an seinen Knien wahrnahm, und gab ihm mit einer Handbewegung zu verstehen, er solle ihr nicht weiter folgen.

Zu Hause angekommen, blieb sie fünf Minuten regungslos in ihrem Zimmer stehen und schaute bald aufs Fenster, bald auf den Schreibtisch . . .

Elendes Weib! schalt sie sich selbst. Elendes Weib!

Sich selber zum Trotz vergegenwärtigte sie sich bis ins letzte, ohne etwas zu verbergen, wie sie sich diesen ganzen Tag gegen Iljins Nachstellungen gewehrt und wie es sie doch getrieben hatte, sich mit ihm auszusprechen; mehr noch, als er ihr zu Füßen lag, hatte sie einen ungewöhnlichen Genuß empfunden. Sie hielt sich das alles vor Augen, ohne sich zu schonen, und besinnungslos vor Scham, hätte sie sich jetzt am liebsten geohrfeigt.

Armer Andrej, dachte sie und bemühte sich, bei dem Gedanken an ihren Mann ihrem Gesicht einen möglichst zärtlichen Ausdruck zu verleihen. Varja, meine arme Kleine, sie weiß nicht, was für eine Mutter sie hat! Vergebt mir, ihr Lieben! Ich habe euch sehr lieb . . . sehr!

Und um sich zu beweisen, daß sie noch eine gute Ehefrau und Mutter war, daß das Verderben noch nicht die ›Grundlagen‹ berührt hatte, von denen sie zu Iljin gesprochen hatte, lief Sofja Petrovna in die Küche und schrie die Köchin an, weil sie noch nicht den Tisch für Andrej Iljič gedeckt hatte. Sie versuchte sich vorzustellen, wie erschöpft und hungrig ihr Mann aussehen würde, sagte laut, wie sehr sie ihn bedaure, und deckte eigenhändig den Tisch, was sie vorher niemals getan hatte. Dann suchte sie ihr Töchterchen Varja, nahm es auf den Arm und drückte es mit leidenschaftlicher Bewegung an sich; das Mädchen schien ihr schwer und kalt, aber sie wollte sich das nicht eingestehen, sondern begann ihr zu erzählen, was für einen lieben, anständigen, guten Papa sie habe.

Als jedoch bald darauf Andrej Iljič heimkam, begrüßte sie ihn kaum. Der Andrang falscher Gefühle war schon wieder vorbei und hatte sie nicht überzeugt, sondern nur gereizt und durch seine Unehrlichkeit aufgebracht. Sie saß gequält am Fenster und ärgerte sich. Nur im Unglück können die Menschen begreifen, daß es gar nicht so einfach ist, Herr seiner eigenen Gefühle und Gedanken zu sein. Sofja Petrovna erzählte später, in ihr sei alles ›drunter und drüber gegangen‹ und es sei genauso schwierig gewesen, sich in diesem Durcheinander zurechtzufinden wie ›schnell vorbeifliegende Spatzen zu zählen‹. Zum Beispiel hatte sie daraus, daß die Ankunft ihres Mannes sie nicht erfreut und sein Benehmen bei Tisch ihr nicht gefallen hatte, sofort den Schluß gezogen, in ihr sei ein Haß gegen ihren Mann aufgekommen.

Andrej Iljič war halbtot vor Hunger und Erschöpfung. Er machte sich, während er auf die Suppe wartete, gierig über die Wurst her und kaute geräuschvoll, mit kräftig arbeitenden Schläfenmuskeln. Mein Gott, dachte Sofja Petrovna, ich habe ihn lieb und achte ihn, aber... warum kaut er nur so widerlich?

Die Gedanken der Lubjanceva waren nicht weniger durcheinander als ihre Gefühle. Wie alle, denen es an Erfahrung im Kampf gegen unangenehme Gefühle fehlt, bemühte sie sich, nicht über ihr Mißgeschick nachzudenken, und je mehr Mühe sie darauf verwandte, um so deutlicher sah sie in ihrer Phantasie Iljin, den Sand an seinen Knien, die bauschigen Wolken und den Güterzug vor sich...

Warum war ich nur so dumm und bin dorthin gegangen? fragte sie sich gequält. Gehöre ich zu den Frauen, die für sich selbst nicht garantieren können?

Furcht macht blind. Als Andrej den letzten Gang gegessen hatte, war sie schon fest entschlossen, ihm alles zu erzählen und so der Gefahr zu entgehen.

»Ich muß mit dir etwas Wichtiges besprechen«, sagte sie nach dem Essen, als ihr Mann sich Rock und Stiefel auszog, um sich hinzulegen und auszuruhen.

»Nun?«

»Laß uns abreisen.«

»Hm... wohin denn? Zur Rückkehr in die Stadt ist es noch zu früh.«

»Nein, ich möchte, daß wir eine Reise machen oder so etwas Ähnliches...«

»Eine Reise...« murmelte der Notar und reckte sich. »Davon träume ich auch, aber woher soll ich das Geld nehmen? Und wem übergebe ich mein Büro?«

Nach kurzem Nachdenken fügte er hinzu:
»Wirklich, für dich ist es hier zu langweilig. Wenn du willst, reise doch allein!«
Sofja Petrovna willigte ein, aber sie überlegte sich sofort, daß eine solche Gelegenheit Iljin gerade recht wäre, er würde mit ihr im selben Zug reisen ... Sie dachte darüber nach und sah ihren Mann an, der nun gesättigt, aber immer noch todmüde war. Ihr Blick fiel auf seine Füße, sie waren klein, fast wie Frauenfüße, und steckten in gestreiften Socken. An den Spitzen der Socken hingen Fäden ...
Hinter dem zugezogenen Store summte eine Hummel und stieß gegen die Fensterscheibe. Sofja Petrovna blickte auf die Fäden, horchte auf die Hummel und stellte sich vor, wie sie reiste ... Tag und Nacht würde vis-à-vis Iljin sitzen; zornig über seine Schwäche und bleich vor innerer Qual, würde er keinen Blick von ihr wenden. Einen Schürzenjäger würde er sich nennen, auf sie würde er schimpfen und sich die Haare raufen; aber dann, wenn es erst dunkel und endlich soweit wäre, daß die Mitreisenden schliefen oder sich auf einem Bahnsteig aufhielten, würde er vor ihr niederknien und ihre Beine umfassen wie vorhin auf der Bank ...
Sie merkte plötzlich, daß sie träumte ...
»Hör mal, allein reise ich nicht!« sagte sie. »Du mußt mitkommen!«
»Hirngespinste, Sofočka!« entgegnete Lubjancev seufzend. »Wir sollten nüchtern bleiben und uns nur das wünschen, was möglich ist.«
Du wirst mitkommen, wenn du alles erfährst! dachte Sofja Petrovna.
Nachdem sie beschlossen hatte, koste es, was es wolle, abzureisen, fühlte sie sich außer Gefahr; ihre Gedanken klärten sich nach und nach, sie wurde aufgeräumter und erlaubte sich sogar, über alles nachzudenken. Nachdenken und träumen durfte man, soviel man wollte, sie würde trotzdem abreisen. Während ihr Mann schlief, wurde es allmählich Abend ... Sie saß im Empfangszimmer und spielte Klavier. Das abendliche Leben und Treiben vor dem Fenster, die Klänge der Musik, vor allem aber der Gedanke, daß sie eine kluge Frau war und ein Unheil abgewendet hatte – das alles versetzte sie endgültig in fröhliche Stimmung. Ihr beruhigtes Gewissen sagte ihr, andere Frauen

wären in ihrer Lage wahrscheinlich nicht so standhaft geblieben, sie hätten sich den Kopf verdrehen lassen; sie aber war vor Scham fast vergangen, hatte sich herumgequält und floh jetzt vor der Gefahr, die es vielleicht überhaupt nicht gab! Das Bewußtsein ihrer Standhaftigkeit und Tugend rührte sie so, daß sie sich sogar dreimal im Spiegel anschaute.

Als die Dunkelheit hereinbrach, kamen Gäste. Die Herren setzten sich ins Speisezimmer und spielten Karten, die Damen hielten sich im Empfangszimmer und in der Veranda auf. Als letzter erschien Iljin. Er sah mißmutig und traurig aus und schien krank zu sein. Er setzte sich in eine Sofaecke und blieb dort den ganzen Abend. Während er sonst immer heiter und zu Gesprächen aufgelegt war, schwieg er diesmal die ganze Zeit, runzelte die Stirn und kratzte sich ab und zu an der Schläfe. Wenn er auf eine Frage zu antworten hatte, verzog er die Oberlippe mühsam zu einem Lächeln und antwortete kurz und unwirsch. Etwa fünfmal machte er Späße, aber seine Späße wirkten grob und herausfordernd. Sofja Petrovna kam es vor, als wäre er einem hysterischen Anfall nahe. Erst jetzt, als sie am Klavier saß, wurde ihr völlig klar, daß dieser unglückliche Mensch nicht scherzte, sondern seelisch krank war und sich nicht mehr zurechtfand. Ihretwegen gab er seine Laufbahn und die schönste Zeit seines Lebens preis, verschleuderte er sein letztes Geld für das Landhaus, überließ er Mutter und Schwester ihrem Schicksal und, was das schlimmste war, verzehrte er sich in einem qualvollen Kampf mit sich selbst. Einfach aus Menschenliebe, aus ganz alltäglicher Menschenliebe müßte man ihn ernst nehmen ...

Das alles stand ihr jetzt so deutlich vor Augen, daß ihr Herz sich zusammenkrampfte, und wäre sie jetzt zu Iljin gegangen und hätte sie ihm gesagt: ›Nein!‹, dann wäre in ihrer Stimme eine Kraft gewesen, die er schwerlich hätte überhören können. Aber sie ging nicht zu ihm und sagte kein Wort, ja ihr kam nicht einmal der Gedanke, das zu tun ... Wohl noch nie waren der Egoismus und das Kleinliche in ihrer jungen Natur so stark zutage getreten wie an diesem Abend. Sie wußte, Iljin war unglücklich, er saß auf dem Sofa wie auf Kohlen, der Gedanke an ihn tat ihr weh, aber gleichzeitig erfüllte die Anwesenheit dieses Mannes, der sie so qualvoll liebte, ihr Herz mit dem Gefühl des Triumphes und der Macht. Sie wußte, sie war jung, schön und unnahbar, und erlaubte sich, da ihre Abreise zum Glück schon beschlossene Sache war, nun jede Freiheit. Sie kokettierte, lachte fortwährend und sang besonders innig und gefühlvoll. Alles wirkte auf sie erheiternd und lächerlich. Zum Lachen war die Erinnerung an den Vorfall auf der Bank und an den zuschauenden Wachtposten, zum Lachen die Gäste, die herausfordernden Späße Iljins und die Anstecknadel auf seinem Schlips, die sie vorher noch niemals gesehen hatte. Die Nadel stellte eine rote Schlange mit Brillantaugen dar, diese Schlange fand sie so lustig, daß sie sie am liebsten geküßt hätte.

Sofja Petrovna sang aufreizend, in übermütigem, halb trunkenem Ton, und als wollte sie den anderen in seinem Kummer necken, wählte sie melancholische, traurige Lieder aus, in denen von verlorenen Hoffnungen, von der Vergangenheit, vom Alter die Rede war. »Und das Alter kommt näher und näher...« sang sie. Was hatte sie mit dem Alter zu tun?

Mit mir scheint es nicht ganz geheuer zu sein... dachte sie manchmal, während sie sang und lachte.

Die Gäste verabschiedeten sich um zwölf Uhr nachts. Iljin ging als letzter. Sofja Petrovna war noch übermütig genug, ihn bis zur untersten Stufe der Verandatreppe zu begleiten. Sie wollte ihm mitteilen, daß sie mit ihrem Mann verreise, und sehen, was für eine Wirkung diese Nachricht auf ihn ausübte.

Der Mond hatte sich hinter den Wolken versteckt, aber es war trotzdem so hell, daß Sofja Petrovna sehen konnte, wie der Wind mit Iljins Mantel und mit den Vorhängen der Verandafenster spielte. Sie sah auch, wie bleich Iljin war und wie er, krampfhaft bemüht zu lächeln, seine Oberlippe verzog...

»Sonja, Sonečka... meine Teure!« stammelte er, ohne sie zu Wort kommen zu lassen. »Meine Liebe, meine Gute!«

In einem Anfall von Zärtlichkeit, die Stimme von Tränen erstickt, überschüttete er sie mit liebevollen Worten, eines immer zärtlicher als das andere, sagte schon du zu ihr, als wäre sie seine Frau oder Geliebte. Plötzlich, für sie ganz unerwartet, legte er den einen Arm um ihre Taille und faßte mit der anderen Hand ihren Ellenbogen.

»Meine Teure, mein Glück...« flüsterte er und küßte sie am Nackenansatz auf den Hals, »sei doch ehrlich, komm jetzt zu mir!«

Sie entwand sich seiner Umarmung und hob den Kopf, um in

zornige, empörte Worte auszubrechen, aber es war kein Zorn da, und ihre ganze gepriesene Reinheit und Tugend reichte gerade aus, um den einen Satz zu sagen, den in dieser Situation alle durchschnittlichen Frauen sagen:
»Sie sind wahnsinnig!«
»Wirklich, gehen wir jetzt!« fuhr Iljin fort. »Eben und vorhin auf der Bank habe ich die Gewißheit gewonnen, daß Sie ebenso machtlos sind wie ich, Sonja ... Auch Sie sind verloren! Sie lieben mich und feilschen jetzt nutzlos mit Ihrem Gewissen ...« Da er sah, daß sie fort wollte, hielt er sie an ihrem spitzenbesetzten Ärmel zurück und fügte rasch hinzu: »Wenn nicht heute, dann eben morgen, aber nachgeben müssen Sie! Wozu jetzt noch warten? Meine liebe, teure Sofja, das Urteil ist gefällt, wozu die Vollstreckung hinausschieben? Wozu sich selbst belügen?«
Sofja Petrovna riß sich los und huschte durch die Tür. Ins Empfangszimmer zurückgekehrt, klappte sie mechanisch den Klavierdeckel zu, starrte lange die Vignette auf dem Notenheft an und setzte sich. Sie war weder imstande zu stehen noch etwas zu denken ... Von ihrer Lebendigkeit und ihrem Übermut war nichts mehr übrig außer furchtbarer Mattigkeit, Gleichgültigkeit und Langerweile. Ihr Gewissen flüsterte ihr zu, daß sie sich an diesem Abend schlecht und dumm benommen hatte, wie ein verliebter Backfisch, daß sie sich eben auf der Verandatreppe hatte umarmen lassen und daß sie noch jetzt in der Taille und am Ellenbogen ein eigentümliches Gefühl verspürte. Im Empfangszimmer war keine Menschenseele, nur eine Kerze brannte. Die Lubjanceva saß regungslos auf dem runden Klavierstuhl und wartete. Und gleichsam ihre völlige Erschöpfung und die Dunkelheit ausnutzend, bemächtigte sich ihrer ein schweres, unbezwingliches Verlangen. Es wand sich um ihre Glieder und ihre Seele wie eine riesige Schlange, wuchs von Sekunde zu Sekunde und war schon nicht mehr wie früher nur dunkle Drohung, sondern stand klar und in völliger Nacktheit vor ihr.
Eine halbe Stunde blieb sie so sitzen, ohne sich zu bewegen und ohne ihren Gedanken an Iljin Einhalt zu gebieten. Dann stand sie langsam auf und ging ins Schlafzimmer. Andrej Iljič lag schon im Bett. Sie setzte sich ans offene Fenster und gab sich ganz ihrem Verlangen hin. In ihrem Kopf ging jetzt nichts mehr ›drunter und drüber‹, alle ihre Gefühle und Gedanken strebten gemeinsam einem klaren Ziel entgegen. Anfangs versuchte sie

noch, sich zu wehren, aber sie gab es bald auf ... Sie begriff jetzt, wie stark und unerbittlich der Feind war. Um sich seiner zu erwehren, brauchte man Festigkeit und Kraft, aber weder ihr Elternhaus noch ihre Erziehung noch das Leben hatten ihr etwas gegeben, woran sie eine Stütze gefunden hätte.

Schamloses, widerliches Weib! sagte sie sich, ihre Kraftlosigkeit verdammend. So eine also bist du!

Sie war in ihrem verletzten Anstandsgefühl so über diese Kraftlosigkeit empört, daß sie sich mit allen ihr nur bekannten Schimpfworten bedachte und sich viele erniedrigende und kränkende Wahrheiten vorhielt. So sagte sie sich, sie sei nie anständig gewesen und nur wegen mangelnder Gelegenheit nicht früher gefallen, sie habe sich an diesem ganzen Tag nur zum Spaß gewehrt und eine Komödie aufgeführt.

Nehmen wir einmal an, ich hätte wirklich gekämpft, dachte sie, aber was für ein Kampf wäre das schon gewesen! Auch käufliche Frauen kämpfen, ehe sie sich verkaufen, und trotzdem verkaufen sie sich. Ein schöner Kampf: Wie Milch, die an einem Tag verdirbt, bin auch ich verdorben. An einem einzigen Tag!

Weiter gestand sie sich ein, daß nicht ein übermächtiges Gefühl, nicht die Persönlichkeit Iljins es war, was sie aus ihrem Haus fortzog, sondern das ihr bevorstehende Erlebnis ... Eine vergnügungssüchtige Dame in der Sommerfrische, wie es so viele gab!

»Einem Vööglein wurde die Mutter getöötet«, sang draußen ein heiserer Tenor.

Wenn ich zu ihm will, wird es Zeit, dachte Sofja Petrovna. Ihr Herz begann plötzlich mit furchtbarer Heftigkeit zu schlagen.

»Andrej!« Sie schrie es fast. »Hörst du, wir ... wir reisen doch ab? Ja?«

»Ja ... ich habe dir doch schon gesagt: fahr allein!«

»Aber hör mir zu ...« fuhr sie fort, »wenn du nicht mitkommst, riskierst du, daß du mich verlierst. Ich glaube, ich bin ... verliebt!«

»In wen?« fragte Andrej Iljič.

»Das laß meine Sache sein!« rief Sofja Petrovna.

Andrej Iljič richtete sich auf, ließ seine Beine aus dem Bett hängen und schaute erstaunt auf die dunkle Gestalt seiner Frau.

»Hirngespinste!« sagte er gähnend.

Er glaubte ihr nicht, war aber trotzdem erschrocken. Nachdem er nachgedacht und seiner Frau einige belanglose Fragen gestellt hatte, setzte er ihr seine Auffassungen über die Ehe und über eheliche Untreue auseinander ... Er sprach mit müder Stimme etwa zehn Minuten lang und legte sich dann wieder hin. Seine Sentenzen verfehlten ihre Wirkung. Auf dieser Welt gibt es vielerlei Auffassungen, und sie stammen zur guten Hälfte von Menschen, die noch niemals unglücklich waren.

Trotz der späten Nachtstunde gingen draußen noch Sommerfrischler spazieren. Sofja Petrovna warf sich ein leichtes Cape über, dann blieb sie einen Augenblick stehen und dachte nach ... Sie besaß noch genügend Geistesgegenwart, um ihren schon beinahe schlafenden Mann zu fragen:

»Schläfst du schon? Ich gehe noch etwas nach draußen ... Kommst du mit?«

Das war ihre letzte Hoffnung. Als sie keine Antwort erhielt, ging sie hinaus. Es war frisch und windig. Sie fühlte weder den Wind noch die Dunkelheit, sie ging vorwärts – weiter, immer weiter. Eine unbezwingliche Kraft trieb sie voran und würde sie – so schien ihr –, wenn sie stehenbliebe, in den Rücken stoßen.

»Schamloses Weib!« stammelte sie. »Widerliches Weib!«

Sie verging vor brennender Scham, sie fühlte ihre Füße nicht mehr, aber das, was sie vorwärtstrieb, war stärker als die Scham, stärker als vernünftige Überlegung, stärker als ihre Angst ...

Der Rosastrumpf

Ein trüber, regnerischer Tag. Der Himmel hat sich mit dichten Wolken bezogen, und der Regen wird so bald kein Ende nehmen. Draußen sieht man nichts als Matsch, Pfützen, nasse Krähen, drinnen im Zimmer aber ist es dämmrig und so kalt, daß man die Öfen heizen könnte.

Ivan Petrovič wandert in seinem Arbeitszimmer von einer Ecke in die andere und schimpft auf das Wetter. Die Regenperlen am Fenster und das Dämmerlicht im Zimmer machen ihn trübsinnig. Die Langeweile ist unerträglich, es gibt nichts, womit man die Zeit totschlagen könnte ... Die Zeitungen sind noch nicht da, auf Jagd zu gehen ist unmöglich, bis zum Mittagessen dauert es noch eine Weile ...

Somov ist in seinem Arbeitszimmer nicht allein. An seinem Schreibtisch sitzt Madame Somova, eine kleine, zierliche Dame in einer dünnen Bluse und mit rosa Strümpfchen. Sie kritzelt voller Eifer einen Brief. Jedesmal wenn Ivan Petrovič an ihr vorbeigeht, schaut er ihr über die Schulter, um zu sehen, was sie schreibt. Er sieht große, krakelige Buchstaben, bald eng, bald weit geschrieben, mit unmöglichen Schwänzchen und Häkchen. Außerdem jede Menge Durchgestrichenes, Kleckse und Fingerspuren; Silbentrennungen liebt Madame Somova nicht. Jede ihrer Briefzeilen geht bis zum Rand des Blattes, wo sie sich zusammenkrampft und wie ein Wasserfall nach unten stürzt ...

»Lidočka, an wen schreibst du eigentlich so ausführlich?« fragt Somov, als seine Frau den sechsten Bogen vollkritzelt.

»An meine Schwester Varja ...«

»Hm ... ein langer Brief! Gib mal her, ich möchte ihn lesen, nur so zum Zeitvertreib.«

»Hier, lies ihn ruhig, aber es steht nichts Interessantes drin.«

Somov nimmt die vollgeschriebenen Blätter und beginnt zu lesen, wobei er seine Wanderung durch das Zimmer fortsetzt. Lidočka stützt den Ellbogen auf die Sessellehne und beobachtet seinen Gesichtsausdruck. Nach der ersten Seite zieht sich sein Gesicht in die Länge und drückt so etwas wie Verlegenheit aus ... Beim Lesen der dritten Seite runzelt Somov die Stirn und kratzt sich den Nacken. Bei der vierten hört er auf zu lesen, schaut seine Frau verstört an und überlegt. Nach einer Weile setzt er die Lektüre fort ... Sein Gesicht drückt Zweifel, wenn nicht Schrecken aus ...

»Nein, das ist unmöglich!« murmelt er, als er zu Ende gelesen hat, und schleudert die Blätter auf den Schreibtisch. »Völlig unmöglich!«

»Wieso denn?« fragt Lidočka ängstlich.

»Wieso denn! Sechs Seiten hast du vollgeschrieben und zwei geschlagene Stunden dazu gebraucht ... und wenn wenigstens was drinstünde! Wenigstens ein kleiner Gedanke! Man liest und findet nur ein wirres Durcheinander, als müsse man ein Gekrakel auf chinesischen Teedosen entziffern.«

»Ja, das ist richtig, Vanja ...« sagt Lidočka errötend. »Ich habe nachlässig geschrieben.«

»Was zum Teufel heißt hier nachlässig! Ein nachlässig geschriebener Brief hat wenigstens Sinn und Verstand, er hat Inhalt, aber bei dir ... entschuldige schon, aber ich kriege ja nicht einmal heraus, wovon eigentlich die Rede ist! Lauter dummes Zeug! Worte und Sätze, aber nicht der geringste Inhalt. Der ganze Brief ist so, als wenn zwei kleine Jungen miteinander reden: ›Aber bei uns gibt's heute Plinsen.‹ – ›Aber zu uns ist ein Soldat gekommen!‹ Nichts als leeres Stroh! Du ziehst alles in die Länge, wiederholst dich ... Die Gedanken hüpfen hin und her wie Teufel in einem Sieb: man weiß nicht, was wo anfängt und was wo aufhört ... Nun sag mir bloß, darf man denn so schreiben?«

»Wenn ich achtgegeben hätte, dann hätte ich auch keine Fehler gemacht«, sagt Lidočka, bemüht, sich zu rechtfertigen.

»Ach, von den Fehlern will ich gar nicht erst anfangen! Arme Grammatik! Jede Zeile ist für sie eine persönliche Beleidigung! Keine Kommas, keine Punkte und die Rechtschreibung ... brr! Semlja schreibt sich nicht mit ä, sondern mit e. Und die Schrift! Das ist keine Schrift, das ist eher zum Davonlaufen ... Sei mir nicht böse, mein Täubchen, aber, bei Gott, ich hatte nicht gedacht, daß du in der Grammatik eine solche Stümperin bist ... Dabei gehörst du zu den gebildeten Kreisen, zur Intelligenz, du bist die Frau eines Wissenschaftlers von der Universität, die Tochter eines Generals! Sag mal, hast du irgendwo studiert?«

»Wie denn studiert? Ich habe den Abschluß der Pension von Mebke ...«

Somov zuckt die Schultern, stößt einen Seufzer aus und wandert weiter auf und ab. Lidočka, die sich ihre Unwissenheit eingesteht und sich schämt, seufzt ebenfalls und schlägt die Äuglein nieder ... Etwa zehn Minuten herrscht Schweigen ...

»Hör mal, Lidočka, das ist doch wirklich furchtbar!« sagt Somov, der plötzlich vor seiner Frau stehenbleibt und ihr mit einem Ausdruck des Schreckens ins Gesicht blickt. »Du bist doch Mutter ... verstehst du das? Mutter! Wie willst du den Kindern etwas beibringen, wenn du selber nichts weißt? Du hast doch Verstand, aber was nützt er dir, wenn nicht einmal die elementarsten Kenntnisse vorhanden sind? Nun gut, auf das Wissen kann man verzichten ... das Wissen können sich die Kinder auch in der Schule aneignen, aber du bist ja auch in den Fragen der Moral nicht sattelfest! Manchmal redest du ein Zeug daher, daß einem die Ohren weh tun!«

Somov zuckt wieder die Schultern, schlägt die Schöße seines Schlafrocks übereinander und beginnt von neuem seine Wanderung ... Er ärgert sich und ist gekränkt, und zugleich tut ihm Lidočka, die keinen Protest erhebt, sondern nur mit den Augen zwinkert, leid ... Beide sind sie niedergeschlagen und unglücklich ... Und beide merken nicht, wie die Zeit verstreicht und die Stunde des Mittagessens herannaht ...

Somov, der es liebt, gut und in Ruhe zu speisen, nimmt am Tisch Platz, trinkt ein großes Glas Vodka und lenkt das Gespräch auf ein anderes Thema. Lidočka hört ihm zu und sagt zu allem ja. Als sie aber die Suppe ißt, treten ihr plötzlich Tränen in die Augen, und sie beginnt kläglich zu schluchzen.

»Daran ist meine Mutter schuld«, sagt sie, sich die Tränen mit der Serviette abtrocknend. »Alle haben ihr den Rat gegeben, mich aufs Gymnasium zu schicken, und nach dem Gymnasium hätte ich dann sicher Kurse besucht.«

»Kurse ... Gymnasium ...« murmelt Somov. »Jetzt verfällst du ins andere Extrem, meine Beste! Was hättest du davon, wenn du ein Blaustrumpf wärst? Ein Blaustrumpf ... der Teufel mag wissen, was das ist! Weder Mann noch Frau, nicht das eine und nicht das andere, sondern irgend so ein Mittelding ... Ich hasse Blaustrümpfe! Nie und nimmer würde ich eine studierte Frau heiraten ...«

»Aus dir wird man nicht klug ...« sagte Lidočka. »Du regst dich auf, daß ich keine studierte Frau bin, und gleichzeitig haßt du studierte Frauen; du bist gekränkt, weil es in meinem Brief an Gedanken fehlt, bist aber selbst dagegen, daß ich studiere.«

»Du nimmst das zu wörtlich, Herzchen«, sagt Somov gähnend und schenkt sich aus Langeweile noch ein Glas Vodka ein.

Der Vodka und das reichliche Mittagsmahl verfehlen nicht ihre Wirkung. Somov wird lustiger, gutmütiger und sanfter ... Er schaut zu, wie sein hübsches Frauchen mit besorgter Miene den Salat zurechtschneidet, und eine Aufwallung von Liebe, Nachsicht und Verzeihung überkommt ihn.

Ich habe die Ärmste ganz umsonst entmutigt, denkt er. Warum habe ich ihr so viele häßliche Worte gesagt? Sie ist zwar ein bißchen dumm, ein bißchen ungebildet und beschränkt, aber ... alles hat seine zwei Seiten und audiatur et altera pars ... Vielleicht haben diejenigen tausendmal recht, die sagen, daß der weibliche Unverstand seine Ursache in der Bestimmung der Frau hat ... Die Lebensaufgabe einer Frau besteht zunächst einmal darin, daß sie ihren Mann liebt, Kinder zur Welt bringt und Salat schneidet, was zum Teufel braucht sie da große Kenntnisse? Natürlich!

Ihm fällt dabei ein, wie ungefällig kluge Frauen im allgemeinen sind, wie anspruchsvoll, grob und unnachgiebig, und wie leicht er es mit seiner ein bißchen dummen Lidočka hat, die in nichts ihre Nase hineinsteckt, vieles nicht versteht und sich nicht herausnimmt, ihn zu kritisieren. Mit Lidočka lebt man ruhig und läuft keine Gefahr, kontrolliert zu werden...

Gott behüte die klugen, studierten Frauen! Aber mit den unkomplizierten lebt es sich ruhiger und besser, denkt er, während er sich von Lidočka einen Teller mit Hähnchen reichen läßt...

Ihm kommt der Gedanke, daß ein gebildeter Mann ab und zu das Verlangen hat, sich mit einer klugen, studierten Frau zu unterhalten und Gedanken auszutauschen...

Na und? denkt Somov. Will ich mich einmal gebildet unterhalten, da gehe ich eben zu Natalja Andreevna ... oder zu Marja Francevna ... ganz einfach!

Der Reisende erster Klasse

Ein Reisender erster Klasse, der soeben auf dem Bahnhof gespeist hatte und leicht angetrunken war, streckte sich auf das Samtpolster, reckte sich genießerisch und schlummerte ein. Nach kaum fünf Minuten schlug er die Augen auf, schaute mit trunkenem Blick sein Visavis an, lächelte und sagte:

»Mein Vater seligen Angedenkens hatte es gern, wenn ihm nach dem Essen die Weiber Honig um den Mund schmierten. Ich bin genau wie er, nur mit dem Unterschied, daß ich nach dem Essen nicht den Mund, sondern die Zunge und das Gehirn schmiere. Ich armer Sünder liebe einen Plausch auf vollen Magen. Wollen Sie ein bißchen mit mir plaudern?«

»Wie Sie wünschen«, entgegnete sein Visavis zustimmend.

»Nach einer guten Mahlzeit bedarf es nur des geringsten

Anstoßes, und schon kommen mir verteufelt großartige Gedanken. Eben zum Beispiel haben wir am Büfett zwei junge Leute gesehen, und Sie haben ja selbst gehört, wie der eine den anderen beglückwünschte, weil er ein bekannter Mann geworden ist. ›Ich gratuliere‹, sagte er, ›jetzt sind Sie angesehen, und bald werden Sie berühmt sein.‹ Offensichtlich Schauspieler oder mikroskopisch winzige Zeitungsschreiber. Aber das ist nicht die Frage. Mich, mein Herr, beschäftigt jetzt das Problem, wie dieses Wort *Ruhm* respektive *Ansehen* eigentlich aufzufassen ist. Was meinen Sie? Puškin nannte den Ruhm einen grellen Flicken auf zerlumpten Kleidern, und wir verstehen dasselbe darunter wie Puškin, das heißt mehr oder weniger subjektiv gesehen, aber noch hat niemand dieses Wort klar und logisch definiert. Für eine solche Definition würde ich viel geben.«

»Wozu brauchen Sie sie denn?«

»Sehen Sie, wenn wir wüßten, was Ruhm ist, dann wären vielleicht auch die Mittel bekannt, um ihn zu erwerben«, sagte der Reisende erster Klasse, nachdem er ein wenig nachgedacht hatte. »Ich muß Ihnen dazu erklären, mein Herr, daß ich, als ich jünger war, mit allen Fasern meines Herzens danach strebte, ein bekannter Mann zu werden. Popularität – das war sozusagen meine Manie. Ihretwegen habe ich studiert, gearbeitet, nächtelang nicht geschlafen, nicht richtig gegessen, meine Gesundheit ruiniert. Und soweit ich unvoreingenommen urteilen kann, hatte ich, scheint mir, alle Voraussetzungen, um populär zu werden. Erstens bin ich von Beruf Ingenieur. Ich habe bis heute in Rußland rund zwei Dutzend herrlicher Brücken gebaut, in drei Städten die Wasserleitung gelegt, in Rußland, in England und in Belgien gearbeitet ... Zweitens habe ich auf meinem Spezialgebiet viele Artikel geschrieben. Drittens, mein Herr, hatte ich schon von Kindheit an eine Schwäche für Chemie; in den freien Stunden widmete ich mich dieser Wissenschaft und entdeckte Verfahren zur Gewinnung mehrerer organischer Säuren, so daß Sie in allen ausländischen Lehrbüchern der Chemie meinen Namen finden. Die ganze Zeit über stand ich im Staatsdienst, ich habe mich hochgedient bis zum Rang eines Wirklichen Staatsrats, und meine Dienstliste ist ohne Makel. Ich will Ihre Aufmerksamkeit durch die Aufzählung meiner Verdienste und Leistungen nicht unnötig in Anspruch nehmen, ich sage nur, daß ich viel mehr getan habe als so mancher, der einen bekannten

Namen besitzt. Und was habe ich von alldem? Wie Sie sehen, bin ich alt, es ist sozusagen Zeit zum Abtreten, bekannt aber bin ich genausowenig wie der Hund, der da am Bahndamm entlangläuft.«

»Woher wissen Sie das? Vielleicht sind Sie tatsächlich bekannt.«

»Hm...! Das werden wir gleich sehen... Sagen Sie, haben Sie schon einmal den Namen Krikunov gehört?«

Sein Visavis hob die Augen zur Decke, überlegte und fing an zu lachen.

»Nein, nie gehört...« sagte er.

»Das ist mein Name. Sie sind ein hochbetagter, intelligenter Mensch und haben kein einziges Mal von mir gehört – ein überzeugender Beweis! Offensichtlich habe ich, als ich danach strebte, bekannt zu werden, genau das Gegenteil von dem getan, was nötig war. Ich kannte die richtigen Methoden nicht und bin, als ich den Ruhm am Schwanz zu packen suchte, von der falschen Seite herangegangen.«

»Was verstehen Sie denn unter richtiger Methode?«

»Weiß der Teufel! Vielleicht denken Sie sich: Talent? Genialität? Überdurchschnittliche Leistungen? Keineswegs, mein Herr... Zu meiner Zeit lebten genug Menschen, die Karriere machten, obwohl sie im Vergleich zu mir leer, bedeutungslos und sogar erbärmlich waren. Sie arbeiteten tausendmal weniger als ich, rissen sich niemals ein Bein aus, glänzten nicht mit Fähigkeiten und strebten nicht danach, bekannt zu werden; aber schauen Sie sich diese Leute an! Ihre Namen werden in den Zeitungen und in Gesprächen immer wieder genannt! Wenn es Sie nicht langweilt, möchte ich das an einem Beispiel demonstrieren: Vor einigen Jahren baute ich in K. eine Brücke. Ich muß Ihnen sagen, daß es in diesem elenden Nest stinklangweilig war. Wären nicht die Frauen und das Kartenspiel gewesen, ich wäre wahnsinnig geworden. Nun ja, lang, lang ist's her, ich hatte aus Langerweile mit einer kleinen Sängerin angebändelt. Weiß der Teufel, alle begeisterten sich für diese Sängerin, während sie meiner Meinung nach – wie soll ich Ihnen das sagen? – eine ganz alltägliche Person war, wie es ihrer viele gibt. Ein eitles kleines Ding, launisch, gierig und obendrein noch stockdumm. Sie aß viel, trank viel, schlief bis nachmittags fünf Uhr – und das war wohl auch alles. Sie galt als Kokotte – das war ihr Beruf –, wenn man sich jedoch gebildet ausdrücken wollte, dann bezeichnete man sie als Sängerin und Schauspielerin. Früher zählte ich zu den Theaterenthusiasten, und darum, zum Teufel noch mal, empörte mich dieses unsaubere Spiel mit dem Titel einer Schauspielerin maßlos! Sich Schauspielerin oder gar Sängerin zu nennen, dazu hatte meine Kleine nicht das geringste Recht. Sie war ein völlig talentloses, gefühlsarmes und, man kann sogar sagen, klägliches Geschöpf. Soweit ich etwas davon verstehe, sang sie abscheulich, der ganze Reiz ihrer ›Kunst‹ bestand darin, daß sie bei jeder Gelegenheit ihre Beinchen zeigte und nicht verlegen wurde, wenn man zu ihr in die Garderobe kam. Sie suchte sich gewöhnlich nur übersetzte Vaudevilles mit Gesang aus und stets solche, in denen sie sich in enganliegenden Männerkleidern zur Schau stellen konnte. Mit einem Wort: Pfui Teufel! Und nun passen Sie auf. Ich erinnere mich noch wie heute: Die neugebaute Brücke wurde feierlich dem Verkehr übergeben. Ein kurzer Dankgottesdienst fand statt, Reden wurden gehalten, Telegramme in Empfang genommen und so weiter. Wissen Sie, ich ging die ganze Zeit um meine Schöpfung, um mein Kind herum und hatte nur eine Angst, daß mir das Herz vor Erregung zerspringen würde. Das ist lange her, warum soll ich bescheiden sein, ich sage Ihnen, die Brücke war großartig gelungen! Keine Brücke, sondern ein Gemälde, unbeschreiblich! Und ich bitte Sie, wie sollte ich nicht aufgeregt sein, wo doch die ganze Stadt zur Einweihung gekommen war. Na, dachte ich, jetzt werden sich die Leute die Augen nach dir ausgucken. Wo versteckst du dich bloß? Aber o weh – ich hatte mich ganz umsonst aufgeregt, mein Herr. Außer den offiziellen Persönlichkeiten schenkte mir niemand auch nur die geringste Beachtung. Die Leute standen am Ufer und glotzten wie die Hammel auf die Brücke, aber wo der Mann war, der sie gebaut hatte, darum scherten sie sich überhaupt nicht. Und seit der Zeit, das muß ich an dieser Stelle sagen, hasse ich unser hochverehrtes Publikum, der Teufel soll es holen. Aber weiter. Plötzlich geht eine Bewegung durch die Menge: pst, pst, pst ... Die Gesichter lächeln, Achseln zucken. Jetzt müssen sie dich entdeckt haben, denke ich. Aber nein, keine Spur! Was sehen meine Augen: durch die Menge hindurch drängt sich meine kleine Sängerin, gefolgt von einer Schar von Taugenichtsen; und dieser ganzen Prozession eilen die Blicke der Menschen nach. Ein tausendstimmiges Geflüster erhob sich: ›Das ist die und die ... Süß! Bezaubernd!‹ Jetzt wurde man auch auf mich aufmerksam ... Zwei Milchbärte – wahrscheinlich Liebhaber der Bühnenkunst aus dem Ort – sahen zu mir herüber, wechselten einen Blick und flüsterten: ›Das ist ihr Geliebter!‹ Wie gefällt Ihnen das? Und irgend so eine widerliche Type neben mir, mit Zylinder und einer seit langem nicht rasierten Visage, trat immerzu von einem Fuß auf den anderen, drehte sich dann zu mir um und sagte:

›Wissen Sie auch, wer die Dame ist, die dort am anderen Ufer geht? Das ist die und die ... Ihre Stimme ist unter aller Kritik, aber beherrschen tut sie sie vollendet ...!‹

›Können Sie mir nicht sagen‹, fragte ich die Type, ›wer die Brücke gebaut hat?‹

›Keine Ahnung‹, lautete die Antwort. ›Irgend so ein Ingenieur.‹

›Und wer‹, fragte ich weiter, ›hat in Ihrem K. den Dom erbaut?‹

›Kann ich Ihnen auch nicht sagen.‹

Ich fragte ihn noch, wer in K. als der beste Pädagoge gelte, wer der beste Architekt sei, und bei all diesen Fragen stellte sich heraus, die Type hatte keine Ahnung.

›Und sagen Sie mir bitte‹, fragte ich schließlich, ›mit wem lebt diese Sängerin zusammen?‹

›Mit einem gewissen Krikunov, einem Ingenieur.‹

Na, mein Herr, wie gefällt Ihnen das? Aber weiter ... Minnesänger und Barden finden Sie auf der ganzen Welt nicht mehr, bekannt wird man ausschließlich durch die Zeitungen. Am Tage nach der Einweihung der Brücke griff ich begierig zum ›Vestnik‹, dem Lokalblättchen, und suchte dort etwas über meine Person. Lange überflog ich alle vier Seiten und endlich – da war es! Hurra! Ich begann zu lesen: ›Gestern fand bei schönstem Wetter unter überwältigender Beteiligung des Volkes, in Anwesenheit seiner Exzellenz, des Herrn Gouvernementsvorstehers Soundso, und der übrigen Behörden die Einweihung der neugebauten Brücke statt und so weiter.‹ Zum Schluß hieß es: ›Unter anderem wohnte der Einweihung auch eine strahlende Schönheit bei, unsere bekannte Schauspielerin Soundso, der Liebling des Publikums von K. Ihr Erscheinen war selbstverständlich eine Sensation. Der Star war folgendermaßen gekleidet und so weiter.‹ Wenn wenigstens ein Wort über mich dort gestanden hätte!

Nur ein einziges Wörtchen! Sie mögen mich für kleinlich halten, aber glauben Sie mir, ich habe damals vor Wut geheult!

Ich beruhigte mich, indem ich mir sagte, die Provinzler sind eben dumm, man kann von ihnen nichts anderes erwarten. Will man bekannt werden, so muß man sich in die geistigen Zentren begeben, in die Hauptstädte. Es traf sich nun, daß just zu dieser Zeit in Petersburg eine kleine Arbeit von mir lag, die ich zu einem Preisausschreiben eingereicht hatte. Der Tag der Preisverteilung war gekommen.

Ich nahm Abschied von K. und fuhr nach Petersburg. Diese Reise ist lang, und um mir die Zeit zu vertreiben, hatte ich mir ein separates Coupé bestellt, na ... und die kleine Sängerin nahm ich natürlich mit. Wir fuhren also los, und die ganze Fahrt über aßen wir, tranken Champagner und – tralala! So kamen wir denn im geistigen Zentrum an. Genau am Tage meiner Ankunft fand auch die Preisverteilung statt, und, mein Herr, mir wurde die Genugtuung zuteil, als Sieger hervorzugehen: Meine Arbeit wurde mit dem ersten Preis ausgezeichnet. Hurra! Am nächsten Tag ging ich auf den Nevskij Prospekt und kaufte mir für sieben Rubel diverse Zeitungen. Dann eilte ich zurück ins Hotel, legte mich aufs Sofa und schnell, schnell gelesen! Nur mit Mühe unterdrückte ich das Zittern, das mich befiel. Ich überfliege die erste Zeitung – nichts! Die zweite Zeitung – mein Gott, auch nichts! Endlich, in der vierten springt mir folgende Meldung in die Augen: ›Gestern ist mit dem Kurierzug die bekannte Provinzschauspielerin Soundso in Petersburg eingetroffen. Mit Befriedigung dürfen wir feststellen, daß das südliche Klima unserer Berühmtheit gut bekommen ist; ihre schöne Bühnenfigur ...‹ Ich weiß nicht mehr, wie es weiterging! Viel weiter unten stand in ganz kleiner Schrift: ›Gestern wurde der Ingenieur Soundso in dem und dem Preisausschreiben mit dem ersten Preis ausgezeichnet.‹ Mehr nicht! Und obendrein war noch mein Name verdruckt: statt Krikunov stand dort Kirkunov. Da haben Sie das geistige Zentrum. Aber das ist noch nicht alles ... Als ich einen Monat später aus Petersburg abreiste, überstürzten sich alle Zeitungen mit Notizen über ›unsere unvergleichliche, himmlische, hochtalentierte ...‹, und sie nannten meine Geliebte schon nicht mehr bei ihrem Familiennamen, sondern bei ihrem Vor- und Vatersnamen ...

Einige Jahre darauf hielt ich mich in Moskau auf. Ein eigenhändig geschriebener Brief des Stadtoberhauptes hatte mich dorthin berufen, wegen einer Angelegenheit, über die ganz Moskau mitsamt seinen Zeitungen schon mehr als hundert Jahre krakeelt. Neben meiner Arbeit hielt ich dort in einem Museum zu wohltätigen Zwecken fünf Vorlesungen. Das sollte doch wohl genügen, um in einer Stadt wenigstens für drei Tage bekannt zu werden, nicht wahr? Aber o weh! Keine einzige Moskauer Zeitung verlor über mich auch nur ein Sterbenswörtchen. Über Feuersbrünste, Operetten, schlafende Stadtverordnete, betrunkene Kaufleute – jede Menge, über meine Arbeit jedoch, über das Projekt, über die Vorlesungen – nicht eine einzige Silbe. Und dann die lieben Moskauer! Ich fuhr mit der Pferdebahn... Der Wagen war gerammelt voll: Damen, Militärs, Studenten, Kursteilnehmerinnen – von jederlei Art ein Paar.

›Die Duma soll wegen der und der Sache einen Ingenieur nach hier berufen haben!‹ sagte ich zu meinem Nachbarn, und zwar so laut, daß alle Fahrgäste es hören mußten. ›Wissen Sie, wie dieser Ingenieur heißt?‹

Mein Nachbar schüttelte verneinend den Kopf. Die übrigen Fahrgäste schauten mich flüchtig an, ihre Blicke sagten: ›Unbekannt.‹

›Irgendwer soll in dem und dem Museum Vorlesungen halten!‹ Ich ließ nicht locker, denn ich wollte ein Gespräch beginnen. ›Sie sollen interessant sein.‹

Niemand nickte auch nur mit dem Kopf. Offensichtlich hatten die meisten nichts von den Vorlesungen gehört, die Damen kannten nicht einmal das Museum. Das alles wäre nicht so schlimm gewesen, aber was glauben Sie wohl, mein Herr, plötzlich springen die Fahrgäste auf und stürzen zum Fenster. Was ist los? Was gibt es?

›Schauen Sie doch, schauen Sie doch!‹ Mein Nachbar stieß mich an. ›Sehen Sie den brünetten Mann, der dort in die Kutsche steigt? Das ist der bekannte Schnelläufer King!‹

Und im ganzen Wagen erhob sich ein wildes Palaver über die Schnelläufer, die damals ganz Moskau in Atem hielten.

Ich könnte Ihnen noch zahlreiche andere Beispiele anführen, aber ich denke, es reicht. Nehmen wir nun einmal an, daß ich mich, was meine Person betrifft, täusche, daß ich ein Aufschneider und eine Niete bin; aber ich könnte außer mir noch eine große Zahl von Zeitgenossen nennen, Menschen, die ein überdurchschnittliches Talent und außerordentlichen Fleiß besaßen, aber bis zum Tod unbekannt blieben. Alle diese russischen Seefahrer, Chemiker, Physiker, Maschinenbauer, Landwirte – sind sie etwa populär geworden? Weiß die Masse unserer Gebildeten etwas von den russischen Künstlern, Bildhauern, Literaten? So mancher alte Lastesel der Literatur, dessen Fleiß und Talent außer Zweifel steht, tritt dreiunddreißig Jahre die Schwellen der Redaktionsstuben ab, schreibt weiß der Teufel wieviel Papier voll, muß an die zwanzig Prozesse wegen Diffamierung durchstehen und kommt trotzdem keinen Schritt über seinen Ameisenhügel hinaus! Nennen Sie mir eine einzige Koryphäe unserer Literatur, die bekannt geworden wäre, ehe sie nicht den traurigen Ruhm erworben hätte, im Duell gefallen, verrückt geworden, in die Verbannung geschickt oder der Falschspielerei überführt worden zu sein!«

Der Reisende erster Klasse geriet so in Wallung, daß ihm die Zigarre aus dem Mund fiel und er sie wieder aufheben mußte.

»Jaja«, fuhr er grimmig fort, »und im Gegensatz dazu kann ich Ihnen Hunderte von Sängerinnen, Akrobaten und Clowns aller Art nennen, die sogar den Säuglingen schon bekannt sind. Jaja!«

Die Tür quietschte, Zugluft fegte herein, und eine mürrisch aussehende Person im Havelock, mit Zylinder und blauer Brille betrat den Wagen. Die Person schaute sich nach einem Platz um, runzelte die Stirn und ging weiter.

»Wissen Sie, wer das war?« flüsterte schüchtern irgendwer in der äußersten Ecke des Wagens. »Das war N. N., der bekannte Falschspieler aus Tula, der in Sachen der Y-schen Bank vor Gericht gestanden hat.«

»Da haben Sie's!« sagte lachend der Reisende erster Klasse. »Der Falschspieler aus Tula ist ihm bekannt, fragen Sie ihn aber mal, ob er Semiradskij, Čajkovskj oder den Philosophen Solovjëv kennt, da wird er Sie nur erstaunt anblicken ... Eine Schweinerei ist das!«

Drei Minuten herrschte Schweigen.

»Gestatten Sie mir meinerseits eine Frage«, sagte verlegen hüstelnd sein Visavis; »ist Ihnen der Name Puškov bekannt?«

»Puškov? Hm ...! Puškov ... Nein, kenn ich nicht!«

»Das ist mein Name ...« sagte das Visavis verlegen. »Sie kennen ihn also nicht? Ich bin schon dreißig Jahre Professor an einer russischen Universität ... Mitglied der Akademie der Wissenschaften ... habe einiges publiziert ...«

Der Reisende erster Klasse und sein Visavis schauten sich an und begannen laut zu lachen.

Talent

Der Maler Egor Savvič, der in der Sommerwohnung bei einer Offizierswitwe lebt, sitzt auf seinem Bett und gibt sich der morgendlichen Melancholie hin. Draußen wird es bald Herbst sein. Ganze Schichten von schweren, plumpen Wolken bedecken den Himmel; es weht ein kalter, schneidender Wind, und die Bäume biegen sich wehklagend alle nach einer Seite. In der Luft und auf der Erde wirbeln gelbe Blätter herum. Leb wohl, Sommer! Diese Abschiedsstimmung der Natur ist in ihrer Art schön und poetisch, wenn man sie mit dem Auge des Künstlers betrachtet, aber Egor Savvič ist nicht nach Schönheit zumute. Ihn verzehrt die Langeweile, und es tröstet ihn nur der Gedanke, daß er morgen nicht mehr in diesem Landhaus sein wird. Das Bett, die Stühle, die Tische, der Fußboden – alles ist mit Kissen, zerknautschten Decken und Körben vollgestellt. In den Zimmern ist nicht mehr gefegt, von den Fenstern sind die Kattunvorhänge abgenommen worden. Morgen geht es wieder in die Stadt!

Die Hausfrau ist nicht daheim. Sie ist weggefahren, um Fuhrwerke zu mieten, mit denen man morgen umziehen kann. Ihre Tochter Katja, ein zwanzigjähriges Mädchen, hat die Abwesenheit der gestrengen Mama ausgenutzt und sitzt schon lange im Zimmer des jungen Mannes. Morgen wird der Maler wegfahren, und sie hat ihm noch viel zu sagen. Sie redet und redet und hat das Gefühl, daß sie noch nicht den zehnten Teil von dem gesagt hat, was sie sagen wollte. Mit Augen voller Tränen schaut sie auf sein verwildertes Haar, betrachtet es mit Wehmut und Entzücken. Und verwildert ist Egor Savvič bis zur Häßlichkeit, er ähnelt fast einem Tier. Seine Haare reichen bis zu den Schultern, der Bart wächst ihm am Halse, aus den Nasenlöchern und aus den Ohren, seine Augen sind unter dichten, buschigen Brauen versteckt. Sie sind so dicht, so verwildert, daß eine Fliege oder Schabe, die in diese Haare geriete, bis ans Ende der Zeiten nicht wieder aus diesem Urwald herausfände. Egor Savvič hört Katja zu und gähnt. Er ist müde. Als Katja zu schluchzen anfängt, schaut er sie unter seinen buschigen Augenbrauen hervor finster an und sagt mit tiefer, dunkler Baßstimme:

»Ich kann nicht heiraten.«

»Warum denn nicht?« fragt Katja leise.

»Weil ein Maler und ganz allgemein ein Mensch, der für die Kunst lebt, nicht heiraten darf. Ein Maler muß frei sein.«

»Wodurch würde ich Sie denn stören, Egor Savvič?«

»Ich spreche nicht von mir, sondern allgemein ... Berühmte Schriftsteller und Maler heiraten nie.«

»Auch Sie werden berühmt werden, das begreife ich sehr gut, aber versetzen Sie sich doch in meine Lage. Ich fürchte mich vor Mama ... Sie ist streng und reizbar. Wenn sie erfährt, daß Sie mich nicht heiraten und nur so ... dann wird sie mir die Hölle heiß machen. Wehe mir! Und dabei haben Sie ihr noch nicht das Zimmer bezahlt!«

»Hol sie der Teufel, ich bezahle schon noch ...«

Egor Savvič erhebt sich und beginnt umherzulaufen.

»Ins Ausland müßte man!« sagt er.

Und der Maler erzählt, daß nichts leichter sei, als ins Ausland zu reisen. Für diesen Zweck braucht man nur ein Bild zu malen und zu verkaufen.

»Natürlich!« stimmt Katja zu. »Weshalb haben Sie denn den Sommer über nicht gemalt?«

»Kann ich denn in dieser Scheune arbeiten?« sagt der Maler ärgerlich. »Und wo hätte ich hier die Modelle hernehmen sollen?«

Irgendwo unten, unter dem Fußboden, klappt heftig eine Tür. Katja, die jede Minute die Ankunft ihrer Mutter erwartet hat, steht auf und geht hinaus. Der Maler bleibt allein. Lange geht er aus einer Ecke in die andere und windet sich durch die Stühle und die Haufen von Hausgerät. Er hört, wie die heimgekehrte Witwe mit dem Geschirr hantiert und laut auf irgendwelche Bauern schimpft, die von ihr für jede Fuhre zwei Rubel verlangt haben. Verdrossen bleibt Egor Savvič vor einem Schränkchen stehen und schaut lange und finster auf die Vodkakaraffe.

»Ach, man sollte dich erschießen!« hört er, wie unten die Witwe über Katja herfällt. »Aber Unkraut vergeht nicht!«

Der Maler trinkt ein Gläschen, und die düstere Wolke auf seiner Seele hellt sich allmählich auf, und ihm ist, als lächelten in seinem Leib alle Eingeweide. Er beginnt zu träumen ... In seiner Phantasie malt er sich aus, wie er berühmt wird. Seine zukünftigen Werke vermag er sich nicht vorzustellen, aber er sieht klar, wie über ihn die Zeitungen schreiben, wie man in den Läden seine Fotografien verkauft und wie seine Freunde ihm neidisch nachsehen. Er strengt sich an, sich einen vornehmen Salon vorzustellen, darin er, umgeben von hübschen Verehrerinnen, aber seine Phantasie zeichnet nur etwas Nebelhaftes, Unklares, denn er hat noch nie im Leben einen Salon gesehen. Die hübschen Verehrerinnen geraten ihm ebenfalls nicht, weil er seit seiner Geburt außer Katja keiner einzigen Verehrerin, keinem einzigen anständigen Mädchen begegnet ist. Menschen, die das Leben nicht kennen, malen es sich für gewöhnlich nach Büchern aus, aber Egor Savvič kennt auch keine Bücher. Er hatte sich einmal vorgenommen, Gogol zu lesen, war aber schon nach der zweiten Seite eingeschlafen ...

»Er brennt nicht an, platzen soll er!« brüllt unten die Witwe, die den Samovar aufstellt. »Katja, bring Kohlen!«

Der träumende Maler verspürt das Bedürfnis, mit irgend jemand seine Hoffnungen und Träume zu teilen. Er steigt hinunter in die Küche, in der neben dem dunklen Ofen im Rauch des Samovars die dicke Witwe und Katja hantieren. Er setzt sich auf eine Bank neben einen großen Topf und beginnt:

»Es ist schön, Maler zu sein! Ich gehe, wohin es mir gefällt, ich tue, was ich will. Man braucht nicht ins Amt, nicht den Acker zu pflügen ... Ich kenne keine Vorgesetzten, keine Aufseher ... Bin mein eigener Vorgesetzter. Und bei alledem bringe ich der Menschheit Nutzen!«

Und nach dem Mittagessen legt er sich aufs Ohr, um ›auszuruhen‹. Gewöhnlich schläft er, bis es dämmert; aber diesmal merkt er bald nach dem Essen, daß ihn jemand am Fuß rüttelt und lachend seinen Namen ruft. Er öffnet die Augen und erblickt seinen Kameraden, den Landschaftsmaler Uklejkin, der für den ganzen Sommer in das Gouvernement Kostroma gereist war.

»Bah!« ruft er erfreut. »Wen sehe ich da?«

Es beginnt das Händeschütteln, das Ausfragen.

»Nun, hast du was mitgebracht? Sicher hast du hundert Studien zusammengeschmiert?« sagt Egor Savvič, als er sieht, wie Uklejkin seine Habseligkeiten aus dem Koffer holt.

»Tja ... Etwas habe ich gemacht ... Und du? Hast du was gemalt?«

Egor Savvič kriecht unter das Bett und holt von dort, ganz rot geworden, eine verstaubte und mit Spinnweben überzogene, auf einem Blendrahmen gespannte Leinwand hervor.

»Da ... ›Mädchen am Fenster nach der Trennung von ihrem Bräutigam ...‹« sagt er. »In drei Sitzungen. Noch lange nicht fertig.«

Das Bild stellt das kaum angefangene Porträt Katjas dar, die am offenen Fenster sitzt; hinter dem Fenster sieht man den Vorgarten und die violette Ferne. Uklejkin gefällt das Bild nicht.

»Hm ... Viel Atmosphäre und ... und auch Ausdruck ...« sagt er. »Man spürt die Ferne, aber ... dieser Strauch da ist zu schreiend ... Furchtbar schreiend!«

Auf der Szene erscheint die Vodkakaraffe.

Gegen Abend besucht Egor Savvič sein Kamerad und Sommernachbar, der Historienmaler Kostylev, ein Bursche von etwa fünfundzwanzig Jahren, ebenfalls ein Anfänger, der zu Hoffnungen berechtigt. Er hat lange Haare, trägt eine Bluse und Kragen à la Shakespeare und benimmt sich würdevoll. Als er den Vodka bemerkt, verzieht er das Gesicht und beklagt sich über seine kranke Brust, aber schließlich gibt er doch den Bitten der Kameraden nach und trinkt ein Gläschen.

»Ich habe mir ein Thema ausgedacht, Freunde ...« sagt er, nicht mehr ganz nüchtern. »Ich möchte gern so etwas darstellen wie diesen Nero ... Herodes ... oder irgendeinen anderen Schurken dieser Art, versteht ihr ... und diesem die Idee des Christentums gegenüberstellen. Auf der einen Seite Rom, auf der anderen, versteht ihr, das Christentum ... Ich möchte gern den Geist darstellen ... versteht ihr? Den Geist!«

Unten schreit die Witwe immerzu.

»Katja, gib die Gurken her! Geh zu Sidorov, du Heupferd, und hol Kvas!«

Die Kollegen schreiten alle drei, wie Wölfe im Käfig, von einer Zimmerecke in die andere. Sie reden ohne Unterlaß, aufrichtig und hitzig; sie sind erregt und begeistert. Wenn man ihnen zuhört, meint man, in ihren Händen lägen Zukunft, Berühmtheit, Geld. Und keinem von ihnen kommt es in den

Sinn, daß die Zeit weiterläuft, daß sich das Leben von Tag zu Tag seinem Ende nähert, daß sie schon viel fremdes Brot gegessen, aber noch nichts geleistet haben. Sie denken nicht daran, daß sie alle drei Opfer jenes unerbittlichen Gesetzes sind, nach dem von Hunderten von Anfängern, die zu Hoffnungen berechtigten, nur zwei oder drei sich hocharbeiten, alle übrigen aber zum alten Eisen geworden werden und zugrunde gehen, wenn sie ihre Rolle als Kanonenfutter ausgespielt haben ... Sie sind heiter, glücklich und schauen keck der Zukunft ins Auge!

Gegen zwei Uhr nachts verabschiedet sich Kostylev und geht nach Hause, nachdem er seinen Shakespearekragen in Ordnung gebracht hat. Der Landschafter bleibt bei dem Genremaler zur Nacht. Bevor sie sich schlafen legen, nimmt Egor Savvič eine Kerze und begibt sich in die Küche, um Wasser zu trinken. In dem engen dunklen Korridor sitzt Katja auf einer Truhe und schaut nach oben, die Hände über den Knien gefaltet. Auf ihrem blassen, abgehärmten Gesicht liegt ein seliges Lächeln, und ihre Augen glänzen ...

»Du bist das? Woran denkst du?« wird sie von Egor Savvič gefragt.

»Ich denke daran, wie berühmt Sie sein werden ...« sagt sie beinahe im Flüsterton. »Ich stelle mir immerzu vor, was für ein großer Mann Sie werden ... Ich habe eben alle Ihre Gespräche gehört ... Ich träume ... träume ...«

Katja bricht in ein glückliches Lachen aus, weint und legt ehrfurchtsvoll die Hände auf die Schultern ihres Abgotts.

Der erste Liebhaber

Der jeune premier Evgenij Alekseevič Podžarov, ein schlanker, eleganter Mann mit ovalem Gesicht und Tränensäckchen unter den Augen, der für die Saison in eine südrussische Stadt gekommen war, bemühte sich zuallererst, mit einigen angesehenen Familien bekannt zu werden.

»Ja, Señor!« sagte er oft, wobei er graziös mit dem Fuß wippte und seine roten Strümpfe sehen ließ. »Ein Künstler muß auf die Massen mittelbar und unmittelbar einwirken; ersteres erreicht er durch sein Spiel auf der Bühne, das zweite durch die

Bekanntschaft mit den Einwohnern. Ehrenwort, parole d'honneur, ich begreife nicht, weshalb manche Schauspieler die Bekanntschaft mit den gutbürgerlichen Familien meiden! Weshalb? Ganz zu schweigen von den Mittagessen, Namenstagen, Pasteten, soirées fixes, zu schweigen auch von den Unterhaltungen – welchen moralischen Einfluß kann er auf die Gesellschaft ausüben! Ist etwa das Bewußtsein nicht angenehm, daß man in irgendeinen dickfelligen Schädel einen Funken geworfen hat? Und die Typen! Und die Frauen! Mon Dieu, was für Frauen! Der Kopf dreht sich einem! Man eilt in so ein Kaufmannshaus, in die vertrauten Kemenaten, sucht sich ein recht frisches und rotes Apfelsinchen aus und – der Rest ist Seligkeit. Parole d'honneur!«

In dieser Stadt des Südens machte er unter anderem die Bekanntschaft mit der angesehenen Familie des Fabrikanten Zybaev. Bei der Erinnerung an diese Bekanntschaft runzelt er noch heute jedesmal verächtlich die Stirn, kneift die Augen zusammen und spielt nervös an der Uhrkette.

Eines Tages – es war zu einem Namenstag bei Zybaev – saß der Künstler im Salon seiner neuen Bekannten und schwang nach seiner Gewohnheit große Reden. Um ihn herum saßen in Lehnstühlen und auf dem Sofa die ›Typen‹ und lauschten wohlgefällig; aus dem Nachbarzimmer tönten Frauenlachen und die Geräusche abendlichen Teetrinkens ... Die Beine übereinandergeschlagen, nach jedem Satz Tee mit Rum genießend und bemüht, seinem Gesicht einen lässig-gelangweilten Ausdruck zu geben, erzählte er von seinen Erfolgen auf der Bühne.

»Ich bin vorwiegend Provinzschauspieler«, sagte er und lächelte herablassend, »aber es kam auch vor, daß ich in den Hauptstädten gespielt habe ... Bei dieser Gelegenheit möchte ich einen Vorfall erzählen, der die heutige Geistesverfassung ganz gut charakterisiert. In Moskau brachte mir die Jugend bei meiner Benefizvorstellung eine solche Menge von Lorbeerkränzen, daß ich – das schwöre ich Ihnen bei allem, was mir heilig ist – nicht wußte, wo ich sie lassen sollte! Parole d'honneur! Später trug ich in einem Augenblick der Geldknappheit die Lorbeerblätter zum Kaufmann, und ... raten Sie, wieviel sie wogen? Rund siebzig Pfund! Haha! Das Geld kam mir höchst gelegen. Im allgemeinen pflegen Künstler oft arm zu sein. Heute besitze ich Hunderte, Tausende und morgen nichts ... Heute habe ich keinen Bissen Brot, aber morgen Austern und Anchovis, weiß der Teufel.«

Die Bürger tranken artig aus ihren Gläsern und hörten zu. Der zufriedene Hausherr, der nicht wußte, womit er dem gebildeten und unterhaltsamen Gast gefällig sein sollte, stellte ihm einen Gast von außerhalb vor, seinen entfernten Verwandten Pavel Ignatjevič Klimov, einen korpulenten Mann von etwa vierzig Jahren, bekleidet mit einem langen Gehrock und sehr weiten Hosen.

»Ich möchte Sie miteinander bekannt machen«, sagte Zybaev, als er Klimov vorstellte. »Er liebt das Theater und hat selbst einmal gespielt. Ein Gutsbesitzer aus Tula!«

Podžarov und Klimov kamen ins Gespräch. Zur großen Befriedigung beider erwies sich, daß der Gutsbesitzer aus dem Gouvernement Tula in derselben Stadt wohnte, wo der jeune premier zwei Spielzeiten lang auf der Bühne gestanden hatte. Nun begann das Fragen nach der Stadt, nach gemeinsamen Bekannten, nach dem Theater ...

»Wissen Sie, mir gefällt diese Stadt ausnehmend gut!« sagte der jeune premier und zeigte seine roten Strümpfe. »Was für gepflasterte Straßen, was für ein netter kleiner Park ... und was für eine Gesellschaft! Eine wunderbare Gesellschaft!«

»Ja, eine wunderbare Gesellschaft«, stimmte der Gutsbesitzer zu.

»Eine Handelsstadt, aber ganz intelligent ...! Beispielsweise, äääh ... der Direktor des Gymnasiums, der Staatsanwalt ... das Offizierskorps ... der Polizeichef ist auch nicht übel ... Ein Mann, wie die Franzosen sagen, enchanté. Und die Frauen! Allah, was für Frauen!«

»Ja, die Frauen ... tatsächlich ...«

»Vielleicht bin ich parteiisch! Die Sache ist die, daß ich in Ihrer Stadt, ich weiß nicht warum, in Liebesdingen verteufeltes Glück hatte! Ich könnte zehn Romane darüber schreiben. Zum Beispiel braucht man nur diesen Roman hier zu nehmen ... Ich wohnte in der Egorevskaja-Straße, in dem gleichen Haus, in dem das Rentamt untergebracht ist ...«

»Das rote, unverputzte Gebäude?«

»Ja, ja ... das unverputzte. In meiner Nachbarschaft, im Haus Koščeevs, wie ich mich jetzt entsinne, wohnte die Schönheit der Stadt, Varenka ...«

»Ist das nicht Varvara Nikolaevna?« fragte Klimov und strahlte vor Vergnügen. »Tatsächlich eine Schönheit ... Die erste in der Stadt!«

»Die erste in der Stadt! Ein klassisches Profil ... große schwarze Augen und einen Zopf bis zum Gürtel! Sie sah mich als Hamlet ... Schrieb mir einen Brief à la Puškins Tatjana ... Ich antwortete ihr, versteht sich ...«

Podžarov blickte sich um, und nachdem er sich überzeugt hatte, daß keine Damen im Salon waren, verdrehte er die Augen, lächelte wehmütig und seufzte.

»Ich kam eines Tages nach der Vorstellung nach Hause«, flüsterte er, »da sitzt sie auf meinem Sofa. Es gibt Tränen, Liebeserklärungen ... Küsse ... Oh, das war eine wundervolle, eine göttliche Nacht! Unser Roman dauerte noch zwei Monate, aber diese Nacht wiederholte sich nicht mehr. Was für eine Nacht, parole d'honneur!«

»Erlauben Sie, wie war das?« murmelte Klimov, der feuerrot wurde und den Schauspieler mit weit aufgerissenen Augen anstarrte. »Ich kenne Varvara Nikolaevna sehr gut ... Sie ist meine Nichte!«

Podžarov wurde verlegen und riß ebenfalls die Augen auf.

»Wie ist das möglich?« fuhr Klimov fort und breitete die Arme aus. »Ich kenne dieses Mädchen und bin erstaunt ...«

»Ich bedaure sehr, daß es so gekommen ist ...« murmelte der Schauspieler, während er sich erhob und sich mit dem kleinen Finger das linke Auge rieb. »Wenn auch im übrigen ... natürlich, Sie als Onkel ...«

Die Gäste, die bis dahin mit Vergnügen zugehört und den Schauspieler mit ihrem Lächeln belohnt hatten, wurden verlegen und schlugen die Augen nieder.

»Nein, Sie werden so liebenswürdig sein und Ihre Worte zurücknehmen ...« sagte Klimov in großer Verwirrung. »Ich bitte Sie!«

»Wenn Sie ... ääh ... das gekränkt hat, dann bitte!« antwortete der Schauspieler und machte eine unbestimmte Handbewegung.

»Und geben Sie zu, daß Sie die Unwahrheit gesagt haben!«

»Ich? Nein ... ääh ... ich habe nicht gelogen, sondern ... bedaure sehr, ich habe mich verplappert ... Und überhaupt ... ich verstehe diesen Ihren Ton nicht!«

Klimov ging schweigend auf und ab, als überlege er oder sei unschlüssig. Sein volles Gesicht wurde immer röter, und am Hals schwollen die Adern an. Nach etwa zwei Minuten trat er zu dem Schauspieler und sagte mit weinerlicher Stimme:
»Nein, bitte, seien Sie so gut und geben Sie zu, daß Sie in bezug auf Varenka gelogen haben! Tun Sie mir den Gefallen!«
»Seltsam!« sagte der Schauspieler und zuckte mit den Achseln, gezwungen lächelnd und mit dem Fuß wippend. »Das ... das ist schon beleidigend!«
»Das heißt also, Sie wollen das nicht zugeben?«
»Ich verstehe Sie nicht!«
»Sie wollen nicht? In diesem Fall entschuldigen Sie ... Ich werde zu unangenehmen Maßnahmen greifen müssen ... Entweder werde ich Sie hier beleidigen, mein Herr, oder aber ... wenn Sie ein Ehrenmann sind, so nehmen Sie bitte meine Forderung zum Duell an ... Wir werden uns schießen!«
»Bitte sehr!« sagte der jeune premier betont scharf und machte eine verächtliche Geste. »Bitte sehr!«
Die aufs äußerste verwirrten Gäste und der Hausherr, die nicht wußten, was sie tun sollten, nahmen Klimov beiseite und baten ihn, doch keinen Skandal herbeizuführen. In den Türen tauchten erstaunte Frauengesichter auf ... Der jeune premier plauderte noch ein wenig mit diesem und jenem und nahm dann mit einer Miene, als könne er nicht länger in einem Hause bleiben, in dem man ihn beleidige, seine Mütze und entfernte sich, ohne sich zu verabschieden.
Auf dem Heimweg lächelte der jeune premier die ganze Zeit verächtlich und zuckte mit den Achseln, aber in seinem Hotelzimmer verspürte er, als er sich auf dem Sofa ausgestreckt hatte, recht heftige Unruhe.
Der Teufel soll ihn holen! dachte er. Das Duell ist kein Unglück, er wird mich nicht töten, das Unglück liegt darin, daß die Kollegen es erfahren werden, und sie wissen sehr wohl, daß ich gelogen habe. Scheußlich! Ich bin blamiert, vor ganz Rußland ... Podžarov überlegte, rauchte und ging, um sich zu beruhigen, auf die Straße.
Ich sollte mit diesem Grobian sprechen, dachte er, ich müßte ihm in seinen dummen Schädel einhämmern, daß er ein Strohkopf ist, ein Trottel ... daß ich ihn überhaupt nicht fürchte ...
Der jeune premier blieb vor Zybaevs Haus stehen und schaute

auf die Fenster. Hinter den Tüllvorhängen brannten noch die Lampen und bewegten sich Gestalten.

»Ich werde warten!« beschloß der Schauspieler.

Es war dunkel und kalt. Ein widerlicher Herbstregen sprühte, als käme er durch ein Sieb ... Podžarov lehnte sich an einen Laternenpfahl und ergab sich ganz dem Gefühl der Unruhe.

Er war durchnäßt und erschöpft.

Um zwei Uhr nachts verließen die Gäste Zybaevs Haus ... Als letzter erschien der Gutsbesitzer aus Tula in der Tür. Er seufzte, daß man es über die ganze Straße hörte, und schlurfte mit seinen schweren Galoschen über den Bürgersteig.

»Erlauben Sie!« begann der jeune premier, als er ihn eingeholt hatte. »Auf einen Augenblick!«

Klimov blieb stehen. Der Schauspieler lächelte unschlüssig und stotterte: »Ich ... ich gestehe ... Ich habe gelogen ... «

»Nein, Sie werden das bitte öffentlich zugeben!« sagte Klimov und errötete abermals. »So kann ich diese Sache nicht durchgehen lassen ... «

»Aber ich entschuldige mich doch! Ich bitte Sie ... verstehen Sie das nicht? Ich bitte Sie, weil ein Duell, das werden Sie selbst zugeben, Staub aufwirbelt, und ich bin Angestellter ... ich habe Kollegen ... Sie werden Gott weiß was denken ... «

Der jeune premier bemühte sich, gleichmütig zu erscheinen, zu lächeln und sich geradezuhalten, aber sein Körper gehorchte ihm nicht, seine Stimme zitterte, die Augen zwinkerten schuldbewußt, und der Kopf sank auf die Brust. Lange noch stammelte er. Klimov hörte ihm zu, überlegte und seufzte.

»Nun, meinetwegen«, sagte er. »Möge Gott es verzeihen. Aber lügen Sie nicht ein zweites Mal, junger Mann. Nichts erniedrigt den Menschen so wie die Lüge ... Ja! Sie sind jung und gebildet ... «

Der Gutsbesitzer aus Tula las ihm freundlich und in väterlichem Ton die Leviten, und der jeune premier hörte zu und lächelte sanft ... Als jener geendet hatte, fletschte er die Zähne, verbeugte sich und begab sich in schuldbewußter Haltung und ganz zusammengekrümmt in sein Hotel.

Als er sich eine halbe Stunde später schlafen legte, fühlte er sich bereits außerhalb jeder Gefahr und in ausgeglichener Stimmung. Ruhig und zufrieden, daß sich das Mißverständnis so glücklich gelöst hatte, deckte er sich zu, schlief bald ein und schlummerte fest bis zehn Uhr früh.

Im Finstern

Eine Fliege mittlerer Größe kroch dem Staatsanwaltsgehilfen Hofrat Gagin in die Nase. Ob die Neugier sie geplagt hatte, ob sie vielleicht aus Leichtsinn dorthin geraten war oder sich im Dunkeln verirrt hatte – die Nase jedenfalls vertrug die Anwesenheit eines Fremdkörpers nicht und gab das Signal zum Niesen. Gagin nieste, er nieste mit Gefühl, mit einem durchdringenden Pfeifen und so laut, daß sogar die Bettstelle zusammenfuhr und das Geräusch einer aufgeschreckten Sprungfeder ertönen ließ. Gagins Gattin Marja Michajlovna, eine große, korpulente Blondine, fuhr ebenfalls zusammen und erwachte. Sie schaute in die Dunkelheit, seufzte und drehte sich auf die andere Seite. Nach etwa fünf Minuten drehte sie sich noch einmal um und schloß die Augen noch fester, aber der Schlaf kehrte nicht mehr zu ihr zurück. Nachdem sie wieder geseufzt und sich von einer Seite auf die andere gewälzt hatte, richtete sie sich auf, kroch über ihren Mann hinweg, zog die Pantoffeln an und begab sich ans Fenster.

Draußen war es finster. Man sah nur die Silhouetten der Bäume und die dunklen Dächer der Scheunen. Im Osten begann es ganz leicht zu dämmern, aber die Wolken schickten sich an, auch diesen schwachen Schimmer zu verdecken. Die Luft, die, in Finsternis gehüllt, schlummerte, war unbewegt. Sogar der Villenwächter schwieg, der dafür bezahlt wurde, daß er mit seinem Klopfen die nächtliche Stille störte, es schwieg auch der Wachtelkönig – der einzige Wildvogel, der nicht die Nachbarschaft der Sommerfrischler aus der Hauptstadt meidet.

Die Stille wurde durch Marja Michajlovna selbst unterbrochen. Als sie so am Fenster stand und hinausblickte, schrie sie plötzlich auf. Es war ihr, als schleiche eine dunkle Gestalt aus dem Blumengarten mit der schlanken gestutzten Pappel zum Haus. Zunächst dachte sie, es sei eine Kuh oder ein Pferd, dann aber, nachdem sie sich ein wenig die Augen gerieben hatte, erkannte sie deutlich menschliche Umrisse.

Gleich darauf schien es ihr, daß sich die dunkle Gestalt dem Küchenfenster genähert habe und einen Augenblick unschlüssig stehengeblieben sei, dann aber einen Fuß auf den Sims setzte und . . . im dunklen Fenster verschwand.

Ein Dieb! schoß es ihr durch den Kopf, und tödliche Blässe überzog ihr Gesicht.

Im Nu malte sich ihre Phantasie ein Bild aus, das die Damen in den Landhäusern so fürchten: Ein Dieb schleicht in die Küche, aus der Küche ins Eßzimmer ... das Silber im Schrank ... weiter ins Schlafzimmer ... ein Beil ... ein Räubergesicht ... die Goldsachen ... Die Knie knickten ihr ein, und ein Schauer lief ihr über den Rücken.

»Vasja!« schrie sie und rüttelte ihren Mann. »Basilius! Vasilij Prokofjič! Ach, mein Gott, er schläft wie ein Toter! Wach auf, Basilius, ich flehe dich an!«

»Nna?« grunzte der Staatsanwaltsgehilfe, zog die Luft durch die Nase ein und gab schmatzende Geräusche von sich.

»Wach auf, um Gottes willen! In unsere Küche hat sich ein Dieb geschlichen! Ich stehe am Fenster und gucke, und da kriecht jemand durchs Fenster. Aus der Küche wird er ins Eßzimmer schleichen ... die Löffel im Schrank! Basilius! Bei Mavra Egorovna hat man voriges Jahr genauso eingebrochen.«

»Waas ist mit dir?«

»Gott, er hört nicht! Begreif doch, du Ölgötze, ich habe gerade gesehen, wie ein Mann in unsere Küche eingestiegen ist! Pelageja fürchtet sich und ... und im Schrank ist das Silber!«

»Unsinn!«

»Basilius, das ist ja unerträglich! Ich rede zu dir von Gefahren, aber du schläfst und knurrst nur! Was willst du denn? Willst du, daß man uns beraubt und abschlachtet?«

Der Staatsanwaltsgehilfe richtete sich langsam im Bett auf und setzte sich, wobei er die Luft mit seinem Gähnen erschütterte.

»Der Teufel mag wissen, was ihr für ein Volk seid!« brummte er. »Hat man denn nicht mal nachts seine Ruhe? Wegen Lappalien wird man geweckt!«

»Aber ich schwöre dir, Basilius, ich habe gesehen, wie ein Mann durchs Fenster gestiegen ist!«

»Na und, was ist dabei? Laß ihn doch ... Da ist aller Wahrscheinlichkeit nach Pelagejas Feuerwehrmann gekommen.«

»Waas? Was hast du gesagt?«

»Ich habe gesagt, da ist Pelagejas Feuerwehrmann gekommen.«

»Um so schlimmer!« schrie Marja Michajlovna. »Das ist

schlimmer als ein Dieb! Ich dulde in meinem Haus keinen Zynismus!«

»Schau mal einer diese Tugend an ... Ich dulde keinen Zynismus ... Ist denn das Zynismus? Wozu gleich ohne Sinn und Verstand mit Fremdwörtern um sich werfen? Das ist von jeher so Brauch, meine Liebe, eine geheiligte Tradition. Dazu ist er Feuerwehrmann, daß er zu den Köchinnen geht.«

»Nein, Basilius! Das bedeutet, daß du mich noch nicht kennst! Ich kann den Gedanken nicht ertragen, daß in meinem Hause solche ... derartige ... Bitte begib dich sofort in die Küche und befiehl ihm, sich wegzuscheren! Aber sofort! Und morgen werde ich Pelageja sagen, daß sie sich solche Geschichten nicht herausnehmen darf! Wenn ich gestorben bin, können Sie in Ihrem Haus Zynismus zulassen, aber jetzt wagen Sie es ja nicht! Gehen Sie bitte!«

»Zum Teufel ...« brummte Gagin ärgerlich. »Nun, überleg mal mit deinem mikroskopischen Weibergehirn, warum soll ich da eigentlich hingehen?«

»Basilius, ich falle in Ohnmacht!«

Gagin spuckte aus, zog die Pantoffeln an, spuckte noch mal aus und begab sich in die Küche. Es war finster wie in einem verspundeten Faß, und der Staatsanwaltsgehilfe mußte sich vorwärts tasten. Unterwegs kam er an der Tür des Kinderzimmers vorbei und weckte die Kinderfrau.

»Vasilisa«, sagte er, »du hast gestern abend meinen Schlafrock zum Ausbürsten an dich genommen. Wo ist er denn?«

»Ich habe ihn der Pelageja zum Ausbürsten gegeben, Herr.«

»Was ist das für eine Unordnung? Nehmen tut ihr ihn, aber auf seinen Platz legen tut ihr ihn nicht ... Jetzt kann ich ohne Schlafrock herumlaufen!«

Als er in die Küche kam, ging er sogleich zu dem Platz, wo unter dem Wandbrett mit den Kochtöpfen auf einer Truhe die Köchin schlief.

»Pelageja!« begann er, als er mit der Hand an ihre Schulter stieß, und rüttelte sie. »Du! Pelageja! Nun, warum verstellst du dich? Du schläfst doch nicht! Wer ist hier eben zu dir durchs Fenster gekrochen?«

»Hm! Na so was! Durchs Fenster gekrochen! Wer sollte denn da kriechen?«

»Und du solltest ... keine Ausflüchte machen! Sag lieber deinem Kerl, er soll sich wegscheren, wenn ihm seine Knochen lieb sind. Hörst du? Er hat hier nichts zu suchen!«

»Sind Sie noch bei Troste, Herr? Na so was ... Da haben Sie ja eine Dumme gefunden ... Tagtäglich quält man sich ab, läuft herum, kennt keine ruhige Minute, und nachts bekommt man dann solche Worte zu hören. Man lebt von vier Rubel im Monat ... muß Tee und Zucker selbst bezahlen und hört außer diesen Worten von niemand eine Anerkennung ... Ich habe bei Kaufleuten gedient, da hat man mir solche Schande nicht angetan.«

»Nun, nun ... sing keine Klagelieder! Augenblicklich verschwindet dein Soldat von hier! Hörst du?«

»Sie versündigen sich, Herr!« sagte Pelageja mit tränenerstickter Stimme. »Gebildete Herrschaften ... vornehme, und haben keinen Begriff von unserem Leid ... von unserem unglücklichen Leben ...« Sie fing an zu weinen. »Man kann uns beleidigen. Es ist niemand, der für uns eintritt.«

»Na, na ... mir ist das doch im Grunde egal! Die Frau hat mich hergeschickt. Von mir aus kannst du einen Kobold durchs Fenster lassen, das ist mir auch egal.«

Dem Staatsanwaltsgehilfen blieb nur noch übrig, zuzugeben, daß er mit diesem Verhör im Unrecht war, und zu seiner Gattin zurückzukehren.

»Hör mal, Pelageja«, sagte er, »du hast meinen Schlafrock zum Ausbürsten weggenommen! Wo ist er?«

»Ach, entschuldigen Sie, Herr, ich vergaß, ihn auf Ihren Stuhl zu legen. Er hängt neben dem Ofen an einem Nagel ...«

Gagin tastete sich zum Ofen hin, nahm den Schlafrock, zog ihn über und schlurfte leise ins Schlafzimmer zurück.

Marja Michajlovna hatte sich, nachdem ihr Mann gegangen war, wieder ins Bett gelegt und wartete. Etwa drei Minuten war sie ruhig, dann aber plagte sie wieder die Unruhe.

Wie lange er wegbleibt! dachte sie. Wenn dort dieser ... Zyniker ist, ist es ja gut, wenn es aber ein Dieb ist?

Und ihre Phantasie malte sich abermals ein Bild aus: Ihr Mann kommt in die dunkle Küche ... ein Schlag mit dem Beilnacken ... er stirbt, ohne einen Laut von sich zu geben ... eine Blutlache ...

Es vergingen fünf Minuten, fünfeinhalb, schließlich sechs ... Auf ihre Stirn trat kalter Schweiß.

»Basilius!« kreischte sie. »Basilius!«

»Na, was schreist du denn? Ich bin doch hier ...« hörte sie die Stimme ihres Gatten, und im gleichen Augenblick vernahm sie auch seine Schritte. »Will man dich vielleicht schlachten?«

Der Staatsanwaltsgehilfe trat an das Bett und setzte sich auf die Kante.

»Da ist niemand«, sagte er. »Du hast dir das bloß eingebildet, du Närrin ... Kannst beruhigt sein, deine dumme Gans, die Pelageja, ist genauso tugendsam wie ihre Herrin. Was bist du doch für ein ängstliches Frauenzimmer! So eine ...«

Und der Staatsanwaltsgehilfe begann seine Frau zu necken. Er wurde ganz munter, wollte gar nicht mehr schlafen.

»So ein Angsthase!« Er lachte. »Geh morgen zum Doktor und laß dich von deinen Halluzinationen kurieren. Du bist ja eine Psychopathin!«

»Es riecht hier so nach Teer ...« sagte die Frau. »Nach Teer oder ... nach so was, nach Zwiebeln oder Kohlsuppe.«

»Tja ... es riecht hier nach so was ... Ich will nicht mehr schlafen! Ich werde eine Kerze anzünden ... Wo haben wir die Streichhölzer? Bei der Gelegenheit zeige ich dir das Bild vom Staatsanwalt des Obersten Gerichtshofs. Er hat sich gestern von uns verabschiedet und gab jedem ein Bild mit seiner Unterschrift.«

Gagin rieb ein Streichholz an der Wand und zündete die Kerze an. Aber ehe er sich einen Schritt vom Bett entfernt hatte, um das Bild zu holen, ertönte hinter ihm ein durchdringender, herzzerreißender Schrei. Als er sich umsah, erblickte er die großen Augen seiner Frau, die voller Verwunderung, Schrecken und Zorn auf ihn gerichtet waren ...

»Hast du in der Küche deinen Schlafrock abgelegt?« fragte sie, ganz blaß.

»Was?«

»Guck dich mal an!«

Der Staatsanwaltsgehilfe schaute sich an und stöhnte. Um seine Schultern baumelte statt seines Schlafrocks ein Feuerwehrmantel. Wie war der auf seine Schultern geraten? Während er diese Frage zu lösen versuchte, malte sich seine Frau in ihrer Phantasie ein neues Bild aus, ein schreckliches, unglaubliches ... Dunkelheit, Stille, Flüstern und so weiter und so weiter ...

Die Plappertasche

Natalja Michajlovna, ein junges Dämchen, das am Morgen aus Jalta zurückgekommen war, speiste zu Mittag und erzählte ihrem Gatten mit großem Wortschwall, wie reizvoll die Krim sei. Ihr Mann blickte erfreut und gerührt in ihr begeistertes Gesicht, hörte ihr zu und stellte ab und zu Fragen.

»Aber es heißt, das Leben dort sei außerordentlich teuer?« fragte er unter anderem.

»Wie soll ich sagen? Meiner Ansicht nach hat man da etwas übertrieben, Papachen. Der Teufel ist lange nicht so schlimm, wie man ihn schildert. Ich zum Beispiel hatte mit Julija Petrovna zusammen ein sehr bequemes und anständiges Zimmer für zwanzig Rubel pro Tag. Alles hängt davon ab, mein lieber Freund, wie man zu leben versteht. Natürlich, wenn du irgendwohin in die Berge reiten willst ... zum Beispiel auf den Ai-Petri ... und nimmst ein Pferd, einen Führer – nun, dann wird es natürlich teurer. Furchtbar teuer! Aber, Vasečka, was sind das dort für Berge! Stell dir ganz, ganz hohe Berge vor, hundertmal höher als die Kirche ... Oben Nebel, Nebel und noch mal Nebel ... Unten liegen gewaltige Steine, Steine, lauter Steine ... Und Pinien ... Ach, ich darf gar nicht daran denken!«

»Übrigens ... als du nicht da warst, habe ich in einer Zeitschrift etwas über die dortigen tatarischen Führer gelesen ... Ganz schlimme Sachen! Sind das wirklich so eigenartige Menschen?«

Natalja Michajlovna zog eine verächtliche Grimasse und schüttelte den Kopf.

»Es sind ganz gewöhnliche Tataren, nichts Besonderes ...« sagte sie. »Übrigens habe ich sie auch nur flüchtig und von ferne gesehen ... Man hat sie mir gezeigt, aber ich habe sie nicht beachtet. Ich hatte immer ein Vorurteil gegen diese Tscherkessen, Griechen ... Mauren ...!«

»Sie sollen tolle Don Juans sein.«

»Vielleicht! Es gibt Frauenzimmer, die ...«

Natalja Michajlovna sprang plötzlich auf, als sei ihr etwas Furchtbares eingefallen, sie blickte ihren Gatten einige Minuten mit erschreckten Augen an und sagte dann, jedes Wort dehnend:

»Vasečka, ich sage dir, was gibt es doch für scham-lo-se Frauenzimmer! Ach, was für schamlose! Es waren nicht etwa die Frauen aus einfachem oder mittlerem Stande, weißt du, sondern die Aristokratinnen, diese aufgeblasenen Sittenhüterinnen! Es war einfach schrecklich, ich wollte meinen Augen nicht trauen. Bis zu meinem Tode werde ich das nicht vergessen. Kann man sich denn bis zu einem solchen Grade gehenlassen, daß ... ach, Vasečka, ich mag nicht einmal davon sprechen! Nehmen wir nur einmal meine Reisegefährtin Julija Petrovna ... Hat einen so netten Mann und zwei Kinder ... gehört zur anständigen Gesellschaft, spielt sich immer als Heilige auf und – auf einmal, kannst du dir das vorstellen ... Nur, Papachen, das bleibt natürlich entre nous ... Gib mir dein Ehrenwort, daß du es niemandem weitererzählst?«

»Na, was denkst du denn? Selbstverständlich erzähle ich nichts weiter.«

»Ehrenwort? Guck mich mal an! Ich glaube dir ...«

Das Dämchen legte die Gabel hin, setzte eine geheimnisvolle Miene auf und flüsterte:

»Stell dir das vor ... Da reitet diese Julija Petrovna in die Berge ... Es war wunderbares Wetter! Vorneweg reiten sie und ihr Führer, ein Stück dahinter ich. Wir sind so drei, vier Verst geritten, auf einmal, verstehst du, Vasečka, da schreit Julija auf und faßt sich an die Brust. Ihr Tatar legte den Arm um ihre Taille, sonst wäre sie aus dem Sattel gekippt ... Ich reite mit meinem Führer hin zu ihr ... Was ist los? Was ist passiert? ›Ach‹, schreit sie, ›ich sterbe! Mir ist schlecht! Ich kann nicht weiterreiten!‹ Stelle dir meinen Schreck vor! ›So reitet doch zurück!‹ sage ich. ›Nein, Natalie‹, sagt sie, ›ich kann nicht zurückreiten! Wenn ich auch nur noch einen Schritt reite, sterbe ich vor Schmerzen! Ich habe Krämpfe!‹ Und sie bittet, fleht mich und meinen Suleiman an, wir sollen um Gottes willen in die Stadt zurückkehren und ihr Tropfen holen, die ihr helfen.«

»Warte mal ... Ich verstehe dich nicht ganz ...« murmelte der Gatte und kratzte sich die Stirn. »Erst hast du gesagt, du hättest diese Tataren nur von ferne gesehen, und jetzt erzählst du von einem Suleiman.«

»Na, du treibst aber wieder Wortklauberei!« entgegnete das Dämchen naserümpfend, ohne auch nur im geringsten verlegen zu werden. »Mißtrauen kann ich nicht vertragen! Kann ich nicht vertragen! Ganz dumm ist das!«

»Ich treibe keine Wortklauberei, aber... wozu die Unwahrheit sagen? Bist du mit Tataren spazierengeritten, so bist du eben, meinetwegen, aber... warum machst du Ausflüchte?«

»Hm...! Das ist aber seltsam!« Das Dämchen entrüstet sich. »Ist auf Suleiman eifersüchtig! Ich kann mir vorstellen, wie du ohne Führer in die Berge geritten wärst! Das kann ich mir schon vorstellen! Wenn du das Leben dort nicht kennst und nicht verstehst, dann schweig lieber. Schweig und schweig! Ohne Führer kann man doch da überhaupt keinen Schritt gehen!«

»Freilich!«

»Aber bitte, ohne so dumm zu lächeln! Ich bin doch keine Julija... Ich will sie auch gar nicht entschuldigen, aber ich... nein! Wenn ich mich auch nicht als Heilige aufspiele, aber soweit habe ich mich noch nicht vergessen. Bei mir hat Suleiman nie die Grenzen des Anstands überschritten... Nein! Mametkul hat die ganze Zeit bei Julija gesessen, aber bei mir hieß es, sobald es nur elf geschlagen hatte: ›Suleiman, marsch! Gehen Sie!‹ Und mein dummer Tatar ging. Er wurde von mir kurzgehalten, Papachen... Wenn er bloß anfing zu knurren wegen Geld oder sonstwas, sagte ich gleich: ›Wiie? Waas? Waaas?‹ Da fiel ihm das Herz in die Hosen... Hahaha... Augen hatte er, verstehst du, Vasečka, pechschwarz, wie Kohle, und seine Tatarenfratze war so dumm und komisch... So kurz habe ich ihn gehalten! So!«

»Kann ich mir vorstellen...« brummte der Gatte und rollte Brotkügelchen.

»Sei nicht dumm, Vasečka! Ich weiß doch, was du wieder denkst! Ich weiß, was du denkst... Aber ich versichere dir, er hat bei mir sogar auf den Spazierritten nie die Grenzen des Anstands überschritten. Wenn wir zum Beispiel in die Berge geritten sind oder zum Wasserfall Utschan-Su, habe ich immer zu ihm gesagt: ›Suleiman, reite hinter mir! Los!‹ Und er ist immer hinter mir geritten, der Ärmste... Sogar während... an den allerpathetischsten Stellen habe ich zu ihm gesagt: ›Aber du darfst trotz alledem nicht vergessen, daß du bloß ein Tatar bist, ich aber bin die Frau eines Staatsrates!‹ Haha...«

Das Dämchen lachte auf, dann sah sie sich schnell um, machte ein furchtsames Gesicht und flüsterte:

»Aber Julija! O diese Julija! Ich verstehe ja, Vasečka, weshalb soll man nicht mal ausgelassen sein, weshalb sich nicht mal von dem öden, vornehmen Leben ausruhen! Das kann man alles ... sei ausgelassen, bitte sehr, niemand wird dich verurteilen, aber die Sache tragisch nehmen und Szenen machen ... nein, sag, was du willst, ich kann das nicht verstehen! Stell dir vor, sie war eifersüchtig! Na, ist das nicht dumm! Einmal kommt zu ihr der Mametkul, ihr Schwarm ... Sie war nicht zu Hause ... Nun, ich rufe ihn zu mir ... wir kommen ins Gespräch ... reden über dies und jenes ... sie sind, weißt du, richtige Spaßvögel! Unmerklich war so der Abend vergangen ... Auf einmal kommt Julija hereingestürmt ... Sie stürzt sich auf mich, auf Mametkul ... macht uns eine Szene ... pfui! Ich kann so was nicht verstehen, Vasečka ...«

Vasečka räusperte sich, runzelte die Stirn und schritt im Zimmer auf und ab.

»Lustig habt ihr da gelebt, das muß man schon sagen!« brummte er und lächelte verächtlich.

»Na, sei doch nicht dumm!« sagte Natalja Michajlovna beleidigt. »Ich weiß, was du denkst! Immer hast du solche abscheulichen Gedanken! Ich werde dir eben nichts mehr erzählen. Nichts mehr!«

Das Dämchen schmollte und verstummte.

Kleiner Zwischenfall

Der Petersburger Hausbesitzer Nikolaj Iljič Beljaev, ein wohlgenährter, rotwangiger junger Mann von etwa zweiunddreißig Jahren, bekannt als ständiger Besucher von Pferderennen, begab sich am Spätnachmittag zu Frau Olga Ivanovna Irnina, mit der er ein festes Verhältnis oder – wie er sich ausdrückte – einen endlosen, langweiligen Roman hatte. Und in der Tat, die ersten Seiten dieses Romans, die interessant und voller Inspiration gewesen waren, gehörten längst der Vergangenheit an; jetzt folgten Seiten über Seiten, die weder Neues noch Interessantes brachten.

Da unser Held Olga Ivanovna nicht zu Hause antraf, streckte er sich in ihrem Empfangszimmer auf die Couch und wartete.

»Guten Abend, Nikolaj Iljič!« sagte eine Kinderstimme.

»Mama kommt gleich. Sie ist mit Sonja zur Schneiderin gegangen.«

Auf dem Sofa im selben Empfangszimmer lag Olga Ivanovnas Sohn Alëša, ein etwa achtjähriger schlanker Junge von gepflegtem Äußeren und nach der letzten Mode mit Samtjacke und schwarzen Strümpfen bekleidet. Er lag auf einem Atlaskissen und streckte – offenbar dem Vorbild des Akrobaten folgend, den er kürzlich im Zirkus gesehen hatte – bald das eine, bald das andere Bein hoch. Sobald die zarten Beinchen nicht mehr wollten, setzte er die Arme in Bewegung oder schnellte ruckartig in die Höhe, ließ sich auf alle viere fallen und versuchte einen Handstand zu machen. Sein Gesichtsausdruck blieb die ganze Zeit völlig ernst; er keuchte mühsam, als könne er selbst nicht froh werden, daß Gott ihm einen so zappeligen Körper gegeben hatte.

»Ah, guten Tag, mein Freund!« sagte Beljaev. »Du bist das? Ich hatte dich gar nicht bemerkt. Wie geht es Mama?«

Alëša faßte mit der rechten Hand an die linke Fußspitze, krümmte sich auf ungewöhnliche Weise zusammen, überkugelte sich, sprang auf und blickte unter den Zotteln eines großen Lampenschirms hervor auf Beljaev.

»Wie soll ich Ihnen das sagen?« entgegnete er achselzuckend. »Richtig gesund ist Mama doch nie. Sie ist doch eine Frau, Nikolaj Iljič, und Frauen tut immer etwas weh.«

Beljaev betrachtete aus Langerweile Alëšas Gesicht. Er hatte den Jungen früher niemals beachtet und überhaupt nicht wahrgenommen, daß er existierte: ein Junge läuft einem vor der Nase herum, aber wozu er da ist, welche Rolle er spielt – daran zu denken kommt einem nicht in den Sinn.

Jetzt, in der Abenddämmerung, erinnerte ihn Alëšas Gesicht mit der bleichen Stirn und den ruhigen schwarzen Augen in überraschender Weise an Olga Ivanovna, wie er sie auf den ersten Seiten des Romans vor sich gesehen hatte. Und er verspürte den Wunsch, freundlich zu dem Kind zu sein.

»Komm mal her, du kleiner Floh!« sagte er. »Laß dich mal anschaun.«

Der Junge sprang vom Sofa und lief zu Beljaev.

»Na?« sagte Nikolaj Iljič und legte die Hand auf Alëšas schmale Schulter. »Wie geht's? Wie steht's?«

»Wie soll ich Ihnen das sagen? Früher ging es mir viel besser.«

»Wieso?«

»Ganz einfach! Früher haben Sonja und ich nur Musik getrieben und lesen gelernt, jetzt aber gibt man uns französische Gedichte auf. Und Sie haben sich vor kurzem die Haare schneiden lassen.«

»Ja, das stimmt.«

»Eben, eben, ich merke das. Ihr Bart ist kürzer geworden. Darf ich mal anfassen ... Tut's weh?«

»Nein, es tut nicht weh.«

»Wie kommt das nur, wenn man an einem Haar zieht, tut es weh, zieht man an vielen Haaren, tut es nicht ein bißchen weh? Haha! Aber wissen Sie, warum tragen Sie eigentlich keinen Backenbart? Das hier müssen Sie abrasieren, aber an den Seiten ... hier und hier müssen Sie die Haare wachsen lassen ...«

Der Junge schmiegte sich an Beljaev und begann mit seiner Uhrkette zu spielen.

»Wenn ich aufs Gymnasium komme«, sagte er, »will Mama mir eine Uhr kaufen. Ich werde sie bitten, daß sie mir dann auch so eine Kette kauft ... Was für ein hübsches Medaillon! Papa hat genauso eins, nur bei Ihnen sind hier Streifen, und bei Papa sind Buchstaben ... Bei ihm ist ein Bild von Mama drin. Papa hat jetzt eine andere Uhrkette, nicht aus Ringen, sondern aus einem Band.«

»Woher weißt du das? Kommst du etwa mit deinem Papa zusammen?«

»Ich? Hm ... nein! Ich ...«

Alëša wurde rot und sehr verlegen, denn man hatte ihn bei einer Lüge ertappt. Er kratzte mit dem Fingernagel an dem Medaillon. Beljaev sah ihm aufmerksam ins Gesicht und fragte:

»Siehst du manchmal deinen Papa?«

»N ... nein!«

»Ja, jetzt sei mal ehrlich, bei deinem Gewissen ... Ich seh es deinem Gesicht an, daß du mir nicht die Wahrheit sagst. Wenn du dich schon verplappert hast, nützen keine Ausflüchte mehr. Sag, siehst du ihn manchmal? Na, sag's mir doch, unter Freunden!«

Alëša dachte nach.

»Und Sie werden es auch Mama nicht sagen?« fragte er.

»Wo denkst du hin!«

»Ehrenwort?«

»Ehrenwort.«

»Schwören Sie's!«

»Ach, bist du unausstehlich! Wofür hältst du mich eigentlich?«

Alëša schaute sich um, seine Augen wurden groß, und er flüsterte:

»Aber sagen Sie's um Gottes willen nicht Mama ... Sagen Sie's überhaupt keinem, denn hier gibt es ein Geheimnis. Gott verhüte, daß Mama es erfährt, dann geht es mir schlecht und Sonja und Pelageja auch ... Na, hören Sie zu: Unseren Papa sehen Sonja und ich jeden Dienstag und jeden Freitag. Wenn Pelageja mit uns vor dem Mittagessen spazierengeht, führt sie uns in Apfels Konditorei, und da wartet Papa schon auf uns ... Er sitzt immer in einem extra Zimmer, wissen Sie, wo so ein Marmortisch steht und ein Aschenbecher, der aussieht wie eine Gans ohne Rücken.«

»Und was macht ihr da?«

»Nichts. Zuerst sagen wir guten Tag, dann setzen wir uns alle an den Tisch, und Papa bestellt für uns Kaffee und Piroggen. Sonja, wissen Sie, ißt gern Piroggen mit Fleisch, aber ich kann sie mit Fleisch nicht ausstehen. Ich mag gern Piroggen mit Kohl und mit Ei. Wir essen uns immer so satt, daß wir uns hinterher beim Mittagessen so viel wie möglich nehmen, damit Mama nichts merkt.«

»Worüber sprecht ihr denn dort?«

»Mit Papa? Über alles. Er küßt und umarmt uns und erzählt allerlei lustige Sachen. Wissen Sie, er sagt, wenn wir groß sind, dann holt er uns zu sich. Sonja will nicht, aber ich bin einverstanden. Natürlich wird es traurig sein ohne Mama, aber ich werde ihr doch Briefe schreiben. Und sonntags werde ich sie besuchen – komisch, was? Weiter sagt Papa noch, daß er mir ein Pferd kaufen will. Er ist ein sehr guter Mensch! Ich verstehe nicht, warum Mama ihn nicht zu sich holt und warum sie uns verbietet, mit ihm zusammenzukommen. Er hat Mama doch sehr lieb. Immer fragt er, wie es ihr geht und was sie macht. Als sie krank war, hat er sich an den Kopf gefaßt, sehen Sie, so ... und ist immerzu hin und her gelaufen. Er bittet uns immer, daß wir ihr gehorchen und sie achten. Hören Sie, ist es wahr, daß wir unglücklich sind?«

»Hm ... Wieso denn das?«

»Papa sagt es. ›Ihr‹, sagt er, ›seid unglückliche Kinder.‹ Es ist ganz komisch, wie er das sagt. ›Ihr‹, sagt er, ›seid unglücklich, ich bin unglücklich, und Mama ist unglücklich. Betet zu Gott‹, sagt er, ›für euch und auch für sie.‹«

Alëša schaute den ausgestopften Vogel an und dachte nach.

»Soso«, brummte Beljaev. »So also macht ihr das. Kongresse in der Konditorei. Und Mama weiß nichts davon?«

»Neiiin ... Woher soll sie es denn wissen? Pelageja sagt es auf keinen Fall weiter. Und vorgestern hat Papa uns Birnen mitgebracht. Die waren süß wie Kompott! Ich habe zwei gegessen.«

»Hm ... Nun ja ... sag mal, über mich spricht dein Papa nicht?«

»Über Sie? Wie soll ich Ihnen das sagen?«

Alëša blickte Beljaev forschend ins Gesicht und zuckte die Schultern.

»Etwas Besonderes sagt er über Sie nicht.«

»Was sagt er denn beispielsweise?«

»Aber sind Sie dann auch nicht beleidigt?«

»Das fehlte noch! Schimpft er etwa auf mich?«

»Er schimpft nicht, aber, wissen Sie ... er ist böse auf Sie. Er sagt, daß Mama durch Sie unglücklich geworden ist und daß Sie ... Mama ins Verderben gestürzt haben. Er ist doch irgendwie komisch. Ich mache ihm immer klar, daß Sie ein guter Mensch sind, daß Sie Mama niemals anschreien, aber er schüttelt dann nur den Kopf.«

»Er sagt also wirklich, daß ich sie ins Verderben gestürzt habe?«

»Ja. Seien Sie deswegen nicht beleidigt, Nikolaj Iljič!«

Beljaev erhob sich, blieb einen Augenblick stehen und wanderte dann im Zimmer auf und ab.

»Das ist seltsam und ... lächerlich!« murmelte er achselzuckend und mit einem spöttischen Lächeln. »Er ist an allem schuld, und ich soll sie ins Verderben gestürzt haben, wie? Da seh einer das Unschuldslamm! Er hat dir also wirklich gesagt, daß ich deine Mutter ins Verderben gestürzt habe?«

»Ja, aber ... Sie haben doch gesagt, Sie wollen nicht beleidigt sein!«

»Ich fühle mich nicht beleidigt, und ... und das geht dich auch nichts an! Nein, das ... das ist einfach lächerlich! Ich bin da hineingeraten wie das Huhn in den Suppentopf, und was ist das Ende vom Lied: ich bin an allem schuld!«

Es läutete. Der Junge sprang auf und rannte hinaus. Einen Augenblick später trat eine Dame mit einem kleinen Mädchen ins Empfangszimmer – es war Olga Ivanovna, Alëšas Mutter. Hinter ihr kam Alëša herein, er trällerte eine Melodie und fuchtelte mit den Händen. Beljaev nickte kurz und wanderte weiter im Zimmer auf und ab.

»Natürlich, wer hat jetzt schuld an allem – ich!« murmelte er wutschnaubend. »Er ist im Recht! Der gekränkte Ehemann!«

»Wovon sprichst du?« fragte Olga Ivanovna.

»Wovon ...? Da, hör dir mal an, was dein Herr Gemahl in die Welt hinausposaunt! Auf einmal soll ich der Schurke und Missetäter sein, ich soll dich und die Kinder ins Verderben gestürzt haben. Ihr seid alle unglücklich, und ich allein bin furchtbar glücklich! Furchtbar, furchtbar glücklich!«

»Ich verstehe dich nicht, Nikolaj! Was ist geschehen?«

»Da, laß dir mal von diesem jungen Señor berichten!« sagte Beljaev und zeigte auf Alëša.

Alëša wurde rot und dann plötzlich blaß, sein Gesicht verzerrte sich vor Angst.

»Nikolaj Iljič!« flüsterte er laut. »Pst!«

Olga Ivanovna blickte erstaunt auf Alëša, dann auf Beljaev und dann wieder auf Alëša.

»Frag ihn nur!« fuhr Beljaev fort. »Deine Pelageja, diese ausgemachte Närrin, bringt sie in die Konditorei und arrangiert dort Zusammenkünfte mit dem lieben Papachen. Aber das ist noch nicht das Schlimmste, das Schlimmste ist, daß das liebe Papachen der Märtyrer ist, und ich bin der Bösewicht, der Halunke, der euer beider Leben zerstört hat...«

»Nikolaj Iljič!« stöhnte Alëša. »Sie haben mir doch Ihr Ehrenwort gegeben!«

»Ach, hör mir auf!« Beljaev machte eine wegwerfende Handbewegung. »Hier geht es um Wichtigeres als ein Ehrenwort. Heuchelei und Verlogenheit finde ich empörend.«

»Ich verstehe das nicht!« sagte Olga Ivanovna, in deren Augen Tränen schimmerten. Sie wandte sich zu ihrem Sohn um: »Hör mal, Lelka, triffst du dich mit dem Vater?«

Alëša hörte nicht, was sie sagte; er sah Beljaev entsetzt an.

»Das kann nicht sein«, sagte die Mutter. »Ich werde mal Pelageja fragen.«

Olga Ivanovna ging hinaus.

»Hören Sie, Sie haben mir doch Ihr Ehrenwort gegeben!« murmelte Alëša, der am ganzen Leibe zitterte.

Beljaev schwenkte abwehrend die Hand und wanderte weiter auf und ab. Er dachte nur noch an die ihm zugefügte Beleidigung und nahm, wie zuvor, von dem Jungen keine Notiz mehr. Als seriöser, erwachsener Mensch pflegte er sich mit Kindern nicht abzugeben. Alëša verkroch sich in eine Ecke und erzählte Sonja mit furchtsamem Gesicht, wie man ihn angeführt hatte. Er zitterte, redete stockend und weinte; zum erstenmal in seinem Leben war ihm in so grober Weise die Lüge entgegengetreten; er hatte nicht geahnt, daß es auf dieser Welt außer Birnen, Piroggen und kostbaren Uhren auch noch manches andere gibt, für das die Kindersprache keine Worte kennt.

Schwere Naturen

Evgraf Ivanovič Širjaev, Popensohn und Besitzer eines kleinen Landgutes (die Generalin Kuvšinnikova hatte seinem Vater, dem Popen Joann, einhundertzwei Desjatinen Land geschenkt), stand in der Ecke vor dem kupfernen Waschbecken und wusch sich die Hände. Er sah wie gewöhnlich sorgenvoll und mürrisch aus, sein Bart war ungekämmt.

»Ist das ein Wetter!« schimpfte er. »Das ist kein Wetter, sondern eine Strafe Gottes. Schon wieder Regen!«

Seine Familie saß bereits am Tisch und wartete darauf, daß er mit dem Händewaschen fertig würde und zum Essen käme. Seine Frau Fedosja Semënovna, sein Sohn Pëtr – ein Student –, seine älteste Tochter Varvara und die drei Kleinen saßen schon auf ihren Plätzen und warteten. Die Kleinen – Kolka, Vanka und Archipka – mit ihren Stupsnasen, ihren vollen, schmutzigen Gesichtern und ihren lange nicht mehr geschnittenen, strähnigen Haaren zappelten ungeduldig auf den Stühlen herum, während die Großen unbeweglich dasaßen – ihnen war es offenbar gleich, ob sie schon essen durften oder noch warten mußten.

Als wollte Širjaev ihre Geduld auf die Probe stellen, trocknete er sich gemächlich die Hände ab, verrichtete langsam sein Gebet und setzte sich ohne Eile an den Tisch. Sofort wurde die Kohlsuppe aufgetragen. Vom Hofe hallten die Schläge der Zimmermannsäxte herein (Širjaev ließ sich einen neuen Schuppen bauen), und man hörte das Gelächter des Knechts Fomka, der den Truthahn neckte. Ab und zu klatschten dicke Regentropfen ans Fenster.

Der Student Pëtr, der eine Brille trug und mit krummem Rücken dasaß, wechselte während des Essens verstohlene Blicke mit seiner Mutter. Er legte mehrere Male den Löffel hin, räusperte sich und wollte etwas sagen, aß aber, sobald er seinen Vater aufmerksam angeschaut hatte, wieder weiter. Als schließlich die Grütze aufgetragen wurde, hustete er entschlossen und sagte:

»Ich müßte heute mit dem Abendzug fahren. Es ist höchste Zeit für mich, ich habe schon zwei Wochen versäumt. Die Vorlesungen fangen am 1. September an!«

»Dann fahr«, pflichtete Širjaev ihm bei. »Was willst du noch länger warten? Entschließ dich und fahr mit Gott.«

Eine Minute lang trat Schweigen ein.

»Er braucht Geld für die Fahrt, Evgraf Ivanovič...« sagte leise die Mutter.

»Geld! Das muß sein! Ohne Geld kann man nicht fahren. Wenn du's brauchst, nimm's gleich. Hättest dir's längst geben lassen sollen!«

Der Student seufzte erleichtert auf und wechselte einen frohen Blick mit der Mutter. Širjaev zog ohne Eile seine Brieftasche aus dem Rock und setzte die Brille auf.

»Wieviel brauchst du?« fragte er.

»Die Fahrt nach Moskau kostet elf Rubel zweiundvierzig...«

»Ach, das Geld, das Geld!« seufzte der Vater (er seufzte immer, wenn er Geld sah, selbst wenn er es in Empfang nahm). »Da hast du zwölf Rubel. Du bekommst noch etwas zurück, mein Lieber, das wird dir unterwegs zustatten kommen.«

»Danke vielmals.«

Nach einer Weile sagte der Student:

»Im vorigen Jahr habe ich nicht gleich eine Stelle als Privatlehrer gefunden. Ich weiß nicht, wie es in diesem Jahr sein wird. Wahrscheinlich werde ich mir nicht so bald etwas dazuverdienen können. Ich würde Sie bitten, mir noch fünfzehn Rubel für das Zimmer und das Mittagessen zu geben.«

Širjaev überlegte und seufzte.

»Du hast auch mit zehn genug«, sagte er. »Da, nimm!«

Der Student bedankte sich. Er hätte noch um Geld für Bekleidung, für die Vorlesungsgebühren und für Bücher bitten müssen, aber als er den Vater aufmerksam anschaute, beschloß er, lieber nicht weiter zu drängen. Die Mutter hingegen, der es wie allen Müttern an Überlegung und diplomatischem Takt fehlte, konnte nicht an sich halten und sagte:

»Du könntest ihm doch noch so etwa sechs Rubel für Schuhe geben, Evgraf Ivanovič. Sieh dir das an, wie soll er mit diesen zerrissenen Dingern nach Moskau fahren?«

»Er kann meine alten haben. Sie sind noch wie neu.«

»Dann gib ihm wenigstens Geld für eine Hose. Man schämt sich ja, ihn anzusehen...«

Unmittelbar nach diesen Worten zeigten sich die Vorzeichen des Sturmes, vor dem die ganze Familie zitterte: der kurze, gedrungene Hals Širjaevs wurde plötzlich dunkelrot. Die Röte kroch langsam bis zu den Ohren hinauf, von dort bis zu den Schläfen und breitete sich dann über das ganze Gesicht aus. Evgraf Ivanovič rückte auf dem Stuhl hin und her und knöpfte sich den Hemdkragen auf, weil ihm heiß wurde... Man sah, daß er gegen das Gefühl, das ihn überwältigte, anzukämpfen versuchte. Es wurde totenstill. Die Kinder hielten den Atem an. Fedosja Semënovna aber, die nicht zu bemerken schien, was mit ihrem Mann vorging, fuhr fort:

»Er ist doch kein kleiner Junge mehr. Es muß doch peinlich für ihn sein, so halb angezogen herumzulaufen.«

Širjaev sprang plötzlich auf und schleuderte seine dicke Brieftasche mit aller Kraft auf den Tisch, daß die Schnitten vom Brotteller flogen. Sein Gesicht verzerrte sich auf abscheuliche Weise, es drückte Gekränktheit, Wut und Habgier zugleich aus.

»Nehmt alles!« schrie er mit schriller Stimme. »Plündert mich aus! Nehmt alles! Dreht mir den Hals ab!«

Er stürzte vom Tisch weg, griff sich an den Kopf und rannte stolpernd durchs Zimmer.

»Raubt mich aus bis aufs Hemd!« Seine Stimme überschlug sich. »Preßt ruhig das letzte aus mir heraus! Plündert mich aus! Dreht mir den Hals ab!«

Der Student wurde rot und schlug die Augen nieder. Er brachte keinen Bissen mehr herunter. Fedosja Semënovna, die sich in den fünfundzwanzig Jahren ihrer Ehe nicht an den schweren Charakter ihres Mannes gewöhnt hatte, fiel in sich zusammen und stammelte etwas zu ihrer Rechtfertigung. Auf ihrem ausgemergelten, immer bedrückten, furchtsamen Vogelgesicht malten sich Verwunderung und sinnlose Angst. Die Kinder und die älteste Tochter Varvara, ein schon fast erwachsenes Mädchen mit blassem, unschönen Gesicht, legten die Löffel hin und erstarrten.

Širjaev geriet mehr und mehr in Wut. Er schrie Worte, von denen eins immer schrecklicher war als das andere, stürzte wieder zum Tisch und schüttete sein Geld aus der Brieftasche.

»Nehmt es euch!« stammelte er, am ganzen Leib zitternd. »Habt euch satt gegessen und satt getrunken, da habt ihr auch das Geld! Ich brauche nichts mehr! Laßt euch neue Stiefel und neue Uniformen nähen!«

Der Student erbleichte und stand auf.

»Hören Sie, Papa«, sagte er mit erstickter Stimme. »Ich ... ich bitte Sie, damit aufzuhören, weil ...«

»Halt deinen Mund!« schrie der Vater so gellend, daß ihm die Brille von der Nase rutschte. »Halt deinen Mund!«

»Früher habe ich ... habe ich diese Szenen ertragen können, aber ... jetzt bin ich so etwas nicht mehr gewohnt. Haben Sie verstanden? Ich bin das nicht mehr gewohnt!«

»Halt deinen Mund!« schrie der Vater und stampfte mit dem Fuß auf. »Du hörst dir gefälligst an, was ich sage! Ich sage, was mir paßt, und du hältst den Mund! Als ich so alt war wie du, habe ich mir selber Geld verdient. Weißt du überhaupt, was du mich kostest, du Flegel? Ich werfe dich hinaus! Du Schmarotzer!«

»Evgraf Ivanovič«, stammelte Fedosja Semënovna, deren Finger sich nervös bewegten. »Er ist doch ... es ist doch unser Petja ...«

»Halt den Mund«, schrie Širjaev, dem vor Wut sogar die Tränen in die Augen traten. »Du hast sie so verzogen! Du warst es! Du bist an allem schuld! Er achtet uns nicht, er betet nicht zu Gott, er verdient kein Geld! Ihr seid zehn, aber ich bin nur einer. Ich jage euch alle aus dem Haus!«

Die Tochter Varvara sperrte den Mund auf und schaute die Mutter fragend an; dann fiel ihr stumpfer Blick aufs Fenster, und laut aufschreiend warf sie sich zurück gegen die Stuhllehne. Der Vater machte eine wegwerfende Handbewegung, spuckte aus und rannte hinaus auf den Hof.

Das war für gewöhnlich das Ende der Familienszenen im

Hause Širjaev. Diesmal aber packte den Studenten Pëtr plötzlich ein unbändiger Zorn. Er war genauso schwerblütig und aufbrausend wie sein Vater und sein Großvater, der Oberpriester, der die Mitglieder seiner Gemeinde mit dem Stock auf den Kopf geschlagen hatte. Bleich und mit geballten Fäusten trat er auf seine Mutter zu und schrie in der höchsten Tenorlage, die er erreichen konnte: »Diese Vorwürfe sind abscheulich und widerlich! Ich will von euch nichts mehr haben! Nichts! Lieber sterbe ich vor Hunger, als daß ich bei euch auch nur einen Bissen esse! Da habt ihr euer schmutziges Geld! Nehmt es!«

Die Mutter drückte sich an die Wand und wehrte mit den Händen ab, als stünde vor ihr nicht der Sohn, sondern ein Gespenst.

»Was habe ich dir denn getan?« rief sie schluchzend. »Was?«

Der Sohn machte ebenso wie der Vater eine wegwerfende Handbewegung und lief hinaus. Das Haus der Širjaevs stand ganz allein am Rand einer langen Schlucht, die sich wie eine tiefe Furche fünf Verst durch die Steppe zog. Die Abhänge waren mit jungen Eichen und Erlen bewachsen. Auf der einen Seite des Hauses begann die Schlucht, auf der anderen erstreckten sich Felder. Ein Zaun war nicht vorhanden. Er wurde durch verschiedenartige kleine Anbauten ersetzt, die sich eng aneinanderdrängten und einen nicht sehr großen Raum vor dem Haus umschlossen, der als Hof galt und in dem Hühner, Enten und Schweine herumliefen.

Der Student ging ins Freie und schlug den Weg durch die Felder ein. Die herbstlich feuchte Luft drang durch die Kleidung. Auf dem schlammigen Weg glänzten Pfützen. Aus dem gelblichen Gras des Feldes schaute der Herbst hervor – düster, naß, trostlos. Rechts vom Weg zog sich dunkel ein umgewühltes Gemüsefeld hin, auf dem hier und da noch Sonnenblumen hochragten mit hängenden, bereits schwarz gewordenen Köpfen.

Pëtr dachte, es wäre nicht schlecht, wenn er jetzt, so wie er war, zu Fuß bis Moskau wanderte – ohne Mütze, in seinen zerrissenen Schuhen, ohne jede Kopeke. Nach hundert Verst wird sein Vater ihn mit zerzausten Haaren und angstvollem Gesicht einholen und bitten, er solle zurückkommen oder Geld annehmen. Aber er wird ihn nicht einmal ansehen, sondern immer weiterwandern ... Hinter kahlen Wäldern werden trostlose Felder kommen und dahinter wieder Wälder; der erste Schnee wird die Erde in Weiß hüllen, über die Flüsse wird sich eine Eisschicht ziehen ... Irgendwo bei Kursk oder bei Serpuchov wird er entkräftet und fast verhungert zu Boden sinken und sterben. Man wird seinen Leichnam finden, und alle Zeitungen werden die Nachricht bringen, daß da und da der und der Student verhungert ist ...

Ein weißer Hund mit schmutzigem Schwanz, der auf dem Gemüsefeld herumschnüffelte, sah zu ihm herüber und trottete hinter ihm her.

Er wanderte auf dem Weg weiter und dachte an den Tod, an den Gram der Seinen, an die inneren Qualen des Vaters, und gleichzeitig malte er sich für unterwegs alle möglichen Abenteuer aus, eines immer phantastischer als das andere – wunderbare Landschaften, furchtbare Nächte, überraschende Begegnungen. Erst stellte er sich einen langen Zug von Pilgerinnen vor, dann eine einsame Hütte im Wald mit nur einem Fensterchen, das hell durch die Dunkelheit leuchtet; vor diesem Fensterchen wird er stehen und um Nachtlager bitten ... man wird ihn einlassen, und plötzlich wird er sich unter Räubern befinden. Aber es wird noch besser kommen: er wird auf ein großes Gutshaus stoßen; dort wird man erfahren, wer er ist, wird ihn mit Essen und Trinken bewirten, ihm auf dem Flügel vorspielen, sich seine Klagen anhören, und die schöne Tochter des Gutsherrn wird sich in ihn verlieben.

Ganz in seinen Schmerz und in diese Gedanken versunken, ging der junge Širjaev seines Weges ... Vor ihm, ganz, ganz weit in der Ferne zeichneten sich vor dem grauen Hintergrund der Wolken die dunklen Umrisse einer Herberge ab, und noch weiter dahinter, unmittelbar am Horizont, sah er eine kleine Anhöhe. Das war die Bahnstation. Der kleine Hügel erinnerte ihn daran, daß es von dem Ort, an dem er jetzt stand, eine Verbindung nach Moskau gab, wo die Laternen brannten, die Kutschen vorbeirollten und Vorlesungen gehalten wurden. Vor Sehnsucht und Ungeduld hätte er fast angefangen zu weinen. Die majestätische Natur in ihrer Ordnung und Schönheit, die Totenstille ringsum waren ihm jetzt zuwider, er haßte sie und war verzweifelt.

»Vorsicht!« rief hinter ihm eine laute Stimme.

In einem leichten, eleganten Landauer fuhr eine alte Gutsbesitzerin vorüber, mit der der Student bekannt war. Er verbeugte sich und lächelte übers ganze Gesicht. Und sofort wurde ihm bewußt, daß dieses Lächeln überhaupt nicht zu seiner düsteren Stimmung paßte. Wo kam es her, wenn doch in seinem Inneren sich nichts regte als Ärger und Verdruß?

Und er dachte, wahrscheinlich habe die Natur selbst dem Menschen diese Fähigkeit zu lügen verliehen, damit er in schweren Momenten seelischer Spannung das Geheimnis des eigenen Nestes hüte, so wie es die Wildente und der Fuchs tun. Jede Familie hat ihre Freuden und Leiden, aber wie groß diese auch sein mögen, ein fremdes Auge wird sie schwerlich bemerken: sie sind Geheimnis. Der Vater dieser Gutsbesitzerin, die gerade vorübergefahren war, zum Beispiel hatte seinerzeit wegen irgendeiner Verfehlung für das halbe Leben den Zorn des Zaren Nikolaj auf sich geladen; ihr Mann war dem Kartenspiel verfallen; keiner ihrer vier Söhne hatte es zu etwas Vernünftigem gebracht. Man konnte sich wohl vorstellen, wieviel furchtbare Szenen sich in ihrer Familie abgespielt hatten, wieviel Tränen vergossen worden waren. Die alte Frau jedoch schien glücklich und zufrieden und hatte sein Lächeln gleichfalls mit einem Lächeln erwidert. Dem Studenten fielen seine Kameraden ein, die nur ungern von ihrer Familie sprachen; er dachte an seine Mutter, die fast immer die Unwahrheit sagte, wenn sie auf ihren Mann und ihre Kinder zu sprechen kam ...

Bis zum Anbruch der Dunkelheit wanderte Pëtr in weiter Entfernung vom Elternhaus umher und gab sich seinen trüben Gedanken hin. Als ein leichter Sprühregen einsetzte, kehrte er um. Auf dem Heimweg beschloß er, koste es, was es wolle, mit dem Vater zu sprechen und ihm ein für allemal klarzumachen, wie furchtbar schwer es war, mit ihm zusammen zu leben.

Als er das Haus betrat, war alles ruhig. Seine Schwester Varvara lag hinter der Zwischenwand; sie hatte Kopfschmerzen und stöhnte leise vor sich hin. Die Mutter saß mit verstörtem, schuldbewußtem Gesicht neben ihr auf einer Truhe und flickte Archipkas Hose. Evgraf Ivanovič ging von einem Fenster zum anderen und schaute mit finsterem Gesicht in den Regen hinaus. An der Art, wie er ging und hustete, und sogar an der Haltung seines Kopfes war zu erkennen, daß er sich schuldig fühlte.

»Also hast du es dir anders überlegt und fährst heute nicht?« fragte er.

Dem Studenten tat der Vater leid, aber er unterdrückte dieses

Gefühl sofort und sagte: »Hören Sie ... Ich muß mit Ihnen ein ernstes Gespräch führen ... Jawohl, ein ernstes Gespräch ... Ich habe Sie stets geachtet und ... und mir noch nie erlaubt, in dieser Weise mit Ihnen zu reden, aber Ihr Verhalten ... der heutige Zwischenfall ...«

Der Vater blickte aus dem Fenster und schwieg. Der Student rieb sich, als müsse er nach Worten suchen, die Stirn und fuhr in großer Erregung fort:

»Kein Mittagessen und keine Teestunde vergeht, ohne daß Sie Skandal machen. Allen bleibt ihr Brot im Halse stecken ... Nichts ist so beleidigend und demütigend, als wenn einem wegen jedem Bissen Brot Vorwürfe gemacht werden ... Sie sind zwar unser Vater, aber niemand, weder Gott noch die Natur, hat Ihnen das Recht gegeben, andere so schwer zu beleidigen und zu demütigen und Ihre schlechte Laune an Wehrlosen auszulassen. Sie haben meine Mutter bis zum äußersten gequält und sie des eigenen Willens beraubt, meine Schwester ist hoffnungslos eingeschüchtert, und ich ...«

»Du hast mich nicht zu belehren«, sagte der Vater.

»Doch, ich habe ein Recht dazu. Mich können Sie verhöhnen, soviel Sie Lust haben, aber lassen Sie meine Mutter in Ruhe!« Die Augen des Studenten funkelten. »Sie sind verwöhnt, weil niemand wagt, gegen Sie aufzutreten. Alle zittern vor Ihnen und schweigen, aber das ist vorbei! Sie grober, unerzogener Mensch! Sie sind ein Grobian ... verstehen Sie! Sie sind starrsinnig, hart und ohne Gefühl! Auch die Bauern wollen von Ihnen nichts wissen!«

Der Student verlor den Faden, er redete nicht mehr zusammenhängend, die Worte schossen gleichsam aus ihm hervor. Evgraf Ivanovič hörte ihm zu und schwieg wie betäubt. Plötzlich jedoch lief sein Hals rot an, die Röte kroch über das ganze Gesicht, und es ging los.

»Halt den Mund!« schrie er.

»Gut!« Der Sohn ließ nicht locker. »Sie hören die Wahrheit nicht gern? Ausgezeichnet! Sehr gut! Schreien Sie nur! Ausgezeichnet!«

»Halt den Mund, sage ich dir!« brüllte Evgraf Ivanovič.

In der Tür tauchte mit verstörtem, kreideweißem Gesicht Fedosja Semënovna auf; sie wollte etwas sagen, brachte jedoch nichts heraus, nur ihre Finger bewegten sich.

»Du bist schuld daran!« schrie Širjaev sie an. »Du hast ihn so erzogen!«

»Ich habe es satt, in diesem Hause zu leben!« schrie der Student schluchzend und warf einen bitterbösen Blick auf seine Mutter. »Ich will mit Ihnen nichts mehr zu tun haben!«

Hinter der Zwischenwand schrie die Tochter Varvara auf und begann laut zu weinen. Širjaev machte eine abwehrende Handbewegung und lief aus dem Haus.

Der Student ging in seine Ecke und legte sich leise auf sein Bett. Bis Mitternacht lag er regungslos und mit geschlossenen Augen da. Er empfand weder Zorn noch Scham, sondern nur einen unbestimmten inneren Schmerz. Er gab dem Vater keine Schuld, er hatte mit der Mutter kein Mitleid, keine Gewissensbisse quälten ihn; ihm war klar, daß alle im Haus denselben Schmerz empfanden, wer aber der Schuldige war, wer mehr und wer weniger litt, das wußte Gott allein ...

Um Mitternacht weckte er den Knecht und befahl ihm, um fünf Uhr früh anzuspannen und ihn zur Bahn zu fahren; dann zog er sich aus und kroch unter die Decke, konnte aber nicht einschlafen. Bis zum frühen Morgen hörte er seinen Vater, der auch nicht schlief, leise von einem Fenster zum andern gehen und seufzen. Niemand im Haus fand Schlaf; ab und zu wurde gesprochen, aber nur im Flüsterton. Zweimal kam seine Mutter zu ihm hinter die Zwischenwand. Ihr Gesichtsausdruck war noch genauso angstvoll und verstört, sie bekreuzigte ihn einmal ums andere und zitterte nervös ...

Um fünf Uhr verabschiedete der Student sich von allen mit großer Zärtlichkeit und weinte sogar. Als er am Zimmer des Vaters vorüberging, schaute er durch die Tür.

Der Vater war noch angekleidet, er hatte sich noch nicht schlafen gelegt. Er stand am Fenster und trommelte gegen die Scheiben.

»Leben Sie wohl, ich fahre ab«, sagte der Sohn.

»Leb wohl, das Geld liegt auf dem runden Tisch ...« sagte der Vater, ohne sich umzudrehen.

Als der Knecht ihn zur Bahnstation fuhr, fiel ein unangenehmer, kalter Regen. Die Sonnenblumen ließen die Köpfe noch tiefer hängen, und das Gras schien noch dunkler geworden.

Im Gerichtssaal

In dem düstren Amtsgebäude der Distriktstadt N-sk, wo abwechselnd die Zemstvo-Verwaltung, das Plenum der Friedensrichter, die Bauern-, Getränke-, Militär- und viele andere Behörden ihre Sitzungen abhielten, hatte sich an einem verregneten Herbsttag eine Sektion des Kreisgerichts eingefunden, um ihre Prozesse abzuwickeln. Über das genannte düstre Gebäude hat ein Verwaltungsbeamter des Ortes einmal scherzhaft geäußert:
»Hier gibt's Justiz, hier gibt's Miliz, hier gibt es Polizei – fürwahr ein Pensionat hochedler Damen.«
Aber so wie das Sprichwort besagt, daß sieben Brüste einen Säugling erblinden lassen, so wirkt dieses Bauwerk, das den trostlosen Anblick jener Kaserne bietet, an Altersschwäche leidet und innen wie außen jeglichen Komforts entbehrt, auf nichtbeamtete, unbefangene Menschen schockierend und niederdrückend. Selbst an den strahlendsten Frühlingstagen scheint es in tiefem Schatten zu liegen, in den hellen Mondnächten aber, wenn Bäume und Häuser zu einem einzigen Schatten verschmelzen und in sanften Schlaf sinken, ragt es über der milden Landschaft unschön und beklemmend empor, ein fremdartiges Steinmassiv, das die allgemeine Harmonie stört und nicht einschläft, als könne es die schweren Gedanken an vergangene, unverziehene Sünden nicht abschütteln. Sein Inneres gleicht dem einer Scheune und wirkt äußerst unfreundlich. Seltsam wird man berührt, wenn man sieht, wie all die Staatsanwälte, ständigen Mitglieder, Vorsteher, die bei sich zu Hause schon wegen etwas Kohlendunst oder wegen eines Fleckchens auf dem Fußboden eine Szene machen, sich hier mit den surrenden Ventilatoren, dem widerlichen Geruch der qualmenden Kerzen und den schmutzigen, ewig schwitzenden Wänden abfinden.
Die Sitzung des Kreisgerichts begann zwischen neun und zehn Uhr. Man trat unverzüglich und mit merklicher Eile in die Verhandlungen ein. Ein Prozeß jagte den anderen, und sie gingen schnell zu Ende wie ein Gottesdienst ohne Chorgesang, so daß keines Menschen Geist imstande gewesen wäre, sich ein vollständiges Bild zu machen von dieser vorüberflutenden Masse von Gesichtern, Bewegungen, Reden, Unglück, Wahrheit und Lüge

... Gegen zwei Uhr war viel geschafft: zwei Menschen hatten Zuchthaus bekommen, ein Privilegierter war zum Entzug der Standesrechte und zu Gefängnis verurteilt worden, einer war freigesprochen, ein Prozeß wurde vertagt ...
Genau um zwei Uhr eröffnete der Vorsitzende die Verhandlungen gegen den Bauern Nikolaj Charlamov, der wegen Ermordung seiner Ehefrau angeklagt wurde. Die Zusammensetzung des Gerichts blieb die gleiche wie beim vorangegangenen Prozeß, nur auf dem Platz des Verteidigers tauchte eine neue Persönlichkeit auf – ein junger, bartloser Gerichtskandidat in einem Rock mit hellen Knöpfen.
»Den Angeklagten vorführen!« befahl der Vorsitzende.
Aber der Angeklagte, den man im voraus instruiert hatte, ging schon von selbst zu seiner Bank. Es war ein hochgewachsener, kräftiger Bauer von etwa fünfundfünfzig Jahren, mit kahlem Schädel, apathischem, behaartem Gesicht und einem großen fuchsroten Bart. Er wurde eskortiert von einem kleinen, spirrigen Soldaten mit Gewehr.
Unmittelbar vor der Anklagebank passierte dem Soldaten etwas Unangenehmes. Er stolperte und ließ sein Gewehr fallen, konnte es aber in der Luft noch auffangen, wobei er mit dem Knie heftig gegen den Kolben stieß. In den Reihen der Zuschauer hörte man Lachen. Vor Schmerz oder vielleicht auch vor Scham wegen seiner Ungeschicklichkeit wurde der Soldat dunkelrot.
Nachdem man dem Angeklagten die üblichen Fragen gestellt hatte, die Geschworenen wieder auf ihre Plätze zurückgekehrt und die Zeugen aufgerufen und vereidigt waren, begann die Verlesung der Anklageschrift. Der blasse, schmalbrüstige Sekretär, dem die Uniform um den magern Körper schlotterte und auf dessen Wange ein Pflaster klebte, las mit gedämpfter, tiefer Baßstimme, hastig wie ein Küster, ohne die Stimme zu heben oder zu senken, als fürchte er, seine Lunge anzustrengen; er wurde begleitet von dem hinter dem Richtertisch unermüdlich surrenden Ventilator, und diese beiden Geräusche verliehen der Stille im Saal etwas Einschläferndes und Narkotisierendes.
Der Vorsitzende, ein Mann in mittleren Jahren, kurzsichtig und mit äußerst abgespanntem Gesichtsausdruck, saß regungslos in seinem Sessel und hielt die flache Hand vor die Augen, als wolle er sie vor dem Sonnenlicht schützen. Er dachte, während

der Ventilator und der Sekretär surrten, über etwas nach. Als der Sekretär kurz absetzte, um mit einer neuen Seite zu beginnen, schreckte er plötzlich hoch und ließ seinen schläfrigen Blick über die Zuschauer schweifen, dann beugte er sich zum Ohr des neben ihm sitzenden Richters und fragte seufzend:
»Sind Sie bei Demjanov untergekommen, Matvej Petrovič?«
»Jawohl, bei Demjanov«, antwortete der Richter, gleichfalls hochschreckend.
»Nächstes Mal werde ich auch dort übernachten. Was glauben Sie wohl, wie unmöglich es bei Tinjakov ist! Die ganze Nacht Lärm und Krach! Getrampel, Gehuste, schreiende Kinder ... Einfach unmöglich!«
Der stellvertretende Staatsanwalt, ein wohlgenährter, stattlicher Mann mit goldener Brille, braunem Haar und einem schönen, gepflegten Bart, saß unbeweglich da wie ein Standbild und las, die Wange auf die Faust gestützt, den ›Cain‹ von Byron. In seinen Augen lag ein Ausdruck gieriger Aufmerksamkeit, und seine Brauen zogen sich vor Verwunderung immer weiter in die Höhe ... Ab und zu lehnte er sich im Sessel zurück, schaute einen Augenblick teilnahmslos vor sich hin und versenkte sich dann erneut in die Lektüre. Der Verteidiger fuhr mit dem stumpfen Ende seines Bleistiftes über die Tischplatte und dachte, den Kopf zur Seite geneigt, angestrengt nach ... Sein jugendliches Gesicht drückte nichts aus als lähmende, unbeteiligte Langeweile wie bei Schülern und Beamten, die gezwungen sind, Tag für Tag an ein und demselben Fleck zu sitzen und immer die gleichen Gesichter, die gleichen Wände anzusehen. Die ihm bevorstehende Rede regte ihn nicht im geringsten auf. Was bedeutete diese Rede schon? Er wird sie gemäß Anweisung der Behörde, nach dem längst festgelegten Schema, ohne Feuer und Leidenschaft vor den Geschworenen herunterhaspeln, wohl wissend, wie farblos und langweilig sie ist; hinterher aber wird er durch Schlamm und Regen zur Bahnstation stapfen und in die Kreisstadt zurückfahren, um alsbald einen neuen Auftrag zu bekommen, erneut in den Distrikt zu fahren und eine neue Rede zu halten ... so etwas Stupides!
Der Angeklagte hatte sich anfänglich mehrmals nervös in den vorgehaltenen Ärmel geräuspert und war blaß geworden, aber bald übertrug sich die allgemeine Monotonie und Langeweile auch auf ihn. Er schaute mit stumpfer Ehrerbietung auf die Uni-

formen der Richter, auf den müden Gesichtsausdruck der Geschworenen und zwinkerte ruhig mit den Augen. Die Szenerie des Gerichts und die Prozedur selbst, vor der er sich während der Wartezeit im Untersuchungsgefängnis so gefürchtet hatte, wirkten auf ihn jetzt äußerst beruhigend. Was er hier sah, war ganz anders, als er es sich vorgestellt hatte. Ihm wurde ein Mord zur Last gelegt; hier jedoch begegnete er weder strengen Gesichtern noch zornigen Blicken, weder lauten Rufen nach Vergeltung noch einer Anteilnahme an seinem ungewöhnlichen Schicksal; keiner der Richter maß ihn mit einem langen, neugierigen Blick ... Die trüben Fenster, die Wände, die Stimme des Sekretärs, die Haltung des Staatsanwalts – alles war erfüllt von bürokratischer Gleichgültigkeit und strahlte eine Kälte aus, als stellte der Mörder ein übliches Kanzleizubehör dar oder als säßen hier nicht lebendige Menschen zu Gericht, sondern eine unsichtbare, weiß Gott von wem installierte Maschine ...

Der Bauer, der sich beruhigt hatte, ahnte nicht, daß hier die Dramen und Tragödien des Lebens ebenso gewohnheitsmäßig und gelangweilt zur Kenntnis genommen wurden wie in einem Krankenhaus die Todesfälle und daß gerade diese mechanische Gleichgültigkeit seine Lage schrecklich und ausweglos machte. Selbst wenn er nicht so still dagesessen hätte, sondern aufgesprungen wäre und unter Tränen um Erbarmen gefleht, bittere Worte der Reue gestammelt, sich umgebracht hätte vor Verzweiflung – auch dann wäre wohl alles abgeprallt an den durch Gewohnheit abgestumpften Nerven, wie eine Welle an einer Felswand.

Als der Sekretär geendet hatte, strich der Vorsitzende aus irgendeinem Grund mit der Hand über den Tisch, sah den Angeklagten lange mit zusammengekniffenen Augen an und fragte dann träge: »Angeklagter, bekennen Sie sich schuldig, am Abend des 9. Juni Ihre Ehefrau ermordet zu haben?«

»Ganz und gar nicht«, antwortete der Angeklagte, der aufstand und seinen langen Mantel über der Brust zusammenhielt.

Anschließend begann das Gericht in aller Eile mit der Zeugenvernehmung. Vernommen wurden zwei Frauen, fünf Bauern und der Wachtmeister, der die Ermittlungen geführt hatte. Alle diese Zeugen, die von oben bis unten mit Schmutz bespritzt, durch den Fußmarsch und das Warten im Zeugenzimmer erschöpft, niedergeschlagen und mürrisch waren, sagten ein und dasselbe aus. Sie sagten aus, Charlamov habe wie alle anderen mit seiner Alten ›gut‹ gelebt, geschlagen habe er sie nur, wenn er betrunken gewesen sei. Am 9. Juni, bei Sonnenuntergang, habe man die alte Frau im Flur mit zertrümmertem Schädel gefunden; neben ihr habe in einer Blutlache eine Axt gelegen. Als man sich nach Nikolaj umgesehen habe, um ihm das Unglück mitzuteilen, sei er weder im Hause noch auf der Straße zu finden gewesen. Sie seien durchs ganze Dorf gelaufen und hätten ihn gesucht. In alle Häuser und alle Kneipen seien sie gegangen, hätten ihn aber nirgends gefunden. Er sei verschwunden gewesen und habe sich erst nach zwei Tagen im Kontor gemeldet. Bleich sei er gewesen, die Kleidung zerrissen, und am ganzen Leib habe er gezittert. Man habe ihn gebunden und ins Loch gesteckt.

»Angeklagter«, wandte sich der Vorsitzende wieder an Charlamov, »können Sie dem Gericht nicht erklären, wo Sie sich an den beiden Tagen nach dem Mord aufgehalten haben?«

»Ich bin über die Felder gegangen ... hab nichts gegessen und getrunken.«

»Warum sind Sie denn ausgerissen, wenn Sie nicht der Mörder waren?«

»Hatte mich erschrocken ... Hatte Angst, daß ich vor Gericht komme.«

»Aha ... Gut, setzen Sie sich!«

Als letzter wurde der Distriktsarzt vernommen, der die Leiche obduziert hatte. Er teilte dem Gericht alles mit, was ihm aus dem Protokoll der Obduktion in Erinnerung geblieben war und was er sich morgens auf dem Weg zum Gericht zurechtgelegt hatte. Der Vorsitzende blickte mit zusammengekniffenen Augen auf die neue, schwarzglänzende Hose, die elegante Krawatte und die Mundbewegungen des Arztes, er hörte zu, und wie von selbst kroch ihm ein träger Gedanke durch den Kopf: Jetzt gehen alle in kurzen Röcken, warum hat er sich bloß einen langen machen lassen? Warum ausgerechnet einen langen und nicht einen kurzen?

Hinter dem Vorsitzenden ertönte vorsichtiges Stiefelknarren. Es war der stellvertretende Staatsanwalt; er trat an den Tisch, um sich irgendein Aktenstück zu holen.

»Michail Vladimirovič.« Der Staatsanwalt beugte sich zu dem Ohr des Vorsitzenden hin. »Dieser Korejskij hat die

Ermittlungen auffallend nachlässig geführt. Der Bruder des Angeklagten wurde nicht vernommen, der Dorfälteste wurde nicht vernommen, aus der Beschreibung des Hauses läßt sich nichts entnehmen...«

»Was tun ... was tun!« seufzte der Vorsitzende und lehnte sich im Sessel zurück. »Eine Ruine ... ein Kopf wie ein Sieb!«

»Apropos«, flüsterte der stellvertretende Staatsanwalt weiter, »darf ich Sie aufmerksam machen – unter den Zuschauern, vorderste Bank, der dritte von rechts ... diese Schauspielervisage ... der reichste Mann am Ort. Besitzt zirka fünfhunderttausend bares Kapital.«

»So? Sieht man ihm nicht an ... Verehrtester, wollen wir nicht eine Pause machen?«

»Wir schließen erst die Beweisaufnahme ab, dann ja.«

»Wie Sie denken ... Nun?« Der Vorsitzende richtete seinen Blick auf den Arzt. »Sie sind also der Auffassung, daß der Tod sofort eingetreten ist.«

»Jawohl, infolge erheblicher Verletzung des Gehirns.«

Als der Arzt fertig war, blickte der Vorsitzende in den leeren Raum zwischen Staatsanwalt und Verteidiger und sagte: »Haben Sie noch Fragen?«

Der Staatsanwalt schüttelte, ohne den Blick vom ›Cain‹ zu heben, verneinend den Kopf; der Verteidiger hingegen geriet plötzlich in Bewegung, räusperte sich und fragte: »Sagen Sie, Doktor, lassen die Abmessungen der Wunde Rückschlüsse auf den Geisteszustand des Verbrechers zu? Mit anderen Worten, ich möchte fragen, ob die Größe der Wunde zu der Annahme berechtigt, daß der Angeklagte im Affekt gehandelt hat.«

Der Vorsitzende richtete seine schläfrigen, teilnahmslosen Augen auf den Verteidiger. Der Staatsanwalt riß sich vom ›Cain‹ los und blickte den Vorsitzenden an. Alle schauten, aber die Gesichter blieben ausdruckslos – kein Lächeln, kein fragender Blick, keine Verwunderung.

»Möglicherweise ...« stotterte der Arzt, »wenn man die Stärke berücksichtigt, mit welcher ... ähähäh ... der Verbrecher den Schlag ausführt ... Indessen ... entschuldigen Sie, ich habe Ihre Frage nicht ganz verstanden ...«

Die Frage des Verteidigers blieb unbeantwortet, und dieser hatte im Grunde auch gar keine Antwort erwartet. Ihm war selbst klar, daß die Frage ihm nur so, unter dem Einfluß der

Stille, der Langeweile und des surrenden Ventilators in den Kopf gekommen und seinem Mund entschlüpft war.

Nach Entlassung des Arztes befaßte sich das Gericht mit der Besichtigung der Beweisstücke. Zuerst wurde ein Kaftan in Augenschein genommen, auf dessen Ärmel sich ein dunkelbrauner Blutfleck befand. Nach dem Ursprung dieses Flecks befragt, sagte Charlamov aus:

»Drei Tage vor dem Tod der Frau hat Penkov sein Pferd zur Ader gelassen ... Ich war dabei, nun, und wie das so ist, ich hab mitgeholfen und ... und hab mich beschmiert ...«

»Aber Penkov hat doch eben ausgesagt, er könne sich nicht entsinnen, daß Sie beim Aderlaß zugegen waren ...«

»Was weiß ich.«

»Setzen Sie sich!«

Es folgte die Besichtigung der Axt, mit der die alte Frau ermordet worden war.

»Das ist nicht meine Axt«, erklärte der Angeklagte.

»Wessen denn?«

»Was weiß ich ... Ich hatte keine Axt ...«

»Ein Bauer kommt keinen einzigen Tag ohne Axt aus. Und Ihr Nachbar Ivan Timofeič, mit dem Sie den Pferdeschlitten repariert haben, hat ausgesagt, daß eben dies Ihre Axt ist ...«

»Was weiß ich, ich kann nur wie vor dem Herrgott« (Charlamov streckte seine Hand vor und spreizte die Finger) »... wie vor dem wahrhaftigen Schöpfer. Und wann das war, daß ich eine Axt hatte, weiß ich nicht. Ich hatte genauso eine, sozusagen gewissermaßen ein bißchen kleiner, aber mein Sohn, der Prochor, hat sie verloren. Vor zwei Jahren, wie er zu den Soldaten mußte, ist er nach Brennholz gefahren, hat mit den andern Jungen gebummelt und hat sie verloren ...«

»Gut, setzen Sie sich!«

Das systematische Mißtrauen und die Weigerung, ihn anzuhören, mußten Charlamov aufgebracht und beleidigt haben. Er zwinkerte mit den Augen, und auf seine Wangen traten rote Flecke.

»Wie vor dem Herrgott«, fuhr er fort und reckte den Hals. »Wenn Sie es nicht glauben, so geruhen Sie meinen Sohn, den Prochor, zu fragen. Proška, wo ist die Axt?« fragte er plötzlich in barschem Ton und wandte sich heftig zu dem Soldaten um. »Wo ist sie?«

Das war ein schwerer Augenblick! Es war, als ob alle sich duckten oder in sich zusammenfielen. Wie ein Blitz fuhr durch alle Köpfe, so viele ihrer auch im Gerichtssaal versammelt waren, ein und derselbe furchtbare, unvorstellbare Gedanke, der Gedanke an einen im Bereich des Möglichen liegenden schicksalhaften Zufall, und keiner brachte den Mut oder die Kühnheit auf, das Gesicht des Soldaten anzusehen. Alle suchten den Gedanken von sich zu weisen und glaubten, sich verhört zu haben.

»Angeklagter, es ist nicht gestattet, mit dem Posten zu sprechen . . .« sagte hastig der Vorsitzende.

Niemand blickte auf das Gesicht des Soldaten, und durch den Saal schwebte unsichtbar, gleichsam hinter einer Maske, das Entsetzen. Der Vollstreckungsbeamte erhob sich leise von seinem Platz und ging auf Zehenspitzen, mit den Armen balancierend hinaus. Nach einer halben Minute hörte man dumpfe Schritte und Geräusche wie bei einer Postenablösung.

Alle hoben den Kopf und fuhren mit ihrer vorherigen Beschäftigung fort, bemüht, sich den Anschein zu geben, als wäre nichts geschehen . . .

Die Rache

Lev Savvič Turmanov, ein braver Durchschnittsbürger, der ein kleines Kapital, eine junge Frau und eine solide Glatze besaß, spielte einmal bei der Namenstagsfeier eines Freundes Whint. Nach einem anständigen Verlust, bei dem ihm der Schweiß ausbrach, fiel ihm plötzlich ein, daß er lange keinen Vodka getrunken hatte. Er stand auf, drängte sich, heftig schwankend, auf den Zehenspitzen an den Tischen vorbei und ging durch den Salon, wo die Jugend tanzte (dort lächelte er herablassend und klopfte einem schmächtigen jungen Apotheker verächtlich auf die Schulter); darauf schlüpfte er durch eine kleine Tür, die in das Speisezimmer führte. Hier standen auf einem runden Tischchen Flaschen und Karaffen mit Vodka . . . Daneben lag inmitten anderer Vorspeisen, mit Zwiebel und Petersilie garniert, auf einem Teller ein halb aufgegessener Hering. Lev Savvič goß sich ein Gläschen ein, bewegte die Finger in der Luft, als schicke er sich an, eine Rede zu halten, trank und setzte eine leidende Miene auf. Darauf spießte er den Hering auf die Gabel und ... Da aber hörte er hinter der Wand Stimmen.

»Meinetwegen, meinetwegen ...« sagte eine Frauenstimme rasch. »Wann wird das aber sein?«

Meine Frau. Lev Savvič erkannte die Stimme. Mit wem ist sie da?

»Wann du willst ... meine Liebe ...« antwortete hinter der Wand ein tiefer, klangvoller Baß. »Heute geht es überhaupt nicht, morgen bin ich den ganzen Tag besetzt ...«

Das ist Degtjarev! dachte Turmanov, der an dem Baß einen seiner Freunde erkannt hatte. Auch du, mein Sohn Brutus! Wie hat sie sich den denn geangelt? Dieses unersättliche, unruhige Frauenzimmer! Keinen Tag kann sie ohne Roman leben!

»Ja, morgen bin ich besetzt«, fuhr der Baß fort. »Wenn du willst, schreib mir doch morgen. Ich werde froh und glücklich sein ... Nur darf keiner merken, daß wir miteinander korrespondieren. Wir müssen uns einen Trick ausdenken. Mit der Post dürfen wir die Briefe keinesfalls schicken. Wenn ich dir schreibe, kann dein Truthahn den Brief beim Postboten abfangen; wenn du mir schreibst, wird ihn in meiner Abwesenheit meine bessere Hälfte in Empfang nehmen und bestimmt aufmachen.«

»Was können wir da tun?«

»Wir müssen uns einen Trick ausdenken. Durch einen Bedienten kann man den Brief auch nicht schicken, weil dein Hundesohn wahrscheinlich die Zofe und den Diener an der Kandare hält ... Was macht er, spielt er Karten?«

»Ja, verliert dauernd, der Trottel!«

»Das heißt, er hat Glück in der Liebe!« Degtjarev lachte. »Paß auf, meine Liebe, was ich mir für einen Trick ausgedacht habe ... Morgen, genau um sechs Uhr abends, komme ich aus dem Büro und gehe durch den Stadtpark, wo ich den Inspektor aufsuchen muß. Sieh also zu, mein Herz, und lege unbedingt bis sechs Uhr, aber nicht später, ein Briefchen in die Marmorvase, die, wie du weißt, links von der Weinlaube steht ...«

»Ich weiß, ich weiß ...«

»Das ist poetisch, geheimnisvoll und was ganz Neues ... Und weder dein Dickwanst noch meine bessere Hälfte werden davon erfahren. Hast du verstanden?«

Lev Savvič trank noch ein Gläschen und begab sich wieder an

den Spieltisch. Die Entdeckung, die er soeben gemacht hatte, überraschte und verwunderte ihn nicht, und sie regte ihn auch nicht im geringsten auf. Die Zeiten, da er sich erregt, Szenen gemacht, geschimpft und sogar seine Frau geschlagen hatte, waren längst vorbei; er hatte resigniert und sah jetzt seiner leichtsinnigen Frau bei ihren Romanen durch die Finger. Trotz alledem war ihm unangenehm zumute. Ausdrücke wie Truthahn, Hundesohn, Dickwanst und so weiter kränkten sein Selbstgefühl.

Was für eine Kanaille dieser Degtjarev doch ist! dachte er, als er seine Verlustpunkte notierte. Wenn man ihn auf der Straße trifft, tut er, als wäre er dein bester Freund, bleckt die Zähne und streichelt dir den Bauch, aber jetzt, sieh mal an, was für Pfeile er abschießt! Ins Gesicht nennt er mich seinen Freund, aber hinter meinem Rücken bin ich ein Truthahn und Dickwanst...

Je mehr er sich in seine erheblichen Verluste vertiefte, um so stärker empfand er die Kränkung...

Milchbart... dachte er und zerbrach wütend die Kreide. Bürschchen... Ich will mich nur nicht mit dir einlassen, sonst würde ich dir den Hundesohn schon zeigen!

Beim Abendessen konnte er Degtjarev nicht gleichgültig ansehen, der aber drängte sich ihm wie absichtlich mit seiner Fragerei auf: ob er gewonnen habe, weshalb er so bedrückt sei und so fort. Er besaß sogar die Unverschämtheit, mit dem Recht des guten Bekannten Turmanovs Gattin zu rügen, daß sie sich zuwenig um die Gesundheit ihres Mannes kümmere. Und die Gattin sah ihren Mann mit schmachtenden Augen an, als sei überhaupt nichts gewesen, sie lachte so fröhlich und plauderte so unschuldig, daß selbst der Teufel sie nicht der Untreue verdächtigen würde.

Nach Hause zurückgekehrt, fühlte sich Lev Savvič schlecht und unbefriedigt, geradeso, als habe er anstelle des Kalbsbratens einen alten Gummischuh zu Abend gegessen. Vielleicht hätte er sich selbst überwunden und alles vergessen, aber das Geschwätz seiner Frau und ihr Lächeln erinnerten ihn jeden Augenblick an einen Truthahn, einen Gänserich und einen Dickwanst...

Ohrfeigen müßte man den Schurken! dachte er. Man müßte ihn öffentlich bloßstellen.

Und er dachte daran, wie schön es wäre, jetzt Degtjarev zu

verprügeln, ihn im Duell wie einen Sperling abzuschießen ... ihn aus dem Amt zu jagen oder in die Marmorvase etwas Unanständiges, Stinkendes zu legen – eine krepierte Ratte zum Beispiel ... Es wäre auch nicht übel, den Brief seiner Frau vorher aus der Vase zu entwenden und statt dessen irgendwelche schlüpfrigen Verse mit der Unterschrift ›Deine Akulka‹ oder etwas anderes in dieser Art hineinzulegen.

Lange ging Turmanov im Schlafzimmer auf und ab und ergötzte sich an solchen Träumereien. Plötzlich hielt er inne und schlug sich vor die Stirn.

»Ich hab's, bravo!« rief er aus und strahlte vor Vergnügen. »Das wird wunderbar! Wuunderbar!«

Als seine Gattin eingeschlafen war, setzte er sich an den Tisch und schrieb nach langen Überlegungen mit verstellter Handschrift und absichtlichen Fehlern Folgendes:

»An den Kaufmann Dulinov. Sehr geehrter Herr! Wenn bis um sex Uhr abends heute am zwölften September nicht zweihundert Rubel in der Marmorvase ligen welche im Stadtpark links von der Weinlaube steht so werden Sie sterben und Ihr Kurzwarenladen fligt in die Luft.«

Nachdem er diesen Brief geschrieben hatte, sprang Lev Savvič vor Begeisterung auf.

»Habe ich fein ausgedacht, was?« flüsterte er und rieb sich die Hände. »Prächtig! Eine bessere Rache könnte sich auch der Satan nicht ausdenken! Natürlich wird der Krämer Angst bekommen und es gleich der Polizei melden, und die Polizei wird sich um sechs in die Büsche setzen und ihn schnappen, den Guten, wenn er nach dem Brief greift ...! Der wird es schön mit der Angst kriegen! Bis die Sache sich aufgeklärt hat, wird die Kanaille lange brummen müssen und genug auszustehen haben ... Bravo!«

Lev Savvič klebte eine Marke auf den Brief und trug ihn selbst zum Briefkasten. Er schlief mit dem glückseligsten Lächeln ein und schlummerte so süß, wie er lange nicht geschlummert hatte. Als er am nächsten Morgen erwachte und ihm sein Plan einfiel, begann er fröhlich zu schnurren und kraulte sogar seine ungetreue Gattin am Kinn. Auf dem Weg zum Dienst und in der Kanzlei lächelte er die ganze Zeit und stellte sich Degtjarevs Schreck vor, wenn der in die Falle ging.

Als es auf sechs ging, konnte er es nicht mehr aushalten und eilte in den Stadtpark, um sich mit eigenen Augen an der verzweifelten Lage seines Feindes zu weiden.

Aha! dachte er, als er einem Polizisten begegnete.

An der Weinlaube angelangt, setzte er sich unter einen Strauch und schickte sich an zu warten, dabei schaute er gespannt auf die Vase. Seine Ungeduld kannte keine Grenzen.

Pünktlich um sechs Uhr erschien Degtjarev. Der junge Mann war offensichtlich in ausgezeichneter Stimmung. Sein Zylinder saß verwegen im Nacken, und unter seinem weit aufgeschlagenen Mantel schien zusammen mit der Weste die Seele selbst hervorzulugen. Er pfiff sich eins und rauchte eine Zigarre...

Jetzt wirst du mal den Truthahn und Hundesohn kennenlernen! dachte Turmanov schadenfroh. Warte nur!

Degtjarev trat zu der Vase und steckte lässig die Hand hinein ... Lev Savvič erhob sich und verschlang ihn mit den Augen... Der junge Mann zog ein Päckchen aus der Vase, betrachtete es von allen Seiten und zuckte mit den Achseln, dann öffnete er es unschlüssig, zuckte wieder mit den Achseln, und auf seinem Gesicht malte sich äußerstes Erstaunen: in dem Päckchen lagen zwei Hundertrubelscheine!

Lange betrachtete Degtjarev diese Scheine. Schließlich steckte er sie unter ständigem Achselzucken in die Tasche und sagte: »Merci!«

Der unglückliche Lev Savvič hörte dieses ›merci‹. Den ganzen Abend stand er daraufhin vor dem Laden von Dulinov, drohte dem Firmenschild mit der Faust und brummte empört:

»Fffeigling! Krämerseele! Elender Pfeffersack! Fffeigling! Dickwanstiger Hasenfuß!«

Ein ungewöhnlicher Mensch

Es ist ein Uhr nachts. Vor der Haustür der Marja Petrovna Koškina, einer alten, ledigen Hebamme, ist ein großer Herr stehengeblieben. Er trägt einen Kapuzenmantel und einen Zylinder. Man kann in der herbstlichen Dunkelheit weder sein Gesicht noch seine Hände erkennen, aber schon aus der Art, wie der Herr hustet und die Hausglocke läutet, hört man das Solide, Sichere und ein wenig Penetrante heraus. Nach dreimaligem

Läuten öffnet sich die Tür, und Marja Petrovna erscheint. Sie hat sich einen Herrenmantel über das weiße Nachtgewand geworfen. Das Lämpchen mit der grünen Glasglocke, das sie in der Hand hält, wirft einen grünlichen Schein auf ihr verschlafenes, von Sommersprossen bedecktes Gesicht, den sehnigen Hals und die dünnen, rötlichen Härchen, die unter der Nachthaube hervorschauen.

»Kann ich die Hebamme sprechen?« fragt der Herr.

»Ich bin die Hebamme. Womit kann ich dienen?«

Der Herr tritt in den Flur, und Marja Petrovna sieht einen großen, schlanken Mann vor sich, nicht mehr jung, aber mit schönen Gesichtszügen und einem wolligen Backenbart.

»Kollegienassessor Kirjakov«, stellt er sich vor. »Ich bin gekommen, Sie zu meiner Frau zu holen. Aber bitte schnell.«

»Gut ...« sagt die Hebamme zustimmend. »Ich ziehe mich gleich an, wollen Sie sich ins große Zimmer bemühen und dort auf mich warten.«

Kirjakov legt seinen Mantel ab und geht ins große Zimmer. Der grünliche Schein des Lämpchens fällt matt auf das billige Mobiliar mit den weißen, geflickten Schonbezügen, auf die kümmerlichen Blumen und die Türpfosten, an denen sich Efeu emporrankt ... Es riecht nach Geranien und Karbol. Die kleine Wanduhr tickt schüchtern, als würde sie durch die Anwesenheit des fremden Mannes verwirrt.

»Schon fertig!« sagt Marja Petrovna, als sie nach etwa fünf Minuten angekleidet, gewaschen und völlig munter hereinkommt. »Wir können losfahren.«

»Ja, es eilt ...« sagt Kirjakov. »Übrigens, ich muß Ihnen eine Frage stellen: Was nehmen Sie für Ihre Arbeit?«

»Das weiß ich wirklich nicht«, antwortet Marja Petrovna mit verlegenem Lächeln. »Geben Sie, soviel Sie wollen.«

»Nein, das liebe ich nicht«, sagt Kirjakov und richtet seinen kalten, unbeweglichen Blick auf die Hebamme. »Eine Vereinbarung ist besser als Geld. Ich will Ihnen nichts wegnehmen und Sie mir auch nicht. Um Mißverständnisse zu vermeiden, tun wir klüger, das vorher zu verabreden.«

»Ich kann es wirklich nicht sagen ... Es gibt keine festen Sätze.«

»Ich arbeite selbst und bin es gewohnt, fremde Arbeit zu schätzen. Ungerechtigkeit habe ich nicht gern. Für mich ist es

ebenfalls unangenehm, wenn ich Ihnen zuwenig zahle, beziehungsweise wenn Sie von mir zuviel verlangen, und deswegen bestehe ich darauf, daß Sie mir sagen, wieviel Sie bekommen.«
»Das ist ganz unterschiedlich.«
»Hm ...! Angesichts Ihres Schwankens, das mir unverständlich ist, muß ich den Preis selber festsetzen. Ich kann Ihnen zwei Rubel zahlen.«
»Das ist doch nicht Ihr Ernst? Bedenken Sie doch ...« sagt Marja Petrovna, die zurückfährt und errötet. »Da muß ich mich ja geradezu schämen ... Wenn ich nur zwei Rubel bekomme, kann ich ja gleich umsonst arbeiten. Bitte sehr, fünf Rubel ...«
»Zwei Rubel und nicht eine Kopeke mehr. Ich will Ihnen nichts wegnehmen, aber ich habe auch nicht die Absicht, zuviel zu zahlen.«
»Wie Sie wünschen, aber für zwei Rubel fahre ich nicht mit ...«
»Aber laut Gesetz haben Sie nicht das Recht, sich zu weigern.«
»Bitte sehr, dann mache ich es umsonst.«
»Umsonst – das wünsche ich nicht. Jede Arbeit muß honoriert werden. Ich arbeite selbst und habe Verständnis ...«
»Für zwei Rubel fahre ich nicht mit ...« erklärt Marja Petrovna sanft. »Bitte, dann eben umsonst ...«
»In diesem Fall bedaure ich sehr, Sie gestört zu haben ... Ich darf mich empfehlen.«
»Sie sind aber auch wirklich ...« sagt die Hebamme, die Kirjakov in den Vorraum begleitet. »Wenn es Ihnen schon so beliebt, bitte, ich fahre für drei Rubel mit.«
Kirjakov runzelt die Stirn und denkt, konzentriert auf den Fußboden blickend, zwei volle Minuten nach, dann sagt er entschlossen nein und geht hinaus. Die überraschte und verwirrte Hebamme verriegelt hinter ihm die Tür und begibt sich in ihr Schlafzimmer.
Ein hübscher, stattlicher Mann, aber so merkwürdig, Gott sei mit ihm ... denkt sie, während sie sich schlafen legt.
Es vergeht jedoch keine halbe Stunde, da läutet es wieder; sie steht auf und sieht sich im Vorraum demselben Kirjakov gegenüber.
»Eine unglaubliche Schlamperei!« sagt er. »Weder die Leute von der Apotheke noch die Polizisten, noch die Hausknechte – niemand kennt die Adressen der Hebammen. So sehe ich mich

gezwungen, Ihre Bedingungen anzunehmen. Ich gebe Ihnen drei Rubel, aber ... ich sage Ihnen gleich, wenn ich einen Dienstboten anstelle oder überhaupt wenn ich irgend jemandes Dienst in Anspruch nehme, treffe ich vorher eine Vereinbarung, damit es bei der Auszahlung keine Gespräche über Zulagen, Trinkgeld und dergleichen gibt. Jeder bekommt, was ihm zusteht.«

Marja Petrovna hört diese Reden von Kirjakov noch nicht lange, aber sie spürt bereits, daß sie ihr lästig und zuwider sind, daß diese gleichmäßige, korrekte Art, in der er spricht, sich wie ein Stein auf ihre Seele legt. Sie zieht sich den Mantel an und geht mit ihm hinaus auf die Straße. Es ist still, aber kalt und regnerisch, selbst die brennenden Laternen kann man kaum sehen. Unter den Füßen gluckst das Regenwasser. Die Hebamme schaut sich um, kann aber keine Kutsche erblicken.

»Es ist wohl nicht weit?« fragt sie.

»Nein, es ist nicht weit«, antwortet Kirjakov mürrisch.

Sie gehen durch eine Nebenstraße, durch eine zweite, eine dritte ... Kirjakov schreitet gemessen voran, sogar in seinem Gang äußert sich Korrektheit und Bestimmtheit.

»Ein furchtbares Wetter«, sagt die Hebamme zu ihm.

Aber er schweigt beharrlich und ist sichtlich bemüht, nur auf glatte Steine zu treten, um seine Galoschen zu schonen. Endlich, nach einem langen Fußmarsch tritt die Hebamme in den Vorraum, von dem man in ein großes, aufgeräumtes Zimmer blickt. In der ganzen Wohnung, sogar im Schlafzimmer, wo die Wöchnerin liegt, befindet sich keine Menschenseele. Verwandte und alte Frauen, die man sonst bei Entbindungen in ungezählter Menge antrifft, sieht man hier nicht. Nur die Köchin rennt mit stumpfem, furchtsamem Gesichtsausdruck wie verrückt hin und her. Man hört lautes Stöhnen.

Es ist drei Uhr vorbei. Marja Petrovna sitzt am Bett der Wöchnerin und flüstert ihr etwas zu. Die beiden Frauen haben sich miteinander bekannt gemacht, verstehen sich, haben ein wenig geklatscht und gemeinsam geächzt ...

»Sie dürfen nicht sprechen«, sagt die Hebamme aufgeregt, während sie selbst eine Frage nach der andern stellt.

Aber da öffnet sich die Tür, und leise, gemessenen Schrittes kommt Kirjakov ins Schlafzimmer. Er setzt sich auf einen Stuhl und streicht sich den Backenbart. Alle drei schweigen ... Marja Petrovna schaut auf sein schönes, aber unbewegliches und höl-

zernes Gesicht und wartet, daß er etwas sagen wird. Aber er schweigt hartnäckig und denkt über etwas nach. Die Hebamme, der dieses Warten zu lang wird, entschließt sich, selbst das Gespräch zu beginnen, und sagt, wie es bei Entbindungen üblich ist:
»Na Gott sei Dank, wieder ein Mensch mehr auf der Welt.«
»Ja, das ist angenehm«, sagt Kirjakov, dessen Gesicht auch jetzt seinen hölzernen Ausdruck behält, »allerdings muß man auch die andere Seite sehen, wenn man mehr Kinder hat, braucht man auch mehr Geld. Kein Kind kommt satt und gekleidet zur Welt.«
Im Gesicht der Wöchnerin drückt sich so etwas wie Schuldbewußtsein aus, als brächte sie das neue Lebewesen ohne Genehmigung und aus reinem Mutwillen zur Welt. Kirjakov erhebt sich und geht gemessenen Schrittes hinaus.
»Wie eigentümlich er ist, Gott sei mit ihm ...« sagt die Hebamme zu der Wöchnerin. »So streng und lächelt kein einziges Mal ...«
Die Wöchnerin erzählt, daß er immer so ist. Er ist ehrlich, gerecht, vernünftig, von einer klugen Sparsamkeit, aber alles das in so ungewöhnlichem Maße, daß normalen Sterblichen angst und bange wird. Die Verwandten haben sich von ihm getrennt, die Dienstboten halten es nicht länger als einen Monat aus, er hat keinerlei Bekannte, seine Frau und die Kinder leben wegen jedes Schrittes, den sie tun, in beständiger Furcht. Er schlägt nicht und schreit niemanden an, Tugenden hat er weitaus mehr als Mängel, aber wenn er aus dem Haus ist, fühlen sich alle wohler und leichter. Woher das kommt, kann die Wöchnerin selber nicht sagen.
»Die Waschschüsseln müssen gut gesäubert und wieder in die Abstellkammer gebracht werden«, sagt Kirjakov, der wieder ins Schlafzimmer tritt. »Die Medizinflaschen dürfen nicht weggeworfen werden: man wird sie noch brauchen können.«
Das, was er sagt, ist sehr einfach und alltäglich, aber die Hebamme überläuft ein Fröstelnd. Sie beginnt diesen Menschen zu fürchten, und jedesmal wenn sie seine Schritte hört, fährt sie zusammen. Als sie morgens ihre Sachen einpackt, sieht sie, wie der kleine Sohn Kirjakovs im Eßzimmer Tee trinkt ... Vor ihm steht Kirjakov und sagt mit gleichmäßiger, monotoner Stimme:
»Essen kannst du, nun sieh zu, daß du auch arbeiten kannst.

Eben hast du etwas hinuntergeschluckt, aber wahrscheinlich nicht daran gedacht, daß jeder Schluck Geld kostet, und zu Geld kommt man nur durch Arbeit. Iß und denk daran...«

Die Hebamme sieht vor sich das stumpfe Gesicht des Knaben, und ihr kommt es vor, als hätte sogar die Luft es hier schwer, und mehr noch – als würden die Wände einstürzen, weil sie die Anwesenheit dieses ungewöhnlichen Menschen nicht ertragen. Völlig verstört und nun bereits erfüllt von einem wilden Haß gegen diesen Mann, nimmt sie ihre Siebensachen und geht hinaus.

Auf halbem Weg fällt ihr ein, daß sie vergessen hat, sich die drei Rubel geben zu lassen. Sie bleibt einen Augenblick stehen und denkt nach, dann aber macht sie eine wegwerfende Handbewegung und geht weiter.

Im Sumpf

I

In den großen Hof der Vodkafabrik ›M. J. Rotstein & Erben‹ ritt, sich graziös im Sattel wiegend, ein junger Mann in schneeweißem Offizierskittel. Die Sonne lächelte sorglos auf die Leutnantssternchen, die weißen Birkenstämme und die hier und da im Hof verstreuten Scherbenhaufen. Über alles breitete sich die helle, gesunde Schönheit des Sommertages, und nichts hinderte das saftige junge Grün, lustig zu zittern und dem strahlend blauen Himmel zuzublinzeln. Sogar der Anblick der schmutzigen, rauchgeschwärzten Ziegelschuppen und der beklemmende Fuselgeruch vermochten die allgemeine gute Stimmung nicht zu stören. Der Leutnant sprang fröhlich aus dem Sattel, übergab das Pferd einem herbeilaufenden Mann und schritt, mit dem Finger seinen schmalen Schnurrbart glättend, durch das Eingangsportal. Auf der obersten Stufe der altmodischen, aber hellen und weich federnden Treppe empfing ihn ein Dienstmädchen mit nicht mehr jungem und etwas hochmütigem Gesicht. Der Leutnant überreichte ihr schweigend seine Karte.

Auf dem Weg durch die Zimmerflucht warf das Dienstmädchen einen Blick auf die Karte: »Aleksandr Grigorjevič Sokolskij.« Nach einer Minute kehrte sie zurück und sagte dem Leutnant, die gnädige Frau könne ihn nicht empfangen, sie fühle sich nicht ganz wohl. Sokolskij blickte zur Decke und schob die Unterlippe vor.

»Ärgerlich!« fuhr es ihm heraus. »Hören Sie zu, meine Liebe«, sagte er plötzlich lebhaft, »gehen Sie noch einmal und sagen Sie Susanna Moiseevna, daß ich sie dringend sprechen muß. Dringend! Ich werde sie nur eine Minute in Anspruch nehmen. Sie möchte mich entschuldigen.«

Das Dienstmädchen zuckte mit einer Schulter und ging widerstrebend zu ihrer Herrin.

»Gut!« seufzte sie, als sie kurz darauf zurückkehrte. »Bitte, kommen Sie!«

Der Leutnant folgte ihr durch fünf, sechs große, luxuriös eingerichtete Zimmer, einen Korridor und befand sich schließlich in einem geräumigen quadratischen Zimmer, in dem ihn gleich beim Eintreten die zahlreichen blühenden Gewächse und ein süßlicher, beinahe unerträglich starker Jasminduft überraschten. Die blühenden Pflanzen zogen sich an Spalieren die Wände entlang, verdeckten die Fenster, hingen von der Decke herab, rankten in den Ecken, so daß das Zimmer eher einer Orangerie als einem Wohnraum glich. Meisen, Kanarienvögel und Stieglitze schwirrten zwitschernd durch die grünen Ranken und stießen gegen die Fensterscheiben.

»Verzeihen Sie bitte, daß ich Sie hier empfange!« Der Leutnant hörte eine volle weibliche Stimme, die auf recht angenehme Weise das R hinten im Rachen rollte. »Gestern hatte ich eine Migräne, und damit sie sich heute nicht wiederholt, vermeide ich jede Bewegung. Was wünschen Sie?«

Genau gegenüber dem Eingang, in einem hohen Großvaterstuhl, saß, in ein Kissen zurückgelehnt, eine Frau in einem kostbaren chinesischen Schlafrock und mit umwickeltem Kopf. Unter dem verschlungenen Wolltuch sah man nur die blasse lange Nase, die spitz zulief und einen kleinen Höcker hatte, und ein großes schwarzes Auge. Der weite Schlafrock verhüllte die Figur und die Formen, aber nach der schönen weißen Hand, der Stimme, der Nase und dem Auge zu urteilen, konnte sie höchstens sechsundzwanzig bis achtundzwanzig Jahre alt sein.

»Verzeihen Sie meine Zudringlichkeit ...« begann der Leutnant und klirrte mit den Sporen. »Ich habe die Ehre mich vorzustellen: Sokolskij! Ich komme im Auftrag meines Cousins, Ihres Nachbarn Aleksej Ivanovič Krjukov, der ...«

»Ah, ich weiß!« unterbrach ihn Susanna Moiseevna. »Krjukov kenne ich. Setzen Sie sich, ich habe es nicht gern, wenn vor mir etwas Großes steht.«

»Mein Vetter hat mich gebeten, Sie um eine Gefälligkeit zu ersuchen«, fuhr der Leutnant fort, der nochmals mit den Sporen klirrte und sich setzte. »Die Sache ist die: Ihr verstorbener Herr Vater hat im Winter bei meinem Vetter Hafer gekauft und ist ihm eine geringe Summe schuldig geblieben. Die Frist für den Wechsel läuft erst in einer Woche ab, aber mein Vetter läßt Sie dringend bitten, ob Sie die Schuld nicht heute zurückzahlen können.«

Während der Leutnant sprach, blickte er verstohlen nach allen Seiten.

Das ist hier doch nicht etwa das Schlafzimmer? dachte er.

In der einen Zimmerecke, wo das Grün dichter und höher war, stand unter einem rosaroten Baldachin, der wie ein Beerdigungsbaldachin aussah, ein ungemachtes, zerwühltes Bett. Auf zwei Sesseln lagen Haufen zerknüllter Damenkleidung. Rockenden und Ärmel mit zerknitterten Spitzen und Falbeln hingen auf den Teppich herab, auf dem weiße Zwirnsfäden, zwei, drei Zigarettenstummel und Bonbonpapier verstreut lagen ... Unter dem Bett schauten die runden und eckigen Spitzen einer langen Reihe diverser Morgenschuhe hervor. Und dem Leutnant schien es, als käme der widerlich süße Jasminduft nicht von den Blüten, sondern von dem Bett und von diesen Morgenschuhen.

»Und auf welche Summe ist der Wechsel ausgestellt?« fragte Susanna Moiseevna.

»Zweitausenddreihundert.«

»Oho!« sagte die Jüdin und ließ nun auch ihr anderes großes schwarzes Auge sehen. »Und das nennen Sie eine – geringe Summe! Im Grunde wäre es natürlich gleich, ob man heute oder in einer Woche zahlt, aber ich hatte in diesen zwei Monaten seit dem Tode meines Vaters so viele Ausgaben ... so viel dumme Aufregungen, daß sich mir der Kopf dreht! Ich bitte ergebenst, ich muß ins Ausland reisen und werde gezwungen, mich mit diesem Blödsinn zu befassen. Schnaps, Hafer ...« murmelte sie und deckte ihre Augen wieder halb zu. »Hafer, Wechsel, Prozente, oder wie mein Hauptverwalter sich ausdrückt ›Pruzzente‹ ...

Schrecklich ist das. Gestern habe ich den Steuereinnehmer einfach hinausgeworfen. Geht mir mit seinem Trulles auf die Nerven. Ich sage ihm: Scheren Sie sich zum Teufel mit Ihrem Trulles, ich empfange niemand! Er küßte mir die Hand und ging weg. Hören Sie zu, kann Ihr Vetter nicht noch zwei, drei Monate warten?«

»Eine harte Frage!« Der Leutnant mußte lachen. »Mein Vetter kann noch ein Jahr warten, aber ich kann nicht warten! Ich muß Ihnen nämlich sagen, daß ich mich meinetwegen bemühe. Ich brauche um jeden Preis Geld, und ausgerechnet jetzt hat mein Vetter keinen einzigen Rubel übrig. So muß ich, ob es mir paßt oder nicht, herumreiten und Schulden eintreiben. Ich war gerade bei einem Bauern, einem Pächter, jetzt sitze ich hier bei Ihnen, von hier reite ich noch irgendwohin und so weiter, bis ich fünftausend zusammenhabe. Ich brauche das Geld ganz dringend!«

»Hören Sie auf, wozu braucht ein junger Mann Geld? Mutwille, Kapricen. Haben Sie ein leichtes Leben geführt, haben Sie Spielschulden, wollen Sie heiraten?«

»Sie haben es erraten!« sagte lachend der Leutnant, der sich ein wenig erhob und mit den Sporen klirrte. »So ist es, ich will heiraten ...«

Susanna Moiseevna sah ihren Besucher durchdringend an, machte ein saures Gesicht und seufzte.

»Ich begreife nicht, was die Leute am Heiraten finden«, sagte sie und tastete nach ihrem Taschentuch. »Das Leben ist so kurz, man hat so wenig Freiheit, sie aber binden sich noch fester.«

»Jeder hat seine eigenen Ansichten ...«

»Jaja, natürlich, jeder hat seine eigenen Ansichten ... Aber hören Sie mal, heiraten Sie etwa ein armes Mädchen? Aus leidenschaftlicher Liebe? Und warum brauchen Sie unbedingt fünftausend, warum nicht vier oder drei?«

Hat die aber ein Mundwerk! dachte der Leutnant und erwiderte:

»Die Geschichte ist die, laut Gesetz darf ein Offizier erst ab achtundzwanzig Jahren heiraten. Wenn man vorher heiraten will, muß man entweder den Dienst quittieren oder fünftausend Rubel Kaution hinterlegen.«

»Aha, jetzt verstehe ich. Hören Sie, Sie sagten da eben, jeder habe seine eigenen Ansichten ... Vielleicht ist Ihre Braut etwas ganz Besonderes, etwas Bedeutendes, aber ... ich verstehe einfach nicht, wie ein anständiger Mensch mit einer Frau zusammenleben kann. Schlagen Sie mich tot, ich verstehe es nicht. Ich lebe nun bereits, Gott sei's gedankt, meine siebenundzwanzig Jahre, aber noch kein einziges Mal in meinem Leben habe ich eine irgendwie erträgliche Frau gesehen. Alle eingebildet, unmoralisch, verlogen ... Ich dulde hier bei mir nur Dienstmädchen und Köchinnen, die sogenannten anständigen Frauen halte ich mir einen Kanonenschuß weit vom Leib. Und Gott sei Dank, sie hassen mich auch und kommen gar nicht erst angekrochen. Wenn eine Geld braucht, schickt sie ihren Mann, selbst kommt sie auf gar keinen Fall, nicht etwa aus Stolz, nein, einfach aus Feigheit, sie fürchtet, ich könnte ihr eine Szene machen. Ach, ich verstehe sehr wohl, warum sie mich hassen! Wie sollte es anders sein! Ich ziehe alles ans Tageslicht, was sie nach Kräften vor Gott und den Menschen zu verheimlichen suchen. Wie sollten sie mich nicht hassen? Sicher hat man Ihnen über mich schon wer weiß was erzählt...«

»Ich bin erst so kurze Zeit hier, daß...«

»Aber, aber, aber ... ich sehe es Ihnen an den Augen an! Hat Ihnen etwa die Frau Ihres Vetters nichts auf den Weg mitgegeben? Einen so jungen Mann zu einer so furchtbaren Frau lassen und ihn nicht warnen – ist denn so etwas möglich? Hahaha ... Aber sagen Sie mal, wie geht es denn Ihrem Vetter? Ein feiner Mann und so hübsch ... Ich habe ihn mehrmals beim Gottesdienst gesehen. Was schauen Sie mich so an? Ich gehe sehr oft in die Kirche! Es gibt für alle nur einen Gott. Ja, für den gebildeten Menschen ist nicht das Äußere wichtig, sondern die Idee ... Nicht wahr?«

»Ja, natürlich ...« Der Leutnant lächelte.

»Ja, die Idee ... Sie sind Ihrem Vetter aber gar nicht ähnlich. Sie sind auch hübsch, aber Ihr Vetter ist viel hübscher, wie wenig Ähnlichkeit!«

»Sehr einfach: wir sind auch nur entfernt verwandt.«

»Ja, richtig. Sie brauchen das Geld also unbedingt heute? Warum heute?«

»In den nächsten Tagen geht mein Urlaub zu Ende.«

»Was soll ich nun bloß mit Ihnen machen!« Susanna Moiseevna seufzte. »Es muß eben sein, ich gebe Ihnen das Geld, obwohl ich weiß, daß Sie nachher auf mich schimpfen werden. Sie werden sich nach der Hochzeit mit Ihrer Frau verzanken, und dann heißt es: ›Hätte diese lumpige Jüdin mir kein Geld gegeben, dann wäre ich jetzt vielleicht frei wie ein Vogel!‹ Sieht Ihre Braut gut aus?«

»Ja, das tut sie...«

»Hm...! Immerhin etwas, wenigstens Schönheit, besser als nichts. Im übrigen kann eine Frau dem Mann mit keiner Schönheit entgelten, daß sie innerlich leer ist.«

»Das ist originell«, sagte der Leutnant lachend. »Sie sind selbst eine Frau, und dann dieser Frauenhaß!«

»Ich eine Frau...« Susanna lachte höhnisch. »Bin ich etwa schuld daran, daß Gott mir diese Hülle gegeben hat? Daran bin ich ebensowenig schuld, wie Sie daran schuld sind, daß Sie einen Schnurrbart haben. Die Wahl des Futterals hängt nicht von der Geige ab. Ich liebe mich selbst sehr, aber wenn man mich daran erinnert, daß ich eine Frau bin, so fange ich an, mich zu hassen. Aber nun gehen Sie mal hinaus, ich will mich ankleiden. Warten Sie im Empfangszimmer auf mich.«

Der Leutnant ging hinaus und holte erst einmal tief Luft, um den schweren Jasminduft loszuwerden, von dem ihm schwindelig wurde und der Hals zu kratzen begann. Er war überrascht.

Eine merkwürdige Frau! dachte er, während er sich umschaute. Spricht vernünftig, aber... reichlich viel und allzu offenherzig. Sicher eine Psychopathin.

Das Empfangszimmer, in dem er jetzt stand, war komfortabel eingerichtet, mit einer Prätention auf Luxus und Mode. Er sah dunkle Bronzeschalen mit Reliefs, Tische mit eingelegten Ansichten von Nizza und vom Rhein, alte Wandleuchter, japanische Statuetten, aber dieser ganze Hang zu Luxus und Mode bildete nur einen schwachen Kontrast zu der schreienden Geschmacklosigkeit, die unbarmherzig aus allem sprach – den vergoldeten Gesimsen, den geblümten Tapeten, den grellbunten Samttischdecken und den schlechten Öldrucken in ihren schweren Rahmen. Dieser Eindruck von Geschmacklosigkeit verstärkte sich noch, weil alles unvollständig und in unnötiger Weise überladen wirkte. Überall schien etwas zu fehlen, und zugleich hätte man vieles hinauswerfen müssen. Man merkte der ganzen Einrichtung an: sie war nicht auf einmal, sondern Stück für Stück angeschafft worden, wenn sich günstige Gelegenheiten zum Ankauf geboten hatten.

Der Leutnant besaß weiß Gott keinen sonderlich entwickelten Geschmack, aber auch er spürte, daß diese ganze Einrichtung eine besondere Note hatte, die sich weder durch Luxus noch durch Mode verbergen ließ: nirgends sah man Spuren von dem Wirken besorgter Hausfrauenhände, die bekanntlich einer Zimmereinrichtung erst ihre Wärme, Poesie und Gemütlichkeit geben. Hier herrschte eine Kälte wie in Wartesälen, Klubräumen und Theaterfoyers.

Etwas spezifisch Jüdisches gab es in diesem Zimmer fast überhaupt nicht, außer vielleicht dem großen Gemälde, das die Aussöhnung von Jakob und Esau darstellte. Der Leutnant schaute sich nach allen Seiten um und dachte achselzuckend über seine seltsame neue Bekannte nach, über ihre Ungezwungenheit und ihre Art zu reden, doch da öffnete sich die Tür, und auf der Schwelle erschien sie selbst, schlank, in langem schwarzem Kleid, mit stark geschnürter, wie gemeißelter Taille. Jetzt sah der Leutnant nicht mehr nur die Nase und die Augen, sondern auch das helle, schmalgeschnittene Gesicht und die kurzen schwarzen Löckchen auf dem Kopf. Sie gefiel ihm nicht, obwohl er sie nicht unschön fand. Er hatte gegen nichtrussische Gesichter überhaupt ein Vorurteil, hier aber fiel ihm obendrein auf, daß das weiße Gesicht der Hausherrin, dessen Farbe ihn irgendwie an den betäubend süßen Jasminduft erinnerte, so gar nicht zu ihren schwarzen Löckchen und den dichten Brauen paßte und daß die Ohren und die Nase erstaunlich blaß wirkten, als wären sie tot oder aus durchsichtigem Wachs geformt. Beim Lächeln zeigte sie nicht nur die Zähne, sondern auch das bleiche Zahnfleisch, was ihm ebenfalls nicht gefiel.

Bleichsucht... dachte er. Sicher nervös wie eine Pute.

»Da bin ich! Kommen Sie mit!« sagte sie und ging eilig voran. Unterwegs zupfte sie von den Pflanzen gelb gewordene Blätter ab. »Jetzt gebe ich Ihnen das Geld, und wenn es Ihnen recht ist, lade ich Sie dann zum Frühstück ein. Zweitausenddreihundert Rubel! Nach so einem Geschäft werden Sie Appetit haben. Gefallen Ihnen meine Räume? Die Frauen von hier sagen, es rieche bei mir nach Knoblauch. Ihr ganzer Scharfsinn erschöpft sich in diesem Küchenwitz. Ich beeile mich, Ihnen zu versichern, daß ich nicht einmal im Keller Knoblauch habe; als einmal ein Doktor, der nach Knoblauch roch, bei mir Visite machte, ersuchte ich ihn, seinen Hut zu nehmen und seine Wohlgerüche anderswo zu verbreiten. Es riecht bei mir nicht nach Knoblauch, sondern nach Arzneien. Mein Vater lag nach seinem Schlaganfall anderthalb Jahre gelähmt und hat das ganze Haus mit dem Geruch seiner Arzneien verpestet. Anderthalb Jahre! Es tut mir leid um ihn, aber ich bin froh, daß er gestorben ist: er hat so gelitten!«

Sie führte den Offizier durch zwei Zimmer, die dem Empfangszimmer glichen, und durch einen großen, saalartigen Raum in ihr Arbeitszimmer, wo ein kleiner, ganz mit Nippsachen vollgestellter Damenschreibtisch stand. Neben dem Schreibtisch lagen mehrere aufgeschlagene Bücher umgedreht auf dem Teppich. Durch eine kleine Tür des Arbeitszimmers sah man einen Tisch, der für das Frühstück gedeckt war.

Ohne in ihrem Geplauder innezuhalten, zog Susanna ein Bund kleiner Schlüssel aus der Tasche und schloß einen seltsamen Sekretär mit gebogenem, schrägem Deckel auf. Als der Deckel sich hob, gab der Sekretär einen kläglich singenden Ton von sich, der den Leutnant an eine Äolsharfe erinnerte. Susanna suchte noch einen anderen Schlüssel heraus und ließ ein zweites Schloß aufschnappen.

»Hier gibt es unterirdische Gänge und Geheimtüren«, sagte sie und nahm eine kleine Tasche aus Saffianleder heraus. »Ein amüsanter Sekretär, nicht wahr? In dieser Tasche steckt ein Viertel meines Vermögens. Schauen Sie mal, wie dick sie ist! Sie werden mich doch nicht erwürgen?«

Susanna hob ihre Augen zu dem Leutnant und lachte gutmütig. Der Leutnant lachte auch.

Eine prächtige Frau! dachte er, während er zusah, wie die Schlüssel flink durch ihre Finger glitten.

»Da ist er!« sagte sie. Sie hatte das Schlüsselchen für die Tasche gefunden. »Nun, Herr Gläubiger, bitte den Wechsel präsentiert! Wirklich, was für ein Blödsinn ist das Geld! Was für eine Belanglosigkeit, und doch, wie haben die Frauen es gern! Wissen Sie, ich bin Jüdin durch und durch, ich liebe die Schmuls und Jankiels grenzenlos, aber was mir an unserem semitischen Blut mißfällt, das ist die Gewinnsucht. Da häufen sie eins aufs' andere und wissen nicht, wozu. Man muß leben und das Leben genießen, sie jedoch zittern um jede lumpige Kopeke. In dieser Hinsicht bin ich eher ein Husar als ein Schmul. Ich mag es nicht, wenn das Geld lange an einem Ort liegt. Und überhaupt habe ich, wie mir scheint, wenig von einer Jüdin; was meinen Sie, verrät mich mein Akzent sehr?«

»Was soll ich Ihnen sagen?« stotterte der Leutnant. »Sie sprechen rein, aber mit einem Rachen-r.«

Susanna lachte auf und steckte das Schlüsselchen in das Schloß der Tasche. Der Leutnant zog einen Packen Wechsel aus der Rocktasche und legte ihn zusammen mit dem Notizbuch auf den Tisch.

»Nichts verrät den Juden so sehr wie sein Akzent«, fuhr Susanna fort und schaute den Leutnant fröhlich an. »Er kann sich noch so große Mühe geben und den Russen oder Franzosen spielen, lassen Sie ihn nur mal das Wort puch aussprechen, da sagt er ihnen: pächchch ... Ich spreche es richtig: puch! puch! puch!«

Beide mußten lachen.

Bei Gott, eine prächtige Frau! dachte Sokolskij.

Susanna legte die Tasche auf den Stuhl, trat einen Schritt auf den Leutnant zu, näherte ihr Gesicht dem seinen und fuhr fröhlich fort:

»Nach den Juden liebe ich niemand so sehr wie die Russen und die Franzosen. Ich war im Gymnasium eine schlechte Schülerin und verstehe von Geschichte nichts, aber mir scheint, das Schicksal der Erde liegt in den Händen dieser beiden Völker. Ich habe lange im Ausland gelebt ... sogar in Madrid habe ich ein halbes Jahr zugebracht ... ich habe mir die Menschen genau angesehen und bin zu der Ansicht gekommen, daß es außer den Russen und Franzosen kein einziges anständiges Volk gibt ... Nehmen Sie die Sprachen ... Deutsch – eine Pferdesprache, Englisch – etwas Blöderes kann man sich nicht vorstellen: faitj – fitj – fuitj! Das Italienische hört sich nur gut an, wenn man es langsam spricht; schnattern die Italienerinnen aber los, klingt es wie jiddischer Jargon. Und die Polen? Herr du mein Gott! Etwas Abscheulicheres gibt es gar nicht! Ne pepschi, Petsche, pepschem, wepscha, bo moshesch pschepepschits wepscha pepschem. Das heißt: Pfeffere nicht das Ferkel mit Pfeffer, Peter, denn du kannst das Ferkel mit Pfeffer überpfeffern. Hahaha!«

Susanna Moiseevna verdrehte die Augen, und ihr gutmütiges Lachen wirkte so ansteckend, daß auch der Leutnant, der sie immerzu anschaute, ein lautes und lustiges Gelächter anstimmte. Sie faßte ihren Besucher an einen Jackenknopf und fuhr fort:

»Sie lieben natürlich die Juden nicht... Ich streite es nicht ab, sie haben viele Fehler, wie jede Nation. Aber sind etwa die Juden daran schuld? Nein, nicht die Juden sind schuld, sondern die Jüdinnen! Sie sind beschränkt, gierig, ohne jede Poesie, langweilig... Sie haben noch nie mit einer Jüdin zusammengelebt und wissen nicht, wie reizend das ist!«

Die letzten Worte sprach Susanna Moiseevna gedehnt und ohne die vorherige Begeisterung. Sie verstummte, als wäre sie über die eigene Offenherzigkeit erschrocken; etwas Merkwürdiges, Unerklärliches entstellte plötzlich ihre Züge. Sie starrte den Leutnant unverwandt an, ihre Lippen öffneten sich und entblößten die fest zusammengepreßten Zähne. Über ihr Gesicht, den Hals und die Brust fuhr zitternd ein böser, katzenhafter Ausdruck. Ohne den Blick von dem Leutnant zu wenden, beugte sie sich zur Seite und riß blitzschnell, wie eine Katze, etwas vom Tisch. Alles war das Werk von Sekunden. Der Leutnant, der ihre Bewegungen verfolgte, sah, wie ihre Finger die Wechsel zusammenknüllten, wie das weiße raschelnde Papier an seinen Augen vorbeihuschte und in ihrer geballten Faust verschwand. Dieser plötzliche, ungewöhnliche Übergang vom gutmütigen Lachen zum Verbrechen kam für ihn so überraschend, daß er erbleichte und einen Schritt zurücktrat...

Sie aber fuhr sich, ohne ihren erschrockenen, forschenden Blick von dem Leutnant zu wenden, mit der Faust über die Hüfte und tastete nach ihrer Tasche. Krampfhaft zuckend wie ein gefangener Fisch, glitt die Faust um die Tasche herum und konnte den Schlitz nicht finden. Noch einen Augenblick, und die Wechsel waren in den Schlupfwinkeln des Frauenkleides verschwunden. Doch da schrie der Leutnant leise auf und packte, mehr einer instinktiven Eingebung als vernünftiger Überlegung folgend, den Arm der Jüdin beim Handgelenk. Sie versuchte sich mit aller Kraft zu befreien, wobei sie ihre Zähne noch mehr entblößte, und riß den Arm aus der Umklammerung. Da umfaßte Sokolskij mit dem einen Arm ihre Taille und mit dem anderen ihren Rücken. Es begann ein Zweikampf. Da er fürchtete, ihre Gefühle als Frau zu verletzen und ihr weh zu tun, bemühte er sich nur, ihr keine Bewegungsfreiheit zu lassen und die Faust mit den Wechseln zu packen, sie aber wand sich mit ihrem geschmeidigen, biegsamen Körper in seinen Armen wie ein Aal, versuchte sich loszureißen, stieß ihn mit den Ellenbogen gegen die Brust, kratzte, so daß seine Hände notgedrungen über ihren ganzen Körper glitten, ihr Schmerz zufügten und ihr Schamgefühl verletzten.

Wie ungewöhnlich das ist! Wie merkwürdig! dachte er außer sich vor Überraschung. Er konnte das alles noch nicht fassen und fühlte zugleich mit seinem ganzen Wesen, wie der Jasminduft seine Sinne benebelte.

Schweigend, heftig atmend, gegen die Möbel stoßend, taumelten sie durch das Zimmer. Susanna gab sich ganz dem Kampf hin. Ihr Gesicht war gerötet, die Augen hielt sie geschlossen, und einmal drückte sie sogar unbewußt ihr Gesicht an das Gesicht des Leunants, so daß ein süßlicher Geschmack auf seinen Lippen zurückblieb. Endlich bekam er ihre Faust zu fassen ... Er bog ihre Finger auseinander, fand aber keine Wechsel darin und ließ die Jüdin los. Hochrot, mit zerzausten Haaren und schwer atmend schauten sie einander an. An die Stelle des katzenhaften Ausdrucks im Gesicht der Jüdin trat nach und nach wieder das gutmütige Lächeln. Sie begann laut zu lachen, machte auf einem Bein kehrt und ging in das Zimmer, wo das Frühstück bereitstand. Der Leutnant trottete hinter ihr her. Sie nahm an dem Tisch Platz und trank, immer noch hochrot und schwer atmend, ein halbes Glas Portwein.

»Hören Sie«, brach der Leutnant das Schweigen, »ich hoffe, das ist ein Scherz.«

»Nicht im geringsten«, antwortete sie und steckte ein Stückchen Brot in den Mund.

»Hm ...! Wie darf ich das verstehen?«

»Wie Sie wollen. Setzen Sie sich und frühstücken Sie.«

»Aber ... Das ist doch unehrlich!«

»Vielleicht. Übrigens sparen Sie sich die Mühe, mir eine Predigt zu halten. Ich habe eben meine eigenen Ansichten von den Dingen.«

»Sie geben sie nicht heraus?«

»Natürlich nicht! Wären Sie ein armer, unglückseliger Mensch, der nichts zu essen hat, läge die Sache anders, aber so – heiraten möchte er!«

»Aber das Geld gehört doch nicht mir, sondern meinem Vetter!«

»Und wozu braucht Ihr Vetter Geld? Damit er seine Frau modisch herausputzt? Mir ist es völlig egal, ob Ihre belle sœur Kleider hat oder nicht.«

Der Leutnant war sich schon nicht mehr dessen bewußt, daß er sich in einem fremden Haus, bei einer unbekannten Dame befand, und setzte sich über alle Anstandsregeln hinweg. Er schritt im Zimmer auf und ab, runzelte die Stirn und fingerte an seiner Weste herum. Da die Jüdin durch ihre ehrlose Handlungsweise in seinen Augen tief gesunken war, fühlte er sich mutiger und ungezwungener.

»Weiß der Teufel, was das bedeuten soll!« murmelte er. »Hören Sie, ich werde von hier nicht fortgehen, ehe ich nicht die Wechsel wiederhabe.«

»Ach, um so besser!« sagte Susanna lachend. »Sie können auch hier wohnen, da wird es für mich lustiger sein.«

Der von dem Zweikampf erhitzte Leutnant schaute auf das lachende, freche Gesicht Susannas, ihren kauenden Mund und ihre heftig atmende Brust und wurde kühner und verwegener. Statt an die Wechsel zu denken, fielen ihm die Erzählungen seines Vetters von den erotischen Abenteuern der Jüdin und von ihrem freien Leben ein, und diese Erinnerungen stachelten seine Kühnheit nur noch mehr an. Mit einer plötzlichen Bewegung nahm er neben der Jüdin Platz und begann zu essen, ohne weiter an die Wechsel zu denken.

»Vodka oder Wein?« fragte Susanna lachend. »Sie bleiben also hier, um auf die Wechsel zu warten? Armer Kerl, wie viele Tage und Nächte werden Sie in Erwartung Ihrer Wechsel bei mir verbringen müssen! Wird Ihre Braut nicht böse sein?«

II

Es waren fünf Stunden vergangen. Der Vetter des Leutnants, Aleksej Ivanovič Krjukov, ging in Schlafrock und Pantoffeln durch die Zimmer seines Gutshauses und schaute ungeduldig zum Fenster hinaus. Er war ein hochgewachsener, kräftiger Mann mit einem großen schwarzen Bart, männlichen Gesichtszügen und, wie die Jüdin richtig bemerkt hatte, wirklich hübsch, obwohl er bereits in die Jahre gekommen war, in denen die Männer reichlich stark und breit werden und ihre Haare sich zu lichten beginnen. Was seine Geistesverfassung und seine Verstandeskräfte anlangte, gehörte er zu den Naturen, von denen es in unserer Intelligenz so viele gibt: Er war gutmütig, offenherzig, gut erzogen, aufgeschlossen für Wissenschaft, Kunst und Religion, von höchst ritterlichen Ehrbegriffen, zugleich aber träge und alles andere als tief. Er liebte es, gut zu essen und zu trinken, spielte blendend Whint, hatte Geschmack an Frauen und Pferden, war jedoch im übrigen unbeweglich und schwerfällig wie eine Robbe. Um ihn aus der Ruhe zu bringen, mußte schon etwas Außergewöhnliches geschehen, etwas, was ihn über alle Maßen empörte; dann allerdings vergaß er alles auf der Welt und wurde plötzlich äußerst beweglich: Er schrie, er werde sich duellieren, schrieb seitenlange Gesuche an den Minister, galoppierte in wilder Jagd durch den ganzen Bezirk, brachte den ›Schurken‹ in der Öffentlichkeit ins Gerede, prozessierte und so weiter.

»Wie kommt es nur, daß unser Saša noch immer nicht zurück ist?« fragte er, aus dem Fenster schauend, seine Frau. »Es ist längst Zeit zum Essen!«

Die Krjukovs warteten auf den Leutnant bis sechs Uhr und setzten sich dann zu Tisch. Als es immer später wurde und die Zeit zum Abendessen heranrückte, horchte Aleksej Ivanovič auf jeden Schritt, auf jedes Türenklappern und zuckte die Achseln.

»Seltsam!« sagte er. »Der Nichtsnutz von Fähnrich muß beim Pächter hängengeblieben sein.«

Als Krjukov nach dem Abendessen zu Bett ging, war er fest davon überzeugt, daß der Leutnant bei dem Pächter eingekehrt war und nach einer tüchtigen Sauferei dort übernachtete.

Aleksandr Grigorjevič kehrte am nächsten Morgen heim. Er machte einen äußerst verwirrten und zerknitterten Eindruck.

»Ich muß mit dir unter vier Augen sprechen...« sagte er geheimnisvoll zu seinem Vetter.

Sie gingen ins Arbeitszimmer. Der Leutnant verriegelte die Tür und schritt, ehe er zu reden begann, lange aus einer Ecke in die andere.

»Es ist etwas passiert, Bruder«, begann er. »Ich weiß gar nicht, wie ich es dir sagen soll. Du wirst es mir nicht glauben...«

Stotternd, errötend, ohne seinen Vetter anzusehen, erzählte er die Geschichte mit den Wechseln. Krjukov stand breitbeinig da, mit gesenktem Kopf, hörte zu und runzelte die Stirn.

»Du scherzt doch wohl?« fragte er.

»Was, zum Teufel, gibt es da zu scherzen! Es ist wirklich kein Scherz!«

»Das verstehe ich nicht!« murmelte Krjukov, der rot anlief und die Arme ausbreitete. »Das ist von dir sogar ... unmoralisch. Das Weibsstück macht vor deinen Augen weiß der Teufel was, sie handelt niederträchtig, ja kriminell, und du fängst an, dich mit ihr zu küssen!«

»Aber ich weiß doch selbst nicht, wie das gekommen ist!« flüsterte der Leutnant, schuldbewußt mit den Augen blinzelnd. »Ehrenwort, es ist mir unbegreiflich! Noch nie im Leben ist mir ein solches Ungeheuer über den Weg gelaufen! Sie macht es nicht mit Schönheit oder mit Klugheit, sondern mit Frechheit, verstehst du, mit Zynismus ...«

»Mit Frechheit, mit Zynismus ... Eine saubere Geschichte! Wenn du so auf Zynismus und Frechheit aus bist, solltest du dir so ein Weibsstück aus der Gosse holen und dann mach, was du willst! Das ist wenigstens billiger, aber so – zweitausenddreihundert Rubel!«

»Wie gepflegt du dich ausdrückst!« Der Leutnant machte ein finsteres Gesicht. »Ich gebe dir die zweitausenddreihundert zurück!«

»Weiß ich, daß du sie mir zurückgibst, aber geht es denn hier um das Geld? Zum Teufel mit dem Geld! Daß du ein schlapper Kerl bist, ein Waschlappen – das empört mich ... dieser verdammte Kleinmut! Ist verlobt! Hat eine Braut!«

»Erinnere mich nicht daran ...« sagte der Leutnant errötend. »Ich komme mir ja selbst ekelhaft vor. In die Erde könnte ich versinken ... Wie ärgerlich und abscheulich, daß man jetzt wegen der fünftausend die Tante angehen muß ...«

Krjukov schimpfte und wütete noch lange. Endlich beruhigte er sich, setzte sich aufs Sofa und begann sich über seinen Vetter lustig zu machen.

»Die Leutnants!« sagte er, und in seiner Stimme lag verächtliche Ironie. »Wollen verlobt sein!«

Plötzlich sprang er hoch, als hätte ihn etwas gestochen, stampfte mit dem Fuß auf und rannte im Arbeitszimmer hin und her.

»Nein, das geht mir nicht so durch«, sagte er und schüttelte die Faust. »Die Wechsel kriege ich wieder! Verlaß dich drauf! Der heiz ich tüchtig ein! Man soll Frauen nicht prügeln, die aber schlag ich zum Krüppel ... nicht einmal ein nasser Fleck wird von ihr übrigbleiben! Ich bin nicht so ein Leutnant! Mich betört man nicht mit Zynismus und Frechheit! Neiiin, zum Teufel mit ihr! Miška«, schrie er, »los, sag Bescheid, sie sollen die Renndroschke anspannen!«

Krjukov kleidete sich eilends um, stieg, ohne auf den erregten Leutnant zu hören, in die Renndroschke, schwenkte entschlossen den Arm und brauste ab zu Susanna Moiseevna. Der Leutnant sah vom Fenster aus noch lange der Staubwolke nach, die hinter der Droschke aufwirbelte. Er reckte die Arme, gähnte und ging auf sein Zimmer. Eine Viertelstunde später lag er bereits in tiefem Schlaf.

Um sechs Uhr wurde er geweckt. Man bat ihn zu Tisch.

»Das ist wirklich nett von Aleksej«, sagte die Schwägerin, die ihn im Eßzimmer begrüßte. »Läßt einen mit dem Essen warten!«

»Ist er denn noch nicht zurück?« fragte gähnend der Leutnant. »Hm ... vielleicht ist er zum Pächter gefahren.«

Aber auch zum Abendessen kehrte Aleksej Ivanovič nicht zurück. Seine Frau und Sokolskij kamen zu dem Schluß, daß er beim Pächter Karten spielte und höchstwahrscheinlich dort übernachten würde. Es verhielt sich jedoch keineswegs so, wie sie annahmen.

Krjukov kam am nächsten Morgen nach Hause und verschwand, ohne jemanden zu begrüßen und ohne ein Wort zu sagen, in seinem Arbeitszimmer.

»Na, was ist?« flüsterte der Leutnant und sah ihn mit großen Augen an.

Krjukov winkte ab und lachte lautlos in sich hinein.

»Was ist los? Was lachst du?«

Krjukov warf sich aufs Sofa, vergrub den Kopf in ein Kissen und schüttelte sich vor Lachen. Kurz darauf erhob er sich, blickte mit vor Lachen tränenden Augen den Leutnant an und sagte:

»Mach mal die Tür zu. Na, ein Weiiib ist das, kann ich dir sagen!«

»Hast du die Wechsel bekommen?«

Krjukov winkte ab und begann wieder laut zu lachen.

»Ein Weib ist das!« fuhr er fort. »Merci, Bruder, für diese Bekanntschaft! Ein Teufel in Röcken ist das! Ich komme hin, gehe hinein, weißt du, wie Jupiter – ich fürchtete mich vor mir selber... finsteres Gesicht, gerunzelte Stirn, sogar die Fäuste hatte ich geballt, um äußerst gewichtig zu wirken. ›Meine Dame‹, sage ich, ›ich lasse nicht mit mir spaßen.‹ Und so weiter in diesem Ton. Ich drohte mit dem Gericht und mit dem Gouverneur... Sie fing zunächst an zu weinen und sagte, sie habe sich mit dir einen Scherz erlaubt; sie führte mich sogar zu dem Sekretär, um das Geld zurückzugeben. Dann begann sie mir klarzumachen, daß die Zukunft Europas in den Händen der Russen und Franzosen liege, und schimpfte über die Frauen... Ich war wie du ganz Ohr, ich Esel... Sie sang ein Loblied auf meine Schönheit und befühlte meinen Arm oben an der Schulter, um zu sehen, wie stark ich bin, und... und... Wie du siehst, bin ich erst jetzt von ihr weggegangen... Haha... Von dir ist sie begeistert!«

»Du bist mir der Richtige!« sagte der Leutnant lachend. »Ein Ehemann, eine angesehene Persönlichkeit... Na, schämst du dich nicht? Ist es dir nicht widerlich? Aber ganz im Ernst, Bruder, ihr habt euch in eurem Bezirk eine wahre Königin Tamara zugelegt...«

»Was Teufel, in unserem Bezirk? In ganz Rußland wirst du ein solches Chamäleon vergebens suchen! So etwas habe ich zeit meines Lebens noch nicht gesehn, und bin ich auf dem Gebiet etwa kein Kenner? Mit Hexen bin ich, wie mir scheint, schon zusammengekommen, aber so etwas habe ich noch nicht gesehen. Wie du sagst, sie schafft es mit Frechheit und Zynismus. Was sie anziehend macht, sind diese plötzlichen Übergänge, dieses Spiel der Farben, diese gottverdammte Wendigkeit... Brr! Die Wechsel sind futsch. Auf Nimmerwiedersehn. Wir beide sind große Sünder, teilen wir uns den Schaden. Ich berechne dir nicht zweitausenddreihundert, sondern nur die halbe Summe. Halt mal, meiner Frau sagst du, ich sei bei dem Pächter gewesen.«

Krjukov und der Leutnant vergruben beide das Gesicht in die Kissen und wollten sich ausschütten vor Lachen. Sie hoben den Kopf, sahen einander an und ließen sich wieder in die Kissen fallen.

»Diese Verlobten!« stichelte Krjukov. »Diese Leutnants!«

»Diese Ehemänner!« gab der Leutnant zurück. »Angesehene Persönlichkeiten! Familienväter!«

Beim Mittagessen sprachen sie in Andeutungen, blinzelten einander zu und prusteten zur Verwunderung der Diener fortwährend in ihre Servietten. Noch immer in gehobener Stimmung, verkleideten sie sich nach dem Essen als Türken und führten den Kindern, mit dem Gewehr hintereinander herjagend, ein Kriegsspiel vor. Abends debattierten sie lange. Der Leutnant suchte zu beweisen, daß es gemein und niedrig sei, eine Frau mit Mitgift zu heiraten, sogar im Falle gegenseitiger leidenschaftlicher Liebe. Krjukov hingegen hämmerte mit den Fäusten auf den Tisch und sagte, das sei absurd, ein Mann, der nicht wünsche, daß die Ehefrau Eigentum besitze, sei ein Egoist und Despot. Beide schrien in hitziger Erregung aufeinander ein, redeten aneinander vorbei, tranken enorme Mengen und verzogen sich schließlich, die Schöße der Hausröcke anhebend, jeder in sein Schlafzimmer. Schon nach kurzer Zeit waren sie fest eingeschlafen.

Das Leben ging weiter wie vorher – gleichmäßig, träge, unbekümmert. Schatten bedeckten die Erde, in den Wolken grollte der Donner, und ab und zu heulte der Wind so jämmerlich, als wolle er zeigen, daß auch die Natur weinen kann, aber nichts störte die gewohnte Ruhe dieser Menschen. Von Susanna Moiseevna und den Wechseln sprachen sie nicht. Beiden war es irgendwie peinlich, über diese Geschichte laut zu reden. Statt dessen schwelgten sie in Erinnerungen, und alles kam ihnen vor wie eine amüsante Farce, die das Leben ganz zufällig und unerwartet mit ihnen gespielt hatte und an die sie auf ihre alten Tage mit Vergnügen zurückdenken würden...

Am sechsten oder siebenten Tag nach dem Zusammentreffen mit der Jüdin saß Krjukov in seinem Arbeitszimmer und schrieb einen Gratulationsbrief an die Tante. Vor dem Schreibtisch ging Aleksandr Grigorjevič schweigend auf und ab. Der Leutnant hatte die Nacht schlecht geschlafen, war in miserabler Stimmung aufgewacht und langweilte sich jetzt. Er ging auf und ab und dachte an das Ende seines Urlaubs, an seine wartende Braut und daran, wie öde es für einen Menschen sein müsse, zeitlebens auf dem Lande zu wohnen. Er trat ans Fenster, schaute die Bäume an, rauchte nacheinander drei Zigaretten und drehte sich plötzlich zu seinem Vetter um.

»Ich habe eine Bitte an dich, Alëša«, sagte er. »Leih mir doch für heute ein Reitpferd...«

Krjukov sah ihn durchdringend an, runzelte die Stirn und schrieb weiter.

»Du gibst es mir also?« fragte der Leutnant.

Krjukov sah ihn noch einmal an, zog dann langsam die Schreibtischschublade auf, nahm einen großen Packen Scheine heraus und gab sie dem Vetter.

»Hier hast du die fünftausend ...« sagte er. »Sie gehören zwar nicht mir, aber Gott steh dir bei, es macht mir nichts aus. Ich gebe dir einen guten Rat: bestell dir sofort Postpferde und fahr ab. Wirklich!«

Nun sah der Leutnant Krjukov durchdringend an und begann plötzlich zu lachen.

»Du hast es erraten, Alëša«, sagte er und wurde rot. »Ich wollte tatsächlich zu ihr reiten. Als mir gestern die Wäscherin diese verdammte Jacke gab, die ich damals anhatte, und als ich diesen Jasminduft roch, da ... hat es mich wieder gepackt.«

»Du mußt weg von hier.«

»Ja, wirklich. Übrigens ist der Urlaub ja auch schon zu Ende. Wirklich, ich werde heute abreisen! Bei Gott! Solange man lebt, immer muß man abreisen ... Ich reise!«

Noch am gleichen Tag, vor dem Mittagessen, wurden die Postpferde gebracht; der Leutnant verabschiedete sich von Krjukov und fuhr, von guten Wünschen begleitet, los.

Eine weitere Woche verstrich. Es war ein trüber, aber schwüler Tag. Krjukov war vom frühen Morgen an planlos durch die Zimmer gewandert, hatte aus dem Fenster geschaut und die ihm längst langweilig gewordenen Alben durchgeblättert. Wenn seine Frau oder die Kinder ihm vor die Augen kamen, begann er böse zu knurren. Ihm kam es an diesem Tag so vor, als wäre das Betragen der Kinder unausstehlich, als kümmerte sich seine Frau mangelhaft um die Beaufsichtigung des Dienstpersonals, als stünden die Ausgaben im Mißverhältnis zu den Einnahmen. Alles das besagte, daß ›der Herr‹ schlecht gelaunt war.

Nach dem Mittagessen befahl Krjukov, dem weder die Suppe noch der Braten geschmeckt hatte, die Renndroschke anzuspannen. Er fuhr langsam vom Hof und ließ das Pferd noch eine viertel Verst im Schritt gehen. Dann machte er halt.

Sollte ich wirklich zu dieser ... zu diesem Teufel fahren? dachte er und schaute auf den wolkenverhangenen Himmel.

Und Krjukov mußte sogar lachen, als hätte er sich die Frage an diesem ganzen Tag das erstemal vorgelegt. Plötzlich war ihm leicht ums Herz, und seine trägen Augen funkelten vergnügt. Er hieb auf das Pferd ein ...

Während der Fahrt malte er sich in der Phantasie aus, wie die Jüdin über seine Ankunft staunen würde und wie er scherzen, plaudern und angeregt heimkehren würde...

Einmal im Monat muß man sich mit etwas nicht Alltäglichem ermuntern, sagte er sich, mit etwas, das den erschlafften Organismus gehörig aufpulvert... eine Reaktion bewirkt... Egal, ob es Schnaps ist oder... Susanna. Ohne das kommt man nicht aus.

Es dunkelte schon, als er in den Hof der Vodkafabrik einfuhr. Aus den offenen Fenstern des Herrenhauses hörte man Gelächter und Singen.

»Grrreller als Blitze, heiißer als Feuer...« sang eine kräftige tiefe Baßstimme.

Sieh an, sie hat Gäste! dachte Krjukov.

Es war ihm nicht angenehm, daß sie Gäste hatte. Sollte ich nicht umkehren? dachte er, als er nach der Klingel faßte, aber er läutete doch und stieg die bekannte Treppe hinauf. Aus dem Vorzimmer sah er in den Salon hinein. Dort befanden sich fünf Herren – alles Gutsbesitzer und Beamte aus seinem Bekanntenkreis. Der eine, ein hochgewachsener, hagerer Mann, saß am Flügel, hämmerte mit seinen langen Fingern auf die Tasten und sang. Die anderen hörten zu und bleckten vor Vergnügen die Zähne. Krjukov betrachtete sich im Spiegel und wollte schon in den Salon gehen, da kam Susanna Moiseevna selbst ins Vorzimmer geflattert, fröhlich und in demselben schwarzen Kleid... Als sie Krjukov erblickte, war sie einen Augenblick lang wie versteinert, dann schrie sie auf und strahlte vor Freude.

»Sie hier?« sagte sie und griff nach seiner Hand. »Welche Überraschung!«

»Ah, da ist sie ja!« Krjukov lächelte und faßte sie um die Taille. »Nun, wie steht's? Liegt das Schicksal Europas in Händen der Russen und Franzosen?«

»Ich bin so froh!« sagte die Jüdin, die vorsichtig seinen Arm wegschob. »Kommen Sie, gehen Sie in den Salon. Dort sind lauter Bekannte... Ich gehe nur und lasse Ihnen Tee bringen. Sie heißen Aleksej? Also, gehen Sie, ich komme gleich...«

Sie warf ihm ein Kußhändchen zu, lief aus dem Vorzimmer hinaus und ließ wieder jenen unerträglich süßlichen Jasminduft hinter sich zurück. Krjukov hob den Kopf und ging in den Salon. Er war mit allen, die sich im Salon aufhielten, sehr gut bekannt, aber er nickte kaum, und auch sie erwiderten den Gruß kaum, als wäre der Ort dieses Zusammentreffens nicht ganz schicklich oder als hätten sie sich insgeheim verabredet, einander lieber nicht zu kennen.

Vom Salon ging Krjukov ins Empfangszimmer und von dort in ein zweites Empfangszimmer. Unterwegs begegneten ihm drei, vier Gäste, ebenfalls Bekannte, die ihn aber ebensowenig kennen wollten. Aus ihren Zügen sprach trunkene Heiterkeit. Aleksej Ivanovič warf ihnen von der Seite her einen Blick zu und fragte sich, wie sie als Familienväter, als angesehene, in Not und Leid geprüfte Männer, sich zu einem so erbärmlichen, billigen Amüsement herablassen konnten! Er zuckte die Achseln und ging weiter.

Es gibt Orte, sagte er sich, wo dem Nüchternen schlecht wird, dem Betrunkenen aber freudig zumute ist. Ich entsinne mich, daß ich nicht ein einziges Mal nüchtern in die Operette oder zu den Zigeunern gefahren bin. Schnaps macht den Menschen schwach und söhnt ihn mit dem Laster aus.

Plötzlich blieb er wie angewurzelt stehen und hielt sich mit beiden Händen am Türrahmen fest. In Susannas Arbeitszimmer, an ihrem Schreibtisch saß Aleksandr Grigorjevič, der Leutnant. Er unterhielt sich mit einem dicken, aufgedunsenen Mann. Als er seinen Vetter erblickte, wurde er flammend rot und senkte die Augen auf ein vor ihm liegendes Album.

In Krjukov empörte sich das Gefühl des Anstands, und das Blut schoß ihm in den Kopf. Fassungslos vor Überraschung, Scham und Zorn ging er schweigend um den Tisch herum. Sokolskij senkte den Kopf noch tiefer. Quälende Scham verzerrte sein Gesicht.

»Ach, du bist es, Alëša!« sagte er, während er mühsam den Kopf zu heben und zu lächeln versuchte. »Ich bin hierhergefahren, um mich zu verabschieden, und, wie du siehst... Aber morgen reise ich bestimmt ab!«

Was soll ich ihm sagen? Was nur? dachte Aleksej Ivanovič. Kann ich über ihn richten, wenn ich selbst hier bin?

Er sagte kein Wort, ächzte und ging langsam hinaus.

»Himmlisch nenn sie nicht, sie bleibe irdisch...« sang im Salon die Baßstimme.

Kurz darauf stuckerte die Rennkutsche Krjukovs schon wieder auf der staubigen Straße.

Der Mieter

Brykovič, ein noch junger, aber schon kahlköpfiger Mann, war einst in der Rechtspflege tätig gewesen, lebte aber nun ohne Beschäftigung bei seiner reichen Gattin, der Besitzerin der Pension ›Tunis‹. Einmal kam er um Mitternacht aus seiner Wohnung in den Korridor gelaufen und schlug mit aller Kraft die Tür zu.

»O du böses, dummes, stumpfsinniges Geschöpf!« brummte er und ballte die Fäuste. »Der Teufel hat mich mit dir verheiratet! Uff! Um diese Hexe zu überschreien, müßte man eine Kanone sein!«

Brykovič war vor Zorn und Entrüstung ganz außer Atem, und wenn ihm jetzt, da er die langen Korridore der ›Tunis‹ entlangging, irgendein Gefäß oder ein verschlafener Zimmerkellner in die Quere gekommen wäre, er hätte mit Wonne seinen Händen freien Lauf gelassen, um seine Wut abzureagieren. Es gelüstete ihn, zu schimpfen, zu schreien, mit den Füßen zu stampfen ... Und das Schicksal schickte ihm, als begreife es seine Stimmung und wolle ihm gefällig sein, einen unpünktlich zahlenden Mieter über den Weg, den Musiker Chaljavkin, der das Zimmer einunddreißig bewohnte. Dieser ächzte und wünschte irgend jemand zu allen Teufeln, aber der Schlüssel gehorchte nicht und verfehlte jedesmal sein Ziel. Mit der einen Hand stieß er krampfhaft zu, in der anderen hielt er seinen Geigenkasten. Brykovič flog auf ihn zu wie ein Habicht und schrie wütend:

»Ah, Sie sind das? Hören Sie mal, verehrter Herr, wann werden Sie endlich Ihre Miete bezahlen? Schon zwei Wochen belieben Sie nicht zu zahlen, verehrter Herr! Ich werde anordnen, daß man bei Ihnen nicht mehr heizt! Ich werde Sie exmittieren, verehrter Herr, weiß der Teufel!«

»Stö-stören Sie mich nicht ...« antwortete der Musiker ruhig. »Au re-revoir!«

»Schämen Sie sich, Herr Chaljavkin!« fuhr Brykovič fort. »Sie bekommen im Monat hundertzwanzig Rubel und könnten pünktlich zahlen! Das ist gewissenlos, verehrter Herr! Das ist im höchsten Grade gemein!«

Endlich steckte der Schlüssel im Schloß, und die Tür ging auf.

»Ja, das ist unehrenhaft!« fuhr Brykovič fort, während er

dem Musiker ins Zimmer folgte. »Ich mache Sie darauf aufmerksam, daß ich Sie dem Friedensrichter übergeben werde, wenn Sie morgen nicht zahlen. Ich werde es Ihnen zeigen! Und Sie sollen auch nicht immer die angezündeten Streichhölzer auf den Fußboden werfen, sonst entfachen Sie mir hier noch einen Brand! Ich dulde es nicht, daß in meinen Räumen Leute wohnen, die nie nüchtern sind.«

Chaljavkin schaute Brykovič mit glasigen, fröhlichen Äuglein an und grinste.

»Ich k-kann wirklich nicht verstehen, weshalb Sie sich so ereifern ...« murmelte er, während er sich eine Zigarette anzündete und sich dabei die Finger verbrannte. »Versteh ich nicht! Nehmen wir an, ich bezahle die Miete nicht; jawohl, ich zahle nicht, aber was haben Sie damit zu tun, sagen Sie bitte? Was geht Sie das an? Sie bezahlen Ihr Quartier auch nicht, aber ich bedränge Sie doch deshalb nicht. Sie bezahlen nicht, nun, meinetwegen, ist auch nicht nötig!«

»Was soll das heißen?«

»Nur so ... Der Wi-wirt sind hier nicht Sie, sondern Ihre hochzuverehrende Frau Gemahlin ... Sie sind ... Sie sind hier ebenso Mieter wie alle anderen auch ... Es ist nicht Ihre Pension, was haben Sie es also nötig, sich aufzuregen? Nehmen Sie sich ein Beispiel an mir: rege ich mich denn auf? Sie zahlen für Ihr Quartier keine Kopeke – und was ist dabei? Sie bezahlen nicht – auch gut. Ich rege mich darüber nicht im geringsten auf.«

»Ich verstehe Sie nicht, verehrter Herr!« brummte Brykovič und nahm die Pose eines beleidigten Menschen ein, der bereit ist, jeden Moment für seine Ehre einzutreten.

»Übrigens muß ich mich entschuldigen! Ich habe ja vergessen, daß Sie die Pension als Mitgift genommen haben ... Entschuldigen Sie! Obwohl übrigens, betrachtet man die Sache vom moralischen Standpunkt«, fuhr der schwankende Chaljavkin fort, »so sollten Sie sich trotz allem nicht ereifern ... Denn sie ist Ihnen doch um-umsonst, für eine Prise Tabak zugefallen ... Wenn Sie es recht besehen, gehört Sie Ihnen ebensowenig wie mir ... Was haben Sie dafür ... gegeben? Sich als Ehemann? Was ist das schon! Ehemann zu sein ist kein Kunststück. Mein Lieber, bringen Sie mir zwölf Dutzend Frauen her, und ich bin von allen der Ehemann – umsonst! Tun Sie mir den Gefallen!«

Das Vodkageschwätz des Musikers traf Brykovič offenbar an

der empfindlichsten Stelle. Er wurde rot und wußte lange nicht, was er antworten sollte, dann aber sprang er auf Chaljavkin zu, schaute ihn böse an und hieb kräftig mit der Faust auf den Tisch.

»Wie können Sie es wagen, mir so etwas zu sagen?« brauste er auf. »Wie können Sie das wagen?«

»Erlauben Sie ...« murmelte Chaljavkin und wich zurück. »Das ist schon fortissimo. Ich verstehe nicht, weshalb Sie beleidigt sind! Ich ... ich sage das doch nicht als Beleidigung, sondern ... zu Ihrem Lobe. Wäre mir eine Dame mit solch einem Pensiönchen über den Weg gelaufen, ich hätte mit Händen und Füßen zugegriffen ... tun Sie mir den Gefallen!«

»Aber ... aber wie können Sie es wagen, mich zu beleidigen?« schrie Brykovič und hieb abermals mit der Faust auf den Tisch.

»Versteh ich nicht!« sagte Chaljavkin achselzuckend und lächelte nicht mehr. »Übrigens bin ich betrunken ... kann sein, ich habe Sie gekränkt ... In diesem Falle verzeihen Sie mir! Mamachen, verzeih dem ersten Geiger! Ich wollte keinesfalls beleidigend werden.«

»Das ist ja schon Zynismus ...« sagte Brykovič, der von dem rührenden Ton Chaljavkins milder gestimmt wurde. »Es gibt Dinge, über die man in dieser Form nicht spricht ...«

»Nun, nun ... ich tu's nicht wieder! Mamachen, ich tu's nicht wieder! Ihre Hand!«

»Um so mehr, als ich Ihnen keinen Anlaß gegeben habe ...« fuhr Brykovič in beleidigtem Ton fort, endgültig milde gestimmt; aber er streckte die Hand nicht aus. »Ich habe Ihnen nichts Böses getan.«

»In der Tat, man hätte diese de-delikate Frage nicht aufwerfen sollen ... Verplappert im Dusel aus Dummheit ... Verzeih, Mamachen! In der Tat, ein Rindvieh bin ich! Ich gieße mir gleich kaltes Wasser über den Kopf, da bin ich wieder nüchtern.«

»Schon so lebt man scheußlich und ekelhaft, und da kommen Sie noch mit Ihren Beleidigungen!« sagte Brykovič, der erregt im Zimmer umherlief. »Niemand sieht die Wahrheit, aber jeder denkt und schwatzt, was er will. Ich kann mir vorstellen, daß man hinter meinem Rücken in der ganzen Pension so spricht! Ich kann mir das gut vorstellen! Allerdings, ich bin nicht im Recht, sondern im Unrecht: Es war dumm von mir, mich um Mitternacht um des Geldes willen auf Sie zu stürzen; ich bin schuld, aber... man muß das entschuldigen, sich in meine Lage versetzen, und... Sie werfen mir schmutzige Anspielungen an den Kopf!«

»Mein Bester, ich bin doch blau! Ich bereue und fühle mich schuldig. Ehrenwort, ich fühle mich schuldig! Mamachen, ich werde auch das Geld bezahlen! Sowie ich am Ersten welches kriege, werde ich gleich bezahlen! Also Friede und Eintracht! Bravo! Ach, mein Herzchen, ich liebe gebildete Menschen! Habe selbst auf dem Konservatoservatorium... nicht auszusprechen, zum Teufel!... studiert...«

Chaljavkin brach in Tränen aus, hielt den herumlaufenden Brykovič am Ärmel fest und küßte ihn auf die Wange.

»Ach, lieber Freund, ich bin blau wie ein Veilchen, aber ich kapiere alles! Mamachen, befiehl dem Zimmerkellner, er soll dem ersten Geiger den Samovar bringen! Bei euch ist so ein Gesetz, daß man nach elf Uhr abends nicht mehr auf dem Korridor laufen und den Samovar bestellen darf; aber nach dem Theater möchte man schrecklich gern Tee trinken!«

Brykovič drückte auf den Klingelknopf.

»Timofej, bring Herrn Chaljavkin den Samovar!« sagte er, als der Zimmerkellner erschien.

»Jetzt nicht«, antwortete Timofej mit seiner Baßstimme. »Die gnädige Frau hat nicht angeordnet, nach elf Uhr noch den Samovar zu bringen.«

»So befehle ich es dir!« schrie Brykovič, blaß geworden.

»Was heißt hier befehlen, wenn es nicht angeordnet ist...« brummte der Zimmerkellner und verließ das Zimmer. »Nicht angeordnet, also geht's nicht. Wozu das...!«

Brykovič biß sich auf die Lippen und drehte sich zum Fenster.

»Eine üble Lage!« Chaljavkin seufzte. »Tja, da kann man nichts zu sagen... Nun, meinetwegen brauchst du nicht verlegen zu werden, ich begreife das schon... sehe ins Herz. Wir kennen diese Psychologie... Was tun, wirst notgedrungen Vodka trinken, wenn man dir keinen Tee bringt! Trinkst ein Schnäpschen, ja?«

Chaljavkin holte Vodka und Wurst vom Fensterbrett und machte es sich auf dem Diwan bequem, um zu trinken und einen Imbiß zu sich zu nehmen. Brykovič blickte den Trunkenbold traurig an und lauschte seinem endlosen Geschwätz. Vielleicht erinnerte er sich beim Anblick des struppigen Kopfes, der Vodkaflasche und der billigen Wurst seiner eigenen, noch nicht fernen Vergangenheit, als er ebenso arm, aber frei war; sein Gesicht wurde noch finsterer, und er bekam Lust zu trinken. Er trat an den Tisch, kippte ein Gläschen hinter und räusperte sich.

»Ein Hundeleben!« sagte er und schüttelte den Kopf. »Eine Schande! Da haben Sie mich beleidigt, der Zimmerkellner hat mich beleidigt... und so geht das ohne Ende! Und wofür! In Wirklichkeit für gar nichts...«

Nach dem dritten Glas setzte sich Brykovič auf den Diwan und dachte nach; er stützte den Kopf in die Hände, seufzte traurig und sagte:

»Ich habe mich geirrt! Oh, wie habe ich mich geirrt! Meine Jugend, meine Karriere, meine Prinzipien habe ich verraten – dafür rächt sich nun das Leben. Fürchterlich rächt es sich!«

Vom Vodka und den trüben Gedanken war er ganz blaß und, wie es schien, sogar mager geworden. Er griff mehrmals verzweifelt an den Kopf und sagte:

»Oh, was für ein Leben, wenn ich das gewußt hätte...!«

»Gesteh mal, Hand aufs Herz«, sagte er und blickte Chaljavkin aufmerksam ins Gesicht, »gesteh mal aufrichtig, wie man überhaupt... hier gegen mich eingestellt ist? Was sagen die Studenten, die in dieser Pension wohnen? Vielleicht hast du was gehört...«

»Ja...«

»Was denn?«

»Sie sagen nichts, aber sie... verachten dich.«

Daraufhin sprachen die neuen Freunde nichts mehr. Sie trennten sich erst beim Morgengrauen, als man auf dem Korridor die Öfen zu heizen begann.

»Aber du brauchst ihr... nichts zu bezahlen...« murmelte Brykovič, als er wegging. »Keine Kopeke bezahle ihr...! Soll sie sehen...«

Chaljavkin ließ sich auf den Diwan fallen, legte den Kopf auf den Geigenkasten und fing an, laut zu schnarchen.

In der nächsten Nacht kamen sie wieder zusammen...

Brykovič, der die Freuden freundschaftlicher Zechgelage kennengelernt hat, läßt nun keine Nacht mehr aus, und wenn er Chaljavkin nicht antrifft, geht er in irgendein anderes Zimmer und beklagt sich über sein Schicksal, und er trinkt, trinkt und beklagt sich – und das jede Nacht.

Kalchas

Der Komiker Vasilij Vasiljič Svetlovidov, ein stämmiger, kräftiger Mann von achtundfünfzig Jahren, erwachte und blickte sich erstaunt um. Vor ihm, zu beiden Seiten eines kleinen Spiegels, waren zwei Stearinkerzen am Niederbrennen. Die regungslosen, trägen Flämmchen beleuchteten trübe ein kleines Zimmer mit gestrichenen Holzwänden, das dämmerig und voller Tabaksqualm war. Ringsum sah man noch die Spuren der gestrigen Begegnung Bacchus' mit Melpomene, einer Begegnung, geheim, aber stürmisch und gemein wie das Laster. Auf den Stühlen und auf dem Fußboden lagen Röcke, Hosen, Zeitungsblätter, ein Mantel mit buntem Futter und ein Zylinderhut. Auf dem Tisch herrschte eine seltsame, chaotische Unordnung – hier trieben sich leere Flaschen, Gläser, drei Kränze, ein vergoldetes Zigarettenetui, ein Teeglasuntersetzer, ein Gewinnlos der zweiten Ziehung mit angefeuchteter Ecke und ein Futteral mit einer goldenen Anstecknadel herum. Auf diesen ganzen Krempel hatte jemand freigebig Tabakreste, Asche und Schnipsel von einem zerrissenen Brief gestreut. Svetlovidov selbst saß im Sessel; er war im Kostüm des Kalchas.

»Um Himmels willen, ich bin in der Garderobe!« murmelte der Komiker und sah sich um. »Das ist doch ein starkes Stück! Wann bin ich hier bloß eingeschlafen?«

Er lauschte. Grabesstille. Das Zigarettenetui und das Gewinnlos erinnerten ihn lebhaft daran, daß heute seine Benefizvorstellung war, daß er Erfolg gehabt und daß er in den Pausen mit seinen Verehrern, die in die Garderobe gestürmt kamen, viel Kognak und Rotwein getrunken hatte.

»Wann bin ich hier bloß eingeschlafen?« wiederholte er. »Ach, du alter Knacker, du alter Knacker! Alter Köter du! Hast dich so vollaufen lassen, daß du im Sitzen eingeschlafen bist! Das hast du fein gemacht!«

Der Komiker wurde fröhlich. Er brach in ein trunkenes, mit Husten vermischtes Lachen aus, ergriff eine Kerze und verließ die Garderobe. Die Bühne war dunkel und leer. Aus ihrem hinteren Teil, von den Seiten her und aus dem Zuschauerraum wehte es leicht, doch spürbar. Die Winde strichen frei wie Geister über die Bühne, stießen einander, drehten sich im Kreise und spielten mit der Flamme der Kerze. Sie zitterte, bog sich nach allen Seiten und warf einen schwachen Lichtschein bald auf eine Reihe Türen, die in die Garderoben führten, bald auf die rote Kulisse, neben der ein Eimer stand, bald auf einen großen Rahmen, der mitten auf der Bühne lag.

»Egorka!« rief der Komiker. »Egorka, Teufel, Petruška! Die schlafen, die Teufel, eine Deichsel soll ihnen ins Maul fahren! Egorka!«

»A...a...!« antwortete das Echo.

Dem Komiker fiel ein, daß er Egorka und Petruška der Benefizvorstellung wegen je drei Silberrubel Trinkgeld gegeben hatte. Bei einem derartigen Geschenk waren sie über Nacht kaum im Theater geblieben. Der Komiker räusperte sich, setzte sich auf einen Hocker und stellte die Kerze auf den Fußboden. Sein Kopf war schwer und drehte sich, sein Körper brannte von dem vielen Bier, dem Wein und dem Kognak, und vom Schlafen im Sitzen war er ganz schwach und matt.

»Als wäre der Mund voller Ameisen...« murmelte er und spuckte aus. »Ach, du alter Trottel solltest eben nicht trinken! Nein, das solltest du nicht! Der Rücken schmerzt, der Schädel brummt, und man schlottert vor Kälte...Man wird alt.«

Er blickte nach vorn... Man konnte gerade noch den Souffleurkasten, die Ehrenlogen und Orchesterpulte erkennen, der Zuschauerraum aber glich einem schwarzen bodenlosen Loch, einem gähnenden Rachen, aus dem die kalte, strenge Finsternis hervorblickte... Sonst so bescheiden und gemütlich, schien er jetzt, in der Nacht, unendlich tief, öde wie ein Grab und dann seelenlos... Der Komiker schaute in die Finsternis, dann auf die Kerze und brummte: »Ja, das Alter... Was du auch anstellst, ob du dich stark machst oder ob du den Hanswurst spielst, achtundfünfzig Jahre sind futsch und hin, hui! Das ist schon ein Leben – habe die Ehre! Tja, Vasenka... Nun steh ich schon fünfunddreißig Jahre auf der Bühne, aber bei Nacht seh ich das Theater heut wohl zum erstenmal... Das ist doch kurios, weiß Gott... Ja, zum erstenmal! Es ist unheimlich, hol's der Teufel... Egorka!« rief er und stand auf. »Egorka!«

»A...a...a...!« antwortete das Echo.

Gleichzeitig mit dem Echo läutete es irgendwo weit entfernt zur Frühmesse; es klang, als käme das Läuten aus der Tiefe des Zuschauerraumes. Kalchas bekreuzigte sich.

»Petruška!« rief er. »Wo seid ihr Teufel? Herrgott, wozu rufe ich den Bösen an? Hör auf zu fluchen, hör auf zu trinken, bist doch schon alt, 's ist Zeit, daß du abkratzt! Mit achtundfünfzig Jahren gehen die Leute zur Frühmesse und bereiten sich auf ihr seliges Ende vor, und du ... o mein Gott!«

»Herr, erbarme dich, es ist zum Fürchten!« murmelte er.

»Wenn ich hier die ganze Nacht sitze, sterbe ich sicher vor Angst. Das ist gerade der richtige Ort, um Geister zu beschwören!«

Bei dem Wort Geister wurde ihm noch beklommener zumute ... Die umherstreichenden Winde und die zitternden Lichtflecken erregten und reizten seine Phantasie bis aufs äußerste ... Der Komiker duckte sich, er schien ganz in sich zusammenzukriechen, beugte sich über die Kerze und schielte mit kindlicher Angst ein letztes Mal in das dunkle Loch. Sein von Schminke entstelltes Gesicht sah stumpfsinnig und beinahe blöde aus. Er hatte sich noch nicht bis zu der Kerze hinuntergebeugt, als er plötzlich aufsprang und reglos in die Dunkelheit starrte. Eine halbe Minute stand er so da, schweigend, dann faßte er sich, von ungewöhnlichem Schreck überwältigt, an den Kopf und stampfte mit den Füßen ...

»Wer bist du?« fragte er mit schriller, überlauter Stimme. »Wer bist du?«

In einer Ehrenloge stand eine weiße menschliche Gestalt. Als das Licht darauf fiel, konnte man die Hände, den Kopf und sogar den weißen Bart erkennen.

»Wer bist du?« wiederholte der Komiker mit verzweifelter Stimme.

Die weiße Gestalt schwang ein Bein über die Logenbrüstung und sprang in den Orchesterraum, dann kam sie, lautlos wie ein Schatten, zur Rampe.

»Ich bin's!« sagte die Gestalt und kletterte auf die Bühne.

»Wer?« rief Kalchas zurückweichend.

»I ... ich, Nikita Ivanyč ... der Souffleur. Bitte beunruhigen Sie sich nicht.«

Vor Furcht zitternd und wie von Sinnen, fiel der Komiker kraftlos auf den Hocker und ließ den Kopf hängen.

»Ich bin's!« sagte, während er auf ihn zutrat, ein hochgewachsener, muskulöser Mann, der eine Glatze hatte und einen grauen Bart; er war nur in Unterwäsche und barfuß. »Ich bin's! Der Souffleur.«

»Mein Gott ...« stöhnte der Komiker und fuhr sich schwer atmend mit der Hand über die Stirn. »Du bist das, Nikituška? Wa... warum bist du hier?«
»Ich übernachte hier in der Ehrenloge. Eine andere Bleibe habe ich nicht. Sagen Sie bloß Aleksej Fomič nichts.«
»Du, Nikituška ...« murmelte der erschöpfte Kalchas und streckte ihm seine zitternde Hand entgegen. »Mein Gott, mein Gott! Sechzehn Vorhänge habe ich gekriegt, drei Kränze und viele Geschenke wurden mir überreicht ... alle waren begeistert, aber nicht einer hat den betrunkenen Alten geweckt und nach Hause gebracht. Ich bin ein alter Mann, Nikituška. Ich bin achtundfünfzig. Ich bin krank! Mein schwacher Geist leidet.«
Kalchas fiel dem Souffleur in die Arme und schmiegte sich, am ganzen Körper zitternd, an ihn.
»Geh nicht weg, Nikituška ...« murmelte er wie im Fieber. »Ich bin alt, ich bin schwach, muß bald sterben ... Schrecklich!«
»Sie sollten nach Hause gehen, Vasilij Vasiljič!« sagte Nikituška zärtlich.
»Ich gehe nicht. Ich habe kein Zuhause! Nein, nein!«
»Herr Jesus! Haben Sie denn vergessen, wo Sie wohnen?«
»Ich will nicht dahin, ich will nicht ...« murmelte der Komiker wie rasend. »Dort bin ich allein, ich habe ja niemand, Nikituška, keine Angehörigen, keine Frau, keine Kinder ... Ich bin allein wie der Wind auf dem Feld ... Ich werde sterben, und niemand wird sich an mich erinnern.«
Die Aufregung des Komikers übertrug sich auf Nikituška ... Der betrunkene, erregte alte Mann zerrte an seiner Hand, drückte sie krampfhaft und beschmierte sie mit Schminke und Tränen. Nikituška kroch in sich zusammen vor Kälte und zuckte die Achseln.
»Schrecklich ist's so allein ...« murmelte Kalchas. »Habe niemanden, der mich liebkost, der mich tröstet, der mich zu Bett bringt, wenn ich betrunken bin. Zu wem gehöre ich? Wer braucht mich? Wer liebt mich? Niemand liebt mich, Nikituška!«
»Das Publikum liebt Sie, Vasilij Vasiljič!«
»Das Publikum ist weg, es schläft ... Nein, mich braucht niemand, mich liebt niemand ... Ich habe keine Frau, keine Kinder.«
»Na so was, deshalb grämen Sie sich!«
»Ich bin doch ein Mensch, bin lebendig ... Ich bin adlig, Niki-

tuška, aus gutem Haus... Bevor ich in dieses Loch hier geriet, diente ich beim Militär, bei der Artillerie. Was war ich für ein schneidiger Bursche, so schmuck, so feurig und so kühn... Was war ich dann für ein Schauspieler, o mein Gott, mein Gott! Wo ist das alles geblieben, wo ist die Zeit hin?«

Sich auf den Arm des Souffleurs stützend, richtete sich der Komiker auf und blinzelte mit den Augen, als sei er vom Dunkeln in ein hellerleuchtetes Zimmer geraten. Über seine Wangen rollten große Tränen und hinterließen Streifen auf der Schminke...

»Was war das für eine Zeit!« fuhr er fort zu schwärmen. »Habe heute in dieses Loch geblickt und mich an alles erinnert... an alles! Dieses Loch hier hat fünfunddreißig Jahre meines Lebens verschlungen, und was für ein Leben war das, Nikituška! Ich blicke jetzt darauf zurück und sehe alles vor mir, jede Einzelheit, so deutlich wie dein Gesicht... Ich entsinne mich, als ich ein junger Schauspieler war und gerade erst anfing, so richtig in Schwung zu kommen, da verliebte sich eine in mich wegen meines Spiels... Sie war schön, elegant, schlank wie eine Pappel, jung, unschuldig, klug, feurig wie die Morgenröte im Sommer! Ich glaubte, wenn am Himmel keine Sonne schiene, so wäre es auf Erden trotzdem hell, weil vor ihrer Schönheit keine Nacht standhalten könnte!«

Kalchas sprach mit Begeisterung, wackelte mit dem Kopf und schwenkte die Hand...

Vor ihm stand Nikituška, barfuß, in Unterwäsche, und hörte zu. Beide hüllte die Dunkelheit ein, die von der kraftlosen Kerze kaum verscheucht wurde. Es war eine seltsame, ungewöhnliche Szene, wie sie noch kein Theater auf der Welt gekannt, und Zuschauer war nur ein seelenloses, schwarzes Loch...

»Sie hat mich geliebt«, fuhr der Komiker seufzend fort. »Und was kam dann? Ich entsinne mich: Ich stand vor ihr, so wie jetzt vor dir... Sie war an dem Tag schön wie noch nie, sie sah mich an, mit einem Blick, den ich selbst im Grab nicht vergessen werde! Zärtlichkeit, Sammet, Glanz der Jugend, Tiefe! Trunken, glücklich falle ich vor ihr auf die Knie, erbitte das Glück...«

Der Komiker schöpfte Atem und fuhr mit mutlos gewordener Stimme fort: »Und sie sagt: ›Geben Sie die Bühne auf!‹ Verstehst du! Einen Schauspieler lieben konnte sie, aber seine Frau sein – niemals! Ich erinnere mich noch, wie ich an jenem Tag auf der Bühne stand... Es war eine widerliche Rolle, eine Narrenrolle... Ich spielte, und in meinem Herzen war Aufruhr. Ich gab die Bühne nicht auf, o nein, aber damals öffneten sich mir die Augen! Ich begriff, daß ich ein Sklave bin, ein Spielzeug für Müßiggänger, daß es überhaupt keine heilige Kunst gibt, daß alles leerer Wahn und Betrug ist. Ich begriff, was Publikum heißt! Seitdem glaube ich nicht mehr an Beifall, an Kränze, an Begeisterung! Ja, Bruder! Er klatscht Beifall, kauft sich für einen Silberrubel eine Fotografie, aber ich bin ihm fremd, ein Dreck bin ich für ihn, ungefähr dasselbe wie eine Kokotte! Aus Eitelkeit sucht er meine Bekanntschaft, aber er erniedrigt sich nicht so weit, mir seine Schwester oder seine Tochter zur Frau zu geben! Ich glaube ihm nicht, ich hasse ihn, und er ist mir fremd!«

»Sie sollten nach Hause gehen«, meinte schüchtern der Souffleur.

»Ich verstehe Sie sehr gut!« rief Kalchas und drohte dem schwarzen Loch mit der Faust. »Damals noch habe ich es begriffen... Noch als ich jung war, ging mir ein Licht auf, und ich erkannte die Wahrheit... Und diese Einsicht kam mir teuer zu stehen, Nikituška. Nach dieser Geschichte... nach diesem Mädchen, da begann ich sinnlos herumzubummeln, ein unnützes Leben zu führen, ohne an die Zukunft zu denken. Ich spielte Narren, ich riß Zoten, vergiftete die Geister... meine Sprache wurde banal und kraftlos, ich hatte nichts mehr mit einem Ebenbild Gottes gemein... Ach! Dieses Loch hat mich verschlungen. Früher habe ich das nicht gespürt, aber heute... als ich erwachte, da blickte ich zurück und sah hinter mir meine achtundfünfzig Jahre! Jetzt weiß ich erst, daß ich alt bin! Das Lied ist aus!«

Kalchas zitterte und keuchte immer noch... Als Nikituška ihn etwas später in die Garderobe brachte und entkleidete, war er ganz matt und erschöpft, aber er hörte nicht auf zu murmeln und zu weinen.

Träume

Zwei Polizeigehilfen bringen einen Landstreicher, der sich nicht an seinen Namen erinnern will, in die Kreisstadt. Der eine der beiden hat einen schwarzen Bart, er ist stämmig und hat ungewöhnlich kurze Beine; betrachtet man ihn von hinten, glaubt man, seine Beine wären viel tiefer angesetzt, als das gewöhnlich bei Menschen der Fall ist. Der andere ist lang, hager, gerade wie ein Stock und hat ein schütteres, rötliches Bärtchen. Der erste watschelt wie eine Ente, schaut nach allen Seiten, kaut bald an einem Strohhalm, bald an seinem Ärmel, schlägt sich auf die Schenkel und singt vor sich hin; überhaupt macht er einen unbekümmerten, leichtsinnigen Eindruck. Der andere jedoch wirkt trotz seines hageren Gesichts und der schmalen Schultern solide, ernst und gediegen, seiner Statur und dem ganzen Aussehen nach erinnert er an einen altgläubigen Popen oder an Soldaten, wie sie auf alten Bildern gemalt sind; ihm hat Gott ›seiner Weisheit wegen die Stirn verlängert‹, das heißt, er ist kahlköpfig, was die erwähnte Ähnlichkeit noch mehr unterstreicht. Der erste Polizeigehilfe heißt Andrej Ptacha, der zweite Nikandr Sapožnikov.

Der Mann, den sie begleiten, entspricht keineswegs der Vorstellung, die man von Landstreichern hat. Er ist ein kleiner, schwächlicher Mensch, erschöpft und kränklich, mit farblosen und äußerst verschwommenen Gesichtszügen. Seine Augenbrauen sind dünn, in seinem Blick liegt Sanftheit und Ergebenheit, und der Bart sprießt nur spärlich, obwohl der Landstreicher über die Dreißig schon hinaus ist. Er schreitet unsicher aus, geht gebückt und hat die Hände in die Ärmel gesteckt. Der Kragen seines bäuerlichen, abgeschabten Mäntelchens aus dickem Tuch ist bis an den Rand der Mütze hochgeschlagen, so daß nur sein rotes Näschen sich erkühnt, in Gottes weite Welt zu blicken. Er spricht mit einschmeichelnder Tenorstimme, und immer wieder hustet er. Es ist schwer, sehr schwer, in ihm einen Landstreicher zu erkennen, der seinen Namen verheimlicht. Eher gleicht er einem verarmten, gottverlassenen, mißratenen Popensohn, einem wegen Trunkenheit verjagten Schreiber, einem Kaufmannssohn oder Neffen, der seine schwachen Kräfte im Schauspielfach versucht hat und nun heimkehrt, um den letzten Akt des Gleichnisses vom verlorenen Sohn zu spielen. Nach der stumpfsinnigen Geduld zu urteilen, mit der er gegen den furchtbaren herbstlichen Schmutz ankämpft, ist er vielleicht ein Fanatiker – ein Klosterdiener, der sich in den russischen Klöstern herumtreibt und beharrlich ›ein Leben in Frieden und ohne Sünde‹ sucht und es doch nicht findet...

Die drei wandern schon lange, sie scheinen überhaupt nicht

vom Fleck zu kommen: vor ihnen liegen etwa zehn Meter schmutzigen schwarzbraunen Weges, hinter ihnen ebensoviel, und darüber hinaus sieht man, soweit das Auge reicht, nur eine undurchdringliche weiße Nebelwand. Sie gehen und gehen, aber die Erde unter ihnen ist immer die gleiche, die Wand rückt nicht näher, und das Stückchen Weg bleibt immer dasselbe. Ein weißer, eckiger Pflasterstein taucht auf, eine Bodensenke oder ein Armvoll Heu, von Durchreisenden verloren; dann wieder glänzt für kurze Zeit eine große trübe Pfütze auf, und plötzlich zeichnet sich unerwartet ein Schatten mit verschwommenen Konturen ab; je näher die Wanderer kommen, desto kleiner und dunkler wird er; haben sie ihn fast erreicht, wächst vor ihnen ein schiefstehender Verstpfahl empor mit einer unleserlichen Zahl, oder aber eine klägliche Birke, feucht und nackt wie ein am Weg liegender Bettler. Die Birke wispert etwas mit ihren letzten gelben Blättern, von denen sich eins losreißt und träge zu Boden segelt... Und dann wieder Nebel, Schmutz und braunes Gras am Wegesrand. An dem Gras hängen trübe, ungute Tränen. Das sind nicht die Tränen stiller Freude, die die Erde weint, wenn sie im Morgengrauen die Wachteln, die Wiesenrallen und die schlanken langschnäbligen Kronschnepfen tränkt! Die Weggefährten versinken mit den Füßen in dem schweren, klebrigen Schmutz. Jeder Schritt verursacht Anstrengungen.

Andrej Ptacha ist etwas aufgeregt. Er betrachtet den Landstreicher und bemüht sich zu verstehen, wie dieser lebhafte, nüchterne Mensch seinen Namen vergessen konnte.

»Bist du denn rechtgläubig?« fragt er.

»Ja«, antwortet der Landstreicher sanft.

»Hm...! Dann bist du also getauft?«

»Was denn sonst? Bin doch kein Türke. Ich geh in die Kirche, ich faste vorher und esse keine Speisen, die nicht erlaubt sind. Die Religion nehm ich genau...«

»Nun, wie sollen wir dich nennen?«

»Nenn mich, wie du willst, Bursche.«

Ptacha zuckt die Achseln und schlägt sich äußerst erstaunt auf die Schenkel. Der andere Polizeigehilfe hingegen, Nikandr Sapožnikov, schweigt gelassen. Er ist nicht so naiv wie Ptacha, und offensichtlich kennt er die Gründe sehr gut, die einen rechtgläubigen Menschen veranlassen, vor den anderen seinen Namen zu verheimlichen. Sein ausdrucksvolles Gesicht ist kalt und streng. Er geht für sich, läßt sich nicht zu müßigem Geschwätz mit den Gefährten herab und bemüht sich gleichsam, allen, ja sogar dem Nebel seine Würde und Besonnenheit zu zeigen.

»Weiß Gott, was man von dir halten soll«, fährt Ptacha aufdringlich fort. »Ein Bauer bist du nicht, ein Herr bist du auch nicht, also bist du so ein Mittelding... Neulich habe ich im Teich Siebe gewaschen und dabei ein fingerlanges Reptil gefangen, mit Kiemen und Schwanz. Erst dacht ich, das ist ein Fisch, aber dann guck ich – verrecken sollst du! –, da sind ja Pfötchen dran. 's war kein Fisch, 's war keine Natter, weiß der Teufel, was das war... So bist du auch... Von welchem Stand bist du?«

»Ich bin aus dem Bauernstand«, sagt der Landstreicher und seufzt. »Mein Mütterchen gehörte zum leibeigenen Gesinde. Ich sehe nicht wie ein Bauer aus, das stimmt, drum ist mir auch ein solches Schicksal beschieden, guter Mann. Mein Mütterchen war bei Herrschaften Kinderfrau und hat alle Freuden genossen; nun, und ich, ihr Fleisch und Blut, lebte bei ihr im Haus der Herrschaft. Sie hätschelte mich, verwöhnte mich und wollte durchaus einen feinen Mann aus mir machen. Ich hab in einem Bett geschlafen, jeden Tag richtig Mittag gegessen, hab Hosen und Halbschuhe getragen wie so ein Herrensöhnchen. Was Mütterchen aß, damit fütterte sie auch mich; schenkten die Herrschaften ihr Geld für ein Kleid, zog sie mich dafür an... Gut ist's mir gegangen! Was ich in meiner Kinderzeit an Konfekt und Pfefferkuchen vertilgt habe, wenn ich das jetzt verkaufen könnte, kriegt ich ein schönes Pferd dafür. Mütterchen lehrte mich lesen und schreiben, flößte mir von klein auf Gottesfurcht ein und erzog mich so, daß ich jetzt kein bäuerliches, derbes Wort sagen kann. Ich trinke keinen Vodka, Bursche, kleide mich sauber und kann mich in der besten Gesellschaft anständig benehmen. Wenn Mütterchen noch leben sollte, so schenke Gott ihr Gesundheit, wenn sie aber gestorben ist, so gib ihr Frieden, o Herr, in deinem Reich, wo die Gerechten Ruhe finden!«

Der Landstreicher entblößt den Kopf mit den spärlichen Borsten, hebt die Augen zum Himmel empor und bekreuzigt sich zweimal.

»Gib ihr, o Herr, einen satten, ruhigen Platz«, sagt er mit getragener Stimme, die eher zu einem alten Weib als zu einem Bauern gepaßt hätte. »Lehr sie, o Herr, lehr deine Magd Ksenija deine Gebete! Wär nicht mein liebes Mütterchen gewesen, wär ich heute ein einfacher Bauer, ohne jeglichen Verstand! Ja, Bursche, drum versteh ich alles, wonach auch immer man mich fragt: weltliche Schriften oder religiöse, allerlei Gebete und den Katechismus. Und ich lebe nach der Schrift... Kränke keine Menschenseele, halte meinen Körper sauber und keusch, beachte die Fasten und esse zur rechten Zeit. Manch einer hat nur Vergnügen an Vodka und lautem Geschrei, ich aber, wenn ich Zeit hab, ich sitz in der Ecke und les meine Büchlein. Ich les und wein immerzu...«

»Warum weinst du denn?«

»Sie schreiben so traurig! Für manches Büchlein gibst du einen Fünfer, aber du weinst und stöhnst bis zum Überdruß.«

»Ist dein Vater tot?« fragte Ptacha.

»Ich weiß nicht, Bursche. Ich kenn meinen Vater nicht, wozu soll man's verschweigen. Ich beurteile mich so: ich bin ein uneheliches Kind meiner Mutter. Mein Mütterchen hat ihr ganzes Leben bei Herrschaften gelebt und nicht einen einfachen Bauern heiraten wollen...«

»Und ist auf den Herrn geflogen«, meint Ptacha lachend.

»Sie hat nicht auf sich acht gegeben, das stimmt. War fromm und gottesfürchtig, aber ihre Jungfräulichkeit hat sie nicht bewahrt. Das ist natürlich eine Sünde, eine große Sünde, da gibt's nichts zu reden, aber dafür fließt vielleicht adliges Blut in mir. Vielleicht bin ich nur dem Stand nach ein Bauer, in Wirklichkeit aber ein adliger Herr.«

Das alles erzählt der ›adlige Herr‹ mit leiser, süßlicher Tenorstimme, runzelt dabei seine schmale Stirn und gibt mit seinem roten Frostnäschen Schnarchtöne von sich. Ptacha hört zu, schielt ihn erstaunt von der Seite her an und zuckt unaufhörlich die Achseln.

Nachdem die Polizeigehilfen und der Landstreicher etwa sechs Verst gegangen sind, setzen sie sich auf einen kleinen Hügel, um zu verschnaufen.

»Sogar ein Hund kennt seinen Namen«, murmelt Ptacha. »Ich heiße Andruška, er Nikandr, jeder Mensch hat seinen heiligen Namen, und diesen Namen kann man überhaupt nicht vergessen! Nie!«

»Wer braucht denn schon meinen Namen zu wissen?« fragt der Landstreicher seufzend, die Wange auf eine Faust gestützt.

»Und was hab ich davon? Wenn man mir noch erlauben würde zu gehen, wohin ich will, so aber wär es doch schlimmer als jetzt. Ich kenn das Gesetz, rechtgläubige Brüder. Jetzt bin ich ein Landstreicher und erinnere mich nicht an meinen Namen, da werden sie mich höchstens nach Ostsibirien verbannen und zu dreißig, wenn nicht gar vierzig Peitschenhieben verurteilen; wenn ich ihnen aber meinen wirklichen Namen und Stand nenne, verschicken sie mich wieder zu Zwangsarbeit in der Katorga. Das weiß ich!«

»Bist du etwa schon mal in der Katorga gewesen?«

»Ja, lieber Freund. Vier Jahre bin ich mit rasiertem Kopf herumgelaufen und hab Ketten getragen.«

»Wofür denn?«

»Für einen Mord, guter Mann! Als ich noch ein Junge war, so etwa achtzehn, da hat mein Mütterchen aus Versehen dem Herrn statt Natron und Fruchtsaft Arsen ins Glas geschüttet. In der Vorratskammer gab's viele Schächtelchen, da war's nicht schwer, sie zu verwechseln...«

Der Landstreicher seufzt, wiegt den Kopf und fährt fort:

»Sie war eine fromme Frau, aber wer kennt sie schon, eine fremde Seele ist wie ein finsterer Wald! Vielleicht war es aus Versehen, vielleicht aber konnte ihr Herz die Kränkungen nicht ertragen, daß der Herr sich einer andren Magd genähert hatte... Vielleicht hatte sie's ihm absichtlich reingeschüttet, wer weiß! Ich war damals jung und verstand von alledem nichts... Jetzt fällt mir ein, daß sich der Herr tatsächlich eine andre Geliebte genommen hatte und mein Mütterchen sehr betrübt war. Zwei Jahre lang haben sie dann über uns zu Gericht gesessen... Mütterchen schickten sie für zwanzig Jahre in die Katorga, mich aber wegen meiner Jugend bloß für sieben.«

»Warum denn dich?«

»Als Helfershelfer. Hab doch dem Herrn das Glas gereicht. Immer war es so: Mütterchen bereitete das Sodawasser, und ich reichte es. Aber ich sage euch das alles als Christ, Brüderchen, wie vor Gott, erzählt niemandem davon...«

»Nun, uns wird auch keiner danach fragen«, antwortete Ptacha.

»Du bist also aus der Katorga geflohen, was?«

»Ja, lieber Freund. Unsere vierzehn Mann sind geflohen. Gott gebe ihnen Gesundheit, die Leute sind von selbst geflohen und haben mich mitgenommen. Nun urteile selbst, Bursche, nach Recht und Gewissen, was für einen Grund sollte ich haben, meinen Stand zu nennen? Die schicken mich doch wieder in die Katorga! Und was für ein Sträfling bin ich schon? Ich bin ein zarter, kränklicher Mensch, ich schlafe und esse gern im Sauberen. Wenn ich zu Gott bete, dann zünd ich gern das Heiligenlämpchen oder eine kleine Kerze an, und es darf kein Lärm sein ringsum. Wenn ich mich bis zur Erde verneige, dann darf der Fußboden nicht schmutzig oder bespuckt sein. Für das Mütterchen mach ich jeden Morgen und Abend vierzig tiefe Verbeugungen.«

Der Landstreicher nimmt die Mütze ab und bekreuzigt sich.

»Und wenn sie mich nach Ostsibirien schicken«, sagt er, »da hab ich keine Angst!«

»Ist's denn da besser?«

»Das ist ganz was anderes! In der Katorga fühlst du dich so wie der Krebs im Bastkorb: Enge, Geschubse und Drängelei, nirgends kannst du richtig Atem holen – eine wahre Hölle, so eine Hölle, die Himmelskönigin möge dich davor bewahren! Du bist ein Räuber und hast eine Räuberehre, schlimmer als jeder Hund. Nichts zu essen, kannst nicht schlafen, kannst nicht zu Gott beten. In der Ansiedlung ist das nicht so. In der Ansiedlung laß ich mich zuallererst wie alle übrigen in die Gesellschaft einschreiben. Nach dem Gesetz ist die Obrigkeit verpflichtet, mir einen Anteil zu geben ... jawohl! Das Land ist dort spottbillig, sagt man, geradeso wie Schnee – nimm, soviel du willst! Man wird mir dort Land geben, Bursche, zum Ackern, für den Garten und zum Wohnen ... Ich werde dort wie die andern Leute pflügen, säen, Vieh werd ich züchten und allerlei Wirtschaft treiben, Bienen werd ich halten, Schafe und Hunde ... Einen sibirischen Kater, damit Mäuse und Ratten nicht mein Hab und Gut fressen ... So Gott will, werd ich heiraten und Kinderchen haben.«

Der Landstreicher murmelt und sieht seine Zuhörer nicht an, sondern blickt irgendwohin zur Seite. So naiv auch seine Träumereien sind, er erzählt sie in einem so aufrichtigen, offenherzigen Ton, daß es schwerfällt, nicht daran zu glauben. Den kleinen Mund des Landstreichers verzerrt ein Lächeln, und das ganze Gesicht, die Augen und das Näschen sind erstarrt und ganz stumpf von dem seligen Vorgeschmack eines fernen Glücks. Die

Polizeigehilfen hören zu und sehen ihn ernst und nicht ohne Teilnahme an. Sie glauben ihm auch.

»Ich hab keine Angst vor Sibirien ...« murmelt der Landstreicher weiter. »Sibirien ist auch Rußland, da ist derselbe Gott und Zar wie auch hier, dort spricht man ebenso rechtgläubig wie wir hier. Nur daß du dort mehr Freiheit hast und die Leute reicher sind. Alles ist dort besser. Die Flüsse da, um ein Beispiel zu nennen, sind viel besser als die hiesigen! Fische und Wild nämlich – nicht abzusehen! Für mich, Brüder, gibt's kein größeres Vergnügen als Fischchen fangen. Ich brauche nichts weiter, laßt mich nur irgendwo mit der Angel hinsetzen. Bei Gott. Ich fang sie mit der Angel, mit der Hechtangel, ich stell Reusen auf, und wenn Eisgang ist, fang ich sie mit dem Kescher. Hab ich nicht die Kräfte, sie mit dem Kescher zu fangen, so miet ich mir für einen Fünfer einen Bauern. O Gott, was für ein Vergnügen ist das! Man fängt eine Aalraupe oder so eine Meeräsche, und es ist, als ob du deinen leiblichen Bruder gesehen hast. Und ich kann dir sagen, für jeden Fisch hast du so deine Erfahrung: den einen fängst du mit einem kleinen Fisch, den zweiten mit einer Larvenhülle, den dritten mit einem Frosch oder mit einem Grashüpfer. Das muß man alles wissen! Zum Beispiel, sagen wir mal die Aalraupe. Die Aalraupe ist kein sehr wählerischer Fisch, sie schnappt sich auch einen Kaulbarsch, der Hecht liebt den Gründling, der Dickkopf den Schmetterling. Und die Meeräsche; es gibt kein größeres Vergnügen, als an einer reißenden Stelle eine Meeräsche zu fangen. Du läßt die Angelschnur an die zehn Faden ohne Senkblei runter, mit deinem Schmetterling oder einem Käfer daran, damit der Köder oben schwimmt, stehst ohne Hosen im Wasser und richtest dich nach der Strömung, und die Meeräsche – die zieht! Hier muß man bloß aufpassen, daß das verfluchte Luder den Köder nicht abreißt. Sobald sie dir am Köder sitzt, mußt du die Angel anziehen, da darfst du nicht länger warten. Was für einen Haufen Fische ich in meinem Leben schon gefangen habe! Wie wir da auf der Flucht waren, da schliefen die anderen Sträflinge im Wald, ich aber konnte nicht schlafen, ich hatte es auf den Fluß abgesehen. Und die Flüsse dort sind breit, schnell, und die Ufer sind steil – schrecklich steil. Am Ufer stehen lauter dichte Wälder. Da sind Bäume, wenn du zum Wipfel hochguckst, dreht sich dir der Kopf. Nach hiesigen Preisen gerechnet, kann man für jede Fichte zehn Rubel geben.«

Unter dem wirren Ansturm der Wunschträume, der plastischen Bilder aus der Vergangenheit und des süßen Vorgefühls vom Glück verstummt der bedauernswerte Mann und bewegt nur die Lippen, als flüstere er mit sich selbst. Ein stumpfsinniges, seliges Lächeln weicht nicht von seinem Gesicht. Die Polizeigehilfen schweigen. Sie sind nachdenklich geworden und lassen den Kopf hängen. In der herbstlichen Stille, wenn kalter, rauher Nebel von der Erde aufsteigt und sich auf die Seele legt, wenn er wie eine Gefängniswand vor den Augen steht und dem Menschen die Beschränktheit seines Willens bezeugt, dann denkt man gern an breite, schnelle Flüsse mit freien, steilen Ufern, an undurchdringliche Wälder und endlose Steppen. Langsam und bedächtig entsteht in der Phantasie das Bild, wie am frühen Morgen, wenn am Himmel noch die Morgenröte glüht, ein Mensch wie ein winziger Fleck über das menschenleere Steilufer wandert; die Wipfel von jahrhundertealten Mastenfichten steigen terrassenförmig zu beiden Seiten des Stromes an, schauen streng auf den freien Menschen herab und rauschen düster. Wurzeln, gewaltige Steine und stachliges Gesträuch säumen seinen Weg, sein Körper aber ist stark und sein Geist kühn, er fürchtet weder Fichten noch Steine, noch seine Einsamkeit, noch das rollende Echo, das jeden seiner Schritte wiederholt.

Die Polizeigehilfen malen sich ein freies Leben aus, das sie niemals kennengelernt haben; ob sie sich unklar an längst Gehörtes erinnern, oder ob die Vorstellung von einem freien Leben ihnen als Erbe ihrer fernen, freien Vorfahren in Fleisch und Blut übergegangen sind, das weiß Gott!

Als erster unterbricht Nikandr Sapožnikov, der bis dahin kein einziges Wort gesagt hat, das Schweigen. Ob er den Landstreicher um sein trügerisches Glück beneidet, oder ob er vielleicht im Herzen spürt, daß die Träume vom Glück nicht zu dem grauen Nebel und dem schwarzbraunen Schmutz passen – er sieht den Landstreicher streng an und sagt:

»Alles schön und gut, nur wirst du, Bruder, diese freien Gegenden nicht erreichen. Schaffst du nicht! Dreihundert Verst wirst du noch wandern, aber dann gibst du deinen Geist auf. Sieh doch mal, wie kränklich du bist! Bist erst sechs Verst gegangen, aber bist davon immer noch ganz außer Atem!«

Der Landstreicher dreht sich langsam nach Nikandr um, und das glückselige Lächeln verschwindet von seinem Gesicht. Er blickt erschreckt und schuldbewußt in die würdevolle Miene des Polizeigehilfen, besinnt sich offenbar und läßt den Kopf hängen. Wieder tritt Schweigen ein ... Alle drei denken nach. Die Polizeigehilfen strengen ihren Verstand an, um sich vorzustellen, was sich vielleicht allein Gott vorstellen kann, nämlich jene schrecklich weite Entfernung, die sie von dem freien Land trennt. Im Kopf des Landstreichers jedoch drängen sich Bilder, hell, deutlich und noch schrecklicher als jene weite Entfernung. Lebendig treten ihm vor Augen Gerichtsbürokraten, Etappen- und Katorgagefängnisse, Arrestantenbarken, ermüdende Stockungen auf dem Marsch, eiskalte Winter, Krankheiten, der Tod von Kameraden ...

Der Landstreicher blinzelt schuldbewußt mit den Augen, wischt sich mit dem Ärmel über die Stirn, auf der kleine Tropfen hervortreten, und er keucht, als käme er gerade aus einem überhitzten Badehaus gesprungen, dann wischt er sich mit dem anderen Ärmel über die Stirn und blickt sich furchtsam um.

»Du wirst tatsächlich nicht hinkommen!« fällt Ptacha ein. »Was bist du schon für ein Fußgänger! Guck dich doch an: Haut und Knochen! Du wirst sterben, Bruder!«

»Sicher wird er sterben! Wo soll er denn sonst hin!« sagt Nikandr. »Man wird ihn auch gleich ins Hospital schaffen ... Bestimmt!«

Der Mann, der seinen Namen vergessen hat, schaut erschreckt in die strengen, leidenschaftslosen Gesichter seiner unheilverkündenden Begleiter, und mit aufgerissenen Augen, ohne die Mütze abzunehmen, bekreuzigt er sich ... Er zittert am ganzen Leib, schüttelt den Kopf und krümmt sich wie eine Raupe, die getreten wurde ...

»Nun, wir müssen weitergehen«, sagt Nikandr und steht auf. »Haben genug ausgeruht!«

Kurz darauf schreiten die drei Männer schon den schmutzigen Weg entlang. Der Landstreicher hat sich noch mehr zusammengekrümmt und die Hände noch tiefer in die Ärmel gesteckt. Ptacha schweigt.

Psst!

Ivan Egorovič Krasnuchin, ein mittelmäßiger Zeitungsschreiber, kehrt spät in der Nacht heim; er macht einen finsteren, ernsten und ungewöhnlich konzentrierten Eindruck. Er steckt eine Miene auf, als erwarte er eine Haussuchung oder als denke er an Selbstmord. Nachdem er einige Male in seinem Zimmer auf und ab gegangen ist, bleibt er stehen, zerwühlt sich das Haar und sagt im Ton eines Laertes, der sich anschickt, seine Schwester zu rächen:

»Zerschlagen, seelisch zermürbt, im Herzen beklemmende Schwermut – so soll man sich hinsetzen und schreiben! Und das nennt sich Leben! Weshalb hat noch niemand den qualvollen Zwiespalt beschrieben, von dem ein Schriftsteller beseelt ist, wenn er traurig ist, aber die Menge erheitern soll, oder wenn er fröhlich ist, aber auf Bestellung Tränen vergießen muß? Ich soll frivol sein, gelassen-kühl oder scharfsinnig, aber man stelle sich vor, daß mich Schwermut bedrückt oder daß ich, angenommen, krank bin, mein Kind im Sterben liegt oder meine Frau gerade entbindet!«

So spricht er, droht dabei mit der Faust und rollt die Augen... Darauf geht er ins Schlafzimmer und weckt seine Frau.

»Nadja«, sagt er, »ich setze mich noch an den Schreibtisch... Paß bitte auf, daß mich niemand stört. Ich kann nicht schreiben, wenn Kinder heulen oder Köchinnen schnarchen... Sorg auch dafür, daß Tee da ist und... ein Beefsteak, vielleicht... Du weißt, ich kann ohne Tee nicht schreiben... Tee – das ist das einzige, was mich bei der Arbeit erquickt.«

In sein Zimmer zurückgekehrt, legt er Rock, Weste und Stiefel ab. Er entkleidet sich langsam, dann verleiht er seinem Gesicht den Ausdruck der gekränkten Unschuld und setzt sich an den Schreibtisch.

Auf dem Tisch steht nichts Zufälliges oder Alltägliches, aber alles, selbst die geringste Kleinigkeit, trägt den Charakter der Wohlüberlegtheit und eines strengen Programms. Da sieht man kleine Büsten und Bilder großer Schriftsteller, einen Packen von Rohmanuskripten, einen Band Belinskij mit einer eingeknickten Seite, eine Hirnschale an Stelle eines Aschbechers, ein Zeitungsblatt, das nachlässig, aber so zusammengefaltet ist, daß eine mit Blaustift unterstrichene Stelle sichtbar wird, die in großen Lettern die Randbemerkung trägt: ›Gemein!‹ Da liegen auch etwa ein Dutzend frisch angespitzter Bleistifte sowie Federhalter mit neuen Federn, die augenscheinlich deshalb dort hingelegt wurden, damit der freie, schöpferische Flug des Geistes auch nicht einen Augenblick durch äußere Ursachen und Zufälligkeiten wie etwa eine verdorbene Feder unterbrochen werde ...

Krasnuchin lehnt sich mit geschlossenen Augen in den Sessel zurück und macht sich daran, ein Thema auszubrüten. Er hört, wie seine Frau mit den Pantoffeln schlurft und Späne für den Samovar schnitzt. Sie ist noch nicht ganz wach, was man daran merkt, daß ihr immerzu der Samovardeckel und das Messer aus der Hand fallen. Bald ertönt das Summen des Samovars und das Zischen des bratenden Fleisches. Die Gattin schnitzt immer noch Späne und rasselt mit den Ofenklappen, Schiebern und Heizungstüren. Plötzlich fährt Krasnuchin zusammen, reißt erschreckt die Augen auf und schnuppert.

»Mein Gott, Kohlendunst!« stöhnt er und verzieht das Gesicht zu einer Leidensmiene. »Kohlendunst! Diese unausstehliche Frau hat sich das Ziel gesetzt, mich zu vergiften! Nun sage mir einer um Gottes willen, wie kann ich unter solchen Umständen schreiben?«

Er eilt in die Küche und erhebt dort ein theatralisches Wehgeschrei. Als ihm ein wenig später seine Frau, vorsichtig auf Zehenspitzen schleichend, ein Glas Tee bringt, sitzt er wieder mit geschlossenen Augen im Sessel und ist in sein Thema vertieft. Er rührt sich nicht, trommelt leicht mit zwei Fingern an seine Stirn und gibt sich den Anschein, als bemerke er die Anwesenheit seiner Frau nicht... Auf seinem Gesicht zeigt sich wie vorher der Ausdruck gekränkter Unschuld.

Bevor er die Überschrift schreibt, kokettiert er lange mit sich selbst, wie ein Mädchen, dem man einen teuren Fächer geschenkt hat; er paradiert und ziert sich ... Bald preßt er die Hände an die Schläfen, bald krümmt er sich und zieht, als hätte er Schmerzen, die Beine unter den Sessel, bald blinzelt er genießerisch mit den Augen wie ein Kater auf dem Sofa ... Endlich streckt er, nicht ohne Zaudern, die Hand nach dem Tintenfaß aus und schreibt mit einer Miene, als unterzeichne er ein Todesurteil, die Überschrift hin ...

»Mama, Wasser!« hört er die Stimme seines Sohnes.
»Pst!« sagt die Mutter. »Papa schreibt! Pst...«
Papa schreibt sehr schnell, ohne zu verbessern oder zu stocken, und läßt sich kaum Zeit, die Blätter umzuwenden. Die Büsten und Porträts der berühmten Schriftsteller schauen auf seine schnell dahineilende Feder, sie rühren sich nicht und scheinen zu denken: Sieh mal an, Bruder, bist aber in Trab gekommen!
»Pst!« kratzt die Feder.
»Pst!« lassen die Schriftsteller vernehmen, wenn sie durch einen Stoß mit dem Knie samt dem Tisch erzittern.
Plötzlich richtet sich Krasnuchin gerade auf, legt die Feder hin und horcht... Er hört ein gleichmäßiges, eintöniges Flüstern... Das ist der Mieter Foma Nikolaevič, der im Nebenzimmer betet.
»Hören Sie!« ruft Krasnuchin. »Können Sie nicht etwas leiser beten? Sie stören mich beim Schreiben!«
»Entschuldigen Sie!« antwortet Foma Nikolaevič schüchtern.
»Pst!«
Als er fünf Seiten vollgeschrieben hat, reckt sich Krasnuchin und schaut auf die Uhr.
»Gott, schon drei Uhr!« stöhnt er. »Die Leute schlafen, aber ich... ich allein muß arbeiten!«
Zerschlagen, erschöpft und den Kopf zur Seite geneigt, geht er ins Schlafzimmer, weckt seine Frau und sagt mit matter Stimme:
»Nadja, gib mir noch Tee! Ich bin ganz entkräftet!«
Er schreibt noch bis vier, und er hätte gern noch bis sechs geschrieben, wenn ihm nicht der Stoff ausgegangen wäre. Das Kokettieren und die Ziererei vor sich selbst und vor den unbelebten Gegenständen, fern von indiskreten, beobachtenden Blicken, der Despotismus und die Tyrannei gegenüber dem kleinen Ameisenhaufen, den ihm das Schicksal in seine Gewalt gegeben hat, bilden die Würze seines Daseins. Und wie wenig ähnelt doch dieser häusliche Despot dem kleinen, demütigen, wortkargen, talentlosen Menschlein, dem wir gewöhnlich in den Redaktionen begegnen!
»Ich bin so erschöpft, daß ich kaum werde einschlafen können...« sagt er, als er sich schlafen legt. »Unsere Arbeit, diese verwünschte, undankbare Sträflingsarbeit, ermüdet nicht so sehr den Körper als vielmehr die Seele... Ich müßte Bromkalium einnehmen... Ach, weiß Gott, hätte ich keine Familie, ich wür-

de diese Arbeit hinschmeißen... Auf Bestellung schreiben! Das ist schrecklich!«

Er schläft bis zwölf oder ein Uhr mittags einen festen und gesunden Schlaf... Ach, wie würde er erst schlafen, was für Träume würde er haben, wie sich entfalten, wenn er ein berühmter Schriftsteller, ein Redakteur oder auch nur ein Verleger wäre!

»Er hat die ganze Nacht geschrieben«, flüstert seine Frau und macht ein erschrockenes Gesicht. »Pst!«

Niemand getraut sich zu sprechen, zu gehen oder gar Lärm zu machen. Sein Schlaf ist ein Heiligtum, für dessen Schändung der Schuldige teuer bezahlen muß!

»Pst!« tönt es durch die Wohnung. »Pst!«

In der Mühle

Der Müller Aleksej Birjukov, ein kerngesunder, stämmiger Mann in mittleren Jahren, in Gesicht und Gestalt den groben, dickfälligen, weit ausschreitenden Matrosen gleich, von denen die Kinder träumen, wenn sie Jules Verne gelesen haben, dieser Müller saß auf der Schwelle seiner Hütte und sog lässig an seiner kalten Tabakspfeife. Er hatte graue Hosen aus grobem Militärtuch und große klobige Stiefel an, aber keinen Rock und keine Mütze, obwohl schon richtiger Herbst war, naß und kalt. Durch die aufgeknöpfte Weste drang der feuchte Nebel, aber der große, wie Schwielen gefühllose Körper des Müllers spürte offenbar die Kälte nicht. Das rote, fleischige Gesicht war wie gewöhnlich apathisch und schlaff, gleichsam schlaftrunken; die kleinen verschwommenen Äuglein schielten finster und verdrießlich bald auf das Wehr, bald auf die beiden Scheunen mit den Schutzdächern, bald auf die alten, plumpen Weidenbäume.

Bei den Scheunen eilten geschäftig zwei Mönche hin und her, sie waren soeben vom Kloster gekommen – der eine war Kliopa, ein hochgewachsener, grauhaariger Alter in einer schlammbeschmutzten Kutte und mit einem geflickten Käppchen; der andere war Diodor, schwarzbärtig, dunkelhäutig, offenbar ein gebürtiger Georgier, er trug einen gewöhnlichen Bauernpelz. Sie luden von einem Bauernwagen Säcke mit Roggen ab, den sie zum Mahlen hierhergebracht hatten. Ein Stück von ihnen entfernt saß im dunklen, schmutzigen Gras der Arbeiter Aleksej, ein junger Bursche ohne Schnurrbart, der in einem zerrissenen kurzen Schafspelz steckte und völlig betrunken war. Er zerknüllte ein Fischnetz in den Händen und gab sich den Anschein, als flicke er es.

Der Müller ließ lange schweigend seine Blicke umherschweifen, dann starrte er die Mönche an, die die Säcke schleppten, und sagte mit tiefer Baßstimme:

»Ihr Mönche da, weshalb fangt ihr im Fluß Fische? Wer hat euch das erlaubt?«

Die Mönche antworteten nicht und sahen den Müller nicht einmal an. Der schwieg, rauchte seine Pfeife an und fuhr fort:

»Ihr fangt welche und erlaubt es auch noch den Kleinbürgern aus der Vorstadt. Ich habe in der Vorstadt und bei euch den Fluß gepachtet, ich zahle euch Geld, das heißt, der Fisch gehört mir, und niemand hat überhaupt ein Recht, ihn zu fangen. Zu Gott betet ihr, aber Stehlen haltet ihr nicht für eine Sünde.«

Der Müller gähnte, schwieg ein Weilchen und brummte dann:

»Sieh mal einer an, was die für eine Mode eingeführt haben! Denken, weil sie Mönche sind und bei den Heiligen registriert, da gibt es für sie keine Justiz. Da werd ich euch eben dem Friedensrichter übergeben. Den Friedensrichter interessiert eure Kutte nicht, bei dem holt ihr euch kalte Füße. Aber ich werd auch ohne Friedensrichter mit euch fertig. Ich komm an den Fluß und hau euch so die Jacke voll, daß ihr bis zum Jüngsten Gericht keinen Fisch mehr sehen könnt!«

»Solche Worte sind vollkommen fehl am Platz, Aleksej Dorofeič!« erwiderte Kliopa mit leiser Tenorstimme. »Gute gottesfürchtige Menschen sagen solche Worte nicht einmal zu einem Hund, und wir sind doch Mönche!«

»Mönche«, äffte ihn der Müller nach. »Du brauchst Fisch? Ja? Also dann kauf ihn bei mir, aber stiehl nicht!«

»Herrgott, stehlen wir etwa?« fragte Kliopa und verzog das Gesicht. »Wozu solche Worte? Unsere Klosterbrüder haben Fische gefangen, das stimmt, aber sie hatten doch dafür vom Vater Archimandrit die Erlaubnis. Der Vater Archimandrit beurteilen das so: man hat das Geld von Ihnen nicht für den ganzen Fluß genommen, sondern nur dafür, daß Sie das Recht haben, an unserem Ufer Netze auszulegen. Man hat Ihnen den

Fluß nicht ganz überlassen ... Er gehört nicht Ihnen und nicht uns, sondern Gott ...«

»Der Archimandrit ist keinen Deut besser als wie du!« brummte der Müller und klopfte mit der Tabakspfeife an seinen Stiefel. »Maust auch gerne! Aber ich will das nicht untersuchen. Für mich ist der Archimandrit genau dasselbe wie du oder der Evsej da. Erwisch ich ihn am Fluß, kriegt auch er sein Fett ...«

»Wenn Sie vorhaben, Mönche zu verprügeln – bitte, wie Sie wollen. Wir werden's dann dafür im Jenseits besser haben. Sie haben schon den Vissarion und den Antipij verprügelt, verprügeln Sie ruhig auch die anderen.«

»Schweig, und laß ihn in Ruhe!« fiel Diodor ein und zupfte Kliopa am Ärmel.

Kliopa besann sich plötzlich, verstummte und begann wieder Säcke zu schleppen; der Müller aber schimpfte weiter. Er brummte träge, wobei er nach jedem Satz an seiner Pfeife sog und ausspuckte. Als die Sache mit den Fischen erledigt war, fielen ihm die beiden Säcke ein, die sich die Mönche angeblich einmal ›ergaunert‹ hatten, und er schimpfte wegen der Säcke. Dann aber, als er bemerkte, daß Evsej betrunken war und nicht arbeitete, ließ er die Mönche in Ruhe, fiel über den Arbeiter her und erfüllte die Luft mit ausgesuchten, ekelhaften Schimpfworten.

Die Mönche nahmen sich anfangs zusammen und seufzten nur laut, bald aber konnte es Kliopa nicht mehr aushalten ... Er schlug die Hände zusammen und stieß mit weinerlicher Stimme hervor: »Herr des Himmels, kein Dienst ist mir unangenehmer als zur Mühle zu fahren! Eine richtige Hölle! Eine Hölle, wahrhaftig eine Hölle!«

»So fahr doch nicht!« antwortete der Müller bissig.

»O Mutter Gottes, ich wäre froh, wenn ich nicht hierher zu fahren brauchte, aber woher sollen wir eine andere Mühle nehmen? Sag doch selber, außer deiner gibt's in der ganzen Gegend keine einzige Mühle! Da müßten wir einfach Hungers sterben oder ungemahlenes Korn essen!«

Der Müller konnte sich nicht beruhigen und teilte weiter nach allen Seiten Beschimpfungen aus. Man sah, daß das Brummen und Schimpfen für ihn eine ebensolche Gewohnheit war wie das Saugen an der Tabakspfeife.

»Wenn du bloß den Gottseibeiuns nicht erwähnen wolltest!«

flehte Kliopa und blinzelte verwirrt mit den Augen. »Nun schweig aber, sei so gut!«

Bald verstummte der Müller, doch nicht, weil ihn Kliopa angefleht hatte. Auf dem Wehr tauchte eine alte Frau auf; sie war klein und rundlich, hatte ein gutmütiges Gesicht und trug eine seltsame, abgetragene, gestreifte Mantille, die wie der Rücken eines Käfers aussah. Sie hielt ein kleines Bündel in der Hand und stützte sich auf ein Stöckchen...

»Guten Tag, Väterchen!« lispelte sie und verneigte sich tief vor den Mönchen. »Gott helfe euch! Guten Tag, Alësenka! Guten Tag, Evsejuška!«

»Guten Tag, Mütterchen«, murmelte der Müller, ohne die Alte anzusehen, und machte ein finsteres Gesicht.

»Ich komm dich besuchen, mein Lieber!« sagte sie lächelnd und blickte dem Müller zärtlich ins Gesicht. »Hab dich lange nicht gesehen. Wohl seit dem Himmelfahrtstag haben wir uns nicht mehr gesehen... Ob du dich freust oder nicht, du mußt mich empfangen! Kommst mir ein bißchen abgemagert vor...«

Die alte Frau setzte sich neben den Müller, und neben diesem gewaltigen Mann sah ihre Mantille einem Käfer noch ähnlicher.

»Ja, seit dem Himmelfahrtstag!« fuhr sie fort. »Hab mich nach dir gesehnt, mein Herz war richtig krank nach dir, mein Söhnchen, aber immer wenn ich mich auf den Weg zu dir machen wollte, da hat es entweder geregnet, oder ich bin krank geworden...«

»Kommen Sie jetzt aus der Vorstadt?« fragte der Müller finster.

»Ja, aus der Vorstadt... Gerade von zu Hause...«

»Krank und elend wie Sie sind, sollten Sie lieber zu Hause bleiben und keine Besuche machen. Nun, weshalb sind Sie gekommen? Schade um die Schuhsohlen!«

»Dich zu sehen, bin ich gekommen... Zwei Söhne hab ich«, sagte sie, zu den Mönchen gewandt, »diesen hier und noch den Vasilij, der in der Vorstadt wohnt. Die beiden. Ihnen ist es ganz gleich, ob ich lebe oder tot bin, aber sie sind doch meine Kinder, meine ganze Freude... Sie brauchen mich nicht, aber ich könnte, glaube ich, nicht einen Tag ohne sie leben... Nur eins, Väterchen, ich bin alt geworden, der Weg von der Vorstadt bis hierher fällt mir schwer.«

Schweigen trat ein. Die Mönche hatten den letzten Sack in die

Scheune gebracht und setzten sich auf den Wagen, um zu verschnaufen ... Der betrunkene Evsej zerknüllte immer noch das Netz in seinen Händen und döste vor sich hin.

»Sie kommen ungelegen, Mütterchen«, sagte der Müller. »Ich muß jetzt gleich nach Karjažino fahren.«

»So fahre! Mit Gott!« seufzte die Alte. »Meinetwegen brauchst du nicht dazubleiben ... Vasja und seine Kinder lassen dich grüßen, Alëšenka ...«

»Säuft er immer noch?«

»Nicht gerade sehr viel, aber er trinkt. Wozu soll man's verheimlichen, er trinkt ... Um viel zu trinken, das weißt du selber, hat er kein Geld, nur wenn manchmal gute Leute ihm was spendieren ... Ein schlechtes Leben hat er, Alëšenka! Es tut mir in der Seele weh, wenn ich ihn so sehe ... Nichts zu essen, die Kinder laufen zerlumpt herum, er selber schämt sich, auf die Straße zu gehen, die Hosen haben lauter Löcher, Stiefel hat er gar keine ... Wir schlafen alle sechs in einem Zimmer. So eine Armut, so eine Armut, bitterer kann man sie sich nicht vorstellen ... Darum bin ich auch zu dir gekommen, um für die Ärmsten zu bitten ... Tu deiner alten Mutter einen Gefallen, Alëšenka, und hilf Vasilij ... Bist doch der Bruder!«

Der Müller schwieg und blickte zur Seite.

»Er ist arm, aber du – gepriesen sei der Herr! –, du hast deine Mühle, besitzt Gärten, handelst mit Fischen ... Dich hat der Herr erleuchtet, er hat dich über die anderen erhoben, er hat dich gesättigt ... Und du bist allein ... Vasja aber hat vier Kinder, ich lieg ihm auf der Tasche, ich Unglückliche, und an Gehalt bekommt er im ganzen sieben Rubel. Wie soll er da alle satt machen? Hilf du.«

Der Müller schwieg und stopfte sorgfältig seine Pfeife.

»Gibst du etwas?« fragte die Alte.

Der Müller schwieg, als hätte er Wasser im Mund. Ohne eine Antwort abzuwarten, seufzte die Alte, überflog mit einem Blick die Mönche und Evsej und sagte: »Nun, Gott mit dir, dann gib eben nichts. Ich hab's ja gewußt, daß du nichts geben wirst ... Ich bin zu dir auch mehr wegen Nazar Andreič gekommen ... Er weint doch so sehr, Alëšenka! Hat mir die Hände geküßt und mich gebeten, ich soll zu dir gehen und dich anflehen ...«

»Was will er denn?«

»Er bittet, daß du ihm die Schuld zurückerstattest. ›Ich hab ihm‹, sagt er, ›Roggen zum Mahlen hingebracht, aber er hat ihn mir nicht zurückgegeben.‹«

»Es ist nicht Ihre Sache, Mütterchen, sich in fremde Angelegenheiten zu mischen«, brummte der Müller vor sich hin. »Ihre Sache ist es, zu Gott zu beten.«

»Ich bete ja auch, aber Gott erhört meine Gebete nicht. Vasilij ist ein Bettler, ich selbst bettle und laufe in einer fremden Mantille herum, und du lebst gut, aber weiß Gott, was du für ein Herz hast. Oh, Alëšenka, du bist vom bösen Blick behext. Du hast, meine ich, viel Gutes: du bist gescheit, ein schöner Mann, ein kluger Kaufmann, aber du hast keine Ähnlichkeit mit einem wirklichen Menschen! Du bist unfreundlich, lächelst nie, sagst kein gutes Wort, bist ungnädig wie irgend so ein Tier ... Ach, was für ein Gesicht! Und was die Leute über dich reden, Kummer über Kummer! Frag mal die Väter da! Man erzählt überall, du saugst den Leuten das Blut aus, tust ihnen Gewalt an, mit deinen Arbeitern, diesen Räubern, plünderst du nachts die Reisenden und stiehlst Pferde ... Deine Mühle soll ein verfluchter Ort sein ... Kinder und junge Mädchen haben Angst, nahe daran vorbeizugehen, jede Kreatur geht dir aus dem Weg. Man nennt dich nicht anders als Kain und Herodes ...«

»Eine Närrin sind Sie, Mütterchen!«

»Wo du hintrittst, da wächst kein Gras mehr, wo dein Atem geht, da fliegt kein Insekt. Ich höre nur immer: ›Ach, wenn ihn doch nur bald einer totschlagen möchte oder wenn man ihn aburteilen wollte!‹ Wie soll eine Mutter das alles mit anhören? Wie denn? Bist doch mein leibliches Kind, mein Fleisch und Blut ...«

»Jetzt muß ich aber fahren«, meinte der Müller und stand auf. »Leben Sie wohl, Mütterchen!«

Der Müller zog ein Fuhrwerk aus der Scheune; er holte das Pferd, stieß es wie ein Hündchen zwischen die Deichselstangen und spannte es ein. Die Alte ging neben ihm auf und ab, schaute ihm ins Gesicht und blinzelte weinerlich.

»Nun, leb wohl!« sagte sie, als ihr Sohn rasch seinen Kaftan anzog. »Behüt dich Gott und vergiß uns nicht. Warte, ich hab noch ein Geschenk für dich ...« murmelte sie mit gesenkter Stimme und wickelte ein Päckchen aus. »Gestern war ich bei der Diakonin, man hat mich dort bewirtet ... da hab ich auch für dich was eingesteckt ...«

Und die Alte streckte ihrem Sohn einen kleinen zerdrückten Pfefferkuchen entgegen ...

»Lassen Sie mich in Ruhe!« schrie der Müller und schob ihre Hand weg.

Die Alte wurde verlegen, sie ließ den Pfefferkuchen fallen und schleppte sich leise zum Wehr ... Diese Szene hinterließ einen beklemmenden Eindruck. Ganz abgesehen von den Mönchen, die aufschrien und vor Entsetzen die Hände rangen, sogar der betrunkene Evsej war wie versteinert und starrte seinen Herrn erschrocken an. Ob der Müller den Ausdruck auf den Gesichtern der Mönche und des Arbeiters bemerkte oder ob sich in seiner Brust vielleicht ein längst verkümmertes Gefühl regte – auch auf seinem Gesicht blitzte so etwas wie Erschrecken auf ...

»Mütterchen!« schrie er.

Die Alte zuckte zusammen und blickte sich um. Der Müller griff hastig in seine Tasche und zog einen großen ledernen Geldbeutel heraus ...

»Da haben Sie ...« murmelte er und holte aus dem Geldbeutel ein Knäuel Scheine und Silbermünzen.

Er drehte das Knäuel in der Hand hin und her, knüllte es, wobei er sich nach den Mönchen umsah, dann knüllte er es noch einmal. Scheine und Silbermünzen glitten ihm durch die Finger und rutschten nacheinander in den Geldbeutel, und in seiner Hand blieb nur ein Zwanzigkopekenstück ... Der Müller schaute es an, rieb es zwischen den Fingern, räusperte sich und gab es errötend der Mutter.

Gute Menschen

Einst lebte in Moskau Vladimir Semënyč Ljadovskij. Er hatte an der Universität die juristische Fakultät absolviert und war beim Kontrolldienst der Eisenbahn angestellt, doch hätten Sie ihn gefragt, womit er sich befasse, er hätte Sie durch seinen goldenen Kneifer mit großen, glänzenden Augen offen und aufrichtig angesehen und mit stiller, samtweicher, lispelnder Baritonstimme geantwortet:

»Ich befasse mich mit Literatur!«

Nach der Absolvierung der Universität hatte Vladimir Semënyč in einer Zeitung eine Theaternotiz veröffentlicht, war dann zur Rubrik ›Bibliographie‹ übergewechselt, und ein paar Jahre später schrieb er bereits das allwöchentliche kritische Feuilleton. Doch aus solch einem Anfang sollte man nicht schließen, daß er Dilettant oder daß seine schriftstellerische Tätigkeit rein zufälliger, vorübergehender Natur war. Immer wenn ich seine blitzsaubere, hagere Gestalt sah, die hohe Stirn und die lange Mähne, wenn ich aufmerksam seinen Worten lauschte, dann schien es mir, als sei die Schriftstellerei bei ihm, unabhängig davon, was und wie er schrieb, zu einer organischen Eigenschaft geworden wie das Schlagen des Herzens und als sei der Kern seines ganzen Programmes schon im Mutterleib vorhanden gewesen. Sogar an seinem Gang, seinen Gesten und an der Art und Weise, wie er von der Zigarette die Asche entfernte, konnte ich dieses Programm von A bis Z ablesen, mit all seinem Brimborium, seiner Eintönigkeit und seiner Ehrpusseligkeit. Man sah ihm den Schriftsteller an, wenn er mit begeistertem Gesicht feierlich einen Kranz auf dem Grab eines berühmten Mannes niederlegte oder wenn er mit bedeutungsvoller, feierlicher Miene Unterschriften für eine Adresse sammelte. Sein leidenschaftliches Bemühen, berühmte Schriftsteller kennenzulernen, die Fähigkeit, Talente sogar dort zu finden, wo es gar keine gab, seine ständige Verzücktheit, seine hundertzwanzig Pulsschläge in der Minute, die Lebensfremdheit, jene rein weibliche Aufgeregtheit, mit der er sich in Konzerten und auf literarischen Abenden für die studierende Jugend einsetzte, dieser Hang zur Jugend – all das hätte ihm den Ruf eines ›Schriftstellers‹ eingebracht, auch wenn es seine Feuilletons nicht gegeben hätte.

Er war ein Schriftsteller, zu dem es sehr gut paßte, wenn er sagte: »Unser sind wenige!« oder: »Was ist das Leben ohne Kampf? Vorwärts!«, obwohl er niemals mit jemandem kämpfte und niemals vorwärtsschritt. Es kam einem nicht einmal abgeschmackt vor, wenn er über Ideale sprach. Bei der Jahresfeier der Universität, am Tatjanatag, betrank er sich jedesmal sinnlos und sang falsch das ›Gaudeamus‹ mit, und in diesem Augenblick schien sein glänzendes Gesicht zu sagen: Schaut her, ich bin betrunken, ich zeche! Aber auch das paßte zu ihm.

Vladimir Semënyč glaubte ehrlichen Herzens an sein Recht zu schreiben und an sein Programm, er kannte keinerlei Zweifel und war offenbar sehr mit sich zufrieden. Nur eins betrübte ihn –

die Zeitung, für die er schrieb, hatte wenig Abonnenten und erfreute sich keines soliden Rufes. Vladimir Semënyč glaubte jedoch, es werde ihm früher oder später gelingen, bei einer Literaturzeitschrift unterzukommen, wo er sich entfalten und bewähren könne – und sein kleiner Kummer verblaßte angesichts so strahlender Hoffnungen.

Als ich diesen lieben Menschen besuchte, lernte ich seine Schwester kennen, die Ärztin Vera Semënovna. Vom ersten Augenblick an beeindruckte mich diese Frau durch ihr erschöpftes, äußerst kränkliches Aussehen. Sie war jung, gut gebaut und hatte regelmäßige, etwas grobe Gesichtszüge, doch im Vergleich zu ihrem lebhaften, eleganten und redseligen Bruder wirkte sie linkisch, kraftlos, nachlässig und mürrisch. Ihre Bewegungen, ihr Lächeln und ihre Worte hatten etwas Gezwungenes, Kaltes, Apathisches, und sie gefiel den Leuten nicht, sie galt als stolz und beschränkt.

Tatsächlich aber wollte sie nur ihre Ruhe, wie mir schien.

»Mein lieber Freund«, sagte ihr Bruder des öfteren seufzend zu mir, während er sich mit der Geste eines Literaten die Haare zurückstrich, »urteilen Sie niemals nach dem Äußeren! Schauen Sie sich dieses Buch hier an: es ist schon lange ausgelesen, es ist unansehnlich geworden, zerfetzt und staubbedeckt wie ein überflüssiger Gegenstand, aber wenn Sie es aufschlagen, so läßt es Sie blaß werden und macht Sie weinen. Meine Schwester ist wie dieses Buch. Klappen Sie es auf, schauen Sie hinein, und Schrecken wird Sie ergreifen. In lumpigen drei Monaten hat Vera durchgemacht, was für ein ganzes Menschenleben reichen würde!«

Vladimir Semënyč blickte sich um, nahm mich beim Ärmel und flüsterte:

»Sie müssen wissen, nach dem Studium heiratete sie aus Liebe, einen Architekten. Ein richtiges Drama! Kaum hatten die jungen Leute drei Monate zusammengelebt, da starb der Mann plötzlich an Typhus. Aber das war noch nicht alles. Sie hatte sich bei ihrem Mann angesteckt und nahm, als sie nach ihrer Genesung erfuhr, ihr Ivan sei gestorben, eine Überdosis Morphium. Hätte meine Vera nicht energische Freundinnen gehabt, sie wäre schon längst im Paradies. Hören Sie, ist das etwa kein Drama? Gleicht meine Schwester nicht einer ingénue, die schon alle fünf Akte ihres Lebens gespielt hat? Mag das Publikum sich ein Vaudeville ansehen – die ingénue muß heimfahren und sich ausruhen.«

Vera Semënovna war nach den unglücklichen drei Monaten zu ihrem Bruder gezogen. Die praktische Medizin lag ihr nicht, sie befriedigte sie nicht und ermüdete sie; dazu machte sie keinen erfahrenen Eindruck, und kein einziges Mal hatte ich gehört, daß sie über irgend etwas sprach, was sich auf ihre Wissenschaft bezog.

Sie hatte die Medizin aufgegeben und verbrachte ihre Jugend träge und farblos mit Nichtstun und Schweigen wie eine Gefangene, sie ließ den Kopf hängen und die Arme sinken. Das einzige, wozu sie sich nicht gleichgültig verhielt und was ihres Lebens Dämmerung etwas aufhellte, war die Nähe ihres Bruders, den sie liebte. Sie liebte ihn selbst und sein Programm, sie bewunderte seine Feuilletons, und fragte man sie, womit sich ihr Bruder befasse, dann antwortete sie mit leiser Stimme, als fürchte sie, ihn zu wecken oder zu stören: »Er schreibt!« Gewöhnlich saß sie, wenn er schrieb, neben ihm und wandte keinen Blick von seiner schreibenden Hand. In diesen Momenten glich sie einem kranken Tier, das sich in der Sonne wärmt...

An einem Winterabend saß Vladimir Semënyč an seinem Tisch und schrieb für die Zeitung ein kritisches Feuilleton; neben ihm saß Vera Semënovna und blickte nach ihrer Gewohnheit auf seine schreibende Hand. Der Kritiker schrieb flott, ohne innezuhalten oder etwas auszustreichen. Die Feder kratzte und quietschte. Auf dem Tisch neben der schreibenden Hand lag das aufgeschlagene, eben erst aufgeschnittene Heft einer dicken Literaturzeitschrift.

Sie enthielt eine Erzählung aus dem Bauernleben und war mit zwei Buchstaben unterschrieben. Vladimir Semënyč war begeistert. Er fand, der Autor beherrsche die literarische Form, er erinnere in den Naturbeschreibungen an Turgenev, er sei aufrichtig und kenne das Landleben sehr gut. Der Kritiker selbst kannte dieses Leben nur aus Bildern und vom Hörensagen, aber sein Gefühl und seine innere Überzeugung veranlaßten ihn, der Erzählung Glauben zu schenken. Er prophezeite dem Verfasser eine glänzende Zukunft, versicherte ihm, er erwarte mit großer Ungeduld den Schluß der Erzählung, und so fort.

»Eine wunderbare Erzählung!« sagte er, lehnte sich in seinen Stuhl zurück und schloß vor Vergnügen die Augen. »Die Idee ist höchst sympathisch!«

Vera Semënovna blickte ihn an, gähnte laut und stellte plötzlich eine unerwartete Frage. Überhaupt besaß sie abends die Angewohnheit, nervös zu gähnen und kurze, zusammenhanglose Fragen zu stellen, die nicht immer passend waren.

»Volodja«, fragte sie, »was bedeutet ›dem Übel nicht widerstreben‹?«

»Dem Übel nicht widerstreben?« fragte er zurück und schlug die Augen auf.

»Ja, wie verstehst du das?«

»Sieh mal, meine Liebe, stell dir vor, dich überfallen Diebe oder Räuber und wollen dich berauben, und du, statt daß du ...«

»Nein, gib doch eine logische Definition.«

»Eine logische Definition? Hm ...! Was denn?« erwiderte Vladimir Semënyč stockend. »Der Begriff ›Dem Übel nicht widerstreben‹ drückt eine teilnahmslose Einstellung zu allem aus, was auf moralischem Gebiet als böse bezeichnet wird.«

Nachdem Vladimir Semënyč das gesagt hatte, beugte er sich über den Tisch und nahm sich eine Novelle vor. Sie war von einer Frau geschrieben und schilderte die schwierige Lage einer vornehmen Dame, die mit ihrem Geliebten und ihrem unehelichen Kind unter einem Dach lebte. Vladimir Semënyč war mit der sympathischen Idee, mit der Fabel und mit der Ausführung zufrieden. Für die kurze Wiedergabe des Inhalts wählte er die besten Stellen aus und fügte noch von sich aus hinzu: »Wie ist das alles wahrheitsgetreu, lebendig und anschaulich! Der Autor ist nicht nur ein Künstler im Erzählen, sondern auch ein feiner Psychologe, der seinen Personen ins Herz zu blicken vermag. Nehmen wir als Beispiel nur diese plastische Beschreibung des seelischen Zustands der Heldin bei der Begegnung mit ihrem Mann ... und so weiter.«

»Volodja!« unterbrach Vera Semënovna seine kritischen Ergüsse. »Ein seltsamer Gedanke beschäftigt mich seit gestern. Ich denke immerzu: Was würden wir darstellen, wenn das menschliche Leben auf dem Prinzip aufgebaut wäre, dem Übel nicht zu widerstreben?«

»Aller Wahrscheinlichkeit nach nichts. Dieses Prinzip würde einem verbrecherischen Willen alle Freiheit geben, und daher würde auf Erden kein Stein auf dem andern bleiben, von der Zivilisation ganz zu schweigen.«

»Und was würde übrigbleiben?«

»Räuber und Freudenhäuser. In meinem nächsten Feuilleton werde ich vielleicht darüber schreiben. Vielen Dank, daß du mich daran erinnert hast.«

Nach einer Woche löste mein Freund sein Versprechen ein. Es war gerade zu der Zeit – während der achtziger Jahre –, da man bei uns in der Öffentlichkeit und in der Presse von dem Prinzip, dem Übel nicht zu widerstreben, sprach, von dem Recht zu verurteilen, zu strafen und Krieg zu führen, und da einer aus unserer Mitte ohne Dienstboten auskam, zum Pflügen aufs Land ging, kein Fleisch mehr aß und dem Sinnengenuß entsagte.

Als Vera Semënovna das Feuilleton ihres Bruders gelesen hatte, dachte sie ein wenig nach und zuckte kaum merklich mit den Achseln.

»Sehr hübsch!« sagte sie. »Trotzdem verstehe ich vieles noch nicht. In der ›Klerisei‹ von Leskov zum Beispiel gibt es einen wunderlichen Gemüsegärtner, der für jeden seinen Teil sät – für die Käufer, für die Bettler und für diejenigen, die stehlen wollen. Handelt er vernünftig?«

An dem Gesichtsausdruck und dem Ton seiner Schwester merkte Vladimir Semënyč, daß ihr sein Feuilleton nicht gefiel, und wohl das erstemal in seinem Leben regte sich in ihm der Stolz des Autors. Er antwortete nicht ohne Gereiztheit:

»Diebstahl ist eine unmoralische Erscheinung. Für Diebe säen heißt den Dieben die Existenzberechtigung zuerkennen. Was würdest du sagen, wenn ich eine Zeitung gründete, sie nach Rubriken einteilte und dabei außer ehrenhaften Ideen auch Erpressung im Auge hätte? Nach der Logik dieses Gemüsegärtners muß ich doch auch Erpressern und geistigen Halunken einen Platz einräumen! Ist es nicht so?«

Vera Semënovna antwortete nicht. Sie stand vom Tisch auf, schlenderte träge zum Diwan und legte sich hin.

»Ich weiß nichts, ich weiß gar nichts!« sagte sie nachdenklich. »Du hast wahrscheinlich recht, aber mir scheint, so fühle ich es, daß in unserem Kampf gegen das Übel Unaufrichtigkeit steckt, als ob etwas unausgesprochen oder verdeckt bleibt. Weiß Gott, vielleicht gehört unsere Manier, dem Übel zu widerstreben, zu den Vorurteilen, die so tief bei uns eingewurzelt sind, daß wir nicht mehr in der Lage sind, uns von ihnen zu trennen, und auch nicht richtig darüber urteilen können.«

»Was soll das bedeuten?«

»Ich weiß nicht, wie ich dir das erklären soll. Vielleicht irrt der Mensch, wenn er denkt, er habe das Recht und die Pflicht, gegen das Übel zu kämpfen, ebenso wie es ein Irrtum ist zu meinen, das Herz sehe beispielsweise so aus wie das Herz-As auf einer Spielkarte. Es kann aber wohl sein, daß wir im Kampf gegen das Übel nicht das Recht haben, mit Gewalt vorzugehen, sondern nur mit dem, was der Gewalt entgegengesetzt ist, das heißt zum Beispiel: wenn du willst, daß man dir nicht dieses Bild stiehlt, mußt du es nicht einschließen, sondern hergeben...«

»Gescheit, sehr gescheit! Wenn ich eine reiche Kaufmannsfrau heiraten will, dann soll diese Frau, um mich daran zu hindern, eine solche Gemeinheit zu begehen, mich eilends selber heiraten!«

Bis Mitternacht unterhielten sich Bruder und Schwester, ohne einander zu verstehen. Hätte ein Außenstehender ihnen zugehört, so würde er kaum begriffen haben, was der eine und was die andere eigentlich wollte.

Des Abends saßen Bruder und Schwester gewöhnlich zu Hause. Bekannte Familien hatten sie nicht, und sie verspürten auch kein Verlangen nach Bekanntschaften. Ins Theater gingen sie nur zu neuen Stücken – das war damals die Gewohnheit der Schriftsteller –, und Konzerte besuchten sie nicht, weil sie Musik nicht mochten...

»Denk, was du willst«, sagte Vera Semënovna am nächsten Tag, »aber für mich ist die Frage schon zum Teil gelöst. Ich bin zutiefst überzeugt, daß ich keinerlei Grund habe, dem Übel, das gegen mich gerichtet ist, zu widerstreben. Man will mich töten? Bitte! Davon, daß ich mich verteidige, wird der Mörder nicht besser. Jetzt bleibt für mich nur noch der zweite Teil der Frage zu lösen: Wie soll ich mich zu dem Übel verhalten, das gegen meinen Nächsten gerichtet ist?«

»Vera, spiel nicht verrückt!« sagte Vladimir Semënyč und lachte. »Wie ich sehe, wird dieses Prinzip bei dir zu einer fixen Idee!«

Er wollte diesen langweiligen Gesprächen einen scherzhaften Anstrich geben, aber ihm war nicht mehr nach Scherzen zumute, und das Lächeln auf seinem Gesicht sah verzerrt und säuerlich aus. Seine Schwester setzte sich nicht mehr zu ihm an den Tisch und beobachtete nicht mehr ehrfurchtsvoll seine schreibende

Hand, und er selbst fühlte jeden Abend, daß hinter ihm auf dem Diwan ein Mensch lag, der nicht mit ihm einverstanden war ... Sein Rücken kam ihm steif und gefühllos vor, und in seinem Herzen war Kälte eingezogen. Autorenstolz ist nachtragend, unerbittlich und kennt kein Verzeihen, und seine Schwester hatte als erste und einzige dieses erregende Gefühl heraufbeschworen und geweckt, und es war wie mit einer großen Geschirrkiste, die man leicht auspacken, aber unmöglich so wieder einräumen kann wie vorher.

Wochen und Monate vergingen, doch die Schwester ließ nicht ab von ihren Gedanken und setzte sich nicht an seinen Tisch. An einem Frühlingsabend saß Vladimir Semënyč am Tisch und schrieb ein Feuilleton. Er analysierte eine Erzählung, in der von einer Landlehrerin die Rede war, die dem Mann, den sie liebte und der sie wiederliebte, der reich und intelligent war, nur deshalb einen Korb gab, weil für sie in der Ehe nicht die Möglichkeit bestanden hätte, ihre pädagogische Tätigkeit fortzusetzen. Vera Semënovna lag auf dem Diwan und dachte nach.

»Mein Gott, wie langweilig!« sagte sie, streckte sich und gähnte. »Wie träge und inhaltlos fließt das Leben dahin! Ich weiß nicht, was ich mit mir anfangen soll, und du vergeudest deine besten Jahre mit Gott weiß was. Wie ein Alchimist wühlst du in altem, unbrauchbarem Gerümpel – o mein Gott!«

Vladimir Semënyč ließ die Feder sinken und blickte sich langsam nach seiner Schwester um.

»Es ödet mich an, dir zuzusehen!« fuhr die Schwester fort. »Wagner im ›Faust‹ hat Würmer ausgegraben, aber er hat doch wenigstens einen Schatz gesucht, du aber suchst Würmer um der Würmer willen ...«

»Das ist mir schleierhaft!«

»Ja, Volodja, diese ganzen Tage habe ich nachgedacht, lange und qualvoll nachgedacht, und ich bin zu der Überzeugung gekommen – du bist ein hoffnungsloser Obskurant und Routinier. Nun, frag dich doch selbst, was kann dir deine fleißige, gewissenhafte Arbeit geben? Sag, was? Aus diesem alten Gerümpel, in dem du herumwühlst, hat man schon längst herausgeholt, was herauszuholen war. Wie du das Wasser auch untersuchen und analysieren magst, mehr als schon von den Chemikern gesagt wurde, kannst du auch nicht sagen ...«

»Ach sooo!« erwiderte Vladimir Semënyč gedehnt und stand

auf. »Ja, das alles ist altes Gerümpel, weil eben diese Ideen ewig sind, aber was ist denn deiner Meinung nach neu?«

»Du willst doch auf dem geistigen Gebiet arbeiten, also ist es deine Sache, etwas Neues auszudenken. Wie komme ich dazu, dich das zu lehren.«

»Ich – ein Alchimist!« rief der Kritiker erstaunt und empört und kniff spöttisch die Augen zusammen, »Kunst, Fortschritt – ist das Alchimie?«

»Sieh mal, Volodja, ich meine, wenn ihr Denker euch alle der Lösung großer Aufgaben widmetet, dann würden sich all diese kleinen Fragen, mit denen du dich jetzt herumschlägst, ganz von selbst lösen. Wenn du mit einem Ballon aufsteigst, um die Stadt zu sehen, wirst du notgedrungen, ganz von selbst, auch Felder, Dörfer und Flüsse sehen ... Wenn man Stearin gewinnt, erhält man als Nebenprodukt Glyzerin. Mir scheint, das heutige Denken ist stehengeblieben und kommt nicht mehr voran. Es ist voreingenommen, kraftlos, ängstlich und fürchtet den weiten, gigantischen Flug, so wie wir beide uns fürchten, auf einen hohen Berg zu steigen; es ist konservativ.«

Solche Gespräche blieben nicht ohne Folgen. Die Beziehungen zwischen Bruder und Schwester wurden von Tag zu Tag gespannter. Der Bruder konnte in Gegenwart seiner Schwester nicht mehr arbeiten; er war gereizt, wenn er wußte, daß sie auf dem Diwan lag und ihm auf den Rücken blickte; die Schwester dagegen verzog schmerzhaft das Gesicht, streckte sich und gähnte, wenn er versuchte, das Vergangene zurückzuholen und seine Begeisterung mit ihr zu teilen. Jeden Abend beklagte sie sich über Langeweile, brachte die Rede auf die Freiheit des Geistes und auf die Routiniers. Hingerissen von ihren neuen Gedanken, bewies Vera Semënovna, daß die Arbeit, in die ihr Bruder sich vertiefte, ein Vorurteil war, der vergebliche Versuch konservativer Geister, etwas fortzusetzen, was bereits ausgedient hatte und von der Bühne abgetreten war. Ihre Vergleiche nahmen kein Ende. Sie verglich den Bruder bald mit einem Alchimisten, bald mit einem fanatischen Sektierer, der eher sterben als sich überzeugen lassen würde ...

Allmählich war auch eine Veränderung in ihrer Lebensweise zu bemerken. Sie konnte bereits ganze Tage und Abende auf dem Diwan liegen, ohne etwas zu tun, ohne zu lesen, sie dachte nur nach, wie bei einseitigen, tiefgläubigen Menschen. Sie begann auf Bequemlichkeiten zu verzichten, die man durch Bediente hat – sie räumte selbst bei sich auf und reinigte ihre Halbstiefel und ihre Kleidung allein. Der Bruder konnte nicht ohne Gereiztheit, ja nicht ohne Haß in ihr kaltes Gesicht blicken, wenn sie sich an ihre primitive Arbeit machte. In dieser Arbeit, die sie stets mit einer gewissen Feierlichkeit verrichtete, sah er etwas Gezwungenes, Unaufrichtiges, er sah darin Heuchelei und Koketterie. Und da er bereits erkannt hatte, daß er nicht imstande war, an ihren Überzeugungen zu rütteln, bekrittelte und neckte er sie wie ein Schuljunge.

»Du widerstrebst nicht dem Übel, aber die Tatsache, daß ich Dienstboten habe, widerstrebt dir!« erklärte er. »Wenn die Dienstboten von Übel sind, weshalb widerstrebst du da? Das ist doch inkonsequent!«

Er litt, er war entrüstet und schämte sich sogar. Er war peinlich berührt, wenn sich seine Schwester vor Fremden mutwillig benahm.

»Schrecklich, mein Lieber!« sagte er zu mir im Vertrauen und rang verzweifelt die Hände. »Es erweist sich, daß unsere ingénue darauf bestand, auch noch in einem Vaudeville zu spielen. Eine Psychopathin bis aufs Mark! Mir ist schon alles egal, soll sie denken, was sie will, aber wozu redet sie, wozu regt sie mich auf. Sie sollte sich überlegen: Wie kann ich ihr zuhören? Wie kann ich zuhören, wenn man sich in meiner Gegenwart erdreistet, gotteslästerlich seine Irrtümer durch die Lehre Christi zu bekräftigen? Ich ersticke beinahe! Mir wird ganz heiß, wenn mein Schwesterchen sich anschickt, ihre Lehre zu verkünden, wenn sie sich bemüht, das Evangelium zu ihren Gunsten auszulegen, indem sie absichtlich die Vertreibung der Händler aus dem Tempel verschweigt! Das heißt Unreife und mangelndes Denkvermögen, mein Lieber. Da haben Sie die medizinische Fakultät, die keine Allgemeinbildung vermittelt!«

Als Vladimir Semënyč einmal vom Dienst nach Hause kam, traf er seine Schwester weinend an. Sie saß auf dem Diwan, ließ den Kopf hängen und rang die Hände; die Tränen flossen ihr in Strömen über die Wangen. Das gute Herz des Kritikers krampfte sich vor Schmerz zusammen. Auch ihm kamen die Tränen, und er wollte die Schwester liebkosen, ihr verzeihen, sie um Vergebung bitten, er wollte wieder wie früher leben... Er kniete vor ihr nieder und bedeckte ihren Kopf, ihre Hände, ihre

Schultern mit Küssen ... Sie lächelte, lächelte verständnislos und bitter, er aber schrie erfreut auf, sprang hoch, nahm eine Zeitschrift vom Tisch und sagte mit Feuereifer:

»Hurra! Wir leben wieder wie früher, Veročka! Der Herr sei gelobt! Was für eine feine Sache ich hier habe! Statt Versöhnungssekt zu trinken, wollen wir es gemeinsam lesen! Eine herrliche, eine wundervolle Sache!«

»Ach nein, nein ...« antwortete Vera Semënovna erschrocken und schob das Buch von sich. »Ich hab's schon gelesen! Nicht nötig, nicht nötig!«

»Wann hast du's denn gelesen?«

»Vor ein ... zwei Jahren ... Es ist schon lange her, ich kenne es wohl!«

»Hm ...! Du bist fanatisch!« sagte der Bruder kalt und warf die Zeitschrift auf den Tisch.

»Nein! Du bist fanatisch, nicht ich! Du!«

Und Vera Semënovna brach wieder in Tränen aus. Ihr Bruder stand vor ihr, blickte auf ihre zuckenden Schultern und überlegte. Er dachte nicht an die Qualen der Einsamkeit, die jeder durchlebt, der auf neue, auf eigene Art zu denken beginnt, nicht an die Leiden, die bei einer ernsthaften seelischen Umwälzung unvermeidlich sind, sondern an sein beleidigtes Programm, an seinen verletzten Autorenstolz.

Von da an verhielt er sich zu seiner Schwester kühl, geringschätzig und spöttisch, und er duldete sie in seiner Wohnung, wie man alte Frauen duldet, die ihr Gnadenbrot empfangen. Sie aber hörte auf, mit ihm zu streiten, und antwortete auf alle seine Äußerungen, spöttischen Bemerkungen und Sticheleien mit herablassendem Schweigen, und das reizte ihn noch mehr.

An einem Sommermorgen kam Vera Semënovna, reisefertig und mit einer Tasche über der Schulter, zu ihrem Bruder und küßte ihn kalt auf die Stirn.

»Wo willst du denn hin?« fragte Vladimir Semënyč erstaunt.

»Ins Gouvernement N., zur Pockenimpfung.«

Der Bruder begleitete sie bis auf die Straße.

»Sieh mal einer an, was du Närrin dir da ausgedacht hast ...« murmelte er. »Brauchst du kein Geld?«

»Nein, danke. Leb wohl.«

Die Schwester drückte ihrem Bruder die Hand und ging.

»Warum nimmst du denn keine Droschke?« rief Vladimir Semënyč ihr nach.

Die Ärztin antwortete nicht. Der Bruder blickte ihrem roten Regenmantel nach und sah, wie sie lässig dahinschritt, so daß ihre Gestalt schwankte; er seufzte gezwungen, aber er konnte kein Mitleid in sich erwecken. Seine Schwester war ihm bereits eine Fremde, und auch er war ihr schon fremd geworden. Wenigstens blickte sie sich nicht ein einziges Mal um.

In sein Zimmer zurückgekehrt, setzte sich Vladimir Semënyč sogleich an den Schreibtisch und machte sich an sein Feuilleton.

Danach habe ich Vera Semënovna nicht wiedergesehen. Ich weiß nicht, wo sie jetzt ist. Vladimir Semënyč aber schrieb weiter seine Feuilletons, legte Kränze nieder, sang ›Gaudeamus‹ und verwaltete die ›Unterstützungskasse für die Mitarbeiter Moskauer Zeitschriften‹.

Eines Tages bekam er Lungenentzündung; er lag zuerst drei Monate zu Hause, dann im Golycin-Krankenhaus. Er bekam eine Fistel am Knie. Man sprach davon, ihn auf die Krim zu schicken, und sammelte für ihn. Doch er fuhr nicht auf die Krim – er starb. Wir begruben ihn auf dem Vagankov-Friedhof, auf der linken Seite, wo die Schauspieler und Schriftsteller liegen.

Eines Tages saßen wir Literaten im Tatarischen Restaurant. Ich erzählte, daß ich vor kurzem auf dem Vagankov-Friedhof war und das Grab Vladimir Semënyčs gesehen hatte. Der Grabhügel war völlig eingesunken und schon fast dem Erdboden gleich, das Kreuz lag auf der Seite; es war notwendig, das Grab in Ordnung zu bringen und dafür einige Rubel zu sammeln...

Doch man hörte mir gleichgültig zu, antwortete mir nicht einmal, und ich sammelte keine einzige Kopeke. Niemand erinnerte sich mehr an Vladimir Semënyč. Er war völlig vergessen.

Das Ereignis

Es ist Morgen. Durch die Eisblumen an den Fensterscheiben dringt helles Sonnenlicht ins Kinderzimmer. Vanja, ein sechsjähriger Junge mit geschorenem Kopf und einer Nase, die wie ein Knopf aussieht, und seine Schwester Nina, ein sechsjähriges Mädchen mit einem Lockenköpfchen, pummlig und für ihr Alter recht klein, erwachen und schauen sich durch die Gitterstäbe des Bettes böse an.

»Ihr solltet euch was schämen!« schimpft die Kinderfrau. »Alle anständigen Leute haben schon Tee getrunken, und ihr seht noch ganz verschlafen aus ...«

Die Sonnenstrahlen spielen fröhlich auf dem Teppich, an den Wänden, auf dem Schoß der Kinderfrau und laden gleichsam zum Spielen ein, doch die Kinder bemerken sie nicht. Sie sind mit schlechter Laune erwacht. Nina macht ein saures Gesicht und mault: »Teeee! Njanja! Teeee!«

Vanja zieht die Stirn kraus und überlegt, was man zum Vorwand nehmen könnte, um loszuheulen. Er blinzelt schon mit den Augen und hat schon den Mund aufgemacht, als aus dem Salon die Stimme der Mutter ertönt: »Vergessen Sie nicht, der Katze Milch zu geben, sie hat jetzt Junge!«

Vanja und Nina machen große Augen, sie sehen einander verdutzt an, dann schreien sie beide zugleich auf, springen aus den Betten und laufen barfuß und nur im Hemdchen in die Küche, wobei sie die Luft mit durchdringendem Kreischen erfüllen.

»Die Katze hat Junge!« rufen sie. »Die Katze hat Junge!«

In der Küche unter der Bank steht eine kleine Kiste, dieselbe, in der Stepan den Koks schleppt, wenn er den Kamin heizt. Aus der Kiste schaut die Katze heraus. Auf ihrem grauen Gesicht malt sich äußerste Erschöpfung; die grünen Augen mit den engen schwarzen Pupillen blicken träumerisch und sentimental ... An ihrer Miene ist abzulesen, daß, um ihr Glück vollzumachen, nur ›er‹ fehlt, der Vater ihrer Kinder, dem sie sich bedingungslos hingegeben hat. Sie will miauen und öffnet weit das Maul, aber aus ihrer Kehle dringt nur ein heiseres Röcheln ... Man hört die Kätzchen piepsen.

Die Kinder hocken vor der Kiste und blicken, ohne sich zu rühren und mit angehaltenem Atem, auf die Katze ... Sie sind erstaunt und verblüfft und hören nicht, wie die Kinderfrau hinter ihnen brummelt. In den Augen der beiden glänzt aufrichtige Freude.

Bei der Erziehung und im Leben der Kinder spielen Haustiere eine kaum merkliche, aber unzweifelhaft wohltuende Rolle. Wer von uns erinnert sich nicht an kräftige, aber gutmütige Hunde, schmarotzende Schoßhündchen, an Vögel, die in der Gefangenschaft eingingen, an stumpfsinnige, aber stolze Truthähne oder sanftmütige alte Katzen, die uns verziehen, wenn wir sie auf den Schwanz traten und ihnen qualvollen Schmerz zufügten? Es will mir sogar manchmal scheinen, daß die Geduld, die Treue, die Nachsicht und die Aufrichtigkeit, die unseren Haustieren eigen sind, auf den Verstand eines Kindes sehr viel stärker und positiver einwirken als die langen Strafpredigten eines trockenen, blassen Karl Karlovič oder das unklare Geschwätz einer Gouvernante, die den Kindern zu beweisen versucht, daß Wasser aus Sauerstoff und Wasserstoff besteht.

»Wie klein sie sind!« sagt Nina, macht große Augen und fängt an zu lachen. »Sie sehen wie Mäuse aus!«

»Eins, zwei, drei...« zählt Vanja. »Drei Kätzchen. Also eins für mich, eins für dich und noch eins für jemand anders.«

»Murrr... murrr...« schnurrt die Wöchnerin, über die Aufmerksamkeit geschmeichelt. »Murrr.«

Nachdem sich die Kinder an den Kätzchen satt gesehen haben, holen sie die Kleinen unter der Katze hervor und behalten sie in den Händen, und da sie das immer noch nicht befriedigt, legen sie sie in die geschürzten Hemden und laufen damit in die Zimmer.

»Mama, die Katze hat Junge!« schrein sie.

Die Mutter sitzt mit einem unbekannten Herrn im Salon. Als sie die Kinder ungewaschen, nicht angezogen und mit geschürzten Hemden erblickt, wird sie verlegen und macht ein strenges Gesicht.

»Laßt die Hemden herunter, ihr solltet euch schämen!« sagt sie. »Macht, daß ihr rauskommt, sonst bestraf ich euch.«

Doch die Kinder kümmert weder die Drohung der Mutter noch die Anwesenheit des fremden Mannes. Sie legen die Kätzchen auf den Teppich und machen einen ohrenbetäubenden Lärm. Um sie herum streicht die Wöchnerin und miaut flehentlich. Als man die Kinder kurz darauf ins Kinderzimmer bringt, sie anzieht, beten läßt und ihnen das Frühstück gibt, sind sie von dem leidenschaftlichen Wunsch beseelt, möglichst bald von diesen prosaischen Verpflichtungen loszukommen und wieder in die Küche zu laufen.

Die gewöhnlichen Beschäftigungen und Spiele rücken ganz in den Hintergrund.

Die Kätzchen haben mit ihrem Erscheinen auf der Welt alles andere überschattet, sie sind eine lebendige Neuigkeit und das Tagesgespräch. Würde man Vanja oder Nina für jedes Kätzchen ein Pud Bonbons oder tausend Groschen bieten, sie würden sofort, ohne zu zögern, einen solchen Tausch ablehnen. Bis zum Mittagessen sitzen sie, ohne auf die hitzigen Proteste der Kinderfrau und der Köchin zu achten, in der Küche neben der Kiste und beschäftigen sich mit den Kätzchen. Ihre Gesichter sind ernst, konzentriert und besorgt. Sie beunruhigt nicht nur die Gegenwart, sondern auch die Zukunft der Kätzchen. Sie haben beschlossen, daß nur eins der Kätzchen im Haus bei der alten Katze bleibt, um seine Mutter zu trösten, während das zweite ins Landhaus fahren und das dritte im Keller leben soll, wo es sehr viele Ratten gibt.

»Aber warum können sie nicht sehen?« fragt Nina erstaunt. »Sie sind ja blind wie die Bettler.«

Auch Vanja beunruhigt diese Frage. Er versucht, einem der Kätzchen die Augen zu öffnen, er schnauft und prustet lange, doch seine Operation bleibt erfolglos. Einige Besorgnis bereitet auch, daß die Kätzchen hartnäckig das ihnen angebotene Fleisch und die Milch verweigern. Alles, was sie ihnen vor die Schnäuzchen legen, frißt ihre graue Mama.

»Laß uns für die Kätzchen Häuser bauen«, schlägt Vanja vor. »Sie werden dann in verschiedenen Häusern wohnen, und die Katze wird sie besuchen...«

Nun stellen sie in den einzelnen Ecken der Küche Hutschachteln auf und quartieren die Kätzchen dort ein. Aber diese Aufteilung der Familie erweist sich als verfrüht – die Katze, immer noch mit dem flehenden und sentimentalen Ausdruck im Gesicht, geht der Reihe nach zu den Schachteln und trägt ihre Kinder auf den alten Platz zurück.

»Die Katze ist denen ihre Mutter«, bemerkt Vanja, »aber wer ist der Vater?«

»Ja, wer ist der Vater?« wiederholt Nina.

»Einen Vater müssen sie haben.«

Vanja und Nina überlegen lange, wer der Vater der Kätzchen sein könnte, und zu guter Letzt fällt ihre Wahl auf das große rotbraune Pferd mit dem abgerissenen Schwanz, das sich in der Rumpelkammer unter der Treppe herumtreibt und zusammen mit anderem Spielkram dort sein Dasein fristet. Sie ziehen es aus der Kammer und stellen es neben die Kiste.

»Paß auf!« drohen sie ihm. »Bleib hier und gib acht, daß sie sich anständig benehmen.«

Das alles wird sehr ernst und mit besorgtem Gesichtsausdruck gesagt und getan. Außer der Kiste mit den Kätzchen scheinen Vanja und Nina nichts anderes auf der Welt mehr zu kennen. Ihre Freude kennt keine Grenzen. Doch sie sollen noch schwere und qualvolle Augenblicke durchleben.

Kurz vor dem Mittagessen sitzt Vanja im Arbeitszimmer des Vaters und blickt verträumt auf den Tisch. Neben der Lampe auf dem Stempelpapier wälzt sich ein Kätzchen herum. Vanja verfolgt seine Bewegungen und stößt es mit einem Bleistift oder einem Streichholz ins Schnäuzchen...

Plötzlich steht wie aus dem Boden gewachsen der Vater neben dem Tisch.

»Was ist denn das?« hört Vanja eine ärgerliche Stimme.

»Das... das ist ein Kätzchen, Papa.«

»Ich werd dir schon ein Kätzchen zeigen! Schau, was du angestellt hast, ungezogener Bengel! Das ganze Papier hast du mir schmutzig gemacht!«

Zu Vanjas Erstaunen teilt der Papa nicht seine Sympathie für die Kätzchen; statt begeistert zu sein und sich zu freuen, zupft er Vanja am Ohr und ruft:

»Stepan, schaff dieses Scheusal fort!«

Während des Mittagessens gibt es ebenfalls einen Skandal... Beim zweiten Gang hören die Speisenden plötzlich ein Piepsen. Sie forschen nach der Ursache und finden unter Ninas Schürze ein Kätzchen.

»Nina, verschwinde vom Tisch!« sagt der Vater erzürnt. »Sofort werden die jungen Katzen in den Müllkasten geworfen! Daß mir diese Scheusale nicht länger im Haus bleiben!«

Vanja und Nina sind erschrocken. Der Tod im Müllkasten bedeutet, abgesehen von der Grausamkeit, daß der Katze und dem Schaukelpferd die Kinder genommen, die Kiste geleert und die Pläne für die Zukunft zerstört werden, jener herrlichen Zukunft, da das eine Kätzchen seine alte Mutter trösten, das zweite im Landhaus leben und das dritte im Keller Ratten fangen soll... Die Kinder beginnen zu weinen, sie bitten flehentlich, die Kätzchen zu schonen. Der Vater ist einverstanden, aber nur unter der Bedingung, daß die Kinder es nicht wagen, in die Küche zu gehen und die Kätzchen anzurühren.

Nach dem Essen treiben sich Vanja und Nina in allen Zimmern herum und sind bedrückt. Das Verbot, in die Küche zu gehen, hat sie verzagt gemacht. Sie lehnen Süßigkeiten ab, sind launisch und zu ihrer Mutter grob. Als am Abend Onkel Petruška kommt, nehmen sie ihn beiseite und beklagen sich bei ihm über den Vater, der die Kätzchen in den Müllkasten werfen wollte.

»Onkel Petruška«, bitten sie den Onkel, »sag der Mama, man soll die Kätzchen ins Kinderzimmer bringen. Biiitte!«

»Ja, ja ... gut!« antwortete der Onkel, um sie loszuwerden. »Einverstanden.«

Onkel Petruška kommt gewöhnlich nicht allein. Mit ihm erscheint auch Nero, eine große schwarze dänische Dogge mit Hängeohren und einem Schwanz, so hart wie ein Besenstiel. Dieser Hund ist schweigsam, mißmutig und erfüllt von dem Bewußtsein der eigenen Würde. Den Kindern widmet er nicht die geringste Aufmerksamkeit, und wenn er an ihnen vorbeigeht, stößt er sie mit seinem Schwanz an wie die Stühle. Die Kinder hassen ihn von ganzem Herzen, aber diesmal gewinnen praktische Erwägungen über diese Gefühle die Oberhand.

»Weißt du was, Nina?« sagt Vanja und macht große Augen. »Statt des Pferds soll Nero der Vater sein! Das Pferd ist tot, aber er ist doch lebendig.«

Den ganzen Abend warten sie auf den Zeitpunkt, da der Vater zum Whintspielen Platz nehmen wird und man Nero unbemerkt in die Küche führen kann ... Endlich setzt sich Papa an den Kartentisch, während Mama mit dem Samowar beschäftigt ist und nicht auf die Kinder achtet. Der Augenblick ist da.

»Los!« flüstert Vanja der Schwester zu.

Aber just in diesem Augenblick kommt Stepan herein und erklärt lachend:

»Gnädige Frau, der Nero hat die Kätzchen gefressen!«

Nina und Vanja werden blaß und blicken Stepan voller Entsetzen an.

»Bei Gott ...« sagt der Diener lachend. »Er ist in die Küche gegangen und hat sie aufgefressen.«

Die Kinder meinen, alle Leute im Hause müßten sich aufregen und sich auf den Bösewicht Nero stürzen. Doch die Leute bleiben ruhig auf ihren Plätzen sitzen und wundern sich nur über den Appetit des riesigen Hundes. Papa und Mama lachen ... Nero geht zum Tisch, wedelt mit dem Schwanz und leckt sich selbstzufrieden das Maul ... Unruhig ist nur die Katze. Mit hoch erhobenem Schwanz läuft sie durch die Zimmer, schaut mißtrauisch die Menschen an und miaut kläglich.

»Kinder, es geht schon auf zehn! Zeit zum Schlafengehen!« ruft die Mutter.

Vanja und Nina legen sich schlafen, sie weinen und denken noch lange an die arme Katze und an den grausamen, frechen Nero, den man nicht bestraft hat.

Der Redner

An einem wunderschönen Morgen wurde der Kollegienassessor Kirill Ivanovič Vavilonov beerdigt, der an zwei Krankheiten gestorben war, die in unserer Gegend weit verbreitet sind: an einer bösen Frau und am Alkohol. Als sich der Leichenzug von der Kirche auf den Friedhof bewegte, setzte sich einer der Arbeitskollegen des Verewigten, ein gewisser Poplavskij, in eine Droschke und eilte zu seinem Freund Grigorij Petrovič Zapojkin, einem jungen Mann, der bereits ziemlich populär war. Zapojkin besaß, wie vielen Lesern bekannt ist, das seltene Talent, aus dem Stegreif Hochzeits-, Jubiläums- und Leichenreden zu halten. Er kann sprechen, wann immer es verlangt wird: noch im Schlaf, auf nüchternen Magen, völlig betrunken oder im Fieber. Seine Rede fließt glatt, gleichmäßig und ununterbrochen dahin wie das Wasser aus einer Leitungsröhre. In seinem rednerischen Wortschatz gibt es bedeutend mehr Klagewörter als in einer beliebigen Kneipe Küchenschaben. Er spricht immer schön und lange, so daß man manchmal, besonders bei Kaufmannshochzeiten, die Polizei in Anspruch nehmen muß, um ihn zum Schweigen zu bringen.

»Ich komme zu dir, mein Bester«, begann Poplavskij, als er ihn zu Hause antraf. »Zieh dich augenblicklich an und fahre mit. Einer von unseren Leuten ist gestorben, wir geben ihm gerade das Geleit ins Jenseits, daher mußt du, mein Lieber, zum Abschied irgendwelchen Blödsinn sagen ... Du bist unsere ganze Hoffnung. Wäre einer von den niedrigen Beamten gestorben, wir hätten dich nicht belästigt, aber es ist doch unser Sekretär ... die Stütze der Kanzlei gewissermaßen. Es wäre peinlich, so ein hohes Tier ohne Rede zu beerdigen.«

»Ah, der Sekretär!« Zapojkin gähnte. »Dieser Trunkenbold?«

»Ja, der Trunkenbold. Es gibt Plinsen und einen Imbiß... und du bekommst das Geld für eine Droschke. Fahren wir, mein Guter! Lege am Grab einen Sermon à la Cicero hin, und großer Dank ist dir gewiß!«

Zapojkin sagte gern zu. Er zerzauste sich das Haar, setzte eine melancholische Miene auf und trat mit Poplavskij auf die Straße.

»Ich kenne euren Sekretär«, sagte er, als er sich in die Droschke setzte. »Ein durchtriebener Bursche, eine Bestie, wie es nicht viele gibt, Gott hab ihn selig!«

»Aber Griša, es gehört sich nicht, Verstorbene zu beschimpfen.«

»Natürlich, aut mortuis nihil bene, aber trotzdem war er ein Gauner.«

Die Freunde holten den Leichenzug ein und schlossen sich ihm an. Man trug den Verstorbenen sehr langsam, so daß es ihnen bis zum Friedhof dreimal gelang, in eine Kneipe zu laufen und sich für sein Seelenheil ein Glas zu genehmigen.

Auf dem Friedhof wurde die Messe gelesen. Die Schwiegermutter, die Gattin und die Schwägerin weinten herzzerreißend, wie es sich gehört. Als der Sarg in die Grube hinuntergelassen wurde, schrie die Gattin sogar: »Laßt mich zu ihm«, aber sie sprang doch nicht zu ihrem Mann in die Grube, wahrscheinlich, weil sie an die Pension dachte. Zapojkin wartete, bis sich alles beruhigt hatte, dann trat er vor, überflog die Anwesenden mit den Augen und hub an:

»Soll man seinen Augen und Ohren trauen? Ist es vielleicht ein schrecklicher Traum, dieser Sarg, diese verweinten Gesichter, das Stöhnen und Wehklagen? O weh, es ist kein Traum, unsere Sinne trügen nicht! Der, den wir noch vor kurzem so munter, so jugendlich frisch und rein gesehen haben, der noch vor kurzem vor unseren Augen, den unermüdlichen Bienen gleich, seinen Honig in den Bienenstock der staatlichen Ordnung getragen hat, der, welcher... dieser selbe hat sich nun in Staub verwandelt, in ein wesenloses Schattenbild. Der unerbittliche Tod hat seine starre Hand zu einer Zeit auf ihn gelegt, da er, trotz seines vorgerückten Alters, noch voll blühender Kraft und strahlender Hoffnung war. Ein unersetzlicher Verlust! Wer wird ihn ersetzen?

Gute Beamte haben wir viele, aber Prokofij Osipyč war einmalig. Bis in die Tiefe seiner Seele war er der ehrlichen Pflichterfüllung ergeben, schonte nicht seine Kräfte, schlief des Nachts nicht, er war uneigennützig und unbestechlich ... Wie hat er diejenigen verachtet, die danach strebten, ihn zum Schaden der Allgemeinheit zu bestechen, die mit verlockenden Gütern des Lebens versuchten, ihn zum Verrat an seinen Pflichten zu verleiten! Ja, vor unseren Augen verteilte Prokofij Osipyč sein geringes Einkommen unter seine armen Kameraden, und Sie haben soeben selbst das Wehklagen der Witwen und Waisen gehört, die von seinem Almosen lebten. Nur seinen dienstlichen Pflichten und den guten Werken ergeben, kannte er keine irdischen Freuden und versagte sich sogar das Glück eines Familienlebens; Sie wissen, daß er bis ans Ende seiner Tage Junggeselle war! Wer aber wird ihn uns als Kameraden ersetzen? Ich sehe noch jetzt sein glattrasiertes, rührendes Gesicht vor mir, das mit seinem gutmütigen Lächeln auf uns gerichtet ist, ich höre noch jetzt seine weiche, zärtlich-freundliche Stimme. Friede deiner Asche, Prokofij Osipyč! Ruhe in Frieden, du ehrlicher, arbeitsamer Mensch!«

Zapojkin redete noch weiter, aber die Zuhörer begannen zu tuscheln. Die Rede gefiel allen und entlockte sogar einigen Tränen, aber so manches darin schien seltsam ... Erstens war unverständlich, warum der Redner den Verstorbenen Prokofij Osipyč nannte, während er doch Kirill Ivanovič hieß. Zweitens war jedem bekannt, daß der Verstorbene sein ganzes Leben mit der angetrauten Ehefrau im Streit gelegen hatte, so daß man ihn nie und nimmer einen Junggesellen nennen konnte. Drittens trug er einen dichten roten Bart und hatte sich noch nie rasiert; daher war es nicht zu verstehen, weshalb der Redner sein Gesicht glattrasiert nannte. Die Zuhörer waren verdutzt, sahen einander an und zuckten mit den Achseln.

»Prokofij Osipyč!« fuhr der Redner begeistert fort und blickte in die Grube. »Dein Antlitz war nicht schön, es war sogar häßlich, du warst finster und streng, aber wir wissen alle, daß unter dieser rauhen Schale ein ehrliches Freundesherz schlug!«

Bald darauf bemerkten die Zuhörer auch an dem Redner etwas Seltsames. Er starrte unverwandt auf einen Punkt, bewegte sich unruhig und zuckte selbst mit den Achseln. Plötzlich verstummte er, riß verwundert den Mund auf und wandte sich an Poplavskij.

»Hör mal, er lebt ja!« sagte er mit schreckerfülltem Blick.
»Wer lebt?«
»Na, Prokofij Osipyč! Da steht er doch neben dem Denkmal!«
»Er ist ja auch nicht gestorben! Gestorben ist Kirill Ivanyč!«
»Du hast doch aber gesagt, euer Sekretär sei gestorben!«
»Kirill Ivanyč war auch Sekretär. Du komischer Kauz hast das durcheinandergebracht! Prokofij Osipyč war vorher unser Sekretär, das stimmt, aber er wurde vor zwei Jahren als Vorsteher in die zweite Abteilung versetzt.«
»Ach, der Teufel soll sich bei euch auskennen!«
»Warum hast du denn aufgehört? Sprich weiter, sonst ist es peinlich!«

Zapojkin wandte sich wieder dem Grabe zu und setzte mit der früheren Beredsamkeit seine unterbrochene Rede fort. Neben dem Denkmal stand in der Tat jener Prokofij Osipyč, ein alter Beamter mit rasiertem Gesicht. Er schaute den Redner an und runzelte ärgerlich die Stirn.

»Was ist bloß in dich gefahren!« riefen die Beamten lachend, als sie mit Zapojkin von der Beerdigung nach Hause gingen. »Hast einen lebendigen Menschen begraben!«

»Das ist nicht schön, junger Mann«, brummte Prokofij Osipyč. »Ihre Rede paßt vielleicht auf einen Verstorbenen, aber in bezug auf einen Lebenden ist sie – der reine Hohn! Ich bitte Sie, was haben Sie da gesagt? Uneigennützig, unbestechlich, hat keine Schmiergelder genommen! Von einem lebenden Menschen kann man das doch nur im Hohn sagen. Und niemand hat Sie, mein Herr, gebeten, sich über mein Gesicht auszulassen. Unschön, häßlich, so mag es schon sein, aber weshalb gleich vor allem Volk meine Physiognomie zur Schau stellen? Das ist doch kränkend!«

Das Mißgeschick

Nikolaj Maksimyč Putochin war ein Mißgeschick widerfahren, dem großzügige, unbekümmerte russische Naturen ebensowenig entgehen können wie dem Gefängnis oder dem Bettelsack: Er hatte sich aus Versehen sinnlos betrunken, im Rausch

Familie und Dienst vergessen und sich volle fünf Tage und Nächte in Lasterhöhlen herumgetrieben. Von diesen fünf ausschweifenden Tagen war ihm nur ein wüstes Durcheinander von betrunkenen Visagen, bunten Röcken, Flaschen und strampelnden Beinen in Erinnerung geblieben. Er strengte sein Gedächtnis an, aber er wußte nur noch, daß er am Abend, als die Laternen angezündet wurden, auf einen Augenblick zu seinem Freund geeilt war, um eine Sache zu besprechen, und daß der Freund ihn auf ein Bier eingeladen hatte. Putochin trank ein Glas, ein zweites, ein drittes ... Nach der sechsten Flasche begaben sich die Freunde zu einem gewissen Pavel Semënovič, der sie mit Räucherfleisch und Madeira bewirtete. Als sie den Madeira getrunken hatten, wurde Kognak geholt. Und je länger es ging, desto toller wurde es – die folgenden Ereignisse waren wie von einem Nebelschleier verhüllt, durch den Putochin ab und zu etwas sah, was ihm wie ein Traum vorkam – das violette Gesicht einer Schwedin, die in einem fort schrie: »Mann, spendieren Sie Porter!« einen langen Tanzsaal mit niedriger Decke, voller Tabakrauch und Lakaienfratzen, und sich selbst, wie er, die Daumen in der Westentasche, irgend etwas mit den Füßen wegstieß ... Dann sah er noch wie im Traum ein kleines Zimmer, an dessen Wänden geschmacklose Bilder und Frauenkleider hingen ... Er erinnerte sich an den Geruch von verschüttetem Porter, Blumenparfüm und Glyzerinseife ... Etwas deutlicher hob sich von diesem wüsten Durcheinander sein schweres, häßliches Erwachen ab, bei dem ihm sogar das Sonnenlicht widerwärtig schien ...

Dann fiel ihm ein, wie er, nachdem er in seiner Tasche vergeblich nach der Uhr und den Medaillons gesucht hatte, mit einer fremden Krawatte um den Hals und alkoholschwerem Kopf zum Dienst geeilt war. Rot vor Scham, wie im Fieber zitternd, stand er vor dem Vorgesetzten; der aber sagte, ohne ihn anzusehen, mit gleichgültiger Stimme:

»Sie brauchen sich gar nicht zu rechtfertigen ... Ich begreife nicht einmal, warum Sie sich noch herbemüht haben! Daß Sie nicht länger bei uns arbeiten können, ist bereits beschlossene Sache ... Solche Angestellten brauchen wir nicht, das werden Sie als vernünftiger Mensch verstehen ... jawohl!«

Dieser gleichgültige Ton, die zusammengekniffenen stechenden Augen des Vorgesetzten und das taktvolle Schweigen der Kollegen hoben sich deutlich von dem Durcheinander ab und sahen nicht mehr nach einem Traum aus ...

»Wie abscheulich! Wie gemein!« murmelte Putochin, als er nach der Auseinandersetzung mit dem Vorgesetzten auf dem Heimweg war. »Ich habe mich blamiert und die Stellung verloren ... wie gemein, wie scheußlich!«

Ein widerwärtiges Brennen erfüllte ihn ganz und gar, vom Mund angefangen bis zu den Füßen, er konnte kaum auftreten ... Das Gefühl, den Mund voller Ameisen zu haben, quälte seinen ganzen Körper und sogar seine Seele. Er schämte sich, fürchtete sich, und alles war ihm zuwider.

»Man sollte sich erschießen!« murmelte er. »Ich schäme mich und platze vor Wut. Ich kann nicht laufen!«

»Ja, eine dumme Geschichte!« pflichtete der ihn begleitende Kollege Fëdor Eliseič bei. »Es wäre im Grunde alles nicht so wild, gemein ist nur, daß du die Stellung verloren hast! Das ist das Schlimmste, mein Lieber ... Es wäre wirklich angebracht, sich zu erschießen ...«

»O Gott, mein Kopf ... mein Kopf!« murmelte Putochin und verzog vor Schmerz das Gesicht. »Brummt, als ob er zerspringen wollte. Nein, mach, was du willst, ich vertreib jetzt in der Schenke meinen Katzenjammer ... Gehen wir!«

Die Freunde gingen in die Schenke.

»Ich kann gar nicht begreifen, daß ich mich so betrunken habe!« sagte Putochin nach dem zweiten Glas entsetzt. »Zwei Jahre lang ist kein Tropfen über meine Lippen gekommen, vor dem Heiligenbild hatte ich's meiner Frau geschworen ... Ich habe immer über Betrunkene gelacht, und auf einmal – alles zum Teufel! Keine Stellung, keine Ruhe mehr! Schrecklich!« Er wandte den Kopf und fuhr fort: »Ich geh nach Hause wie zu meiner Hinrichtung ... Mir tut's nicht leid um die Uhr, nicht ums Geld, nicht um die Stellung ... Ich will mich gern mit diesen Verlusten abfinden, mit den Kopfschmerzen, mit der Strafpredigt des Vorgesetzten ... eins aber bewegt mich: Wie soll ich meiner Frau gegenübertreten? Was soll ich ihr sagen? Fünf Nächte war ich nicht zu Hause, ich habe alles vertrunken und den Abschied erhalten ... Was soll ich ihr sagen?«

»Macht nichts, sie schimpft und hört auch wieder auf!«

»Ich muß ihr doch jetzt widerlich und kläglich erscheinen ... Sie kann Betrunkene nicht ausstehen, ihrer Meinung nach ist jeder Zecher ein Schuft ... Und sie hat recht ... Ist es etwa nicht schuftig, Lohn und Brot zu vertrinken, wegen des Saufens die Stellung zu verlieren wie ich?«

Putochin trank ein Gläschen, kaute ein Stückchen gesalzenen Stör dazu und überlegte.

»Morgen muß ich also gleich zur Darlehenskasse ...« sagte er nach kurzem Schweigen. »Eine Stellung werde ich so bald nicht finden, der Hunger wird sich bei uns in seiner ganzen Schrecklichkeit einstellen. Und die Frauen, mein Lieber, können dir alles verzeihen – eine betrunkene Visage, Untreue, Schläge und das Alter, aber Armut verzeihen sie dir nicht. In ihren Augen ist Armut schlimmer als ein Laster. Hat sich meine Maša erst mal dran gewöhnt, täglich Mittag zu essen, so stiehl meinetwegen, aber gib ihr Mittagessen. ›Ohne Mittagessen geht's nicht‹, wird sie sagen, ›mir selber dreht sich's gar nicht so sehr ums Essen, aber vor der Dienerschaft ist mir's peinlich.‹ Ja, mein Lieber ... Diese Weiber hab ich gründlich studiert ... Die fünf Tage Luderleben würde sie mir verzeihen, aber Hunger verzeiht sie nicht.«

»Ja, sie wird dir gehörig den Kopf waschen ...« meinte Fëdor Eliseič seufzend.

»Sie wird nicht groß überlegen ... Es kümmert sie nicht, ob ich meine Schuld bekenne, ob ich tief unglücklich bin ... Was geht sie das an? Die Frauen kümmert das nicht, besonders wenn ihnen etwas daran liegt ... Ein Mensch leidet, er möchte vor Scham in die Erde versinken und sich eine Kugel in den Kopf jagen, doch er ist schuld, er hat gesündigt, man muß ihn an den Pranger stellen ... Würde sie mich wenigstens richtig ausschimpfen oder schlagen, aber nein, sie wird mir gleichgültig oder schweigend gegenübertreten und mich eine ganze Woche lang mit verächtlichem Schweigen strafen, sie wird sticheln und mir mit ihrem Gejammer die Hölle heiß machen ... Du kannst dir diese Inquisition vielleicht vorstellen ...«

»Du solltest sie um Verzeihung bitten!« riet der Kollege.

»Vergebliche Liebesmüh ... Dafür ist sie zu tugendhaft, um Sündern zu vergeben.«

Als Nikolaj Maksimič von der Schenke aus heimwärts schritt, überlegte er, wie er sich vor seiner Frau rechtfertigen sollte. Er stellte sich das blasse, empörte Gesicht vor, die verweinten Augen, einen Schwall giftiger Phrasen, und sein Herz war erfüllt von einem kleinmütigen Gefühl der Angst, wie es Schulkindern so gut bekannt ist.

Ach was, pfeif drauf! sagte er sich entschlossen, als er die Klingel an seiner Tür zog. Was kommen soll, kommt doch! Wenn ich es nicht mehr aushalten kann, gehe ich eben. Ich werde ihr alles sagen, und dann gehe ich meiner Wege.

Als er die Wohnung betrat, stand seine Frau Maša im Vorzimmer und sah ihn fragend an.

Soll sie schon anfangen, dachte er, blickte in ihr blasses Gesicht und legte unschlüssig die Überschuhe ab.

Doch sie fing nicht an ... Er ging in den Salon, dann ins Eßzimmer, aber sie schwieg und schaute ihn immerzu fragend an.

Ich schieße mir eine Kugel in den Kopf! beschloß er, glühend vor Scham. – Ich kann das nicht länger ertragen! Es geht über meine Kräfte!

Etwa fünf Minuten lang schritt er aus einer Ecke in die andere, ohne daß er sich entschließen konnte zu sprechen, dann trat er schnell an den Tisch und schrieb mit Bleistift auf einen Zeitungsrand: Ich habe gezecht und bin entlassen worden.

Die Frau nahm den Bleistift und schrieb darunter: Du brauchst nicht den Mut zu verlieren. Er las es und ging eilig hinaus ... in sein Arbeitszimmer.

Kurz darauf saß seine Frau neben ihm und tröstete ihn.

»Es geht alles vorüber«, sagte sie. »Sei ein Mann und blas nicht Trübsal ... So Gott will, werden wir dieses Unglück überstehen und eine bessere Stellung finden.«

Er hörte und glaubte seinen Ohren nicht zu trauen, und da er, ganz wie ein Kind, nicht wußte, was er antworten sollte, brach er in ein glückliches Lachen aus. Seine Frau gab ihm zu essen und zu trinken und brachte ihn zu Bett.

Am nächsten Tag suchte er froh und munter bereits eine Stellung, und nach einer Woche fand er sie ... Das Mißgeschick, das er erlebt, hat ihn sehr verändert. Wenn er Betrunkene sieht, so lacht er nicht mehr über sie und verurteilt sie nicht mehr wie früher. Er gibt betrunkenen Bettlern gern ein Almosen und sagt oft:

»Das Laster besteht nicht darin, daß wir uns betrinken, sondern darin, daß wir die Betrunkenen nicht verstehen.«

Vielleicht hat er recht damit.

Das Kunstwerk

Saša Smirnov, der einzige Sohn seiner Mutter, hielt einen Gegenstand unter dem Arm, der in die Nummer zweihundertdreiundzwanzig der ›Börsennachrichten‹ eingewickelt war, und trat mit säuerlicher Miene in das Arbeitszimmer des Arztes Košelkov.

»Ah, mein lieber Junge!« empfing ihn der Doktor. »Na, wie fühlen wir uns denn? Was haben Sie mir Schönes zu sagen?«

Saša blinzelte mit den Augen, legte die Hand ans Herz und sagte mit bewegter Stimme:

»Mama läßt Sie grüßen, Ivan Nikolaevič, sie hat mich beauftragt, Ihnen zu danken ... Ich bin der einzige Sohn meiner Mutter, und Sie haben mir das Leben gerettet ... haben mich von einer gefährlichen Krankheit geheilt, und ... wir wissen beide nicht, wie wir Ihnen danken sollen.«

»Lassen wir das, junger Mann!« unterbrach ihn der Arzt, gerührt vor Genugtuung. »Ich habe nur getan, was jeder andere an meiner Stelle auch getan hätte.«

»Ich bin der einzige Sohn meiner Mutter ... Wir sind arme Leute und können Sie natürlich nicht für Ihre Arbeit bezahlen und ... Es ist uns sehr peinlich, Herr Doktor, obgleich wir Sie übrigens, meine Mama und ich ... der einzige Sohn meiner Mutter, dringend bitten, als Zeichen unserer Dankbarkeit ... diesen Gegenstand da anzunehmen, der ... Er ist sehr wertvoll, aus alter Bronze ... ein seltenes Kunstwerk.«

»Das ist doch überflüssig!« rief der Doktor und verzog das Gesicht. »Nun, wozu denn das?«

»Nein, bitte, Sie dürfen es nicht abschlagen«, murmelte Saša und wickelte das Paket aus. »Mit einer Ablehnung würden Sie Mama und mich beleidigen ... Es ist ein sehr schönes Stück ... aus alter Bronze ... Wir haben es von unserem verstorbenen Papa und haben es als teures Andenken gehütet ... Papa hat alte Bronze angekauft und sie an Liebhaber weiterverkauft ... Nun betreiben Mama und ich das gleiche ...«

Saša hatte inzwischen den Gegenstand ausgewickelt und stellte ihn auf den Tisch. Es war ein niedriger Leuchter aus alter Bronze, eine kunstvolle Arbeit. Er stellte eine Gruppe dar: auf einem Sockel standen zwei weibliche Figuren im Evakostüm und in einer Pose, zu deren Beschreibung ich weder kühn genug bin noch das entsprechende Temperament besitze. Die Figuren lächelten kokett und sahen überhaupt aus, als würden sie, wären sie nicht verpflichtet gewesen, den Leuchter zu halten, von dem Sockel herunterspringen und in dem Zimmer eine solche Orgie veranstalten, daß es schon unanständig ist, lieber Leser, daran auch nur zu denken.

Der Doktor sah sich das Geschenk an, kratzte sich gemächlich hinterm Ohr, räusperte sich und schneuzte sich unschlüssig.

»Ja, das Ding ist tatsächlich sehr schön«, murmelte er, »aber ... wie soll ich es ausdrücken ... sozusagen nicht ... nicht mehr salonfähig ... Das ist ja kein Dekolleté mehr, sondern weiß der Teufel was...«

»Das heißt, wieso denn?«

»Selbst die Schlange im Paradies hätte sich nichts Unzüchtigeres ausdenken können. Eine solche Phantasmagorie auf den Tisch stellen heißt die ganze Wohnung besudeln!«

»Wie seltsam Sie die Kunst betrachten, Herr Doktor!« antwortete Saša gekränkt. »Das ist doch ein Kunstgegenstand, schauen Sie doch nur! Soviel Schönheit und Eleganz, die Seele wird erfüllt von einem Gefühl der Andacht, und Tränen schnüren einem die Kehle zu! Wenn man solche Schönheit sieht, vergißt man alles Irdische ... Sehen Sie nur, wieviel Bewegung, welche Schwerelosigkeit, welcher Ausdruck!«

»Das alles verstehe ich sehr gut, mein Lieber«, unterbrach ihn der Arzt, »aber ich habe doch Familie, bei mir laufen Kinder herum, und es kommen oft Damen.«

»Ja, wenn man es vom Standpunkt der Menge aus betrachtet«, sagte Saša, »dann erscheint dieser hochkünstlerische Gegenstand natürlich in einem anderen Licht ... Sie aber müssen über der Menge stehen, Herr Doktor, um so mehr, als Sie mit einer Ablehnung Mama und mich tief betrüben würden. Ich bin der einzige Sohn meiner Mutter ... Sie haben mir das Leben gerettet ... Wir geben Ihnen den Gegenstand, der für uns der teuerste auf der Welt ist, und ... und ich bedaure nur, daß wir kein Gegenstück zu diesem Leuchter besitzen ...«

»Danke, mein Lieber, ich bin Ihnen sehr dankbar. Grüßen Sie Ihre Mama, aber mein Gott, urteilen Sie doch selbst, bei mir laufen Kinder herum, und es kommen oft Damen ... Nun, meinetwegen, soll er dableiben! Ihnen kann man es ja nicht erklären.«

»Da gibt es auch nichts zu erklären«, sagte Saša erfreut. »Diesen Leuchter können Sie hier hinstellen, neben die Vase. Wie schade, daß kein Gegenstück da ist! Jammerschade! Nun, leben Sie wohl, Herr Doktor!«

Als Saša fort war, schaute sich der Arzt lange den Leuchter an, kratzte sich hinterm Ohr und überlegte.

Ein vortreffliches Stück, das läßt sich nicht bestreiten, dachte er, und es wäre schade, ihn wegzuwerfen ... Aber bei mir kann er unmöglich bleiben ... Hm ...! Eine schwierige Frage! Wem könnte ich das Ding schenken oder stiften?

Nach langem Überlegen fiel ihm ein guter Freund ein, der Rechtsanwalt Uchov, dem er etwas für die Führung eines Prozesses schuldig war.

Ausgezeichnet, sagte sich der Doktor. Für ihn als meinen Freund ist es peinlich, Geld von mir anzunehmen, und da wird es sehr angebracht sein, wenn ich ihm dieses Ding da präsentiere. Ich werde ihm diese Teufelei gleich hinbringen! Übrigens ist er Junggeselle und ein bißchen leichtsinnig dazu ...

Um die Angelegenheit nicht auf die lange Bank zu schieben, zog sich der Arzt an, nahm den Leuchter und fuhr zu Uchov.

»Guten Tag, mein Freund!« sagte er, als er den Rechtsanwalt zu Hause antraf. »Ich bin zu dir ... gekommen, um dir, mein Lieber, für deine Mühe zu danken ... Geld willst du nicht nehmen, so nimm wenigstens diese Kleinigkeit hier ... da, mein Lieber ... ein Dingelchen – Klasse!«

Als der Rechtsanwalt das Dingelchen erblickte, brach er in helle Begeisterung aus.

»Das ist aber ein Stück!« lachte er. »Ach, hol's der Teufel, da haben sich diese Teufel aber was ausgedacht! Wunderbar! Entzückend! Wo hast du dieses reizende Ding her?«

Nachdem er seine Begeisterung ausgiebig geäußert hatte, schaute der Rechtsanwalt ängstlich nach der Tür und sagte:

»Nur, mein Lieber, nimm dein Geschenk gleich wieder mit. Ich kann es nicht annehmen ...«

»Warum denn?« fragte der Arzt erschrocken.

»Darum ... Meine Mutter kommt öfter zu mir, es kommen Klienten ... und auch vor den Dienstboten müßte ich mich schämen.«

»Auf gar keinen Fall ...! Wage nicht, mir das abzuschlagen!« sagte der Doktor händeringend. »Das wäre eine Schweinerei von dir! Es ist doch ein Kunstwerk ... soviel Bewegung steckt darin ... soviel Ausdruck ... Aber ich will nicht mehr davon sprechen! Du würdest mich kränken!«

»Wenn es wenigstens übermalt wäre oder Feigenblätter davor...«

Aber der Arzt fuchtelte noch ärger mit den Händen und eilte aus Uchovs Wohnung; zufrieden, daß es ihm gelungen war, das Geschenk loszuwerden, fuhr er nach Hause...

Als der Arzt weg war, betrachtete der Rechtsanwalt den Leuchter, betastete ihn von allen Seiten mit den Fingern und zerbrach sich gleich dem Doktor den Kopf über die Frage: Was fange ich mit dem Geschenk an?

Ein wunderschönes Stück! überlegte er, und zum Wegwerfen zu schade, aber auch zu unanständig, um es hierzubehalten. Das beste wäre, das Ding jemandem zu schenken ... So werde ich es auch machen: Ich bringe diesen Leuchter heute abend dem Komiker Šaškin. Die Kanaille liebt solche Sachen, und außerdem ist heute abend seine Benefizvorstellung...

Gesagt – getan. Am Abend wurde der sorgfältig eingepackte Leuchter zu dem Komiker Šaškin gebracht. Den ganzen Abend wurde die Garderobe des Komikers von Männern gestürmt, die sich an dem Geschenk ergötzen wollten; die ganze Zeit dröhnte die Garderobe von begeistertem Getöse und von einem Gelächter, das an Pferdewiehern erinnerte. Wenn eine der Schauspielerinnen an die Tür kam und um Einlaß bat, hörte man sogleich die heisere Stimme des Komikers:

»Nein, nein, meine Liebe! Ich bin nicht angezogen!«

Nach der Vorstellung zuckte der Komiker mit den Achseln, breitete die Arme aus und sagte:

»Nun, wo soll ich diesen Unrat lassen? Ich wohne doch privat! Zu mir kommen Schauspielerinnen! Das ist keine Photographie, die man in der Schublade verstecken kann!«

»Sie sollten das Ding verkaufen, Herr«, riet ihm der Friseur, der dem Komiker beim Entkleiden behilflich war. »Hier in der Vorstadt wohnt eine alte Frau, die kauft solche Bronzen an ... Fahren Sie hin und fragen Sie nach der Smirnova ... Die kennt jeder.«

Der Komiker tat, wie ihm gesagt ... Zwei Tage darauf saß Doktor Košelkov in seinem Arbeitszimmer und dachte, einen Finger an die Stirn gelegt, über die Gallensäure nach. Plötzlich öffnete sich die Tür, und ins Zimmer stürzte Saša Smirnov. Er lächelte, er strahlte, seine ganze Gestalt atmete Glückseligkeit ... In seinen Händen hielt er etwas in Zeitungspapier Eingewickeltes.

»Herr Doktor!« begann er, noch ganz außer Atem. »Stellen Sie sich meine Freude vor! Zu unserem Glück ist es uns gelungen, ein Gegenstück zu Ihrem Leuchter aufzutreiben! Mama ist ja so glücklich ... Ich bin der einzige Sohn meiner Mutter ... Sie haben mir das Leben gerettet ...«

Und bebend vor Dankbarkeit stellte Saša vor den Arzt den Leuchter hin. Der Arzt sperrte den Mund auf und wollte etwas sagen, aber er konnte nicht: es hatte ihm die Sprache verschlagen.

Vanka

Vanka Žukov, ein neunjähriger Junge, den man vor drei Monaten zu dem Schuster Aljachin in die Lehre gegeben hatte, legte sich in der Weihnachtsnacht nicht schlafen. Er wartete ab, bis die Meistersleute mit den Gesellen zur Frühmesse gegangen waren, und holte dann aus dem Schrank des Meisters ein Fläschchen mit Tinte und einen Federhalter mit einer verrosteten Feder. Dann breitete er ein zerknittertes Blatt Papier vor sich aus und begann zu schreiben. Bevor er den ersten Buchstaben malte, schaute er sich mehrmals ängstlich nach der Tür und dem Fenster um, schielte nach dem dunklen Heiligenbild, zu dessen beiden Seiten sich Regale mit Schuhleisten hinzogen, und seufzte tief. Das Papier lag auf der Bank, er selbst kniete davor.

»Lieber Großvater Konstantin Makaryč!« schrieb er. »Ich schreibe Dir einen Brief. Ich gratuliere Euch zu Weihnachten und wünsche Dir vom lieben Gott alles Gute. Ich habe ja keinen Vater und keine Mutter mehr, nur Du allein bist mir geblieben.«

Vanka ließ den Blick zu dem dunklen Fenster schweifen, in dem sich der Schein der Kerze spiegelte, und stellte sich lebhaft seinen Großvater Konstantin Markaryč vor, der bei den Herrschaften Živarev als Nachtwächter in Diensten steht.

Er ist ein kleiner, hagerer, aber ungewöhnlich beweglicher Greis von fünfundsechzig Jahren, hat ein ewig lachendes Gesicht und die Augen eines Trinkers. Tagsüber schläft er in der Gesindeküche oder schäkert mit den Köchinnen herum, nachts aber geht er, in einen weiten Bauernpelz gehüllt, um den Gutshof herum und schlägt an sein Klopfholz. Hinter ihm trotten mit gesenktem Kopf die alte Hündin Kaštanka und der junge Rüde Vjun, der ein ganz schwarzes Fell hat und dessen Körper so lang wie der eines Wiesels ist. Dieser Vjun benimmt sich ungewöhnlich respektvoll und freundlich, und er schaut die eigenen Leute ebenso lieb an wie die Fremden, aber er genießt keinen guten Ruf. Hinter seiner Ergebenheit und Demut verbirgt sich eine ausgesprochen jesuitische Tücke. Niemand vermag sich besser anzuschleichen und einen am Bein zu packen, in den Erdkeller einzudringen oder einem Bauern ein Huhn zu stibitzen als er. Man hat ihm schon mehrmals fast die Hinterbeine entzweigeschlagen, zweimal hat man ihn aufgehängt, jede Woche halbtot geprügelt, aber immer wieder ist er auf die Beine gekommen.

Jetzt steht der Großvater wohl am Tor, blinzelt zu den grellroten Fenstern der Dorfkirche hinüber und schwatzt mit dem Hofgesinde, wobei er in seinen Filzstiefeln von einem Bein aufs andere tritt. Sein Klopfholz hat er an den Gürtel gebunden. Er klatscht in die Hände, kichert greisenhaft und zwickt bald das Stubenmädchen, bald die Köchin.

»Wollen wir nicht ein bißchen Tabak schnupfen?« sagt er und hält den Frauen seine Tabaksdose hin.

Die Frauen nehmen eine Prise und niesen. Der Großvater gerät in unbeschreibliches Entzücken, schüttelt sich vor Lachen und schreit: »Reiß ab, sonst friert's an!«

Man läßt auch die Hunde Tabak schnuppern. Kaštanka niest, verzieht die Schnauze und geht beleidigt weg. Vjun jedoch niest aus Ehrerbietung nicht und wedelt mit dem Schwanz. Das Wetter ist prächtig, die Luft still, durchsichtig und frisch. Die Nacht scheint dunkel, aber man sieht das ganze Dorf mit seinen weißen Dächern und den Rauchfahnen, die aus den Schornsteinen emporsteigen, die vom Reif versilberten Bäume, die Schneewehen. Der ganze Himmel ist besät mit fröhlich blinkenden Sternen, und die Milchstraße zeichnet sich so deutlich ab, als habe man sie vor dem Fest gewaschen und mit Schnee abgerieben.

Vanja seufzte auf, tauchte die Feder ein und schrieb weiter:

»Gestern hab ich Prügel bekommen. Der Meister hat mich an den Haaren auf den Hof gezerrt und mich mit dem Spannriemen verprügelt, weil ich nämlich sein Kind in der Wiege schaukeln sollte und dabei eingeschlafen bin. Und vorige Woche befahl mir die Frau, einen Hering zu putzen, da habe ich am Schwanzende angefangen, da hat sie den Hering genommen und ihn mir in den Mund gestopft. Die Gesellen necken mich immer, sie schicken mich in die Kneipe nach Vodka und verlangen von mir, daß ich der Meisterin Gurken stehle, und der Meister schlägt mit allem zu, was ihm gerade in die Hände kommt. Das Essen ist auch nichts. Morgens gibt es Brot, zu Mittag Grütze und zum Abend ebenfalls Brot, und was Tee ist oder Kohlsuppe, die essen die Meistersleute selber. Schlafen muß ich auf dem Flur, und wenn das Kind weint, kann ich gar nicht schlafen, da muß ich die Wiege schaukeln. Lieber Großvater, sei um Gottes willen so gut und hol mich wieder nach Hause ins Dorf, hier kann ich es nicht aushalten ... Ich bitte Dich auf den Knien, ewig will ich für Dich zu Gott beten, hol mich fort von hier, sonst sterbe ich...«

Vanka verzog den Mund, rieb sich mit seiner schwarzen Faust die Augen und schluchzte.

»Ich will für Dich Tabak reiben«, fuhr er fort, »ich will zu Gott beten, und wenn was ist, dann kannst Du mich windelweich schlagen. Und wennDu denkst, ich habe keine Stelle, dann will ich um Christi willen den Verwalter bitten, daß ich ihm die Stiefel putzen darf, oder ich will für Fedka als Hirtenjunge gehen. Lieber Großvater, hier kann ich es nicht aushalten, es ist einfach mein Tod. Ich würde ja zu Fuß ins Dorf laufen, aber ich habe keine Schuhe, und ich fürchte mich vor dem Frost. Aber wenn ich groß bin, dann will ich Dich dafür ernähren und keiner darf Dich beleidigen, und wenn Du stirbst, will ich für Dein Seelenheil beten, genauso wie für mein Mütterchen Pelageja.

Moskau ist eine große Stadt. Die Häuser sind alle herrschaftlich und Pferde sind viele da, aber Schafe gibt es keine, und die Hunde sind nicht böse. Mit dem Stern gehen die Kinder hier nicht, und keinen läßt man im Kirchenchor singen, und einmal sah ich in einem Laden im Fenster Haken für alle Arten Fische, gleich mit der Angelschnur, sehr nützlich, und ein solcher Haken hält einen Wels von einem Pud aus. Dann hab ich Läden gesehen, wo es allerlei Flinten gibt, wie die Herren welche haben, so für hundert Rubel das Stück ... Und in den Fleischerläden sind Birkhühner und Haselhühner und Hasen, aber wo sie geschossen werden, davon erzählen die Verkäufer nichts.

Lieber Großvater, wenn die Herrschaften einen Tannenbaum mit Naschwerk haben, dann nimm für mich eine vergoldete Nuß und leg sie in den grünen Kasten. Bitte das Fräulein Olga Ignatjevna und sag, es ist für Vanka.«

Vanka seufzte krampfhaft und starrte wieder zum Fenster. Ihm fiel ein, daß der Großvater ihn immer mitgenommen hatte, wenn er nach einem Tannenbaum für die Herrschaften in den Wald gegangen war. Das war eine lustige Zeit! Der Großvater ächzte, der Frost ächzte, und wenn Vanka das so sah, ächzte er auch. Bevor der Großvater die Tanne umlegte, rauchte er ein Pfeifchen, schnupfte ausgiebig Tabak, und er lachte den verfrorenen Vanka aus ... Die jungen reifbedeckten Tannen standen regungslos und warteten darauf, welche von ihnen sterben mußte. Ehe man sich's versah, sauste ein Hase wie ein Pfeil durch die Schneewehen ... Der Großvater konnte nicht anders, er mußte schreien:

»Halt ihn, halt ihn fest! Ach, dieser kurzschwänzige Teufel!«

Der Großvater schleppte die geschlagene Tanne in das herrschaftliche Haus, wo man sich daran machte, sie zu schmücken ... Am meisten hatte das Fräulein Olga Ignatjevna zu tun, Vankas Liebling. Als Vankas Mutter Pelageja noch lebte und bei den Herrschaften Stubenmädchen war, da fütterte Olga Ignatjevna Vanka mit Kandiszucker, und aus Langeweile brachte sie ihm Lesen und Schreiben bei, lehrte ihn bis hundert zählen und sogar Quadrille tanzen. Als aber Pelageja starb, wurde die Waise Vanka zum Großvater in die Gesindeküche abgeschoben und aus der Küche dann zum Schuster Aljachin nach Moskau...

»Komm, lieber Großvater«, schrieb Vanka weiter, »ich bitte Dich um Christi willen, nimm mich fort von hier. Hab Mitleid mit mir unglücklichem Waisenkind, sonst haut man mich bloß immer, und ich möchte gern richtig essen, und ich habe solche Sehnsucht, daß man es gar nicht sagen kann, und ich weine immerzu. Neulich hat mich der Meister mit dem Schuhleisten auf den Kopf geschlagen, so daß ich hingefallen bin und nur mit Mühe wieder zu mir gekommen bin. Mein Leben ist hin, ich lebe schlimmer als jeder Hund ... Und grüße noch Alëna und den einäugigen Egorka und den Kutscher, und gib niemandem meine Harmonika. Immer Dein Enkel Ivan Žukov, komm doch, lieber Großvater.«

Vanka faltete das beschriebene Blatt viermal und steckte es in den Umschlag, den er am Vortag für eine Kopeke gekauft hatte

... Er überlegte einen Augenblick, tauchte die Feder ein und schrieb als Adresse:
»An den Großvater im Dorf.«
Darauf kratzte er sich, dachte nach und fügte hinzu:
»Konstantin Makaryč.«
Zufrieden, daß man ihn beim Schreiben nicht gestört hatte, setzte er seine Mütze auf, und ohne sein Pelzmäntelchen überzuwerfen, rannte er, nur im Hemd, auf die Straße ...
Die Verkäufer aus dem Fleischerladen, die er am Vortag danach fragte, hatten ihm gesagt, daß man Briefe in Briefkästen steckt, von wo aus sie in Posttrojkas mit betrunkenen Kutschern und klingenden Glöckchen über die ganze Erde verteilt würden. Vanka rannte bis zum ersten Briefkasten und steckte den kostbaren Brief durch den Schlitz.
Von süßen Hoffnungen gewiegt, schlief er eine Stunde später bereits fest ... Er träumte von einem Ofen, darauf saß der Großvater, baumelte mit den nackten Beinen und las den Köchinnen den Brief vor. Vor dem Ofen lief Vjun auf und ab und wedelte mit dem Schwanz.

Unterwegs

> Nächtigte ein Wölkchen golden
> An der Brust des großen Felsens...
> *Lermontov*

In dem Zimmer, das der Inhaber der Schenke, der Kosak Semën Čistopljuj ›Durchreisezimmer‹ nennt, weil es ausschließlich für durchreisende Gäste bestimmt ist, saß an dem großen, ungestrichenen Tisch ein hochgewachsener, breitschultriger Mann von etwa vierzig Jahren. Er schlief über den Tisch gebeugt und den Kopf auf die Faust gestützt. Der Stummel einer Wachskerze, der in einer Salbenbüchse steckte, beleuchtete seinen blonden Bart, die dicke breite Nase, die gebräunten Wangen und die buschigen schwarzen Brauen, die über seine geschlossenen Augen herabhingen ... Seine Gesichtszüge, die Nase, die Wangen und die Brauen waren, jedes für sich genommen, grob und plump wie die Möbel und der Ofen in dem ›Durchreisezimmer‹, doch als Ganzes hatten sie etwas Harmonisches, ja sogar Schönes. Das ist, wie man so sagt, das Schicksal des russischen Gesichtes: je gröber und markanter die Züge sind, desto weicher und gutmütiger erscheint es. Bekleidet war der Mann mit einem herrschaftlichen Rock, der abgetragen, aber mit einem neuen breiten Band gesäumt war, mit einer Plüschweste und breiten schwarzen Hosen, die in großen Stiefeln steckten.

Auf einer der Bänke, die sich ohne Unterbrechung die Wände entlangzogen, schlief auf einem Fuchspelz ein achtjähriges Mädchen in einem kaffeebraunen Kleidchen und langen schwarzen Strümpfen. Es hatte ein blasses Gesichtchen, blonde Haare und schmale Schultern; ihr ganzer Körper wirkte hager und geschmeidig, die Nase jedoch ragte, wie bei dem Mann, als ein dicker, unschöner Zapfen hervor. Die Kleine schlief fest und spürte nicht, wie der halbrunde Kamm, der ihr vom Kopf geglitten war, in die Wange schnitt.

Das Zimmer für die durchreisenden Gäste bot einen feiertäglichen Anblick. Es roch nach frischgescheuertem Fußboden, an der Leine, die quer durch das Zimmer gezogen war, hingen nicht wie sonst Lappen, und in der Ecke über dem Tisch brannte mit schwacher Flamme ein Ikonenlämpchen und warf einen roten Fleck auf das Bild des heiligen Georg. In strengem, vorsichtigem Übergang vom Göttlichen zum Weltlichen zog sich zu beiden Seiten des Heiligenbildes eine Reihe einfacher Holzschnitte hin. Bei dem trüben Schein des Kerzenstummels und des roten Ikonenlämpchens boten sich die Bilder als ein dichter, von schwarzen Flecken bedeckter Streifen dar. Wenn jedoch der Kachelofen, der mit dem Sturm um die Wette singen wollte, heulend die Luft einsog und die Holzscheite, gleichsam erwachend, mit heller Flamme auflohderten, begannen an den Balkenwänden rötliche Flecken zu tanzen, und dann tauchte über dem Kopf des schlafenden Mannes bald der fromme Greis Serafim, bald Schah Nåsereddin auf, bald ein dickes, braunes Kind, das mit aufgerissenen Augen einem ungewöhnlich stumpfsinnig und gleichgültig blickenden Mädchen etwas ins Ohr flüsterte...

Draußen tobte ein Unwetter. Etwas Ungestümes, Bösartiges, aber zutiefst Unglückliches raste mit der Wut eines wilden Tieres um die Schenke herum und versuchte einzudringen. Mit den Türen klappernd, gegen die Fenster hämmernd und an den Wänden zerrend, schien es bald zu drohen, bald zu flehen, bald aber für kurze Zeit zu verstummen, und fuhr dann mit freudigem, verräterischem Aufheulen durch den Schornstein herein, hier aber loderten die Holzscheite auf, und das Feuer warf sich wie ein Kettenhund wütend dem Feind entgegen, es begann ein Kampf, auf den Schluchzen, Winseln und zorniges Brüllen folgten. Aus all dem klang sowohl wütende Bangigkeit als auch unbefriedigter Haß und die beleidigte Schwachheit eines Mannes heraus, der einstmals gewohnt war zu siegen...

Von dieser wilden, überirdischen Musik bezaubert, schien das ›Durchreisezimmer‹ auf ewig erstarrt zu sein. Da aber kreischte die Tür, und der Hausknecht in einem neuen baumwollenen Hemd betrat, leicht hinkend und mit verschlafenen Augen blinzelnd, das Zimmer. Er reinigte mit den Fingern die Kerze, legte Holzscheite in den Ofen und ging wieder hinaus. Gleich darauf läutete die Kirche von Rogači, dreihundert Schritt von der Schenke entfernt, Mitternacht. Der Wind spielte mit den Glockentönen wie mit Schneeflocken; er jagte hinter ihnen her und wirbelte sie in dem riesigen Raum im Kreise herum, so daß die Schläge bald abbrachen oder in einem langen, auf- und abschwellenden Ton erklangen, bald aber in dem allgemeinen Getöse vollkommen untergingen. Ein Glockenschlag dröhnte so stark durch das Zimmer, als läutete es direkt unter den Fenstern. Das Mädchen auf dem Fuchspelz zuckte zusammen und hob den Kopf. Es schaute ein Weilchen verständnislos auf das dunkle Fenster und auf Nâsereddin, den in diesem Augenblick gerade das rötliche Licht des Ofens streifte, dann sah sie zu dem schlafenden Mann hinüber.

»Papa!« rief sie.

Doch der Mann rührte sich nicht. Das Mädchen runzelte ärgerlich die Brauen, legte sich wieder hin und zog die Beine an. Hinter der Tür zur Schenke gähnte jemand laut und gedehnt. Kurz darauf vernahm man das Quietschen einer Tür und undeutliche Stimmen. Jemand trat ein, schüttelte den Schnee ab und stampfte dumpf mit den Filzstiefeln auf.

»Was ist?« fragte eine weibliche Stimme träge.

»Das gnädige Fräulein Ilovajskaja ist gekommen...« antwortete eine Baßstimme.

Wieder quietschte die Tür. Man hörte das Sausen des eindringenden Windes. Jemand, wahrscheinlich der hinkende Hausknecht, eilte an die Tür, die zum ›Durchreisezimmer‹ führte, räusperte sich ehrerbietig und berührte die Klinke.

»Hierher bitte, gnädiges Fräulein«, sagte eine singende Frauenstimme, »hier ist es sauber, meine Beste...«

Die Tür öffnete sich weit, und auf der Schwelle erschien, von Kopf bis Fuß mit Schnee bedeckt, ein bärtiger Bauer im Kutscherkaftan und mit einem großen Koffer auf der Schulter. Gleich hinter ihm kam, beinahe nur halb so groß wie der Kutscher, eine kleine Frauengestalt herein, ohne Gesicht und ohne Hände, vermummt, eingewickelt, einem Bündel ähnlich und ebenfalls schneebedeckt. Von dem Kutscher und dem Bündel wehte wie aus einem Grab Feuchtigkeit zu dem Mädchen herüber, und die Flamme der Kerze flackerte.

»Was für Dummheiten!« sagte das Bündel wütend. »Man kann sehr gut fahren! Es sind nur noch zwölf Verst, fast nur durch Wald, wir hätten uns nicht verirrt...«

»Verirrt hätten wir uns nicht, aber die Pferde wollen nicht weiter, gnädiges Fräulein!« antwortete der Kutscher. »Herr, es ist dein Wille, ich habe es doch nicht mit Absicht getan!«

»Weiß Gott, wohin du uns gebracht hast... Aber still... Hier scheint jemand zu schlafen... Geh raus...«

Der Kutscher stellte den Koffer auf den Fußboden, wobei ganze Ladungen Schnee von seinen Schultern fielen, schnaufte und verließ das Zimmer. Nun sah das Mädchen, wie aus der Mitte des Bündels zwei kleine Händchen herauskletterten, sich emporstreckten und ärgerlich das Durcheinander von Schals und Tüchern zu entwirren begannen. Zuerst fiel ein großer Schal auf den Fußboden, dann ein Bašlyk, darauf ein weißes gestricktes Kopftuch. Nachdem die Reisende ihren Kopf befreit hatte, legte sie die Mantille ab und war mit einemmal um die Hälfte schmaler geworden. Nun stand sie in einem langen grauen Mantel mit großen Knöpfen und vorgewölbten Taschen da. Aus der einen Tasche zog sie eine Papierrolle, in der etwas eingewickelt war, aus der anderen einen Bund großer schwerer Schlüssel, den sie so unsanft hinlegte, daß der schlafende Mann zusammenfuhr und die Augen aufschlug. Eine Weile schaute er stumpfsinnig zur Seite, als begreife er nicht, wo er sei, dann schüttelte er den Kopf, ging in eine Ecke und setzte sich dort hin... Die Reisende legte den Mantel ab, wodurch sie nochmals um die Hälfte schmaler wurde, zog die Velourstiefel aus und setzte sich ebenfalls.

Nun sah sie nicht mehr wie ein Bündel aus. Sie war eine kleine, hagere Brünette von etwa zwanzig Jahren, schlank wie eine

Gerte, mit einem länglichen weißen Gesicht und lockigen Haaren. Sie hatte eine lange, spitze Nase und ein langes, spitzes Kinn; ihre Wimpern waren lang, die Mundwinkel spitz, und dank der vielen Spitzen schien ihr Gesicht etwas Stechendes zu haben. In ein schwarzes Gewand gehüllt, das am Hals und an den Ärmeln mit vielen Spitzen besetzt war, mit ihren weißen Ellenbogen und den langen rosigen Fingerchen erinnerte sie an die Porträts englischer Damen aus dem Mittelalter. Der ernste, konzentrierte Gesichtsausdruck verstärkte noch diese Ähnlichkeit...

Nach langem Schweigen warf sich das Kind plötzlich auf seinem Lager herum und sagte, böse jedes Wort betonend:

»Mein Gott! Mein Gott! Wie bin ich unglücklich! Furchtbar unglücklich!«

Der Mann stand auf und ging schuldbewußt, was gar nicht zu seiner riesigen Gestalt und dem großen Bart paßte, zu dem Mädchen hin.

»Du schläfst nicht, mein Herzchen?« fragte er mit um Verzeihung bittender Stimme. »Was willst du denn?«

»Nichts will ich! Mir tut die Schulter weh! Du bist ein schlechter Mensch, Papa, Gott wird dich strafen. Du wirst sehen, er straft dich!«

»Mein Täubchen, ich weiß, daß dir die Schulter weh tut, aber was soll ich machen, mein Herzchen?« sagte der Mann in dem Ton, in dem sich angeheiterte Ehemänner vor ihren gestrengen Gattinnen entschuldigen. »Es ist von der Reise, daß dir die Schulter weh tut, Saša. Morgen sind wir an Ort und Stelle, da ruhen wir uns aus, und dann wird es auch vergehen...«

»Morgen, morgen... Jeden Tag sagst du zu mir: morgen. Wir werden noch zwanzig Jahre fahren!«

»Nein, Herzchen, mein väterliches Ehrenwort, morgen sind wir da. Ich lüge niemals, und wenn uns der Schneesturm aufgehalten hat, so ist das nicht meine Schuld.«

»Ich kann's nicht länger aushalten! Ich kann nicht, ich kann nicht mehr!«

Saša strampelte heftig mit den Beinen und erfüllte das Zimmer mit einem unangenehmen, winselnden Weinen. Ihr Vater winkte resigniert ab und blickte verwirrt auf die brünette Dame. Die zuckte mit den Schultern und trat unschlüssig zu Saša.

»Hör mal, meine Liebe«, sagte sie, »wozu denn weinen?

Natürlich ist es nicht schön, wenn die Schulter weh tut, aber was soll man machen?«

»Sehen Sie, gnädige Frau«, sagte der Mann hastig, als wolle er sich rechtfertigen, »wir haben zwei Nächte nicht geschlafen und sind in einer scheußlichen Equipage gefahren. Kein Wunder, daß sie krank und bedrückt ist... Außerdem, wissen Sie, sind wir noch an einen betrunkenen Kutscher geraten, man hat uns einen Koffer gestohlen. Die ganze Zeit schon wütet der Schneesturm, aber wozu noch weinen, gnädige Frau? Übrigens hat mich dieses Schlafen im Sitzen ermüdet, ich bin wie betrunken. Bei Gott, Saša, hier ist es ohnehin schon schlimm genug, und du weinst auch noch!«

Der Mann wandte den Kopf, winkte ab und setzte sich hin.

»Wer wird denn weinen«, sagte die Brünette. »Nur Säuglinge weinen. Wenn du krank bist, meine Liebe, mußt du dich ausziehen und schlafen... Komm, ich helf dir beim Ausziehen!«

Als das Mädchen ausgezogen war und sich beruhigt hatte, trat wieder Schweigen ein. Die Brünette saß am Fenster und musterte verlegen das Gastzimmer, das Heiligenbild, den Ofen... Augenscheinlich kamen ihr das Zimmer, das Mädchen mit der dicken Nase und in dem kurzen Knabenhemdchen und der Vater des Mädchens sonderbar vor. Dieser seltsame Mensch saß in der Ecke, hilflos wie ein Betrunkener, sah zur Seite und knetete mit der Hand sein Gesicht. Er schwieg und blinzelte mit den Augen, und wenn man seine schuldbewußte Gestalt sah, konnte man schwerlich vermuten, daß er bald anfangen würde zu reden. Doch er sprach als erster. Er strich sich über die Knie, räusperte sich, lächelte und begann:

»Eine Komödie, weiß Gott... Ich gucke und glaube meinen Augen nicht zu trauen – wegen was für einem Waldteufel hat uns das Schicksal bloß in diese elende Kneipe verschlagen? Was wollte es damit sagen? Das Leben vollführt zuweilen solche Bocksprünge, daß man nur zugucken und mit den Augen zwinkern kann. Belieben Sie noch weit zu fahren, gnädige Frau?«

»Nein, nicht weit«, antwortete die Brünette. »Ich komme von unserem Gut, zwanzig Werst von hier, und fahre zu unserem Vorwerk, zu meinem Vater und meinem Bruder. Ich selbst bin die Ilovajskaja, das Vorwerk, zwölf Werst von hier, heißt ebenfalls Ilovajskij. Was für ein unfreundliches Wetter!«

»Schlimmer geht's nicht!«

Der hinkende Bursche kam herein und stellte einen neuen Kerzenstummel in die Salbenbüchse.

»Du könntest uns den Samovar aufstellen, Bürschchen!« sagte der Mann zu ihm.

»Wer wird denn jetzt Tee trinken?« antwortete der Hinkende lächelnd. »Es ist eine Sünde, vor der Frühmesse zu trinken.«

»Macht nichts, Bürschchen, nicht du wirst in der Hölle schmoren, sondern wir ...«

Beim Tee unterhielten sich die neuen Bekannten. Die Ilovajskaja erfuhr, daß ihr Gesprächspartner Grigorij Petrovič Licharev hieß und daß er der Bruder desselben Licharev war, der in einem Nachbarkreis Adelsmarschall war; er selbst sei Gutsbesitzer gewesen, habe aber »rechtzeitig Bankrott gemacht«. Licharev seinerseits erfuhr, daß die Ilovajskaja mit Vor- und Vatersnamen Marja Michajlovna hieß, daß ihr Vater ein riesiges Gut besaß, daß sie es aber allein bewirtschaften mußte, weil ihr Vater und ihr Bruder das Leben zu leicht nahmen, sorglos in den Tag hinein lebten und sich allzusehr um ihre Windhunde kümmerten.

»Mein Vater und mein Bruder sind auf dem Vorwerk ganz allein«, sagte die Ilovajskaja und fuchtelte mit den Händen (sie hatte die Angewohnheit, im Gespräch vor ihrem spitzen Gesicht mit den Händen zu fuchteln und sich nach jedem Satz mit ihrer spitzen Zunge über die Lippen zu fahren). »Diese Männer sind leichtsinnige Menschen, für sich selbst rühren sie keinen Finger. Ich kann mir vorstellen, daß ihnen nach der Fastenzeit niemand was zu essen gibt! Unsere Mutter lebt nicht mehr, und Dienstboten haben wir, die legen ohne mich nicht einmal ordentlich das Tischtuch auf. Sie können sich ihre Lage vorstellen! Sie bleiben ohne Essen, und ich muß die ganze Nacht hier herumsitzen. Wie sonderbar das alles ist!«

Die Ilovajskaja zuckte die Achseln, nippte an der Teetasse und fuhr fort:

»Es gibt Feiertage, die ihren eigenen Duft haben. Zu Ostern, Pfingsten und Weihnachten riecht die Luft irgendwie besonders. Selbst die Ungläubigen lieben diese Feiertage. Mein Bruder zum Beispiel behauptet, es gäbe keinen Gott, aber zu Ostern geht er als erster zur Frühmesse.«

Licharev sah die Ilovajskaja an und lachte.

»Sie behaupten, es gebe keinen Gott«, fuhr die Ilovajskaja

fort und lachte ebenfalls, »aber was meinen Sie, warum werden alle berühmten Schriftsteller und Gelehrten, überhaupt alle klugen Leute am Ende ihres Lebens gläubig?«

»Wer in der Jugend nicht glauben konnte, gnädige Frau, der wird auch im Alter nicht gläubig, und sei er auch ein großer Schriftsteller.«

Nach seinem Husten zu urteilen, hatte Licharev eine Baßstimme, aber er sprach im Tenor. Wahrscheinlich aus Furcht, zu laut zu sprechen, oder aus übertriebener Schüchternheit. Nach kurzem Schweigen seufzte er und sagte:

»Ich verstehe das so: der Glaube ist eine Fähigkeit des Geistes. Es ist bei ihm wie mit dem Talent – er muß angeboren sein. Soweit ich das von mir aus, nach den Menschen, die ich in meinem Leben gesehen habe, und nach all dem, was ringsum vor sich geht, beurteilen kann, ist diese Fähigkeit dem russsischen Menschen im höchsten Maße eigen. Das russische Leben ist eine ununterbrochene Folge von Glauben und Begeisterung, aber Unglauben oder Verneinung hat es, wenn Sie es wissen wollen, noch nicht gekannt. Wenn der russische Mensch nicht an Gott glaubt, so heißt das, er glaubt an irgend etwas anderes.«

Licharev nahm von der Ilovajskaja eine Tasse Tee entgegen, trank sie in einem Zug halb leer und fuhr fort:

»Ich will Ihnen von mir erzählen. Die Natur hat mir eine ungewöhnliche Fähigkeit zu glauben gegeben. Das halbe Leben verbrachte ich, Gott sei's geklagt, im Lager der Atheisten und Nihilisten, aber es gab in meinem Leben keine einzige Stunde, in der ich nicht an irgend etwas geglaubt hätte. Alle Talente entfalten sich gewöhnlich in früher Jugend, so ließ sich auch meine Begabung schon erkennen, als ich noch unter dem Tisch herumkrabbelte. Meine Mutter hatte es gern, daß ihre Kinder viel aßen, und wenn sie mich fütterte, sagte sie immer: ›Iß! Die Hauptsache im Leben ist die Suppe!‹ Ich glaubte ihr und aß zehnmal am Tag Suppe, ich schlang alles hinunter wie ein Haifisch, bis zum Überdruß, bis zur Bewußtlosigkeit. Die Kinderfrau erzählte Märchen, und ich glaubte an Hausgeister, an Waldschrate, an jeglichen Teufelsspuk. Einmal stahl ich meinem Vater Sublimat, bestreute damit Pfefferkuchen und brachte sie auf den Boden, die Hausgeister, sehen Sie wohl, sollten davon essen und verrecken. Und als ich lesen und das Gelesene verstehen lernte, da war erst was los! Ich wollte nach Amerika fliehen, unter die Räuber gehen, ich wollte ins Kloster, und ich beredete kleine Jungen, mich um Christi willen zu martern. Sie sehen, mein Glaube war immer tätig, er war nicht tot. Wollte ich nach Amerika fliehen, so nicht allein, ich verleitete noch jemand zum Mitkommen, einen ebensolchen Dummkopf wie mich, und ich war froh, wenn ich hinter dem Stadttor vor Kälte zitterte und wenn man mich verprügelte; ging ich unter die Räuber, kehrte ich unbedingt mit einem zerschlagenen Gesicht zurück. Eine äußerst unruhige Kindheit, das kann ich Ihnen versichern! Als man mich aufs Gymnasium brachte und mich dort mit allerlei Weisheiten überschüttete, mir erzählte, daß die Erde sich um die Sonne dreht und daß das weiße Licht nicht weiß ist, sondern aus sieben Farben besteht, da wurde mir ganz schwindlig! Alles geriet bei mir durcheinander: Josua, der die Sonne anhielt, die Mutter, die im Namen des Propheten Elias den Blitzableiter ablehnte, und der Vater, der sich zu den Wahrheiten, die ich erfuhr, gleichgültig verhielt. Meine Einsichten begeisterten mich. Wie besessen lief ich durchs Haus und durch die Ställe und predigte meine Weisheiten, ich geriet über die Unwissenheit in Verzweiflung und glühte vor Haß, wenn einer in dem weißen Licht nur das Weiße sah ... Natürlich ist das alles Unsinn und Kinderei. Die ernsten, sozusagen männlichen Leidenschaften begannen für mich auf der Universität. Haben Sie, gnädige Frau, irgendwo Kurse absolviert?«

»In Novočerkassk, am Don-Institut.«

»Studiert haben Sie nicht? Also wissen Sie nicht, was Wissenschaft ist. Alle Wissenschaften, so viel es auf der Welt auch gibt, haben ein und dasselbe Merkmal, ohne das sie nicht zu denken sind – das Streben nach Wahrheit! Jede, sogar die Arzneimittelkunde, hat nicht den Nutzen, nicht ein bequemes Leben zum Ziel, sondern die Wahrheit. Ausgezeichnet! Wenn man sich an das Studium einer Wissenschaft macht, dann verblüfft vor allem der Anfang. Ich sage Ihnen, es gibt nichts Hinreißenderes und Großartigeres, nichts, was den menschlichen Geist mehr frappiert und gefangennimmt als die erste Bekanntschaft mit der Wissenschaft.

In den ersten fünf, sechs Vorlesungen wird man von den strahlendsten Hoffnungen beflügelt, und man fühlt sich bereits als Herr der Wahrheit. Auch ich war den Wissenschaften grenzenlos, leidenschaftlich ergeben wie einer geliebten Frau. Ich war ihr Sklave und wollte außer ihnen keinen anderen Gott anerkennen. Tag und Nacht büffelte ich, ohne auch nur aufzublicken, ich ruinierte mich durch den Kauf vieler Bücher, ich weinte, wenn die Menschen vor meinen Augen um persönlicher Ziele willen die Wissenschaft ausbeuteten. Doch meine Begeisterung hielt nicht lange an. Das lag daran, daß jede Wissenschaft zwar einen Anfang hat, aber kein Ende, genau wie die periodischen Brüche. Die Zoologie kennt fünfunddreißigtausend Arten von Insekten, die Chemie zählt sechzig einfache Elemente. Hängt man an diesen Ziffern mit der Zeit jeweils zehn Nullen an, dann sind Zoologie und Chemie immer noch ebenso weit von ihrem Ende entfernt wie jetzt, und die ganze wissenschaftliche Arbeit von heute erschöpft sich in die Vergrößerung der Zahlen. Das begriff ich, als ich die fünfunddreißigtausendunderste Art entdeckte und keine Befriedigung dabei empfinden konnte. Nun, ich war nicht lange enttäuscht, weil mich bald ein neuer Glaube beherrschte. Ich stürzte mich auf den Nihilismus mit seinen Proklamationen, der Landaufteilung und allerlei anderen Faxen. Ich ging ins Volk, arbeitete in Fabriken, war Schmierer und Treidler. Als ich dann durch Rußland wanderte, bekam ich einen Eindruck von dem russischen Leben, und ich begeisterte mich für dieses Leben. Ich liebte das russische Volk bis zum Wahnsinn, ich liebte und glaubte an seinen Gott, an seine Sprache, an seine schöpferische Kraft ... Und so weiter und so fort ... Seinerzeit war ich Slavophile, belästigte Aksakov mit Briefen, ich war Ukrainophile, Archäologe, und ich sammelte Beispiele russischer Volkskunst ... Ich berauschte mich an Ideen, Menschen, Ereignissen, Orten ... Ich war pausenlos begeistert! Vor fünf Jahren vertrat ich die Negierung des Eigentums; mein letzter Glaube war die Lehre, dem Übel nicht zu widerstreben.«

Saša atmete stoßweise und bewegte sich. Licharev stand auf und trat zu ihr.

»Möchtest du etwas Tee, mein Herzchen?« fragte er zärtlich.

»Trink selber!« antwortete das Mädchen grob.

Licharev wurde verlegen und kehrte in schuldbewußter Haltung an den Tisch zurück.

»Das heißt, Ihr Leben war sehr lustig«, sagte Ilovajskaja. »Da haben Sie schöne Erinnerungen.«

»Nun ja, das sieht alles ganz lustig aus, wenn man in angenehmer Gesellschaft beim Tee sitzt und darüber plaudert, aber fragen Sie mal, wie teuer mich diese Lustigkeit zu stehen kam? Was hat mich mein abwechslungsreiches Leben gekostet! Ich habe doch nicht wie ein deutscher Doktor der Philosophie geglaubt, gnädige Frau, ich bin kein Zierlich-Manierlich, ich habe nicht in der Wüste gelebt, jeder Glaube von mir hat mich unter das Joch gebeugt und meinen Körper in Stücke gerissen. Urteilen Sie selbst. Ich war reich wie meine Brüder, jetzt aber bin ich arm. Im Rausch der Leidenschaften verschwendete ich mein Vermögen und das meiner Frau – eine Unmasse fremdes Geld. Ich bin jetzt zweiundvierzig Jahre, das Alter steht vor der Tür, aber ich bin obdachlos wie ein Hund, der nachts seinen Wagenzug verloren hat. In meinem ganzen Leben habe ich nicht gewußt, was Ruhe ist. Meine Seele erfüllte unaufhörliches Sehnen, sie litt sogar unter den Hoffnungen ... Ich verzehrte mich in schwerer unregelmäßiger Arbeit, ich litt Entbehrungen, saß fünfmal im Gefängnis, trieb mich in den Gouvernements Archangelsk und Tobolsk herum ... es schmerzte, sich daran zu erinnern! Ich lebte, doch im Rausch spürte ich nicht das Leben selbst und seinen Lauf. Glauben Sie mir, ich erinnere mich an keinen einzigen Frühling, ich bemerkte nicht, wie meine Frau mich liebte, wie meine Kinder geboren wurden. Was soll ich Ihnen noch sagen? Allen, die mich liebten, brachte ich Unglück ... Meine Mutter trägt nun schon seit fünfzehn Jahren Trauer um mich, meine stolzen Brüder, die meinetwegen seelisch leiden, erröten, den Rücken beugen und Geld verschleudern mußten, haßten mich schließlich wie die Pest.«

Licharev stand auf und setzte sich wieder hin.

»Ich würde Gott danken«, fuhr er fort, ohne die Ilovajskaja anzusehen, »wenn ich nur unglücklich wäre. Mein persönliches Unglück tritt in den Hintergrund, wenn ich daran denke, wie oft ich in meinen Leidenschaften unüberlegt, unaufrichtig, ungerecht, grausam und gefährlich gewesen bin! Wie oft habe ich diejenigen, die ich hätte lieben sollen, von ganzem Herzen gehaßt und verachtet – und umgekehrt. Tausendmal übte ich Verrat. Heute glaube ich und beuge das Haupt, und morgen schon laufe ich wie ein Feigling vor meinen Göttern und Freunden von heute weg und nehme es schweigend hin, wenn man mich hinter meinem Rücken als Schuft bezeichnet. Gott allein hat gesehen, wie oft ich aus Scham über meine Leidenschaften geweint und in das Kissen gebissen habe. Nicht ein einziges Mal im Leben habe ich vorsätzlich gelogen oder etwas Böses getan, und doch ist mein Gewissen nicht rein! Gnädige Frau, ich kann mich nicht einmal rühmen, daß ich kein Menschenleben auf dem Gewissen habe, denn unter meinen Augen starb meine Frau, die ich durch meine Unbekümmertheit zu Tode gequält habe. Ja, meine Frau! Hören Sie, in unserer Gesellschaft herrschen zur Zeit zwei Arten der Einstellung zu Frauen vor. Die einen messen die weiblichen Schädel, um zu beweisen, daß die Frau tiefer steht als der Mann, sie suchen nach ihren Unzulänglichkeiten, um sie zu verspotten, sie wollen in ihren Augen originell sein und die Tatsache rechtfertigen, daß sie selbst Tiere sind. Die anderen dagegen sind aus Leibeskräften bestrebt, die Frau zu sich emporzuziehen, das heißt, sie zu zwingen, sich die fünfunddreißigtausend Arten einzupauken, die gleichen Dummheiten zu sagen und zu schreiben, die sie selbst sagen und schreiben...«

Licharevs Gesicht verdüsterte sich.

»Und ich sage Ihnen, die Frau war immer die Sklavin des Mannes und wird sie bleiben«, sprach er mit tiefer Stimme und hieb mit der Faust auf den Tisch. »Sie ist das biegsame, weiche Wachs, aus dem der Mann immer das geformt hat, was er brauchte. Mein Gott, wegen der billigen Laune eines Mannes ließ sie sich die Haare abschneiden, verließ sie ihre Familie, starb sie in der Fremde... Unter den Ideen, für die sie sich geopfert hat, war keine einzige weibliche... Eine willige, ergebene Sklavin! Ich habe keine Schädel gemessen, ich spreche aus qualvoller, bitterer Erfahrung. Die stolzesten, selbständigsten Frauen folgten mir, ohne zu überlegen und viel zu fragen, wenn es mir gelang, ihnen meine Begeisterung mitzuteilen, und sie taten alles, was ich wollte. Aus einer Nonne machte ich eine Nihilistin, die, wie ich später hörte, auf einen Polizisten schoß; meine Frau verließ mich auf meinen Wanderungen nicht einen einzigen Augenblick, und wie eine Wetterfahne änderte sie ihren Glauben genauso, wie ich meine Überzeugung änderte.«

Licharev sprang auf und schritt durchs Zimmer.

»Ein edles, erhabenes Sklaventum!« sagte er und schlug die Hände zusammen. »Gerade darin besteht der hohe Sinn des Frauenlebens! Vor dem schrecklichen Durcheinander, das sich während der ganzen Zeit meines Umgangs mit Frauen in meinem Kopf angesammelt hat, sind in meinem Gedächtnis wie in einem Filter keine Ideen haftengeblieben, keine klugen Worte, keine Philosophie, sondern nur dieses ungewöhnliche Sichfügen in das Schicksal, diese außerordentliche Barmherzigkeit, dieses Allverzeihen...«

Licharev ballte die Fäuste, starrte auf einen Punkt und stieß, als sauge er an jedem einzelnen Wort, mit leidenschaftlicher Anspannung durch die zusammengepreßten Zähne:

»Diese ... diese hochherzige Standhaftigkeit, diese Treue bis zum Grab, diese Poesie des Herzens ... Der Sinn des Daseins liegt gerade in diesem demütigen Martyrium, in den Tränen, die einen Stein erweichen können, in der grenzenlosen Liebe, die alles verzeiht und in das Chaos des Lebens Licht und Wärme bringt...«

Die Ilovajskaja stand langsam auf, trat einen Schritt auf Licharev zu und heftete ihre Augen auf sein Gesicht. An den Tränen, die auf seinen Wimpern glänzten, an der zitternden, von Leidenschaft getragenen Stimme, an der Röte seiner Wangen erkannte sie, daß die Frauen kein zufälliges, simples Gesprächsthema für ihn waren. Sie waren der Gegenstand seiner neuen Leidenschaft oder, wie er es selbst nannte, sein neuer Glaube! Zum erstenmal im Leben sah die Ilovajskaja einen begeisterten, leidenschaftlich glaubenden Menschen. Er kam ihr unbesonnen und überspannt vor mit seinen blitzenden Augen und seinen heftigen Gesten, doch in dem Feuer seiner Blicke, in seinen Worten, in den Bewegungen seines großen Körpers lag so viel Schönheit, daß sie, ohne es selbst zu merken, wie angewurzelt vor ihm stand und ihn verzückt ansah.

»Nehmen Sie nur meine Mutter!« sagte er, wobei er ihr die Hände entgegenstreckte und sie flehend anblickte. »Ich habe ihr das Dasein vergällt, ich habe nach ihren Begriffen das Geschlecht der Licharevs entehrt, ich habe ihr soviel Böses angetan, wie nur der schlimmste Feind es tun könnte – und was ist los? Meine Brüder geben ihr ein paar Kopeken für Weihbrot und Bittgebete, sie aber unterdrückt ihr religiöses Gefühl, spart dieses Geld auf und schickt es ihrem lasterhaften Grigorij! Allein schon diese Kleinigkeit erzieht und veredelt die Seele viel mehr als alle Theorien, kluge Worte und fünfunddreißigtausend Arten! Ich könnte Ihnen tausend Beispiele anführen. Nehmen Sie nur einmal sich selbst! Draußen ist Schneesturm und Nacht, und Sie fahren zu Bruder und Vater, um sie am Feiertag durch Ihre Liebe zu erwärmen, obwohl die vielleicht gar nicht an Sie denken und Sie vergessen haben. Und warten Sie nur ab, wenn Sie einen Mann liebgewinnen, dann werden Sie ihm auch zum Nordpol folgen. Nicht wahr?«

»Ja, wenn ... ich ihn liebe.«

»Sehen Sie!« rief Licharev erfreut und stampfte sogar mit dem Fuß auf. »Bei Gott, ich bin so froh, daß ich Sie kennengelernt habe! Das Schicksal meint es so gut mit mir, immer treffe ich mit prächtigen Menschen zusammen. Es vergeht kein Tag, an dem ich nicht eine Bekanntschaft mache, für die ein Mensch einfach eine Seele hingeben könnte. Auf dieser Welt gibt es viel mehr gute Menschen als böse. Sehen Sie, wie wir beide offen und aufrichtig miteinander gesprochen haben, als würden wir uns schon hundert Jahre kennen. Manchmal, versichere ich Ihnen, nimmt man sich zehn Jahre lang zusammen, schweigt, spielt vor den Freunden und der Frau Versteck, aber dann trifft man in der Bahn einen Kadetten und schüttet ihm sein ganzes Herz aus. Ich habe die Ehre, Sie das erstemal zu sehen, und ich habe vor Ihnen eingestanden, was ich noch niemals eingestanden habe. Wie kommt das?«

Sich die Hände reibend und heiter lächelnd, schritt Licharev durchs Zimmer und sprach wieder von den Frauen. Unterdessen läutete es zur Frühmesse. »Mein Gott!« sagte Saša weinend. »Bei seinem Gerede kann ich nicht schlafen!«

»Ach ja!« pflichtete ihr Licharev bei. »Verzeih mir, mein Herzchen. Schlaf nur, schlaf ... Außer ihr habe ich noch zwei Buben«, flüsterte er. »Sie leben beim Onkel, gnädige Frau, aber sie hier kann auch nicht einen Tag ohne den Vater sein. Sie leidet, sie murrt, aber sie klebt an mir wie die Fliege am Honig. Ich habe mich verplaudert, gnädige Frau, und ich habe auch Sie daran gehindert, sich auszuruhen. Soll ich Ihnen nicht ein Lager bereiten?«

Ohne die Erlaubnis abzuwarten, schüttelte er die nasse Mantille und breitete sie mit dem Fell nach oben auf der Bank aus; er hob die verstreuten Tücher und Schals auf und legte den zusammengerollten Mantel an das Kopfende. Das alles tat er schweigend, mit einem Ausdruck hündischer Ergebenheit auf dem Gesicht, als hantiere er nicht mit Frauensachen, sondern mit Scherben geweihter Gefäße. In seiner ganzen Gestalt lag etwas Schuldbewußtes, Verlegenes, als schäme er sich in Gegenwart eines schwachen Geschöpfes seines Wuchses und seiner Kraft ...

Als die Ilovajskaja sich hingelegt hatte, löschte er die Kerze und setzte sich neben dem Ofen auf einen Hocker.

»So ist's, gnädige Frau«, flüsterte er, während er sich eine dicke Zigarette ansteckte und den Rauch in den Ofen blies. »Die Natur hat dem russischen Menschen eine ungewöhnliche Fähigkeit zu glauben, einen forschenden Verstand und die Gabe des Denkens verliehen, aber das alles wird zunichte vor der Sorglosigkeit, der Faulheit und dem träumerischen Leichtsinn ... Jawohl ...«

Die Ilovajskaja starrte verwundert in die Dunkelheit; sie sah nur einen roten Fleck auf dem Heiligenbild und den Widerschein des Ofenfeuers auf Licharevs Gesicht. Die Dunkelheit, das Glockengeläut, das Heulen des Schneesturms, der hinkende Bursche, die murrende Saša, der unglückliche Licharev und seine Gespräche – das alles vermischte sich und verschmolz zu einem einzigen gewaltigen Eindruck, und die Welt Gottes schien ihr phantastisch, voller Wunder und Zauberei zu sein. Alles, was sie gehört, klang ihr in den Ohren, und das menschliche Leben kam ihr wie ein wunderbares, poetisches Märchen ohne Ende vor.

Der gewaltige Eindruck wurde immer größer und stärker, umhüllte das Bewußtsein wie mit einem Schleier und verwandelte sich in seinen süßen Traum. Die Ilovajskaja schlief, aber sie sah das Ikonenlämpchen und die dicke Nase, auf der rote Lichtflecken tanzten.

Sie hörte Weinen.

»Lieber Papa«, flüsterte zärtlich eine Kinderstimme, »laß uns zum Onkel zurückfahren! Dort ist ein Tannenbaum! Dort sind Stěpa und Kolja!«

»Mein Herzchen, was kann ich denn machen?« redete ein männlicher Baß ihr leise zu. »Versteh mich doch! Nun, versteh mich!«

Zu dem Weinen des Kindes gesellte sich das des Mannes. Diese Stimme menschlichen Leidens in dem Heulen des Unwetters traf das Ohr des Fräuleins als eine so süße, menschliche Musik, daß sie diese Wonne nicht ertragen konnte und ebenfalls anfing zu weinen. Darauf hörte sie, wie ein großer schwarzer Schatten leise zu ihr trat, einen heruntergefallenen Schal vom Fußboden aufhob und damit ihre Füße einhüllte.

Die Ilovajskaja wurde durch ein seltsames Geheul geweckt. Sie sprang auf und blickte sich erstaunt um. Durch die halb mit

Schnee zugewehten Fenster schimmerte blau der junge Morgen. Im Zimmer lag graue Dämmerung, in der sich der Ofen, das schlafende Kind und Nâsereddin deutlich abzeichneten. Der Ofen und das Ikonenlämpchen waren erloschen. Durch die sperrangelweit geöffnete Tür sah man die große Wirtsstube mit der Theke und den Tischen. Ein Mann mit einem stumpfsinnigen Zigeunergesicht und großen staunenden Augen stand inmitten des Zimmers in einer Lache getauten Schnees und hielt einen Stock in der Hand mit einem großen roten Stern darauf. Eine Schar Knaben umringte ihn; sie waren ganz mit Schnee bedeckt und standen unbeweglich wie Statuen da. Das Licht des Sterns, das durch rotes Papier drang, färbte die feuchten Gesichter rötlich. Die Knaben brüllten durcheinander, und aus ihrem Geheul konnte die Ilovajskaja nur den Kehrreim verstehen:

> O du kleines Bürschelchen,
> Nimm das kleine Messerchen,
> Töten wir den bösen Mann,
> Den kläglichen Gesellen.

An der Theke stand Licharev, schaute gerührt auf die Sänger und stampfte mit dem Fuß den Takt. Als er die Ilovajskaja erblickte, lächelte er über das ganze Gesicht und trat zu ihr. Sie lächelte ebenfalls.

»Frohes Fest!« sagte er. »Sie haben so schön geschlafen.«

Die Ilovajskaja sah ihn an und schwieg; sie lächelte immer noch. Nach den nächtlichen Gesprächen kam er ihr nicht mehr hochgewachsen und breitschultrig vor, sondern klein, so wie uns selbst das größte Schiff klein vorkommt, wenn man erzählt, es habe den Ozean überquert.

»Nun, für mich wird es Zeit zu fahren«, sagte sie. »Ich muß mich ankleiden. Sagen Sie, wohin fahren Sie jetzt?«

»Ich? Zur Station Klinuški, von da nach Sergjevo und von Sergjevo vierzig Verst mit Pferden zu den Kohlengruben eines Trottels, eines gewissen Generals Šaškovskij. Dort haben meine Brüder für mich eine Stellung als Verwalter ausfindig gemacht ... Ich werde nach Kohle graben.«

»Erlauben Sie, ich kenne diese Gruben. Šaškovskij ist mein Onkel. Aber ... wozu fahren Sie dorthin?« fragte die Ilovajskaja und sah Licharev erstaunt an.

»Als Verwalter. Die Grube verwalten.«

»Versteh ich nicht! Sie fahren zu den Gruben, aber da ist doch kahle Steppe, eine so menschenleere, öde Gegend, daß Sie es dort keinen Tag aushalten werden! Die Kohle ist sehr schlecht, niemand kauft sie, und mein Onkel ist ein Besessener, ein Despot, ein Bankrotteur ... Sie werden auch kein Gehalt bekommen!«

»Ist mir alles egal«, sagte Licharev gleichmütig. »Auch für die Grube bin ich dankbar.«

Die Ilovajskaja zuckte die Achseln und schritt erregt durchs Zimmer.

»Verstehe ich nicht, das verstehe ich nicht!« rief sie aus und fuchtelte mit den Händen vor ihrem Gesicht herum. »Das ist unmöglich und ... und unvernünftig! Sie müssen verstehen, das ist ... schlimmer als Verbannung, das ist, als wäre man lebendig begraben! O Gott«, sagte sie heftig und fuchtelte mit den Händen vor seinem lächelnden Gesicht herum; ihre Oberlippe zuckte, und ihr stechendes Gesicht war blaß geworden. »Stellen Sie sich nur die kahle Steppe und die Einsamkeit vor! Da ist niemand, mit dem Sie ein Wort reden können, und Sie sind doch von den Frauen begeistert! Die Grube und Frauen!«

Die Ilovajskaja schämte sich plötzlich ihrer Heftigkeit, wandte sich von Licharev ab und trat ans Fenster.

»Nein, nein, dorthin dürfen Sie nicht fahren!« sagte sie und fuhr hastig mit dem Finger über die Scheibe.

Nicht nur mit dem Herzen, sondern mit jeder Faser ihres Körpers spürte sie, daß hinter ihr ein unendlich unglücklicher, verlorener und verlassener Mensch stand. Er aber, als sei er sich seines Unglücks nicht bewußt, als habe er in der Nacht nicht geweint, schaute sie an und lächelte gutmütig. Hätte er doch lieber weiter geweint! Mehrere Male schritt sie erregt durchs Zimmer, blieb dann in einer Ecke stehen und überlegte. Licharev sagte etwas, aber sie hörte nicht zu. Sie stand mit dem Rücken zu ihm, zog einen Fünfundzwanzigrubelschein aus der Geldbörse und knüllte ihn lange in ihrer Hand, dann blickte sie sich nach Licharev um, errötete und steckte den Schein in die Tasche.

Hinter der Tür erklang die Stimme des Kutschers. Die Ilovajskaja schwieg und begann sich mit strengem, konzentriertem Gesicht anzukleiden. Licharev hüllte sie ein und schwatzte fröhlich, aber jedes seiner Worte legte sich schwer auf ihre Seele. Es ist nicht lustig zuzuhören, wenn Unglückliche oder Sterbende Witze reißen.

Als die Verwandlung eines lebenden Menschen in ein formloses Bündel beendet war, schaute die Ilovajskaja ein letztes Mal in das ›Durchreisezimmer‹, blieb einen Augenblick schweigend stehen und ging langsam hinaus. Licharev begleitete sie ...

Draußen zürnte noch immer der Winter, Gott weiß warum. Ganze Wolken weichen Schnees kreisten unruhig über der Erde und konnten keinen Platz finden. Pferde, Schlitten, Bäume, ein an einem Pfosten angebundener Ochse – alles war weiß und sah weich und flockig aus.

»Nun, gute Reise«, murmelte Licharev, als er der Ilovajskaja in den Schlitten half. »Gedenken Sie meiner nicht im Bösen ...«

Die Ilovajskaja schwieg. Als der Schlitten sich in Bewegung setzte und um eine große Schneewehe herumfuhr, blickte sie Licharev mit einer Miene an, als wolle sie etwas zu ihm sagen. Er trat zu ihr heran, aber sie sagte kein Wort, sondern blickte ihn nur durch ihre langen Wimpern, an denen Schneeflocken hingen, an ...

Konnte seine empfindsame Seele tatsächlich in diesem Blick lesen, oder trog ihn vielleicht seine Phantasie – aber ihm war es plötzlich, als bedurfte es nur noch zwei oder drei kräftiger Striche, und dieses junge Mädchen würde ihm seine Mißerfolge, sein Alter, sein Unglück verzeihen und ihm folgen, ohne zu fragen und ohne zu überlegen. Lange stand er wie angewurzelt und blickte auf die Spuren, die die Schlittenkufen hinterließen. Schneeflocken setzten sich gierig auf sein Haar, seinen Bart, seine Schultern ... Bald waren die Schlittenspuren verschwunden, und er selbst begann, schneebedeckt, wie er war, einem weißen Felsen zu gleichen, seine Augen aber schienen immer noch in den Wolken von Schnee etwas zu suchen.

Sie war's!

»Erzählen Sie uns doch etwas, Pëtr Ivanovič!« baten die jungen Mädchen.

Der Oberst drehte ein wenig seinen grauen Schnurrbart, räusperte sich und begann:

»Es war im Jahre achtzehnhundertdreiundvierzig, als unser Regiment bei Czestochowa stand. Sie müssen wissen, meine

Damen, daß der Winter in jenem Jahr schneidend kalt war, und nicht ein Tag verging, ohne daß sich die Posten die Nasen erfroren oder der Schneesturm die Straßen verwehte. Der grimmige Frost setzte bereits im Oktober ein und behauptete sich bis in den April. Damals, müssen Sie wissen, sah ich noch nicht so aus wie heute, wie ein altes verräuchertes Pfeifenrohr, sondern ich war, Sie können sich das kaum vorstellen, ein fescher Kerl, wie Milch und Blut, mit einem Wort, ein – schöner Mann. Ich war aufgeputzt wie ein Pfau, warf mit dem Geld um mich und zwirbelte meinen Schnurrbart wie kein zweiter Fähnrich auf der ganzen Welt. Ich brauchte nur mit den Augen zu zwinkern, mit den Sporen zu klirren und meinen Schnurrbart zu drehen – und die sprödeste Schöne verwandelte sich in ein folgsames Lämmchen. Ich war hinter den Frauen her wie eine Spinne hinter den Fliegen, und wenn ich jetzt anfinge, meine Damen, Ihnen all die Polinnen und Jüdinnen aufzuzählen, die seinerzeit an meinem Halse hingen, so würde, das darf ich versichern, das Zahlensystem der Mathematik dafür nicht ausreichen ... Fügen wir zu alledem noch hinzu, daß ich Regimentsadjutant war, ausgezeichnet Mazurka tanzte und mit einer sehr hübschen Frau verheiratet war, Gott habe sie selig. Was ich für ein wilder Bursche war, was für ein Tollkopf, das können Sie sich selbst nicht vorstellen. Wenn in der Gegend eine Liebesaffäre passierte, wenn jemand einem Juden die Peies ausriß oder einen polnischen Adligen ohrfeigte, wußte man sofort, das hatte Unterleutnant Vyvertov angestellt.

In meiner Eigenschaft als Adjutant mußte ich mich viel im ganzen Bezirk herumtreiben. Mal fuhr ich Hafer und Heu einkaufen, mal verkaufte ich an Juden und polnische Pans ausgemusterte Pferde, am meisten aber, meine Damen, eilte ich unter dienstlichem Vorwand zum Rendezvous mit polnischen Frauen oder zum Kartenspiel mit reichen Gutsbesitzern ... In der Weihnachtszeit fuhr ich, daran erinnere ich mich noch wie heute, von Częstochowa nach dem Dorf Szewelki, wohin man mich in dienstlicher Angelegenheit geschickt hatte. Das Wetter war, das sage ich Ihnen, unerträglich ... Der Frost krachte und wütete, daß sogar die Pferde ächzten, und mein Kutscher und ich hatten sich in kaum einer halben Stunde in zwei Eiszapfen verwandelt ... Mit dem Frost konnte man sich noch irgendwie abfinden, aber stellen Sie sich vor, auf halbem Weg erhob sich plötzlich ein

Schneesturm. Der weiße Schneevorhang wirbelte und drehte sich wie der Teufel vor der Frühmesse, der Wind stöhnte, als habe man ihm seine Frau entführt, der Weg war nicht mehr zu sehen ... Nach höchstens zehn Minuten waren der Kutscher, die Pferde und ich völlig mit Schnee bedeckt.

›Euer Wohlgeboren, wir sind vom Weg abgekommen!‹ sagte der Kutscher.

›Ach, hol's der Teufel! Wohin hast du Trottel geguckt? Nun, fahr geradeaus, vielleicht stoßen wir auf eine menschliche Behausung!‹

Nun, wir fuhren also weiter, irrten herum, und schließlich gegen Mitternacht stießen unsere Pferde an die Tore eines Gutshofes, der, das weiß ich noch heute, dem Grafen Bojadlowski, einem reichen Polen, gehörte. Polen und Juden sind mir so gleichgültig wie Meerrettich nach dem Mittagessen, aber, um der Wahrheit die Ehre zu geben, die Schlachtschitzen sind ein gastfreundliches Völkchen, und es gibt keine feurigeren Frauen als die polnischen...

Wir wurden eingelassen ... Der Graf Bojadlowski lebte damals in Paris, und uns empfing sein Verwalter, der Pole Kazimierz Chapcinski. Ich entsinne mich, daß noch keine Stunde vergangen war, als ich schon in dem Seitenflügel des Verwalters saß, mit seiner Frau Süßholz raspelte, trank und Karten spielte. Als ich fünfzig Rubel gewonnen und genug getrunken hatte, bat ich darum, schlafen gehen zu dürfen. Da im Seitenflügel kein Platz war, wies man mir eins von den Gemächern des Grafen an.

›Fürchten Sie auch keine Gespenster?‹ fragte der Verwalter, als er mich in ein kleines Zimmer führte, das an einen riesengroßen leeren Saal stieß, der kalt und finster war.

›Gibt es denn hier Gespenster?‹ fragte ich, und ich hörte, wie ein dumpfes Echo meine Worte und Schritte wiederholte.

›Ich weiß nicht‹, der Pole lachte, ›aber mir scheint, dieser Ort ist für Gespenster und unsaubere Geister wie geschaffen.‹

Ich hatte ordentlich einen hinter die Binde gegossen und war betrunken wie vierzigtausend Schuster, aber ich muß gestehen, daß es mir bei diesen Worten kalt über den Rücken lief. Zum Teufel, lieber hundert Tscherkessen als ein einziges Gespenst! Aber da war nichts zu machen, ich zog mich aus und legte mich hin... Meine Kerze beleuchtete spärlich die Wände, und an den

Wänden, können Sie sich das vorstellen, hingen die Bilder der Vorfahren, eins immer schrecklicher als das andere, alte Waffen, Jagdhörner und ähnlicher Zauber ... Es war still wie im Grab, nur im Nachbarzimmer raschelten die Mäuse und knarrten die ausgetrockneten Möbel. Hinter dem Fenster war die Hölle los ... Der Wind zelebrierte eine Totenmesse, die Bäume bogen sich unter Heulen und Wehklagen; irgendein Teufelsding, wahrscheinlich ein Fensterladen, knarrte kläglich und schlug gegen den Fensterrahmen. Malen Sie sich zu alledem noch aus, daß sich mir der Kopf drehte und mit dem Kopf die ganze Welt ... Wenn ich die Augen schloß, schien es mir, als werde mein Bett durch das ganze leere Haus getragen und lasse die Geister Bock springen. Um meine Furcht zu verringern, löschte ich zuallererst die Kerze, weil leerstehende Zimmer bei Licht noch unheimlicher sind als bei Dunkelheit ...«

Die drei jungen Mädchen, die dem Oberst zuhörten, rückten näher an den Erzähler heran und starrten ihn unverwandt an.

»Nun«, fuhr der Oberst fort, »sosehr ich mich auch bemühte einzuschlafen, der Schlaf wollte nicht kommen. Mal war mir, als kletterten Diebe durchs Fenster, mal glaubte ich Geflüster zu hören, mal berührte jemand meine Schulter – überhaupt erschien mir allerlei Teufelsspuk, wie wohl jedem, der sich schon einmal in einem Zustand nervöser Spannung befunden hat. Aber, können Sie sich das vorstellen, mitten in diesem Teufelsspuk und dem Chaos von Tönen konnte ich auf einmal einen Laut unterscheiden, der dem Schlurfen von Pantoffeln ähnelte. Ich horchte, und – was glauben Sie? – ich hörte, wie sich jemand meiner Tür näherte, sich räusperte und sie öffnete ...

›Wer ist da?‹ fragte ich und stand auf.

›Ich bin's ... hab keine Angst!‹ antwortete eine Frauenstimme.

Ich wandte mich zur Tür ... Einige Augenblicke vergingen, und ich spürte, wie zwei Frauenarme, weich wie Daunen, sich auf meine Schultern legten.

›Ich liebe dich ... Du bist mir teurer als mein Leben‹, sagte ein melodisches Frauenstimmchen.

Heißer Atem streifte meine Wangen ... Ich vergaß den Schneesturm, die Geister, überhaupt alles auf der Welt und schlang meinen Arm um ihre Taille ... und was für eine Taille! Eine solche Taille vermag die Natur nur auf besondere Bestellung anzufertigen und auch nur einmal in zehn Jahren ... Schlank, wie gedrechselt, feurig und ephemerisch wie der Hauch eines Kindes! Ich hielt es nicht länger aus und preßte sie in meine Arme ... Unsere Lippen verschmolzen zu einem festen, lang andauernden Kuß, und ... ich schwöre Ihnen bei allen Frauen der Welt, diesen Kuß werde ich bis an mein Lebensende nicht vergessen.«

Der Oberst verstummte, trank ein halbes Glas Wasser und fuhr mit gesenkter Stimme fort:

»Als ich am nächsten Tag aus dem Fenster blickte, sah ich, daß der Schneesturm noch stärker tobte ... Weiterzufahren war unmöglich. Ich mußte den ganzen Tag bei dem Verwalter sitzen, Karten spielen und trinken. Abends war ich wieder in den leeren Gemächern, und genau um Mitternacht umfing ich wieder die bekannte Taille ... Ja, meine Damen, wäre nicht die Liebe gewesen, ich wäre damals vor Langeweile gestorben. Ich hätte mich sicher dem Trunk ergeben.«

Der Oberst seufzte, erhob sich und schritt schweigend im Salon auf und ab.

»Aber ... was nun weiter?« fragte eins der Mädchen, ungeduldig vor Erwartung.

»Weiter nichts. Am nächsten Tag war ich schon wieder unterwegs.«

»Aber ... wer war denn jene Frau?« fragten die Mädchen zögernd.

»Das ist doch klar!«

»Nichts ist klar ...«

»Das war meine Frau!«

Alle drei Mädchen sprangen auf, wie von der Tarantel gestochen.

»Das heißt ... wie denn das?« fragten sie.

»Ach, mein Gott, was ist denn daran unverständlich?« sagte der Oberst und zuckte ärgerlich die Achseln. »Ich habe mich doch, scheint mir, deutlich genug ausgedrückt. Ich fuhr nach Szewelki in Begleitung meiner Frau ... Sie übernachtete in dem leeren Haus im Nachbarzimmer ... Ganz klar!«

»Hm ...« meinten die Mädchen und ließen enttäuscht die Arme hängen. »Sie haben so schön angefangen, und aufgehört haben Sie weiß Gott wie ... Ihre Frau ... Entschuldigen Sie, das ist ganz uninteressant und ... überhaupt nicht gescheit.«

»Seltsam! Das heißt, Sie möchten gern, daß es nicht meine angetraute Gattin war, sondern irgendeine fremde Frau! Aber, meine Damen, meine Damen! Wenn Sie jetzt schon so urteilen, was werden Sie erst sagen, wenn Sie einmal verheiratet sind?«

Die Mädchen wurden verlegen und schwiegen. Sie schmollten, machten verdrossene Gesichter und begannen, restlos enttäuscht, laut zu gähnen ... Beim Abendbrot aßen sie nicht, drehten Brotkügelchen und schwiegen.

»Nein, das ist ja direkt gewissenlos!« sagte eine, die nicht mehr an sich halten konnte. »Wozu haben Sie das erzählt, wenn es ein solches Ende hat? An dieser Erzählung ist aber auch nichts Schönes ... Direkt sinnlos!«

»Sie haben so vielversprechend angefangen und ... auf einmal abgebrochen ...« ergänzte die zweite. »Sie wollten uns verspotten, weiter nichts.«

»Na, na, na ... ich habe doch nur gescherzt ...« sagte der Oberst. »Seien Sie nicht böse, meine Damen, ich habe gescherzt. Es war nicht meine Frau, sondern die Frau des Verwalters.«

»Ja?!«

Die Mädchen wurden auf einmal wieder lustig, ihre Äuglein blitzten ... Sie rückten an den Oberst heran, schenkten ihm Wein ein und überschütteten ihn mit Fragen ... Die Langeweile war verschwunden, und schnell ging auch das Abendessen vorüber, denn die jungen Damen aßen nun mit großem Appetit.

Anhang

Zu dieser Ausgabe

In Auswahl und Übersetzung ist unsere Ausgabe der Čechovschen Prosa identisch mit der dreibändigen Dünndruck-Ausgabe des Winkler Verlags, München: ›Anton Tschechow, Kurzgeschichten und frühe Erzählungen (1883–1887)‹, ›Erzählungen aus den mittleren Jahren (1887 bis 1892)‹ und ›Späte Erzählungen (1893–1903)‹, München 1968/1969.

Diese bislang vollständigste deutsche Čechov-Edition geht zurück auf die von den DDR-Slavisten Gerhard Dick und Wolf Düwel besorgte Ausgabe: ›Anton Tschechow, Gesammelte Werke in Einzelbänden‹, insgesamt acht Bänden (Prosa, Dramen, Briefe, Notizbücher, ›Insel Sachalin‹), erschienen im Verlag Rütten & Loening, Berlin 1964 f.

Die Übersetzung dieser beiden Ausgaben basiert auf der – was die Textgestalt betrifft – bis heute aktuellsten russischen Čechov-Edition des Moskauer Staatsverlags für Schöne Literatur (Goslitizdat), 12 Bände, Moskau 1954–1957. Die neue, auf 30 Bände berechnete wissenschaftlich-kritische Čechov-Ausgabe, deren erste Bände 1975 erschienen, konnte bei der Revision der Übersetzungen nicht mehr berücksichtigt werden.

Mit Ausnahme der ›Kleinen Romane‹ (oder ›Novellen‹ – der russische Terminus ›povesti‹ deckt beide Begriffe unvollkommen und besitzt im Deutschen keine rechte Entsprechung) sind die Erzählungen wie in der Ausgabe bei Rütten & Loening chronologisch geordnet, entsprechend den Daten der russischen Erstveröffentlichung.

Die Anmerkungen unserer Ausgabe nennen an erster Stelle jeweils Titel und Titel des russischen Originals sowie Datum und Ort der Erstveröffentlichung; ein Verzeichnis der Abkürzungen der Zeitschriftentitel findet sich in jedem Band gesondert, den Anmerkungen vorangestellt. Es folgen Hinweise auf Korrekturen und Veränderungen, die Čechov bei Nachdrucken der Texte in den Erzählungs-Sammelbänden bis 1899 vorgenommen hat, d. h. bis zum Erscheinen der ersten russischen Gesamtausgabe bei A. F. Marks, Petersburg. Schließlich der Vermerk, welche Erzählung Čechov in welchen Band der ›Gesammelten Werke‹, der einzigen von ihm selbst kontrollierten Gesamtausgabe aufgenommen hat; diese Information erscheint insofern wichtig, als Čechov dabei vom streng chronologischen Ordnungsprinzip abgegangen ist, vielmehr den Charakter der einzelnen Erzählung zum Maßstab machte und dadurch, aus der Distanz von etwa 15 Jahren, eine eigene Einschätzung seiner frühen Arbeiten vorgenommen hat.

Die Anmerkungen greifen bewußt zurück auf ältere, Čechov zeitgenössische Nachschlagewerke; Zitate daraus besitzen ein eigenes Kolorit und vermitteln vom damaligen Wissensstand oft mehr als moderne Lexika dies vermögen. Pëtr Kropotkins Literaturgeschichte des russischen XIX. Jahrhunderts, ›Ideale und Wirklichkeit in der russischen Literatur‹, erstmals 1906 auf deutsch erschienen und eine der besten Informationsquellen über Literatur und Gesellschaft der Čechov-Zeit, liegt inzwischen in einer überarbeiteten Neuausgabe bei Diogenes, Zürich 2003 vor.

Zeitschriften, in denen Čechov publizierte

Budilnik – ›Der Wecker‹, illustrierte satirische Wochenzeitung, erschien 1865–1871 in Petersburg, ab 1873 (bis 1917) in Moskau. Čechovs Mitarbeit am B. zwischen 1881 und 1887, besonders in den Jahren 1882 und 1885, sonst nur sporadisch.

Novoe vremja – ›Neue Zeit‹, ab 1869 in Petersburg erscheinende Tageszeitung, bürgerlich-konservativ, in den 80er Jahren zunehmend reaktionärer Orientierung, 1876 von Čechovs erstem Verleger, dem Publizisten A. S. Suvorin übernommen. Čechov veröffentlichte ab 1886 relativ regelmäßig in den Sonntagsbeilagen des NV., bis zum Bruch mit Suvorin, zu dem es wegen dessen Haltung in der Affäre Dreyfus kam. Von der Zensur wurde NV. als »die gemäßigste und wohlmeinendste aller in Petersburg existierenden Zeitungen« gelobt.

Oskolki – ›Splitter‹; humoristische illustrierte Wochenzeitung, erschien 1881–1916 in Moskau, liberal-demokratischer Linie. Čechovs Mitarbeit an den O. begann 1882, ab 1883 veröffentlichte Čechov in den O. bis 1886 wöchentlich mindestens eine, oft zugleich mehrere Kurzgeschichten, Erzählungen und Feuilletons; er führte darüber hinaus unter den Pseudonymen ›Ruver‹ und ›Uliss‹ 1883–1885 eine vierzehntägige Spalte ›Splitter des Moskauer Lebens‹. Insgesamt erschienen in den O. etwa 270 Arbeiten Čechovs. Der Verlag O. brachte 1886 die Erstausgabe des Erzählungsbandes ›Pëstrye rasskazy‹ von Čechov heraus.

Peterburgskaja gazeta – ›Petersburger Zeitung‹, Tageszeitung, erschien 1867–1917, Boulevardblatt. Parallel zu seiner Tätigkeit für die Moskauer ›Oskolki‹ publizierte Čechov in den Jahren 1885–1887 regelmäßig wöchentlich in der PG.

Sverčok – ›Das Heimchen‹, ›Die Grille‹, humoristische Wochenzeitung, erschien 1886–1891 in Moskau; nur gelegentliche Mitarbeit Čechovs. Im Verlag S. erschien 1887 Čechovs Erzählungsband ›Nevinnye reči‹ (Unschuldige Worte).

Žurnal dlja vsech – ›Journal für alle‹, ›Zeitschrift für alle‹, illustrierte, populärwissenschaftliche Monatszeitschrift, erschien 1896–1906 in Petersburg, unter den Mitarbeitern neben Čechov auch Maksim Gorkij und Ivan Bunin.

Abkürzungen

NR – *Nevinnye reči* (Unschuldige Worte), M. (›Sverčok‹) 1887.
PR – *Pëstrye rasskazy* (Bunte Erzählungen), Spb. (›Oskolki‹) 1886; 2., durchges. Auflage Spb. (A. S. Suvorin) 1891; ¹⁴1899.
SS – *Sobranie sočinenij* (Gesammelte Werke), Spb. (A. F. Marks) 1899 ff. Band I erschien 1899, Band II – 1900; die Bände III bis XI – 1901; Band XII – 1903; Band XIII posthum 1906.
VS – *V sumerkach* (In der Dämmerung), Spb. (A. S. Suvorin) 1887; ²1888; ¹³1899.

Zur Transkription

Die Transkription der russischen Namen folgt der in der Slavistik üblichen, die für die spezifisch russischen Laute diakritische Zeichen benützt. Die wichtigsten vom deutschen Alphabet abweichenden Laute des Russischen sind:

č – ›tsch‹, wie Čechov
c – immer ›ts‹, wie in ›Zeichen‹
ch – immer hartes ›ch‹, wie in ›ach!‹ (nie wie in ›ich‹)
s – immer stimmloses, scharfes ›s‹, wie in ›essen‹
š – immer stimmloses, scharfes ›sch‹, wie in ›Asche‹
šč – nicht ›schtsch‹, sondern weiches, gedehntes ›sch‹ (š)
v – im Silbenanlaut, vor Vokalen und stimmhaften Konsonanten
    = ›w‹
    im Silbenauslaut und vor stimmlosen Konsonanten = ›ff‹
z – immer stimmhaftes, weiches ›s‹, wie in ›Rose‹
ž – immer stimmhaftes, weiches ›sch‹, wie in frz. ›jour‹

Jedes ›e‹ und ›i‹ palatalisiert den vorausgehenden Konsonanten, das heißt, wird mit einem leichten ›j‹-Vorschlag gesprochen.

Betontes ›e‹ (ë) wird wie ›jo‹ gesprochen und zieht automatisch die Wortbetonung auf sich.

Unbetontes ›o‹ wie ›a‹; betontes ›o‹ immer offen, wie im Wort ›offen‹ (nie wie in ›Ofen‹).

Namen und Anrede im Russischen

Im Russischen setzt sich jeder Name aus drei Teilen zusammen – dem Vornamen (Anton), dem Vatersnamen (Pavlovič oder, bei Frauen, Pavlovna) und dem Familiennamen (Čechov). Die offizielle Anrede besteht aus Vor- und Vatersnamen (was das im Deutschen übliche

›Herr‹ bzw. ›Frau‹ ersetzt) – ›Anton Pavlovič‹ ist demnach soviel wie deutsch ›Herr Čechov‹. Die intim-vertrauliche Anrede beschränkt sich wie im Deutschen auf den Vornamen bzw. dessen Koseformen.

Im gesprochenen Russisch werden die ›korrekten‹ Formen des Vatersnamens gelegentlich abgeschliffen (für ›Ivan Ivanovič‹ oft auch nur ›Ivan Ivanyč‹), woraus sich zuweilen zweierlei Schreibweisen ergeben. Die ›abgeschliffene‹ Form wird gegenüber Personen gebraucht, die man zwar siezt, mit denen man aber doch auf bestimmte Weise vertraut ist, während die ›korrekte‹ Form des Vatersnamens in hochoffiziellen Situationen gebraucht wird, gegenüber Respektspersonen, Höhergestellten usw.

Maße und Gewichte

Gewichte:
1 *Pud* = 40 Pfund oder 16,38 kg.
1 *Pfund* = 32 Lot oder 96 Zolotnik oder 410 g.
1 *Lot* = 3 Zolotnik oder 12,80 g.
1 *Zolotnik* = 4,26 g.
Längenmaße:
1 *Verst* = 500 Sažen oder 1067 m.
1 *Sažen* = 3 Aršin = 48 Veršok oder 2,134 m.
1 *Aršin* = 16 Veršok oder 71,1 cm.
1 *Veršok* = 44,45 mm.
Flächenmaße:
1 *Desjatine* = 2400 Quadrat-Sažen oder 1,0925 ha.
1 *Quadrat-Verst* = 104,17 Desjatinen = 1,138 km².

Russische Feiertage, Kirchenfeste, Fasten

Die Zahl der Feiertage lag im zaristischen Rußland wesentlich höher als in westlichen Ländern zur selben Zeit; das ›Große Enzyklopädische Wörterbuch‹, der russische Brockhaus, zählt in Band 48 (1898) in Rußland 98 Feiertage bei 267 Arbeitstagen (zum Vergleich Preußen: 60 bei 305 Arbeitstagen). Unter die Feiertage fielen, zu Čechovs Zeiten und in der zeitgenössischen Sprache des Baedeker, Staatsfeiertage wie das »Namensfest der Kaiserin«, »Geburtsfest des Kaisers«, »Krönungsfest«, »Namensfest der Kaiserin-Witwe«, »Geburtsfest des Thronfolgers Alexei Nikolajewitsch« u. a.

Kirchenfeste waren neben dem Weihnachtsfest (am 25., 26. und 27. Dezember – die Datenangaben jeweils nach dem alten Kalender), Ostern (Donnerstag, Freitag und Samstag in der Karwoche sowie 1., 2. und 3. Osterfeiertag), Christi Himmelfahrt, Pfingsten (zwei Tage) sowie Freitag und Samstag in der Butterwoche, d. h. der Woche vor Beginn der Großen Osterfasten:

6. Januar	Erscheinung Christi
2. Februar	Christi Darstellung
25. März	Mariä Verkündigung
9. Mai	Fest des hl. Nikolaus des Wundertäters
29. Juni	Fest der Apostel Petrus und Paulus
6. August	Verklärung Christi
15. August	Mariä Himmelfahrt
29. August	Johannis Enthauptung
30. August	Fest des hl. Alexander Nevskij
8. September	Mariä Geburt
14. September	Kreuzeserhöhung
26. September	Fest des Evangelisten Johannes
1. Oktober	Mariä Schutz und Fürbitte
22. Oktober	Fest des wundertätigen Bildes der hl. Muttergottes von Kazan
21. November	Mariä Opfer
6. Dezember	Fest des hl. wundertätigen Nikolaus

Die Fasten (russisch ›post‹) der russisch-orthodoxen Kirche unterteilen sich in ein- und mehrtägige Fasten.
Die mehrtägigen Fasten sind:
 1. die *Großen Fasten*, beginnend mit dem Montag nach der Karnevals- oder Butterwoche, 40 Tage vor Ostern;
 2. die *Apostel-* oder *Petersfasten* vor Peter und Paul; diese sind vom Datum des Osterfestes abhängig, daher von unterschiedlicher Länge;
 3. *Uspenskij post* vom 1. bis 15. August zu Ehren der Muttergottes, vor Mariä Himmelfahrt;
 4. die *Weihnachts-* oder *Philippifasten* vor Weihnachten, beginnend mit dem 14. November, 40 Tage vor Christi Geburt.

Eintägige Fasten jeweils mittwochs und freitags, mit Ausnahme der Karwoche (da diese Woche als »ein einziger lichter Tag« angesehen wurde), der Pfingstwoche, der zwölf Tage zwischen Weihnachten und Christi Erscheinung; ferner am
 14. September zur Kreuzeserhöhung
 29. August zu Johannis Enthauptung und am
 5. Januar, dem Vorabend von Christi Erscheinung.

(Nach dem ›Großen Enzyklopädischen Wörterbuch‹, St.-Petersburg, Brockhaus/Efron, 1898, Band 48.)

Die russischen Rangklassen

Die Liste der Rangklassen in Rußland geht zurück auf Peter I. In Anlehnung an westliche Vorbilder (Frankreich, Preußen, Dänemark und Schweden) wurden durch Erlaß 1722 vierzehn Rangklassen geschaffen, die praktisch und ohne wesentliche Veränderung bis 1917 in Kraft blieben. Der petrinischen Reform des Staats- und Militärdiensts lag der Gedanke zugrunde, daß auch Nichtadelige durch Leistung (durch Erreichen eines Rangs) in den Adel erhoben werden konnten.

Zu Čechovs Zeiten wurden folgende Ränge an Zivil- bzw. Militärbeamte verliehen:

Klasse	Zivildienst	Militärdienst
1	Kanzler	Generalfeldmarschall
		General-Admiral
2	Wirklicher Geheimrat	General
		Admiral
3	Geheimrat	Generalleutnant
		Vize-Admiral
4	Wirklicher Staatsrat	Generalmajor
	Oberstaatsanwalt	Konter-Admiral
5	Staatsrat	
6	Kollegienrat	Oberst
	Militärrat	Kapitän 1. Ranges
7	Hofrat	Oberstleutnant
		Kapitän 2. Ranges
8	Kollegienassessor	Hauptmann
		Rittmeister
9	Titularrat	Stabshauptmann
		Stabsrittmeister
		Leutnant
10	Kollegiensekretär	Leutnant
		Schiffsfähnrich
11	Schiffssekretär	
12	Gouvernementssekretär	Sekondeleutnant
		Kornett
13	Provinzsekretär	
	Senatsregistrator	
	Synodalregistrator	
	Kabinettsregistrator	
14	Kollegienregistrator	

Personen der oberen vier Rangklassen gebührte die Anrede ›Euer Exzellenz‹.

Der Adelstitel, der auf dem Dienstwege verliehen wurde, war erblich für den, der ein Amt des 9. Rangs erreicht hatte; den Adelstitel beantragen konnte z. B. auch ein Unternehmen, das sein 100jähriges Jubiläum feierte (vgl. die Novelle ›Drei Jahre‹, vgl. Gaevs Rede im 1. Akt des ›Kirschgarten‹).

Nicht übersetzte Ausdrücke

Bliny – im Singular blin: der Pfannkuchen, der Fladen aus Buchweizen-, Weizen- oder Gerstenmehl (Pavlovskij), vgl. deutsch Plinse, auch Plinze. Russisches Backwerk, in schwimmendem Fett gebacken. Bliny wurden vor allem in der Butterwoche, der russischen Karnevalswoche vor den 40tägigen Großen Fasten gebacken.

Katorga – vgl. Pavlovskij: »1. (veralt.) die Galeere, das Ruderschiff; 2. die Festungsbau-, Bergbaustrafe, Zwangsarbeit in den Bergwerken«; so auch oft übersetzt, zu Čechovs Zeiten meist in Sibirien, auf Sachalin oder in den Bergwerken am Karischen Meer verbüßt, verbunden mit anschließender Verbannung zur Zwangskolonisierung Sibiriens. *Katorga* aber auch im übertragenen Sinne – schweres, unerträgliches Leben, Hundeleben. Davon abgeleitet: *Katoržnik*, ›Zuchthäusler‹, der die Katorga verbüßt. Über Katorga und russischen Strafvollzug vgl. ausführlich Čechov, ›Die Insel Sachalin‹ (detebe 20270).

Kulak – wörtl. (Pavlovskij): »1. die Faust; ... 5. der Aufkäufer, Kleinhändler, Wiederverkäufer; 6. der Geizhals, Knicker«; davon abgeleitetes Abstraktum: Aufkäuferei, Mäklerei; die Wucherei. Meint abschätzig den reichen, durch Wuchergeschäfte reichgewordenen Bauern, für den es in der russischen Literatur zahlreiche Beispiele gibt – vgl. etwa Vosmibratov in Ostrovskijs Komödie ›Der Wald‹, vgl. zu diesem Begriff auch Čechov über die Rolle Lopachins im ›Kirschgarten‹.

Kvas – auch Kwaß, erfrischendes Getränk, zubereitet aus gesäuertem Schwarzbrotteig oder Schwarzbrot und Malz (Pavlovskij). Ein in Rußland beliebtes Getränk, das die Stelle des Biers vertritt. Bei den Bauern besteht der K. nur aus einem trüben, sauern, noch gärenden Aufguß auf geschrotenes Getreide. Dagegen sind die feinern Sorten K., besonders der Äpfel- und Himbeerkwas, sehr wohlschmeckend (Brockhaus, 14. Aufl., Leipzig 1902).

Njanja – die russische Kinderfrau, die Amme; ist Bezeichnung und Anrede zugleich für die Amme, die neben den Dienstboten gehalten wurde und die – vgl. ›Drei Schwestern‹, ›Onkel Vanja‹ – im Hause verblieb, auch wenn die Kinder längst herangewachsen waren.

Varenje – russische Spezialität, Eingemachtes, erscheint in Übersetzungen als ›Konfitüre‹, ›Marmelade‹, als ›das Eingemachte‹ (›Eingemachtes‹), aber auch als ›Saft‹ (so auch Pavlovskij). Wird anstelle von Zucker oft zum Süßen des Tees benützt.

Zakuska – vgl. Pavlovskij: »1. der Imbiß, das Gabelfrühstück; 2. die Zukost, das Zugemüse, Beiessen; 3. das Nachessen, Dessert, der Nachtisch.« In den vorliegenden Übersetzungen oft auch mit ›Imbiß‹ übersetzt, meint das, was man unmittelbar nach dem heruntergestürzten Glas Vodka ißt und was in Rußland unabdingbar zum Vodkatrinken gehört. Was als Zakuska alles genossen werden kann, diskutieren exemplarisch Lebedev, Borkin und Šabelskij im III. Akt des ›Ivanov‹ (detebe 20102).

Zemstvo – russischer terminus technicus aus der Verwaltung, bezeichnet die teilweise Selbstverwaltung des Landes im lokalen Bereich, eine der Errungenschaften aus der Zeit der ›großen‹ Reformen, eingeführt nach Aufhebung der Leibeigenschaft 1861, um die staatliche Verwaltung zu entlasten. Auf drei Jahre gewählte Vertreter der Adeligen, Bürger und Bauern (wobei das Wahlrecht dem Adel die führende Position sicherte) entschieden ab 1864 über die Instandhaltung von Straßen und Brücken, Unterhaltung von Fuhr- und Postdiensten, über den Ausbau des Elementarschulwesens, über Einrichtungen des Gesundheitswesens, z. B. den Bau neuer Krankenhäuser (vgl. ›Krankenzimmer Nr. 6‹; der in den Übersetzungen erscheinende ›Landarzt‹, zemskij vrač, ist der vom Zemstvo angestellte, der Zemstvo-Arzt). Die Zemstvos auf Kreis- und Gouvernementsebene befanden sich in ständiger Rivalität zur staatlichen Verwaltung und wurden 1890 durch Gesetz in ihren Kompetenzen derart eingeschränkt, daß sie praktisch zur Bedeutungslosigkeit verurteilt waren.

Anmerkungen

Pech (Neudača). Oskolki, 11. Januar 1886; ›A. Čechonte‹; damals unter dem Titel ›Geplatzt!‹ Mit neuem Titel (wörtlich: Mißerfolg) und Korrekturen in SS II, 1900. Deutsch von Ada Knipper und Gerhard Dick.

Peplov – russ. ›pepel‹: die Asche.

Ščupkin – russ. ›ščupat'‹: fühlen, befühlen, betasten.

Kalligraphielehrer – Kalligraphie, griech. Schönschrift.

Nekrasov – Nikolaj Alekseevič Nekrasov, 1821–1878, russischer Lyriker, bedeutendster und in Rußland überaus populärer Vertreter einer sozial engagierten, realistischen Dichtung, gehörte neben Černyševskij, Dobroljubov und Pisarev zu den wichtigsten Autoren der Zeitschrift ›Sovremennik‹, deren Herausgeber N. von 1846 bis zu ihrem Verbot 1866 war. »Nekrasov nannte seine

Muse ›eine Muse der Rache und der Schwermut‹, und diese Muse schloß in der Tat nie einen Kompromiß mit der Ungerechtigkeit. Nekrasov ist Pessimist. Aber sein Pessimismus hat, wie Vengerov bemerkt, einen eigenen Charakter. Obwohl seine Dichtungen so viele niederdrückende Bilder von dem Elend der russischen Massen enthalten, so ist doch der Grundeindruck, den sie auf den Leser hinterlassen, ein erhebendes Gefühl. Der Dichter beugt sein Haupt nicht vor der traurigen Wirklichkeit: er kämpft gegen sie an, und er ist seines Sieges sicher. Die Lektüre Nekrasovs ruft jene Unzufriedenheit hervor, die in sich selbst die Keime der Gesundung trägt.« (Pëtr Kropotkin, ›Ideale und Wirklichkeit in der russischen Literatur‹, dt. Leipzig 1906.) Bekanntestes Werk Nekrasovs: ›Wer gut lebt in Rußland‹, 1866–1877.

Lažečnikov – Ivan Ivanovič Lažečnikov, 1792–1869, russischer Schriftsteller, Verfasser historischer Romane.

Die Nacht auf dem Friedhof (Noč' na kladbišče). Sverčok, 8. Januar 1886; ›A. Čechonte‹; Untertitel: ›Eine Weihnachtserzählung‹. Nicht in SS. Deutsch von Wolf Düwel.
  Beerdigungsplinsen – russischer Brauch, zum Gedächtnis der Verstorbenen Bliny (Plinsen) zu backen.
  Meščanskaja, Presnja – Straßen in Moskau. Die Presnenskaja weiter stadtauswärts gegangen, gelangt man auf den Friedhof Vagankovo.
  Deprec, Bauer, Arabaži – Weinfirmen.

Debüt eines Rechtsanwalts (Pervyj debjut; wörtlich nur: Erstes Debüt). Peterburgskaja gazeta, 13. Januar 1886; ›A. Čechonte‹. Nicht in PR, nicht in SS. Deutsch von Ada Knipper und Gerhard Dick.
  Pjatërkin – russ. ›pjatërka‹: die Fünf, fünf Stück.
  Semečkin – russ. ›semečko‹: das Samenkorn; im Plural (semečki): die Sonnenblumenkerne.
  Misanthropie – griech. Menschenhaß, Menschenscheu.
  Šestërkin – russ. ›šestërka‹: die Sechs.

Kinder (Detvora). Peterburgskaja gazeta, 20. Januar 1886; Untertitel dort: ›Kleine Szene‹; ›A. Čechonte‹. Ohne Untertitel in PR, 1886; geringfügige Korrekturen dann für PR, ²1891; danach nahezu unverändert in SS III, 1901. Deutsch von Ada Knipper und Gerhard Dick.

Gram (Toska). Peterburgskaja gazeta, 27. Januar 1886; ›A. Čechonte‹. Geringfügige Korrekturen in PR, 1886; erneut korrigiert für PR, ²1891. Dann SS III, 1901. Deutsch von Ada Knipper und Gerhard Dick.
  Vyborger Seite – in Petersburg, nördlicher Teil mit dem Finnischen Bahnhof.

Polizeibrücke – in Petersburgs Zentrum, verläuft über die Mojka und bildet einen Teil des Nevskij Prospekts.

Die Nacht vor der Verhandlung (Noč' pered sudom). Oskolki, 1. Februar 1886, Untertitel dort: ›Ein Fall aus meiner medizinischen Scharlatanspraxis‹; ›A. Čechonte‹. Mit neuem Untertitel in NR, 1887; erneut korrigiert für SS I, 1899. Deutsch von Ada Knipper und Gerhard Dick. Vgl. hierzu auch das Einakterfragment in den ›Einaktern‹.
   Baschi-Bosuk – türkisch: Zivilist. So hießen die Angehörigen der irregulären türkischen Truppen, die im Bedarfsfall in der Bevölkerung angeworben wurden. Die Baschi-Bosuk waren wegen ihrer Grausamkeit berüchtigt.
   Edison – Thomas Alva Edison, 1847–1931, amerikanischer Ingenieur, Erfinder der Kohlenfadenlampe 1879, zeigte 1881 den ersten, von einer Dampfmaschine angetriebenen Generator zur Erzeugung elektrischen Stroms.
   Sic transit gloria mundi – latein. Geflügeltes Wort: »So vergeht der Ruhm der Welt«; im Original lateinisch geschrieben. Verhöhnt hier die Dummheit von ›Intellektuellen‹, die einen Text für wissenschaftlich-medizinisch halten, sobald er lateinisch geschrieben ist.
   Aquae destillatae – lateinisch, im Original lateinisch geschrieben; ›destilliertes Wasser‹.
   Zajcev – russ. ›zajac‹: der Hase.

Durcheinander (Perepoloch). Peterburgskaja gazeta, 3. Februar 1886; Untertitel: ›Fragment aus einem Roman‹; ›A. Čechonte‹. Ohne Untertitel, stark gekürzt in SS II, 1900. Deutsch von Ada Knipper und Gerhard Dick.
   Fürstin Tarakanova – politische Abenteurerin, gab sich als Tochter der Zarin Elisabeth aus; starb 1775 in der Peter-Pauls-Festung.
   Esturschong ala rüss – verballhornt französisch ›esturgeon à la russe‹: ›Stör auf russische Art‹.
   Tout comprendre, tout pardonner – französ. Geflügeltes Wort, entstanden vermutlich nach einem Satz der Madame de Staël (1766 bis 1817); »tout comprendre rend très indulgent«. Dt. »Alles verstehen heißt alles verzeihen.«

Gespräch eines Betrunkenen mit einem nüchternen Teufel (Beseda p'janogo s trezvym čortom). Oskolki, 8. Februar 1886; ›Der Mann ohne Milz‹. Nicht in SS aufgenommen. Deutsch von Wolf Düwel.
   Lachmatov – russ. ›lochmot'ja‹: Lumpen, Lappen, Fetzen.
   Frisur à la Capoul – Joseph-Amédée-Victor Capoul, 1839–1924, bekannter französischer Tenor.

Rebus – latein. ›Bilderrätsel‹, Titel einer Rätselzeitung mit wöchentlichem Erscheinen, häufig Zielscheibe von Witzen Čechovs.
entre nous soît dit – franz. ›Unter uns gesagt‹, ›das bleibt unter uns‹.
Zucchi – berühmte italienische Ballerina, die 1885 in Moskau gastierte.

Die Seelenmesse (Panichida). Novoe vremja, 15. Februar 1886; ›An. Čechov‹ (in ›Novoe vremja‹ zeichnet Čechov in Zukunft immer mit seinem eigentlichen Namen). Leicht gekürzt in VS, 1887; mit weiteren Korrekturen, Kürzungen in SS III, 1901. Deutsch von Wolf Düwel.
Hodigitria – griech. der ›Weg der Geleiterin‹.
Ikonostas – in russisch-orthodoxen Kirchen die Bilderwand, die Kirchenschiff und Altarraum trennt; mit drei Türen, deren mittlere das Königstor heißt.
Lopuchov – russ. ›lopucha‹: 1. Ballspiel, 2. großflockiger Schnee, 3. die Klette.
Totenspeise – eine eigens für Seelenmessen zubereitete Speise, Grütze mit Rosinen.

Anjuta. Oskolki, 22. Februar 1886; ›A. Čechonte‹. Mit Korrekturen in PR, 1886. Stark gekürzt und überarbeitet für SS II, 1900. Deutsch von Wolf Düwel.
Kločkov – russ. ›kločëk‹: ein Büschel Haare; ›kločit'‹: zerzausen, zerstrubeln (von Haaren).
Fetisov – fetis, von griech. ›Thetis‹, einer Göttin der griechischen Mythologie, die Th. lebt mit ihren Schwestern, den Nereiden, auf dem Meeresgrund. Wohlwollende, hilfreiche Göttin; zu ihrer Hochzeit kamen alle Götter.
spina scapulae – latein. ›scapulae‹: das Schulterblatt.

Ivan Matveič. Peterburgskaja gazeta, 3. März 1886; ›A. Čechonte‹. Mit kleineren Korrekturen in PR, 1886; überarbeitet für SS I, 1899. Deutsch von Ada Knipper und Gerhard Dick.
Turgenev – Ivan Turgenev, 1818–1883; wie Nikolaj Gogol (1809 bis 1852) um 1885 längst ein ›Klassiker‹, den nicht gelesen zu haben als Bildungslücke galt.

Die Hexe (Ved'ma). Novoe vremja, 8. März 1886. Leicht gekürzt in VS, 1887. Mit nurmehr geringfügigen Korrekturen in SS III, 1901. Deutsch von Wolf Düwel.

Ein Scherz. (Šutočka). Sverčok, 12. März 1886; ›Der Mann ohne Milz‹. Stark gekürzt, überarbeitet für SS II, 1900. Deutsch von Ada Knipper und Gerhard Dick.

Agafja. Novoe vremja, 15. März 1886. Gekürzt in VS, 1887; unverändert dann in SS III, 1901. Deutsch von Wolf Düwel.

Der Wolf (Volk). Peterburgskaja gazeta, 17. März 1886; Titel dort: ›Wasserscheu. Eine wahre Begebenheit‹. Die Lenin-Bibliothek bewahrt ein Manuskript dieser Erzählung auf, das die korrigierte Fassung mit dem neuen Titel darstellt. In die Gesammelten Werke, SS, nicht aufgenommen. Deutsch von Wolf Düwel.

Ovčinnikov – russ. ›ovčinnik‹: Schaffellgerber; Schafspelz, Schaffell.

Belladonnapillen – latein. ›belladonna‹: die Tollkirsche; der aus der Tollkirschenpflanze gewonnene Extrakt wurde auch in Pillenform, wie Atropin, zu Heilzwecken verwendet.

Der Alpdruck (Košmar). Novoe vremja, 29. März 1886. Gekürzt in VS, 1887, dann in SS III, 1901. Deutsch von Wolf Düwel.

Zemstvo – vgl. allgemeine Erklärungen.

Ikonostas – Bilderwand in russisch-orthodoxen Kirchen, vgl. Anm. zu ›Die Seelenmesse‹, S. 419.

Viel Papier (Mnogo bumagi). Oskolki, 29. März 1886, Titel dort: ›Scharlach und eine glückliche Ehe‹; ›A. Čechonte‹. Mit zahlreichen Korrekturen in SS I, 1899. Deutsch von Ada Knipper und Gerhard Dick.

Žarovo – russ. ›žar‹: Glut, Hitze; ›das Dorf, wo es (im übertragenen Sinne) brennt‹.

Zemstvo-Arzt – oft auch mit ›Landarzt‹ übersetzt: vom Zemstvo angestellter Arzt; der ›Gemeindearzt‹.

Radušnyj – russ. ›radušnyj‹: bereitwillig, dienstfertig; gut, treuherzig.

Fortjanskij – vgl. latein. ›forte‹: stark.

Žiletkin – russ. ›žiletka‹: die Weste, das Westchen.

Gvozdev – russ. ›gvozd'‹ der Nagel.

Krasnoperov – russ. ›krasno‹ (in Zusammensetzungen): schön; ›pero‹: die Feder, auch Schreibfeder.

Griša. Oskolki, 5. April 1886; ›A. Čechonte‹. Gekürzt in SS I, 1899. Deutsch von Ada Knipper und Gerhard Dick.

Liebe (Ljubov'). Peterburgskaja gazeta, 7. April 1886; ›A. Čechonte‹. Nicht in SS. Deutsch von Ada Knipper und Gerhard Dick.

Katalepsie – griech. die Starrsucht, Spannungszustand der Muskeln, besonderes Anzeichen der Schizophrenie.

Kaliko, Musselin – Stoffarten; Kaliko, auch Calicot, dichtgewebter Baumwollstoff, benannt nach der ostindischen Hafenstadt Calicut; Musselin: lose gewebter, daher zarter, leichter Baumwollstoff.

Barègekleid – Barège: leichter, durchsichtiger, gazeartiger Stoff, aus Seide oder feinem Baumwollzwirn gewebt.

Die Damen (Damy). Oskolki, 19. April 1886, dort mit Untertitel: ›Erzählung‹; ›A. Čechonte‹. Stark gekürzt in SS I, 1899. Deutsch von Ada Knipper und Gerhard Dick.
  Vremenskij – russ. ›vremennyj‹: zeitweilig, provisorisch; von ›vremja‹: die Zeit.
  Polzuchin – russ. ›polzučij‹: kriechend, als Substantiv: der Kriecher.
  Čackij – Gestalt aus der klassischen russischen Komödie ›Verstand schafft Leiden‹ (Gore ot uma) von Aleksandr Griboedov, 1795 bis 1829; junger Adeliger, der sich in Opposition zur vornehmen Moskauer Gesellschaft befindet und deren konservative Sitten, ihre Spießigkeit, die Leibeigenschaft, Aristokratie und die Bewunderung (besonders der Damenwelt) für alles, was französisch ist oder aus Frankreich kommt, kritisiert und verspottet. Die Gesellschaft entledigt sich ihres Kritikers, indem sie das Gerücht ausstreut, Čackij sei nicht ganz richtig im Kopf.

Aufregende Erlebnisse (Sil'nye oščuščenija). Peterburgskaja gazeta, 21. April 1886, Untertitel: ›Kleine Szene‹; ›A. Čechonte‹. Mit zahlreichen Korrekturen, gekürzt in SS III, 1901. Deutsch von Ada Knipper und Gerhard Dick.
  Demosthenes – berühmter griech. Redner, 384–322 v. u. Z.
  Spasskij-Turm – in Moskau; Glockenturm und Tor zum Kreml von der Seite des Roten Platzes.

Ihr Bekannter (Znakomyj mužčina). Oskolki, 3. Mai 1886, Titel dort: ›Ein bißchen Schmerz. Vorfall auf der Straße‹; ›A. Čechonte‹. Mit Korrekturen in SS I, 1899. Deutsch von Ada Knipper und Gerhard Dick.

Der Glückspilz (Sčastlivčik). Peterburgskaja gazeta, 5. Mai 1886, Untertitel: ›Kleine Szene‹; ›A. Čechonte‹. Korrekturen für NR, 1887; kaum mehr verändert in SS I, 1899. Deutsch von Ada Knipper und Gerhard Dick.
  Nikolaj-Eisenbahn – hieß die Strecke Moskau–Petersburg; auf der Station Bologoe trafen sich die Gegenzüge.
  Zweites Glockenzeichen – auf russischen Bahnhöfen wurde die Abfahrt des Zuges durch drei Glockensignale markiert; nach dem dritten setzte sich der Zug in Bewegung.

Der Geheimrat (Tajnyj sovetnik). Novoe vremja, 6. Mai 1886. Mit Korrekturen in R, 1888, unverändert dann in SS IV, 1901. Deutsch von Wolf Düwel.
  Gundasov – russ. ›gundosit'‹: näseln, durch die Nase sprechen.
  Pobedimskij – russ. ›pobedit'‹: besiegen, siegen; ›pobedimyj‹: einer, der zu besiegen ist.

Havelock – aus dem Englischen stammend, Herrenmantel mit Schulterkragen.
Aplomb – franz. ›Sicherheit im Auftreten‹.

Rendezvous in der Sommerfrische (Na dače, wörtlich: Im Sommerhaus). Budilnik, 20. Mai 1886; ›A. Čechonte‹. Nicht in SS. Deutsch von Ada Knipper und Gerhard Dick.
 Vychodcev – russ. ›vychodit'‹: aus-, hinausgehen.
 ephemerisch – franz. ›vergänglich‹.
 Turnüre – franz. Wulst zum Aufbauschen des Kleides nach hinten.

Zeitvertreib (Ot nečego delat'). Peterburgskaja gazeta, 26. Mai 1886; ›A. Čechonte‹. Nicht in SS. Deutsch von Wolf Düwel.
 die ägyptische Kleopatra – meint die Darstellungen im schwülstigen Stil der Gründerzeit, der russischen Pendants etwa zur ›Gartenlaube‹.
 Ščupalcev – russ. ›ščupat'‹: fühlen, befühlen, betasten.
 Balzac-Alter – Anspielung auf den berühmten Roman ›La femme de trente ans‹ (Die Frau von dreißig Jahren) von Honoré de Balzac, 1834/35.

Lebensüberdruß (Skuka žizni). Novoe vremja, 31. Mai 1886; nicht in SS. Deutsch von Wolf Düwel.
 Athos-Kloster – der Berg Athos, östlichster der Chalkidike-Halbinseln in Griechenland, heiliger Berg der orthodoxen Kirche, auf dem zahlreiche Klöster stehen.
 Landarzt – vgl. o. der vom Zemstvo angestellte Arzt.
 Vrač – russ. ›Der Arzt‹, medizinische Wochenzeitung, erschien ab 1880 in Petersburg.
 Salicylnatron – oder Natriumsalicylat, wurde »in der Chirurgie, Gynäkologie, gegen Magen- und Darmkrankheiten, Blasenkatarrh, akuten Gelenk- und Muskelrheumatismus benutzt« (Brockhaus, 14. Aufl. Leipzig, 1903).
 Ces moujiks – franz. ›Diese Muschiken‹, Bauern, russ. ›mužiki‹.
 Früher, unter den Herren – meint die Zeit vor 1861, dem Jahr der sogenannten Bauernbefreiung, d. i. der Aufhebung der Leibeigenschaft.
 Du zürnst, Jupiter ... – Ausspruch des griechischen Schriftstellers und Redners Lukian (2. Jahrhundert n. u. Z.).
 Alexander von Mazedonien ist ein großer Mann, aber ... – Zitat aus der klassischen russischen Komödie ›Der Revisor‹ von Nikolaj Gogol; der Stadthauptmann charakterisiert so die Vortragsweise des Geschichtslehrers (1. Akt, 1. Szene).
 Gladstone – William Ewert, 1809–1898, berühmter britischer Staats-

mann; »Neben den großen Arbeiten seines Amtes hatte er Muße zu wissenschaftlicher Tätigkeit gefunden. 1868 war von ihm erschienen: ›A Chapter of Autobiography‹, 1869 über das griech. Altertum: ›Juventus mundi, the Gods and Men of the Heroic Age‹. Nach seinem Rücktritt schrieb er ›Homeric Synchronism. An Inquiry into the Time and Place of Homer‹ (London 1876; deutsch Jena 1877)«; zuvor schon: ›Studies on Homer and the Homeric Age‹, 3 Bde., Oxford 1858. Nach Brockhaus, 14. Aufl. Leipzig, 1903.

Der Roman mit dem Kontrabaß (Roman s kontrabasom). Oskolki, 7. Juni 1886, Titel dort: ›Feerie aus der Sommerfrische‹; ›A. Čechonte‹. Leicht verändert in SS I, 1899. Deutsch von Ada Knipper und Gerhard Dick.
  Smyčkov – russ. ›smyčok: Geigenbogen, Violinbogen.
  Sobakin – russ. ›sobaka‹: der Hund.
  Misanthrop – vgl. die Komödie von Molière (detebe 20203); griech. Der Menschenfeind, Menschenhasser.
  Najade – Wassernymphe der griechischen Mythologie.
  Quadrille – aus Frankreich stammender Tanz, Abwandlung des Kotillon, Tourentanz und zugleich Gesellschaftsspiel, das oft den Abschluß von Bällen und Tanzvergnügungen bildete.
  Žučkov – russ. ›žučok‹: kleiner Käfer; ›žučka‹: 1. Name für Hunde, 2. Tagelöhner.
  Razmachajkin – russ. ›razmachivat'‹: ausholen (z. B. mit dem Arm), herumfuchteln.
  Lakeič – von russ. ›lakej‹: der Lakai.
  Škalikov – russ. ›škalik‹: Öllämpchen, Tranfunzel.
  Liszt – Franz Liszt, 1811–1886, Komponist und Pianist.

Ängste (Strachi). Peterburgskaja gazeta, 16. Juni 1886, Untertitel dort: ›Erzählung eines Sommergasts‹; ›A. Čechonte‹. Mit zahlreichen Korrekturen in SS II, 1900. Deutsch von Ada Knipper und Gerhard Dick.
  Faust und sein Pudel – Anspielung auf den ›Faust‹ von Goethe; Faust kann den ihm zugelaufenen Pudel nicht loswerden, der sich dann, zu Hause, als Mephisto entpuppt.

Die Apothekersfrau (Aptekarša). Oskolki, 21. Juni 1886; ›A. Čechonte‹. Stark überarbeitet für SS I, 1899. Deutsch von Wolf Düwel.
  Černomordik – russ. ›černo‹ (in Zusammensetz.): schwarz; ›morda‹: die Schnauze.
  Simson – griech. Sampson, engl. Samson, sagenhafter Nationalheld der alten Israeliten, der, mit übernatürlichen Kräften ausgerüstet, gegen die Feinde der Kinder Israel, die Philister, kämpfte; Saint-Saëns verewigte ihn in der Oper ›Samson et Dalila‹.

Obtesov – russ. ›obtesyvat'‹: behauen (von Balken, Brettern).
vinum gallicum rubrum – latein. ›roten französischen Wein‹, französischen Rotwein.
Quantum satis – ergänze: sit, latein. Ausruf: »Soviel bis es genug ist«.
Unze – Gewicht; in Deutschland nach 1872 etwa 30 Gramm; in Rußland 2 Lot, ca. 25 Gramm. In Rußland wird der Alkohol üblicherweise in Gramm gemessen.
per se – latein. ›von selbst‹, meint hier: ›selbstverständlich‹.
vinum plochissimum – Wortspiel, halb russisch, halb latein.; ›plochoj‹ russisch: schlecht, davon der lateinische Superlativ gebildet; also: ein mieser Wein.
Griboedov – Aleksandr Griboedov, 1795–1829, russischer Komödiendichter, Autor der klassischen russischen Komödie ›Verstand schafft Leiden‹ (Gore ot uma); am Ende schickt Famusov die Zofe seiner Tochter zur Strafe »In die Einöde, nach Saratov« auf seine dortigen Besitzungen.
Sogar Shakespeare hat gesagt: »Glücklich ...« – das Zitat, ein geflügeltes Wort in Rußland, stammt von Aleksandr Puškin, und zwar aus dem VIII. Kapitel des Versromans ›Evgenij Onegin‹; es lautet in der Bodenstedtschen Übersetzung: »Glücklich wer jung in jungen Tagen, / Glücklich wer mit der Zeit gestählt« usw. Bei Theodor Commichau (sinnverändernd): »Wohl dem, der jung in jungen Jahren / Rechtzeitig zur Besinnung kam.«

Die Choristin (Choristka). Oskolki, 5. Juli 1886; Titel dort: ›Die Sängerin‹; ›A. Čechonte‹. Mit Korrekturen in SS II, 1900. Deutsch von Wolf Düwel.
Kolpakov – russ. ›kolpak‹: 1. die Nacht-, Schlafmütze; 2. träger, schläfriger Mensch.

Der Lehrer (Učitel'). Novoe vremja, 12. Juli 1886. Gekürzt, mit zahlreichen Veränderungen in SS V, 1901. Deutsch von Wolf Düwel.
Kulikin – russ. ›kulik‹: 1. die Schnepfe, 2. Säufer, Trinker, 3. dummer, einfältiger Mensch.
Ljapunov – russ. ›ljapun‹: der Pfuscher, Schmierer.
Nadarov – russ. ›nadarivat'‹: jemanden reich beschenken.
In der ersten Fassung der Erzählung war die Krankheit, an der Sysoev leidet, noch mit Namen genannt, und zwar im letzten Satz: Schwindsucht, Lungen-Tb, die ›immer tödlich‹ sei.

Rara avis. Oskolki, 19. Juli 1886; Unterschrift: ›Ruver‹. Nicht in SS. Deutsch von Wolf Düwel.
Rara avis – latein. ›Ein seltener Vogel‹.

Der Ehemann (Muž). Oskolki, 9. August 1886; Titel dort: ›Der Steuereinnehmer‹; ›A. Čechonte‹. Mit neuem Titel und Korrekturen 1898 in ›Žurnal dlja vsech‹, dann in SS I, 1899. Deutsch von Wolf Düwel.
  Šalikov – russ. ›šalikat'‹: 1. dumme Späße treiben, Streiche machen; 2. faul, nachlässig arbeiten, faulenzen.
  Pisarev, Dobroljubov – bedeutende russische Publizisten, Vertreter der demokratischen Revolutionäre der 60er Jahre, Autoren der Zeitschrift ›Sovremennik‹; hier stellvertretend dafür, daß Šalikov sich, früher, auch einmal für Politik interessiert hat, Ideale hatte usw.

Ein Unglück (Nesčast'e). Novoe vremja, 16. August 1886; aufgenommen in VS, 1887, leicht gekürzt, dann in SS III, 1901. Deutsch von Wolf Düwel.

Der Rosastrumpf (Rozovyj čulok). Oskolki, 16. August 1886; ›A. Čechonte‹. Nicht in SS. Deutsch von Wolf Düwel.
  Audiatur et altera pars – latein. »Auch die Gegenpartei soll gehört werden«; Prinzip der Rechtsprechung, das schon im Richtereid von Athen enthalten war.

Der Reisende erster Klasse (Passažir pervogo klassa). Novoe vremja, 23. August 1886. Mit Korrekturen in PR, ²1891, dann in SS VI, 1901. Deutsch von Wolf Düwel.
  Visavis – franz. ›vis-à-vis‹, Gegenüber; im Original französisch geschrieben.
  Puškin nannte den Ruhm ... – Anspielung auf das Gedicht ›Gespräch zwischen Buchhändler und Dichter‹ (1824) von Aleksandr Puškin; in der Übersetzung von Theodor Commichau lautet dieser Passus: »Und Ruhm, was ist's? Ein bunter Flicken. Auf Dichters Bettelrock genäht.«
  Krikunov – russ. ›krik‹: der Schrei; ›krikun‹: der Schreihals.
  Vaudevilles mit Gesang – Vaudeville, französisch, eine Art humoristischen, burlesk-satirischen Singspiels, dessen Dialog ebenfalls gesungen wurde; russisch ›vodevil'‹ heißen aber auch humoristische Einakter (z. B. einige Čechovs), in denen nicht gesungen wird.
  Vestnik – russ. ›Der Bote‹.
  Nevskij Prospekt – Prachtstraße in Petersburg.
  nicht mehr beim Familiennamen, sondern ... – intimer und vertrauter: ›bei ihrem Vor- und Vatersnamen‹, vgl. allgemeine Erläuterungen.
  Duma – hieß im alten Rußland der Rat der fürstlichen Gefolgsleute, im Großfürstentum Moskau die Bojarenduma bis in die

Zeit Peters I. Nach der Städteordnung von 1870 erhielt die Stadtverordnetenversammlung diese Bezeichnung.

eine einzige Koryphäe unserer Literatur ... – *im Duell gefallen:* Aleksandr Puškin 1837, Michail Lermontov 1841; *verrückt geworden:* Nikolaj Gogol starb 1853, Konstantin Batjuškov 1855 in geistiger Umnachtung; *in die Verbannung geschickt:* Aleksandr Radiščev; soweit nicht hingerichtet, die Dekabristen; Puškin; Lermontov; Petraševskij; Dostoevskij, Černyševskij u. v. a. m. *der Falschspielerei überführt worden:* im russischen Original wörtlich: ›der nicht sauber Karten spielt‹. Für seine Spielleidenschaft berühmt war der Lyriker Nikolaj Nekrasov (1821–1878): »Im Leben des Dichters gehörte den Karten ebenfalls eine große Rolle [wie im Leben seines Großvaters], er jedoch spielte mit Glück und pflegte des öfteren zu sagen, das Schicksal tue nur seine Pflicht, wenn es der Familie über den Enkel das zurückerstatte, was es ihr über den Großvater genommen habe«, der nämlich sein Vermögen beim Kartenspiel durchgebracht hatte. Zitat nach russischem Brockhaus, SPb. 1897.

Havelock – aus England stammender Herrenmantel mit Schulterkragen.

Semiradskij – Genrich I. Semiradskij, russischer Maler polnischer Abstammung (Siemiradzki), 1843–1902; Mitglied zahlreicher ausländischer Akademien; Gemälde mit Themen aus der Antike, Geschichte, religiöse Motive.

Čajkovskij – Pëtr I. Čajkovskij, 1840–1893, russischer Komponist.

Solovjëv – vermutlich der von Čechov öfter genannte Historiker und Geschichtsphilosoph Sergej M. Solovjëv, 1820–1879, und nicht der Philosoph Vladimir S., 1853–1900.

Puškov – fiktiver Name, russ. ›puška‹: Kanone, Geschütz.

Talent (Talant). Oskolki, 6. September 1886; ›A. Čechonte‹. Stark gekürzt für SS III, 1901. Deutsch von Ada Knipper und Gerhard Dick.

Uklejkin – russ. ›ukleivat'‹: etwas wieder zusammenleimen, -kleben.

Kostylev – russ. ›kostyl‹: Krücke, Krückstock.

Nero ... Herodes ... – oder das ›Prinzip der Grausamkeit‹: Herodes, König der Juden, der, in der biblischen Geschichte, alle Neugeborenen von Bethlehem töten ließ, nachdem ihm verkündet worden war, in der Stadt sei der zukünftige König der Juden geboren; Nero, römischer Kaiser, 54–68 n. u. Z., berüchtigt wegen der Grausamkeit, mit der er die Christen in Rom verfolgen ließ.

Der erste Liebhaber (Pervyj ljubovnik). Oskolki, 13. September 1886; ›A. Čechonte‹. Gekürzt in SS I, 1899. Deutsch von Ada Knipper und Gerhard Dick.

Jeune premier – franz. ›der erste Liebhaber‹, auch im Original fran-

zösisch geschrieben; Terminus aus der Theatersprache, der Schauspieler, der vorwiegend Liebhaber spielt.
Podžarov – russ. ›žar‹: Glut, Hitze, Feuersbrunst; der, der Feuersbrünste legt.
parole d'honneur – französ. ›Ehrenwort‹; im Original französisch, desgl. *mon Dieu,* ›Mein Gott‹.
Soirées fixes – franz. Abendgesellschaften an festgesetzten Tagen.
Zybaev – russ. ›zybat'‹: schwanken, schaukeln; ›zyb'‹: Wellen, leichter Seegang.
Benefizvorstellung – Brauch in Rußland, wurde von den Theatern für berühmte Schauspieler, Jubilare, Publikumslieblinge veranstaltet; der Erlös der Vorstellung kam dem betreffenden Schauspieler zugute; vgl. Erzählung ›Nach der Benefizvorstellung‹. Čechovs ›Ivanov‹ war, bei der Uraufführung 1887, Benefizvorstellung für den Schauspieler Svetlov, wurde dann ins Repertoire übernommen.
enchanté – franz. ›erfreut‹; im Original russisch transkribiertes Französisch: ›anšanté‹, hier im Sinn von ›lebensfroh‹.
Koščeev – russ. ›koščej‹: magerer, ausgezehrter, spindeldürrer Mensch.
Brief à la Puškins Tatjana – Tatjana, Gestalt aus Puškins Roman in Versen ›Evgenij Onegin‹; gemeint ist der berühmte Brief, den Tatjana an den Titelhelden schreibt, in dem sie ihm ihre Liebe gesteht.
Duell – über die Bewertung des Duells zu Čechovs Zeiten vgl. ausführlich die gleichnamige Novelle (detebe 20267).

Im Finstern (V potemkach). Peterburgskaja gazeta, 15. September 1886; Titel dort: ›Aus den Erinnerungen an den Sommer‹; ›A. Čechonte‹. Ohne Untertitel in NR, 1887; geringe Korrekturen für SS 1, 1899. Deutsch von Ada Knipper und Gerhard Dick.

Die Plappertasche (Dlinnyj jazyk). Oskolki, 27. September 1886; ›A. Čechonte‹. Nachträglich kaum verändert in SS 1, 1899. Deutsch von Ada Knipper und Gerhard Dick.
Ai-Petri – Gipfel des Jaila-Gebirges in der näheren Umgebung Jaltas, 1233 m. Beliebtes Ausflugsziel für eine Tagestour zu Pferd oder im Wagen.
entre nous – franz. ›unter uns‹; im Original französisch.

Kleiner Zwischenfall (Žitejskaja meloč). Peterburgskaja gazeta, 29. September 1886; ›A. Čechonte‹. Kleinere Korrekturen für SS II, 1900. Deutsch von Wolf Düwel.

Schwere Naturen (Tjažėlye ljudi). Novoe vremja, 7. Oktober 1886.
Mit Korrekturen, Kürzungen in SS v, 1901. Deutsch von Wolf Düwel.

Im Gerichtssaal (V sude). Novoe vremja, 11. Oktober 1886. Unverändert in VS, 1887; nur geringe Korrekturen für SS III, 1901. Deutsch von Wolf Düwel.
: *Distriktstadt* – im allgemeinen ›Kreisstadt‹ (uezdnyj gorod).
: *Cain* – ›Cain. A Mystery‹, Drama in Blankversen von Lord Byron (1788–1824), 1821 erschienen; Byrons Version der biblischen Geschichte von Kain und Abel, in der Kain Abel nicht aus Eifersucht erschlägt, sondern in tragischer Auflehnung gegen einen doktrinären Glauben.

Die Rache (Mest'). Oskolki, 11. Oktober 1886, dort mit Untertitel: ›Vaudeville aus dem Leben‹; ›A. Čechonte‹. Unverändert in NR, 1887; Korrekturen dann für SS I, 1899. Deutsch von Ada Knipper und Gerhard Dick.
: *Turmanov* – russ. ›turman‹: Taubenart, Tümmler.
: *Whint* – verbreitetes Kartenspiel, dem Whist verwandt, vgl. Anmerkung zur gleichnam. Erzählung.
: *Degtjarev* – russ. ›degtjarka‹: das Teerfaß; ›degtjarit'‹: mit Teer handeln.
: *Auch du, mein Sohn Brutus* – latein. (Etiam tu, Brute) Geflügeltes Wort, das Caesar bei seiner Ermordung gesagt haben soll; so bei Shakespeare im ›Julius Caesar‹.
: *Dulinov* – russ. ›dulja‹, ›dulina‹: Birne, Birnbaum.

Ein ungewöhnlicher Mensch (Neobyknovennyj). Oskolki, 25. Oktober 1886; Titel dort: ›Das Schreckgespenst‹; ›A. Čechonte‹. Mit neuem Titel nachgedruckt im ›Žurnal dlja vsech‹, 1898; leicht verändert für SS I, 1899. Deutsch von Wolf Düwel.
: *Koškina* – russ. ›koška‹: die Katze, Hauskatze.

Im Sumpf (Tina). Novoe vremja, 29. Oktober 1886; in R, 1888, dann mit geringen Korrekturen in SS IV, 1901. Deutsch von Wolf Düwel.
: *Sokolskij* – russ. ›sokol‹: der Falke.
: *Krjukov* – russ. ›krjuk‹: der Haken.
: *Ne pepschi, Petsche* ... – polnischer Zungenbrecher, phonetisch umschrieben.
: *belle sœur* – franz. ›Schwägerin‹.
: *Tamara* – berühmte Königin Georgiens, 1184–1213; hier Anspielung auf das Gedicht ›Tamara‹ von Lermontov, 1841, in dem der Geist

Tamaras, eine georgische Loreley, Wanderer und Pilger in eine Schloßruine lockt, doch auf dem Weg dorthin ertrinken sie alle in den Fluten des Terek. Tamara, »schön wie ein Engel des Himmels, tückisch und böse wie ein Dämon«.

Der Mieter (Žilec). Oskolki, 1. November 1886, Titel dort: ›Der Mieter Nr. 31‹; ›A. Čechonte‹. Mit korrigiertem Titel dann im ›Žurnal dlja vsech‹, 1898. Nicht in SS. Deutsch von Ada Knipper und Gerhard Dick.
Brykovič – russ. ›brykat'‹: von Pferden: ausschlagen, mit den Hinterhufen Schläge versetzen.
Chaljavkin – russ. ›chaljava‹: der Stiefelschaft.

Kalchas. Peterburgskaja gazeta, 10. November 1886; ›A. Čechonte‹. Nicht in SS. Deutsch von Gerhard Dick.
Januar 1887 arbeitete Čechov diesen Stoff um zu dem Einakter bzw. der ›dramatischen Etüde‹ ›Schwanengesang (Kalchas)‹.
Kalchas – der griechische Seher im Trojanischen Krieg.
Svetlovidov – russ. ›svetlo‹ (in Zusammensetzungen): hell, licht, leuchtend; ›vid‹: der Blick, das Aussehen.
Bacchus – oder, griechisch, Dionysos (›Sohn des Zeus‹), Gott der Fruchtbarkeit, besonders des Weinanbaus.
Melpomene – griech. die Muse der Tragödie. Čechovs erster eigener Erzählungsband, erschienen 1884, trug den Titel: ›Erzählungen der Melpomene‹ (Rasskazy Mel'pomeny).
Benefizvorstellung – vgl. Anm. zu der Erzählung ›Der erste Liebhaber‹ S. 427; auch die Erzählung ›Nach der Benefizvorstellung‹.

Träume (Mečty). Novoe vremja, 15. November 1886. Geringfügig verändert in VS, 1887; so auch als Einzelausgabe 1898; dann in SS III, 1901. Deutsch von Gerhard Dick.
Altgläubiger Pope – die Altgläubigen, Sekte der russischen Kirche, die zurückgehen auf das Schisma (Raskol) im XVII. Jahrhundert, als sich eine große Gruppe Gläubiger unter Avvakum gegen die Kirchenreform des Patriarchen Nikon auflehnten. Von Peter I. wurden die Altgläubigen, die in ihm den ›Antichristen‹ verkörpert sahen, grausam verfolgt.
Ptacha – russ. ›ptach‹, ›ptacha‹: der Vogel; gebräuchlich dafür vielmehr: ›ptica‹; poln. ›ptak‹.
Sapožnikov – von russ. ›sapog‹: der Stiefel; ›sapožnik‹: der Schuster.
rechtgläubig – russ. ›pravoslavnyj‹ (in der wörtlichen Übersetzung), meint: russisch-orthodox.
Psst! (Tsss!...). Oskolki, 15. November 1886; ›A. Čechonte‹. Unver-

ändert in NR, 1887; kleine Korrekturen dann für SS 1, 1899. Deutsch von Ada Knipper und Gerhard Dick.

Krasnuchin – russ. ›krasnucha‹: die Röteln.

Laertes – Gestalt aus Shakespeares ›Hamlet‹, Bruder der Ophelia, der, als er vom Tod der Schwester erfährt, Rache schwört und Hamlet zum Zweikampf fordert.

Belinskij – Visarion Grigorjevič Belinskij, 1811–1848, russischer Literaturkritiker, Publizist und Philosoph; begründete die moderne, gesellschaftsbezogene Literaturkritik im Rußland der 2. Hälfte des XIX. Jahrhunderts und förderte die Idee einer realistischen, gesellschaftskritischen Literatur. Vgl. über Belinskij Pëtr Kropotkin, ›Ideale und Wirklichkeit . . .‹.

In der Mühle (Na mel'nice). Peterburgskaja gazeta, 17. November 1886; ›A. Čechonte‹. Nicht in SS. Deutsch von Gerhard Dick.

Birjukov – russ. ›birjuk‹: der Wolf; Werwolf.

Matrosen, von denen Kinder träumen . . . – wenn sie von Jules Verne, 1828–1905, z. B. ›Die Kinder des Kapitän Grant‹ gelesen haben, oder ›Un capitaine de quinze ans‹, oder ›L'île mystérieuse‹; Verne war auch in Rußland außerordentlich populär, 1906/07 lag eine Gesamtausgabe in 88 Bänden vor.

Archimandrit – in der russisch-orthodoxen Kirche der Vorsteher, Abt eines oder mehrerer Klöster.

Kain, Herodes – Gestalten der biblischen Geschichte, hier stellvertretend für ›Mörder‹, ›grausame Menschen‹.

Gute Menschen (Chorošie ljudi). Novoe vremja, 22. November 1886. Titel dort: ›Die Schwester‹. Mit beträchtlichen Kürzungen, Korrekturen und neuem Titel in SS VI, 1901. Deutsch von Gerhard Dick.

Ljadovskij – russ. ›ljad‹: Unglück, Plage, Mißgeschick; böser Mensch, Teufel; redensartlich: »Geh zum Henker, pack dich«.

Gaudeamus – »Gaudeamus igitur«, latein. »Also laßt uns fröhlich sein«, Studentenlied, Sauflied.

Tatjanatag – Jahres(feier)tag der Universität.

ingénue – franz. harmlos, unschuldig, unbefangen.

Dem Übel nicht widerstehen – Kernsatz, Angelpunkt der Lehre Tolstojs, die Tolstoj, 1828–1910, in den letzten 30 Jahren seines Lebens in zahlreichen Aufrufen, Traktaten und Broschüren verfocht, eine christlich motivierte Lehre der Gewaltlosigkeit (gewaltlosen Widerstand eingeschlossen), der Liebe und Anarchie; bis 1886 war bereits ein Teil der diese Lehre begründenden Schriften erschienen und wurde nicht nur in Rußland viel diskutiert: u. a.: ›Meine Beichte‹, ›Untersuchung der dogmatischen Theologie‹ (1882), ›Kurze Auslegung des Evangeliums‹ (1883), ›Worin besteht mein Glaube?‹, ›Die Bergpredigt‹ (1884), ›Wo die Liebe ist, da ist auch Gott‹ (1885), 1886: ›Was sollen wir also tun?‹

Vaudeville – vgl. Anm. zur Erz. ›Der Reisende erster Klasse‹, S. 425.

Klerisei von Leskov – Nikolaj Leskov, 1831–1895, russischer Schriftsteller; ›Die Klerisei‹ (Soborjane), Leskovs bekanntester Roman, erschienen 1872, ist eine kritisch-satirische Romanchronik aus dem Leben der russisch-orthodoxen Geistlichkeit.

Wagner im ›Faust‹ – Faust über Wagner, seinen Famulus:
»Wie nur dem Kopf nicht alle Hoffnung schwindet,
Der immerfort an schalem Zeuge klebt,
Mit gieriger Hand nach Schätzen gräbt
Und froh ist, wenn er Regenwürmer findet!«

Vagankov-Friedhof – Friedhof im Nordwesten Moskaus.

Das Ereignis (Sobytie). Peterburgskaja gazeta, 24. November 1886; ›A. Čechonte‹. Unverändert in VS, 1887, dann in SS III, 1901. Deutsch von Gerhard Dick.

Der Redner (Orator). Oskolki, 29. November 1886, Untertitel: ›Erzählung‹; ›A. Čechonte‹. 1889 nachgedruckt im Almanach zum Andenken an Belinskij, dann in SS I, 1899. Deutsch von Ada Knipper und Gerhard Dick.

Vavilonov – russisch ›Babylon‹: Vavilon.

Poplavskij – russ. ›poplav‹: das Schwimmen; ›plavat'‹: schwimmen.

Zapojkin – russ. ›zapoj‹: zeitweiliges Trinken; ›zapoec‹: der Quartalssäufer.

à la Cicero – Marcus Tullius Cicero, 106–43 v. u. Z. Römischer Staatsmann, Schriftsteller und berühmter Redner.

Aut mortuis nihil bene – latein. Geflügeltes Wort, hier unvollständig und im Sinn verdreht; »De mortuis aut bene aut nihil«: Über Tote (sage man) entweder Gutes oder gar nichts.

Das Mißgeschick (Beda). Peterburgskaja gazeta, 1. Dezember 1886, ›A. Čechonte‹. Nicht in SS. Deutsch von Gerhard Dick.

Putochin – russ. ›putat'‹: verwirren, irremachen, konfus machen.

Das Kunstwerk (Proizvedenie iskusstva). Oskolki, 13. Dezember 1886; ›A. Čechonte‹. In NR, 1887, und PR, ²1891. Geringfügige Korrekturen in SS II, 1900. Deutsch von Ada Knipper und Gerhard Dick.

Smirnov – russ. ›smirnyj‹: demütig.

Börsennachrichten – ›birževyja vedomosti‹, bürgerliche Tageszeitung, erschien in Petersburg.

Košelkov – russ. ›košelëk‹: Geldbörse.

Uchov – russ. ›ucho‹: das Ohr.

Šaškin – russ. ›šaška‹: Würfel; Stein im Damespiel.
Benefizvorstellung – vgl. Anm. zur Erzählung ›Der erste Liebhaber‹, S. 427.

Vanka. Peterburgskaja gazeta, 25. Dezember 1886; ›A. Čechonte‹. Nachdruck in zahlreichen Anthologien; in SS IV, 1901. Deutsch von Gerhard Dick.
Žukov – russ. ›žuk‹: der Käfer; ›žučka‹: Name für Hunde.

Unterwegs (Na puti). Novoe vremja, 25. Dezember 1886. Unverändert in VS, 1887; leicht überarbeitet in SS III, 1901. Deutsch von Gerhard Dick.
Lermontov – Michail Lermontov, 1814–1841; das Motto entstammt seinem Gedicht ›Der Felsen‹ aus dem Jahre 1841.
Čistopljuj – russ. ›čisto‹ (in Zusammensetzung): rein, sauber; ›plevat'‹, ›pljunut'‹: spucken, ausspucken.
Schah Näsereddin – Schah von Persien, 1848–1896.
Ilovajskaja – russ. ›ilovatyj‹: schlammig.
Bašlyk – Kleidungsstück, wollene Kapuze mit langen, schalähnlichen Enden.
Licharev – russ. ›lichar'‹: böser Zauberer.
Alle berühmten Schriftsteller werden gläubig – an russischen u. a. Gogol, Dostoevskij, Lev Tolstoj.
Nihilismus – von Ivan Turgenev geprägte Bezeichnung für die Einstellung junger russischer Intellektueller in den 60er Jahren des vorigen Jahrhunderts, den Jahren der ›großen‹ Reformen. Pëtr Kropotkin: »Zuvörderst erkläre der Nihilist den Krieg gegen alles, was man ›die konventionellen Lügen der zivilisierten Gesellschaft‹ nennen kann. Unbedingte Aufrichtigkeit war für ihn charakteristisch, und um dieser Aufrichtigkeit willen gab er jeden Wahn, jedes Vorurteil, jede Angewohnheit und Sitte auf, die sich vor dem Richterstuhl ihrer eigenen Vernunft nicht rechtfertigen ließen, und forderte von andern das gleiche Verhalten. Vor keiner Autorität wollte er sich beugen; er unterzog alle sozialen Einrichtungen oder Sitten einer kritischen Prüfung und empörte sich dabei gegen' jede Art von mehr oder minder verhülltem Sophismus.« (Kropotkin, ›Memoiren eines russischen Revolutionärs‹.) Nihilismus, wie er hier gemeint ist, hat nichts zu tun mit dem ›anarchistischen‹ Terrorismus, der 1881 in der Ermordung Alexanders II. seinen Höhepunkt fand.
Slavophile – griech. der ›Slawenfreund‹; Vertreter einer Strömung des russischen Geisteslebens Mitte des XIX. Jahrhunderts, mit überwiegend reaktionärem Charakter. Im Gegensatz zu den sogenannten Westlern, die für eine kapitalistische Entwicklung Ruß-

lands nach westlichem Vorbild plädierten, beharrten die Slavophilen auf einem ›eigenständig‹ russischen Weg der Entwicklung im Geist der russischen Orthodoxie, russischer Tradition. Hauptideologe der Slavophilen war, neben den Brüdern Kireevskij, der Publizist *Ivan Aksakov*, – russischer Publizist, 1823–1886, der das antieuropäische Ressentiment zum ›System‹ des Panslavismus ausbaute, die ›Befreiung‹ der Balkanslaven propagierte und einem russischen Messianismus huldigte.

Dem Übel nicht widerstehen – die Lehre Tolstojs, vgl. Anm. zu der Erz. ›Gute Menschen‹, S. 430.

Archangelsk und Tobolsk – beides Gebiete, in die das zaristische Regime kriminelle und politische Häftlinge zur Katorga schickte; Archangelsk im äußersten Norden des europäischen Rußland gelegen, Tobolsk in Sibirien.

Šaškovskij – russ. ›šaška‹: der Säbel der Kosaken und Kaukasusvölker.

O du kleines Bürschelchen – in Vers 3 dieses Lieds steht im Original das russische Wort ›žid‹: 1. der Jude, 2. der Geizhals.

Sie war's! (To byla ona)! Oskolki, 27. Dezember 1886; Untertitel dort: ›Eine Weihnachtserzählung‹; ›A. Čechonte‹. Ohne Untertitel in NR, 1887, und in SS 1, 1899. Deutsch von Ada Knipper und Gerhard Dick.

Czestochowa – russ. Čenstochovo, dt. Tschenstochau.

Peies – die Schläfenlocke der orthodoxen Juden.

Pan – poln. ›Herr‹, kleiner bäuerlicher, im Gegensatz zu

Schlachtschitz – von poln. ›szlachta‹, Angehöriger des polnischen Adels.

Wie soll man leben?
Anton Čechov liest Marc Aurel

Herausgegeben, aus dem Russischen übersetzt
und mit einem Vorwort von Peter Urban

Die *Selbstbetrachtungen* Marc Aurels – des römischen Kaisers und Stoikers – gehören seit annähernd zwei Jahrtausenden zu den meistgelesenen Werken der Menschheit. Philosophen, Staatsmänner und Literaten aller Zeiten fanden durch die Lektüre dieser Maximen zu mehr Gelassenheit und Seelenfrieden.

Bis heute wurde kaum erkannt, von welcher Wichtigkeit Marc Aurels *Selbstbetrachtungen* für das Werk von Anton Čechov sind: Das Buch machte sämtliche Umzüge mit und mußte jederzeit zur Hand sein. Peter Urban, Herausgeber und Übersetzer, hat in Jalta Čechovs Handexemplar der *Selbstbetrachtungen* studiert, das zahlreiche Randbemerkungen und Anstreichungen enthält, und stieß dabei auf Stellen, die Čechov mehr oder weniger wörtlich in sein Werk – seine Erzählungen, Theaterstücke und Briefe – integriert hat. Dieser Band bringt den Teil der *Selbstbetrachtungen*, den Anton Čechov für sich als Künstler wie als Mensch für wichtig hielt, den er, wäre er Herausgeber einer Marc-Aurel-Edition gewesen, ausgewählt hätte.

»Čechov hat sich in einer Phase der Krise die *Selbstbetrachtungen* regelrecht erarbeitet und zu eigen gemacht. Als für ihn die Frage nach dem Sinn seiner Existenz immer bedrängender wurde, suchte er bei Marc Aurel Rat – und fand ihn.« *Peter Urban*

»Ich wünsche Dir reinen Himmel, heiteres Gemüt und empfehle als mein Stärkungsmittel den Marc Aurel. Man wird so ruhig dabei.«
Friedrich Nietzsche an seinen Freund Erwin Rohde

Auch als Diogenes Hörbuch erschienen,
gelesen von Ulrich Matthes

Peter Urban
Anton Čechov – Sein Leben in Bildern

Mit 739 Abbildungen,
einem Anhang mit Daten zu Leben und Werk
und einem Personenregister

Diese einzigartige Bildmonographie ist das Ergebnis einer fast 20-jährigen Sammelarbeit, verbunden mit ausgedehnten Reisen auf Čechovs Spuren in Westeuropa und zu den Stätten seines Lebens in Russland. Zahlreiche Fotos werden hier zum ersten Mal außerhalb der Sowjetunion veröffentlicht, manche zum ersten Mal überhaupt. Für diesen Band konnten die Bestände der Čechov-Museen in Moskau, Jalta und Taganrog, des Puschkin-Hauses in Leningrad, verschiedene internationale Archive, das Stadtarchiv Badenweiler sowie wichtige, nicht öffentlich zugängliche Privatsammlungen eingesehen werden. Erschlossen werden die Abbildungen mit einem Personenregister, detaillierten Anmerkungen im Anhang sowie mit Daten zu Leben und Werk.

»Dieser einzigartige Bildband, der sich beim Betrachten der Fotos und Lesen der Texte zum fesselnden Briefroman mit Bildern entwickelt, ermöglicht eine ›Annäherung an die Biographie‹ dieser außergewöhnlichen Persönlichkeit.«
Kuno Bärenbold / Standpunkte, Karlsruhe

»Eine Anschaffung fürs ganze Leben, denn Čechov liest man nicht nur einmal. Was nicht nur Marc Chagall bekannte, dessen Bilder an Čechov erinnern und der als seine Lieblingslektüre nannte: die Bibel und Čechov.«
Armin Halstenberg / Norddeutscher Rundfunk

»Ein prächtiger Bildband breitet Čechovs Leben in Fotos und Dokumenten aus: ein Jahrhundertbuch! Ein Meisterwerk, Lieblingsbuch, Kultbuch! Am liebsten würde ich es einfach betrachten, studieren, genießen.« *Gabriele Wohmann / Die Welt, Berlin*

»Anton Čechovs Leben in Bildern nachzuvollziehen – das ist eine einzige Freude für den Betrachter dieses Bildbandes.« *Elsbeth Wolffheim / Deutsches Allgemeines Sonntagsblatt, Hamburg*

»Peter Urban, der bewährte Übersetzer und Herausgeber Čechovs, bringt in einem opulenten Band nicht nur Bilder, sondern auch Postkarten, Theaterplakate, Karikaturen und amtliche Dokumente zum Sprechen.« *Frankfurter Allgemeine Zeitung*

Anton Čechov
im Diogenes Verlag

Anton Čechov wurde 1860 in Taganrog (Südrussland) geboren, wuchs in ärmlichen Verhältnissen auf und studierte dank eines Stipendiums in Moskau Medizin. Den Arztberuf übte Čechov nur kurze Zeit aus. Der Erfolg seiner Theaterstücke und Erzählungen machte ihn finanziell unabhängig. Seine Lungentuberkulose jedoch erzwang immer häufigere Aufenthalte in südlichem Klima, so dass Čechov auf die Krim übersiedelte. Er starb 1904 in Badenweiler.

»Wir verdanken Peter Urban einen deutschen Čechov, wie er schöner nicht sein könnte: sprachlich makellos, akribisch annotiert und von einer Vollständigkeit, die weder vom Pléiade- noch vom Oxford-Čechov erreicht wird.«
Manfred Papst / NZZ am Sonntag, Zürich

»Für mich bleibt Čechov unerreicht: Er schrieb Komödien der Verzweiflung über das Leiden und die Sehnsüchte der Menschen. Und weil man davon gleichzeitig amüsiert ist und zerrissen wird, wirkt seine Kunst so eindringlich.« *Woody Allen*

In hochwertiger Leinenausstattung, übersetzt und herausgegeben von Peter Urban:

Er und sie
Frühe Erzählungen 1880–1885

Ende gut
Frühe Erzählungen 1886–1887

**Späte Erzählungen
in 2 Bänden**

Rothschilds Geige
Erzählungen 1893–1896

*Die Dame mit
dem Hündchen*
Erzählungen 1897–1903

**Gesammelte Stücke
in 1 Band**

**Briefe (1877–1904)
in 5 Bänden**

Čechov-Chronik
Daten zu Leben und Werk
Zusammengestellt von Peter Urban

Wie soll man leben?
Anton Čechov liest Marc Aurel
Herausgegeben, übersetzt und mit einem Vorwort von Peter Urban
Auch als Diogenes Hörbuch erschienen, gelesen von Ulrich Matthes

Anton Čechov – Sein Leben in Bildern

Herausgegeben von Peter Urban. Mit 793 Abbildungen, einem Anhang mit Daten zu Leben und Werk und einem Personenregister

In Taschenbuchausgaben:

Das dramatische Werk in 8 Bänden

Aus dem Russischen übersetzt und herausgegeben von Peter Urban. Zurzeit sind folgende Titel lieferbar:

Der Kirschgarten
Komödie in vier Akten

Der Waldschrat
Komödie in vier Akten

Die Möwe
Komödie in vier Akten

Onkel Vanja
Szenen aus dem Landleben in vier Akten

Ivanov
Komödie und Drama in vier Akten

Drei Schwestern
Drama in vier Akten

Sämtliche Einakter

Das erzählende Werk in 10 Bänden

Deutsch von Gerhard Dick, Wolf Düwel, Ada Knipper, Georg Schwarz, Hertha von Schulz und Michael Pfeiffer. Herausgegeben und mit Anmerkungen von Peter Urban. Zurzeit sind folgende Titel lieferbar:

Ein unbedeutender Mensch
Erzählungen 1883–1885

Gespräch eines Betrunkenen mit einem nüchternen Teufel
Erzählungen 1886

Die Steppe
Erzählungen 1887–1888

Flattergeist
Erzählungen 1888–1892
Daraus die Erzählung *Flattergeist* auch als Diogenes Hörbuch erschienen, gelesen von Ernst Schröder

Rothschilds Geige
Erzählungen 1893–1896

Die Dame mit dem Hündchen
Erzählungen 1897–1903
Daraus die Erzählung *Die Dame mit dem Hündchen* auch als Diogenes E-Hörbuch erschienen, gelesen von Otto Sander

Eine langweilige Geschichte / Das Duell
Kleine Romane I
Das Duell auch als Diogenes Hörbuch erschienen, gelesen von Ulrich Matthes

Krankenzimmer Nr. 6 / Erzählung eines Unbekannten
Kleine Romane II
Erzählung eines Unbekannten auch als Diogenes Hörbuch erschienen, gelesen von Rolf Boysen

Drei Jahre / Mein Leben
Kleine Romane III

Außerdem erschienen:

Das Drama auf der Jagd
Eine wahre Begebenheit. Roman.
Deutsch von Peter Urban

Ein unnötiger Sieg
Frühe Novellen und Kleine Romane. Deutsch von Beate Rausch und Peter Urban. Herausgegeben, mit Anmerkungen und einem Nachwort von Peter Urban
Ausgewählte Texte auch als Diogenes Hörbuch erschienen, gelesen von Frank Arnold

Wintergeschichten
Deutsch von Peter Urban. Ausgewählt von Christine Stemmermann

Sommergeschichten
Deutsch von Peter Urban. Ausgewählt von Christine Stemmermann

Über Theater
Herausgegeben von Jutta Hercher und Peter Urban, in der Übersetzung von Peter Urban

Meistererzählungen
Deutsch von Ada Knipper, Hertha von Schulz und Gerhard Dick. Ausgewählt von Franz Sutter. Mit einem Nachwort von W. Somerset Maugham

Freiheit von Gewalt und Lüge
Gedanken über Aufklärung, Fortschritt, Kunst, Liebe, Müßiggang und Politik. Zusammengestellt von Peter Urban

Das Čechov-Lesebuch
Herausgegeben, kommentiert und mit einem Vorwort von Peter Urban

Kaschtanka
und andere Kindergeschichten. Diogenes Hörbuch, 2 CD, gelesen von Peter Urban, aus dem Russischen von Peter Urban

Veročka
Geschichten von der Liebe. Diogenes Hörbuch, 4 CD, gelesen von Otto Sander, aus dem Russischen von Peter Urban. Diogenes Sammler-Edition

Andrej Kurkow im Diogenes Verlag

Picknick auf dem Eis
Roman. Aus dem Russischen von Christa Vogel

Als Tagträumer hat es Viktor schwer im Kiew der Neureichen und der Mafia: Ohne Geld und ohne Freundin lebt er mit dem Pinguin Mischa und schreibt unvollendete Romane für die Schublade. Doch eines Tages bietet ihm der Chefredakteur einer großen Zeitung eine gutbezahlte Stelle an: Viktor soll Nekrologe über berühmte Leute verfassen, die allerdings noch gar nicht gestorben sind. Wie jeder Autor möchte Viktor seine Texte auch veröffentlicht sehen, doch erweisen sich die VIPs als äußerst zählebig. Bei einem Glas Wodka erzählt er dem Freund seines Chefs davon. Als Viktor ein paar Tage später die Zeitung aufschlägt, sieht er, dass sein Wunsch beängstigend schnell in Erfüllung gegangen ist.

»Kurkow beweist, dass man auch auf Russisch wieder frische Geschichten erzählen darf: intelligent, witzig, weder die Realität verkleisternd noch sie ausblendend, nicht angestrengt antirealistisch, aber auch nicht wirklich traditionell.«
Thomas Grob / Neue Zürcher Zeitung

Petrowitsch
Roman. Deutsch von Christa Vogel

Die Suche nach den geheimen Tagebüchern des ukrainischen Vorzeigedichters Taras Schewtschenko führt den jungen Geschichtslehrer Kolja in die kasachische Wüste, wo er in einen Sandsturm gerät. Ein alter Kasache und seine beiden Töchter retten ihm das Leben. Doch das ist erst der Anfang einer langen Reise – und einer zarten Liebesgeschichte.

»Viel russische Seele, viel Melancholie und Traurigkeit. Doch dann und wann blitzt auch ein Augenzwinkern durch, ein Funke Hoffnung – worauf auch immer.«
Jürgen Deppe / Norddeutscher Rundfunk, Hamburg

Ein Freund des Verblichenen
Roman. Deutsch von Christa Vogel

Tolja findet das Leben nicht mehr lebenswert, denn seine Frau betrügt ihn. Er würde sich am liebsten umbringen, aber er schafft es nicht. Da kommt ihm die Begegnung mit dem ehemaligen Klassenkameraden Dima gerade recht. Man trinkt auf die alte Freundschaft, erzählt sich sein Leben, und so ganz nebenbei fragt Tolja, ob Dima nicht Kontakte zu einschlägigen Kreisen habe, die einen ›ganz speziellen Auftrag‹ ausführen könnten. Dima, der glaubt, Tolja wolle den Liebhaber seiner Frau aus dem Weg räumen lassen, verspricht Hilfe. Aber da trifft Tolja Lena und hat plötzlich gar keine Lust mehr zum Sterben. Doch der Profi ist bereits unterwegs...

»Tolja, der Antiheld des Romans *Ein Freund des Verblichenen,* ist ein moderner Oblomow in den surrealen Zeiten der postsowjetischen Mafiawirtschaft.«
Doris Meierhenrich / Frankfurter Allgemeine Zeitung

Pinguine frieren nicht
Roman. Deutsch von Sabine Grebing

Auf der Polarstation in der Antarktis, wohin Viktor vor der Mafia geflüchtet ist, hält er es nicht lange aus. Das Vermächtnis eines ebenfalls ins ewige Eis geflohenen, sterbenden Bankiers und nicht zuletzt der Gedanke an den Pinguin Mischa, dem Viktor noch etwas schuldig ist, lassen ihm keine Ruhe. Doch Viktors Hausschlüssel passt nicht mehr, und in seinem Bett schläft inzwischen »ein anderer Onkel«, wie ihm die kleine Sonja vertrauensvoll mitteilt. Doch all das und anderes kann Viktor nicht von seiner Suche nach Mischa abbringen.

»Gibt es etwas Anrührenderes als einen melancholischen Mann und einen Pinguin? Ja. Noch anrührender sind ein ukrainischer melancholischer Mann und ein einsamer Pinguin. Ein wunderbar abgründiger Roman.« *Tobias Gohlis / Die Zeit, Hamburg*

Die letzte Liebe des Präsidenten
Roman. Deutsch von Sabine Grebing

Macht macht einsam. Das spürt auch der Präsident der Ukraine im Jahre 2013. Im Parlament wimmelt es von Intrigen, und Sergej Pawlowitsch weiß nicht mehr, wem er überhaupt noch vertrauen kann. Den Parteifreunden, die ihn um ein Haar vergiftet hätten? Dem Arzt, der ihm ein fremdes Herz transplantiert hat? Doch da taucht eine unerfüllte Liebe aus früheren Zeiten wieder auf. ›Alte Liebe rostet nicht‹, spürt der Präsident – und wagt einen Neuanfang.

»*Die letzte Liebe des Präsidenten* zeigt Kurkow auf der Höhe seines literarischen Schaffens. Ihm gelingt das Kunststück, das Tragische, Komische und Groteske seines nahen Zukunftsentwurfs in eine überzeugende Erzählung zu bringen.« *Neue Zürcher Zeitung*

Herbstfeuer
Erzählungen. Deutsch von Angelika Schneider

Iwan wird Stammkunde in einem kleinen Feinschmeckerlokal, dessen Chefkoch Dymitsch er kennen- und schätzenlernt. Eines Tages ist Dymitsch verschwunden, doch hat er extra für Iwan eine Folge von Gerichten hinterlassen, die ihm seine Nichte Vera kochen und an fünf Abenden hintereinander servieren soll. Alles

schmeckt köstlich, doch wieso hat Iwan später winzige Sandkörnchen zwischen den Zähnen? Und was will der Rechtsanwalt, der am fünften Tag zum Abendessen erscheint?
Poetisches, Humorvolles und Skurriles aus der Ukraine – vor und nach der ›orangen Revolution‹.

»Kurkow ist ein Meister der bösen Pointe und einer, der den abstrusesten Situationen noch eine komische Seite abgewinnen kann. Seine Geschichten machen süchtig. Wer einmal angefangen hat, der will immer weiterlesen.« *Hessischer Rundfunk, Frankfurt am Main*

Der Milchmann in der Nacht
Roman. Deutsch von Sabine Grebing

Andrej Kurkow erzählt, humor- und gefühlvoll, von drei jungen Paaren in der heutigen Ukraine, deren Schicksale auf verschlungenen Wegen miteinander verbunden sind. *Der Milchmann in der Nacht* ist dreifache Liebesgeschichte, schwarze Komödie, Krimi und politische Satire zugleich – ein Roman mit so vielen Pointen, Wendungen und Geschichten wie Sterne in der Milchstraße.

»Für jemanden, der nach makabren, aber liebevollen Einsichten in die undurchsichtige Welt der postsowjetischen Politik sucht, sind Andrej Kurkows Romane der denkbar beste Ausgangspunkt.«
International Herald Tribune, Paris

Der Gärtner von Otschakow
Roman. Deutsch von Sabine Grebing

Igor, dreißig Jahre alt, wohnt in der Nähe von Kiew und lebt in den Tag hinein. Doch der neue Gärtner seiner Mutter und ein geheimnisvoller Koffer mit einer alten Milizuniform bringen auf einmal Bewegung in sein Leben. Denn jedes Mal, wenn Igor in die Uniform samt Stiefeln und Mütze schlüpft, reist er durch die Zeit und landet in Otschakow am Schwarzen Meer, im Jahr 1957. Dort trifft er auf Weindiebe und andere Gauner und auf eine schöne, rothaarige Marktfrau, bei deren Anblick Igor die Gegenwart beinahe vergessen möchte...

»Kurkows geschliffene Sprache und der zugleich liebevolle Blick auf die Figuren der Geschichte nehmen den Leser und Zuhörer mit auf eine abenteuerliche und phantastische Zeitreise voller absurder Begebenheiten.« *Rheinische Post, Düsseldorf*

Jimi Hendrix live in Lemberg
Roman. Deutsch von Johanna Marx
und Sabine Grebing

Auch hinter dem Eisernen Vorhang hatte Jimi Hendrix Fans, und was für welche! Doch nicht nur damals, auch heute gehen in Lemberg, der Vielvölkerstadt im Westen der Ukraine, mehr als merkwürdige Dinge vor sich. Verantwortlich dafür sind die Macht der Liebe, die uferlose Phantasie eines Schriftstellers – und die unsterbliche Musik von Jimi Hendrix. Ein Feuerwerk von unglaublichen und skurrilen Einfällen.

»Andrej Kurkow wechselt in seinem Roman virtuos zwischen Realität und Fiktion. Literatur kann die Welt retten, und umgekehrt kann die Welt die Literatur retten.« *Ulrich M. Schmid / Neue Zürcher Zeitung*

Graue Bienen
Roman. Aus dem Russischen von
Johanna Marx und Sabine Grebing

Der Bienenzüchter Sergej lebt im Donbass, wo ukrainische Kämpfer und prorussische Separatisten Tag für Tag aufeinander schießen. Er überlebt nach dem Motto: Nichts hören, nichts sehen – sich raushalten. Ihn interessiert nur das Wohlergehen seiner Bienen. Denn während der Mensch für Zerstörung sorgt,

herrscht bei ihnen eine weise Ordnung und wunderbare Produktivität. Eines Frühlings bricht er auf: Er will die Bienen in eine Gegend bringen, wo sie wieder in Ruhe Nektar sammeln können.
Über einen aktuellen Konflikt, der uns bedrohlich nahe rückt.

»Ironische Leichtfüßigkeit, schwarzer Humor und ein Sinn für den Pragmatismus der einfachen Leute in schwierigen Zeiten, das sind die Kennzeichen der Prosa von Andrej Kurkow.«
Gregor Ziolkowski / Deutschlandradio Kultur, Berlin

Sławomir Mrożek
im Diogenes Verlag

»Mrożek ist ein engagierter Schriftsteller – also hält er die Literatur nicht für eine erhabene Spielerei mit Worten, sondern für ein Mittel, auf die Menschen zu wirken. Er ist Humorist – also meint er es besonders ernst. Er ist Satiriker – also verspottet er die Welt, um sie zu verbessern. Er ist ein Mann des Absurden – also zeigt er das Widersinnige, um die Vernunft zu provozieren.«
Marcel Reich-Ranicki

»Mrożeks Gedanken sind so ungewöhnlich, daß sie jedem verständlich sind.«
Gabriel Laub / Die Welt, Berlin

»Mrożeks politische Parabeln sind von stupender Diagnostik.« *Marianne Kesting / Die Zeit, Hamburg*

Watzlaff und andere Stücke
Aus dem Polnischen von Ludwig Zimmerer und Rolf Fieguth. Inhalt: *Nochmal von vorn, Die Propheten, Watzlaff*

*Emigranten
und andere Stücke*
Deutsch von Christa Vogel. Inhalt: *Emigranten, Schlachthof, Buckel, Das Haus auf der Grenze*

Amor und andere Stücke
Deutsch von Witold Kósny und Christa Vogel. Inhalt: *Insel der Rosen, Fuchsquartett, Der Schneider, Amor, Zu Fuß, Die Rückkehr*

*Der Botschafter
und andere Stücke*
Deutsch von Christa Vogel und M. C. A. Molnar. Inhalt: *Der Botschafter, Ein Sommertag, Alpha, Der Vertrag, Das Portrait, Die Witwen*

Liebe auf der Krim
Eine tragische Komödie in drei Akten.
Deutsch von Christa Vogel

*Die Geheimnisse
des Jenseits und andere
Geschichten*
Kurze Erzählungen 1986–1990. Deutsch von Christa Vogel

*Der Perverse und
andere Geschichten*
Kurze Erzählungen 1991–1995. Deutsch von Christa Vogel

*Mein unbekannter Freund
und andere Geschichten*
Kurze Erzählungen 1981–1985. Deutsch von Klaus Staemmler

*Der Doppelgänger
und andere Geschichten*
Erzählungen 1960–1970. Deutsch von Christa Vogel und Ludwig Zimmerer

Lolo und andere Geschichten
Erzählungen 1971–1980. Deutsch von
Christa Vogel, Ludwig Zimmerer und
Witold Kósny

*Lauter Sünder /
Schöne Aussicht*
Zwei Stücke. Deutsch von Christa
Vogel

Balthasar
Autobiographie. Deutsch von Marta
Kijowska

Karneval
oder Adams erste Frau. Ein Stück.
Deutsch von Marta Kijowska

Tagebuch 1962 – 1969
Deutsch von Doreen Daume

Das Leben für Anfänger
Ein zeitloses ABC. Mit Zeichnungen
von Chaval. Herausgegeben von
Daniel Keel und Daniel Kampa. Mit
einem Nachwort von Jan Sidney
Ausgewählte Erzählungen auch als
Diogenes Hörbuch erschienen, gelesen von Christian Ulmen

*Das Leben für
Fortgeschrittene*
Ein überflüssiges ABC. Mit Zeichnungen von Chaval. Herausgegeben
von Daniel Keel und Daniel Kampa

Außerdem als Taschenbuchausgabe
lieferbar:

Emigranten
Schauspiel in einem Akt
Deutsch von Christa Vogel

Tango
Schauspiel in drei Akten
Deutsch von Ludwig Zimmerer

*Auf hoher See
Striptease*
Zwei Einakter
Deutsch von Ludwig Zimmerer

Anton Čechov
Gespräch eines Betrunkenen mit einem
nüchternen Teufel

»Ich teile alle Werke in zwei Sorten ein: solche, die mir gefallen, und solche, die mir nicht gefallen. Ein anderes Kriterium habe ich nicht. Vielleicht werde ich mir mit der Zeit, wenn ich klüger werde, Kriterien aneignen, einstweilen aber ermüden mich nur alle Gespräche über das ›Künstlerische‹ und kommen mir vor wie die Fortsetzung all jener scholastischen Streitgespräche, mit denen sich die Menschen im Mittelalter ermüdet haben.«

Anton Čechov

»Niemand erkannte so klar wie Čechov die Tragik im Kleinkram des Lebens, niemand verstand vor ihm, den Menschen so schonungslos wahrhaftig das Bild ihrer kleinbürgerlichen Alltäglichkeit zu zeichnen.«

Maxim Gorki

€ 13.00 (D)
ISBN 978-3-257-20262-5